Besuchen Sie uns auf www.penguin-verlag.de
und Facebook.

Elizabeth Fremantle

DIE RIVALIN DER KÖNIGIN

Ein Tudor-Roman

Aus dem Englischen
von Sabine Herting

Die englische Originalausgabe erschien 2015 unter dem Titel
»Watch the Lady« bei Michael Joseph, London.

FSC
www.fsc.org

MIX
Papier aus verantwor-
tungsvollen Quellen
FSC® C083411

Verlagsgruppe Random House FSC® N001967

PENGUIN und das Penguin Logo sind Markenzeichen
von Penguin Books Limited und werden
hier unter Lizenz benutzt.

1. Auflage 2019
Copyright © 2015 by Elizabeth Fremantle
Copyright © der deutschsprachigen Ausgabe 2017 by
C. Bertelsmann Verlag, München,
in der Verlagsgruppe Random House GmbH,
Neumarkter Straße 28, 81673 München
Umschlag: Favoritbüro
Umschlagmotiv: Lee Avison/Trevillion Images; spaxiax/Shutterstock
Satz: Uhl + Massopust, Aalen
Druck und Bindung: CPI books GmbH, Leck
Printed in Germany
ISBN 978-3-328-10338-7
www.penguin-verlag.de

Dieses Buch ist auch als E-Book erhältlich.

Für Alice, die Stella hieße,
wäre es nach mir gegangen

Inhalt

DAS DUELL

Stella, Stern der himmlisch strahlt,
Leitstern meiner Liebesqual.

Sir Philip Sidney, *Astrophil und Stella*

Oktober 1589
Leicester-Haus, The Strand

Zischelnd tropft das Wachs, dem ein beißender Geruch ent-
strömt, aufs Papier. Penelope drückt ihr Siegel hinein und dreht
es leicht, um es unkenntlich zu machen. Derweil fragt sie sich, ob
dieser Brief närrisch sei, ob er, sollte er in falsche Hände geraten, ihr
als Hochverrat ausgelegt werden könne.

»Glaubt Ihr …«, sagt sie zu Constable, der an ihrer Seite steht.

»Ich glaube, Ihr geht ein zu hohes Wagnis ein.«

»Ich muss die Zukunft meiner Familie sicherstellen. Ihr wisst
ebenso gut wie ich, dass die Königin keine junge Frau mehr ist. Sollte
sie …« Sie hält inne und lässt ihren Blick durch das Gemach schweifen; dabei wissen sie beide, dass sie alleine sind, denn sie haben das
ganze Gemach, selbst hinter den Vorhängen, nach lauernden Dienern
abgesucht, die womöglich Höchstbietenden häppchenweise Informationen verkaufen. »Es hat bereits Anschläge auf das Leben der Königin gegeben, und sie hat keinen Thronfolger benannt. Sollte einer
sein Ziel erreichen …« Ihre Stimme ist nur ein leises Wispern. Sie
muss Constable nicht sagen, dass ganz Europa auf Elizabeths Krone
blickt. »Die Devereux' brauchen eine verlässliche Gefolgschaft.«

»Und die legitimsten Ansprüche auf den englischen Thron sind
jene von James von Schottland«, sagt er.

»Ja, manche behaupten das.« Mit diesen Worten beendet Penelope
das Gespräch. Constable weiß nicht, dass sie über dieses Thema bereits endlos mit ihrem Bruder diskutiert hat – und mit ihrer Mutter,
die mehr von Diplomatie versteht als sie alle zusammen. »Ich tue es für

Essex, nicht für mich. Mein Bruder braucht mächtige Verbündete.«
Als sie ihm den Brief überreicht, schaut sie ihm kurz in die Augen.

Er streicht über das Papier, als wäre es die Haut einer Geliebten.
»Aber sollte er in falsche Hände fallen …«

Er denkt dabei sicher an Robert Cecil, den Sohn des Lordschatz-
meisters Burghley, der die Geschicke Englands lenkt. Cecil hat immer
seine gefährlichen Finger im Spiel.

Sie wirft ihm ein zurückhaltendes Lächeln zu. »Aber dies ist doch
lediglich ein freundschaftliches Sendschreiben, eine ausgestreckte
Hand. Und es kommt von einer Frau.« Zart legt sie die Hand auf
die Brust und macht kugelrunde Augen, als wolle sie sagen, das Wort
einer Frau zähle doch nicht. »Geheime Kontakte mit einem ausländischen Monarchen könnten Essex in Schwierigkeiten bringen,
aber wenn eine wie ich es tue …« Sie neigt den Kopf in scheinbarer
Demut. »Oh, ich glaube, ich komme ungestraft davon.«

Constable lacht. »Bloß eine Frau? Niemand wird davon Notiz
nehmen.«

Sie hofft zu Gott, dass er recht haben möge. »Seid Ihr Euch sicher,
dass Ihr diese Mission übernehmen wollt?«

»Nichts bereitet mir größere Freude, als Euch zu dienen, my Lady.«

Daran zweifelt sie nicht. Constable hat annähernd hundert Gedichte für sie verfasst, und er ist nicht der Einzige. Essex ist ein Magnet für Dichter und Denker, die sich wie Eisenspäne um ihn drängen, die auf seine Gönnerschaft hoffen und alles Erdenkliche tun,
um seine Gunst zu gewinnen. Sie meinen, es diene ihrer Sache,
wenn sie seine Schwester umschmeicheln. Sie wundert sich über die
Ironie, dass trotz all dieser Dichterverse, die unaufhörlich in ähnlichen sprachlichen Bildern ihre Schönheit rühmen – ihre strahlenden dunklen Augen, ihr gold gesponnenes Haar, ihre Nachti-
gallenstimme, ihre marmorgleiche Haut –, der Mann, mit dem sie
vermählt ist, seinen Abscheu vor ihr nie überwinden kann. Schönheit
mag zu hübschen Sonetten führen, aber sie ist dünn wie die Schale
eines Eis und ebenso brüchig; und sie lässt nicht erahnen, was sich
unter ihr verbirgt.

»Ihr überreicht ihn König James persönlich.« Sie ist sich der Gefahr bewusst, in die sie Constable mit dieser geheimen Mission bringt – und er ebenfalls; sie hört ihn nahezu vor Eifer japsen. Im Übrigen ist ihm Spionage keineswegs fremd.

»Aber«, setzt er an und zögert, »wie kann ich sichergehen, dass man mir Zutritt zum König gewährt?«

»Ihr seid ein Dichter. Bedient Euch Eurer samtenen Zunge. Mit meinem Siegel gelangt Ihr in seine Privatgemächer.« Sie nimmt seine Hand und legt ihren Siegelring hinein. »Schließlich bin ich die Schwester von Englands beliebtestem Grafen und eine Großnichte der Königin. Das fällt doch ins Gewicht, oder?« Da ihr Tonfall unabsichtlich scharf klingt, sieht er sie unbehaglich an, als hätte sie ihn getadelt. Daraufhin wirft sie ihm ein Lächeln zu.

»Verwahrt das Siegel getrennt von dem Brief. Und gebt ihm dieses hier als weiteren Beweis.« Sie öffnet eine goldene Schatulle auf ihrem Schreibtisch, entnimmt ihr ein Miniaturporträt und reicht es ihm. Er betrachtet es einen Augenblick, seine Augen werden feucht.

»Hilliard ist Euch nicht gerecht geworden. Eure Schönheit ist viel größer.«

»Pah!«, sagt sie wegwerfend. »Schönheit ist lediglich Schönheit. Es sieht mir hinreichend ähnlich, um seinen Zweck zu erfüllen.« Sie sieht zu, wie er die Miniatur zusammen mit dem Brief sorgsam in sein Wams steckt.

Ihr Spaniel Hero kratzt nun bellend an der Tür, will hinaus; sie hören das scheppernde Hoftor, dann eiliges Hufgetrappel auf den Pflastersteinen und gereiztes Schreien. Als sie rasch ans Fenster treten, schwingt bereits die Tür auf, und ihre Gefährtin Jeanne stürzt mit gerötetem Gesicht und außer Atem ins Gemach. »Komm geschwind, dein Bruder ist verwundet«, ruft sie. Wegen ihres französischen Akzents mit dem sanften Zungenschlag dauert es einen Moment, bis die Wucht ihrer Worte zuschlägt.

»Was?« Panik steigt in Penelope auf. Rasch atmet sie tief ein, um der Angst Einhalt zu gebieten.

»Meyrick sagt, es sei ein Duell gewesen.« Jeanne ist aschfahl.

»Wie schlimm ist es?« Jeanne schüttelt nur den Kopf. Penelope greift mit einer Hand nach dem Ellbogen des Mädchens, rafft mit der anderen ihre Röcke und ruft Constable zu, der bereits die halbe Treppe hinuntergeeilt ist: »Schickt nach Doktor Lopez.«

»Wenn er verwundet ist, braucht er einen Wundarzt«, sagt Constable.

»Ich vertraue Lopez. Er wird wissen, was zu tun ist.«

Sie haben gerade die Halle erreicht, als Essex von zwei seiner Männer hereingetragen wird, vorweg die breite Gestalt des loyalen Meyrick. Sorge steht ihm im sommersprossigen Gesicht, seine Augen zucken unter unsichtbaren Wimpern. Er streicht sich durchs Haar, getrocknetes Blut klebt an seiner Hand.

»Eine Schüssel heißes Wasser«, ruft sie den Dienern zu, die sich gaffend zusammengeschart haben. Jeanne zittert, sie kann kein Blut sehen; darum schickt Penelope sie in die Wäscherei, sie solle Bandagen reißen.

Essex, der die Zähne zusammenbeißt, wird auf den Tisch gehievt, wo er sich halb liegend, halb sitzend auf die Ellbogen stützt, weil er sich keinesfalls niederlegen will.

»Nur ein Kratzer«, sagt er und zieht seinen Umhang beiseite, sodass Penelope den tiefen Riss in seinem Oberschenkel sehen kann und das Blut, das sein weißes seidenes Beinkleid bis hinunter zum Stiefel durchtränkt.

»Meyrick, Euer Messer«, bittet sie den Gefährten ihres Bruders.

Meyrick schaut sie misstrauisch an.

»Um seine Beinkleider aufzuschneiden. Was dachtet Ihr denn?« Sie zügelt ihren harschen Ton, der sich unwillkürlich in ihre Worte geschlichen hat. »Hier, helft mir mit seinen Stiefeln.« Sie umfasst eine Ferse mit beiden Händen und zieht das Schuhwerk sanft von seinem Fuß, während Meyrick sich am anderen zu schaffen macht. Dann greift sie zum Messer, zwickt die blutige Seide zwischen zwei Finger und hebt den Strumpf vorsichtig von der Wunde ab. Er klebt bereits fest, wo das Blut geronnen ist, sodass Essex zusammenzuckt und sich wegdreht. Dann fährt sie mit der Spitze der Klinge unter den Stoff und schlitzt ihn vom Oberschenkel bis zum Knie auf, sodass sich nun das ganze Ausmaß der Verwundung zeigt.

»Es ist nicht so schlimm, wie ich befürchtet habe … es ist nicht so tief. Du wirst es überleben.«

Sie küsst ihn zart auf die Wange und begreift erst jetzt, wie erleichtert sie ist.

Eine Zofe stellt eine Schüssel dampfend heißes Wasser neben sie und reicht ihr ein sauberes Stück Musselin.

»Blount, dieser Schuft«, stößt Essex hervor.

»Wer hat wen gefordert?«, fragt sie ihn und weiß doch, dass es das unbesonnene Gemüt ihres Bruders war, das die Auseinandersetzung herbeigeführt hat. Vorsichtig tupft sie die Wunde ab. Das Blut ist überraschend hell und fließt noch, doch sie sieht bereits, dass kein ernsthafter Schaden entstanden ist. Nur wenige Zentimeter höher in Richtung der Leiste, wo die Gefäße nur knapp unter der Haut sitzen, und die Geschichte wäre anders ausgegangen.

»Blount ist schuld.« Ihr Bruder klingt aufgebracht. Penelope hat Charles Blount ein-, zweimal aus der Entfernung bei Hofe gesehen. Er machte einen behutsamen, besonnenen Eindruck. Zudem ist er ein gut aussehender Mann, der mit Essex um die Aufmerksamkeit der königlichen Hofdamen wetteifert – und, viel wichtiger noch, um die Königin selbst. Sie hat gehört, dass Blount die eine oder andere Gunst gewährt wurde, und weiß nur zu gut, wie ihr Bruder ist. Er möchte der einzige Stern am Firmament der Königin sein. »Er hat angefangen!«

»Robin, du bist dreiundzwanzig, nicht dreizehn.« Ihre Stimme ist nun sanft. »Dein Temperament wird dich noch in ernsthafte Schwierigkeiten bringen.« Penelope ist zwar nur knapp drei Jahre älter als er, aber sie hat sich stets sehr viel älter gefühlt. Sie bemerkt seine Empörung, dass er dieses unbesonnene Duell verloren hat, da er sich doch für den besten aller Fechter des Landes hält. Am liebsten würde sie ihm erklären, er habe großes Glück gehabt, mit einer so leichten Verletzung davongekommen zu sein, doch sie tut es nicht. »Die Königin wird davon erfahren. Sie dürfte darüber nicht glücklich sein.«

»Wer sollte es ihr sagen?«

Sie antwortet nicht. Sie beide wissen, dass es unmöglich ist, irgendwo im weiten Europa zu niesen, ohne dass Robert Cecil es herausfindet und der Königin davon berichtet, ehe man selbst auch nur zum Taschentuch gegriffen hat.

»Du musst dich zwei, drei Tage ausruhen«, sagt sie zu ihm, als sie das Stück Stoff in die Schüssel tunkt, wo das Blut sich im sauberen Wasser zu hellroten Schwaden bläht. »Und deine amourösen Ränke werden für etwa eine Woche ruhen müssen.«

Mit stillem Amüsement sehen sie sich an, als er eine Pfeife aus seinem Wams zieht und Tabak in den Köcher stopft.

Doktor Lopez trifft ein und geht nach kurzen Begrüßungsworten ans Werk. Er stäubt einen Messbecher weißen Puders in die klaffende Wunde, »um den Blutfluss zu stillen«, wie er sagt; und er hält Essex ein Stück Holz hin, damit er darauf beiße.

Essex lehnt es ab, bittet aber Meyrick, er möge ihm die Pfeife anzünden, und sagt, es lenke ihn mehr ab, wenn er dem Gesang seiner Schwester lauschen könne. Also beginnt Penelope zu summen, als Lopez eine Darmsaite durch ein Nadelöhr fädelt. Essex bläst Rauchwolken aus den Nasenlöchern und erscheint ganz gelassen, als die Nadel mehrmals in sein Fleisch sticht und die Wundräder zusammenzieht.

»Eure Gabe zu nähen kann es mit den Stickerinnen der Königin aufnehmen«, sagt Penelope, als sie die feine Naht bewundert.

»Diese Fähigkeit habe ich auf dem Schlachtfeld erworben.« Väterlich legt er ihr seine Hand auf den Rücken und tritt mit ihr einige Schritte beiseite. Mit seinem kurzen dichten Haar und dem Bart, grau vom Alter, sowie dem Lächeln, das seine Augenwinkel fältelt, wirkt er wie die Aufrichtigkeit in Person. »Sorgt dafür, dass er sich ruhig verhält und das Bein hochlegt.«

»Ich werde mir alle Mühe geben«, entgegnet sie. »Aber Ihr wisst, wie er ist.« Sie hält inne. »Und …«

»Es wird nicht verbreitet, my Lady«, sagt Lopez, als läse er ihre Gedanken.

»Ich danke Euch, Doktor.« Nicht zum ersten Mal empfindet sie

Dankbarkeit gegenüber Lopez. Hätte es ihn nicht gegeben, hätte sie ihr erstes Kind verloren.

Später versammeln sie sich um den Kamin und lauschen Constable, der ein neues Gedicht vorträgt.

Die Liebste färbt die Rosen rot, wo sie sich zeigt,
Weil sie bei ihrem Anblick gleich erröten.

Penelope muss an ihren Brief an König James denken, der im Wams dieses Mannes steckt, und stellt sich vor, wie er über die große Straße nach Norden reitet, um ihn zu überreichen. Leise Angst und Aufregung wegen dieser Heimlichkeit jagen ihr einen Schauer über den Rücken.

Und blass vor Neid wurden die Lilienblüten,
Beschämt von ihrer schönen Hände Weiß.

»Ihr wechselt hier das Tempus, Constable«, bemerkt Essex, dessen Bein auf einem Stuhl ruht. »Es sollte heißen, blass werden.«

»Nun necke ihn nicht«, sagt Penelope. »Es ist sehr hübsch.« Sie zwinkert dem Dichter zu.

»Es ist hinreißend«, pflichtet Jeanne bei, die einen Augenblick mit der Nadel zwischen Daumen und Zeigefinger aufblickt. Ihre Hände sind zart – klein wie die eines Kindes – und fügen sich bestens zu ihrer Gestalt. Die beiden Frauen sticken eine Reihe Stockrosen auf den Saum eines Unterkleids, sie haben jeweils an einem Ende begonnen und wollen sich in der Mitte treffen. Doch Penelopes Aufmerksamkeit ist abgeschweift, und ihre Nadel hängt müßig am Faden. Essex' Neckerei hat den armen Dichter zum Schweigen gebracht; unbeholfen steht er nun vor ihnen und ist unsicher, ob er seinen Vortrag fortsetzen soll. Sonderbar, dass er so dünnhäutig ist, denkt Penelope, schließlich hat er Walsingham lange Zeit als Geheimagent gedient. Und zu dessen Spionagenetz zu gehören erfordert Mut.

»Wir würden gerne den Rest hören«, sagt sie, etwas abgelenkt durch Meyrick, der ins Gemach tritt und Essex einen Brief überreicht, der, so scheint es, das königliche Siegel trägt.

Constable räuspert sich und schaut zu Essex, der den Brief aufreißt.

Die Sonnenblume reckt sich himmelwärts,
Der Liebsten Macht strahlt wie die Sonne groß.

Penelope hört nicht mehr zu und beobachtet, dass die Wangen ihres Bruders sich röten. Er knüllt das Papier zusammen, wirft es ins Feuer und murmelt: »Ich bin vom Hof verbannt. Wegen Ungehorsams. Huh! Sie meint, es sei an der Zeit, dass mir jemand bessere Manieren beibringt.«

»Einige Wochen fern vom Hof sind vielleicht nicht schlecht«, sagt Meyrick. »Ihr wollt doch diese Verletzung nicht offen zeigen. Die Leute könnten Euch dafür verhöhnen.«

Wie gut Meyrick mit meinem Bruder umgeht, denkt sie. Aber schließlich sind die beiden seit ihrer Kindheit eng befreundet.

Essex seufzt niedergeschlagen.

Das Veilchen überfließt es purpurrot
Von lauter Blut – dies Blut vergoss mein Herz.

Ein Diener streckt den Kopf durch die Tür und nickt Meyrick zu, woraufhin dieser zu ihm geht und den Worten des Knaben lauscht, ehe er sich wieder zu Essex setzt und ihm die geflüsterte Botschaft weitergibt.

»Blount!«, ruft Essex. »Was zum Teufel denkt er sich, dass er hier auftaucht?«

Penelope hebt die Hand, damit Constable innehält, und wendet sich ihrem Bruder zu. »Ich nehme an, er kommt, um uns die Ehre zu erweisen und sich davon zu überzeugen, dass es dir wieder gut geht. Er kommt nur aus Respekt. Dessen bin ich mir sicher.«

»Respekt? Dieser Mann hat keinen.«

Meyrick legt seine große Hand fest auf die Schulter ihres Bruders. »Überlasst Blount mir.« Penelope sieht, wie sich das Muskelpaket im Nacken des Mannes anspannt und eine Spur von Brutalität in seinen Augen unter den wimpernlosen Lidern aufblitzt.

»Du *solltest* ihn hereinbitten, Robin«, sagt sie. Essex schiebt Meyricks Hand von seiner Schulter und hievt sich mühsam aus seinem Sessel. »Was tust du? Du sollst das Bein doch hochlegen.«

»Wenn ich diesen Schurken schon empfangen soll, will ich ihm nicht die Genugtuung gönnen, mich wie einen ängstlichen Trottel dasitzen zu sehen.« Er humpelt hinüber zum großen Porträt des verstorbenen Grafen von Leicester, als könnte ihm sein illustrer Stiefvater Kraft verleihen. Mit einer erhobenen Hand, seine Finger berühren den goldenen Rahmen, stellt er sich hin. Seine Augen glühen, was Penelope beunruhigt. Sie hat diesen Blick schon viele Male an ihm gesehen, und meistens bedeutet er den Auftakt zu tiefer Melancholie. Das ist Essex: loderndes Feuer oder bleischweres Herz, dazwischen gibt es nichts. »Schickt den Halunken herein.«

Als Meyrick das Gemach verlässt, um Blount hereinzubitten, sieht Penelope, dass er sich noch immer nicht das Blut von der Hand gewaschen hat.

Blount tritt ein, beugt sofort das Knie und zieht seinen Hut. »Vergebt mir, my Lord, sollte ich Eure Ruhe stören. Aber ich bin hier, um Euch Anerkennung zu zollen und Euer Schwert zurückzubringen.«

»Mein Schwert?«

»Es war zurückgeblieben, my Lord.«

»Wo ist es?«

»Einer meiner Männer draußen hat es. Ich hielt es nicht für angemessen, Euch bewaffnet gegenüberzutreten.«

»Ihr fürchtet wohl, das könnte die nächste Auseinandersetzung heraufbeschwören«, sagt Essex und fügt dann widerwillig an: »Ihr habt gut daran getan, Blount.«

»Zum Duell, my Lord«, sagt Blount. »Es war ausschließlich Zufall, dass meine Klinge Euch traf. Ihr hattet die Oberhand. Ich hätte die Wunde davontragen müssen.«

Penelope fällt mit einem Mal auf, dass sie ihn anstarrt, und wendet rasch den Blick ab.

»Steht auf, Mann«, sagt Essex. »Nicht notwendig, dass Ihr meinetwegen länger kniet.«

Penelope meint, den Anflug eines Lächelns in den Mundwinkeln ihres Bruders zu entdecken. Sie weiß nur allzu gut, wie sehr ihm die Darbietung von Unterwürfigkeit gefällt. »Gebt unserem Gast etwas zu trinken, und ich möchte auch etwas.«

Meyrick füllt aus dem Weinkrug auf dem Tisch zwei Becher, reicht einen seinem Herrn und den anderen Blount, der ihn erhebt und fragt: »Pax?«

»Pax«, bestätigt Essex. Sie leeren die Becher in einem Zug, er ein wenig zögerlicher als der andere Mann. Aber die Etikette verlangt, dass die Zurückweisung von Blounts Ritterlichkeit Anlass für ein weiteres Duell wäre.

Penelopes Blicke wandern wieder zu Blount; sie betrachtet seinen Haarschopf, dunkel wie der eines Arabers, seine feinen Gesichtszüge und seine warmen dunklen Augen. Er sieht besser aus, als sie ihn sich vorgestellt hatte. Er trägt keine Halskrause, nur einen flachen Kragen aus Spitze und ein Wams aus gefälteltem Satin, angenehm schlicht. Bestimmt hat er sein Gewand sorgfältig gewählt, um Essex nicht in den Schatten zu stellen. Also ist er auch ein Diplomat. Doch ein einzelner Ohrring an seinem linken Ohrläppchen verleiht ihm einen reizvollen Hauch von Verwegenheit. Dieser Mann wäre ein guter Verbündeter für ihren Bruder, denkt sie und will später mit Essex darüber sprechen; sie will ihm begreiflich machen, dass nicht Männer wie dieser seine Feinde sind. Sondern dass er sich vor Männern wie Cecil und Ralegh hüten müsse, die mächtige Gefolgschaften und das Ohr der Königin haben, Männer, die ihn verdrängt sehen wollen. Im Übrigen würde sie Blount gerne öfter in Essex' Haus sehen. Als er just in diesem Augenblick zu ihr schaut, spürt sie Röte in sich aufsteigen, als könnte er ihre Gedanken erraten.

»Kennt Ihr meine Schwester?«, fragt Essex.

»Es ist mir eine Ehre, die Lady kennenzulernen, die Inspiration zu herrlicher Dichtung bot.« Wieder beugt er das Knie und nimmt ihre Hand.

Sie fragt sich, ob er seinen Charme, von dem er offensichtlich überreichlich hat, nicht zu dick aufträgt. Sie versteht, warum die Königin ihm ihre Gunst schenkt. Doch als er zu ihr aufschaut, entdeckt sie nichts als Aufrichtigkeit in seinem Blick.

»Sidneys Sonette sind ohnegleichen, my Lady. Sie haben mich bisweilen sehr bewegt.«

»Und was gibt Eurer Vermutung Anlass, *ich* könnte in Sir Philips Gedichten gemeint sein?« Oft hat sie erstaunt, welcher Ruhm der Muse eines großen Dichters zukommt, denn er scheint so wenig mit ihr zu tun zu haben und so viel mehr mit Sidney. Was ist eine Muse, hatte sie sich oft gefragt – nicht mehr als eine Sinnbild.

Ihr Bruder lacht auf. »Jeder weiß, dass du und Stella ein und dieselbe seid.«

»»Als die Natur ihr Hauptwerk, Stellas Augen, schuf/Warum nur hüllte sie in Schwarz das helle Strahlen?««, rezitiert Blount ruhig. »Ich erkenne Euch an der Ähnlichkeit mit diesen Versen, my Lady.«

»Nun, das ist doch *wahre* Dichtung«, sagt Essex, was den armen Constable unruhig werden lässt.

»Sidney ist unübertrefflich«, ruft der verlegene Dichter.

»Genug«, erklärt Essex. »Meyrick, bringt mir mein Schwert. Es ist jenes, das Sidney mir geschenkt hat.«

»Und ich bin mir sicher, er wollte nicht, dass du damit Duelle ausfichst«, sagt Penelope, die unbeschwert bleiben möchte; aber all die Plauderei über Sidney lässt schmerzliche Erinnerungen in ihr wach werden, an das Mädchen, das sie vor acht Jahren war. Sie erinnert sich, wie sie an den Hof kam; damals dachte sie, dort herrsche nur Liebestreiben und vergnügtes Intrigenspinnen. Die Frau, die sie heute ist, beherrscht, verschlossen und politisch denkend, unterscheidet sich von diesem Mädchen wie ein Hühnerei von einer Auster.

Der Mann zieht sein Barett und verbeugt sich tief, während seine Blicke unstet umherschweifen, was ihn einem Nagetier ähneln lässt. Er muss unterwegs gewesen sein, denn Lehmspritzer reichen ihm bis zur Taille, und seine Schultern sind dunkel vor Nässe.

Cecil betrachtet ihn von seinem Schreibtisch aus, wo er Gegenstände zurechtrückt, die Tintenfässchen jeweils genau drei Zentimeter voneinander entfernt, die Wirtschaftsbücher von groß nach klein geordnet, und er dreht die Federkiele in ihrem Gefäß so, dass alle Federn in dieselbe Richtung zeigen. Da das Fenster hinter seinem Stuhl liegt, sind seine Gesichtszüge nur schwer zu erkennen. Der Tisch steht absichtlich so, damit Besucher im Nachteil sind. Cecil ist sich sehr wohl bewusst, dass seine Person nicht ausreichend imposant wirkt für das Amt, zu dem er berufen ist. Doch im Laufe der Jahre hat er verschiedene Tricks gelernt, um diesen Mangel auszugleichen. »Schließt die Tür.«

Der Mann tut, wie ihm geheißen.

»Ich hoffe, man hat Euch nicht gesehen.« Cecil bietet ihm Platz an. Der Regen muss aufgehört haben, denn ein heller mittäglicher Sonnenstrahl fällt auf das Gesicht des Mannes, sodass er seine Augen mit einer Hand abschirmen muss.

»Nein, Sir. Ich habe größte Vorsicht walten lassen, um sicherzugehen, dass mir niemand folgt. Ich habe die Pferde in Ware gewechselt, von dort habe ich die Straße nach London genommen und bin zurückgekehrt…«

»Die Einzelheiten interessieren mich nicht«, unterbricht ihn Cecil und sieht, dass der Kerl mit der anderen Hand sein Barett umklammert, als hinge sein Leben daran. »Ich hoffe aufrichtig, dass Walsingham nichts von unserem Treffen weiß.«

»Aber ich hatte den Eindruck, Walsingham stehe auf unserer Seite.«

»Hört mir zu. Es gibt kein ›auf unserer Seite‹ und kein ›nicht auf unserer Seite‹ und schon gar kein ›unser‹. Es geht lediglich darum, dass ich stets weiß, was vor sich geht. Mein Vater und ich dienen den Interessen der Königin, und dies erfordert...«, er hält inne, dreht seinen Ring zurecht, sodass der große Smaragd nach vorne zeigt, »...größtmögliche Diskretion.«

»Selbstverständlich, Sir.«

»Nun, in Eurem Brief habt Ihr zu verstehen gegeben, dass es gewisse Vorgänge am schottischen Hof gibt. Ist die Vermählung des Königs mit der dänischen Prinzessin ordentlich besiegelt? Gab es keine Probleme mit der...«, er räuspert sich, »...mit der Vollziehung?« James' von Schottland Neigung zu jungen Männern ist kein Geheimnis, und es gab Momente, in denen Cecil hoffte, dies könnte James' Anspruch auf den englischen Thron vereiteln. Es gibt weitere Anwärter für die englische Krone, die Cecil und sein Vater im Auge haben – die vielleicht lenkbarer wären.

Cecil bemerkt, dass ihm der Mann aufmerksam auf die Hände sieht. Er verschränkt die Arme vor der Brust, sodass sie vor seinem Blick verborgen sind. Seine Hände sind klein mit hässlichen spachtelförmigen Fingern; er ist seit jeher der Meinung, sie vermitteln einen falschen Eindruck von ihm. Als junger Mann hatte er sich nach Händen gesehnt, die einen breiten Säbel schwingen könnten, nach Händen wie die des Grafen von Essex.

»Nein, Sir. Das Ganze wurde offenbar vollzogen, wie es sich gehört. Die Prinzessin, nun ja, die Königin, scheint ganz vernarrt. Ich habe das blutige Laken mit eigenen Augen gesehen.«

»Dann seid Ihr also zu der Vermählung nach Oslo gereist?« Cecil ist beeindruckt und fragt sich zugleich, wie es diesem Wiesel von Mann, der so wenig Charme besitzt, nur gelungen ist, sich bei den königlichen Hochzeitsfeierlichkeiten einzuschmuggeln.

»Ja, ich habe mich angenähert an...«

»Ich weiß«, unterbricht ihn Cecil. Er weiß es zwar nicht, aber ihm ist klar, dass es den Mann auf Trab hält, wenn er glaubt, er werde beobachtet.

»Aber da ist noch etwas.« Der Mann hat sich vorgebeugt und spricht nun ganz leise.

»Noch etwas?« Cecil geht in Gedanken alle Möglichkeiten durch. »Bezüglich?«

»Bezüglich Essex' Schwester.«

Cecil kann seine Verwunderung nicht verhehlen. Es gefällt ihm nicht, mit Informationen überrascht zu werden, von denen er bislang kaum eine Ahnung hatte. »Was hat *sie* mit James von Schottland zu tun?«

»Sie hat Annäherungsversuche gemacht – hat dem König freundschaftliche Briefe geschrieben.«

»Freundschaftliche Briefe?«

»Vielleicht ist es auch vielschichtiger. Sie hat verschlüsselte Namen benutzt.«

Cecils Neugier ist hellauf geweckt. »Sprecht weiter.«

»Sie hat einen blumigen Stil, doch der allgemeine Eindruck, den ich habe gewinnen können – ich konnte doch nur einen kurzen Blick auf die Briefe werfen –, ist, dass sie ihm nahelegt, falls es dazu kommen sollte – so waren ihre Worte: ›falls es dazu kommen sollte‹ –, könne James auf ihre Unterstützung zählen und folglich auch auf die ihres Bruders.«

»Das klingt nach dummen Spielereien.« Cecil achtet darauf, ruhig zu bleiben, und schützt Nonchalance vor; aber er spürt das Prickeln unter seiner Haut und fühlt sich wie ein Hund, der die erste Witterung eines Hirschs aufnimmt. »Ich vermute, sie hat es bei Zweideutigkeiten belassen.«

»Wenn Ihr wissen wollt, ob sie sich selbst belastet hat, indem sie den Sturz unserer Monarchin andeutet. Nein, das hat sie nicht getan.«

Doch die verschlüsselten Namen weisen auf etwas Heimtückisches hin, denkt Cecil. »Und wer war der Überbringer?«

»Der Dichter Henry Constable, Sir.«

»Ach, Constable. Er hat früher einmal für *mich* gearbeitet. Offenbar umschwirren Dichter diese Lady wie Fliegen den Dreck. Es ist mir ein Rätsel. Vermutlich tat er es aus *Liebe*.« Sein Abscheu ist offenkundig. Cecil ist kein Mann, der der Liebe verfällt. Doch er ist unaufrichtig, denn es beeindruckt ihn etwas jenseits der augenfälligen Schönheit der Dame. Er beobachtet sie seit vielen Jahren – sie haben dasselbe Alter; sie sind gemeinsam am Hof aufgestiegen. Sie ist eine Frau mit einem untrüglichen Instinkt, die sich zur rechten Zeit am rechten Ort befindet und der ein Pragmatismus eigen ist, den man ansonsten nur bei einem Mann findet. Sie wäre vollkommen, hätte sie nicht diesen Bruder, Essex.

Allein bei dem Gedanken an Essex stellen sich Cecil die Nackenhaare auf. Nach dem Tod des ersten Grafen war der Knabe im Haushalt der Cecils aufgewachsen. Er erinnert sich noch gut daran, wie der junge Devereux bei ihnen ankam und aus dem Sattel sprang, noch ehe das Pferd stehen geblieben war. Essex schenkte Cecil – der nur halb so groß, aber zwei Jahre älter war als er und krumm wie eine Wendeltreppe – kaum einen Blick.

Sein Vater hatte ihm eingeschärft, es sich mit dem Kuckuckskind in ihrem Nest nicht zu verderben. Da hörte er zum ersten Mal, dass königliches Blut in Essex' Adern fließe. Nicht bloß ein Stammbaum, der in vier geraden Linien zurück zu Edward III. führt, sondern Tudor-Blut – denn es hieß, dass Essex' Urgroßmutter, die Hure Mary Boleyn, Henry VIII. ein Kind gebar, und dieses Kind war Lady Knollys, Essex' Großmutter. Cecils Vater wusste es wiederum von seinem Vater, der königlicher Kammerherr gewesen war und das Vertrauen des Königs genoss. »Wenn königliches Blut aus zwei Quellen in einen einzigen Sohn fließt, kann das Gefahr bedeuten«, hatte sein Vater ihm gesagt. »Darum stelle dich gut mit ihm, aber behalte ihn stets im Auge.«

Cecil *hat* ihn beobachtet, hat beobachtet, dass er sich wie eine Weinranke um die Königin schlingt, dass die Königin in seiner Gegenwart milder wird und ihn seit Leicesters Tod begünstigt wie niemand anderen. Die Klatschmäuler bezeichnen ihn als ihren Geliebten, doch Cecil weiß es besser – er ist nicht ihr Bettgenosse, er ist der Sohn, den sie nie haben wird. Und eine Mutter ist einem Sohn gegenüber nachsichtig, wie sie es mit einem Geliebten nie wäre.

Doch die Gedanken an die Schwester kann er nicht auslöschen.

Er denkt an den Moment, als er Penelope Devereux zum ersten Mal sah; es war der Tag, als sie bei Hofe vorgestellt wurde. Ihre Schönheit hatte ihm den Atem geraubt. Monatelang hatte er kaum an etwas anderes denken können, und des Nachts liebkoste er sich selbst zu Bildern von ihr, die sein Kopf erschuf. An jenem Tag hatte sie ihn angelächelt – er erinnert sich, als wäre es gestern gewesen, an dieses schamerfüllte, pochende Erröten, das dieses Lächeln in ihm ausgelöst hatte –, und was für ein Lächeln, eines, welches das Dunkel der Hölle ausleuchten könnte. Sie hatte gelächelt, während doch alle anderen jungen Frauen, denen er je begegnet war, ihn mit kaum verhohlenem Ekel ansahen. Doch in all den Jahren seither bewundert Cecil weit mehr als dieses hochherzige Lächeln, denn hinter ihrem berühmten Charme verbirgt sich ein großartiger Scharfsinn. Manche halten dies für eine gefährliche Eigenschaft bei einer Frau.

Teil I

DAS EI

Als die Natur ihr Hauptwerk, Stellas Augen, schuf,
Warum nur hüllte sie in Schwarz das helle Strahlen?
Wollte sie feinsten Schein, wie's weise Maler tun,
Wo Licht mit Schatten spielt, schwarz-glänzend untermalen?
Oder geschah's, daß sie den dunklen Ton erfand,
Zur Stärkung und zum Trost für unsren schwachen Blick,
Damit, wenn schleierlos das schöne Auge flammt,
Der sonnengleiche Strahl nicht blendet statt entzückt?
Oder galt es, die eigne Wundermacht zu zeigen,
Und, da man meint, Schwarz sei der Schönheit Widerpart,
Grade in Schwärze alles Schöne zu vereinen?
All dies, und mehr: darauf bedacht, daß Amor dort
Für immer weilt, verlieh sie ihm dies Trauerkleid,
Und ehrt jeden, der für sie stirbt aus Liebesleid.

Sir Philip Sidney, *Astrophil und Stella*

Januar 1581
Whitehall

Als sie zum ersten Mal das Kleid anprobiert hatte, das sie zum Empfang bei der Königin tragen sollte, war es ihr unglaublich prächtig erschienen. Aber dort in der Langen Galerie von Whitehall hatte es sich in etwas Unpassendes verwandelt – zu schlicht, zu puritanisch.

Auf ihrem Weg listete die Gräfin Vorschriften auf. »Bleib auf den Knien, bis sie dir bedeutet, dass du dich erheben darfst. Schau sie nicht an. Sprich nicht, ehe sie dich nicht dazu auffordert.«

Penelope wollte einhalten und dem Gesang lauschen, der leise aus der Kapelle drang, wo der Chor probte. Am Tag zuvor hatten sie dort nach ihrer Reise gebetet; und die Musik hatte sich tief in ihren Leib gesenkt, sich in ihm ausgedehnt, bis sie ihre eigenen Grenzen nicht mehr wahrnahm. Niemals zuvor hatte sie solch einen Chor gehört. Vierzig Stimmen – sie hatte sie gezählt –, jede sang einen anderen Part, die sich dann wieder vereinten, als wären sie eine einzige. Das musste der Klang des Himmels sein, denn nichts auf Erden kann sich so eng ums Herz legen, dass einem aus reiner Freude der Atem stockt. Der Graf und die Gräfin von Huntingdon ließen in ihrer Kapelle keine Musik zu; sie sagten, sie lenke ab von der inneren Einkehr und von der Verbindung zu Gott.

»Trödel nicht so, Penelope.« Die Gräfin umklammerte ihr Handgelenk so fest, dass sie fürchtete, ihr Zugriff könnte einen blauen Fleck hinterlassen.

Rasch gingen sie an den Porträts vorbei, zu rasch für Penelope, als dass sie hätte sehen können, ob sie Mitglieder ihrer Familie darunter entdeckte. Die Gräfin herrschte Flaneure vor ihnen an, sie sollten Platz machen. Die Gewänder der Damen waren auf eine Weise geschnitten, wie Penelope es noch nie gesehen hatte; mit Blumen und Vögeln bestickte Mieder, die sich spitz zu einer Wespentaille verengten; Röcke, die sich so ausladend bauschten, dass nicht zwei Damen nebeneinander über den Korridor gehen konnten, ohne sich abzusprechen. Manche trugen hauchzarte Stoffe, die sich hinter ihrem Kopf wie Libellenflügel blähten. Sie wollte sie genauer betrachten, wollte sehen, wie sie gearbeitet waren, ob es Draht war, der sie hielt, oder Magie. Die Gräfin bevorzugte schlichte Gewänder, und das dunkelgrüne Samtkleid, das Penelope trug, legte Zeugnis davon ab. Obgleich es schön geschneidert war, hatte es nichts von der Pracht dieser anderen Gewänder; und selbst die karmesinroten Satinärmel, die sie vor wenigen Stunden noch entzückt hatten, konnten den tristen Eindruck nicht mildern. »Der Herr schätzt den übermäßigen Luxus nicht«, sagte ihre Ziehmutter gern.

Penelope sehnte sich in diesem Augenblick nach einem blumenbestickten Mieder, nach Libellenflügeln und einem mit Edelsteinen besetzten Federfächer statt nach dem Gebetbuch, das an ihrem Gürtel hing.

»Grüße niemanden, es sei denn, du wirst dazu aufgefordert. Deine Onkel werden anwesend sein, dein Stiefvater …« – bei dem Wort »Stiefvater« verzog sie das Gesicht verächtlich; schon vor langer Zeit war Penelope aufgefallen, dass Lady Huntingdon Leicester nur selten »Bruder« nannte, und fragte sich, warum – »… deine Großmutter Knollys, einige deiner Cousins, aber du schaust sie nicht an. Es muss so sein, als wäre die Königin die einzige Menschenseele im Saal.« Dann blieb sie stehen und musterte Penelope von oben bis unten, zupfte ein Fädchen von ihrer Schulter und rückte die schlecht geschnittene Haube zurecht. »Und was immer du auch tust, erwähne deine Mutter nicht.«

Penelope vermisste ihre Mutter. *Sie* hätte sie niemals in ein so schlichtes Kleid gesteckt. *Sie* wäre eine Weile stehen geblieben, um der Musik zu lauschen. Sie stellte sich vor, statt ihrer Ziehmutter wäre ihre wunderschöne Mutter, Lettice Knollys, Gräfin von Leicester, an ihrer Seite. *Sie* hätte ihr eine Schmuckgarnitur geliehen und ihr mit Perlen besetzte Nadeln ins Haar gesteckt. Aber Lettice durfte bei Hofe nicht einmal erwähnt werden – als existierte sie gar nicht.

Penelope spürte Zorn in sich aufsteigen, Zorn im Namen ihrer Mutter – und im Namen ihrer ganzen Familie. Sie hörte sie sagen, als wäre es erst gestern gewesen und nicht schon vor fünf Jahren, als sie die Nachricht vom Tode ihres Vaters erreichte: »Diese Frau hat deinen Vater umgebracht.« Sie erinnerte sich an ihre Bestürzung, denn ihr Vater weilte, als er an der Ruhr starb, im Dienst der englischen Armee in Irland. Erst als sie alle Puzzlesteine zusammengelegt hatte, hatte sie begriffen, dass ihre Mutter mit »dieser Frau« die Königin gemeint hatte.

Für gewöhnlich war Penelope stolz auf ihren Mut, aber nun, als die Tür zu den Privatgemächern der Königin bedrohlich näher rückte, fühlte sie, dass er sich wie eine Perle in Essig auflöste.

»Hör zu, Penelope. Du magst ja die Patentochter der Königin sein, aber sie wünscht kein flatterhaftes Mädchen in ihrem Haushalt, auch wenn es hochwohlgeboren ist. Du musst achtgeben. Wir warten innen an der Tür. Nähere dich ihr nicht, bis sie uns heranwinkt. Sprich sie mit ›Euer Majestät‹ an, auch wenn andere es nicht tun – es ist ein Zeichen des Respekts. Wenn sie dich nach deinem Zeitvertreib fragt, antworte ihr, dass du gerne das Evangelium liest, und sprich nicht vom Kartenspiel.« Sie musste wohl an den Stapel Karten gedacht haben, den sie Penelope und ihrer jüngeren Schwester Dorothy weggenommen und ins Feuer geworfen hatte. Penelope wünschte, ihre Schwester wäre bei ihr, aber die Gräfin hatte es für besser gehalten, sie bleibe zu Hause. »Und habe ich bereits gesagt, dass du deine Mutter nicht erwähnen sollst?«

»Ja, my Lady.« Wieder verspürte sie den Zorn und erstickte ihn, indem sie sich in Gedanken dem letzten Wunsch ihres Vaters zuwandte, der sie mit Philip Sidney verlobt hatte; sie hoffte, ihn hinter jener Tür anzutreffen. Sie versuchte, ihn in sich heraufzubeschwören, aber sie hatte ihn nur ein einziges Mal gesehen, und das war bereits sechs Jahre her. Damals hatte er kaum Notiz von ihr genommen, aber warum auch sollte ein stolzer, bereits volljähriger junger Mann ein Mädchen von nicht einmal dreizehn Jahren bemerken, selbst wenn sie eine Verwandte der Königin ist? Sein Gesicht, so erinnerte sie sich, war fein geschnitten, mit einer geraden Nase und übersät mit kleinen Pockennarben, die ihn noch interessanter aussehen ließen, als hätte er Erfahrungen durchlebt, die sie sich nicht einmal vorstellen konnte.

Ein anderer Wunsch ihres Vaters war, seine Töchter der Obhut seines Verwandten, des Grafen von Huntingdon, anzuvertrauen; ein Wunsch, den die Königin offenbar gutgeheißen hatte und der zu respektieren war. Als sie ihre Mutter flehentlich um eine Erklärung gebeten hatte, hatte Lettice die Handflächen zum Himmel gedreht und den Kopf geschüttelt. »Es war der Wille deines Vaters. Ich habe kein Mitspracherecht. Im Übrigen ist es eine gute Chance für euch Mädchen. Die Huntingdons haben großen Einfluss auf die Königin.« Ihre Stimme brach. Penelope hatte akzeptieren müssen, dass es manche Dinge gab, die sie vielleicht niemals in Gänze verstehen würde. Als sie an ihrem schlichten Kleid hinunterschaute, fühlte sie sich mit einem Mal völlig verloren.

»Penelope, deine Tagträumerei treibt dich noch einmal in den Untergang.« Die Gräfin zwickte sie genau in dem Augenblick schmerzhaft in den Handrücken, als sich vor ihnen die große Tür auftat.

Gemeinsam traten sie ein und blieben an der Tür stehen. Die Königin war von Kopf bis Fuß in Gold gekleidet, und Leicester, der neben ihr stand, hatte eine besitzergreifende Hand auf die Rückenlehne ihres Stuhls gelegt. Penelope senkte zwar den Blick, musste aber unwillkürlich zu den Zofen der Königin spähen, die, ganz in Weiß gehüllt, wie eine Engelsschar aussahen. Nun hasste sie ihr grünes Samtkleid und stellte sich die Genugtuung vor, es von oben bis unten aufzuschlitzen. Indessen heftete sie den Blick auf ein Astloch im Holzboden, das sie wie ein Auge anzustarren schien.

Nach einer gefühlten Ewigkeit sagte die Königin: »Ah, Lady Hun-

tingdon. Lasst Uns Euer Mündel genauer ansehen.« Als die Gräfin sie
vorschubste, richtete Penelope den Blick auf die Hände der Königin,
was ihr Halt zu geben schien. Ihre Schönheit erstaunte sie; sie sahen
nicht aus wie die Hände einer fast Fünfzigjährigen – ein Alter, das
Penelope unfassbar hoch vorkam. Als sie schließlich die Stelle erreicht
hatte, wenige Zentimeter vor den Röcken der Königin, wo laut den
Anweisungen der Gräfin der rechte Ort war, sank sie auf die Knie
und schaute dabei noch immer auf diese Hände. Aus der Nähe sah
sie nun die Ringe, die ihre Finger schmückten: einen riesigen Rubin,
den sie wohl küssen würde – sollte sich die Gelegenheit ergeben –,
einen rechteckigen Diamanten in einer emaillierten Fassung und er-
staunlicherweise einen hoch gewölbten Krötenstein, der neben seinen majestätischen Nachbarn hässlich wirkte. Penelope fiel ein, dass
der Krötenstein als Schutz vor Gift galt, war sich jedoch nicht ganz
sicher.

»Näher«, forderte die Königin; Penelope rutschte unbeholfen auf
den Knien heran und sah, dass sich ihr eine Hand entgegenstreckte
und ihr Kinn anhob.

Die Brust der Königin war über und über mit Perlen geschmückt
und ihr Gesicht mit weißer Bleipaste geschminkt, die in die Fältchen
um die Augen und den Mund herum gekrochen war. Als sie nun lächelte, entblößte sie kurz ihre Zähne, deren Farbe an Hammelfleisch
erinnerte.

»Lady Penelope Devereux«, sagte sie, als sie aus ihren umschatteten
braunen Augen auf sie niederblickte, wobei sie blinzelte, als sähe sie
schlecht. »Wie alt seid Ihr?«

»Ich bin achtzehn, Euer Majestät.« Penelope brachte kaum ein
Wispern heraus.

»Also nicht mehr ganz so jung.« Die Königin blickte ernst, als
stelle sie in ihrem Kopf eine Rechnung auf. »Wir hören, Ihr singt
gut. Stimmt das?«

»Es heißt, ich hätte eine brauchbare Stimme, Euer Majestät.« Sie
bemerkte, dass ihr nun alle lauschten, als hätte sie etwas Wichtiges
zu sagen.

»Bei einem solchen Aussehen ist es ohne Bedeutung, ob Ihr es könnt oder nicht«, gab sie zur Antwort. Dann beugte sie sich so weit vor, dass Penelope ihren Moschusduft roch – die Erinnerung an ihre Mutter überkam sie, die sich an Abenden, wenn Gäste zum Essen erwartet wurden, Moschus auf den Hals und die Handgelenke rieb. »Mit diesem Gesicht werdet Ihr Neid bei meinen Zofen entfachen. Und sollte Eure Stimme auch nur halb so lieblich sein, dann bricht die Hölle los.« Obgleich sie ihre Hand nah vor Penelopes Ohr hielt, war es nur der Anschein von Diskretion, denn die engelsgleichen Zofen, die sich neugierig um sie versammelt hatten, hörten jedes Wort. Die Königin wirkte amüsiert.

Ein leises Lachen gluckste in Penelope auf; ihr gefiel das Kompliment mehr, als es durfte, und sie freute sich über das kleine Spiel der Königin, das sie in den Mittelpunkt von etwas stellte, das sie nicht ganz verstand. Gewiss hieß die Gräfin dieses Lachen nicht gut.

Die Königin ergriff nun Penelopes Hände. »Ich sollte Euch unter meine Fittiche nehmen, Penelope Devereux. Ihr scheint Humor zu besitzen. Und seht doch nur diese trostlosen Mädchen um mich herum.« Mit weiter Geste zeigte sie auf die Engelszofen, und es stimmte; als Penelope sie genauer ansah, erschienen sie ihr trotz ihrer prächtigen Kleider so glanzlos wie lateinische Verben. »Im Übrigen sind Wir Uns sicher, Ihr müsst richtige Mütterlichkeit erfahren.«

Penelope sah, dass die Hand der Königin zu der von Leicester wanderte, die auf der Rückenlehne ihres Stuhls lag, und dass sich ihre Finger verschränkten. Es war eine intime kleine Geste, die auf Penelope wie der Ausdruck von Besitzanspruch wirkte – Anspruch auf den Gemahl ihrer Mutter. Wieder spürte sie einen Anflug von Wut.

»Ich denke, fern der Vormundschaft der Gräfin werdet Ihr aufblühen. Sie ist stolz darauf, Mädchen zum Gehorsam zu erziehen, aber ich sehe, Ihr habt Esprit. Es wäre eine Schande, diese Aufgewecktheit zu zügeln.« Penelope hörte die Gräfin zischend einatmen – genau diesen Esprit hatte sie ihr in den letzten Jahren versucht auszutreiben.

Penelope fragte sich, ob die Königin mit »Mütterlichkeit« gemeint habe, der Gräfin mangele es an dieser Eigenschaft oder womöglich ihrer eigenen Mutter (die sie nicht erwähnen durfte).

»Setzt Euch«, forderte die Königin sie nun auf und klopfte auf den Stuhl neben sich. »Spielt Ihr Karten?«

»Mit dem größten Vergnügen«, entgegnete sie. Ohne zu überlegen, setzte sie noch hinzu: »Ein Spiel zu wagen versetzt mich in Höchstspannung«, was der Königin lautes Gelächter entlockte.

Penelope sah, dass all ihre Verwandten (mit Ausnahme der Gräfin, die wie versteinert wirkte) sich anerkennende Blicke zuwarfen; sie schienen zufrieden mit ihrer Vorstellung. »Es bietet sich dir nur eine einzige Gelegenheit, einen ersten Eindruck zu schaffen«, hatte ihre Mutter zu ihr gesagt. »Sei du selbst, mein Liebling. Die Königin mag mich verabscheuen, doch ich habe lang genug in ihrer Gunst gestanden, um zu wissen, was sie an einem Mädchen schätzt. Und das ist nun mal nicht die öde Frömmigkeit, die dir die Gräfin einzubläuen versucht hat. Und bist du erst aufgenommen, mein Schatz, wird es zu unser aller Nutzen sein. Weiß Gott, ich brauche Augen und Ohren unter den Hofdamen der Königin, und …«, sie hatte die Hand ihrer Tochter genommen und einen Kuss darauf gedrückt, »… und du sollst diese Augen und Ohren sein. Ich habe heute keinen Einfluss mehr, nicht einmal ein Mitspracherecht über das Schicksal meiner eigenen Kinder.«

In diesem Augenblick hatte Leicester das Gemach betreten. »Welchen Hexentrank braut Ihr beiden Schönen da zusammen?«

»Penelope wird morgen von der Königin empfangen … vermutlich wisst Ihr davon.« Penelope meinte, einen bitteren Unterton in den letzten Worten anklingen zu hören; doch da sie nun schon so lange fern ihrer Mutter lebte, war sie sich nicht ganz sicher. »Ich habe ihr die Hofetikette erklärt.« Dann wandte sie sich an Penelope. »Es wird dir bei Hofe gefallen, mein Liebling. Da herrscht das Leben. Du hast das Temperament, an diesem Firmament zu strahlen – und die Schönheit. Aber ich möchte dich warnen: Zeige nie Schwäche oder Angst. Die Königin verabscheut Hasenherzen. Stimmt das nicht, Liebster?«

»Ja, so ist es.« Dann bückte Leicester sich, um Lettices runden

Bauch zu streicheln und ihr einen innigen Kuss auf die Lippen zu drücken. »Treibt der kleine Kerl dich mit seinen Tritten wieder in den Wahnsinn?«

Lettice lächelte. »Er ist ebenso umtriebig wie sein Vater.«

Leicester hatte die Hand ihrer Mutter genommen und seine Finger mit den ihren verschränkt – genauso wie er jetzt die Hand der Königin hielt.

Penelope war sehr wohl bewusst, dass die Königin wegen der heimlichen Vermählung ihres Günstlings mit Lettice über alle Maßen wütend gewesen war – die Dienerschaft der Gräfin hatte monatelang kaum über etwas anderes getuschelt. Aber nun hier die gleiche kleine intime Geste zu sehen, vermittelte ihr das Gefühl, dass die wahre Situation sich ihrem Verständnis entzog. Sie fragte sich, ob Lettice Bericht über Dinge erstattet bekommen wollte, die ihren Stiefvater und die Königin betrafen, und ob ihre Mutter dies mit »Augen und Ohren« gemeint hatte.

Die Königin bat um Karten, plauderte fröhlich, deutete auf Höflinge und machte Bemerkungen über sie. »Das ist mein Schatzmeister, er wird sich um Eure Bedürfnisse kümmern«, und: »Dieser Brummbär da ist die Hüterin der Zofen«. Während sie das Kartendeck mischte, ließ Penelope auf der Suche nach Sidney die Blicke durch das Gemach schweifen. Doch es waren so viele junge Galane zugegen – alle in überwältigend prachtvoller Aufmachung –, dass es ihr unmöglich war herauszufinden, welchen von ihnen ihr der Vater versprochen hatte. Die Königin griff in ihr krauses kupferfarbenes Haar, löste daraus eine tropfenförmige Perle, die von bunten Edelsteinen umkränzt war, und legte sie auf den Tisch mit den Worten: »Was ist Euer Einsatz, Penelope Devereux?«

Penelopes Magen zog sich zusammen, denn außer einem Spitzentaschentuch ihrer Mutter, das in ihrem Ärmel steckte, hatte sie nichts zu bieten; und in Anbetracht dieses Schmuckstücks war das kaum ein angemessener Einsatz. Die Königin musste wissen, dass die Truhen der Devereux' leer waren. Langsam zog sie das Taschentuch hervor und ließ es neben der Perle auf den Tisch sinken.

»Es ist hübsch. Ein schönes Spitzenmuster.« Die Königin nahm es zur Hand und musterte es unter einem Vergrößerungsglas. »Ihr müsst wissen, die Hand einer Stickerin ist ebenso einzigartig wie die eines Schreibers.«

Penelope hatte es nicht gewusst, zumindest nicht bis zu diesem Augenblick, als ihr klar wurde, die Königin meine, sie könne das Taschentuch als das ihrer in Ungnade gefallenen Mutter erkennen. »Ja, Euer Majestät«, entgegnete sie und hielt die Luft an.

Die Königin hob eine aufgemalte Augenbraue. »Ein fairer Wetteinsatz. Die Beste nach drei Spielen.«

Penelope stieß leise die Luft aus und wartete, dass die Königin eine Karte vom Tisch nahm und eine andere ablegte. Sie tat es ihr gleich, und so wechselten die beiden sich ab, bis die Königin auf den Tisch schlug und »Vada« rief. Sie zeigte ihr Blatt mit einer Serie von fünf Karten. Penelope merkte, dass die Leute im Gemach sich enger um sie scharten und sie, den Neuankömmling, bei ihrer Prüfung genau beobachteten. Sie hatte gehört, der Königin missfalle es sehr zu verlieren, und war darum froh, dass sie ihr keine wahre Gegnerin war, denn es wäre ihr schwergefallen, ihren Wetteifer aus Gründen des Takts zu zügeln. Es war somit eine ehrliche Niederlage, als die Königin ein zweites Gewinnerblatt vorzeigte und die beiden Wetteinsätze lachend an sich nahm. »Euer Spiel muss schärfer werden, mein Kind.«

»Ich fürchte, das Können Eurer Majestät wird stets ausreichend scharf sein, um mir einen Kratzer zuzufügen.«

Wieder lachte die Königin hell auf.

»Eine kleine Zierde würde Euch guttun«, sagte sie, nahm die Perle und steckte sie in Penelopes Haar. »Ich schicke meinen Schneider in die Gemächer der Gräfin, um Euch ein Kleid anzumessen.«

»Ich weiß gar nicht, wie ich Euch danken soll, Euer Majestät.« Penelope stellte sich gerade die Stoffe vor, die sie aussuchen würde, und dachte daran, wie sie mit Libellenflügeln davonflöge, als ein älterer Mann mit länglichem Gesicht und silbergrauem Bart näher trat.

»Burghley«, sagte die Königin. »Kennt Ihr Lady Penelope Devereux?«

Das also ist Burghley, dachte Penelope und betrachtete den Mann, der, wie sie wusste, der Oberste Schatzmeister der Königin war, der mächtigste Mann im Land neben Leicester. Er war auch der Vormund ihres Bruders.

»Ich hatte noch nicht das Vergnügen«, sagte er und ergriff kurz ihre Hand. »Aber Euren Bruder kenne ich recht gut. Erfreulicherweise hat er sich kürzlich in Cambridge niedergelassen. Ihr steht Euch nahe, nicht wahr?«

»Ja, my Lord. Ich sehne mich danach, ihn wiederzusehen.« Wie viele Monate waren vergangen, seit sie ihren geliebten Essex zum letzten Mal gesehen hatte?

»Wir werden ihn zum Turnier an den Hof einladen«, sagte die Königin. »Und wo ist Euer Sohn, Burghley?«

»Hier, Madam.« Ein Junge trat vor. Er musste etwa Penelopes Alter haben, aber er war von weit kleinerer Statur; eine Schulter stand viel höher als die andere, und sein buckliger Rumpf erhob sich auf so dünnen Beinen, dass es ein Wunder war, dass sie ihn aufrecht hielten. Er erinnerte sie mit seiner merkwürdig vogelartigen Knabengestalt an eine Darstellung des Teufels, die sie einmal in einem verbotenen Buch gesehen hatte, und verspürte einen stechenden Hauch der alten Angst, die dieses Bild ihr eingejagt hatte.

Das Gesicht des Vaters war schon länglich, aber das des Sohnes noch länger, bis an den Rand des Hässlichen, seine Stirn war weit gewölbt, und seine Haare standen ab wie Borsten eines Kaminbesens. Beide Männer waren von Kopf bis Fuß in Schwarz gekleidet, nur ihre steife Halskrause war schneeweiß; doch trotz der Schlichtheit ihres Gewands haftete ihnen etwas Prachtvolles an, das Penelope nicht entging.

Der seltsame Knabe glotzte sie an, und aus Mitgefühl für einen, der mit einer solch gekrümmten Gestalt gestraft ist, lächelte sie ihm zu. Er lächelte nicht zurück, sondern glotzte weiterhin und wurde tiefrot. Sein Vater klopfte ihm auf die Schulter, was ihn aus seiner Trance zu wecken schien. Rasch sank er vor der Königin auf die Knie und richtete seinen Blick auf ihre Schuhe.

»Kommt Ihr hier in Whitehall zurecht, Cecil?«, fragte sie ihn. »Hat Euer Vater Euch alles gezeigt?« Und zu Penelope gewandt, sagte sie: »Cecil ist erst seit wenigen Tagen hier, nicht wahr, mein Junge?«

Cecil murmelte eine Antwort. Doch Penelope hörte sie nicht, denn sie hatte gerade hinter ihm mit einem Ziehen im Herzen das Gesicht entdeckt, das ihrem Gedächtnis eingebrannt war.

Februar 1581
Greenwich Palace

»Pack deine Sachen zusammen, Penelope. Du wirst Anne Vavasours Platz im Gemach der Zofen einnehmen.« Die Gräfin flüsterte den Namen des Mädchens, als wäre es eine Sünde, ihn lauter auszusprechen.

»Ich werde Zofe?« Penelope war nahezu atemlos bei der Vorstellung, dem strikten Reglement der Gräfin zu entkommen, und sah sich schon in ihren neuen Gewändern – einem gestickten Blumengarten – inmitten der Geschehnisse, statt wie in den letzten drei Wochen bei Hofe nur am Rande umherzustreifen.

»Ja, das wirst du.« Ihr Mund war nur ein Strich. »Lass es dir nicht zu Kopfe steigen. Und hüte dich, Penelope. Das Zofengemach ist nicht mehr so, wie es zu meiner Zeit war. Heute ist es eine Brutstätte der Ausschweifungen. Sieh nur, was diesem Mädchen zugestoßen ist.« Sie schüttelte den Kopf. »Das kommt dabei heraus, wenn man den Zofen erlaubt, sich herumzutreiben.«

Penelope hatte Anne Vavasours Schreie bis in die Gemächer der Gräfin gehört; schreckliches Gebrüll war durch die Gänge des Palasts gehallt. Da ihre Ziehmutter mit offenem Mund leise schnarchend neben ihr schlief, hatte sie sich aus dem Bett, aus dem Gemach geschlichen und war dem grässlichen Geschrei bis zu seiner Quelle gefolgt. Sie hatte sich allerlei Entsetzliches vorgestellt: eine Prügelei, eine Messerstecherei, zerschmetterte Knochen. Doch als sie unbemerkt in das Gemach der Zofen geschlüpft war, hatte sich ihr ein verstörendes Bild geboten. Anne, die im Kreis der sie umringenden Frauen kaum zu sehen war, schien mitten in einem Anfall zu stecken. Eine stopfte ihr einen Wollfetzen in den Mund, der die kehligen Schreie für einen Augenblick dämpfte, aber sie riss ihn sich heraus und schleuderte ihn von sich. Er landete vor Penelopes Füßen.

»Das Köpfchen«, sagte eine der Frauen. Penelope verstand nicht, warum sie so gelassen klang, wo doch eindeutig Annes Leben in Gefahr war. »Pressen!«

Dann geschah etwas, sodass Annes Schreie erstarben und Blut sich ergoss. Penelope konnte sich nicht von der Stelle rühren, vor Schreck wie gelähmt stand sie an der Tür.

»Ein Knabe«, sagte eine. Dann ertönte das unverkennbare Wimmern eines Neugeborenen, und Penelope begriff. Später erfuhr sie, dass Anne in jener Nacht das Kind des verheirateten Grafen von Oxford geboren hatte.

»Dieses verdorbene Mädchen ist mit ihrem Kind im Tower. Da gehört sie hin, ebenso der Vater.« Die Gräfin verzog das Gesicht vor lauter Abscheu.

»Im Tower?« Schon allein beim Namen dieses Orts durchfuhr Penelope Angst, denn jeder wusste, dass nur wenige Menschen, die den Tower betraten, ihn auch wieder verließen.

»Ihre Schande soll dir eine Lehre sein. Sie hat in den Augen Gottes gesündigt, dafür wird sie im nächsten Leben verdammt sein. Und in diesem Leben wird sie den Zorn der Königin ertragen müssen.« Was war wohl schlimmer, fragte sich Penelope, denn sie hatte rasch erfahren, dass die Königin wirklich furchterregend sein konnte. »Dieses Mädchen ist nicht die Erste. Wir alle wissen, was mit Katherine Grey geschah. Sie wurde, als sie ein Kind erwartete, in den Tower gebracht und ward nie mehr gesehen. Aus lauter Schmach hat sie sich zu Tode gehungert …« Offenbar wollte sie die Liste der schrecklichen Schicksale von Mädchen, die ihre Ehrbarkeit verloren hatten, nicht beenden, sie zählte sie an den Fingern auf. »… Ich erinnere mich, dass die Königin Mary Shelton einen Finger mit einer Haarbürste brach, nachdem sie ohne Erlaubnis geheiratet hatte. Und was deine Mutter angeht...«

Penelope wollte Fragen stellen zu ihrer Mutter und all den anderen Frauen, deren Namen in Gegenwart der Königin nicht ausgesprochen werden durften; sie wollte die tiefe Verzweiflung ergründen, die Katherine Grey dazu gebracht hatte, sich zu Tode zu hungern. »Meine Mutter...«

»...war eine Närrin«, fiel ihr die Gräfin ins Wort. »Stell dir doch nur diese Idiotie vor, einfach den Günstling der Königin zu heiraten. Sie hat alles verloren. Sie war der Liebling der Königin, und sie hat alles verloren... lebt in einem lebenslänglichen Fegefeuer... kein Einfluss...«

Penelope wollte sie zum Schweigen bringen, wollte ihr einen Wollfetzen in den Mund stopfen, so einen, wie ihn Anne Vavasour ausgespien hatte.

»...darum achte auf dein Benehmen, Mädchen. Du wirst der Königin beweisen müssen, dass du charakterlich nicht die Tochter deiner Mutter bist. Ich sage dir: Wenn du den Zorn der Königin auf dich ziehst, droht dir und deiner ganzen Familie Unheil.«

Penelope gelang es, ihre Zunge im Zaum zu halten, während die Tirade auf dem Weg zum Gemach der Zofen auf sie niederging. Sie wollte allein daran denken, dass sie endlich von der strengen Herrschaft ihres Vormunds befreit sein würde; doch all das Gerede verunsicherte sie, als würde ein einziger kleiner Schnitzer ins Desaster führen. Die Gräfin hatte sie oft genug an ihre widerspenstige Natur erinnert, die gezähmt werden müsse. Es war alles so verwirrend, denn sie hatte das Gefühl, dass die Königin sie gerade deswegen besonders mochte. Aber ein Einsatz beim Kartenspiel war schließlich etwas anderes als eine nicht geduldete Ehe – oder, Gott bewahre, ein kleiner Bastard im Bauch.

Ehe sie das Zofengemach betraten, zerrte die Gräfin sie zurück. »Merke dir: Liebesränke sind das eine, aber politische Ränke sind etwas vollkommen anderes. Die Leute werden sich dir nähern, um durch dich das Ohr der Königin zu erreichen. Achte darauf, dir keine

Feinde zu machen. Aber vergiss auch nicht, dass dir niemand ein wahrer Freund ist, wenn du zur Entourage der Königin gehörst. Einzig auf die Familie ist Verlass.«

Beklommen betrat Penelope das Gemach der Zofen. Neugierige Gesichter sahen ihr entgegen, und sie wünschte, ihre Schwester wäre an ihrer Seite und würde ihr Mut einflößen. Dorothy fehlte ihr; sie waren kaum ein Jahr auseinander und sahen sich so ähnlich, dass man sie oft für Zwillinge hielt; selten nur waren sie nicht zusammen gewesen; doch dann wurden sie getrennt, damit Penelope bei Hofe debütieren konnte. Sie erkannte Peg Carey, eine ihr kaum vertraute Cousine, die sie aus hellen Knopfaugen musterte, als wäre sie eine Stute auf einer Auktion.

»Ich bin Martha Howard«, sagte ein zierliches Mädchen mit entzückendem Gesicht. »Ich mache dir Platz für deine Sachen. Möchtest du heute Nacht im Rollbett schlafen? Es ist so heiß, wenn man gequetscht im Himmelbett liegt.« Sie zeigte auf das große Bett, das das Gemach beherrschte.

»Ja, nimm das Rollbett«, sagte Moll Hastings, eine junge Frau, die Penelope bereits kannte, da sie eine nahe Verwandte der Gräfin war. »Dort hast du es bequem.«

Noch immer sah Peg Carey sie wortlos an. Als ein Diener ihre Truhe hereintrug, verabschiedete sich die Gräfin. Da Penelope sich beschäftigen wollte, schlug sie den Deckel auf und zog ein paar Dinge heraus.

Als sie ihren abgewetzten Filzhasen auf das Kopfkissen des Himmelbetts setzte, fragte Peg: »Bist du nicht ein bisschen zu alt für Spielzeug?«

»Wir sind nicht alle aus Stein wie du, Peg«, warf Moll lachend ein. »Hier, Penelope, möchtest du, dass ich dir helfe, dein Kleid abzulegen?«

Als sie ihre Nachtgewänder trugen und die Diener gegangen waren, drängten sie sich ins Himmelbett, dessen Vorhänge sie fest zugezogen hatten, und ließen eine kleine Reiseflasche kreisen mit dem »Wasser des Lebens«, wie Moll es nannte und das sie »irgendwie«

besorgt hatte. Nie zuvor hatte Penelope etwas Derartiges getrunken, ließ es sich aber nicht anmerken und nahm einen Schluck; sie meinte, ihre Kehle würde versengt. Da sie husten musste, lachten die Mädchen, aber es war einerlei, denn es kreiselte so sehr in ihrem Kopf, dass alle Sorgen, die sie sich hätte machen können, an den Rand gedrängt wurden.

»Ich bin so froh, nicht mehr bei der Gräfin zu sein.«

»Das denke ich mir«, sagte Martha mit schimmernden Augen. »Sie ist eine richtige Vettel. Bei uns geht es ganz anders zu.«

»Aber verdirb es dir nicht mit der Königin«, mahnte Moll.

»Dazu gibt es wohl wenig Anlass. Die Königin ist *vernarrt* in sie«, spöttelte Peg, die so sprach, als wäre Penelope gar nicht zugegen.

»Peg!«, tadelte sie Martha. »Penelope buhlt nicht um die Aufmerksamkeit der Königin. Und im Übrigen ist Leicester ihr Stiefvater. Da ist es doch nicht verwunderlich, dass ihr Wohlwollen entgegengebracht wird.«

Penelope hielt es für das Beste, dazu zu schweigen, da sie vermutete, dass alle um die Umstände ihrer in Ungnade gefallenen Mutter wussten. In dem Augenblick kam ihr der Gedanke, die Gunst der Königin könne so eine Art Rache an Lettice sein und sie stehle ihr die Tochter. Nun ja, ich bin nicht so naiv, dass ich dieses Spiel nicht mitspielen könnte, dachte sie, und nahm noch einen Schluck aus der Flasche. Und schon spürte sie warme Benommenheit durch ihren Kopf fluten.

»Wissen wir eigentlich, wie dieser Anjou ist?«, fragte sie, um das Thema zu wechseln, denn sie sprach von dem Freier der Königin, der bald in England eintreffen und sie für sich gewinnen wollte.

»Er ist nur halb so alt wie sie und so schrecklich von Pocken entstellt, dass ihn in ganz Europa niemand haben will«, erklärte Moll. Penelope bezweifelte das, denn schließlich war er der Bruder des französischen Königs. Aber alle lachten. Penelope begann, Molls Humor zu mögen. Sie hatte etwas anziehend Ungezähmtes an sich, und da sie älter war als die anderen, kannte sie sich aus bei Hofe. Martha besaß eine natürliche Herzenswärme, und die sauertöpfische Peg würde sie schon noch für sich einnehmen; schließlich war sie eine Cousine. Penelope sah sich bereits als Schmetterling aus der Puppe schlüpfen und mit Edelstein geschmückten Flügeln in die höfische Welt mit ihren tausendfachen Möglichkeiten fliegen. Da sie den verwirrenden Katechismus der Gräfin in ihren Gedanken beiseite geschoben hatte, konnte sie sich herrlich dem Tratsch und dem Ränkespiel hingeben.

»Erzählt mir von Anne Vavasour und dem Grafen von Oxford«, bat sie.

»Die arme Anne, das ist das Schlimmste, was einer Zofe zustoßen kann. Sie ist im Tower, weißt du.« Martha sagte »im Tower«, als würde sie sagen wollen »im Fegefeuer«. »Mit ihrem *Bastard*«, ergänzte Peg. »Anne Vavasour ist viel zu eigensinnig. Ich habe nicht viel Mitgefühl mit ihr. Wer gibt sich denn schon einem verheirateten Mann hin?«

»Warte nur, bis es dir geschieht«, sagte Moll lachend.

»Mir geschieht das nicht. So dumm kann ich gar nicht sein.«

»Man weiß nie. Wenn die Liebe dich erwischt, bist du ihr ausgeliefert.« Moll umklammerte Pegs Taille und kitzelte sie, bis sie loslachte.

»Denkt nur«, sagte Martha. »Womöglich hätte *ich* Oxford geheiratet. Er sollte sich zwischen meiner Schwester und mir entscheiden. Doch dann wurde ein anderes Arrangement getroffen.«

»Zum Glück«, sagte Martha. »Obwohl Oxford ja aus einem alten Geschlecht stammt und seine Ländereien ihm Jahr für Jahr annähernd viertausend einbringen.«

»Seit wann zählst du Dinge dieser Art zusammen, Martha?«, fragte Moll.

»Dieser Mann ist gefährlich«, sagte Peg mit unheilschwangerer Stimme. »Er hat einmal einen Jungen umgebracht. Und seht, was mit Anne geschehen ist.«

In Penelopes Erinnerung wurden die Worte der Gräfin wieder wach: *Sie hat in den Augen Gottes gesündigt, dafür wird sie im nächsten Leben verdammt sein. Und in diesem Leben wird sie den Zorn der Königin ertragen müssen.*

»Hast du nicht einen Bruder, Penelope?«, fragte Martha.

»Ja, ich habe zwei und eine Schwester, Dorothy. Aber mein jüngerer Bruder Wat ist noch ein Kind, und selbst Robin ist noch nicht einmal sechzehn.«

»Also nur ein Jahr jünger als ich. Wann kommt er an den Hof?«, fragte Martha.

»Vermutlich wenn er seine Studien in Cambridge beendet hat.« Fern von ihren Geschwistern fühlte Penelope sich in diesem Augenblick sehr einsam.

»Wie sieht er aus? Ich meine, sieht er aus wie du?« Martha schien bei der Vorstellung des jungen Grafen von Essex munter zu werden.

»Ja, er ähnelt mir ein wenig. Aber er ist dunkelhaarig und schon sehr groß, mit einem fein geschnittenen Gesicht.« Diese Beschreibung hätte auf jeden passen können. Sie sah ihn so selten, dass sie sich fragte, ob er vielleicht unterdessen Pickel bekommen habe oder fett geworden sei.

»Essex ist der ärmste Graf im Land«, sagte Peg.

»Na, wenn du auf Reiche aus bist, ist er nichts für dich.« Sie hielt Peg Careys kaltem Blick stand, sie wusste, wie wichtig es war, ihr mutig entgegenzutreten. »Aber ich schätze, er würde eine Braut wollen, die ein bisschen mehr ...« Penelope hielt inne, absichtlich, und ließ ihre Gegnerin zappeln.

»Ein bisschen mehr was?«

»Ach, ich weiß nicht«, sagte Penelope achselzuckend.

»Thomas Howard«, warf Moll ein. »Er ist seit Kurzem in Trauer. Er sucht bestimmt eine neue Frau.«

»Aber seine Titel sind ihm entzogen, und sein Vater wurde wegen Hochverrats hingerichtet«, sagte Peg. »Er galt deswegen als ein viel zu hohes Risiko.«

»Womöglich bekommt er sie wieder zuerkannt«, meinte Martha.

»Vielleicht möchtest du stattdessen lieber Cecil«, sagte Moll zu Peg. »Er ist der Sohn des einflussreichsten Mannes in England. Bei ihm bliebe dir nie ein Wunsch unerfüllt. Sein Reichtum ist unvorstellbar.« Sie dehnte dieses Wort und betonte jede Silbe.

»Diese Kreatur – er ist klein, bucklig und nicht einmal in den Ritterstand erhoben.« Pegs Hohn kerbte sich in ihre hängenden Mundwinkel und raubte ihr jeden Liebreiz. »Es heißt, die Amme habe ihn als Kind fallen lassen und darum sei er missgestaltet.«

Penelope, die Pegs Hände Cecils Gestalt nachformen sah, empfand Mitgefühl für den armen Knaben. Sie erinnerte sich an ihre erste Begegnung und wie er rot geworden war, als hätte er in seinem ganzen Leben noch nie eine junge Frau getroffen und gewiss, als hätte ihn noch nie eine angelächelt. »Er wird seinen ganzen Verstand brauchen, wenn er bei Hofe überleben will«, sagte sie.

»Ja, genau«, pflichtete Martha bei.

»Verstand hat er reichlich. Es heißt, sein Vater erziehe ihn für ein hohes Amt«, sagte Moll.

Während sie weiter die diversen Vorzüge der unverheirateten Männer bei Hofe verglichen und ihr Potenzial einschätzten, kreiste wieder die Flasche. Es war unvermeidlich, dass sie schließlich über Sidney redeten.

»Er ist so galant«, sagte Martha sichtlich bewegt.

»Und undurchdringlich«, setzte Moll hinzu. »Man weiß einfach nicht, was er denkt.«

»Er kann schrecklich barsch sein. Aber er *hat* was«, sagte Peg.

»Und er ist ein Dichter. Stell dir vor, er würde Sonette für dich schreiben«, schwärmte Martha.

»Allerdings ist die Königin nicht erfreut über ihn, seit er diesen Brief geschrieben hat, in dem er sich gegen ihre französische Vermählung aussprach«, sagte Moll.

»Sie nannte ihn ›anmaßend‹«, erklärte Peg.

»Sie wird ihm bestimmt nicht lange böse sein«, sagte Martha verträumt. »Kennst du ihn, Penelope?«

»Ich …« Beinahe hätte sie von ihrer Verlobung erzählt – fragte sich aber, warum die anderen nichts davon wussten, wo doch Tratsch sich wie die Pest verbreitete. Und da sie fürchtete, sie könnte Neid bei ihren neuen Gefährtinnen hervorrufen, besann sie sich rasch und antwortete: »Nein.« Vielleicht, so überlegte sie, wartete Leicester auf die königliche Genehmigung, ehe er die Verlobung bekannt machte, aber selbst darüber hatte er mit ihr nicht gesprochen. »Nun ja, nicht richtig. Ich habe ihn nur einmal flüchtig gesehen, als ich zwölf war. Ich kann mich kaum erinnern.« Sie erwähnte nicht, dass diese Begegnung sich unauslöschlich in ihr Gedächtnis eingebrannt und sie sich seither Tausende Begebenheiten mit Sidney ausgemalt hatte. »Aber ich weiß genau, dass seine Verbindungen mütterlicherseits sind, darum ist er nicht allzu gut bei Kasse.« Wenn sie meinte, die anderen dadurch vom Thema abbringen zu können, hatte sie sich geirrt, denn nun entfachte sich ein längeres Gespräch über Sidneys großartige Aussichten.

»Aber er wird das Vermögen seines Onkels Leicester erben, denn Leicester hat keine Nachkommen.« Das sagte die atemlose Peg.

Penelope erwähnte nicht, dass ihre Mutter wieder in Wanstead war und bald Leicesters Kind gebären würde; sollte es ein Sohn sein, würde er Sidney aus diesen »großartigen Aussichten« hinauskegeln. Sie wusste, wann es besser war, derartige Informationen nicht preiszugeben; das hatte sie bereits an der Mutterbrust gelernt.

»Für *irgendeine* wird er eine gute Partie abgeben«, setzte Peg noch hinzu, in der eindeutigen Hoffnung, sie sei diese irgendeine.

»Er schaut doch keine von uns genauer an«, sagte Martha spitz.

»Ja, das stimmt. Er ist äußerst zurückhaltend«, sagte Moll. »Aber das macht einen Teil seines Reizes aus. Wollen wir hoffen, dass die Hochzeitsabsichten der Königin sich verwirklichen, sonst bekommt keine von uns die Erlaubnis, sich zu vermählen.« Sie wandte sich an Penelope. »Sie erträgt es nicht, dass ihre Zofen sich verehelichen, wenn sie selbst allein bleibt«, erklärte sie. Ihr Humor hatte sich verflüchtigt; Penelope vermutete, dass noch etwas anderes hinter ihren Worten steckte. Vielleicht lag es daran, dass Moll mit Mitte zwanzig noch unverheiratet war; ihre Blüte welkte bereits, und sie war noch immer eine Zofe der Königin; dabei sollte sie längst ihren eigenen Haushalt führen und Kinder gebären. Ein blitzartiger Gedanke überraschte Penelope; trotz Molls misslicher Lage fragte sie sich, ob sie selbst wirklich bereits vermählt sein wolle, nun, da ihr Abenteuer bei Hofe gerade erst begann.

»Und sie mag es überhaupt nicht, wenn jemand mit dem kleinsten Tropfen königlichen Bluts sich mit einem vermählt, der ebenfalls königliches Blut in sich hat, aus Angst, sie könnten einen Sohn zeugen, der sie auf ihrem Thron gefährdet.« Das sagte Martha.

Die Stimmung war nun gedrückt, und der vergnügliche Wirbel in Penelopes Kopf verwandelte sich in aufkommenden Kopfschmerz.

»Denkt daran, was Katherine Grey zugestoßen ist«, sagte Moll. Bleiernes Schweigen breitete sich aus, und Penelope fühlte sich zu den Warnungen der Gräfin zurückkatapultiert, sodass sie wieder Unbehagen überfiel.

»Wir können nur hoffen, dass die Absichten der Königin, sich mit dem Frosch zu vermählen, wahr werden«, sagte Peg, deren Stimme vor Hoffnungslosigkeit triefte. »Ich schlafe jetzt.« Sie drehte sich um und wickelte sich in die Decke.

Penelope schlüpfte aus dem Himmelbett und legte sich ins Rollbett, wo sie nach dem warmen Mief hinter den Vorhängen nun die frische Kühle der Laken genoss. Aber sie konnte ihre Unruhe nicht ganz abschütteln.

Februar 1581
Deptford Docks

Penelope saß neben Martha in der königlichen Barke, beide gehörten zum Gefolge der Königin. Sie verbarg die Hände in ihrem Gewand, um sie vor dem kalten Februarwind zu schützen, der ihr von den Rudern aufgespritzte, eisige Wassertropfen ins Gesicht blies. Eine weitere Barke, die der französischen Delegation, zog längsseits.

»Du hast einen Bewunderer«, flüsterte Martha kichernd, als einer der Franzosen ihnen einen Luftkuss zuwarf.

»Der war für dich.« Penelope lachte, als ihr Blick kurz den des Mannes kreuzte. »Diese Franzosen sind so indiskret. Ob Anjou wohl tatsächlich so hässlich ist, wie man ihm nachsagt?«

»Er wird schon bald hier sein. Dann wissen wir, ob der Tratsch zutrifft.«

»Meinst du, die Königin hegt ernsthafte Absichten, sich mit ihm zu vermählen?«

»Ich kann nicht verstehen, warum sie es tun sollte. Sicher, mit siebenundvierzig …« – die Zahlen sprach sie nicht aus, sondern formte sie nur unhörbar mit den Lippen – »… ist sie zu alt, um ein Kind zu gebären. Oh …« Ihr stockte der Atem; sie drehte sich mit der Hand vor dem Mund um. »Er hat eine obszöne Geste gemacht.«

Penelope sah zu dem Franzosen hinüber, der sich langsam mit der Zungenspitze über die Lippen fuhr. Nonchalant wandte sie sich ab und prustete vor Lachen. »Beachte ihn nicht, Martha. Vielleicht will die Königin einen Franzosen in ihrem Bett.«

»Allein der Gedanke …« Martha schauderte es.

»Ich glaube, was sie bei dem Ganzen wirklich will, ist Englands Bündnis mit Frankreich stärken.«

»Wir sind da!« Martha zupfte aufgeregt an ihrem Ärmel.

Penelope sah hinauf zu dem großen Schiff – Drakes *Golden Hind* –, mit dem er in die entferntesten Gegenden der Welt gereist war und unermessliche Reichtümer für die Königin mitgebracht hatte. Die Gräfin hatte Drake höhnisch als »Parvenü« bezeichnet. »Nicht unser Genre. Ich verstehe nicht, dass die Königin ihn so mag.« Die Zofen, die sich mit solchen Dingen weniger befassten, hatten lang und breit über Drake geschwatzt und waren sich einig, es sei ein Jammer, dass er nicht hübscher sei.

Die Königin erhob sich und griff nach Leicesters Hand, um sich im Gleichgewicht zu halten, während die Zofen eilig ihre Röcke glatt strichen und ihren Schleier richteten – feinster Voile, in den der Wind hineinfuhr und ihn blähte, sodass er beinahe mitsamt ihrer Perücke davongeflogen wäre. Das Boot schlingerte und buckelte unter Penelopes Füßen so sehr, dass sie sich an der Schulter eines Ruderers festhalten musste. Sie war die letzte Zofe, die von Bord ging. Sie griff nach der ausgestreckten Hand, die ihr beim Aussteigen half; aus Angst, sie könnte in das schmutzige Wasser fallen, wagte sie nicht, den Blick von ihren Füßen zu heben. Erst als sie auf dem Pier stand, ließ sie diese Hand los und wollte sehen, wem sie gehörte.

Sein Blick ruhte auf ihr; und sein Gesicht, diese gemeißelten Ebenen mit den zarten Narben, war ihrem so nahe, dass ihr Herz einen Satz machte.

»Obacht, my Lady. Bleibt stehen. Ihr habt Euch verfangen.«

Als sie sich umdrehte, da sie nicht ganz verstand, was er meinte, sah sie, dass der Saum ihres Gewands an einem Nagel in einem der Vertäupfähle festhing. Sie sah zu, wie seine Hände sie befreiten. Seine Finger waren schlank, einer tintenverschmiert. »Es tut mir leid. Er ist dahin.« Er hielt ihr den Saum hin, sodass sie den kleinen Riss sehen konnte.

»Ach«, sagte sie, und einen Augenblick lang schaute er sie an, als könnte er hinter ihre Fassade blicken, weit hinein in ihre geheimen Tiefen. Ihr stockte der Atem, und schon war der Moment vorbei. »Das lässt sich flicken.«

Unbeholfen schweigend standen sie voreinander; seine männliche Ausstrahlung war für sie kaum zu ertragen; sie bemerkte seine Muskeln, wo sein Wams eng seine Brust umfing, und sah, wie er das Heft seines Schwerts hielt, das ihm am Gürtel hing; als wäre er darauf vorbereitet, es einzusetzen, sollten die Umstände es erfordern. Verzweifelt suchte sie in ihrem Kopf nach etwas, das sie sagen könnte; seltsam, dass die Königin, die jeder fürchtete, ihr keine Angst einflößte und dass ihr nun angesichts dieses undurchdringlichen Mannes die Worte fehlten.

Als Penelope aufsah, bemerkte sie, dass die Königin sich mit den anderen Zofen bereits an Deck des Schiffes befand und dass hinter ihr auf der Gangway wartende Menschen drängelten.

»Ich bin Euch äußerst dankbar«, sagte sie, ohne Sidney in die Augen oder auch nur kurz ins Gesicht zu sehen. Er lächelte nicht und versuchte auch nicht, ihr die Befangenheit zu nehmen. Sie hatte eher das seltsame Gefühl, dass er ihr Unbehagen genoss.

Als seine Antwort kam, war sie so leise, dass der Wind sie davontrug; und da sie zu schüchtern war, ihn zu bitten, er möge sie wiederholen, nickte sie nur und ging. Sie malte sich aus, was sie hätte sagen sollen: etwas Geistreiches; etwas, das er in seiner Erinnerung immer mit ihr verbinden würde. Doch in unmittelbarer Nähe dieses Mannes, der viele Jahre lang lediglich in ihrer überbordenden Fantasie existiert hatte, war sie sprachlos gewesen.

Wind fegte über das Deck, und alle Frauen hielten ihre Perücken fest, da sie fürchteten, sie könnten ins Wasser geweht werden. Die Königin hielt eine Rede über Drakes große heldenhafte Abenteuer und dass, dank seiner, nun die Truhen Englands gefüllt seien. Als Applaus aufbrandete, erschallte plötzlich ein mächtiges Krachen.

In dem Gedanken, der Hauptmast könnte gebrochen sein und auf sie niederfallen, sah Penelope hinauf. Aber nein, der Mast stand fest und reckte sich zum Himmel. Dann ein Tumult aus Schreien und Rufen, und als sie sich umdrehte, sah sie, dass die Gangway unter dem Gewicht der Menschenmenge zusammengebrochen war. Etwa ein Dutzend Menschen waren ins Wasser gestürzt, wo sie sich hilferufend wanden. Ein, zwei klammerten sich an die Reling, hingen mit weißen Knöcheln daran und warteten darauf, dass ihnen die Wachen, die aus dem Nichts aufgetaucht waren, zurück an die Pier halfen. Diejenigen, welche dem Sturz entronnen waren, lachten über die weniger Glücklichen; alle außer Sidney, denn er warf ein geknotetes Seil hinab, an dem er Menschen, einen nach dem anderen, aus dem Wasser zog; dass sein helles Seidenwams von dem dunklen Flusswasser ganz schmutzig wurde, kümmerte ihn nicht.

Drake, der gedemütigt wirkte, brüllte seiner Besatzung Befehle zu, und ein neuer Steg wurde herbeigeschafft, sodass die französische Delegation an Bord gehen konnte. Die Königin sah all dem mit milder Belustigung zu, bis sie Drake zu sich bat und ihn zu dem Ausmaß der Schäden befragte; und plötzlich sah Penelope Besorgnis in ihrem Gesicht. Doch niemand war ernstlich verletzt; außer ein paar Kratzern, Blutergüssen und verlorener Würde war nichts geschehen.

Als ihnen ihre Plätze zugewiesen worden waren und sie so dicht gedrängt wie Heringe nebeneinandersaßen, wurde große Aufregung laut, weil der Königin ein Spitzenstrumpfband abhanden gekommen war. Marchaumont, der französische Gesandte, beharrte darauf, es ihr höchstpersönlich wieder anzulegen; dies führte dazu, dass das

Gekicher der Zofen sich nicht beruhigen wollte und ältere Damen, die leise entrüstet schnaubten, sich Bemerkungen über die lockere Moral der Franzosen zuflüsterten. Der Königin selbst schien diese Begebenheit zu gefallen; sie lachte und scherzte mit Marchaumont und Leicester, als sie ihre Plätze bei Tisch einnahmen. Penelope beobachtete sie; es wollte ihr nicht gelingen, diese unbeschwerte Frau mit derjenigen in Verbindung zu bringen, die all diese Mädchen wegen ihrer Liebesvergehen so hart bestraft hatte. Sie dachte an die arme Anne Vavasour mit ihrem Neugeborenen im Tower; wie viel Angst musste sie dort ausstehen? Sie beobachtete, dass Leicester der Königin etwas ins Ohr wisperte und sie sich angrinsten; und unwillkürlich musste sie an ihre Mutter denken, die alleine zu Hause saß; sie spürte Wut oder Hass oder so etwas wie Übelkeit in sich aufsteigen.

Penelope bemühte sich, ihre Aufmerksamkeit den Feierlichkeiten zuzuwenden. Nie zuvor hatte sie ein so üppiges Mahl genossen. Drake ließ alles Erdenkliche auffahren. Gericht für Gericht wurde in einer Parade an Deck getragen und der Königin von rotgesichtigen Dienern präsentiert, die mit den überschweren Tabletts kämpften. Eine Pastete war mit lebenden Tauben gefüllt, die in Panik davonflogen und sich auf den Mast hockten; als eine die Schulter eines Gefährten des französischen Gesandten bekäkelte, lachte der bloß und wischte das anstößige Zeug mit einer Serviette ab, wobei er es allerdings tiefer in den Samt seines Umhangs rieb.

»*Mais c'est un porte-bonheur, ça*«, tönte er fröhlich. Doch er lachte nicht frei heraus. Wahrscheinlich dachte er an die Rechnung der Wäscherei und daran, dass dieser neue Umhang extra für das Zusammentreffen mit der englischen Königin geschneidert worden war.

Eine Gans mit goldenem Kopf wurde hereingetragen; Drake hatte die Ehre, sie zu zerlegen, wobei er mit geheuchelter Überraschung einen Golddukaten in ihrem Bauch fand, der der Königin übergeben wurde. Sie warf ihn sogleich in die Luft und rief, als sie ihn wieder auffing, ihrem Gastgeber zu: »Kopf oder Zahl?«

»Kopf!«

»Ja, es ist Kopf«, bestätigte sie. »Reicht ein Ritterstand als Belohnung?«

»Überaus, Euer Majestät«, gab er zur Antwort.

Selbst Penelope durchschaute, dass dies ein Scherz war, denn das Ganze war für Drake, der diese Ehrung erhalten sollte, eingefädelt worden. Die Gräfin jedoch konnte sich nicht zurückhalten, leise zischelnd anzumerken: »Werden demnächst auch Kuhhirten zu Grafen gemacht?«

Weitere köstliche Gerichte folgten, und als schließlich das Festmahl zu Ende war und ein Ebenbild der *Golden Hind* aus Zuckerwerk zu Trompetenfanfaren hereingetragen wurde, kniete Drake vor der Königin nieder, um die Ritterwürde entgegenzunehmen. Die Königin, die noch immer in überschäumender Stimmung war, witzelte, sie könne ihm den Kopf abschlagen; dann aber überreichte sie das Schwert Marchaumont, er solle das Zeremoniell vollziehen. Dies veranlasste die Gräfin zu einer weiteren abschätzigen Bemerkung – irgendetwas über die Franzosen, denen mehr Privilegien gewährt würden, als sie verdienten –, und die Frau neben ihr raunte, dies geschehe sicherlich, um die Spanier zu ärgern. Penelope fiel ein, dass sie für ihre Mutter Augen und Ohren sein sollte; aber wie konnte ihr das gelingen, wenn sie doch kaum verstand, was genau hier vor sich ging?

»Was meint sie damit?«, flüsterte sie Martha zu. »Warum sollen die Spanier sich ärgern?«

»Keine Ahnung. Aber viel wichtiger …«, Martha stupste sie an und beugte sich mit der Hand vor dem Mund zu ihr, »… *er* schaut dich an.«

»Wer?«

»Ja, wer wohl? Sidney!«

Penelope zuckte nur mit den Schultern, schützte Gleichgültigkeit vor und fragte sich, ob Martha wohl etwas gemerkt habe; aber natürlich faszinierte Sidney alle Zofen, warum also sollte es mit ihr anders sein? Die Vorstellung, dass sein Blick auf ihr ruhte, beschwingte sie, und sie musste ihre ganze Willenskraft aufwenden, um nicht zurückzugucken.

Es war der erste richtig warme Tag des Jahres, als sie langsam, einer nach dem anderen, die Tribünen des Turnierplatzes verließen, während von hinten die Menschen drängten. Die Königin stand vorne Arm in Arm mit Anjou, umringt von seinem französischen Gefolge – wie Mutter und Sohn sahen sie aus. Penelope war beladen mit Gegenständen der Königin – mit ihrem Fächer, ihrem Pomander, ihrem Trinkgefäß und einem Frettchen an einer goldenen Kette, ein Geschenk von Anjou, das sich immerzu wand und sich in ihrem Ärmel verstecken wollte. Sie bemühte sich, in diesem Gedränge aufrecht stehen zu bleiben, und warf Peg hinter ihr einen wütenden Blick zu, die ihr schon wieder auf die Ferse getreten war. Martha schob sich neben ihr voran und plauderte atemlos über das gerade erlebte Spektakel.

»Arundel in Karmesinrot und Gold hat eine beeindruckende Figur abgegeben«, plapperte sie. »Findest du nicht auch, Penelope? Und Sidney …« Ihre verträumte Stimme verlor sich, als gäbe es keine Worte, die seiner Anziehungskraft gerecht würden.

»Sie *alle* waren recht prächtig«, entgegnete Penelope; aber auch sie dachte eigentlich nur an Philip Sidney, zugeben würde sie es jedoch nie. Dabei hatten die anderen Turnierreiter trotz ihres guten Aussehens und ihres Putzes neben Sidney blass gewirkt, als er auf einem silbergrauen Wallach in die Arena ritt; seine Rüstung funkelte in der Sonne, die Straußenfedern wippten, und seine Männer folgten ihm wie eine Armee. Als der Grauschimmel, durch irgendetwas erschreckt, sich aufbäumte und ängstlich wieherte, keuchte die Menge auf. Doch Sidney, fest im Sattel, wirkte vollkommen gelassen und beruhigte sein Pferd rasch.

Penelope beobachtete ihn mit gewaltigem Respekt; sie konnte kaum glauben, dass es dieser Mann war, den ihr Vater für sie ausgesucht hatte. Doch seit dem Bankett auf der *Golden Hind* hatte er ihr kaum einen anerkennenden Blick zugeworfen, und obwohl sie mit dem Trubel bei Hofe sehr beschäftigt war – Maskenspiele, Festmahle, Jagdgesellschaften, alles zu Ehren der französischen Gäste –, sammelte sich allmählich ihre Enttäuschung wie Staubflocken in einer Ecke. Schon ein kleines Lächeln würde ihr genügen; aber sie fühlte sich, als wäre sie unsichtbar für ihn, als wäre sie ihm nie versprochen worden, als hätte er nie vorsichtig ihr Gewand vom Nagel gelöst, als hätte er sie nie auf besondere Weise angesehen.

»Ich glaube, da versucht jemand, deine Aufmerksamkeit zu gewinnen«, sagte Martha. Sie zeigte auf einen Pagen, der sich durch die Menschenmenge zu ihnen vorkämpfte. »Das ist doch ein Diener deines Stiefvaters.«

»Ja, sieht so aus, der Livree nach zu urteilen.«

»My Lady, Lord Leicester wünscht Euch in seinen Gemächern zu sehen«, sagte er. Da die drei stehen geblieben waren, drängten sich die Menschen an ihnen vorbei.

»Ich muss irgendetwas mit diesem Tier hier machen.« Penelope zeigte auf das Frettchen, das sich nun an ihren Hals schmiegte und sie kitzelte. »Vielleicht könntet Ihr es in die Stallungen bringen und darum bitten, dass man es in einen Käfig sperrt.« Sie setzte das Lächeln auf, das für gewöhnlich dazu führte, dass junge Männer ihr nichts abschlagen konnten.

»My Lady, ich täte nichts lieber, als Euch zu Diensten zu sein«, sagte er ebenfalls mit einem Lächeln »Aber ich habe den Auftrag, der Königin einen Brief zu überbringen.«

»Dann könnt Ihr mir helfen und ihr diese Dinge geben.« Froh über diese Gelegenheit lud sie ihm alle Gegenstände der Königin auf. Nun wollte er über den langen Rücken des Frettchens streichen, doch flink wie eine Schlange drehte es sich und hieb ihm seine gelben Zähne in den Daumen. Mit einem lauten Schrei zog er die Hand zurück. »Böses Vieh! Wohl kaum ein passendes Geschenk für Ihre Majestät.«

Penelope sah zu Martha, die, um nicht loszuprusten, die Lippen fest aufeinanderpresste; sie selbst musste tief atmen, um ein Kichern zu unterdrücken. »Und was wünscht Lord Leicester von mir?«

»So etwas weiß ich nicht.« Er sah Penelope an, als wäre sie die schaumgeborene Venus.

»Meint Ihr wirklich, ich glaube Euch das? Ihr Pagen habt stets ein Ohr an der Wand. Ihr müsst doch etwas gehört haben.« Sie legte sich das zappelnde Frettchen in die Armbeuge, zog ihr Taschentuch aus dem Ärmel und band es dem Knaben sanft um die Wunde.

»Ich glaube, my Lady, es hat mit Eurem Hochzeitsarrangement zu tun«, flüsterte er. »Ich bin mir aber nicht ganz sicher. Und ich muss ...«

Ihr Herz machte einen Satz. »Ja, geht, bringt der Königin ihren Brief.«

»Und das hier?« Er hebt seinen verbundenen Daumen.

»Mein Taschentuch ... es gehört Euch. Geht, geht.« Er schaute erstaunt, als hätte sie ihm ihre Gunst geschenkt.

Bei dem Gedanken, was er über ihre Vermählung gesagt hatte, durchlief sie ein Schauer, der aber sofort verebbte, als sie an den Ehestand dachte, selbst wenn es mit einem so wunderbaren Mann wie Sidney wäre; denn es würde bedeuten, den quirligen Hof zu verlassen, um einen Haushalt zu führen und Kinder zu gebären – sie würde in Häuslichkeit ersticken, ehe ihr Leben richtig begonnen hätte. Sie dachte an die strenge Gräfin zu Hause, die jeden Tag eisern ihre Gebetsstunden einhielt, das Küchenpersonal beaufsichtigte, Hemden für die Armen nähte, beschauliche Gespräche über Theologie führte und für jedes kleinste Vergehen um Vergebung bat, während ihr Gemahl kam und ging, wie es ihm gefiel. Dieses Leben schien ihr die Luft zum Atmen zu nehmen, als wäre sie lebendig begraben. Sie wollte nicht über morgen hinausdenken. Zu gerne würde sie die Freuden bei Hofe noch eine Weile genießen, würde beobachten wollen, wie junge Männer wetteifern, um sie zum Tanz aufzufordern; sie würde singen und Rollen in Maskenspielen übernehmen wollen, Karten spielen, sich dem schönen Schein hingeben und die Frivolität von all dem genießen; sie wollte, dass man ihr den Hof machte, aber nicht vermählt sein – noch nicht. Wieder und wieder hatte die Gräfin ihr eingeschärft, dass all dieser Zeitvertreib nur eitel und der

Weg zur Hölle mit solch falschen Freuden gepflastert sei; doch ihr würde noch Zeit genug bleiben, es später wiedergutzumachen. Sie hatte das Gefühl, ihre Schönheit und ihre Jugend währten nur einen Augenblick, wie eine Eintagsfliege, die am Morgen geboren wird und am Abend schon zu Staub zerfällt; die Vorstellung, auch nur einen Augenblick zu vergeuden, ertrug sie nicht.

»So rasch«, sagte Martha gerade, als hätte sie Penelopes Gedanken erraten. »Du bist gerade erst zu uns gekommen, und schon verlässt du uns, um zu heiraten.«

»Diese Dinge können schon noch einige Zeit dauern.« Sie wusste nicht, ob das der Wahrheit entsprach.

»Was glaubst du, wen haben sie für dich im Sinn?«

»Ich habe keine Ahnung.« Sie wollte nicht bekennen, dass es Sidney war, nicht einmal Martha gegenüber, der jeder Neid fremd war. Die Mädchen würden es noch schnell genug erfahren. Als das Frettchen wieder anfing, sich zu winden, nahm sie es am Hals, achtete aber auf ihre Finger und empfand plötzlich eine Wesensverwandtschaft mit dem Tier, das auch kein Wörtchen über sein Schicksal mitzureden hatte.

Nachdem die Menschen die Tribünen verlassen hatten, zerstreuten sie sich, und Penelope machte sich auf den Weg zu den Stallungen. Als sie Cecil sah, blieb sie einen Augenblick stehen und beobachtete, wie seine bucklige Gestalt gleich einem Käfer die Treppe zum Großen Gemach hinaufhoppelte. Als er an einigen jungen Männern vorbeikam, löste sich einer aus der Freundesschar und machte Cecils sonderbar humpelnden Gang nach. Die anderen lachten. Cecil ging mit gesenktem Blick weiter, aber die anderen umringten und hänselten ihn. Einer riss ihm ein Buch aus der Hand und warf es einem anderen zu. Es flog hin und her, doch Cecil blieb ruhig, sodass sie schließlich, ihres grausamen Spiels überdrüssig, von ihrem Opfer abließen. Penelope hatte den Verdacht, dass Cecil an derartigen Umgang gewöhnt sein müsse, da er so gelassen reagiert hatte. Und sie fragte sich, ob wohl auch ihr Bruder ihn damals so behandelt hatte, als die beiden zusammen aufwuchsen.

Als Cecil die Tür erreicht hatte, bückte er sich nach seinem Buch, das dorthin gefallen war. Als er sich wieder aufrichtete, drehte er sich um, und sein Blick, der voller Verachtung war, heftete sich an Penelope. Sie wollte, sie hätte den Mut gehabt, etwas zu diesen Spöttern zu sagen; sie wollte sich erklären, ihr Mitgefühl zeigen, aber dieser Blick bestürzte sie; und schon war Cecil im Dunkel des Gemachs verschwunden.

In den Stallungen herrschte emsiges Treiben; die Burschen hasteten hin und her und kümmerten sich um die Turnierpferde. Sie entdeckte Sidneys Wallach, der ein wenig entfernt weggeführt wurde und ohne seine Ausstaffierung, ohne den künstlichen Pomp, weniger beeindruckend aussah. Nebenher gingen zwei Pagen mit Sidneys Rüstung, die in mehrere Teile zerlegt war. Einer alberte herum, er hatte Sidneys Helm auf dem Kopf und spielte mit dem Visier, auf, zu, auf, zu. Penelope trat in das nächste Gebäude. Der Geruch hier war beißend scharf, vorsichtig ging sie um dampfende Pferdeäpfel und feuchtes Stroh herum und fühlte sich mit ihren bestickten, rehledernen Pantoletten nicht richtig beschuht.

Sie rief einen jungen Kerl herbei, der zwei Eimer an einem Joch trug, zeigte auf das Frettchen und fragte, wem sie es wohl anvertrauen könne. Ihre Gegenwart schien ihn ziemlich aus der Fassung zu bringen; er setzte die Eimer ab und zog sich hastig mit zitternder Hand die Kappe vom Kopf. Er war wirklich noch ein Knabe; nach seinem Milchgesicht zu urteilen, sicher nicht älter als zwölf. Sie lächelte ihn an, um ihm weniger bedrohlich zu erscheinen, doch das stürzte ihn noch tiefer in die Verlegenheit.

»Vielleicht könntest du mich zu deinem Herrn bringen«, sagte sie.

Er nickte; offenbar brachte er kein Wort heraus, bis er schließlich hervorstieß: »Ich hole ihn, my Lady.« Er verschwand hinter einer Tür und ließ sie allein zurück. Durch die Tür hindurch vernahm sie ein langes, hitziges Gespräch über das Frettchen und in wessen Verantwortung es wohl falle, sich darum zu kümmern. Gerade als sie überlegte, das Tier an seiner goldenen Kette irgendwo anzubinden und es einfach zurückzulassen, erschien Sidney wie aus dem Nichts, zerzaust und nur mit Hemd, Hose und Stiefeln bekleidet.

»Du meine Güte, my Lady«, sagte er und deutete eine Verbeugung an. »Was um Gottes willen tut Ihr hier im Stall mit einem Frettchen auf dem Arm?«

Nun war es an ihr, kein Wort herauszubringen.

Mit einem Mal schien ihm bewusst zu werden, dass er nicht korrekt gekleidet war. »Ihr müsst verzeihen, dass ... dass ... dieses nicht angemessene Gewand.« Er stotterte ein wenig und offenbarte eine überraschende Unbeholfenheit, was ihr Mut gab. »Ich habe soeben erst meine Rüstung abgelegt.«

»Ich habe mich schon oft gefragt, was ein Mann unter seiner Rüstung anhat.« Kaum hatte Penelope diese Worte ausgesprochen, bedauerte sie sie bereits. Sie wollte nicht lüstern klingen. Doch sie hatte sich tatsächlich gefragt, was man wohl unter diesen starren Platten trug, die so unbequem aussahen, und ob die Männer irgendwelche Polster anhatten, damit die scharfen Metallkanten nicht an den Gelenken scheuerten.

Ganz anders als andere ihr bekannte junge Männer, die irgendetwas Schlüpfriges geantwortet hätten, sagte Sidney nur: »Gebt mir dieses Tier.«

Sie reichte ihm das Frettchen, das er am ausgestreckten Arm davontrug. Er ging zur Tür, stieß sie auf und brüllte: »Was soll das? Eine Zofe der Königin allein im Stall stehen lassen und mit mir über das Schicksal dieses Tieres streiten?«

Penelope sah durch die offene Tür, dass der Knabe zusammenzuckte, als bereite er sich darauf vor, geschlagen zu werden. Sie konnte den Gedanken nicht ertragen, dass er bestraft würde, nur weil er sie zufällig im Stall angetroffen hatte. Ohne nachzudenken, ging sie in den Raum und berührte Sidney an der Schulter. Brüsk drehte er sich mit zornigem Gesicht um, als hätte ihn ein Feind überrascht.

Langsam zog sie ihre Hand zurück. »Lasst den Jungen. Er hat lediglich versucht, mir einen Dienst zu erweisen. Mir ist keinerlei Kränkung widerfahren.«

Ebenso rasch wie die Wut in Sidney aufgestiegen war, verflüchtigte sie sich. »In dieser Hülle steckt somit ein mitfühlendes Herz.« Er sprach so leise, dass nur sie es hören konnte.

»Was wollt Ihr damit sagen?«

»Je schöner das Äußere, desto weniger schön das Innere. So verhält es sich für gewöhnlich.«

Penelope war es nicht gewohnt, dass man ihr ein freundliches Herz nachsagte, auch wenn das Kompliment verdreht war. Dass man ihr sagte, sie sei schön, geschah oft, aber schließlich verlangt Schönheit nichts weiter als einen glücklichen Zufall; ihr wäre lieber, die Leute würden an ihrer Oberfläche kratzen. Als sie ihn nun ansah, erschien er ihr vollkommen fremd, ganz anders als die Person, die sie von ihren früheren Begegnungen im Kopf hatte. Ja, die beiden sahen gleich aus, aber der Sidney ihrer Vorstellung gab nur dumme romantische Plattitüden von sich wie ein Ritter in einer Ballade; und dieser hier – nun ja, sie wusste nicht so recht, was sie mit seinem indirekten Kompliment anfangen sollte, doch irgendwie gelang es ihr, den Mut für eine würdige Entgegnung aufzubringen. »Sprecht Ihr aus eigener Erfahrung? Wie ist Euer Herz?«

»Tja, *ich* bin keine Schönheit.« Er strich sich über die narbige Wange. Dabei sah sie wieder den Tintenfleck an seinem Zeigefinger, was sie daran erinnerte, dass er ein Dichter war. Abrupt wandte er sich um, als gefalle es ihm nicht, über sich zu reden, und ging zu den Männern in den anderen Raum, die strammstehend seine Anweisungen erwarteten.

Sie wollte ihm widersprechen, tat es jedoch nicht; ihr kam der Gedanke, dass die meisten Männer mit schlechter Haut sich einen Bart wachsen ließen, um diesen Makel zu verbergen; er hingegen war glatt rasiert und legte damit so etwas wie ein Bekenntnis ab. »Das Tier ist der Königin geschenkt worden. Sorgt gut dafür, wenn ich bitten darf«, sagte sie stattdessen, als sie sich wieder unter Kontrolle hatte.

»Ja, tut, was die Lady wünscht«, sagte Sidney, reichte das Tier weiter und schloss die Tür, gegen die er sich nun lehnte. »Es kommt mir so vor, als würde ich Euch regelmäßig retten. Ihr wart es doch, die in Deptford an einem Nagel hängen geblieben seid.«

»Von ›regelmäßig‹ kann ja wohl kaum die Rede sein und ebenso wenig von ›retten‹.« Mit plötzlicher Entrüstung wurde ihr klar, dass dieser Mann, der seit ewigen Zeiten ihre Gedanken beherrschte, nicht einmal wusste, wer sie war. »Wenn ich Euch so vertraut bin, dann nennt mir meinen Namen.«

Er sah sie an, verwirrt, eine halbe Ewigkeit, während sein Mund leicht zuckte, als wolle er eine Antwort geben und könne es nicht.

»Dem Dichter fehlen die Worte.« Ihre Stimme sollte leicht und heiter klingen, aber sie konnte ihren Groll nicht verbergen. Wie war es nur möglich, wenn man doch in ihrer Familie über ihre Vermählung sprach, dass ihm niemand sie gezeigt hatte? Redete er etwa nicht mit den anderen Männern, wenn sie die unterschiedlichen Eigenschaften der königlichen Zofen verglichen? Hatte er sie nicht ausreichend bemerkt, um sich en passant zu fragen, wer sie sei?

Als sie zum Ausgang eilte, packte er sie plötzlich am Oberarm und wirbelte sie zu sich herum. »Ich gestehe, Ihr habt recht, aber bitte … sagt ihn mir.«

Sie konnte ihn riechen – nie hatte sie überlegt, wie er wohl roch –, es war ein angenehmer Duft, überraschend sauber, herb und sommerlich wie Heu.

»Wie ist Euer Name?« Er klang so unglücklich, dass ihre Empörung auf der Stelle verflog; sie ließ es zu, dass er sie am Gehen hinderte, wollte den Moment hinauszögern und fühlte sich im Netz gegensätzlicher Empfindungen gefangen.

Sie dachte an das Entsetzen auf dem Gesicht der Gräfin, sollte sie sie in dieser Situation überraschen, so nah beieinander, nah genug, um seinen Atem an ihrem Ohr zu spüren, er nicht korrekt gekleidet und noch immer ihren Arm umklammernd, als wollte er sie nie wieder loslassen.

»Ihr kanntet meinen Vater gut.« Ihre Stimme klang sonderbar und heiser, die Stimme einer Fremden. »Und wir haben uns einmal vor vielen Jahren gesehen.«

»Wo haben wir uns gesehen?« Er sah sie durchdringend an. »Ich würde mich erinnern.«

»Ihr habt mich kaum bemerkt. Ihr wart zu sehr damit beschäftigt, neben Eurem Onkel Leicester einherzustolzieren. Es war in Chartley.« Sie sah sich in ihrem Elternhaus, sie war damals noch keine dreizehn Jahre alt. Er war einundzwanzig, schon ein Mann, und sie hatte sich noch unfertig gefühlt – selbst heute mit achtzehn, wo sie doch bereits vermählt sein und einige Kinder haben könnte. Sie war ein Küken in den Augen dieses Mannes gewesen, den diplomatische Missionen ins Ausland geführt hatten und der in Übersee bei militärischen Auseinandersetzungen gekämpft hatte; er hatte ein Jahrzehnt bei Hofe zugebracht, er wusste, was das Leben war. Dies war nicht der Knabe ihrer Träume, der abgedroschene Phrasen über die Lippen brachte.

»Lady Penelope? *Ihr* seid Penelope Devereux?« Ein strahlendes Lächeln ging über sein Gesicht. »Die beiden Mädchen in roten Samtkleidern in Chartley … seht Ihr, ich erinnere mich.«

»Nein, das tut Ihr nicht. Ich war an jenem Tag in Blau gekleidet, meine Schwester trug rot.«

»Wir waren früher einmal einander versprochen.« Mit einem einzelnen Finger, der sie kaum berührte, strich er ihr über die Wange; abrupt zog er die Hand weg, ließ auch ihren Arm los und trat einen Schritt zurück, als hätte er einen geheimen Verhaltenscodex verletzt. Penelope fragte sich, was er mit »früher« sagen wollte, und rief sich in Erinnerung, dass des Öfteren das Paar als Letztes davon erfuhr, wenn ein Ehearrangement verabredet wurde. Vielleicht hatte man es ihm noch nicht gesagt; schließlich hatte auch sie nur zufällig durch den Diener ihres Onkels erfahren, dass man über ihre Vermählung sprach. »Ich hatte größten Respekt vor Eurem Vater.«

»Ich muss gehen«, sagte sie und fühlte sich einen Schritt von ihm entfernt bereits einsam. Ihr war plötzlich wieder eingefallen, dass man sie in den Gemächern ihres Stiefvaters erwartete.

»Ich muss Euch wiedersehen«, sagte er.

»Ihr findet mich bei den Zofen der Königin.«

»Ich meine … allein.«

Sie schwieg, lächelte nur und ging über den Hof der Stallungen zum westlichen Eingang. Sie war fest davon überzeugt, dass er schon bald erführe, dass ihnen ein ganzes Leben Zeit blieb, allein zu sein.

Sie nahm zwei Stufen auf einmal und eilte durch das Gewirr der Gänge in die Gemächer ihres Stiefvaters. Einer von Leicesters Männern stand draußen auf dem Treppenabsatz; er lehnte an der Holzvertäfelung und richtete sich sofort auf, als er sie kommen sah. Sie hielt kurz inne, um ihre Haube zu richten und die Röcke glatt zu streichen, ehe sie ihm zunickte, damit er die Tür öffne.

»Ah, Penelope.« Es war Leicester, der dies sagte. Wie die Sonne stand er in seinem Goldbrokatwams mitten im Gemach; die anderen um ihn herum wirkten wie blasse Planeten in seinem Orbit.

Sie sank in den Hofknicks und sah sich rasch um. Ein Schreiber saß am Tisch, brütete über irgendwelchen Unterlagen, und der Page, der ihr zuvor begegnet war, spielte mit einem anderen am Fenster ein Brettspiel. Die Gräfin saß mit ihrem Gemahl, Huntingdon, neben dem Kamin; beide, in steifem Schwarz, sahen aus wie der König und die Königin auf einem Schachbrett. An ihrer Seite stand ein verschlossener junger Mann mit großen braunen Augen, die so weit auseinanderstanden, dass man glauben konnte, jedes täte unabhängig vom anderen seinen Dienst. Seine Lippen waren voll und schlaff, sodass sein Mund leicht offen stand, als wäre seine Nase verstopft; doch abgesehen davon war er ziemlich hübsch, wie ein Knabe auf einem italienischen Gemälde, das sie einmal gesehen hatte. Auch er war ganz in Schwarz gekleidet, und wegen des Papierstapels, der unter seinem Arm klemmte, nahm sie an, er müsse ein Mann des Rechts sein.

»Was hat dich aufgehalten?«, fragte die Gräfin. »Wir haben lange auf dich gewartet.«

Als Penelope sich entschuldigte, spürte sie den neugierig taxierenden Blick des jungen Juristen. Sie hatte sich unterdessen beinahe daran gewöhnt, dass Männeraugen sie musterten, und sah ihn lang und feindselig an.

»Du solltest dich nicht bei uns entschuldigen«, sagte Huntingdon. »Sondern bei unserem Gast Lord Rich.«

Sie war für einen Moment verwirrt. Der Jurist machte einen Schritt auf sie zu. Seine Hand war klamm, als er nach ihrer griff und einen feuchten Kuss daraufdrückte. Es fiel ihr schwer, sie nicht gleich zurückzuziehen und an ihren Röcken abzuwischen. Sie sah, dass er zitterte, und meinte, ein Raum, in dem sich die beiden mächtigsten Grafen Englands befanden, könne jemanden einschüchtern, der an solch illustre Gesellschaft nicht gewöhnt sei. Sie lächelte ihn an, damit er seine Befangenheit ablege, woraufhin sein Mund zuckte. Einen kurzen Moment leuchteten seine Augen auf, die dunklen Pupillen glänzten golden. Doch es war etwas an diesem Lord Rich, etwas Gallertartiges, das sie an Froschlaich oder an rohe Eier denken ließ. Rich trat wieder zurück an seinen Platz, und Penelope sah, dass er Leicester zunickte.

»Gut, dann ist es entschieden«, verkündete ihr Stiefvater. »Wir dachten an Anfang November vor den Feierlichkeiten zum Jahrestag der Thronbesteigung.«

»Und die Königin, my Lord?«, meldete sich Rich zu Wort. Penelope sah bestürzt von einem zum anderen und fragte sich, wann dieser Rich wohl gehe, damit sie mit ihrem Stiefvater ihre Vermählung mit Sidney besprechen könne.

»Ihr habt die Zustimmung Ihrer Majestät, Rich. Sie ist zwar enttäuscht, so rasch eine geliebte Zofe zu verlieren, aber …« Er vollendete den Satz nicht.

Richs Mund verzog sich zu einem breiten schleimigen Grinsen.

Penelope schluckte – es kümmerte sie nicht, dass sich Abscheu in ihrem Gesicht spiegelte –, als die Tragweite der Lage sich wie eine bleierne Glocke über sie stülpte. »Mit ihm … Ihr wollt mich mit ihm vermählen?« Sie zeigte auf Rich. »Aber ich bin doch mit Sidney verlobt.«

»Achte auf dein Benehmen, Mädchen«, warnte sie Huntingdon, dessen rechter Arm zuckte, als wäre er versucht, sie zu schlagen.

»Sidney? Ja, was denkst du?«, eiferte sich die Gräfin. »Dieses Arrangement ist längst erloschen. Im Übrigen hat er kein Vermögen mehr, nicht wahr, Bruder?« Sie drehte sich zu Leicester. »Nicht seit du einen rechtmäßigen Erben in die Welt gesetzt hast und er von dir nichts mehr zu erwarten hat.«

Penelope spürte, dass sich Wut in ihrer Kehle zusammenballte, als sie an das Kind dachte, das ihre Mutter erst vor wenigen Wochen geboren hatte. Nun begriff sie, dass dieses Kind, ihr kleiner Halbbruder, der so liebevoll der Edle Bengel genannt wurde, sich zwischen Sidney und seine großen Erwartungen gedrängt hatte – zwischen Sidney und sie. Die Botschaft war vollkommen eindeutig; Sidney war nicht begütert genug, um die verarmte Tochter eines Grafen zu ehelichen, dessen Blutsbande direkt zu Edward III. führten.

»Rich, welch ein passender Name!« Sie machte eine Geste in Richs Richtung, ohne über ihre Grobheit nachzudenken.

Die Gräfin keuchte. »Entschuldige dich, Penelope!«

»Du musst verstehen, meine Liebe …«, sagte Leicester, »… dass wir, deine Familie, nur deine besten Interessen im Sinn haben.«

Penelope war kurz davor, eine scharfe Antwort zu geben, wollte herausstellen, dass »Familie« nur ein notdürftiger Begriff sei, denn sie sei mit Leicester ja schließlich nicht blutsverwandt. Doch sie besann sich eines Besseren.

Rich hatte sich hinter Huntingdons Rücken geduckt, sein Mund klappte auf und zu.

»Ich habe schon so manche junge Frau über den Gemahl, den man ihr erwählt hat, wettern hören. Aber letzten Endes haben sie alle zugestimmt«, erklärte Leicester. Doch Penelope hörte ihm nicht zu; sie konnte nur an Sidney denken und daran, dass es ihr nicht besser erging als diesem vermaledeiten Frettchen.

»Ich weigere mich. Ich habe das Recht dazu.«

»Meine Liebe.« Wieder Leicesters weiche Stimme; aber an seinen geballten Fäusten erkannte sie, dass er aus Gründen der Höflichkeit seinen gewaltigen Zorn kaschierte. »Ich denke, du wirst dich überzeugen lassen. Rich …«, er winkte den jungen Mann zu sich, »… warum erzählt Ihr Lady Penelope nicht etwas über Eure Ländereien?« Als Rich sich nun hinter Huntingdon hervorwagte, empfand Penelope unwillkürlich ein wenig Mitleid für den Mann. Letztendlich war er ebenso eine Schachfigur in diesem Spiel wie sie. »Zeigt ihr dieses Bild von Leighs, das Ihr habt. So ein bezauberndes Haus, und Wanstead liegt auf dem Weg. Es ist in Essex, Penelope, Liebes.« Er klang vollkommen unaufrichtig. »Du wirst deine Mutter und mich besuchen können, wenn du nach London reist oder von London zurückkehrst. Ihr habt die Propstei von Smithfield in der Stadt, nicht wahr, Rich?«

»Ja, my Lord.« Rich blätterte durch seine Unterlagen und zog schließlich die Zeichnung eines Hauses hervor, die er ihr eilfertig unter die Nase hielt. Es sah nicht anders aus als andere große Landhäuser, soweit sie es feststellen konnte.

»Es ist ein hübscher Ort«, sagte Leicester.

»Und mit genügend Platz, um Ihre Majestät zu bewirten, sollte sie uns die Gunst eines Besuchs erweisen«, sagte Rich mit Blick zu Leicester, als hätte er eine Frage gestellt.

»Und ich bin sicher, das wird sie tun.« Leicester klopfte Rich auf den Rücken – eine wohlwollende Geste; doch selbst Penelope erkannte durch den Schleier ihrer Wut Leicesters Abneigung für den jungen Mann.

Ihr war klar, worin der Handel bestand. Rich brauchte dringend gutes Blut, er brauchte Einfluss und die Gunst der Königin, all das hatte sie im Überfluss; und sie sollte der Trichter sein, durch den sein Vermögen in ihre verarmte Familie flösse. Sidneys Worte hallten in ihren Ohren wider – »ich muss Euch sehen ... allein« –, und ein enges Band schnürte sich um ihre Schläfen. Sie drehte sich zur Gräfin, die die Lippen aufeinanderpresste, und dann zu Huntingdon. Keiner von beiden wollte sie auch nur ansehen.

»Ich muss mich verabschieden«, erklärte Rich, den es eindeutig drängte zu gehen. »Ich werde Mutter die guten Neuigkeiten berichten.« Er wollte Penelopes Hand ergreifen, doch sie verwehrte sie ihm, da sie sich vor Abscheu schaudernd an seinen feuchten Kuss erinnerte. Sie nickte ihm lediglich flüchtig zu.

Kaum war Rich zur Tür hinaus, wandte sich die Gräfin an Penelope. »Wie konntest du nur so eine Unverschämtheit an den Tag

legen? Ich schäme mich, dass du aus meinem Haushalt hervor-
gehst ... die Ehe ist ein Sakrament des Herrn ... es ist nicht an dir zu
wählen ... ich dachte, ich hätte dir Gehorsam beigebracht ... du bist
die Tochter deiner Mutter, das ist sonnenklar ...«

»Genug«, fauchte ihr Gemahl, der seinen zuckenden Arm hob.

Die Gräfin sah betreten drein.

»Schwester«, sagte Leicester bedrohlich grollend. »Mäßige deine
Worte. Schließlich greifst du meine Gemahlin an.«

Verängstigt murmelte die Gräfin eine Entschuldigung. Es war eine
Genugtuung für Penelope zu erleben, dass ihre Ziehmutter Leicesters
Zorn auf sich zog, doch sie tadelte sich auch. Es war sicherlich eine
Sünde, sich über die wohlverdiente Strafe eines anderen zu freuen,
selbst wenn dieser andere einen schlecht behandelt hatte.

Leicester, der nun eine Hand auf Penelopes Schulter legte und
seine Finger in sie krallte, sagte: »Die Königin hat diese Vermählung
gutgeheißen. Und ich rate dir, beschwöre nicht ihren Unmut herauf,
indem du Unruhe stiftest. Du musst doch unterdessen wissen, was
mit jenen geschieht, die ihre Gunst verlieren.« Sein Blick war feindselig, und ein Bild von Anne Vavasour, fahl vor Angst, drängte sich
in Penelopes Kopf.

Sie räusperte sich. »Man erwartet mich, um die Königin für das
Abendessen zu kleiden«, sagte sie und fiel in einen übertrieben tiefen
Knicks. »Darf ich mich entfernen?«

»Du darfst«, sagte Leicester, und sie ging.

Sie schienen ihre Weigerung, weiter zu streiten, als Zustimmung
gedeutet zu haben. Aber auf ihrem Weg zu den Gemächern der Königin blühte ihr Widerstand erst richtig auf. Es war nicht natürlich,
dass man ein Paar zusammenzwang, wenn nicht einmal der Hauch
einer Anziehung bestand. Sie würde sich nicht mit Rich vermählen,
und fertig.

November 1581
Leicester-Haus/Smithfield

Die verschiedenen Teile von Penelopes Hochzeitsgewand lagen im Gemach verstreut. Dorothy und Jeanne bemühten sich, sie mit irritierendem Gezirpe aufzuheitern, als sie sie fest in das bestickte Mieder schnürten und ihr in die unhandlichen Schichten halfen: Reifröcke, Unterrock, Überrock, Ärmel.

»Ich bin so glücklich, dich begleiten zu dürfen«, sagte Jeanne. Penelope rang sich ein Lächeln ab. Auch sie war froh, dass Jeanne, eine Gefährtin seit Kindertagen, in ihrem Haushalt leben würde; das war, soweit sie es überblicken konnte, die einzige Freude, die ihr die Vermählung eintrug.

»Wer wird neben deiner Sänfte reiten?«, fragte Dorothy.

»Ich weiß es nicht. Vermutlich alle Onkel der Familie Knollys… und Leicester. Er ist äußerst zufrieden mit sich, weil sich durch meine Hochzeit die Truhen der Devereux' füllen.« Sie konnte den Groll in ihrer Stimme nicht verbergen.

»Hier.« Dorothy bat Penelope, einen Finger auf die Bänder zu legen, während sie einen Knoten machte. »Und Sidney. Wird er dabei sein? Ich hoffe es.«

»Ich auch. Ich habe ihn noch nie gesehen«, sagte Jeanne und hob die Hände zum Himmel, als wäre es ein unerklärliches Versäumnis.

»Ich weiß es nicht.« Penelopes Antwort war knapp. Sie wünschte, die beiden würden aufhören, über ihn zu reden. Aber was wussten sie schon von ihren Gefühlen für Sidney? Es war ein Geheimnis zwischen ihnen beiden, das sie sich in unauffälligen Momenten gestanden: diese erste Begegnung in den Stallungen von Whitehall; das kurze Zusammentreffen unter der Trauerweide am Fluss bei Richmond; Händchenhalten bei einem Tanz an einem Festtag; Finger, die sich berührten, als sie in der Langen Galerie in Hampton Court aneinander vorbeigingen. Sie fühlte sich zurückkatapultiert zu jenem Tag in der Molkerei von Greenwich; die Tür schloss sich, seine Hände um ihre Taille, die feuchtkühle Wand an ihrem Rücken. Ihr erster Kuss, nur von den stillen Käselaiben und den hängenden Beuteln mit Weißkäse beobachtet, aus denen hin und wieder ein Tropfen fiel, das einzige Geräusch neben ihrem rasenden Atem. Die Erinnerung ließ ihr Inneres Purzelbäume schlagen.

Als sie einmal in Nonsuch auf der Jagd waren und ihr Pferd lahmte, hatte Leicester ihr Sidney zu Hilfe geschickt. Sie hatte gehofft, sie hätten eine halbe Stunde für sich allein; aber Peg Carey wurde ihnen vermutlich als Anstandsdame hinterhergeschickt, die ihre bittere Miene nicht verhehlen konnte, als Penelope eng an Sidney geschmiegt mit ihm im Sattel saß.

»Ich ertrage es nicht, die armen Tiere sterben zu sehen«, hatte Penelope über die Jagd gesagt.

»Du bist zu weichlich«, hatte Peg entgegnet. »Glaubt Ihr nicht auch, Sidney, dass sie zu weichlich ist?«

»Damals in Paris habe ich Dinge gesehen, die mir gezeigt haben, was Grausamkeit ist«, sagte er. »Hunderte Menschen wurden abgeschlachtet. Hättet Ihr den Feuereifer in den Augen der Mörder gesehen, würdet auch Ihr Rohheit verabscheuen.« Sein Blick traf für den Bruchteil einer Sekunde Penelopes, die das überwältigende Gefühl durchströmte, verstanden zu sein.

»Das Massaker in der Bartholomäusnacht?«, fragte sie. Er nickte. »In unserem Haushalt ist eine Hugenottin aufgewachsen.« Sie sprach von Jeanne. »Sie hat beide Eltern in jener Nacht verloren. Sie hat das Gemetzel mit eigenen Augen angesehen. Sie war noch ein Kind. Beim Anblick von Blut fällt sie sofort in Ohnmacht – selbst heute noch. Sie hat mir Dinge erzählt …«

»Es gibt viele solcher Geschichten.« Sidneys Stimme klang ernst, als hätte diese Erfahrung ein unauslöschliches, finsteres Mal in ihm hinterlassen.

»Aber mit Tieren ist das anders. Wir töten sie, um zu überleben … sie sind für uns eine Gabe Gottes«, sagte Peg. »Du magst doch Wildbret, Penelope, nicht wahr?«

»Sei's drum, aber ich bin dennoch niedergeschlagen, wenn Tiere sterben.«

»Weichlich, seht Ihr.«

»Nachdem ich meinen ersten Hasen geschossen hatte, habe ich vor Kummer geweint, als ich die Verzweiflung in seinen Augen sah.«

»Welcher Trottel weint denn wegen eines toten Tieres?«, sagte Peg.

»Vielleicht offenbart es Charakter, wenn man die unteren Ränge der Schöpfung mit Zärtlichkeit betrachtet. Sie empfinden doch auch Furcht und Schmerz.« Sidney verteidigte sie, doch sie spürte, dass es um mehr ging. Es war eine seltene Seelenverwandtschaft. »Wisst Ihr, welchen Zeitvertreib der französische König schätzt?«, fragte er und sah zu Peg. »Er hat Vergnügen daran, lebende Katzen zu beobachten, die zusammen mit einem Fuchs in einen Sack gebunden sind und über dem Feuer hängen. Kleine flauschige Kätzchen wie die, mit denen ich Euch im Privatgemach habe spielen sehen. Er hat Freude an ihrem Schrecken und genießt den Augenblick, wenn die Flammen den Sack zum Fallen bringen und die Kätzchen im Feuer kreischen.«

»Wie könnt Ihr so etwas erzählen?«, schrie Peg. »Das ist abscheulich!«

»Ja, es ist abscheulich«, entgegnete Sidney. »Entwürdigend und abscheulich und unmenschlich. Und ein wenig davon findet sich in der Begeisterung für die Jagd wieder. Wenn Ihr das nicht versteht, seid Ihr…«

»Dann bin ich was?«, unterbrach ihn Peg empört.

»Dann bist du herzlos«, sagte Penelope. Sidney hatte ihr – von Peg unbemerkt – die Hand gedrückt.

»Einen Penny für deine Gedanken«, murmelte Jeanne durch die Stecknadeln zwischen den Lippen.

»Ich fürchte mich vor dieser Hochzeit«, gestand Penelope.

»Warum hast du dich nicht geweigert?«, fragte Dorothy, als sie ihrer Schwester das Halsband anlegte und einen Schritt zurücktrat, um ihr Werk zu begutachten.

»Du weißt, wie es ist.«

»Aber Mutter ... hätte sie nicht ...« Sie beendete ihren Satz nicht, da sie sich wohl daran erinnerte, wie Penelope vermutete, dass ihre Mutter in diesen Angelegenheiten weniger zu sagen hatte als irgendjemand sonst.

Penelope *war* bei ihr gewesen und hatte sie angefleht, sie möge etwas für sie tun, möge Einfluss auf Leicester nehmen oder Rich von dieser Ehe abraten. »Ich liebe einen anderen«, hatte sie bekannt.

Lettice hatte gelächelt. »Aber natürlich. Das ist der Lauf der Dinge, und es wird vergehen. Im Übrigen sind Liebe und Ehe nicht immer glückliche Bettgenossen. Als ich deinen Vater geehelicht habe, hätte ich nicht gedacht, dass er mir etwas bedeuten könnte. Auch ich meinte, ich liebe einen anderen, aber dann ist zwischen uns Zuneigung gewachsen. Kinder schaffen ein gemeinsames Band. Du wirst Rich schon lieb gewinnen, da bin ich mir ganz sicher, mein Schatz.«

»Aber Ihr liebt Leicester.«

»Und sieh nur, wie tief mich diese Liebe hat sinken lassen. Ihretwegen bin ich verbannt, und *sie* hält meinen Gemahl als Leibeigenen, bietet ihm ein höheres Amt, seine Schulden werden bezahlt, Ehre wird ihm erwiesen, solange er an *ihrer* Seite bleibt und nicht an meiner.«

»Ich hasse sie. Ich hasse die Königin.« Ihrer Mutter stockte der Atem, und Penelope schlug sich die Hand vor den Mund, aber die Worte waren nun einmal gesprochen.

»Nicht die Königin zwingt dich, dich mit Rich zu vermählen.«

»Nein. Aber sie hat versucht, *Euch* zu zerstören, und sie hat Vater zerstört. Ihr selbst habt gesagt: ›Er wäre noch am Leben, wenn sie diesen Feldzug auf dieser gottverlassenen Insel vernünftig finanziert hätte.‹ Genau das habt Ihr gesagt.« Penelope hatte nie ganz begriffen, wie es zu dem Tod ihres Vaters gekommen war. Es kursierten so viele Geschichten, und stets dämpften die Diener ihr Gewisper, wenn sie einen Raum betrat. Sie wusste nur, dass er nach Irland gereist war, um dort das Heer anzuführen – eine große Ehre, so hieß es, die ihm Ruhm einbringen werde –, und er kehrte nie zurück. »Die Königin ist eine bösartige Frau, und wenn es sie nicht gäbe, würde ich nie einen Mann wie Rich heiraten.« Lettice breitete die Arme aus, und Penelope stürzte sich hinein. Sie atmete den Duft ihrer Mutter, schloss fest die Augen und versuchte, die Sicherheit ihrer Kindheit wieder zu empfinden, Abstand zu gewinnen von der Frau, die sie geworden war – achtzehn Jahre alt und kurz vor dem Ehestand.

»Welche Gedanken auch immer du in deinem Herzen birgst...«, flüsterte Lettice, »...du darfst nie so etwas über die Königin sagen, nicht einmal vertraulich. Du weißt nie, wer dich belauscht. Merke dir meine Worte. Denke an die Familie. Es dient uns *allen*, wenn du weiterhin die Gunst der Königin genießt. Tue es, und eines Tages wirst du dich in einer Position befinden, in der du die Zukunft der Devereux' absichern kannst. Verliere nicht den Kopf, Penelope, denn die Königin wird nicht für immer da sein. Und wir müssen unsere Hoffnungen auf ihren Nachfolger richten, oder wir werden nicht überleben.«

»Aber wer wird ihr nachfolgen?«

»Ah, das ist die Frage. Bleibe in ihrer Nähe und wahre deinen Einfluss. Irgendwann wird es sich klären.« Penelope fühlte sich wie ein Kind, das man in die Welt der Erwachsenen geworfen hatte, ohne dass es darauf vorbereitet wäre – das Überleben ihrer Familie sicherstellen, wie sollte *sie* das schaffen? Lettice sagte noch: »Dein Bruder und deine Schwester werden dir in absehbarer Zeit an den Hof folgen. Aber du bist die Älteste. Es ist deine Aufgabe, ihnen den Weg zu ebnen. Du wirst ganz bestimmt eine beachtliche Position erreichen.« Sie hielt inne, und so etwas wie ein Funken Wut leuchtete in ihrem Gesicht auf. »Und eines Tages findest du vielleicht einen Weg, das zu bekommen...«

Ihre Mutter sprach den Satz nicht zu Ende, denn die Amme kam mit dem Kind herein. »Sieh nur, dein neues Brüderchen!« Lettice nahm ihren Sohn auf den Arm – »mein edler kleiner Bengel« –, hob sein rundes Gesichtchen vor ihres und gurrte ihm als Antwort auf sein feuchtes Glucksen etwas zu.

Was hatte ihre Mutter nur sagen wollen?, fragte sich Penelope. Welchen Weg würde sie eines Tages finden, was würde sie bekommen? Frieden? Macht? *Rache?*

Lettice drückte den Knaben nun Penelope in den Arm. Penelope wollte ihn hassen, denn er hatte Sidney Leicesters Erbe gestohlen. Doch er sah sie mit seinem unwiderstehlichen süßen Lächeln an, sodass sie ganz hingerissen seine weiche pralle Wange streichelte und seine kleine Baumwollkappe hob, um den nach Milch duftenden Flaum auf seinem Kopf zu küssen.

»Du wirst auch bald ein Kind haben«, sagte ihre Mutter. »Dann wachsen die beiden zusammen auf.« Dieser Gedanke traf sie wie ein Dolch, denn ihre Kinder wären von Rich.

»Du bist meilenweit entfernt«, sagte Dorothy und unterbrach ihre Tagträumerei.

»Ich dachte an Kinder. Ich habe letztens unseren Halbbruder gesehen. Er ist zum Fressen süß.« Sie lächelte und bemühte sich, das verstörende Gespräch mit ihrer Mutter beiseitezuschieben.

»Dreh dich um, damit ich dir das Haar kämmen kann«, sagte Jeanne und strich ihr über den Kopf. »Wie gesponnenes Gold.«

Penelopes Herz machte einen Satz. Genau diese Worte hatte Sidney einmal in den Gärten von Richmond gesagt. Sie waren hinter den anderen Spaziergängern zurückgeblieben und am Fluss stehen geblieben, wo das Schilf hoch stand und ihnen ausreichend Zurückgezogenheit für einen heimlichen Augenblick gewährte. Sie hatten eine Lache entdeckt, neben der aufrecht, stolz und eidottergelb eine einzelne Narzisse blühte. Sie rief ihr diese Geschichte von Ovid in Erinnerung, woraufhin sie über die Mythen von Echo, Callisto und Ikarus sprachen und über die Grausamkeit der heidnischen Götter. Dann löste er ihr Haar, sodass es ihr über die Schulter fiel, vergrub sein Gesicht darin und flüsterte: »Selbst Venus kann nicht so goldene Locken gehabt haben wie du.«

»Ich werde Rich ehelichen«, gestand sie ihm und wünschte, sie könnte diese Worte sogleich wieder zurücknehmen, denn sie hatte einen perfekten Augenblick zerstört. Sie wollte, er würde ihr sagen, er lasse es nicht zu, er werde die Königin ersuchen und dass er sie für sich wolle. Sie stellte sich vor, ihm zu erklären, der Verlust des Erbes von Leicester sei ohne Bedeutung, was bedeute ihr schon Reichtum.

Doch er sagte lediglich: »Ich weiß. Lass uns nicht darüber reden.«
Ihr war, als hätte er ihr ins Gesicht geschlagen; und nach einer Weile dämmerte ihr, dass er nur mit ihr gespielt hatte, so wie es erwachsene Männer mit leichtgläubigen Mädchen tun.

Gott sei Dank habe ich mich ihm nicht hingegeben, dachte sie, als Dorothy ihre Halskrause am Kragen befestigte, ein großes, steifes Etwas, das sie am Hals kratzte; und dann zog sie die Bänder noch etwas fester. Doch in ihrem Innersten wünschte sich Penelope, sie *hätte* sich ihm hingegeben, ohne sich auch nur einen Deut um die Konsequenzen zu kümmern, denn die Vorstellung, dass Rich ihre Jungfernschaft für sich beanspruchte, war ihr unerträglich.

In den nächsten Wochen sank sie in immer tiefere Traurigkeit, da Sidney sich immer abweisender zeigte; er schien ihr aus dem Weg zu gehen und verbrachte viel Zeit fern vom Hof. Er hatte den Blick abgewendet, als andere sich darum drängten, sie zum Tanz aufzufordern; es war nicht mehr seine Hand, die sich ihr entgegenstreckte, um ihr aus der königlichen Barke zu helfen; und wenn sie bei einem Ausritt oder einer Falkenjagd zurückblieb, war es immer ein anderer, der sich für ein hohles Geplauder zu ihr gesellte – er war an den äußersten Rand ihrer Welt gerutscht. Ihr Herz hatte sich ihm zu rasch geöffnet und war nun schwach wie ein ungeübter Muskel. Doch Hoffnung trieb sie an, und so erfand sie immer gewundenere Erklärungen für sein Verhalten, bis er sie eines Tages aufsuchte. Es war Hochsommer im Obstgarten von Nonsuch, und die Bäume waren so schwer von Früchten, dass ihre Zweige sich bis zu den Spitzen der hohen Grashalme bogen. Er hatte ihre Hand genommen und sie ohne ein Wort dorthin geführt.

Er pflückte einen Pfirsich für sie. Die Süße der Frucht überflutete ihre Sinne; klebriger Saft rann ihr über die Hand, den sie mit der Zunge auffing. Er hatte sich vor sie gekniet und ihre Hand ergriffen wie ein Märchenprinz, der einen Heiratsantrag macht.

»Ich habe dich an der Nase herumgeführt. Ich hätte nicht um dich werben dürfen. Es war falsch, seit dem Moment, als ich erfuhr, dass wir uns niemals vermählen können. Und das bedaure ich zutiefst.«

Er konnte ihr nicht in die Augen sehen. »Ich hoffe, du kannst mir verzeihen.«

Sie hatte gelächelt, als hinge ihr Leben davon ab, und gezwitschert: »Es ist ohne Bedeutung.« Dann hatte sie sich rasch umgedreht, ehe er den Schmerz in ihrem Gesicht entdecken konnte. Die gesamte Dichtkunst der Welt kann niemanden auf seinen ersten Liebesgram vorbereiten, auf diese endlose Sehnsucht, diese innere Verwüstung, die völlige Abwesenheit von Freude und Hoffnung. Novemberstimmung überwältigte sie, und sie verschloss ihr Herz in einem Häutchen, wie ein Kind, das mit einer Glückshaube geboren wird, damit es unerreichbar sei, sogar für sie selbst.

»Ist es wahr …«, fragte Jeanne, als sie einen langen Perlenstrang an Penelopes Mieder steckte, »… dass du …« Sie zögerte.

»Dass ich was?«, fragte Penelope.

»Dass du …«

»Nun sag schon«, ermunterte Dorothy sie.

»Ich habe das Gerücht gehört …«, sie hatte die Hand vor den Mund gelegt und sprach durch die Finger, »… dass die Mutter deiner Mutter eine Halbschwester der Königin ist und nicht nur ihre Cousine. Heißt das, Henry VIII. ist dein Urgroßvater?«

Penelope warf Dorothy rasch einen vielsagenden Blick zu. Mit einem Mal stellte sich ihr die Frage, ob die Königin sie deshalb so bereitwillig in ihrem inneren Kreis aufgenommen hatte – bislang hatte sie noch nicht darüber nachgedacht. »Es heißt tatsächlich, dass Tudor-Blut in uns fließt, aber wir sollen eigentlich nicht darüber reden.«

»Aber es reden so viele darüber«, sagte Jeanne. »Und eure Mutter hat große Ähnlichkeit mit der Königin.«

»Sicher hat auch Rich davon gehört«, murmelte Dorothy verstimmt. »Die Vorteile, die sich für ihn daraus ergeben, dürften ihm gefallen.«

»Mutter hat es keine großen Vorteile eingebracht«, sagte Penelope. Ihr war klar geworden, dass Lettice' Vermählung mit dem Favoriten der Königin wegen ihrer engen Verwandtschaft ein doppelter Treuebruch war, und daraus erwuchs die Erkenntnis, dass enge Verwandtschaft eher ein Fluch sei als ein Segen. Aber sie wollte nicht weiter darüber nachdenken, denn dann fühlte sie sich in dem Netz ihrer illustren Abstammung wie gefangen.

»Wie ist dieser Rich?«, wollte Dorothy wissen.

»Ich weiß nicht. Ich habe ihn nur ein-, zweimal gesehen. Er hat kaum ein Wort herausgebracht. Wenn *du* neben ihm am Altar stündest, würde er den Unterschied nicht merken, ich schwöre es dir.« Penelope klopfte ihrer Schwester mit einem bitteren Lachen auf die Schulter.

»Aber ihr zwei seht euch so ähnlich, dass selbst ich euch manchmal von hinten nicht auseinanderhalten kann«, sagte Jeanne.

Einen Augenblick empfand Penelope schmerzlich die bevorstehende Trennung; ihre Schwester würde zu den Huntingdons in der Ferne zurückkehren, und nichts wäre mehr wie zuvor.

»Ich weiß nur, dass er mehr Geld hat, als er ausgeben kann«, sagte sie und fing an zu lachen; die beiden anderen fielen ein. »Ich werde die reiche Lady Rich.« Dorothy prustete, und alle drei lachten nun lauthals. »Er besitzt Ländereien in ganz Essex.« Penelope stand auf dem Bett, als würde sie einen Monolog in einem Maskenspiel halten. »Und ein Stadthaus in Smithfield, bestens gelegen für die Verbrennungen, wenn uns das Glück hold ist und es welche gibt. Meine Gärten werden überreich mit Früchten gefüllt sein, die so selten sind, dass ein ganzes Bataillon von Wächtern sie vor Dieben schützen muss. An Brunnen wird Wein aus den Münden von marmornen Amorstatuen sprudeln, und in meinen Teichen schwimmen Goldfische aus purem Gold.«

»Aber wie sollen die denn schwimmen?«, haspelte Jeanne lachend.

»Und es wird Feste geben und Bankette und Tanz und Musik.« Mit schallendem Gelächter fielen sie alle drei rückwärts aufs Bett.

»Ich fürchte, ich werde nichts von all dem haben.« Penelopes Lachen versiegte. »Denn Rich schätzt ›sündhafte Vergnügungen‹ nicht. Er ist Puritaner.«

»Aber du liebst Musik und Dichtung. Du singst wie ein Engel. Wie kannst du das ertragen?«

»Ich weiß es nicht.«

Dorothy schaute niedergeschlagen, als wäre jemand gestorben. »Musst du in seinem Haus in Essex leben?«

»Nicht sofort. Die Königin hat darum gebeten, dass ich noch eine Weile bei Hofe bleibe. Und Jeanne wird bei mir sein.« Sie streckte die Hand aus und berührte Jeannes Ärmel.

Ein Klopfen an der Tür unterbrach sie, und die Stimme ihres Bruders ertönte: »Bist du angekleidet, Schwesterchen? Darf ich hereinkommen?«

»Robin«, rief sie und eilte zur Tür, wo ihr Bruder stand, den sie fast ein Jahr nicht mehr gesehen hatte. Er lächelte unter seinen wirren dunklen Locken, und ein Grübchen zierte seine rechte Wange. Sie umarmten sich herzlich. »Ich bin froh, dass du da bist… so froh. Und sieh nur.« Sie machte einen Schritt zurück, um ihn zu bewundern. »Deine Kleider, so elegant.« Sie befühlte den pflaumenblauen Samt seines Wamses, durch dessen Schlitze goldener Stoff blitzte.

»Ein Geschenk deines Zukünftigen. Ein komplettes Gewand bis hin zu den Seidenstrümpfen.«

»Von Rich? Hast du ihn getroffen?«

»Ja, er kam nach Cambridge, um mich auszuführen. Wir haben seinem Schneider einen Besuch abgestattet, eine Bootsfahrt auf dem Fluss gemacht und in einem Lokal gegessen.«

»Wie fandest du ihn?«, fragte sie, ratlos, warum Rich wohl um die Gunst ihres Bruders warb, bis ihr einfiel, dass Essex selbstverständlich das Oberhaupt der Familie war. Die ganze Sippschaft der Devereux' und ihre vornehmen Verbindungen waren wichtig für Rich.

»Großzügig.«

»Er schmeichelt sich schon bei dir ein.« Sie zwickte ihrem Bruder in die Backe. »Kaum sechzehn und bereits Einfluss ausüben.« Hinter seiner feinen Kleidung schimmerte noch das Ungelenke der Jugend; sein Gesicht war weich und rund, auch wenn ein leichter dunkler Schatten seine Oberlippe zierte.

»Er ist ein ganz anständiger Kerl. Ein bisschen nüchtern, aber gut.«

»Du kennst ihn besser als ich.« Sie konnte ihre Bitterkeit nicht verbergen.

»Aber, Schwesterchen, vergiss nicht: Du stehst an erster Stelle.« Er stand aufrecht da, mit etwas gespreizten Beinen wie ein Wächter, und sein Mund verzog sich zu einem Knurren. »Sollte er dir je etwas antun, nehme ich höchstpersönlich Rache.« Seine Jungenhaftigkeit war mit einem Mal verschwunden. »Das habe ich ihm bereits gesagt, meine Loyalität zu ihm hängt von seinem Wohlverhalten dir gegenüber ab.«

Liebe für ihren Bruder durchflutete sie und das Gefühl der Zugehörigkeit zu etwas Starkem und Bedeutendem, das nie zerbrechen würde. Sie küsste ihn sanft auf die Wange, streckte eine Hand nach Dorothy aus und sagte: »Die Devereux' stehen fester zusammen als die Blütenblätter einer frischen Knospe und sind nicht auseinanderzubringen.«

»Meine schönen Schwestern«, sagte Essex. »Ich habe so ein Glück.«

»Ich wollte, Wat wäre auch hier. Wir vier waren seit Vaters Tod nicht mehr zusammen«, sagte Dorothy, sodass Penelopes Gedanken sich ihrem jüngsten Bruder zuwandten.

»Er kommt mit Mutter«, sagte Essex.

»Dann *werden* wir also doch alle zusammen sein«, rief Dorothy fröhlich.

»Aber ich werde für meine Hochzeitsnacht weggezerrt. Wie soll ich das nur aushalten?«

»Trink viel Wein, dann dreht sich dir der Kopf, und du spürst kaum etwas.« Alle lachten über Dorothys Ratschlag, aber Penelopes Herz blieb schwer.

Sie hatte getan, wie es ihr ihre Schwester empfohlen hatte, und als sie sich schließlich allein mit ihrem Gemahl befand, war sie so betrunken und erschöpft, dass sie kaum gerade stehen konnte, ohne sich irgendwo festzuhalten. Beim Hochzeitsmahl waren Toasts ausgesprochen und Becher gehoben worden auf England, auf die Königin, auf das Brautpaar und auf die Söhne, die sie hervorbringen würden. Es nahm kein Ende, und bei jedem Trinkspruch leerte Penelope einen ganzen Becher französischen Wein, den Rich hatte importieren lassen. Dann gab es statt Tanzvergnügungen Dankgebete.

»Ich sehe, dass Ihr eine strenge Hand braucht«, hatte Rich gesagt, als er die Tür zum Schlafgemach öffnete. Er umklammerte ihre Hand so fest, dass ihr Ring sich schmerzhaft in den Finger grub.

»Ihr tut mir weh«, sagte sie.

»Ich werde Euch erst richtig wehtun, wenn Ihr nicht achtsam seid.«

»Was wollt Ihr damit sagen?« Trotz des Schwindels in ihrem Kopf versuchte Penelope zu verstehen.

»Ihr habt mich öffentlich gedemütigt, bei nichts Geringerem als unserer Hochzeit, vor unseren beiden Familien. Ihr seid nun meine Gemahlin und werdet mich nie wieder demütigen. Ist das klar?« Er umklammerte ihre Hand noch fester, bis sie fürchtete, er könnte sie ihr brechen. Doch sie wollte ihm nicht die Genugtuung gönnen zu winseln.

»Ich verstehe«, entgegnete sie und durchlebte die Zeremonie noch einmal durch weinseligen Nebel.

Beim Betreten der Kirche war sie über ihr Gewand gestolpert und hatte sich den Ellbogen so heftig am Taufbecken angeschlagen, dass ihr Tränen in die Augen gestiegen waren. Alle standen mit diesem ernsten versonnenen Gesichtsausdruck da, den Leute bei Hochzeiten aufsetzen, und sahen zu, als sie langsam voranschritt in ihrem Kleid, das so steif war wie ein Sarg; sie konnte kaum den Kopf bewegen aus Angst, ihre Halskrause könnte sie enthaupten. Als sie Philip Sidney inmitten seiner Familie entdeckte, bekam sie kaum mehr Luft. Sie fühlte sich plötzlich der Ohnmacht nahe und hatte Angst, noch einmal zu stolpern; sie musste sich fest auf Jeanne stützen. Doch dann erkannte sie, dass sie sich getäuscht hatte, es war nicht Philip, sondern sein jüngerer Bruder Robert. Sie redete sich ein, dass sie froh sei über seine Abwesenheit, dass sie es nicht ertrüge, wenn er dabei wäre, aber in Wirklichkeit fühlte sie sich von ihm verlassen. Sie zwang sich, daran zu denken, wie er sie behandelt hatte, dass er ihr etwas vorgemacht hatte, dass er sie enttäuscht hatte – und dennoch konnte sie ihn nicht hassen.

Rich betrachtete sie ausdruckslos, als sie näher kam. Nur sein Mund war leicht höhnisch verzerrt, als hätte sie etwas an sich, das er verabscheuungswürdig fand; aber vielleicht war er nur eingeschüchtert durch die Situation, durch seine zukünftige Gemahlin und ihre illustre Verwandtschaft, in deren Adern reichlich blaues Blut floss. Meinte er womöglich, sie hielten ihn für nicht ebenbürtig (in der Tat dachten das die meisten)? Sie trat an seine Seite und versuchte, sich ein Lächeln abzuringen; aber ihr Mund war so trocken, dass es nicht überzeugend aussah. Er schluckte, aus Besorgnis, so dachte sie und empfand Mitleid für ihn – aber nicht genug, dass sie sich besser gefühlt hätte.

Der Priester begann die Messe zu lesen. Erst stand sie, dann kniete sie, dann stand sie wieder, wie eine Puppe, ohne zuzuhören. Sie fühlte sich wie auf ihrer eigenen Beerdigung und hatte die Vorstellung, die ganze Ewigkeit mit diesem finsteren jungen Mann an ihrer Seite verbringen zu müssen. Bebende Angst durchfuhr sie, als wäre sie erwacht, nur um festzustellen, dass sie lebendig begraben würde.

»Willst du diesen Mann …«

Die Worte glitten aus ihrem Mund, ehe sie sie daran hindern konnte. »Ich kann nicht.« Sie trat beiseite, machte einen Schritt nach hinten auf ihre Mutter zu; doch dann sah sie ihr versteinertes Gesicht und das von Leicester, der zornesrot war, und neben ihm die Huntingdons, der Graf mit schreckensweitem Mund, und die Gräfin, die die Hände vors Gesicht schlug. Ihre Geschwister, alle drei, hatten die Augen weit aufgerissen. Die Gäste, die weiter hinten saßen, wurden unruhig und flüsterten, als sie begriffen, was geschehen war. Sie fiel vor Leicester und ihrer Mutter auf die Knie.

»Ich bitte Euch, zwingt mich nicht …« Sie spürte Mut in sich aufsteigen, erhob sich und erklärte: »Ich nehme mein Recht wahr, mich zu weigern. Ich habe doch wohl dieses Recht?« Sie schaute zu der Reihe ihrer Verwandten; ihre Gesichter waren vor Missbilligung verzerrt oder vor Schreck oder vor Wut; sie wusste nicht, was es war.

»Verstehe ich recht, dass Ihr die Hand dieses Mannes ablehnt?«, fragte nun der Geistliche. Sein Unterton verriet Unduldsamkeit, als wäre sie ein lästiges Kind, das ihm den Nachmittag verdarb.

»Ja, ich lehne ab.«

Leicester stand mit einem Mal auf, führte sie entschlossen wieder zurück an Richs Seite und knurrte ihr ins Ohr: »Um Gottes willen, Mädchen, benimm dich. Ich weiß nicht, wie du auf die Idee kommst, du hättest eine Wahl.«

Sie wagte nicht, Rich neben sich anzusehen. Sie musste an die jungen Stiere denken, die man zusammentrieb, um sie zum Schlachten zu bringen, und die völlig ahnungslos waren, bis sie die Angst in der Luft rochen, sodass sie die Augen verdrehten. Ganz gleich, wie sehr sie sich auch bewegten und den Kopf schüttelten, sie konnten ihrem Schicksal nicht entkommen – und sie ebenso wenig. Wohin hätte sie gehen können? Ihre Familie hätte sie nicht aufnehmen wollen; und bei Hofe hätte man sie verstoßen.

»Ich bin nun bereit«, sagte sie zum Priester. »Ich musste nur einen Augenblick nachdenken. Eine Ehe darf man nicht leichthin eingehen.«

Er nickte ihr bedächtig zu. Sie spürte, dass ihre Verwandten sich entspannten. Er räusperte sich, ehe er das Gelöbnis wiederholte.

Als sie den Mund öffnete, um zu sprechen, entkam ihm kein Laut, und als er dann kam, war es nur ein Flüstern; der Priester aber war zufrieden. Sie war mit einer Eisschicht überzogen wie ein winterlicher Teich, wo das Leben unter der Oberfläche lauert, aber unerreichbar ist. Sie spürte den Ring über ihren Fingerknöchel schaben. Er fühlte sich schwer an, so schwer, dass sie fürchtete, sie könne nie mehr wieder den Arm heben. Erst in diesem Augenblick sah sie zu Rich, ihrem Gemahl. Er hatte nicht den Gesichtsausdruck eines zufriedenen Bräutigams. Nein, er sah aus wie ein Mann, dem schlimmes Unrecht angetan worden war, seine Wangen glühten vor unterdrücktem Zorn.

»Nicht ›ich verstehe‹!«, schrie er nun und stieß sie über die Schwelle ins Schlafgemach. »So sprecht Ihr nicht mit Eurem Gemahl. Euer Geist muss gebeugt werden.« Er hatte ihr eine Hand an die Kehle gelegt, und sein Gesicht war ganz nah vor ihrem. »›Ich bedauere zutiefst, my Lord.‹ Sagt es!«

Beinahe hätte sie ihm ins Gesicht gespuckt, doch sie fürchtete, er könnte sie schlagen, wenn sie es täte.

»Sagt es!«, schrie er noch einmal.

Sie lächelte übertrieben. »Ich bedauere zutiefst, my Lord.« Sie sagte es, als wäre sie eine Schauspielerin, die dem Publikum die Ironie einer Szene klarmachen und ihm ein Lachen entlocken will.

Er schubste sie aufs Bett, noch immer umklammerte seine Hand ihren Hals. »Ihr glaubt wohl, Ihr seid besser als ich, wegen Eurer Familie, wegen all dieses blauen Bluts. Doch nun gehört Ihr mir, Euer blaues Blut gehört mir, und Ihr werdet mir untertan sein. Ich ertrage es kaum, Euch anzusehen. Glaubt Ihr, Ihr seid das Juwel unten den Zofen der Königin? Die Schönste von allen? Nun, Ihr widert mich an.«

»Wenn ich widerwärtig bin, so habt Ihr mich dazu gemacht«, antwortete sie und sah ihm dabei gerade in die Augen; sie wollte sich nicht einschüchtern lassen; der Wein gab ihr den Mut dazu. »Meinen Körper könnt Ihr besitzen, aber mich besitzt Ihr nie.«

»*Euren Körper* …« Voller Abscheu spie er diese Worte aus. »Ihr seid eine Evastochter!« Er löste seine Bänder mit einer Hand, während er mit der anderen Penelopes Handgelenke festhielt – viel zu fest. Sie meinte, ihre Knochen würden brechen, aber nie würde sie den Schmerz zugeben und schreien. Und die Genugtuung, ihn zu bitten, er möge aufhören, gönnte sie ihm ebenso wenig. Mit fest geschlossenen Augen murmelte er einen Psalm. »Wohl dem Mann, der den Herrn fürchtet und ehrt und sich herzlich freut an seinen Geboten. Seine Nachkommen werden mächtig im Land, das Geschlecht der Redlichen wird gesegnet …« Und ohne die Augen zu öffnen, hob er die steifen Röcke ihres Hochzeitskleids.

Sie starrte auf die Bettvorhänge, darauf eine Laube aus gestickten Blumen und Vögeln; sie stellte sich vor, sie wäre dort in diesem gestickten Garten inmitten der seidenen Pflanzenwelt und genösse die

Wärme einer aufgenähten Sonne. Doch wie sehr sie sich auch bemühte, in ihre Fantasie zu entfliehen, sie blieb in diesem Schlafgemach, in ihrem neuen Stadthaus in Smithfield mit ihrem neuen Gemahl. Wie eine Fuge kreiste in ihr der Gedanke: für alle Ewigkeit, während sie auf den Schmerz wartete.

»Es kann ein bisschen wehtun«, hatte ihre Mutter sie gewarnt. »Und erschrick nicht über die Größe seines Glieds, denn es muss so sein. Gewähre ihm zu tun, was er tun muss.« Penelope hatte lange nachgedacht, was sie wohl meinte mit »was er tun muss«; und als sie dort lag mit ihrem neuen Gemahl, der an ihren unteren Regionen herumtastete und wie ein Wildschwein grunzte, wusste sie nicht, was von ihr erwartet wurde. Sie war froh über ihren weinseligen Rausch und froh, dass Rich nun endlich ihre gequetschten Handgelenke losgelassen hatte.

Er nahm ihre Hand und drückte sie auf sein Gemächt. Es war anders, als sie es sich vorgestellt hatte; es fühlte sich weich an wie ein rohes Stück Fleisch. Er drückte zu und rieb es unmittelbar vor ihren geheimsten Stellen. In Gedanken ersetzte sie Rich durch Sidney; sie schloss fest die Augen und beschwor mit ihrer ganzen Vorstellungskraft den anderen Mann mit seinem Geruch nach frisch gemähtem Gras und den wasserblauen Augen herauf. Er flüsterte ihr etwas ins Ohr. Ein heißes Beben durchlief sie; aber in ihrem Hinterkopf fragte sie sich, ob es nicht eine schwere Sünde sei, in der Hochzeitsnacht an einen anderen zu denken. Ihre Mutter hatte ihr dazu keinen Ratschlag gegeben. Das Gefühl ließ nach. Wieder und wieder murmelte Rich diesen Psalm, ohne Unterlass; und sie versuchte, an Gott zu denken, aber Sidney ging ihr nicht aus dem Sinn. Plötzlich rollte sich Rich mit einem Stöhnen von ihr weg, setzte sich auf, schnürte die Bänder seiner Kleider zu und ging ohne ein Wort.

Sie hatte Rich am nächsten Morgen erst gesehen, als die Pferde für die Abreise bereitstanden. Sie wartete auf der Schwelle des Hauses von Smithfield mit schwerem Kopf von den Ausschweifungen am Abend zuvor und überlegte, ob sie Jeanne nach ihm schicken solle. Doch da tauchte er auf.

»Ihr seht müde aus«, sagte er in vorwurfsvollem Ton.

»Ich habe geschlafen wie ein kleines Kind, danke«, log sie.

»Geht und stimmt die Königin günstig für mich.« Er reichte ihr die Hand, um ihr in die wartende Kutsche zu helfen. Kaum konnte sie der Stallbursche nicht mehr sehen, griff er nach ihrem Handgelenk, quetschte und drehte es, bis ihre Haut brannte, und noch immer wollte er sie nicht loslassen. Dann überraschte er sie mit einem Kuss mitten auf den Mund. Es forderte ihre ganze Selbstbeherrschung, den Kuss nicht abzuwischen.

»Reist Ihr nach Leighs?« Sie wollte ihn sich in weiter Ferne vorstellen, und als er nickte, malte sie sich unwillkürlich einen Unfall aus.

Als die Kutsche sich in Bewegung setzte, nahm sie das Armband, ein Hochzeitsgeschenk von Leicester, das mit großen Smaragden besetzt war, von dem einen Arm ab und legte es am anderen an, um die Striemen zu verdecken. Als sie in die weichen Polster sank, überlegte sie, ob womöglich so ein Luxus irgendwie eine Wiedergutmachung sein könnte, und bezweifelte es.

»Ich möchte alles genau wissen«, sagte Martha, die sie im Hof von Whitehall begrüßte. Überall liefen Wächter umher, ohne dass Penelope wusste, warum.

»Da gibt es nicht viel zu erzählen«, erwiderte sie, als sie sich gemeinsam auf den Weg zu den Privatgemächern begaben.

»Aber deine Vermählung?«

»Die würde ich am liebsten vergessen.« Martha konnte ihre Enttäuschung nicht verhehlen. »Es tut mir leid. Ich dachte nur … « Penelope wusste nicht, wie sie in Worte fassen sollte, was sie bei all dem gefühlt hatte; und wie sollte Martha den Tumult in ihrem Herzen verstehen, da sie doch Rich gar nicht kannte und nichts von ihren Gefühlen für Sidney wusste. Allein Jeanne hatte sie sich anvertrauen können – der lieben treuen Jeanne –, bei der jedes Geheimnis gut aufgehoben war.

Martha lächelte sie mitfühlend an. »Du glaubst nicht, was hier seit deiner Abreise geschehen ist. Es ist eine katholische Verschwörung im Gange, die der Papst unterstützt. Die Königin und all ihre Ratgeber sollen umgebracht werden.« Ihre Augen funkelten eher vor Aufregung als vor Angst, als sie atemlos flüsterte: »Fünfzig bewaffnete Männer, bereit, die Königin zu erhaschen.«

Penelope durchzuckte ein Schauer und musste sogleich an die Schrecken des Pariser Massakers denken. Jeanne hatte ihr nur ganz wenig von dieser Nacht erzählt, als Tausende von katholischer Hand ermordet wurden, aber *was* sie erzählt hatte, hatte sich tief in Penelopes Gedächtnis eingebrannt – die gellenden Schreie des Entsetzens, der Blutgeruch, die vielen Leichen im Fluss: ein Bild der Hölle. »Hier in England?«, fragte sie fassungslos.

»Ja, hier. Sie wollen an ihrer statt Mary von Schottland auf den Thron setzen. Es ist uns untersagt, in den Gärten spazieren zu gehen. Das ist viel zu gefährlich.«

»Mary von Schottland?«, fragte Penelope nach. Sie hatte hin und wieder an diese schottische Königin gedacht, die dreizehn Jahre lang bei den Shrewsburys unter Hausarrest lebte und vor sich hin darbte, während ihr junger Sohn James auf ihrem Thron saß. Auch ihren Namen durfte man in Hörweite der Königin nicht erwähnen, aber die Zofen sprachen oft über sie, als wäre sie ein Mythos und nicht eine Frau aus Fleisch und Blut.

»Die Wachen sind verdoppelt worden. Hast du das nicht bemerkt?«

»Ich habe mich schon gefragt, warum wohl so viele an den Toren stehen.«

»Warte nur ab, bis du sie drinnen siehst. Sie stehen die ganze Lange Galerie entlang.«

Das war nicht übertrieben, und als sie die Privatgemächer erreichten, wurde die Tür von einem Dutzend Hellebardiers bewacht.

Martha flüsterte Penelope hinter vorgehaltener Hand zu: »Ein katholischer Priester namens Campion ist wegen Hochverrats verhaftet worden. Gefunden hat man ihn in einem Priesterloch … Jetzt ist er im Tower und wird befragt.«

»Die arme Seele«, seufzte Penelope.

»Aber er ist doch ein Verräter«, erwiderte Martha.

»Und dennoch ist er ein Geschöpf Gottes.« Sie bebte innerlich bei dem Gedanken, was mit diesem Priester geschah, ob er nun ein Verräter war oder nicht.

Als sie vor die Tür traten, forderten die Garden, dass sie ihre Umhänge öffneten – »Sie wollen sichergehen, dass wir keine Bedrohung darstellen«, flüsterte Martha –, ehe sie sie passieren ließen.

Obwohl im Gemach alles normal schien, spürte Penelope die Spannung in der Luft. Die Königin und Burghley sprachen hitzig miteinander. Burghleys Sohn Cecil stand hinter seinem Vater und trat von einem Fuß auf den anderen, als wüsste er nicht, was er mit sich anfangen sollte. Als sie bemerkte, dass er sie ansah, lächelte sie ihm zu. Doch statt zurückzulächeln, wendete er den Blick ab und tat so, als würde ihn ein Wandteppich faszinieren.

»Ich will nicht zur Gefangenen in meinem eigenen Haus werden«, sagte die Königin, ohne ihren Groll über Burghleys vorsichtigen Umgang mit dem Problem zu verhehlen. »Diese Spanier wünschen schon seit Jahren meinen Tod. Ich lehne es ab, mich von ein paar Gerüchten einschüchtern zu lassen.«

»Ich ersuche Euch, Madam, seid besonnen und meidet die Gärten, bis wir Eure Sicherheit gewährleisten können.« Burghley stand in geduckter Haltung neben ihr und rang die Hände.

Erst in diesem Augenblick begann Penelope, die Realitäten des Lebens der Königin zu verstehen. Bisher hatte sie den Hof lediglich als einen Ort des gefahrlosen Glanzes und der Liebesabenteuer betrachtet; die Königin wie eine Biene im Bienenstock und von all denen umschwirrt, die um ihre Gunst buhlten. Doch allmählich begriff sie, auf welche Weise eine jede dieser Bienen ums Überleben kämpfte, selbst die Königin, und dass der Glanz und die Liebesabenteuer kaum mehr waren als Zerstreuung. Die Spannung, die an diesem Morgen im Privatgemach in der Luft hing, musste wohl schon immer da gewesen sein. Sie dachte an damals, als sie wütend hervorgestoßen hatte: »Ich hasse sie. Ich hasse die Königin.« Wie schockiert sie gewesen war, sich selbst so etwas Bösartiges sagen zu hören, als hätte sie gesagt, sie hasse Gott. Aber wie hätte sie angesichts der Erniedrigung ihrer Mutter, des vorzeitigen Todes ihres Vaters und ihrer eigenen erbärmlichen Vermählung mit dem Siegel der königlichen Zustimmung nicht so empfinden können? Doch nun verstand sie, dass die Dinge sehr viel verwickelter waren, als sie es sich vorgestellt hatte; und ihre Gefühle verknoteten sich zu einem Wirrwarr aus Widersprüchen. Dieser einfache kindliche Hass war von einer Art Bewunderung und auch von Furcht durchdrungen gewesen – ja, immer noch Furcht –, auch wenn sie es nie zeigen würde.

Es war ein ernüchternder Gedanke, dass die Königin jeden Tag mit dem Wissen durchleben musste, dass das gesamte Heilige Römische Reich und Spanien, die stärksten Mächte der Welt, ebenso wie viele ihrer katholischen Untertanen ihren Tod wünschten. Ihre Unbarmherzigkeit war aus Notwendigkeit entstanden. Doch noch immer ging Penelope der Gedanke an den gequälten Katholiken nicht aus dem Kopf; sie stellte sich seine Schreie vor, wenn sein Leib auf dem Folterbett noch ein Stück weiter gestreckt würde.

Als sie an der Tür auf das Zeichen wartete, sich nähern zu dürfen, sah sie zum Fenster und überlegte, ob ein Pistolenschuss mit Genauigkeit durch Glas treffen könne, und stellte sich das Chaos vor, das darauf folgen würde. Ihre Gedanken wanderten zu ihrem Gemahl – allein bei dem Ausdruck »Gemahl«, für sie ein Gefängnis, wurde ihr Herz hart wie Stein. Er müsste unterdessen auf halbem Wege nach Leighs sein.

Sie schob den Gedanken an Rich beiseite und schaute durch das

Fenster hinaus. Dunkle Wolken hingen am Himmel, aus denen es langsam zu regnen begann; erst nur einzelne Tropfen, dann ein heftiger Schauer, der wütend gegen die Scheiben schlug. Sie hörte Menschen unten im Hof Zuflucht suchen und sich zurufen, das eine oder andere solle unter die Arkaden gebracht werden, damit es nicht ruiniert würde.

»Ah, Burghley, Gott ist offenbar mit Euch«, sagte die Königin lachend. »Bei diesem Wetter gehe ich nicht hinaus. Und mein Mörder vermutlich ebenso wenig.«

Burghley bemühte sich, mit einem fröhlichen Lächeln zu reagieren, doch die Anstrengung verzerrte nur seine Züge. Auch seinem Sohn gelang es, sich ein höfliches Kichern abzuringen; aber niemand sonst lachte, alle widmeten sich einer vorgeblichen Beschäftigung: dem Nähen, Lesen oder Briefeschreiben.

Die Königin sah sich um, und ihre Augen leuchteten auf, als sie schließlich Penelope entdeckte. »Mein Singvogel ist wieder da«, sagte sie. »Ich freue mich, Euch zu sehen. Keines dieser Mädchen singt wie Ihr. Und tagelang musste ich anhören, wie sie meine Lieblingslieder verhunzten. Wie gefällt Euch das Eheleben?«

Penelope wusste nicht, was sie darauf antworten sollte, und fürchtete, ihre wahren Gefühle könnten sich in ihrem Gesicht widerspiegeln. »Es ist anders, Euer Majestät«, sagte sie endlich und war sich auf der Stelle bewusst, wie wenig angemessen ihre Äußerung war. Sie sah, dass Peg Carey die Augen verdrehte.

»Anders?«, fragte die Königin nach. »Das habe ich eine Braut noch nie über die Ehe sagen hören.«

»Ich meinte, Euer Majestät ...«

»Nein, nein«, sie unterbrach sie mit einem schrägen Lächeln. »›Anders‹ reicht.« Penelope war beeindruckt von der Gelassenheit der Königin; nichts an ihrem Ausdruck oder ihrer Haltung ließ auf Angst schließen, obwohl die Wachen vor der Tür und Burghleys Händeringen Beweis genug waren für die Gefahr, in der sie schwebte. »Ich möchte jetzt gerne ein Lied hören, um mich zu zerstreuen.« Dabei machte sie eine ausladende Geste in Burghleys und Cecils Richtung, die mit den zusammengesteckten Köpfen und ihren schwarzen Gewändern wie zwei Aas pickende Krähen aussahen. Cecil blickte plötzlich zu ihr herüber, und Penelope musste an etwas denken, das ihre Mutter bei ihrem letzten Zusammentreffen gesagt hatte: »Behalte Burghleys Sohn im Auge. Sollte er nur im Mindesten so sein wie sein Vater, ist er nicht unser Freund.« Sie lächelte ihm zu, und wieder lächelte er nicht zurück.

Ein Türhüter kündigte Leicester an, und ihr Stiefvater betrat mit seiner Entourage das Gemach. Da sah ihn Penelope ganz eindeutig, diesen missbilligenden Blick auf Burghleys Gesicht, der sich auf dem seines Sohnes wiederholte. Leicester war ganz in Silberfarbe gekleidet, und von dem regennassen Umhang, der um seine Schultern schwang, fielen Tropfen auf die Holzdielen. Als er Penelope erblickte, zwinkerte er ihr zu, als wollte er sagen, er wisse, was sie in der Nacht zuvor erlebt habe. Ihr wurde schwindlig bei dem Gedanken, dass nach ihrer Vermählung alle trunken Vermutungen angestellt hatten, was wohl in ihrem Schlafgemach vor sich gehe.

Er näherte sich der Königin, die auf den Stuhl neben sich klopfte und seine Hand nahm, als wären sie Mann und Frau. Abscheu wallte in Penelope auf. Hatte die Königin tatsächlich den Tod ihres Vaters herbeigeführt? So viele Fragen, auf die es keine Antworten gab.

Angeekelt von ihrer Vertrautheit ließ Penelope die Blicke durchs Gemach schweifen und entdeckte unter Leicesters Gefolgschaft Sidney, der ganz in Schwarz gekleidet war, als trüge er Trauer. Ihre Blicke trafen sich für den Bruchteil einer Sekunde, ehe sie den Kopf abwandte und wieder zum Fenster hinaussah, wo der Schauer noch nicht nachgelassen hatte. Sie hatte nur einen Gedanken: aus dem Gemach zu rennen, hinaus in den Regen, und für immer zu rennen und zu rennen, ohne jemals zurückzukehren.

»Lady Rich möchte etwas für Uns singen«, sagte die Königin gerade. »Man bringe ihr einen Stuhl und eine Laute.«

Penelope schreckte zusammen, als sie ihren Ehenamen in Sidneys Gegenwart hörte. Hitze stieg in ihr auf, bis hoch in ihr Gesicht, als man sie nach vorne schob. Starr vermied sie den Blick auf Leicesters

Gefolgschaft; und schon wurde ihr eine Laute in die Arme gelegt, die so dick und rund war wie ein Säugling. Einen Augenblick saß sie bestürzt da, bis es ihr gelang, sich zu sammeln und eine Saite nach der anderen anzuschlagen, ihrem Klang zu lauschen und sie so zu spannen, dass der Ton zu ihrem Gesang passte.

Derweil, dessen war sie sich sicher, durchbohrte Sidney sie mit Blicken; doch sie wagte nicht aufzuschauen, sondern konzentrierte sich ganz darauf, das Instrument zu stimmen.

»Habt Ihr eine Vorliebe für ein bestimmtes Lied, Euer Majestät?«, fragte sie in der Hoffnung, dass man ihr sage, was sie spielen solle; denn in ihrem Kopf war nur ein einziges Lied, das ihr für diese Gelegenheit nicht unbedingt geeignet schien.

»Nein, nein. Spielt, was Ihr wollt«, gab die Königin zur Antwort.

Sie versuchte, an andere Lieder zu denken, schließlich kannte sie Hunderte, aber keines wollte ihr einfallen. Also begann sie.

Wer Liebesfreuden sucht, nehm sich in Acht!

Erleichtert über den zustimmenden Seufzer der Königin richtete sie den Blick fest auf den straffen Katzendarm unter ihren Fingern; sie spürte ihn schwingen, ergründete seinen Klang und fiel schließlich mit ihrer Stimme in den Rhythmus ein.

Wisst ihr, weshalb?

Das Lied riss sie mit wie ein Fluss, der ein Boot in seine Strömung zieht; und als sie der Verzückung des Publikums gewahr wurde, durchlief sie ein Gefühl von Macht.

Die Götter haben ausgemacht:

Als sie von der Musik ermutigt aufsah, entdeckte sie Sidney an der Wand des Gemachs. Sie sah ihn durchdringend an und sang:

90

Die Liebe wird nicht alt.

Der Blick, den er ihr zurückwarf, war voller Trauer, der eines Tragöden; und Penelope fühlte ein frohlockendes Beben, als hätte sie ihre Lanze an seiner Rüstung gebrochen und den Punkt gewonnen.

Und jedermann, der ihr verfiel,
Bereut gar bald, dass er sein Herz verspielt.

Penelope fühlte sich nun ganz im Einklang mit sich. Sidney mochte ja der größte Kämpfer auf dem Turnierplatz sein, einer, mit dem Männer wetteiferten und für den Frauen schwärmten, dem man von den Rängen zujubelte; aber hier war *ihre* Arena. Ihre Blicke tanzten durch den Raum und ruhten spielerisch mal auf der einen oder anderen Person, während sie die Verse sang.

… Dass man bei Himmelsgöttern Klage führt,
Weil Gold die Liebe korrumpiert.

Als sie geendet hatte, brachen Applaus und Fußgetrampel im Gemach los. Nur Sidney klatschte nicht. Er starrte mit einer steilen Falte zwischen den Augenbrauen ins Ungewisse. Als sie sich mit der Laute in der Hand erhob und vor der Königin in einen Hofknicks sank, rief das Publikum nach einer Zugabe. Als sie die Gräfin da sitzen sah, mit den Händen auf dem Schoß und einem gestrengen, vorgetäuschten Lächeln um den Mund herum, befiel Penelope plötzlich ein Selbstzweifel; unweigerlich musste sie an ihren puritanischen Gemahl denken und daran, wie sehr er diese Lustbarkeiten verabscheute und dass er sie eine gottlose Vergnügung genannt hätte. Wenn aber Rich wollte, dass sie weiterhin die Gunst der Königin genösse, dann musste er so etwas tolerieren. In diesem Augenblick wurde Penelope noch etwas anderes bewusst: Jeder hier bei Hofe schloss Kompromisse, entweder was seine Prinzipien betraf oder die Liebe oder den Glauben – es gab kein Entrinnen. Und lehnte jemand jeden Kompromiss ab wie dieser arme Priester, dann widerfuhr ihm Fürchterliches. Penelope hatte ein lebhaftes Bild im Kopf von einem Mann auf der Streckbank; er schwitzte, er biss die Zähne zusammen, und seine Knochen wurden mit einem schrecklichen Knacken aus ihren Gelenken gerissen.

Jemand rief den Titel eines gewünschten Lieds: »O süßer Verrat‹.«

»Ach, dazu brauche ich die Noten«, sagte sie. Ein Liederbuch wurde herbeigebracht, und ein Page bekam den Auftrag, es für sie zu halten, was ihm neidische Blicke von den anderen Knaben eintrug. Sie ließ sich wieder auf den Stuhl nieder, klemmte sich die Laute unter den Arm, zupfte die Melodie und fand die richtige Tonart für ihre Stimme. Ein Wunsch nach dem anderen wurde geäußert, und sie sang, wobei sie die Bewunderung freudig in sich aufnahm, bis ihre Kehle aufgab. Als eine Musikertruppe übernahm, stellten einige Zofen sich gleich zum Tanz auf; doch Penelope, die nun erschöpft war, setzte sich ans Fenster.

Sidney schlich wie ein Schatten an sie heran und fragte, ob er sich neben sie setzen dürfe. Sie nickte stumm und fühlte sich durch ihre neu gefundene Stärke geschützt, sie hatte die Vorstellung, ihr Herz wäre aus geschmiedetem Eisen und mit scharfen Spitzen bewehrt.

»Trauert Ihr?«, fragte sie ihn und rieb den schwarzen Samt seines Ärmels zwischen zwei Fingern. »Ihr scheint betrübt.«

»Gewissermaßen«, entgegnete er und sah auf seine Knie. »Ihr habt doch von diesem Jesuiten Campion gehört, der hingerichtet werden soll.«

Sie nickte, verwirrt über die ernste Wendung ihres Gesprächs. Sie hatte nicht wirklich geglaubt, dass er bekümmert sein könnte, und fühlte sich mit einem Mal oberflächlich und naiv, hatte sie doch nur ihr Herz im Sinn, während sich Begebenheiten von weit größerer Tragweite ereigneten.

»Er ist mir ein lieber Freund.«

»Aber er ist doch Katholik, oder? Ein Feind des Staates.«

»Die Dinge sind nie so eindeutig, wie sie auf den ersten Blick erscheinen.« Er klang ungeduldig, ja sogar wütend, als versuchte er, einem Idioten etwas zu erklären. Sie wollte ihm von dem Mitgefühl erzählen, das sie für den gefolterten Mann empfand; doch sie ließ es, da sie meinte, von diesen Dingen nichts zu verstehen. »Ich finde, jeder sollte Gott auf die Weise huldigen, die er will. Campion ist ein Mann des Glaubens und kein Politiker.«

»Aber wie kann man Glauben und Politik auseinanderhalten...«, sie sah ihm gerade in die Augen, »...wenn es ständig Anschläge der Katholiken auf das Leben der Königin gibt?«

»Leider kann man das nicht.« Er seufzte. »Campion wird seinem Schicksal nicht entgehen. Und ich als sein Freund werde von der Königin ins Abseits geschoben. Es sieht so aus, als könnte ich ihr nichts recht machen. Aber Ihr wollt sicher nicht meine Klagen hören. Im Übrigen...«, er wandte den Kopf ab, sodass sie ihm nicht ins Gesicht sehen konnte, »...ich trauere nicht nur um Campion.«

»Um wen sonst noch?«

Er murmelte etwas Unverständliches.

»Ich verstehe Euch nicht«, sagte sie und sah, dass Peg Carey und Moll Hastings sie über ihre Nadelarbeiten hinweg anschauten und etwas flüsterten.

»Um wen sonst noch?«, fragte sie noch einmal und ignorierte die beiden Zofen am anderen Ende des Gemachs.

»Um Euch«, zischelte er endlich.

»Um mich?« Ihre Gefühle machten einen Satz, aber sie zügelte sie entschlossen. »Ich lebe doch noch.«

»Aber ich habe Euch verloren.«

»Ihr hattet mich nie. Ihr wolltet mich nie. Und was ist mit Eurer hübschen Rede, als Ihr sagtet, Ihr habet mich ›an der Nase herumgeführt‹ und Ihr bedauertet zutiefst?«

»Ich habe mich geirrt.«

Sie spürte Wut in sich aufsteigen. »Geirrt? Dafür ist es nun zu spät.« Sie drehte sich von ihm weg und wollte aufstehen, doch er griff nach ihrer Hand. Peg und Moll sahen noch immer zu ihnen herüber. »Rührt mich nicht an.«

»Lasst es mich erklären.«

»Da gibt es nichts zu erklären.«

»Was ist das?« Er hatte ihr Smaragdarmband hochgeschoben, sodass ihr schlimmer Bluterguss am Handgelenk zu sehen war.

»Nichts.« Heftig entzog sie ihm ihren Arm.

»War er das?«

»Das geht Euch nichts an.« Sie warf ihm ein falsches Lächeln zu, der Köpfe wegen, die sich in ihre Richtung drehten. »Wenn ich bitten darf, ich muss jetzt zu meinen Freundinnen.« Mit bewusstem Hochmut streckte sie ihm ihre Hand entgegen, damit er einen Handkuss daraufdrücke.

»Lasst mich Euch unter vier Augen treffen.«

Sein Gesichtsausdruck war so gequält, dass sie beinahe nachgegeben hätte, doch dann erinnerte sie sich an ihr mit Spitzen bewehrtes eisernes Herz.

»Ich flehe Euch an.«

»Seid nicht albern«, sagte sie, als ermahnte sie ein Kind, und ging in aller Gelassenheit hinüber zu Peg und Moll. Sie fühlte sich wie ein Schwan, dessen geschmeidiges Dahingleiten über das eifrige Paddeln darunter hinwegtäuschte.

»Was hatte das zu bedeuten?«, fragte Peg mit einem Blick in Sidneys Richtung.

»Er hat sich beklagt, dass er kein höheres Amt zugesprochen bekommt. Ich habe keine Ahnung, warum er denkt, *ich* könnte etwas für ihn tun. Ich finde Nörgler so langweilig.«

Peg schnaubte leise ungläubig. »Das Eheleben ist also ›anders‹.«

»Ja, wie ich gesagt habe«, gab Penelope zurück.

Sie ließ sich auf den Polstern neben den beiden nieder, erbot sich, ihnen zu helfen, Perlen auf einen Vorhang zu nähen, und war sich sehr wohl bewusst, dass Sidney sie mit seinem unglücklichen, bleichen Gesicht quer durch den Raum ansah. Burghley und Cecil standen in der Nähe und sprachen im Flüsterton miteinander.

»... sollte dieses Attentat erfolgreich sein ...«, sagte Burghley gerade, »... bricht die Hölle los ... vertraue nicht Leicester, er ist ...«

Als sie den Namen ihres Stiefvaters hörte, schob sie sich näher heran, um ihre Worte besser hören zu können; sie tat so, als wollte sie näher an das wärmende Feuer, und rieb sich mit einem gespielten Schaudern die Hände.

»Aber Ihr habt es doch schon viele Male gesagt, Vater. Man kann sie nicht zwingen, einen Thronfolger zu benennen.« Cecil hielt ein Schreibheft fest in der Hand, als wäre sein Inhalt von geheimer Wichtigkeit. Sie bemerkte, dass seine Finger kurz und hässlich waren, daran konnten auch die gepflegten, geraden Nägel nichts ändern. Das waren nicht die Hände eines Mannes, der ein Schwert schwingt, sie hatten keine Schwielen, die auf das Pensum von Fechtübungen schließen ließen, oder Narben, die von zurückliegenden Kämpfen zeugten. Das waren die Hände eines Menschen, der sehr viel Wert auf den Eindruck legte, den er machte. Dieser seltsame bucklige Knabe, der, wie die Leute sagten, herangezogen wurde, um den Platz seines Vaters an der Seite der Königin einzunehmen, hatte ihre Neugier geweckt.

»Englands Zukunft *muss* gesichert sein«, sagte der Vater. »Auch unsere Zukunft. Wir riskieren zu viel, wenn wir nicht gut vorbereitet sind …« Er hielt kurz inne und sprach mit noch leiserer Stimme weiter. »Sollte diese Schottin das Zepter in die Hände bekommen, dann, so fürchte ich, sind wir erledigt.« Der Sohn nickte bedächtig.

»Das dürfen wir nicht zulassen.« Als Cecil sprach, sah Penelope zum ersten Mal an diesem Knaben, der stets zu schüchtern gewesen war, sie anzusehen oder gar auf ihr Lächeln zu reagieren, einen Ausdruck von verbissener Entschlossenheit. Es war der Ausdruck eines Menschen, der alles tun würde, um sein Ziel zu erreichen.

»Unsere Zukunft hängt davon ab.«

Penelope fühlte sich an das Gespräch mit ihrer Mutter vor ihrer Vermählung erinnert: *Denke an die Familie. Es dient uns* allen, *wenn du weiterhin die Gunst der Königin genießt. Tue es, und eines Tages wirst du dich in einer Position befinden, in der du die Zukunft der Devereux' absichern kannst.* Seinerzeit hatten diese Worte sie verwirrt, und sie hatte sich dieser Aufgabe nicht gewachsen gefühlt. Doch unterdessen begriff sie, dass die Sicherheit eines jeden in diesem Privatgemach von dem Wohlwollen einer einzigen Frau abhing, dass sie alle um Positionen wetteiferten und dass sie alle entschlossen waren, das Schicksal ihrer Familien abzusichern.

Dezember 1581
Leicester-Haus, The Strand

Im Hof stiegen sie vom Pferd. »Du gehst hinein und kümmerst dich ums Gepäck«, bat Penelope Jeanne. »Und sag Mutter, dass ich hier bin.«

Sie führte die Pferde zur Tränke, wo der junge Stallbursche Dulcet den Sattel vom Rücken nahm.

»Diese Sattelwunden stören sie noch immer sehr, Alfred«, sagte Penelope. »Schwarzwurzsalbe wäre gut, um die Schmerzen zu lindern. Ich mache mich heute Abend auf den Weg zum Haus meines Gemahls in Smithfield. Ich möchte Dulcet gerne dabeihaben.«

Schmerzhafte Beklommenheit ballte sich in ihrer Brust bei der Aussicht, ihrem Gemahl wieder allein in der lastenden Düsternis des Smithfield-Hauses zu begegnen. Rich war oft bei Hofe zugegen, wo er seinen neuen Status genoss; aber ohne eine Unterkunft dort war er gezwungen, für die Nacht nach Smithfield zurückzukehren, was bedeutete, dass sie der Königin zu Diensten sein konnte. Dieses Arrangement kam Penelope sehr entgegen.

»Überlasst mir das Salben, my Lady«, entgegnete Alfred.

»Ich möchte sie lieber selber auftragen. Ich mag Dulcet sehr gerne.« Sie tätschelte der Stute den Hals und strich über ihre gestutzte Mähne. »Aber vielleicht könntest du die Schwarzwurzel für mich stampfen.«

Alfred lächelte und nickte freudig.

»Ich werde meine Mutter fragen, ob sie dich entbehren kann, damit du mich nach Smithfield begleitest. Ich traue dem dortigen Stallburschen nicht zu, dass er sich richtig um sie kümmert. Ich bleibe nur wenige Tage dort, und da es ja ganz nah ist, könntest du auch zurückkehren, falls man dich hier braucht.«

»Wie Ihr wünscht, my Lady.« Er schien entzückt. Sie kannte Alfred, seit er in den Stallungen von Chartley zu arbeiten begann. Auch er war seinerzeit noch ein Kind gewesen, aber schon damals hatte er bereits ein Händchen für Pferde. Sie hatte einmal miterlebt, wie er ein wildes Pony allein dadurch beruhigte, dass er ihm ins Ohr pustete. »Es ist ein Ritt von nur knapp zehn Minuten.«

»Wie sind die Stallungen in Smithfield?«

»Ganz zufriedenstellend.«

»Es freut Euch sicher, Euren Gemahl wiederzusehen, my Lady.«

Sie nickte und lächelte, aber die Beklommenheit wuchs. Sie versuchte, sich in ihrer Fantasie in die Kinderzeit zurückzubegeben und so zu tun, als wäre sie keine erwachsene Frau mit einem Gemahl und müsste nicht bei Hofe auf schmalem Grat balancieren. Alfred verschwand in der Scheune und kam mit einer Handvoll Schwarzwurzeln, einem Mörser mit Stößel sowie einem Topf Gänsefett zurück. Pfeifend begann er, die Wurzeln zu stampfen. Penelope sah ihm bei der Arbeit zu, denn sie wollte das Betreten des Hauses so lang wie möglich hinauszögern.

Ihre Mutter würde sie zu allem befragen wollen, was in den Privatgemächern vor sich ging – *Leicester und die Königin: Wie ist er mit ihr? Was ist mit Burghley? Was führt er mit seinem ungestalten Sohn im Schilde? Du musst sie aufmerksam im Auge behalten … viel zu mächtig die beiden. Welche Hofdame steht hoch in der Gunst? Welche trägt neue Juwelen? Ein sicherer Hinweis für Bevorzugung* – und dann natürlich wären da auch Fragen zu ihrem Monatsfluss.

Ihre Regel war wie üblich gekommen, und obgleich sie enttäuscht war, verstörte sie die Vorstellung, dass in dieser Hochzeitsnacht ein Kind hätte entstehen können. Wie sollte ein Kind, das aus einer so lieblosen Episode hervorgegangen wäre, gedeihen? *Wäre* sie aber schwanger, würde Rich sie in Ruhe lassen. Ihr war, als befände sie sich in einer dieser verwirrenden Zeichnungen, die, egal aus welchem Blickwinkel man sie betrachtet, keinen rechten Sinn ergeben. Und sie konnte nicht leugnen, dass sie in Gedanken immer wieder zu Sidney zurückkehrte, besessen wie ein Hund, der unablässig seine Wunde leckt. Sie wollte glauben, ihn resolut zurückgewiesen zu haben, aber das Bild seines traurigen Gesichts bedrückte ihr Herz; und sie musste sich eingestehen, dass ihre Versuche, ihn aus ihren Gedanken zu verbannen, vergeblich waren.

»Habt Ihr das Hündchen gesehen, my Lady?«, fragte Alfred, der ihr die zerstoßene Schwarzwurzel und den Topf mit Gänsefett reichte, damit sie ein Maß davon abfülle.

»Das Hündchen?« Als sie die Mixtur behutsam auf Dulcets Wunden strich, spürte sie die Stute zucken und dann sich unter ihrer Berührung beruhigen.

»Einer der Spaniels Eurer Mutter hat in der Scheune geworfen. Es waren zwei Welpen, aber einer kam tot zur Welt. Der Stallmeister wies mich an, den anderen in einen Sack mit Steinen zu stecken und in den Fluss zu werfen.«

»Das hast du doch nicht getan?« Entsetzt sah sie ihn an und folgte ihm, als er nun die Pferde in den Stall führte.

»Natürlich nicht, my Lady. Ich habe gehofft, Ihr würdet Euch seiner erbarmen.« Er warf ihr ein betörendes Lächeln zu.

»Du kennst mich allzu gut, Alfred. Zeig es mir.«

Er deutete in eine Ecke, die mit einem Brett abgetrennt war. Penelope sah, dass sich ein misstrauisches Augenpaar auf sie heftete. Die Hundemutter lag auf der Seite im Stroh, und neben ihr schlief auf dem Rücken, mit gespreizten Beinen, das Bäuchlein gereckt, der Welpe. Penelopes Herz machte einen Satz. Sie beobachtete die Szene eine Weile und war entzückt, als der Kleine leise Quiekgeräusche von sich gab und seine Beine zuckten, als träume er von der Mäusejagd.

»Du wusstest, dass ich eine leichte Beute sein würde, nicht wahr, Alfred?«

»My Lady, so etwas würde ich nie annehmen.« Aber sein Grinsen verriet ihn. »Er kann jetzt von seiner Mutter getrennt werden. Ich habe ihn bereits entwöhnt. Wollt Ihr ihn mal nehmen?«

»Du Schlingel. Du wusstest, dass ich nicht widerstehen könnte.«

Der Welpe rührte sich, schlug plötzlich die Augen auf und rollte sich auf den Bauch, um auf die Beine zu kommen. Schlaftrunken taumelte er zu ihr und schnüffelte an ihrer Hand. Nun nahm sie ihn auf den Arm und ließ ihn mit seinen kleinen spitzen Zähnen an ihren Fingern kauen. Wie tröstlich es doch wäre, so ein Tier zu haben und es zu lieben, dachte sie.

»Darf ich ihn mitnehmen?« Die Hundemutter schaute sie noch einmal an, schloss dann die Augen und schlief wieder ein.

»Selbstverständlich, my Lady.« Alfred zog seine Kappe; eine Geste, die vielleicht sein Unbehagen verriet, von einer Person, die weit über ihm in der Hackordnung stand, um Erlaubnis gebeten zu werden. »Seht nur, wie zufrieden sie ist, dass ihr Kleiner mit Euch geht.«

Penelope betrat das Haus durch die Hintertür, nahm den Hut vom Kopf und ließ ihn zu Boden fallen; auch den Umhang warf sie von sich. Dann blieb sie einen Augenblick stehen, hob das Hündchen nah an ihr Gesicht, wo es winselte und schnüffelte und ihr sein herber Welpengeruch in die Nase stieg. Als sie Stimmen aus der Halle vernahm, öffnete sie leise die Tür, um zu sehen, wer sich dort befand. Um den Kamin herum scharten sich ihre Mutter, ihr Stiefvater, Jeanne und Dorothy, und es war noch jemand da. Sie konnte nicht mehr atmen, als steckte ihr ein Stein im Schlund; und obgleich alle Instinkte ihr signalisierten, sie solle fliehen, blieb sie wie angewurzelt stehen. Obgleich er von ihr abgewandt saß, erkannte sie Sidney sofort – die Umrisse dieses Rückens hatte sie bestimmt Tausende Male angesehen.

Das Hündchen verriet sie letztendlich. Als wäre es empfänglich für Penelopes wachsende Angst, jaulte es aufgeregt in höchsten Tönen. Wie auf Kommando drehten sich alle um; Dorothy stieß sofort ein freudiges Kreischen aus und vergaß jeden Sinn für Schicklichkeit, als sie auf ihre Schwester und das Hündchen zustürzte, das nun nicht mehr winselte, sondern sich vor Begeisterung wand.

»Gehört er dir? Woher hast du ihn?« Die Fragen sprudelten aus Dorothy heraus, aber in Penelopes Kopf kreiste anderes. »Wie heißt er?«

Bei dieser Invasion von Familie flackerte Ärger in Penelope auf, der ihre tieferen, ungestümeren Gefühle überdeckte – *wie ist es nur möglich, dass ich so froh bin, ihn zu sehen, und zugleich so wütend, dass er hier ist?* Sie strengte sich ungeheuer an, ihn nicht anzusehen, konnte aber nicht umhin, denn er schien zu leuchten, und trotz seiner schlichten schwarzen Samtkleidung stellte er alle anderen in den Schatten, selbst ihren Stiefvater in seinem goldenen Wams und auch ihre Mutter, die für ihre außerordentliche Schönheit berühmt war.

Schließlich löste Penelope sich aus ihrer Starre und antwortete ihrer Schwester: »Er hat noch keinen Namen.«

»Dann geben wir ihm einen«, sagte Dorothy.

Penelope wappnete sich, ehe sie weiter ins Gemach trat und das Hündchen in die begierigen Hände ihrer Schwester gab. Sie küsste ihre Mutter und ihren Stiefvater, knickste kurz und reichte Sidney die Hand, als wäre er nur ein gewöhnlicher Gast. Dabei musste sie all ihre Willenskraft aufbringen, um ihm nicht in die Augen zu sehen.

»My Lady«, sagte er mit einer höflichen Verbeugung und hielt ihre Hand länger als notwendig. Sie wandte sich zu Jeanne und Dorothy, die das Hündchen hätschelten, nahm es ihnen ab und küsste es auf den Kopf. Penelope merkte, dass ihre Mutter sie genau beobachtete – ihre Blicke wanderten zwischen ihr und Sidney hin und her –, sie schien neugierig zu sein, was sich hinter der förmlich kühlen Begrüßung ihrer Tochter verbarg. Penelope überlegte rasch, ob der unausgesprochene Konflikt, der ihre Gefühle in Aufruhr brachte, sich womöglich auf ihrem Gesicht spiegelte.

»Wie wäre es, wenn wir ihn Chevalier nennen?«, fragte Jeanne, die dem Welpen über den Rücken strich.

»Ein viel zu langes Wort«, entgegnete Penelope.

»Warum schlagt Ihr nicht einen Namen vor, Sidney?«, sagte Leicester und klopfte seinem Neffen auf den Rücken. »Schließlich seid Ihr der Wortschöpfer unter uns.«

Noch immer sah ihre Mutter sie durchdringend an. »Geht es dir gut, Penelope? Du siehst blass aus.«

»Ja, es geht mir ganz gut, Mutter.« Sicher fragte sie sich, ob sie womöglich in anderen Umständen sei. Sie wandte Sidney die Schulter zu und schmiegte das kleine Tier unter das Kinn. Sie streichelte es und sagte: »Ich liebe ihn bereits.«

»Wie würdet *Ihr* ihn nennen, Sidney?«, wollte Dorothy wissen.

»Dazu muss ich ihn erst ein wenig kennenlernen. Hier!«

Er streckte die Hände aus und wollte das Hündchen auf den Arm nehmen, doch Penelope schüttelte den Kopf. »Er ist eingeschlafen. Es wäre nicht gut, ihn zu überreizen.« Die Vorstellung, dass Sidney ihn anrührte, war ihr unerträglich.

»Er scheint tatsächlich sehr zufrieden, da, wo er jetzt ist«, sagte Sidney, der die Abfuhr ignorierte und stattdessen die Gelegenheit nutzte, ihr ein höfisches Kompliment zu machen. »Jeder junge Mann wäre entzückt, Lady Rich so nahe zu sein.«

Sie fühlte sich bleich werden, als sie ihren Ehenamen aus seinem Munde hörte – aus jenem Mund, der ihr, wie sie sich sehr gut, viel zu gut erinnerte, einen Kuss aufgedrückt hatte.

»Was haltet Ihr von Spero?«, fragte er nun.

»›Ich hoffe‹, wie charmant. Ja, Spero ist perfekt. Und ein lateinischer Name beweist, dass wir nicht alle *ignoramuses* sind«, scherzte Lettice. »Oder heißt es *ignorami*?«

»Ich glaube, Ersteres ist richtig«, antwortete Sidney.

»Ich halte es für eine ausgezeichnete Wahl. Findest du nicht auch, Penelope?«, sagte Leicester.

»Ich werde darüber nachdenken.« Sosehr sie sich auch bemühte, ihren Gemütszustand zu verheimlichen, ihre Stimme verriet sie; sie klang abgehackt und spröde. Und unweigerlich musste sie an Sidneys Motto für das jüngste Turnier denken, ~~SPERAVI~~, *ich habe gehofft*. Das Wort war durchgestrichen gewesen, um den Verlust der Hoffnung hervorzuheben. Ihre eigene verlorene Hoffnung bedrängte sie. Sie atmete durch, um ihre Stimme zu festigen, und drehte sich zu ihrer Schwester, weil sie das Thema wechseln wollte. »Wann musst du zu den Huntingdons zurückkehren?«

»Ich reise übermorgen ab«, erklärte Dorothy und sah plötzlich niedergeschlagen aus. Penelope erinnerte sich an die dumpfen Gewohnheiten im Haushalt ihres Vormunds; und sie begriff, wenn sie die Nähe ihrer Schwester bereits schmerzlich vermisste, musste es für Dorothy, allein an jenem grausigen Ort, noch viel schwerer auszuhalten sein.

»Nimm es dir nicht so zu Herzen.« Sie drückte ihrer Schwester die Hand. »Schon bald wirst du mit mir bei Hofe sein, nicht wahr, Mutter?« Sie täuschte Munterkeit vor wegen Sidney, dessen Blick sie auf sich spürte – wie eine juckende Stelle, die man unbedingt kratzen möchte.

»Wenn die Königin es wünscht«, entgegnete Lettice bitter.

»Würdet Ihr mich entschuldigen?« Penelope hatte das dringende Bedürfnis zu fliehen. »Ich muss in den Küchen nach Fleischbröckchen für diesen kleinen Kerl suchen.« Bereits auf dem Weg zur Tür, fragte sie: »Jeanne, begleitest du mich?«

Kaum hatten sie den Raum verlassen, fasste sie nach dem Arm ihrer Gefährtin und zog sie eilig den Flur entlang. Erst als sie außer Hörweite waren, fragte sie: »Was um Himmels willen macht *er* hier?«

»Ich wollte dich warnen, hatte aber leider keine Möglichkeit dazu.« Jeanne blieb stehen, legte ihrer Freundin die Hände auf die Schulter und wurde mit einem Mal ganz ernst.

»Was ist los?«, fragte Penelope, zunehmend beunruhigt.

»Dein Stiefvater will eine Ehe zwischen Sidney und Dorothy arrangieren.«

»Mit meiner eigenen Schwester! Nein!« Ihr wurde schwindelig, sodass sie sich mit der Hand an der Wand abstützen musste. »Das kann nicht sein. Sidney ist für uns verarmte Devereux-Töchter nicht reich genug.« Sie sank auf einem Fensterplatz nieder, das Hündchen plumpste auf ihren Schoß.

Jeanne setzte sich neben sie, legte einen Arm um ihre Freundin und strich ihr über die angespannten Schultern.

»Ich dachte, Leicester habe die Hoffnung, sie würde mit dem schottischen König vermählt«, stammelte Penelope. »Was ist denn aus dieser Idee geworden? Ich habe Rich in die Familie gebracht, nun ist doch meine Schwester frei, den zu heiraten …«

»Ich glaube, so ist es nicht. Ich glaube nicht, dass deine Schwester will. Ich glaube nicht einmal, dass sie etwas davon wusste. Nicht ihrem Gesichtsausdruck nach zu urteilen, als die Rede darauf kam.« Jeanne streichelte Penelopes Haar. Sie beide wussten nur allzu gut, wenn es Leicesters Wunsch war, würde Dorothy Sidney ehelichen, ob die beiden es wollten oder nicht.

»Du hast Glück, dass dir niemand sagt, wen du heiraten musst ...« Sie unterbrach sich und schlug die Hand vor den Mund, da sie sich an die entsetzlichen Umstände erinnerte, unter denen Jeanne ihre Eltern verloren hatte. »Entschuldige. So habe ich es nicht gemeint.«

»Ich weiß, dass du es so nicht gemeint hast. Und im Übrigen will ich noch gar nicht heiraten.«

»Du hast ein gutes Herz, nicht so rachsüchtig und verdorben wie meines.« Penelope war glücklich, dass sie einen Menschen wie Jeanne hatte, der sie all ihre Geheimnisse anvertrauen konnte.

Als sie Schritte hörten, verstummten sie. Dann sahen sie Sidneys schwarze Gestalt näher kommen. Er blieb vor ihnen stehen und lächelte sie beklommen an.

»Es tut mir leid, dass ich Euch störe, my Ladys. Aber ich würde gerne Lady Rich unter vier Augen sprechen.« Hinter diesem knappen Satz versuchte er anscheinend, etwas zurückzuhalten. War es Wut oder Verzweiflung?, fragte sich Penelope.

»Ich nehme das Hündchen mit in die Küche und suche ihm etwas zu fressen«, sagte Jeanne mit aufgesetzter Heiterkeit, griff sich das schlafende Tier und ließ die beiden allein.

Sidney setzte sich neben sie, schon nahe, aber ohne sie zu berühren; und sie rückte ein Stück von ihm ab, da sie seine Nähe fürchtete. »Was stimmt dich denn so fröhlich?« Seine Stimme, in der viel Bitterkeit mitschwang, überschwemmte sie mit Trauer.

»Ich bin nicht sonderlich fröhlich«, erwiderte sie und kam ein wenig aus der Deckung. Sie sah ihn an, seine Hände bewegten sich in seinem Schoss, als würde er eine Runde Karten geben. Ihr Herz wurde weit, bis sie glaubte, nicht mehr atmen zu können. »Und gar nicht froh zu hören, dass du dich mit meiner Schwester vermählen willst.«

»O mein Gott!« Er strich sich mit der Hand über die Stirn. »Ich habe keinerlei Absicht, Dorothy zu ehelichen. Ich habe lediglich meinem Onkel nicht widersprochen, um ihn bei Laune zu halten. Das weißt du doch.«

»Und wie soll ich dir vertrauen? Du hast mir keinen Anlass dazu gegeben.«

Er sah schüchtern und klein aus, nicht so elegant und prächtig wie sonst; sie musste sich zusammenreißen, um nicht die Hand nach ihm auszustrecken und ihn zu berühren. Es dämmerte ihr, dass all dieses jahrelange Sehnen nach einem dummen romantischen Ideal mit diesem Mann überhaupt nichts zu tun hatte. Doch es war dieser Mann, dieser Sidney, der zusammengesackt neben ihr saß, mit seiner narbigen Haut und dem sich lichtenden Haar, mit seiner grüblerischen Art und (wie sie zum ersten Mal sah) den abgebissenen Fingernägeln, der ihr Herz eingenommen und es wie einen Vogel in einen Käfig gesperrt hatte.

»Ich sollte nicht mit dir reden, nicht hier so allein mit dir. Ich bin eine verheiratete Frau.« Bei diesen Worten zuckte er zusammen. »Und du *wirst* meiner Schwester versprochen werden. Selbst du bist nicht in einer Position, in der du dich Leicester widersetzen könntest.«

Sein Gesichtsausdruck passte zu ihrer Trostlosigkeit. »Ich habe etwas für dich.« Als er nun ein zusammengefaltetes Blatt Papier aus seinem Wams zog, fiel der letzte Rest an Selbstsicherheit von ihm ab.

Sie nahm es entgegen. »Ein Sonett.« Sie sprach das Augenfällige aus, um das Schweigen zu füllen.

»Eines von vielen. Willst du es lesen? Wenn du je etwas für mich übrighattest …« Er hielt inne, ihm schienen die Worte zu fehlen; dann sprach er weiter, ohne sie anzusehen. »… dann lass mich hören, wie du meine Verse vorträgst.«

Ihre Stimme war kaum lauter als ein Wispern. »*Als die Natur ihr Hauptwerk, Stellas Augen, schuf …*« Als sie zu Ende gelesen hatte, sanken ihre Hände schwer herab. Sie sammelte sich mit einem tiefen Atemzug. »*Ich* bin Stella?«

Er nickte, und seine blassblauen Augen strahlten eine so abgrundtiefe Trauer aus, dass sie es kaum ertrug, ihn anzusehen; aber ebenso wenig ertrug sie es, ihn nicht anzusehen.

»Der ferne Stern … und wer bist du?«

»Ich bin Astrophil.« Etwas schien sich in ihm zu verändern, als würde er sich öffnen.

»Der Sternenliebhaber.« Sie flüsterte. »Dann liebst du mich also *doch*?«

Wieder nickte er, dieses Mal mit dem Anflug eines Lächelns.

»Was hat den Wandel in deinem Herzen herbeigeführt?«

»Ich weiß es nicht. Ich war verwirrt, fühlte mich vernichtet durch den Verlust von Leicesters Erbe und von der Königin verbannt. Ich dachte, ich hätte dir nichts zu bieten … im Vergleich zu Rich.« Er spuckte den Namen ihres Gemahls aus, als hätte er Gift aus einem Schlangenbiss gesaugt. »Und ich wusste nicht, dass meine Gefühle so tief gehen … bis es zu spät war. Die Liebe kann mit ihrer Plötzlichkeit überraschen. Im Übrigen weißt du ebenso gut wie ich, welch Torheit es ist, eine Ehe aus Leidenschaft zu schließen.« Die Worte sprudelten mit großer Dringlichkeit aus ihm heraus, als würde ihre Zeit ablaufen. Seine übliche Selbstsicherheit war ihm vollkommen abhanden gekommen; nie hätte sie eine so verletzliche Seele hinter dieser Fassade vermutet.

»Ist es Torheit oder der Weg zum Glück?« Ihre Stimme strotzte vor Zynismus.

»Ich dachte, meine Gefühle würden vergehen. Ich war ein Narr.«

»Und als du feststelltest, dass sie nicht vergehen, war ich es dir noch immer nicht wert, dass du um mich kämpfst?«

»Nein!«

Verzweifelt wollte sie seine Hand nehmen, die mit dem tintenverschmierten Zeigefinger, sich an ihn lehnen und sich umarmen lassen.

»Ich *habe* um dich gekämpft. Ich bat die Königin um Erlaubnis, um dich freien zu dürfen. Ich rief ihr den Wunsch deines Vaters in Erinnerung.«

»Du hast die Königin ersucht?« Allmählich dämmerte ihr, dass sie die Situation rundweg missverstanden hatte.

»Sie lachte mir ins Gesicht und fragte, warum ›eine Enttäuschung‹ wie ich – ja, so hat sie mich genannt, eine ›Enttäuschung‹ – warum ich also dächte, dass sie mir erlauben solle, ihre Lieblingszofe zu freien. Dann schickte sie mich weg, ich solle meine Sachen packen. ›Ihr genießt nicht mein volles Vertrauen, Sidney‹, sagte sie.« Er schlug nun die Hände vors Gesicht, als schämte er sich, und seine Stimme war kaum mehr zu hören. »Sie hält mich für zu freimütig und lehnt meine katholischen Freunde ab. Aber ich sage nun mal geradeheraus, was ich denke; und Loyalität ist für mich eine Sache der Ehre, auch und gerade wenn es um Leute geht, die einen anderen Glauben haben.«

»Dann ist es also *ihre* Schuld.« Penelope verspürte nur noch Abscheu für diese Frau, die eine ganze Abfolge von Katastrophen über ihre Familie gebracht hatte. »Und ich bin nun für alle Ewigkeit an diesen Mann gekettet.« *Was Gott zusammengefügt, soll der Mensch nicht trennen.*

»Dann ist die Ehe also vollzogen«, murmelte er, als dächte er laut. Noch immer sah er sie nicht an.

»Natürlich«, flüsterte sie.

»Ich hatte gehofft, jenseits aller Vernunft, dass diese Vereinigung nicht stattge…« Er stammelte, als könnte er seine Gedanken nicht in Worte fassen. »…sie könnte… könnte annulliert werden. Und dass wir, wenn wir die Welt erst überzeugt hätten…« Wieder hielt er inne. »Welch ein Narr war ich doch mit meinen aussichtslosen Träumen.«

Erst jetzt sah er sie mit verzweifeltem Blick an und breitete die Arme aus. Und sie ließ sich in seine Umarmung fallen. Sie hielten sich fest, mit geschlossenen Augen, als wollten sie die ganze Welt aussperren, bis sie Schritte hörten und auseinanderfuhren. Sie schauten auf ihre Hände, als einer von Leicesters Schreibern mit einem Stapel Papier an ihnen vorbeiging. Still saßen sie da, bis er hinter einer Tür verschwunden war. »Lass mich heute Nacht in dein Gemach kommen.«

»Nein, ich kann nicht.«

»Ich flehe dich an.«

»Nein, nein! Ich bin auch nicht allein. Jeanne und meine Schwester werden bei mir sein.«

»Dann irgendwo anders … bitte.«

»Nein!« Sie konnte ihn nicht länger ansehen, aus Angst, sie könnte ihre Zurückhaltung aufgeben. »Und was ist mit Dorothy? Bist du meiner Schwester versprochen?«

»Nein.«

»Noch nicht«, sagte sie. »Du musst gehen.« Sie saßen eine gefühlte Ewigkeit schweigend nebeneinander. »Du musst gehen«, wiederholte sie.

Schließlich stand er auf und ging langsam davon, und sie glaubte, ihr Herz würde vor Sehnsucht zerspringen.

»Ich werde auf dich warten«, sagte er, als er sich noch einmal umschaute. »In dem Musikzimmer mit der Aussicht auf den Fluss … die ganze Nacht, wenn es sein muss.«

März 1582
Leighs, Essex

Es war Penelopes erste Nacht in Leighs, obgleich sie nun schon vier Monate verheiratet war. Sie hatte die Zeit bei Hofe verbracht, hatte für die Mehrung der königlichen Gunst gesorgt und sich bemüht, das komplizierte Netz an Loyalitäten zu verstehen, das die Königin umgab. Neue Gerüchte eines geplanten Attentats waren laut geworden, und sie hatten alle wie auf glühenden Kohlen gesessen, mit Ausnahme der Königin, die stets so kühl wirkte wie ein Teich im November; darum war Penelope tatsächlich froh, dem Hof entronnen zu sein. Sie befand sich allein in ihrem Schlafgemach, nahe am Kamin, und wartete auf ihren Gemahl, derweil sie vergeblich versuchte, sich Sidney aus dem Kopf zu schlagen. Seit ihrer Begegnung waren etwa drei Monate vergangen – drei Monate des vorgetäuschten Glücks. Sie warf ein Scheit ins Feuer und stöhnte; wie lange wollte ihr Gemahl sie noch warten lassen? Sie hatte ihn in der Kapelle, wo er inbrünstig gebetet hatte, verlassen.

Zuvor waren Jeanne und sie durch das Haus mit seinen labyrinthischen Fluren gegangen, die den alten Teil mit dem neuen verbanden. Es war einmal eine religiöse Einrichtung gewesen, und Hinweise auf die ehemalige Nutzung zeigten sich in einer geschnitzten Heiligenfigur oder einem Kreuz, unauffällig in einer Ecke angebracht. Leighs verströmte die gleiche finstere Stimmung wie Smithfield-Haus, wo sie gelegentlich, wenn ihre Anwesenheit bei Hofe nicht erforderlich war, eine Nacht verbrachte. Es war ein düsterer Ort, durchdrungen vom modrigen Geruch eines Mausoleums und einer bedrückenden Stille. Und bei jedem Besuch dort war sie gefordert, ihre ehelichen Pflichten zu erfüllen, die sie jedes Mal ebenso verstörten wie in der Hochzeitsnacht; und Rich, der sich tagsüber recht höflich, wenn nicht gar distanziert verhielt, wurde in der Nacht zum Wüterich. Er fügte ihr nie wieder Schmerz zu, doch die Gefahr, dass es sich wiederholen könnte, schwebte bedrohlich über den nächtlichen Handlungen. Und sie war äußerst erleichtert zu wissen, dass Jeanne jenseits der Wand schlief; obgleich sie fürchtete, Jeanne könne Richs inbrünstig gesprochene Bibelverse hören, die von atemlosem Keuchen und Stöhnen unterbrochen wurden. Wenn Rich fertig und gegangen war, klopfte Penelope an die Holzvertäfelung, woraufhin Jeanne schlaftrunken herbeihuschte und zu ihr ins Bett glitt.

»Das gehört alles dir?«, hatte Jeanne bei ihrer Ankunft in Leighs gerufen, als sie wie überdrehte Kinder durch das riesige Haus eilten und in die große Halle stürmten, wo sie sich bei den Händen nahmen und um sich selber drehten, bis sie vor Lachen keuchten.

»Es ist mein, und doch nicht mein«, antwortete sie, als sie wieder Luft bekam. »Es wirkt so tot, als hätte hier jahrelang niemand gewohnt.« Sie wäre so viel lieber bei Lettice in Wanstead geblieben, wo sie übernachtet hatten und ihre Mutter nach jeder noch so kleinen Information aus den Privatgemächern gierte.

Das Wanstead, das Penelope im Kopf hatte, war immer sonnendurchflutet und voller Musik, ein irdisches Paradies, das von freudvollen Erinnerungen an die kurzen Aufenthalte der ganzen Familie erfüllt war; der Vergleich mit ihrem Leben bei den Huntingdons im Norden des Landes, wo das schlechte Wetter ein Bündnis mit der Stimmung eingegangen war, ließ es noch herrlicher erscheinen.

Ein ernster Diener führte sie zu Penelopes Räumen, die nach Norden gingen und zudem von drei hohen Eichen verschattet waren; die Bäume waren alt und knorrig, und zu den Wipfeln hin neigten sie sich einander zu wie alte Männer, die sich ein Geheimnis zuraunen. Drei große ineinander übergehende Gemächer gehörten nun ihr.

Nachdem Jeanne ihr beim Auskleiden geholfen hatte, kämmten sie sich gegenseitig das Haar und sangen dabei ganz leise ein Lied, dem sie bei Hofe gelauscht hatten. Niemand durfte sie hören, denn Rich hatte eindeutig erklärt, dass Musik in Leighs verboten sei. Als Jeanne sich ins Bett zurückgezogen hatte, saß Penelope am Feuer; es knackte, und aus der trockenen Rinde eines neuen Scheits züngelten bläuliche Flämmchen; ihre Gedanken wanderten zurück zu jener Nacht im Leicester-Haus.

Nach diesem letzten Zusammentreffen mit Sidney hatte sie wach im Bett gelegen, voller Wut und Verwirrung über die unsichtbaren Mächte, die zu ihrer Lage beigetragen hatten. Ihr war, als spotte Gott über sie, indem er ihr Liebe zu diesem Mann einflößte – denn wenn das nicht Liebe war, wusste sie nicht, was Liebe sein sollte, diese brennende Erkenntnis, dass das Leben nur in seiner Nähe einen Sinn habe –, während sie mit einem anderen verheiratet war, dem sie offenbar nichts bedeutete. Dorothys Atem neben ihr verlieh der Stille einen Rhythmus und war eine höhnische Erinnerung an die Verlobungspläne, die man für sie geschmiedet hatte. Dass Sidney mit ihrer Schwester vermählt werden könnte, schien ihr unvorstellbar. Das Wissen, dass Sidney im Musikzimmer auf sie wartete – seine geflüsterten Worte: ... *die ganze Nacht, wenn es sein muss*, gingen ihr nicht aus dem Sinn –, es hatte sie magisch angezogen, so wie der Mond die Flut anzieht; und so war es unvermeidlich, dass sie schließlich aus dem Bett in die nächtliche Kälte glitt.

Als sie im Dunkeln nach ihrem Umhang tastete, spürte sie mit einem Mal ihr Herz so stark klopfen, als hätte es ein Eigenleben aufgenommen, als würde etwas in ihm wachsen, etwas, das Sidney eingepflanzt hatte und das sich nicht herausreißen ließe. Es war kalt im Gemach – so kalt, dass sie, als ihre Augen sich an die Dunkelheit gewöhnt hatten, kleine Atemwölkchen im trüben Mondlicht aufsteigen sah. Sie band ihren Umhang am Hals fest zu und fand einen Schal, den sie sich um die Schultern legte. Dann überlegte sie, ob sie sich richtig anziehen solle, weil sie sich nicht vorstellen konnte, Sidney im Nachtgewand gegenüberzutreten. Wenngleich natürlich ihr Nachtgewand für so ein Rendezvous genau passend war. Um nicht weiter darüber nachzudenken, griff sie rasch nach dem Hündchen, schlüpfte in ihre Pantoffeln und huschte wie ein Geist aus dem Zimmer.

Erst auf dem Weg, als sie mit einer Hand an der Wand entlang durch die dunkle Galerie schlich, die zum Musikzimmer führte, und einen schmalen Lichtschein unter der Tür hervordringen sah, wurde ihr bewusst, was sie tat. Sie erstarrte, und das hässliche Wort *Ehebrecherin* plumpste wie eine Kröte in ihre Gedanken. Ihre Bestürzung über die Hochzeitsnacht fiel ihr ein, ohne jede Zärtlichkeit war sie gewesen, und sie fragte sich, ob sie wirklich eine solche Erfahrung mit Sidney wolle. Aber etwas in ihr zog sie unerbittlich zu ihm. Sicher, so dachte sie, würde es wegen ihrer Liebe ganz anders sein; sie verspürte ein Prickeln in ihrem tiefsten Innern.

Während ihre Gedanken einen Kampf austrugen, erschien ihr der wartende Mann hinter der Tür zunehmend fremd. Er war entweder die Sünde, die ihre Seele in eine unendliche Verwirrung stoßen würde, oder etwas anderes, das vielleicht noch verstörender wäre: ein Genuss, auf den sie niemals wieder würde verzichten können.

Sie stieß im Dunkeln gegen einen Gegenstand, einen Stuhl, der lärmend umfiel. Sie machte auf der Stelle kehrt und rannte mit laut trommelndem Puls in den Ohren zurück. Sie hörte, dass hinter ihr die Tür geöffnet wurde, und verspürte Angst, als wäre ein Ungeheuer hinter ihr her.

»Komm zurück«, rief er bestürzt. »Stella, Liebste, komm zurück.«

Sie rannte durch die lange Galerie und die Treppe hinauf und blieb erst stehen, als sie in ihrem sicheren Schlafgemach angekommen war. Sie lehnte sich gegen die geschlossene Tür, um wieder zu Atem zu kommen, und dieses Ding, das eigentlich ihr Herz hätte sein sollen, protestierte so laut, dass sie fürchtete, es spränge ihr aus dem Leib.

»Was ist?«, erklang Jeannes schläfrige Stimme aus dem Rollbett.

»Ich habe plötzlich Angst bekommen, das ist alles«, antwortete sie, setzte sich auf den Rand des niedrigen Betts und spürte Jeannes tröstliche Arme, die sich um sie schlangen.

»Wo warst du?«, fragte sie.

»Das Hündchen musste hinaus«, sagte Penelope und staunte, mit welcher Leichtigkeit ihr die Lüge über die Lippen gekommen war. Sie musste an all die anderen Lügen denken, die sie hätte äußern müssen, wenn sie sich erlaubt hätte, dieser lauernden Versuchung nachzugeben, und jede wäre eine weitere Sünde gewesen.

»Du holst dir den Tod, wenn du in einer Dezembernacht so herumläufst.« Jeanne zog sie unter die warme Decke, hielt sie in den Armen, und das Hündchen schmiegte sich an sie; irgendwann musste sie eingeschlafen sein, denn sie erwachte am Morgen in dem engen Rollbett, ohne im ersten Moment zu wissen, wie sie dahin gelangt war.

Danach verschwand Sidney vom Hof, aber nicht aus Penelopes Gedanken – dort kreiste er wie ein unablässiger Klagegesang – und auch nicht aus dem Tratsch; man spekulierte über seinen Verbleib. »Er ist bei seiner Schwester in Wilton.« »Er ist nach Irland gereist, um an der Seite seines Vaters zu kämpfen.« »Er befindet sich in den Niederlanden.« Sie wagte nicht, sich an diesen Gesprächen zu beteiligen, aus Angst, ihr könnte ein Wort entfleuchen, das ihr dunkles Geheimnis preisgäbe. Und unablässig grübelte sie darüber nach, wie die Liebe einen Menschen bis zur Unkenntlichkeit verändern konnte.

Als sie vor dem knisternden Feuer darauf wartete, dass Rich seine Gebete beendete, stellte sich ihr die Frage, wegen welcher Sünden er wohl so inbrünstig bete, wofür er um Vergebung bitten müsse. Sie dachte an Sidneys Gedicht, das sie sorgsam zusammengefaltet in ihrem Schatzkästchen versteckt hatte, und fragte sich, welcher Sünde *sie* sich seinetwegen wohl schuldig gemacht habe. Man kann schließlich durch Gedanken ebenso sündigen wie durch Taten; oft genug hatte die Gräfin es ihr eingeschärft. Penelope hatte nie groß darüber nachgedacht, denn stibitzte man ein paar Pflaumen aus der Küche oder erzählte eine belanglose Lüge, war die Sünde wohl kaum der Sorge wert. Aber dieses hier war etwas anderes. War das *Denken* an Ehebruch womöglich ebenso schändlich wie die Tat selbst, denn sie hatte sehr wohl daran gedacht – viele Male. Der Zustand ihrer Seele flößte ihr Angst ein, sie stellte sie sich schrumpelig und verdörrt vor; ein Leben ohne Sünde zu führen erschien ihr unmöglich.

Sie hörte Richs Schritte auf der Treppe. Sie waren präzise, als würde er sie sorgsam abmessen. Angst ballte sich in ihr zusammen. Er trat, von einer Kerze in seiner Hand gräulich beleuchtet, ins Gemach. Sie sah ihn an; er berührte sie leicht an der Schulter. »Ihr seid noch auf?« Die Freundlichkeit in seiner Stimme überraschte und verwirrte sie einen Augenblick; ein Funken Hoffnung wurde in ihr wach. »Ich brauche Eure Hilfe, Penelope.«

»Meine Hilfe?« Sie hatte nicht die geringste Vorstellung, wie sie ihm behilflich sein könnte.

»Wir *müssen* es tun.« In seiner Stimme schwang Furcht mit, als drohten ihm die Daumenschrauben.

Sie nickte, obgleich sie nicht verstand, was er meinte.

»Es *muss* geschehen. Vielleicht würdet Ihr…?« Er hielt inne und sah sich im Gemach um, als wage er nicht, sie anzuschauen. »Darf ich Euch bitten, dieses hier anzuziehen?«

Erst jetzt bemerkte sie, dass er sorgfältig gefaltete Kleider in der Hand hielt, die er ihr nun auf den Schoß legte.

»Ist es ein Geschenk?«

»In gewisser Weise… Es ist eher ein Geschenk, das ich mir von Euch wünsche.«

Sie griff nach dem obersten Kleidungsstück. Es war eine schwarze Samtkappe in dem schlichten Stil, wie Studenten sie gerne trugen, um seriöser zu wirken, aber gesäumt mit schwarzem Kaninchenfell, was sie von etwas Alltäglichem zu einem Gegenstand von diskretem Luxus erhob. Darunter lag ein Wams aus schwarzem Damast, pfirsichweich, wunderschön geschneidert und mit edler, pechschwarzer, gesteppter Seide gefüttert. Sie nahm jedes Kleidungsstück zur Hand, entfaltete es und breitete es auf ihren Knien aus: Beinlinge, passend zu dem Wams; Seidenstrümpfe, so zart wie jene, die die Königin trug; ein Hemd aus weißem hauchdünnem Leinen; eine gestärkte Halskrause, deren bescheidener Durchmesser über die Menge an Stoff hinwegtäuschte. Alle diese Kleider erschienen ungetragen.

»Das ist ein Gewand für einen Knaben«, sagte sie und glaubte, es müsse ein Irrtum vorliegen. »Die Sachen sind zu klein für Euch.«

Er sagte nichts, hob nur die Arme, eine Geste, die eine Kinderfrau macht, wenn sie ein kleines Kind auszieht. Ohne zu fragen, tat Penelope es ihm nach, und rasch zog er ihr das Nachthemd aus und ersetzte es durch das feine Leinenhemd. Dann reichte er ihr die seidenen Strümpfe, die sie an ihren Beinen hochrollte.

»Eine Maskerade«, sagte sie und dachte an Karneval, wenn alles Kopf steht – was sie selber aber nie erlebt hatte – und manche Frauen von loser Moral sich für einen Tag mit wollenem Schnurrbart und ausgepolstertem Hosenbeutel als Mann verkleideten. Sie wollte ihn fragen, was er damit beabsichtige, wusste aber nicht, wie sie ihre Frage in Worte fassen sollte. Wie wenig sie ihren Gemahl doch kannte; und plötzlich fühlte sie sich verloren in diesem fremden Haus mit diesem merkwürdigen Mann; am liebsten würde sie nach Jeanne im Nachbarzimmer rufen. Dann dachte sie an ihr Ehegelöbnis – sie hatte versprochen, gehorsam zu sein und keusch und ihren Gemahl zu ehren. *Was Gott zusammengefügt hat, soll der Mensch nicht trennen.* Sie ließ zu, dass er ihr in die Hose half und in das Wams, das er bis oben zuschnürte, ehe er die kleine steife Halskrause am Kragen anbrachte. Daraufhin nahm er ihr die Haube vom Kopf, strich ihr Haar straff zurück und setzte ihr die Samtkappe auf, deren seidiges Fell ihre Ohren kitzelte.

»Steht auf und lasst Euch ansehen«, sagte er sanft. Sie folgte, und er reichte ihr ein Neues Testament, das an einer Seite markiert war. Sie schlug es auf, es war Paulus' Brief an die Korinther.

»Würdet Ihr bitte die Stelle vorlesen, die ich angekreuzt habe?« Flüchtig verzog sich sein Mund zu einem winzigen Lächeln, und er steckte eine Kerze in den Leuchter neben sie, damit sie lesen konnte.

Wisset ihr denn nicht, dass die Ungerechten das Reich Gottes werden nicht ererben? Mit einem Mal berührte er die Kante ihres Wamses, rieb sie zwischen Daumen und Zeigefinger und schien vollkommen hingerissen von dem Stoff, als berge er die Geheimnisse des Himmels. *Lasset euch nicht verführen! Weder die Hurer noch die Abgöttischen noch die Ehebrecher noch die Weichlinge noch die Knabenschänder noch die Diebe noch die Geizigen noch die Trunkenbolde noch die Lästerer noch die Räuber werden das Reich Gottes ererben.* Er schien nun in Trance gefallen zu sein, seine Augen waren halb geschlossen, der Mund stand etwas offen. *Und solche sind euer etliche gewesen; aber ihr seid reingewaschen, ihr seid geheiligt, ihr seid gerecht geworden durch den Namen des Herrn Jesu und durch den Geist unseres Gottes.*

Wortlos nahm er ihr das Buch aus der Hand, schlug es zu, legte es beiseite und führte sie zum Bett; er drehte sie an den Schultern von sich weg und drückte sie nach vorn, bis ihr Gesicht in die Bettdecke sank und in den staubigen Geruch gerupfter Federn eintauchte.

Nachdem er gegangen war, schlüpfte sie aus den Kleidern und verstaute sie schuldbewusst unter dem Bett, als könnten sie von ihrer Scham erzählen. Sie hatte das Blut auf dem feinen Leinenhemd gesehen, ein dunkler Kreis auf dem Weiß; überrascht hatte sie sich gefragt, wie sie nur so blind gewesen sein konnte, nicht bemerkt zu haben, dass ihre Ehe in all den Monaten zuvor nicht vollzogen worden war, und hatte innerlich auf die Gräfin geflucht, die sie so streng gehalten hatte. Hätte man sie schon in jüngerem Alter an den Hof geschickt, zu diesen Kammerzofen, die so erfahren in Liebesdingen waren, wäre sie womöglich weniger naiv gewesen. Sie hatte geglaubt, sie erfänden Geschichten, als sie von dem Schmerz erzählten, von dem Glied, das zu einem Mehrfachen seiner Größe anschwoll und hart wie ein Stock wurde, und von seinem Erguss, aber sie hatten die Wahrheit gesprochen.

Bei der Erinnerung an Richs dringliches Stoßen schmeckte sie Galle in der Kehle; und das tierische Ächzen, laut, unvermittelt und ekstatisch, ließ sie begreifen, dass sein Stöhnen bei den vorherigen Begegnungen Laute der Niedergeschlagenheit gewesen waren. Und wenn sie es bislang nicht gewusst hatte, so machte ihr das heiße, feuchte Tröpfeln zwischen ihren Beinen unmissverständlich klar, dass ihre Ehe nun besiegelt war. Wie ein Dolch durchdrang sie erst jetzt die Erkenntnis, dass sie, hätte sie gewusst, dass sie noch eine Jungfrau gewesen war, einen Weg – selbst nach dem Ehegelöbnis – gefunden hätte, ihren Fesseln zu entfliehen. Sie hätte kundtun können, dass Rich nicht fähig sei, und die Ehe wäre annulliert worden. Sie quälte sich mit dem, was hätte sein können, bis ein Klopfen an der Tür sie aufschreckte.

»Ich bin es, Jeanne. Darf ich hineinkommen?«

»Natürlich.«

Jeanne schlüpfte neben sie unter die Decke. »Ich habe gehört, dass Rich in sein Gemach gegangen ist, und dachte, du magst vielleicht Gesellschaft.«

»Du bist ein Geschenk des Himmels, Jeanne.« Penelope fehlten die Worte, um ihr das Ritual mit den Knabenkleidern zu erklären; die schmachvolle Begebenheit widersetzte sich jeder Beschreibung; aber sie gestand Jeanne den verspäteten Ehevollzug und war froh, ihr ihren Kummer anvertrauen zu können.

»Nun ist es vorüber«, sagte Jeanne. »Wohl oder übel.«

Für alle Ewigkeit, dachte Penelope. »Hoffentlich hat er ein Kind in mich gepflanzt.«

»Hätte ich es doch nur gewusst«, sagte Jeanne.

»Wie hättest du es wissen können?«

»Immerhin …«

»Rich bat mich, dass ich ihm vorlese …« Penelope verstummte, da sie sich unsicher war, ob sie so etwas erzählen dürfe, und fuhr rasch fort, ehe sie sich anders besann. »… aus dem Brief des Paulus an die Korinther.«

»Was? Währenddessen?«

Sie nickte.

»Glaubst du, das ist üblich bei Puritanern?«

Penelope überdachte die Sonderbarkeit des Ganzen und die Bodenlosigkeit ihres Nichtwissens. Hatte die Gräfin sie womöglich absichtlich in diesem Zustand gehalten, damit sie im Ehebett fügsamer wäre?

Als sie am nächsten Morgen erwachte, war Jeanne bereits auf den Beinen und rief nach jemandem, der das Feuer anzünden solle. Noch im schläfrigen Dämmer fielen Penelope die Knabenkleider ein, die sie eilig unters Bett geschoben hatte; bei der Vorstellung, sie könnten entdeckt werden, rasten ihre Gedanken. Was würde sie sagen? Dass sie Rich gehörten? Aber sie waren viel zu klein für ihn. Niemand würde ihr glauben. Und wie sollte sie eine einleuchtende Erklärung für den Blutfleck finden? Leise sammelte sie die anstößigen Sachen auf, als Jeanne ihr den Rücken kehrte, ballte sie zusammen und wickelte sie in ein Bettlaken.

»Was tust du da?«, fragte Jeanne.

»Ich sollte hiermit wohl etwas tun.« Sie hob eine Ecke des Lakens. »Blut.«

Jeanne verzog das Gesicht. »Ich kümmere mich drum.«

»Nein, ich mache das.«

Penelope fürchtete, ihre Unnachgiebigkeit könnte einen Verdacht wecken, aber Jeanne schien sich keinerlei Gedanken zu machen. »Es ist eigentlich meine Aufgabe, diese Dinge zu tun. Aber wenn du darauf beharrst.«

Penelope klemmte sich das anstößige Bündel unter den Arm und machte sich auf den Weg zu den Gemächern ihres Gemahls, die im entfernten Flügel des Hauses lagen; da sie den Weg nicht genau kannte, musste sie einen Pagen fragen. Seine gewaltige Tür war aus einem einzigen Stück Eiche gezimmert. Sie dachte nicht daran anzuklopfen; es war Morgen, und der Haushalt war bereits geschäftig; hätte sie jedoch darüber nachgedacht, wäre ihr aufgefallen, dass es vor Richs Gemächern still war wie in einem Leichenhaus.

Sie hob den Riegel, und die Tür schwang leise auf. Die Vorhänge um das Bett herum waren zugezogen. Sie wollte das Bündel neben ihn legen, damit er es beim Aufwachen als Erstes sehe; als sie auf Zehenspitzen durch das Gemach schlich, vernahm sie ein lautes rhythmisches Schnarchen. Sie lugte durch die Bettvorhänge. Da es im Inneren dunkel war, blieb sie einen Moment stumm stehen, bis ihre Augen sich an den Dämmer gewöhnt hatten. Mit einem Mal wurde ihr klar, dass das, was sie für ein Schnarchen gehalten hatte, eher ein Keuchen war. Sie glaubte, einer der Hunde sei vielleicht an diesem luftarmen Ort überhitzt. Als sie den Vorhang ein Stück weit zurückzog, fiel Licht auf ein Gesicht; es war nicht das Gesicht ihres Gemahls, es war ein Gesicht, das sie noch nie gesehen hatte. Es gehörte einem erschrockenen Knaben, einem nackten Knaben, der auf dem Rücken hingestreckt neben ihrem Gemahl lag, der sein Gesicht mit fest geschlossenen Augen im Kissen verbarg.

Penelope stand reglos da und starrte den Fremden an.

»Hör nicht auf«, stöhnte Rich. »Um Himmels willen, hör nicht auf.« Seine tastende Hand fand den Knabenmund, in den er zwei Finger schob. Aber der Junge entwand sich ihm, und erst jetzt schien Rich zu bemerken, dass etwas nicht stimmte; als er sich hochstemmte, sah er Penelope, die wie diese Frau in der Bibel zu einer Salzsäule erstarrt vor ihm stand.

»Hinaus!«, brüllte er. »Hinaus mit Euch, Ihr … Ihr … *Schlampe*!«

Seine Worte weckten sie aus ihrer Lähmung. Sie wirbelte herum und rannte aus dem Gemach, durch gewundene Durchlässe und labyrinthische Flure, bis sie sich völlig verlaufen hatte. Schließlich stieß sie zufällig auf eine schmale Spindelstiege und ging sie hinunter, wobei sie sich, um nicht zu fallen, an einen Handlauf aus Seil klammerte. Unten in tiefster Dunkelheit angekommen, ertastete sie die Umrisse einer verriegelten Tür und schlug verzweifelt gegen das Holz, bis ihre Hand schmerzte.

»Wer macht denn hier so einen verdammten Radau?«, hörte sie eine Stimme durch die Tür, die sich nun auftat und den Blick in die Küche freigab. Vor ihr stand ein Mann, den sie für den Koch oder den Fleischer hielt; er trug eine blutbefleckte Schürze und hatte ein Messer gezückt. »My Lady, verzeiht mir.« Er streifte die Kappe vom Kopf, und alle in der Küche, die sich nun von ihrer Arbeit abwendeten und sahen, wer sie war, taten es ihm gleich.

Eine vollbusige Frau trat vor. »Ihr seht nicht wohl aus, my Lady. Fühlt Ihr Euch krank?«

Penelope fand keine Worte, sie schüttelte nur den Kopf.

»Dann müsst Ihr das Gespenst gesehen haben. Es wandert oben im Gang umher. Darum halten wir diese Tür verschlossen. Nicht dass eine Tür für einen Geist ein Hindernis darstellen würde. Habt Ihr das Gespenst gesehen, my Lady?«

Penelope hüstelte, bis sie endlich stammeln konnte: »Ja, ich glaube, es war ein Gespenst.«

»Kommt, my Lady.« Penelope ergriff die ausgestreckte Hand. »O Gott, Ihr seid eiskalt. Setzt Euch hier an die Feuerstelle. Ich mische Euch eine heiße Milch mit Wein und Gewürzen und lasse Eure Zofe rufen. Hier.« Sie schnalzte mit den Fingern vor einem der Knaben, der die Herrin des Hauses, die hier wie ein verlorenes Kind im Nachtgewand auf einem Küchenstuhl vor der Feuerstelle saß, dümmlich anstarrte. »Los, lauf und hol die Kammerzofe, die französische.« Dann wandte sie sich wieder an Penelope. »Lasst mich Euch diese Sachen abnehmen. Ich begreife nicht, wie es dazu kommen konnte, dass Ihr mit einem Stoß Wäsche durch den oberen Flur gingt. Hier gibt es schließlich mehr Diener als Ratten in London.«

Erst da fiel es Penelope auf, dass sie noch immer das anstößige Bündel unter dem Arm hatte. »O nein«, sagte sie und drückte es fester an sich.

Als hätte die Frau verstanden, dass irgendetwas nicht stimmte, sagte sie: »Geht mit mir ins Waschhaus. Dort ist es sauber und warm, und Ihr entkommt all diesen üblen Küchengerüchen.«

Penelope ließ sich von ihr über einen gepflasterten Hof in ein Nebengebäude führen, wo die Luft schwer vor Hitze und dem beißenden Geruch nach Lauge war. Dort stand ein riesiger brodelnder Kessel auf dem Feuer, und darüber hingen, auf einem Gestell, das bis unter die

Decke hochgezogen war, Wäschestücke, die sich in der aufsteigenden Hitze blähten. Penelope sank auf eine Bank und ließ das Wäschebündel fallen, sodass die Knabenkleider sich auf dem Boden verstreuten.

Die Frau hob sie auf, faltete sie, ohne sie näher zu betrachten, und war sichtlich nicht überrascht, Knabenkleider zu sehen. Sie suchte sie nur nach Schmutz ab und warf das blutbefleckte Hemd in einen Korb zu anderen weißen Wäschestücken, ebenso das zerknitterte Laken, und legte die Halskrause, die nicht mehr wiederzuerkennen war, auf einen Ständer. Alles andere schob sie beiseite und setzte sich tief seufzend neben Penelope.

»Ich kenne Lord Rich von Kindesbeinen an. Ich war seine Amme, als ich selber noch ein junges Mädchen war. Darum kenne ich ihn womöglich besser als seine Mutter. Ich weiß alles über seine kleinen Schwächen.«

»Seine Schwächen …?«, wiederholte Penelope.

»Ja. Die Knaben! Bei manchen Männern ist das eben so. Sie haben nun mal diese Vorliebe.«

»Aber …« Ihr kamen die Tränen, und als tiefe Schluchzer sie schüttelten, schloss die Frau sie in die Arme und drückte Penelopes Kopf an ihre weiche Brust. Natürlich hatte sie davon gehört, traute sich aber nicht einmal, das Wort auszusprechen, auch nicht im Geheimen, denn selbst der Gedanke daran erschien ihr so gottlos.

»Es ist alltäglicher, als Ihr denkt, meine kleine Lady. Fleischeslust lässt sich nicht immer erklären.«

»Aber er ist ein gottesfürchtiger Mann, ein Puritaner.« Etwas anderes fiel ihr nicht ein.

»Vielleicht gerade deshalb.« In der Begründung der Frau lag eine sonderbare Logik. »Nun möchte ich, dass Ihr wisst, ich bin für Euch da. Ihr müsst mich nur rufen lassen … Mistress Shilling … wann immer Ihr in Verwirrung geratet. Und denkt daran, Euer Gemahl ist ein herzensguter Mann, nur manchmal quälen ihn seine ureigenen Dämonen. Und schon bald, ich bin mir sicher, werdet Ihr ein Kind zur Welt bringen, und alles wird gut sein. Nichts ist von Belang, wenn Ihr Euer eigenes Kind im Arm haltet.«

Ihre Tränen versiegten. Mistress Shilling reichte ihr ein Leinentüchlein, mit dem sie sich das Gesicht abwischte und die Nase putzte, dann fand sie noch eine frisch gestärkte Haube, die sie Penelope aufs Haar setzte.

»So gut wie neu.«

Erst am Nachmittag, als sie von ihrem Ausritt heimgekehrt war, ließ Rich sie zu sich rufen. Sie hatte Trost gefunden in Dulcets vertrauter Gangart, als sie über die Heide galoppierten; und als sie ihr die Sporen gab, hatte Alfred ihr nachgerufen, sie solle achtgeben. Der Wind, der sie umbrauste, würde alle Spuren der morgendlichen Ereignisse wegblasen. Er blähte ihren Umhang, sodass er hinter ihr schwang, als hätte sie Flügel, und in ihren Ohren dröhnte Hufgetrappel. Dulcet blieb schließlich an einem Waldrand stehen, wo sie ein kleines Rudel Rotwild entdeckten, das zwischen den Bäumen Deckung suchte. Dulcet senkte den Kopf, um ein Grasbüschel auszurupfen, als ein junger Hirsch einen Schritt auf sie zu machte, um stolz und reglos stehen zu bleiben, nur der Atem bewegte leise seine Flanken. Er betrachtete Penelope aus seinen umflorten Augen, die keine Angst verrieten. Auf der Stelle musste sie an den Hasen denken, den sie vor vielen Jahren erschossen hatte; Bedauern wallte in ihr auf, dass sie etwas Lebendiges getötet hatte; und wie vorherzusehen, kehrten ihre Gedanken zu Sidney zurück.

Was wäre gewesen, wenn sie den Mut gehabt hätte, in jener Nacht zu ihm zu gehen, wenn sie *ihm* ihre Jungfernschaft geschenkt hätte – was dann? Als sie durch das Haus zu Richs Gemächern ging, drängte sich ihr ein neuer Gedanke auf: Vielleicht könnte sie die Situation mit ihrem Gemahl zu ihrem Vorteil wenden.

Ein Gedanke nahm mit unerklärlicher Kraft Besitz von ihr: die Weigerung, Opfer der Umstände zu werden. Wenn sie schon diejenige war, die sich bei Hofe auf Machtspiele zugunsten der Devereux' einlassen musste, dann war es an der Zeit zu lernen, wie man einen Nachteil in einen Vorteil verwandelte. Sie erkannte, dass sich Macht gewinnen ließe, nicht zwangsweise durch rohe Gewalt, auch nicht durch politisches Raffinement, sondern durch das Bewahren des Geheimnisses eines anderen. Sie dachte an diesen jungen Hirschen und seinen furchtlosen Blick und spürte, dass sich ein Wandel in ihr vollzog – als flösse plötzlich Stahl durch ihre Adern.

Sie klopfte an, er selbst öffnete ihr die Tür. Er sah blass aus, wirkte beunruhigt und rieb sich die Hände, als müsste er sie wärmen, obwohl es stickig warm im Gemach war. Sie setzten sich, und schließlich sprach er. »Könnt Ihr mir vergeben?«

Sie griff nach seiner Hand. »Vergebung ist etwas zwischen Euch und Gott. Aber wenn Ihr meint, ob ich Euch verstehe, ja, das tue ich...« Sie schaute ihn an, aber er konnte ihr nicht in die Augen sehen. »Obwohl es viele nicht täten.«

»Meine Schmach wäre auch Eure, sollten die Leute entdecken, dass ich...«

»Meint Ihr Eure Verfehlungen?«

Nun sah er sie an und nickte.

»Wir kennen uns noch nicht sonderlich gut«, hob sie wieder an. »Und Ihr solltet wissen, dass mich die Meinung anderer nicht kümmert.« Das war etwas, das ihr erst jetzt, als sie es aussprach, bewusst wurde. Sie hatte miterleben müssen, dass ihre Mutter geächtet und verbannt und vor Schmach ganz klein geworden war. Sie, Penelope, würde nicht zum Opfer des Urteils von anderen werden. »Die Devereux' lassen sich nicht so leicht entmutigen.«

»Ich bitte Euch, Stillschweigen über diese Angelegenheit zu bewahren«, sagte er und umklammerte den Saum ihres Ärmels; er schien jegliche Würde eingebüßt zu haben. Nichts war übrig geblieben von diesem schändlichen Tyrannen ihrer Hochzeitsnacht. Sie verspürte eine unbekannte Kraft, als wäre sie binnen weniger Stunden ihrer Jungmädchenzeit entwachsen.

»Ihr müsst nichts erbitten. Es geht ganz einfach darum, einen Handel zu schließen.« Sie stand auf und ging auf und ab, wie sie es an Leicester so viele Male beobachtet hatte; es überraschte sie, dass sie ihre Überlegenheit genoss, sie könnte sich an dieses Gefühl gewöhnen.

»Einen Handel? Was wollt Ihr damit sagen?« Bedächtig strich er sich mit der Hand über den Mund. »Heißt das, Ihr stellt Bedingungen für Euer Schweigen?«

»Genau das«, erwiderte sie ihm und begann erst in diesem Augenblick in ihrem Kopf die Liste ihrer Bedingungen aufzustellen.

»Ihr könnt nicht von mir verlangen, dass ich meinen puritanischen Glauben aufgebe. Nur er allein gibt mir Hoffnung … die äußerst dürftige Möglichkeit zur Buße.«

»Euer Glaube geht nur Euch etwas an. Aber ich möchte den meinen leben, wie es mir gefällt. In diesem Haus werde ich Eure Auflagen, was gewisse Arten des Zeitvertreibs angeht, respektieren. Aber in meinen Gemächern tue ich, was ich will.«

»Ja, was Ihr wollt.«

»Ihr gebt mir die Freiheit, unter dem Dach meiner Mutter zu leben, wenn ich es wünsche, und Ihr habt mein Wort, dass ich genügend Zeit unter Eurem verbringe, um den Verpflichtungen unserer Ehe nachzukommen. Ich werde Euch treu sein, bis ich Euch zwei Söhne geboren habe. Anschließend bin ich frei, so zu leben, wie ich es will. Mit aller Diskretion selbstverständlich.« Sie spürte Rückenwind, als sie auf und ab schritt und seine Blicke ihr folgten. »Unsere Kinder werden hier aufwachsen, aber unter dem Schutz von Kinderfrauen, die ich persönlich aussuche und die keine Puritanerinnen sind.«

»Aber …«, setzte er an.

»Ich glaube nicht, dass Ihr in der Position seid, irgendetwas einzuwenden. Oder?«

Er sackte wieder in sich zusammen.

»Und was letzte Nacht angeht … die Kleider.«

Er schlug die Hände vors Gesicht. »Bitte nicht.«

»Wenn dies die Voraussetzung ist, mich zu schwängern, dann soll es so sein.« Sie dachte an Mistress Shillings Pragmatismus. Es war keine allzu große Härte, im Dunkeln so zu tun, als ob, und sollte es eine Sünde sein, dann wäre es seine Sünde und nicht ihre.

Als er aufsah, spiegelte sich Erleichterung in seinen Zügen. Sie hatte vergessen, wie bemerkenswert gut er aussehen konnte, wenn nicht Wut sein Gesicht verzerrte. »Das würdet Ihr tun … für mich?«

»Nein, nicht für Euch. Für mich … damit ich Kinder in die Welt setzen kann. Auch ich habe vor Gott mein Ehegelöbnis gesprochen. Und das Übrige … Eure Neigung … davon will ich nichts erfahren. Ist das klar?«

»Klar. Ihr wünscht, nichts davon zu erfahren«, wiederholte er. »Ist das der Preis für Euer Schweigen?«

»Ja. Ich denke, es ist nicht zu viel verlangt dafür, dass ich das Geheimnis Eurer Unzucht für mich behalte.« Er zuckte.

Sie verspürte neue Kräfte in sich, als sie dieses Wort aussprach, das sie erst wenige Stunden zuvor nicht einmal zu denken gewagt hatte – in diesem Augenblick begriff sie, dass Worte eine ganz eigene Macht in sich bergen. Und sie empfand sogar ein wenig Mitgefühl für ihn, der seinen Trieben ausgeliefert war, ja, er wurde förmlich von ihnen aufgefressen. Hier und jetzt entschied sie daher, sich niemals ihrer eigenen Lust zu beugen; und sie verstand auch, dass die Königin ihre Macht so eindrucksvoll ausübte, weil sie zumindest dem Anschein nach ihre Begierde im Zaum hielt.

»Ihr werdet es nicht einmal Euren Nächsten erzählen?«

»Meint Ihr meine Mutter, meine Schwester, meinen Bruder?« Sie täuschte vor, darüber nachdenken zu müssen, nur um zu sehen, wie er sich noch mehr wand. »Ich glaube, es ist am besten, wenn auch sie nichts davon erfahren.«

»Ich danke dem Herrn, dass er mir eine so verständnisvolle Gemahlin gesandt hat.«

Sein schüchterner Blick offenbarte Verzweiflung und Dankbarkeit, selbst ein wenig Wohlwollen für sie lugte hervor; doch sie empfand für ihn nur Gleichgültigkeit, und sie konnte nicht zulassen, dass ihre soeben entdeckte Autorität durch Empfindungen untergraben würde.

Essex tauchte auf der Höhe des Hügels als Silhouette auf, denn die späte Nachmittagssonne stand in seinem Rücken. Penelopes Herz machte einen Satz bei dem Gedanken, mit ihrem Bruder wieder vereint zu sein, den sie seit ihrer Vermählung vor gut einem Jahr nicht mehr gesehen hatte. Sie reiste mit ihrer Mutter und Jeanne in der Kutsche, denn in diesem Monat war ihr Blutfluss ausgeblieben, und Lettice hatte ihr geraten, in diesem frühen Stadium nicht zu reiten. »Insbesondere bei der ersten Schwangerschaft«, hatte sie gesagt. »Mein erster Enkel.« Niemand zog in Betracht, dass dieses Kind kein Knabe sein könnte. Penelope dachte oft über die theatralischen Verwicklungen nach, unter denen das Kind gezeugt worden war und bis zu welchem Grade sie dadurch in den Sumpf der Sünde gezogen wurde; letzte Nacht hatte sie ein Albtraum geweckt, in dem sie ein Monster zur Welt gebracht hatte.

Trotz aller Kissen und Polster war sie die ganze Reise über geschüttelt und gerüttelt worden; die Bewegung und die drückende Sommerhitze hatten ihr Übelkeit verursacht, sodass ihr der Gedanke gekommen war, auf Dulcets Rücken wäre sie sehr viel besser aufgehoben. Sie hatte Rich noch nichts von den unsichtbaren Diensten ihres Körpers erzählt, weil sie ihre Freude nicht mit ihm teilen, sondern noch eine Weile für sich behalten wollte. Sie entfaltete ein Talent für das Wahren von Geheimnissen. Sie stellte sich vor, wie ihr Sohn in ihr spross – der erste Schritt zu ihrer Freiheit.

»Ist das Robin?«, fragte Lettice und griff nach der Hand ihrer Tochter. Auch sie sah einem Wiedersehen mit Aufregung entgegen.

»Aber ja. Seine Gestalt würde ich überall wiedererkennen. Reitet er nicht Dancer?«

»Ja, ich glaube.«

Sie sahen, dass Wat, der neben der Kutsche hergeritten war, sein Pferd antrieb und Essex entgegengaloppierte. Die Brüder hoben sich aus ihren Satteln und umarmten sich.

»Ist das nicht ein herzerwärmender Anblick?«, sagte Lettice. »Meine beiden Söhne … Zeit und Entfernung haben ihrer Bindung nichts anhaben können. Und ich habe einen dritten in der Kinderstube.«

»Wie geht es dem Edlen Bengel?«, fragte Penelope.

»Sehr gut, wie immer. Dennoch würde ich Leicester gerne noch einen weiteren Sohn schenken. Einer ist nie genug.«

»Und Ihr könnt es nicht?«

»Ich bin fast vierzig … da nimmt die Wahrscheinlichkeit ab.« Sie schürzte die Lippen. »Und wenn die Königin meinem Gemahl verwehrt, länger als fünf Minuten von ihrer Seite zu weichen, dann geschieht es *nie*.«

Da der bittere Ton ihrer Mutter keine angemessene Antwort zuließ, schaute Penelope wieder zu ihren Brüdern. Sie hatten kehrtgemacht und ritten auf die Kutsche zu, die sich nun auf den gemächlichen Anstieg aus dem Tal begab. Obgleich Penelope schon einige Jahre nicht mehr in Chartley gewesen war, war ihr jede Unebenheit und jede Biegung der Straße seit den Ausritten in ihrer Kindheit bestens vertraut. Sie waren schon nah genug, um die Luft von Chartley zu riechen. Schon bald würden sie die Anhöhe erreicht haben und an der großen Eiche vorbeifahren, von wo aus sich ein Blick auf das Anwesen mit seinem Wassergraben bot; seine goldgelbe Fassade würde in der Sonne vor dem saftigen Grün der hügeligen Umgebung aufleuchten wie eine Münze im dichten Gras. Sie sah es bereits vor ihrem geistigen Auge und daneben die Burgruine mit den alten befestigten Mauern, wo sie als Kinder gespielt hatten. Sie und Dorothy waren oft die ausgetretenen Stufen bis in den Turm hinaufgestiegen und hatten so getan, als wären sie in Not – gejagt von einem Drachen oder einem Teufel, der seine Gestalt wandeln konnte –, und Essex, damals noch so klein, kletterte mit einem Stock, der ihm ein Schwert war, auf die Mauern und rettete sie vor dieser eingebildeten bösen Macht.

Die Kutsche kam zum Stehen, als die Brüder sie im Galopp erreicht hatten und unter Hufgetrappel, Zügelklirren und Pferdeschnauben aus dem Sattel sprangen. Penelope hüpfte aus der Kutsche, um Essex zu begrüßen, der sich wie ein Geliebter in ihre Arme stürzte. Er war breiter geworden und fühlte sich in ihren Armen wie ein Mann an, nicht mehr wie der Knabe von früher, und er war so groß geworden, dass sie sich auf die Zehenspitzen stellen musste; aber seine Haut war noch pfirsichweich, auch wenn sie vereinzelte Bartstoppeln an seinem Kinn entdeckte, das er wohl unterdessen rasierte. In diesem Augenblick kam ihr in den Sinn, die Zeit vergehe viel zu schnell – Essex war schon fast siebzehn, sie neunzehn und in anderen Umständen, selbst der kleine Wat war bereits zwölf; sie wollte, sie könnte die Seiten zurückblättern, die Jahre, in denen sie getrennt waren, überspringen und sich in dem Kapitel wiederfinden, in dem sie gemeinsam in der Burgruine gespielt hatten.

»Reite mit uns zum Haus«, schlug Essex vor.

»Das sollte ich nicht …«, setzte sie an; als sie die Ablehnung in seinem Gesicht sah, flüsterte sie: »Ich bin schwanger.« Doch statt des glückstrahlenden Lächelns, das sie erwartet hatte, zeigten seine Züge eine unerklärliche tiefe Bestürzung, und er mied ihren Blick – vielleicht sann auch er über das Dahinschwinden der Zeit nach.

»Freu dich für mich«, sagte sie.

»Tu ich.« Aber seine gerunzelte Stirn erzählte eine andere Geschichte, was Penelope die Frage aufdrängte, ob die unergründliche Schwermut, die ihn manches Mal plagte, zurückgekehrt sei.

Er begrüßte die Mutter schließlich mit dem Anflug eines Lächelns, wobei sich in seiner rechten Wange ein hinreißendes Grübchen zeigte; dann setzte er sich wieder auf Dancer und preschte davon, nicht ohne Wat zuzurufen, er solle ihn einholen.

»Er wirkt beunruhigt«, sagte Penelope zu Lettice, als sie wieder nebeneinander in der Kutsche saßen.

»Er war in letzter Zeit recht melancholisch. Ich zähle auf dich. Du musst ihn aus diesem Zustand herausholen.« Aber Penelope wusste nur allzu gut, dass sie nur wenig tun konnte, um seine finstere Stimmung aufzuhellen.

Wieder holperte die Kutsche über Steine und Schlaglöcher; und

Penelope ging der Gedanke an ihre verstrichene Jugendzeit nicht aus dem Kopf. Das bittere Empfinden der Vergänglichkeit versetzte sie in helle Panik, als würde sie ihrem eigenen Ende schneller entgegeneilen, als sie es ertragen konnte. Selbst der Gedanke an das Kind in ihr, an diesen winzigen Spross, der im Dunkeln heranwuchs, bot ihr nur wenig Trost; vielmehr erinnerte es sie daran, dass sie ihr Bestes einem Mann gegeben hatte, der nicht einen Funken Liebe für sie übrig hatte.

Bis sie die alten Burgtore passiert hatten und vor dem Gebäude vorfuhren, war sie bis auf die Knochen durchgeschüttelt. Die Diener, die vermutlich von ihren Brüdern informiert worden waren, hatten sich zur Begrüßung in einer Reihe aufgestellt; doch als man ihr aus der Kutsche half, musste sie feststellen, dass sie kaum einen von ihnen kannte – wieder ein deutliches Zeichen, dass die Zeit wie im Fluge verging. Selbst das Haus hatte sich verändert; es schien kleiner, die hohen Doppeltüren zur großen Halle wirkten bescheiden, die Halle selbst schien geschrumpft und, als sie genauer hinsah, ein wenig verfallen; das lag aber vielleicht daran, dass sie unterdessen die prachtvollen königlichen Paläste und Leighs gewöhnt war, wo alles so unermesslich kostbar und sorgsam gepflegt war.

Penelope ging durch den Raum und blieb vor dem alten Porträt ihres Vaters stehen. Sie betrachtete es, als sähe sie es zum ersten Mal. In seiner tiefschwarzen Rüstung mit den kunstvollen goldenen Verzierungen und den karmesinroten Samtborten sah er sie aus dem Bild heraus an, als wäre die Vergangenheit wieder zum Leben erwacht. Ein kleines Lächeln unter seinem Schnauzbart erinnerte sie daran, wie er gewesen war: Hinter seiner strengen Fassade verbarg sich stets ein unbändiger Sinn für Scherze. Und überrascht, dass die Vergangenheit sich wie aus dem Nichts einen Weg in die Gegenwart bahnte, fiel ihr mit einem Mal eine Begebenheit ein: Er hatte genau diese Rüstung getragen, ihr seinen Helm aufgesetzt und mit dem Visier Guck guck mit ihr gespielt.

Das Abbild ihres Vaters erinnerte Penelope unvermeidlich an seinen letzten Wunsch für sie. Was hätte er von dem Mann gehalten, mit dem sie nun tatsächlich vermählt war, und hätte er diese Ehe überhaupt zugelassen? Vor ihrem geistigen Auge sah sie Sidney auf den Knien vor der Königin ihre Hand erbitten und verspürte den nun schon vertrauten Hass auf diese Frau in sich aufwallen. Ihr Vater hatte stets betont, Ritterlichkeit sei wichtiger als Reichtum, und Sidney war der Inbegriff an Ritterlichkeit.

Sidney war im Frühjahr an den Hof zurückgekehrt und quälte allein durch seine Anwesenheit ihr Herz. Sie hatte alles getan, um ihm aus dem Weg zu gehen; Stärke zog sie aus dem Sieg über ihren Gemahl; aufmerksam verfolgte sie die labyrinthischen Verbindungen im Privatgemach; sie hatte ein Auge auf Burghley und Cecil; sie war gut unterrichtet über sich anbahnende Verschwörungen; und sie sammelte Informationen, um sie an ihre Mutter weiterzugeben. Aber Sidneys Gegenwart konnte sie kaum ertragen.

Eines Abends hatte sie sich in einer Ecke des Privatgemachs schlafend gestellt, als wäre sie eingeschlummert; tatsächlich aber beobachtete sie Cecil und einen jungen Mann, den sie nicht kannte. Sie hatte überlegt, wie es wohl sein müsse, mit einem so ungestalten Körper geboren zu sein, und Mitgefühl mit Cecil empfunden, aber dennoch hatte er etwas an sich, das sie beunruhigte. Aus halb geschlossenen Augen sah sie, dass Cecil dem anderen Mann einen Geldbeutel übergab, wobei ihr die Heimlichkeit, mit der es geschah, und seine verstohlenen Blicke auffielen. Doch dann war sie offenbar richtig eingeschlafen, denn als sie etwas verwirrt aufwachte, stand Sidney vor ihr, der sie betrachtete, als wäre sie ein Sternbild und er ein Astronom. Als sie vollends zu sich kam, bemerkte sie, dass sie und Sidney allein im Gemach waren; sogleich erwachte das lang unterdrückte Verlangen in ihr, aber ebenso das Empfinden, sein geheimer Blick habe sie erforscht, als wären ohne ihre Einwilligung ihre Taschen durchsucht worden.

Sie musste entsetzt gewirkt haben, denn er sagte: »Verzeih mir, Stella. Ich konnte nicht anders«, und senkte schamerfüllt den Kopf, als hätte er etwas wirklich Verruchtes getan.

Sie wollte ihn fragen, weshalb genau er sie um Verzeihung bitte, denn sie fürchtete, er habe ihr vielleicht einen Kuss gegeben, als sie wehrlos schlief; doch stattdessen tadelte sie ihn, sie auf diese Weise zu kompromittieren. »Wenn uns jemand hier zufällig sieht ...« Sie beendete ihren Satz nicht, sondern wendete den Kopf zur Holztäfelung, in die Liebende aus früheren Zeiten ihre Initialen hineingeritzt hatten. Er ging ohne ein Wort, sodass sie mit dem Gefühl zurückblieb, sie hätte eine Erscheinung gehabt.

Sie richtete ihre Aufmerksamkeit wieder auf das Porträt ihres Vaters; jetzt erst bemerkte sie die Staubschicht, die es überzog, und die sonderbar gemalte Hand, die ganz anders aussah als jede andere menschliche Hand, und die altmodische Halskrause, die vorne offen war und an den Seiten bis zu den Ohren reichte. »Warum musstet Ihr sterben?«, flüsterte sie ihm zu. »Geschah es auf Betreiben der Königin, oder war es Gottes Wille?« Sie meinte, seine Augen hätten sich bewegt, ermahnte sich aber, nicht so wunderlich zu sein. Sie las die verblassten goldenen Worte neben seinem Abbild, das Motto der Devereux': *Virtutis comes invidia*. Nie hatte sie bislang die Bedeutung hinterfragt: *Neid ist der Tugend Gefährte*; tugendhaft zu sein bedeutete mithin, beneidet zu werden; warum also nach Tugend streben, wenn sie doch andere zu Sündern macht? Trotz des warmen Wetters durchlief sie ein Schauer. Tugend nach wessen Maß? Als sie sich umsah, entdeckte sie, dass Spero das Bein an der Wandvertäfelung heben wollte; laut klatschte sie in die Hände und rief etwas, um ihn davon abzubringen; froh über diese Ablenkung jagte sie ihn zur Tür hinaus.

Draußen dämmerte es bereits, und alles war in ein magisches Licht getaucht. Spero rannte auf Essex zu, sprang an ihm hoch und hinterließ Flecken auf dessen weißen Strümpfen. Verärgert schob Essex den Hund von sich, und Penelope schlug vor, dass sie vor Einbruch der Dunkelheit noch einen Spaziergang machen sollten.

»Nach der Reise tut es mir gut, wenn ich mir die Füße vertrete«, sagte sie.

Schweigend schlenderten sie nebeneinanderher, der Hund voneweg, bis sie sich am Fuße des alten Turms wiederfanden. Sie stiegen die schmale Spindeltreppe hinauf, deren Steinstufen Generationen von Ahnen abgetreten hatten, und kamen in einen kleinen Raum, der sich nun den Elementen darbot und von Efeu überwachsen war. Sie setzten sich auf eine Kante, die früher einmal ein Fenstersims gewesen sein musste, wenngleich das Fenster längst verschwunden war, und genossen den Ausblick nach Westen: das Haus ein dunkler Schatten vor dem orange glühenden Himmel und den in Rot getauchten Hügelketten, die sich bis zu den walisischen Bergen zogen.

»Du scheinst nicht ganz du selbst zu sein«, sagte Penelope, die versuchte, das Schweigen ihres Bruders zu durchbrechen. Er hatte eine seiner Locken umklammert und zerrte an ihr, als wollte er sie sich glatt vom Kopf reißen. Sanft nahm sie seine Hand. »Du tust dir weh.«

Nun sah er sie mit matten, nahezu erloschenen Augen an. »All das …«, sagte er schließlich mit weiter Handbewegung und Blick auf die Landschaft, »… und der ganze Rest. All das wird mir gehören, sobald ich volljährig bin …« Er hielt inne. Sie drückte seine Hand fester, als könnte sie die Worte aus ihm herausquetschen. »Und doch bleibe ich auf einem Berg von Schulden sitzen, die ich niemals bezahlen kann. Es lastet schwer auf mir, Schwesterchen. Ich fürchte, ich kann dem nicht standhalten. Leicester rät mir, die Gunst der Königin zu erobern. Er sagt, wenn sie mich hinreichend möge, werde sie mir meine Schulden erlassen.« Seufzend legte er das Kinn in die Hand. »Mutter erinnert mich ständig daran, dass die Ehre der Familie in meinen Händen liege. Sie macht viel Aufhebens um mich. Du weißt, wie sie ist.«

»Ihre Erwartungen sind hoch. Ich weiß«, sagte Penelope. Sie löste die Haarsträhne aus seinen Fingern und strich sie nach hinten.

»Ich fürchte, ich kann niemals all diesen Anforderungen gerecht werden. Sie sagt, ich müsse unsere Zukunft absichern. Ich müsse uns überragend groß machen … Ruhm über die Devereux' bringen. Mein Gott, Schwesterchen, wie soll ich das nur schaffen?«

»Sie hat viel Ehrgeiz für uns, das ist alles. Von mir verlangt sie das Gleiche. Du bist noch so jung, Robin.«

»Knaben meines Alters wurden auf dem Schlachtfeld zum Ritter geschlagen.« Verzweiflung klang aus seinen Worten.

»Aber du wirst deine Stärke finden … warte noch ein, zwei Jahre. Du bist noch ein Grünschnabel, und du wirst ein …«

»Ein Sidney«, warf er ein.

Als sie diesen Namen hörte, stolperte ihr Herz. »Ihn willst du dir zum Vorbild nehmen? Er steht nicht sehr hoch in der Gunst der Königin.«

»Das kann schon sein, aber er hat … er hat etwas, das andere nicht … ich kann nicht sagen, was es ist.« Schon oft hatte Penelope erlebt, dass Leute nicht in Worte fassen konnten, was Sidney so besonders machte. »Er ist ein edler Mann.«

Penelope musste unweigerlich daran denken, dass dieser »edle Mann« sein Bestes gegeben hatte, um sie zum Ehebruch zu verleiten; doch er war auch der Mann, der jegliche Grausamkeit verabscheute, auch gegenüber Tieren, und er gehörte zu den wenigen, die zugeben konnten, wenn sie sich geirrt hatten. »Er ist ein Mann von Ehre«, ergänzte sie, auch wenn ihr die Unzulänglichkeit dieses Begriffs bewusst war.

»Es ist mir nicht gegeben, so zu sein wie er. Ich bin voller Unmut und kleinlicher Abneigungen. Ich bin hitzköpfig, willensschwach, fälle vorschnelle Urteile und bin eitel. Ich möchte von allen bewundert werden.« Seine Schultern sackten zusammen, als er tief ausatmete.

»Glaube nur nicht, dass Sidney oder die anderen großen Ritter unter ihrer Oberfläche nicht auch menschlich sind. Du beschreibst nur, was es bedeutet, ein Mann zu sein. Seine Schwächen zu kennen ist eine seltene Gabe.« Dann fügte sie wie einen nachträglichen Gedanken an: »Sidney steht wie wir alle auf tönernen Füßen.«

»Ich mag meine Fähigkeiten auf dem Turnierplatz haben und mit dem Schwert, aber ich bin mir nicht sicher, ob ich hier oben genügend Stärke habe.« Er schlug sich mit dem Handballen zweimal an den Kopf.

»Ich werde immer an deiner Seite sein. Vergiss das nie.«

»Versprichst du es?« Sein Gesicht spiegelte tiefe Trostlosigkeit wider, aber seine Haut leuchtete im rötlichen Licht, sodass er mit seinen rabenschwarzen Locken und selbst mit seinen Augen, die matt wie schiefergraue Steine waren, unerträglich gut aussah. Würde ihm diese Schönheit zum Triumph gereichen oder zum Niedergang?, fragte sie sich. Es stimmte, die Königin umgab sich allzu gerne mit schönen Dingen. Und Schönheit ist eine Währung, ebenso wie der Adelsstand ein Wert ist – das hatte sie leidvoll erfahren müssen –, aber darin liegt keine Leistung.

»Du hast mein Wort.« Sie drückte ihrem Bruder einen Kuss auf die Wange. »Für immer.« Sie musste daran denken, wie mutig sie ihrem Gemahl entgegengetreten war und ihm einen Handel abgerungen hatte. Sie hatte ihren Willen mit Tücke und nicht mit Wimperngeklimper durchgesetzt; und ihr gefiel dieses Empfinden von unerschütterlicher Macht, die aus der Erkenntnis erwuchs, dass Rich durch seine Geheimnisse geschwächt war. Nie würde sie sich aus Angst vor dem Urteil anderer bezwingen lassen – niemals. »Ich bin stärker, als ich scheine.«

»Das habe ich nie bezweifelt.« Und wieder huschte dieses Lächeln mit dem Grübchen über sein Gesicht. Doch mit einem Mal brach er unerklärlicherweise in Tränen aus – er atmete schwer und schluchzte auf, als hätte ihn ein Schmerz ergriffen. »O Schwester, ich bin ein Nichts, weniger als ein Nichts ...« Dann schlug er mit dem Kopf wieder und wieder gegen die raue Steinmauer.

Sie sprang auf, packte ihn an den Schultern und zog ihn weg. Sie erinnerte sich, dass er dies bereits als Kind oft getan hatte, damals gegen die Wände des Kinderzimmers, und die Kinderfrau hatte nach ihr gerufen, denn sie war die Einzige, die ihn zum Aufhören bewegen konnte. Sie hatte angenommen, es würde mit zunehmendem Alter vergehen, alle hatten es gemeint; und es berührte sie bis ins Innerste, zu sehen, dass er noch immer so litt. Sie schloss ihn in die Arme, küsste die Schwellung an seinem Kopf und summte ein Kinderlied, um ihn zu beruhigen. »Kleiner Robin, bei mir bist du sicher. Ich werde dich immer beschützen – das verspreche ich dir.« Kaum hatte sie die Worte ausgesprochen, spürte sie, dass die Last dieses Versprechens sich ihr schwer auf die Schultern legte.

Ihr wurde das Gemach zugewiesen, das sie als Kind mit Dorothy geteilt hatte; doch statt sich behaglich zu fühlen, verspürte sie Beklommenheit nach dem Ausbruch ihres Bruders und lag viele Stunden wach. Es war eine ruhige, schwüle Sommernacht ohne den geringsten Windhauch; und als sie dem stetigen Rhythmus von Jeannes Atemzügen lauschte, hörte sie mit einem Mal andere Geräusche: das Knacken eines Holzbalkens, das Scharren und Trippeln der Mäuse hinter den Fußleisten; das sanfte Plustern der Schwalben, die sich in ihren Nestern unter der Traufe regten; den fernen Ruf einer Eule aus den entlegenen Wäldern und dann das unverkennbare trockene Knirschen von Schritten unter dem Fenster. Anfangs hatte sie angenommen, es sei der Haushofmeister, der seine letzte Runde um das Haus herumging; doch dann wurde ihr bewusst, dass es viel zu spät dafür war, das Haus war bereits Stunden zuvor abgeschlossen worden. Vielleicht war es einer der Stallburschen, der nach einem lahmenden Pferd sehen wollte; aber nein, die Stallungen lagen auf der anderen Seite.

Sie kletterte aus dem Bett und ging hinüber zum Fenster, wo sie die Stirn an das kühle Glas legte. Der Mond war fast voll und tauchte alles in seinen fahlen Schein, und wo er nicht hinlangte, warfen die Gegenstände tiefschwarze Schatten. Noch immer hörte sie Schritte, jemand ging auf und ab, aber sie konnte nicht sehen, wer es war. Eine Gestalt tauchte aus dem Dunkel auf, ein Mann, er schwebte durch den Hof und verschwand hinter dem Bogen des Pförtnerhauses. Ihr Herz raste, sie rannte zum Bett und rüttelte Jeanne wach.

»Was ist los?«, fragte sie schlaftrunken.

»Ein Gespenst!«

»Was soll das heißen?«

»Im Hof.« Der Puls dröhnte ihr in den Schläfen.

»Das hast du geträumt. Komm wieder ins Bett.« Jeanne klopfte auf den Platz neben sich.

»Nein. Es war wirklich da. Ich habe seine Schritte gehört. Es ist über den Hof gegangen.«

»Das ist nur deine Fantasie. Bei dem Mondlicht kann man sich

schon mal irren. Wäre es ein Gespenst, hättest du keine Schritte gehört.«

»Nein, natürlich.«

»Wahrscheinlich war es einer der Diener, der sich zu seiner Liebsten geschlichen hat.«

»Ja, ja«, sagte Penelope und kam sich töricht vor angesichts Jeannes Pragmatismus.

»Du bist unruhig. Kein Wunder unter deinen Umständen.« Jeanne
legte ihre zierliche Hand auf Penelopes Leib. »Denk doch nur, darin
wächst ein neues Leben heran. Das bringt dich aus dem Lot, bis du
dich daran gewöhnt hast. Denk lieber an schöne Dinge. Morgen
kommt Dorothy. Sie wird dich aufheitern.«

Am nächsten Tag war es so schwül und heiß, dass Penelope und
Jeanne ihre Mieder nur lose geschnürt und auf Ärmel und Reifröcke
ganz verzichtet hatten. Essex und Wat trugen ihre Wamse offen bis
zur Hüfte, und selbst Lettice, die stets Wert darauf legte, korrekt gekleidet zu sein, ob nun Gäste erwartet wurden oder nicht – der Diener wegen, sagte sie immer –, hatte ihre Halskrause abgelegt. Sie
streckten sich in dem großen Gemach aus, wo alle Fenster und Türen weit offen standen, in dem Versuch, die stickige Luft zu etwas
Bewegung zu ermuntern, aber sie weigerte sich, und Mattigkeit legte
sich über sie. Penelope dachte an Dorothy, die bei dieser Hitze reisen
musste, und hoffte, dass sie mit ihren Gefährten eine Pause in einem
Wirtshaus einlegte. Jeanne reichte Becher mit dünnem Bier herum,
doch es war lauwarm und wenig verlockend. Selbst das Mischen von
Karten schien eine Herkulesaufgabe, darum plauderten sie über alles
Mögliche und stellten einander Rätsel.

»Ich bin groß, wenn ich jung bin; ich bin klein, wenn ich alt bin«,
sagte Wat mit abwechselnd kieksender und rauer Stimme, sodass er
rot wurde und sich räusperte. Es erinnerte Penelope daran, dass auch
der Jüngste der Familie zum Mann wurde. Gerührt erinnerte sie sich,
wie oft sie ihn als Kind gewiegt hatte. »Ich lebe lang, wenn ich fett
bin, und nur kurz, wenn ich dünn bin. Was bin ich?«

»Eine Kerze«, antworteten alle wie aus einem Munde.

»Das ist doch schon alt«, sagte Essex. Sie sah ihn eindringlich an, aber er wirkte entspannt und zufrieden. Nur die Beule unter seinen Locken erinnerte an seine Pein vom Tag zuvor. »Ihr seid dran, Mutter.«

Lettice wedelte mit dem Fächer vor ihrem Gesicht. »Wenn ich es habe, teile ich es nicht. Wenn ich es teile, habe ich es nicht. Was ist es?«

»Liebe?«, meinte Jeanne.

»Du antwortest auf alles mit ›Liebe‹«, neckte sie Penelope. »Ich glaube, es ist das Geheimnis.«

»Ja, richtig«, entgegnete Lettice. »Du bist an der Reihe.«

»Lasst mich nachdenken.« Penelope schloss die Augen, ließ den Kopf nach hinten in die Kissen sinken und fand die vertrauten Worte in ihrem Kopf: *Als die Natur ihr Hauptwerk, Stellas Augen, schuf.* Sie hatte es für ein großes Kompliment gehalten, als Stern bezeichnet zu werden, hell aufleuchtend, ein Himmelskörper; doch nun überfiel sie mit Traurigkeit der Gedanke, dass ein Stern sehr weit entfernt und nicht mehr als ein kurzlebiges Funkeln am Nachthimmel war. Die Sonne bietet Wärme und Licht und Leben, selbst der Mond erhellt die Dunkelheit, aber ein Stern ist kalt und kraftlos – bloß ein hübsches Pünktchen. »Ich kann fallen, bin aber nie verletzt. Ich kann flackern, füge aber nie Schaden zu. Ich kann glühen, verbrenne aber nie jemanden. Man kann mich sehen, aber nie berühren. Was bin ich?«

»Dieses Mal ist es die Liebe, ganz bestimmt«, sagte Jeanne, sodass alle laut auflachten, als Penelope den Kopf schüttelte und die Augen rollte.

»Ist es Wasser?«, fragte Wat.

»Wasser kann verbrennen«, sagte Lettice. »Ist es der Stolz? Nein, das kann es nicht sein.« Sie trank einen Schluck aus ihrem Becher. »Gibt es denn nicht das kleinste Stückchen Eis in diesem Haus?«

»Ich weiß es nicht«, sagte Essex. »Was bist du?«

Übelkeit wirbelte durch Penelopes Bauch, und da sie sich plötzlich unbedingt bewegen wollte, stand sie mühsam auf und sagte nach einigen tiefen Atemzügen: »Ich bin ein Stern.«

»O ja, natürlich. Eine Sternschnuppe«, sagte Jeanne.

Penelope sah zum Fenster hinaus und erinnerte sich an den Bach, der durch den Obstgarten floss, und verspürte mit einem Mal den dringenden Wunsch, an seinem Ufer im Schatten der Bäume zu sitzen und die Füße in das kühle Wasser zu strecken. »Wer geht mit mir spazieren?« Keine Antwort. »Dann gehe ich eben allein.«

Kaum hatte sie den Obstgarten erreicht, wo weiches Gras wuchs, kickte sie ihre Schuhe weg, warf die Haube ab und zog die Nadeln aus dem Haar. Als sie etwas schneller ging, spürte sie endlich einen Lufthauch auf ihrer Haut. Das Gras und die Wildblumen standen hoch, Glockenblumen und Mohn, leuchtende Farbflecken, die von Wolken aus Schleierkraut und wildem Kerbel umgeben waren. Sie folgte dem Weg, stieg vorsichtig über ihn überwucherndes Brombeergestrüpp und blieb hin und wieder stehen, um ihr Kleid aus den Stacheln zu befreien, wenn es sich verfangen hatte. Die Büsche trugen schwer an den leuchtend grünen Beeren und versprachen für den Spätsommer eine üppige Ernte. Sie erinnerte sich dunkel, dass sie genau hier an dieser Stelle vor vielen Jahren Brombeeren gepflückt hatte; sie hatte sie sich gleich in den Mund gestopft, als wäre sie am Verhungern. Irgendjemand war an jenem Tag von einer Biene gestochen worden; sie wusste nicht mehr, wer es war, sie sah nur die Finger eines Erwachsenen vor sich, der versuchte, den Stachel aus der Haut zu ziehen, und erinnerte sich, dass sie damals gelernt hatte, dass eine Biene stirbt, wenn sie zugestochen hat. Sie versuchte zu verstehen, warum Gott ein Wesen geschaffen hatte, dessen einzige Verteidigung so schwerwiegende Folgen hatte. Der Gedanke an das kühle Wasser trieb sie weiter. Doch als sie zu dem Bach gelangte, war er kaum mehr als ein Rinnsal. Sie ging an ihm entlang und meinte sich zu erinnern, dass irgendwo an seinem Verlauf sich Wasser in einem natürlichen Becken sammelte.

Ein Ast knackte, sie blieb stehen und fühlte sich plötzlich beobachtet; eine Gänsehaut lief ihr über den Körper, und das ganze Ausmaß der Angst von letzter Nacht kehrte zurück. Einen Augenblick blieb sie still stehen, hörte nur Vogelgezwitscher und Grillengezirpe; doch dann raschelte es im Gras des Obstgartens, und erst als Spero jaulte und in wilder Aufregung an ihr hochsprang, begriff sie, was es war. Sie bückte sich, um ihn zu streicheln, und lachte über sich wegen der unangebrachten Beklommenheit. Es war wohl die Vergangenheit, die ihr durch den Kopf gegangen war, die diese Wirkung hervorgerufen hatte. Spero jagte davon, einem Geruch hinterher; und sie rannte hinter ihm her und verspürte einfach Glück, als wäre sie wieder ein Mädchen und frei von allen Sorgen.

Plötzlich verfing sich ihr Fuß in einer Wurzel, und sie stolperte. Sie wollte den Sturz mit vorgestrecktem Arm abfangen, prellte sich jedoch das Handgelenk, als sie schwer zu Boden fiel und ihr die Luft wegblieb. Sie lag auf der Seite und hielt sich die schmerzende Hand; Angst überfiel sie, dem Kind könnte etwas zugestoßen sein, und sie empfand bittere Reue über ihren Leichtsinn.

»Bist du verletzt?«

Ein Mann ragte über ihr auf. Da die Sonne hinter ihm stand, konnte sie sein Gesicht nicht erkennen. Ihr Mund öffnete sich, sie wollte schreien, aber wie in einem Albtraum kam kein Laut aus ihr heraus; sie meinte, der Schreck habe sie verwirrt, denn dieser Mann, den sie da vor sich zu sehen glaubte, war Sidney.

»Stella, bist du verletzt?«

Er hockte sich neben sie und schien äußerst real mit seinem schwarzen Tintenfleck und dem männlichen Schweißgeruch. Sie streckte eine Hand nach seinem Ärmel aus, zog sie dann aber rasch zurück, weil sie fürchtete, die Sinnestäuschung könne sich durch ihre Berührung auflösen.

»Sidney?«, flüsterte sie. Sie erkannte das schwache Narbenmuster auf seinem Gesicht, als hätte jemand ein Wort darauf gestickt, das sie nicht lesen konnte.

»Du bist verletzt.« Er nahm ihre Hand. Sie konnte ihn spüren. Er fühlte sich fest und warm an, als wäre er echt. »Sieh doch.« Da war ein Riss in ihrem Handballen, mit dem sie sich abgefangen hatte, und das Blut war in die Manschette ihrer weißen Bluse gesickert; doch sie fühlte keinen Schmerz und fragte sich in diesem Augenblick, ob sie wohl tot sei oder in einer Art Hexerei gefangen.

»Ich habe dich erschreckt.«

»Was seid Ihr?«

»Stella! Ich wollte dich doch nicht erschrecken.« Sie stützte sich auf einen Ellbogen, erst jetzt spürte sie den stechenden Schmerz der Wunde und das Pochen in ihrem Handgelenk. Allmählich dämmerte ihr, dass dies kein Gespenst oder reine Einbildung war oder ein bösartiger heraufbeschworener Unhold. »Wie töricht von mir. Ich wollte dich überraschen und habe dich halb zu Tode geängstigt. Ich hätte nicht kommen dürfen.« Er hatte ein Taschentuch hervorgezogen und wickelte es um ihre Hand, um die Blutung zu stillen; dann erlaubte sie ihm ohne ein Wort, dass er ihr aufhalf und sie in den Schatten eines nahen Baumes führte, wo sie sich beide an den Stamm lehnten. Spero tauchte mit einem Mal wieder auf; er sprang aus dem Unterholz, blieb kurz vor ihnen stehen und verzerrte die Lefzen zu einem leisen Knurren.

»Komm her«, rief sie und klopfte sich auf den Schenkel, um ihn zu locken. Doch er setzte sich starr wie ein Wächter in einiger Entfernung auf den Weg. Nun sah sie Sidney genauer an. Er war zerzaust, seine Kleidung zerknittert und seine Augen dunkel umrandet. »Ich glaube, du musst dich erklären. Was tust du hier?«

»Ich war mit meinem Vater in Ludlow. Das ist nur ein Tagesritt von hier. Ich bin letzte Nacht angekommen. Es war zu spät ... ich habe im Wald geschlafen.«

»Du warst das.« Eine Welle der Zärtlichkeit durchflutete sie. »Ich habe deine Schritte gehört. Ich dachte, du wärest ein Gespenst.«

»Dann habe ich dich also zweimal in Angst und Schrecken versetzt! Wie töricht von mir, mich dir auf diese Weise zu nähern. Ich wollte dich ohne all die anderen sehen ...«

»Nein.« Sie griff nach seiner Hand. »Nein, nicht töricht von dir.« Sie hob sie an die Lippen, sah den Schmutz unter seinen abgekauten Nägeln, bog seine Finger auf, schloss die Augen und drückte einen

Kuss auf seine Handfläche. »Obgleich ein Gasthof vielleicht ein vernünftigerer Ort für die Nacht gewesen wäre.«

»Ich wollte dir nahe sein.«

»Das ist nun doch ein bisschen töricht.« Sie bemühte sich, die Atmosphäre durch Humor aufzulockern, da sie fürchtete, sie könnte ganz und gar von ihren Gefühlen überwältigt werden.

»Ich habe versucht, dich zu vergessen. Aber du ziehst mich an wie ein Leitstern.«

»Du betrachtest mich als einen Stern«, sagte sie leise. »Als hätte ich keine Gefühle. Aber ich bin eine Frau ... aus Fleisch und Blut.« Sie kniff sich in die zarte Haut ihres Unterarms, als müsste sie es ihm beweisen. »Es ist auch schmerzlich für mich, fern von dir zu sein.«

Er atmete tief aus, als müsste er den Luftstrom eines Jahrhunderts ausstoßen. Sie hielt seinem Blick stand, als er langsam näher rückte. Als ihre Lippen sich endlich berührten und die Zungen sich umspielten, wankte sie am Abgrund der Sinneslust und war kurz davor, sich heillos zu verlieren. Aber mit plötzlicher Klarheit erinnerte sie sich an das Leben, das in ihrem Leib heranwuchs, und wendete sich abrupt ab. »Ich kann nicht.«

Er stöhnte auf wie ein sterbendes Tier, als sie sich seinen Armen entwand.

»Wenn du mich aufrichtig liebst, musst du mich gehen lassen«, sagte sie.

»Was? Um deiner Ehre willen? Weil du diesem Mann gehörst ... diesem *Rich*?« Er schäumte vor Wut, als hätte sich all seine Liebe zu Zorn gewandelt. »Du willst *Rich* nicht zum Hahnrei machen? Was schuldest du *ihm*?«

»Ach, Liebster«, murmelte sie und legte ihre Hand auf seine, die er wie ein trotziges Kind wegzog. »Ich liebe ihn nicht.« Wieder griff sie nach seiner Hand und hielt sie fest, denn sie wollte sich nicht abweisen lassen. »Ich liebe dich mit jeder Faser meines Seins und niemanden sonst. Aber ...«

»Was aber?« Nun sah er sie mit angsterfüllten Augen an.

»Ich erwarte ein Kind.«

Er ließ den Kopf in die Hände sinken und schloss die Augen. »*Sein* Kind. Du erwartest *sein* Kind.«

»Ja, das Kind meines Gemahls.« Nur der Gedanke an den in ihr keimenden Spross, dem, so hoffte sie, mit Gottes Hilfe durch ihren Sturz nichts geschehen war, hielt sie zurück. »Ich habe mit Rich eine Vereinbarung getroffen. Nicht ihn muss ich ehren, sondern den Pakt.«

»Den Pakt?«

»Ich gebäre ihm zwei Söhne, und anschließend bin ich frei.«

»Aber ...«

»Nein«, unterbrach sie ihn. »Frage mich nicht, warum. Ich sage nichts, weder dir noch anderen.«

»Stella«, sagte er und schloss sie wieder in die Arme. »Ohne dich bin ich verloren. Ich habe noch nie etwas so sehr begehrt wie dich.«

»Und ich dich.«

Die Worte schienen jämmerlich unangemessen, aber als sie sie aussprach, verstand sie endlich die wahre Bedeutung des Begehrens, diese unsichtbare Hand, die einen erfahrenen erwachsenen Mann in der Hoffnung auf ein Fünkchen Liebe zu einem harten Tagesritt drängt; diese Qual, die in der Poesie ihren Ausdruck findet; diese Kraft, die einen Menschen all die Grundsätze vergessen lässt, die er je hatte, um dieses Verlangen zu stillen. Sie sammelte all ihren Widerstand und fand irgendwo die Kraft, ihm standzuhalten und ihrer Vernunft zu gehorchen und nicht dem Herzen. »Aber ich kann nicht. Ich habe versprochen, ihm treu zu bleiben, bis ich ihm zwei Söhne geboren habe.«

»O Gott.« Sein Gesicht bot ein Bild der Verzweiflung.

»Wenn ich meine Seite des Handels einhalte, tut er es auch. Und habe ich erst meine Pflichten erfüllt, bin ich frei.« Sie pflückte einen langen Grashalm und zupfte die Samenstände ab. »Dann bin ich dein.«

»Aber er muss es doch nicht wissen.«

»Aber ich wüsste es«, erwiderte sie. »Wenn ich mein Wort nicht halte, bin ich des Fleischs und Bluts nicht würdig, dem ich entspringe. Es kümmert mich nicht, was andere womöglich über mich denken. Es kümmert mich nicht einmal, dass ich meinem Gemahl Hörner aufsetzen oder mich zur Hure machen würde. Aber ich halte meine Versprechen … ansonsten wäre ich nicht ich.«

»Du …« Er nahm ihre Hände und suchte stammelnd nach den richtigen Worten. »Du bist bemerkenswert. Du bist einzigartig.«

»Nicht ganz so bemerkenswert«, wiegelte sie ab, weil sie daran denken musste, bis zu welchem Grad sie ihre Macht verlöre, an der sie Geschmack gefunden hatte, würde sie sich selbst mit einem dunklen Geheimnis kompromittieren.

»Ich werde warten«, sagte er. Dann noch einmal: »Ich werde warten.«

Schweigend saßen sie eine Weile da, sie in seine Arme geschmiegt und er ihr Haar streichelnd. Einen Moment erlaubte sie sich, darüber nachzudenken, wie es wohl wäre, bis sie schließlich sagte: »Ich muss gehen. Sie werden sich Sorgen machen … in meinem Zustand.« Als sie sich seinen Armen entwand, fühlte sie sich bei dem Gedanken, sich von ihm trennen zu müssen, mit einem Mal ganz kraftlos. »Was wirst du tun? Willst du die anderen im Haus begrüßen, sagen, dass du auf der Durchreise bist?«

»Ich weiß nicht.« Er riss Grasbüschel aus, griff wieder nach ihrem Arm und zog sie an sich. »Geh nicht.« Dann ließ er sie wieder los. »Nein, du musst gehen. Ich glaube nicht, dass ich es ertrage, die Nacht unter demselben Dach zu verbringen, wenn ich doch weiß, dass du nur wenige Meter von mir entfernt bist.« Er pflückte eine Mohnblüte und reichte sie ihr wortlos.

Unter Aufbietung all ihrer Kraft stand sie auf und pfiff nach Spero, der Sidney beäugte und um ihn herumsprang, ehe er Penelope hinterherlief. Sie sah sich noch einmal rasch um und warf Sidney einen Luftkuss zu, dann ging sie mit der Mohnblüte in der Hand durch den Obstgarten. Am Tor hob sie ihre Schuhe und die Haube auf und zog sie an, als würde jetzt alles wieder normal; aber ihre ganze Welt war aus den Fugen geraten, und sie wusste, dass nichts jemals wieder normal sein würde. Sie blickte auf die Mohnblüte; ein scharlachroter

Fleck in ihrer Hand, dessen geäderte Blütenblätter so zart und zierlich waren und so durchscheinend wie Bibelpapier; die Blüte welkte bereits, als hätte sie ihr ganzes Leben in diesem Augenblick leuchtender Entfaltung verzehrt.

Sie hörte die Pferde, ehe sie sie sah, und eilte zu den Stallungen.

»Dorothy«, rief sie und lief ihrer Schwester entgegen, die gerade aus dem Sattel stieg. Als sie sich umdrehte, hatte sie ein verweintes Gesicht mit rot geränderten Augen. »Was ist mit dir?«

Dorothy übergab die Zügel einem Stallknecht und zog Penelope am Ellbogen in eine ruhige Ecke des Hofs. »Leicester will, dass ich Sidney heirate. Dieses Mal ist es sicher. Er hat die Zustimmung der Königin bekommen und eine Mitgift in Höhe von zweitausend Pfund für mich geboten.«

Penelope schwankte und sank auf die Kante des Aufsitzbocks. Sie wusste nicht, was sie sagen sollte, und wiederholte nur: »Zweitausend Pfund.«

»Ich liebe einen anderen«, gestand Dorothy. »Und ich brauche deine Hilfe, um ihn in aller Stille heiraten zu können.«

Sie hatten also beide ihre Geheimnisse. Es war, als wäre ein Lichtstrahl auf ihren Weg gefallen. »Dann wirst du nicht frei sein, um Sidney zu ehelichen.«

»Genau!« Dorothy schien ungehalten über die Bemerkung ihrer Schwester, die doch nur das Offensichtliche konstatierte. »Du hilfst mir doch, oder?«

»Aber du wirst in Ungnade fallen, Dot … du wirst vom Hof verbannt. Weißt du, was das bedeutet? Sieh doch unsere Mutter.« Sie hatte Gewissensbisse und wollte ihr Durchbrennen nicht leichtfertig unterstützen.

»Sieh *dich* an! Eine Ehe ohne Liebe wie *deine* könnte ich nicht ertragen.« Dorothys Worte schmerzten, obgleich sie doch die Wahrheit sprach. »Und Sidney … er hat mich kaum angesehen, als wir uns begegnet sind. Nicht eine freundliche Geste von diesem Mann. Er war hochmütig, kalt, arrogant, distanziert … nicht einmal der Anflug eines Lächelns.«

Da ihre Schwester ihr so überaus ähnlich sah, war Penelopes beherrschender Gedanke, dies sei der Beweis, dass Sidney das liebte, was sich hinter ihrer Fassade verbarg. Allzu gerne hätte sie Dorothy ins Vertrauen gezogen; aber etwas hielt sie zurück, die Angst womöglich, dass ihre Schwester in dem gelüfteten Geheimnis ein Mittel sähe, dieser Vermählung zu entrinnen. Sie hatte Dorothy immer vertraut und verspürte Bitterkeit, weil die Umstände der Liebe und Heimlichkeiten sich so leicht zwischen sie schieben konnten.

»Du riskierst zu viel. Dot. Mein Gewissen erlaubt es mir nicht...«

Dorothy unterbrach sie scharf und starrte sie mit ihren dunklen Augen an, die Penelopes so glichen. »Du glaubst, du verstehst alles. Aber das tust du nicht. Was weißt *du* denn schon von der Liebe in deiner lieblosen Ehe?«

Penelope atmete tief durch, damit ihr nicht die Wahrheit herausrutsche, und sagte ganz ruhig: »Du weißt nicht alles über mich.«

»Oh, es tut mir leid.« Dorothy sah plötzlich bedrückt aus. »Diese ganze Geschichte bringt mich fast um den Verstand. Du musst mir helfen. Es ist mir gleichgültig, für alle Zeiten vom Hofe verbannt zu sein, solange ich nur mit meinem Thomas zusammen bin.«

»Thomas wer?«

»Perrot.« Verlegen senkte Dorothy den Blick, als ihr Röte den Hals hinaufstieg.

»Ich verstehe.« Penelope wusste sehr gut, dass Thomas Perrot, ein Freund aus Kinderzeiten, nicht annähernd adelig genug war, um sich mit der Tochter eines der vornehmsten Grafen Englands zu vermählen. Sie bewunderte Dorothys beherzten Trotz. Wie leicht würde sie mit dieser Ehe der Verantwortung, eine Devereux bei Hofe zu sein, entrinnen. »Er ist ein feiner Kerl, aber niemand wird diese Eheschließung gutheißen.«

»Meinst du, ich weiß das nicht? Darum bitte ich dich ja um Hilfe. Du bist die Einzige, der ich vertraue. Bitte, Penelope. Die Folgen sind mir klar. Bitte...«

»Da du nun Zofe der Königin bist, brauchst du mich, damit ich deine Abwesenheit unter einem Vorwand entschuldige, nicht wahr?«

»Dann *tust* du es also?«

»Weißt du, was dir womöglich droht? Die Königin hat Zofen schon für Geringeres hinter Schloss und Riegel gebracht.«

»Dieses Risiko nehme ich auf mich.« Dorothys Gesinnung war ansteckend, und plötzlich war auch Penelope davon gefangengenommen.

»Es hat keinen Sinn, dass wir beide eine Ehe ohne jede Zuneigung eingehen. Du sollst diesem Schicksal entkommen.« Ein strahlendes Lächeln machte sich auf Penelopes Gesicht breit. »Aber Mutter wird wütend sein.«

September 1583
Whitehall

»War es so schmerzhaft, wie es immer heißt?«, fragte Martha. Die Zofen der Königin hatten sich um Penelope geschart, um sie bei ihrer Rückkehr an den Hof zu begrüßen.

»Qualvoll«, entgegnete sie. Marthas Augen wurden kugelrund. »Ich habe gebrüllt wie eine junge Kuh, nicht wahr, Jeanne?«

»Ja, so ein Gebrüll hatte ich nie zuvor gehört«, stimmte Jeanne lachend zu.

»Aber es heißt, man vergesse den Schmerz in dem Augenblick, wo man den ersten Blick auf sein Kind wirft. Stimmt das?«, wollte eine wissen.

Penelope sah in gespannte Gesichter. Alle wünschten sich, dass es stimmte, aber so war es nicht. Auch sie wollte, es wäre wahr. Ihr Kind war aber nicht das Allheilmittel für alle Übel gewesen, wie sie es sich erhofft hatte. Was sie tatsächlich empfunden hatte, als sie Lucy zum ersten Mal im Arm hielt, war ein tiefes Grauen, als stünde sie an einem Abgrund.

»Meine Mutter hat mir erzählt, dass man sich beim ersten Blick unmittelbar in sein Kind verliebt«, seufzte ein anderes Mädchen. »›Ein unbeschreibliches Gefühl‹ sei es gewesen, hat sie erzählt. Sag, war es bei dir auch so?«

»Ja.« Penelope tat so, als richtete sie ihre Röcke, um den Zofen nicht in die Augen sehen zu müssen. »Ein unbeschreibliches Gefühl.« Sie fürchtete, sie würden erkennen – als trüge sie ein Mal –, dass sie eine Mutter war, die ihr Kind nicht liebte.

»Warst du nicht enttäuscht, dass dein Erstgeborenes ein Mädchen ist? Dein Gemahl dürfte nicht erfreut gewesen sein.« Diese Bemerkung kam von Peg, die am Rande der Schar stand. Sie sah hager aus, als würde sie von ihrer eigenen Bitterkeit aufgefressen.

»Ein gesundes Kind kann niemals eine Enttäuschung sein.« Penelope sah Peg in die Augen, mit festem Blick und vorgetäuschtem Lächeln, denn sie wollte keinesfalls ihre wahren Gefühle preisgeben. Sie erzählte nichts davon, dass es ihrem Kind zunächst schlecht ergangen war – dass es um Luft gerungen und bei jedem keuchenden Atemzug sein winziger Brustkorb gebebt hatte – und dass sie sich die Schuld dafür gab, weil sie es nicht genügend liebte. Die Hebamme hatte erklärt, sie habe schon Fälle wie diesen gesehen und das Kind würde nicht überleben. Lucy wurde rasch getauft, aber Penelope wollte sich nicht damit abfinden, dass Gott ihr Kind, selbst wenn sie es nicht lieben konnte, zu sich nehmen sollte, ehe sein Leben richtig begonnen hatte. Sie hatte nach Doktor Lopez, dem Leibarzt der Königin, rufen lassen, der in aller Eile von London nach Leighs ritt. Er tastete Lucys winzige Brust ab, woraufhin sie wie von Zauberhand einen Klumpen Schleim aushustete und ihr Leben gerettet war.

»Es kann beängstigend sein, wenn man zum ersten Mal Mutter wird«, hatte Lopez zu ihr gesagt und zu erkennen gegeben, dass er Verständnis für Penelopes Aufruhr hatte. »Ihr werdet Euch daran gewöhnen, wartet nur ab.« Diese wenigen freundlichen Worte hatten eine Veränderung in ihr bewirkt, sodass sie beinahe unmittelbar darauf ein Fünkchen Liebe für ihre Tochter empfand.

»Du wirst begreifen, wie es ist, wenn du selbst ein Kind bekommst«, sagte Penelope zu der spöttisch lächelnden Peg.

Schmallippig sah Peg beiseite. Penelope wusste nur zu gut, dass für Peg keine Eheschließung in Aussicht war und dass ihre Worte sie ins

Mark getroffen hatten. Während der Monate in Leighs hatte Penelope vergessen, wie scharf man hier bei Hofe zielen musste.

»Du musst sie schrecklich vermissen«, sagte Martha.

Penelope nickte und erinnerte sich, wie erleichtert sie gewesen war, als sie ihr Kind den wissenden Händen von Mistress Shilling übergeben hatte. Eine finstere Wolke der Verzweiflung hatte sich über ihr zusammengebraut – selbst die einfachsten Aufgaben schienen ihr unerfüllbar, all ihre Lebensfreude war aus ihr herausgeflossen. Sie versuchte, zu beten und um Vergebung zu bitten für was auch immer sie getan haben mochte, dass Gott sich von ihr abgewandt hatte – sie hatte Sidney widerstanden und sich zudem dem Geheiß ihres Gemahls unterworfen –, aber ihr Glaube war dünn wie Pergament. Allein Jeannes fürsorgliche Pflege hatte sie diese dunklen Tage überstehen lassen. Rich, ganz anders als Peg angenommen hatte, war entzückt über seine Tochter, was wiederum Penelope freute, auch wenn sie diese Freude nur am Rande wahrnahm, als wäre es die eines anderen Menschen.

Schließlich war es Jeanne gelungen, sie zum Aufstehen zu bewegen, zum Ankleiden und zu einem Gang in die Kapelle, um den Geburtssegen zu empfangen. Dann drängte sie sie, das Haus zu verlassen, damit sie die Wärme der Sonne spüre, spazieren zu gehen und auszureiten. Ganz allmählich blühte sie wieder auf, als hätte sie über Jahre vergessen in einer Truhe gelegen und würde nun ausgeschüttet und gelüftet. Doch was zurückblieb, als ihre Stimmung sich so weit erhellt hatte, dass sie sich wieder selbst erkannte, war ein Schuldgefühl. Und sie vermutete, dass selbst ein Höchstmaß an Jeannes zärtlicher Fürsorge ihr dieses Gefühl nicht nehmen könnte. Ohne Unterlass fragte sie sich im Stillen, welche Art Mutter ihr Kind nicht lieben könne. Es gab keine Antwort.

»Dorothy ist weg«, sagte Peg und strich mit der Hand über ihren Federfächer.

Penelope antwortete nichts, lächelte nur, als wäre alles in Ordnung. Doch Dorothy durfte, wie ihre Mutter, in Hörweite der Königin nicht mehr erwähnt werden. Penelope hatte Leicesters Zorn über die heimliche Hochzeit nicht miterlebt, ebenso wenig den der Königin. Perrot hatte einige Wochen im Fleet-Gefängnis geschmachtet, und es war nur dem Einfluss von Dorothys Schwiegervater zu verdanken, dass nicht auch Dorothy eingekerkert wurde, doch vom Hof war sie verbannt. Penelope hatte einen Brief ihrer Schwester erhalten, in dem sie begeistert ihr ländliches Idyll beschrieb. Beneidete sie sie? Nein, denn ihr Sinn für Macht ließ ihr ein ruhiges Dasein wenig verlockend erscheinen.

»Sie ist *persona non grata*.« Peg gelang es zwar nicht, sie zu verärgern, aber dennoch war Penelope froh über die Ablenkung, als eine Schar Männer ins Gemach trat, vor den Damen stehen blieb und sich höflich verbeugte. Zuerst hatte sie Sidney gar nicht gesehen; erst als Spero auf ihrem Schoß knurrte, folgte sie dem Blick des Hundes und – da war er. Ihr Magen schnürte sich zusammen, und sie wollte ihn hassen, dafür, dass er der Grund war, dass sie ihr Kind nicht lieben konnte, dafür, dass er existierte und ihr Herz gestohlen hatte.

»Lady Richs Spaniel scheint Abneigung gegen Euch zu hegen«, spöttelte einer der Männer.

Sidneys Gesichtsausdruck war kummervoll, ja vielleicht sogar reumütig, doch sie drehte sich abrupt weg und küsste den seidigen Kopf ihres Hundes. Sidney hatte Briefe geschrieben, zahllos viele, wundervolle geheime Worte, die ihr zu Herzen gegangen waren. In ihrem Elend hatte sie alle verbrannt und das auf der Stelle bedauert. Jeanne hatte sie rußverschmiert vor dem erloschenen Kamin gefunden, als sie verzweifelt nach Überresten suchte. Sie hatte ihr geholfen aufzustehen und sie entkleidet, als wäre sie ein Kind oder eine Kranke; ruhig hatte sie gesagt »Arme hoch«, »dreh dich um«, »mach einen Schritt zur Seite«. Penelope hatte gehorcht wie eine Puppe, als hätte sie ihre Seele verloren. Jeanne hatte ihr mit einem Tuch den Ruß abgewischt und ihn ihr sorgfältig aus dem Haar gekämmt; und dennoch hatte sich am nächsten Morgen ein dunkler Schatten auf dem weißen Kopfkissen befunden; ein Spiegel ihrer Befindlichkeit.

»Ich dachte, du hättest den Bezug zu allem gänzlich verloren«, hatte Jeanne später über diese Zeit gesagt. »Ich fürchtete, ich würde dich nie wieder zurückbekommen.«

»Die Königin hat nach dir gefragt«, sagte Peg, was Penelope wieder in die Gegenwart versetzte. »Du solltest sie besser nicht warten lassen.«

Penelope war dankbar für diesen Anlass, der sie Sidneys schmerzerfülltem Blick enthob. Als sie vor der Tür zum Privatgemach sechs bewaffnete Leibwächter entdeckte, fragte sich Penelope, ob womöglich eine weitere Verschwörung entdeckt worden sei. Sie fand die Königin mit Burghley und Cecil ins Gespräch vertieft; doch als sie eintrat, sahen sie auf und beobachteten, wie sie die Länge des Raums durchschritt. Burghley hatte ein Lächeln im Gesicht, das unecht wirkte, und sein Sohn war gänzlich ohne jeden Ausdruck, sodass Penelope überlegte, was er wohl verheimliche und worüber sie gerade gesprochen hätten. Sie machte sich auf eine Salve von Fragen der Königin gefasst, als sie ihren Hund auf den Boden setzte und in einen tiefen Knicks sank; sie fürchtete, sie müsse die Hauptlast des Frevels ihrer Schwester tragen.

Doch die Königin sagte lediglich: »Wir haben Euch vermisst. Setzt Euch und spielt eine Partie Karten mit mir. Ich bin der Gesellschaft dieser alten Weiber überdrüssig, die sich um meine Sicherheit sorgen.«

Wie stets war Penelope beeindruckt von der inneren Ruhe der Königin und verspürte die ihr vertraute Mischung widersprüchlicher Gefühle: Als sie sich auf den rasch herbeigebrachten Stuhl setzte, machte sich neben der Bewunderung Düsternis breit.

»Die beiden sind der Überzeugung, ich würde ermordet.« Die Königin warf einen raschen Blick zu Burghley und seinem Sohn, die wie zurückgewiesene Kinder davonschlichen. »Wir spielen um das Schmuckstück, das Ihr an Eurem Gewand tragt.« Sie rieb die Hände wie ein Geizhals, als Penelope die Brosche abnahm und auf den Tisch legte. Sie hatte ihrer Mutter gehört. Penelope wusste, dass die Königin sie erkennen und für einen kleinen Sieg halten würde. Penelope hatte oft darüber nachgedacht, wie die Königin mit ihrer Mutter umgegangen war und welches Elend die Verbannung über sie gebracht hatte. Schon lange hatte sie begriffen, dass die Gunst, die die Königin ihr erwies, eine Art Rache war; die Tochter ihrer Gegnerin in Besitz zu nehmen, sie zu einer Schachfigur zu machen, war sicherlich eine beachtliche Geste, aber eine, die Penelope dazu antrieb, ihr eigenes Spiel zu spielen.

Um das Band zwischen einer Mutter und ihrer Tochter aufzulösen, bedurfte es mehr als einer kleinen königlichen Gunst; und da die Königin keine Tochter hatte und ihre Mutter auch nicht richtig kannte, konnte sie die Tiefe einer solchen Verbindung nicht verstehen. Die Gunst bringt ihre eigenen Vorteile mit sich, und selbst eine Schachfigur an der richtigen Stelle auf dem Brett kann mehr Macht ausüben, als man hinlänglich meint.

»Und *mein* Spieleinsatz ist das hier.« Die Königin löste einen Geldbeutel von ihrem Gürtel und legte ihn auf den Tisch. »Aber ich habe nicht die Absicht zu verlieren.« Der Beutel hatte die Form eines Froschs, und auch wenn er äußerst kunstvoll bestickt war, sah er doch wie ein totes Tier aus, dessen Beinchen über die Tischkante baumelten.

»Ich auch nicht«, sagte Penelope.

»Seht zu und lernt, Zwerg. Seht zu und lernt«, sagte die Königin mit einem raschen Blick zu Cecil.

Nie zuvor hatte Penelope die Königin ihn so nennen hören. Sie wusste, dass die Königin Kosenamen liebte, aber »Zwerg« klang so grausam. Doch er lächelte der Königin nur zu und zeigte dabei eine Reihe überraschend hübscher kleiner Zähne. Sie erinnerte sich an den Zwischenfall, als ihm sein Buch aus den Händen gerissen wurde und wie die bösartigen Sticheleien von ihm abgeglitten waren; vielleicht hatte er schon als Kind gelernt, sich dagegen zu wappnen. Sie hatte mal einen Winzling in einem Wurf von Welpen aufwachsen sehen, der dann zum wildesten des ganzen Haufens wurde.

»Dieses Mädchen kann Euch schon ein paar Dinge beibringen, was das Kartenspielen betrifft.«

Da war es wieder, dieses Lächeln, das man irrigerweise für ein Zähnefletschen halten konnte; und er erwiderte: »Euer Majestät, ich habe gehört, Lady Rich sei sehr geübt.« Aber die Königin hatte ihre Aufmerksamkeit bereits wieder Penelope zugewandt.

»Es gefällt mir nicht, wenn meine liebsten Hofdamen einfach so verschwinden.«

»Ich werde versuchen, es nicht zur Gewohnheit werden zu lassen, Euer Majestät.« Darüber lachte die Königin und ließ die beiläufige Bemerkung fallen, sie sei doch völlig anders als »ihre dumme Gans von ungehorsamer Schwester«. Penelope hielt ihr Lächeln aufrecht, während die Königin die Karten mischte, eine nach der anderen auf dem Tisch auslegte, sich ihre nahm und eine Weile damit zubrachte, sie zu einem Fächer zu ordnen.

Sie spielten schweigend; Penelope konnte Cecils scharfe Blicke spüren, und ihr kam der Gedanke, dass er vielleicht angewiesen worden sei, sie zu beobachten, ebenso wie sie ihn im Auge behalten sollte.

»Ich bin höchst ungehalten über Eure Schwester«, fuhr die Königin nun fort. »Ich dachte, sie hätte mehr Verstand.«

»Liebe verführt die Menschen zu Dummheiten«, erwiderte Penelope.

»Ja.« Der Königin entfuhr ein Seufzer. »Wie die Mutter, so die Tochter.«

Penelope biss die Zähne zusammen und wollte sich keinesfalls aufregen.

»Ich kann nicht ergründen, warum all meine Höflinge darauf beharren, so ungehorsam zu sein, wenn es um die Vermählung geht. Das gereicht mir nicht gerade zur Ehre.« Sie spielte eine Weile, bis sie hinzufügte: »Ihr würdet doch nicht danach trachten, mich zu verraten, oder?« Sie warf Penelope einen derartig eisigen Blick zu, dass sie all ihre Selbstbeherrschung aufbringen musste, um nicht ihre Besorgnis preiszugeben.

»Niemals«, entgegnete sie nur. Sie fürchtete, als unaufrichtig beurteilt zu werden, würde sie mehr sagen.

Wieder spielten sie schweigend weiter. Dann war es Burghley, der etwas sagte. »Was denkt Ihr über Sidneys Hochzeit, my Lady?«

Penelope stockte der Atem, bis sie begriff, er spreche wohl vom jüngeren Bruder. »Ach, Robert Sidney wird heiraten? Wer ist die Braut?«

»Nein, nicht Robert«, sagte die Königin. »Der Ältere … Philip … der Dichter.«

»Philip Sidney …« Sie fühlte sich plötzlich vernichtet, und es forderte ihre ganze verbleibende Willenskraft, mit diesem gleichgültigen Lächeln sitzen zu bleiben, weil sie doch Burghleys und Cecils forschenden Blick auf sich spürte.

»Frances Walsingham. Sie hat ein recht sanftes Gemüt und ist sehr jung. Kennt Ihr sie?« Penelope schüttelte bedächtig den Kopf, als sie versuchte, die Nachricht in sich aufzunehmen. »Es erfreut ihren Vater. Walsingham hat mir bestens gedient. Was haltet Ihr davon?«

Penelope zuckte mit den Schultern. Sie hatte Angst, den Mund zu öffnen, da sie nicht wusste, welche Worte ihm entfleuchen könnten. Nun erklärte sich ihr Sidneys kläglicher Blick vorhin in der Langen Galerie. Der Königin schien ihre sichtliche Gleichgültigkeit zu gefallen; und Penelope fragte sich, was der Blick zu bedeuten habe, den Cecil und sein Vater sich zuwarfen.

»Er ist gereift in letzter Zeit … er hatte immer Vorstellungen, die seine gesellschaftliche Stellung überstiegen«, sprach die Königin weiter. »Er hat sich berufen gefühlt, mir damals die Ehe mit Anjou ausreden zu wollen.« Sie schnaubte und ordnete ihre Karten neu. »Es ist ohnehin nichts daraus geworden«, murmelte sie leise, als sie drei Kreuzkarten aufgedeckt ablegte: eine Neun, eine Zehn und einen Buben.

Penelope gelang es irgendwie, ihr Spiel zu machen, als wäre alles normal, als würde nicht die Saat der Eifersucht in ihr aufgehen, deren Ranken bis in alle Ecken ihres Wesens reichten, sich um ihre lebenswichtigen Organe schlangen und Schösslinge bis in ihr Herz trieben; sie umklammerten sie und stauten ihr Blut.

»Sidney hat mich einmal um *Eure* Hand gebeten. Er versuchte, das alte Verlöbnis, das Euer Vater arrangiert hatte, wiederaufleben zu lassen. Wusstet Ihr das? Ich weiß nicht, was er erwartet hatte. Ihr wart bereits Rich versprochen. Und Sidney hätte Euch nicht viel zu bieten gehabt.«

Penelope räusperte sich und brachte mühsam heraus: »Ach, ist das so?«, als hätte sie je kaum einen Gedanken an Sidney verschwendet, aber die Ranken schoben und wanden sich immer tiefer in sie hinein.

»In letzter Zeit habe ich mich dennoch für ihn erwärmt«, sprach die Königin weiter. »Ich glaube, Sidney ist für Großes bestimmt. Er ist gewiss sehr beliebt, nicht wahr, Zwerg?«

»Ja, so ist es«, antwortete Cecil scheinbar gleichgültig, während er seine Ärmel glatt strich, die strahlend weiß und steif vor Stärke waren, ehe er ihr einen Blick zuwarf, der andeutete, er wisse mehr, als er solle. Erst da wurde Penelope klar, dass Cecil, der sie früher kaum ansehen konnte, in den Monaten, die sie wegen der Geburt fern des Hofes verbracht hatte, zu jemandem geworden war, der Dinge wusste. Diese beiden Männer, Vater und Sohn, waren das beste Beispiel für »Wissen ist Macht«; sie strotzten vor Selbstvertrauen, da sie in jeden dunklen Schlupfwinkel gesehen hatten und nichts ohne ihr Wissen geschah. Burghleys Geheimdienstnetz war berühmt, durch Walsingham reichte es insgeheim bis in die Königshöfe Europas hinein. Penelope täuschte Heiterkeit vor und legte ihre Karten auf den Tisch. »Schon wieder geschlagen. Ich bin außer Übung, Madam.«

Penelope verglich sich mit Burghley: eine Frau ohne die leiseste Ahnung von der bevorstehenden Vermählung ihres Geliebten, gänzlich machtlos durch ihre Unwissenheit, und er, ein Mann, der überall Augen hatte und aufgrund seiner Erkenntnisse die Zügel Englands hinter der Königin in Händen hielt. War Sidneys Vermählung mit Walsinghams Tochter ein Machtspiel? Sicherte Sidney seine Position durch persönliche Beziehungen ab? Was auch immer der Grund sein mochte, sie hatte das Gefühl, ihr wäre ein Messer ins Herz gerammt worden. Doch etwas verhärtete sich in ihr, und zudem kam ihr der Gedanke, auch sie könne überall Augen haben und selbst ein Netz aus Beziehungen aufbauen, wenn sie sich nur darauf konzentriere; und sie schwor sich, niemals wieder Opfer ihrer Unwissenheit zu sein.

Ein Mann näherte sich Burghley und flüsterte ihm etwas zu, woraufhin dieser sich an die Königin wandte: »Euer Majestät, es gibt dringende Geschäfte wegen dieser Schottin.«

Penelopes Neugier war geweckt. Sicher sprachen sie von Mary von Schottland – der Cousine der Königin, die ihre Krone an ihren Sohn verloren hatte und seit vielen Jahren als Gefangene Englands ihr Dasein fristete. Penelope fragte sich, ob sie wahrhaftig eine Gefahr für den Thron darstellte, wie es immer hieß, oder ob es viel verwickelter war, als es erschien.

»Wir setzen unser Spiel später fort, meine Liebe. Man verlangt nach mir«, sagte die Königin und nickte Burghley zu.

Penelope spürte Cecils Blicke auf sich, als sie das Gemach verließ. Sie nahm Spero auf den Arm und zwang sich, als sie in die Lange Galerie trat, nicht an Sidneys Hochzeit zu denken; auf dem Weg zu ihren Gemächern wollte sie ihre innere Verwüstung keinesfalls nach außen dringen lassen.

»Ich habe dich bereits gesucht«, sagte Jeanne, als Penelope ins Gemach trat. Ihre unterdrückte Qual musste sich auf ihrem Gesicht abzeichnen, denn Jeanne fragte sogleich: »Was ist los?« Penelope konnte bloß den Kopf schütteln und Spero zum Trost an sich drücken. Jeanne führte sie zum Bett und legte ihr, als sie sich neben sie gesetzt hatte, den Arm um die Schulter. Sie reichte ihr ein Päckchen. »Das ist für dich gekommen.«

»Was ist es?«

»Ich habe keine Ahnung. Komm, lass mich deine Bänder lösen, damit du es bequemer hast.« Jeanne schälte sie aus mehreren Kleiderschichten und öffnete ihr Mieder. Penelope legte sich wie betäubt aufs Bett. Jeanne musste ihr dringendes Bedürfnis nach Alleinsein gespürt haben, denn sie sammelte Wäschestücke zusammen und kündigte an, sie gehe zum Waschhaus. Als Jeanne den Raum verlassen hatte, nahm Penelope das Päckchen zur Hand. Als sie unmittelbar Sidneys Handschrift erkannte, schleuderte sie es von sich; doch dann griff sie wieder danach und riss die Verpackung auf.

Es war ein locker gebundenes Bündel Papier. Sie blätterte es rasch durch; jede Seite war eng, in Strophen unterteilt, mit Sidneys klarer Handschrift beschrieben; auf dem Umschlag stand nur *Astrophil und Stella*, keine Notiz, keine Erklärung, nichts. Sie zog einen Stuhl zum Fenster, durch das die frühe Abendsonne hineinflutete, in deren Licht Stäubchen auf und nieder tanzten.

Sie begann zu lesen. Die Worte nahmen sie gefangen und ergriffen sie in ihrer Traurigkeit, als sie allmählich verstand, dass dies – diese

Tintenlettern auf einem Bündel Papier – der innigste Ausdruck von Sidneys Liebe war, ein wahres Abbild seines Herzens. Vom Rhythmus seiner Worte hingerissen, las sie weiter; sie erkannte sich nicht in dieser fernen Stella, in dieser Tyrannin mit den dunklen Augen, der Alabasterhaut und den perlgleichen Zähnen – Diebin seines Herzens, in einem Augenblick kalt wie Stein, im nächsten eine himmlische Nymphe und an anderer Stelle eine Sendbotin köstlichen Schmerzes. Seine Liebe war ungeheuerlich, erschreckend, voll eifersüchtiger Wut und verzweifeltem Sehnen, voll Süße und Traurigkeit – ein nicht enden wollender Kampf zwischen Ekstase und Leid.

Sie sah kaum auf, als Jeanne zurückkam. »Was ist das?«, fragte sie. »Gedichte.«

»Von *ihm*?«

Penelope nickte nur, da sie sich von seinen Worten nicht losreißen konnte; sie las, als hinge ihr Leben davon ab; als wäre sie verloren und als wären die Zeichen auf dem Papier die Landkarte, die sie entweder in die Sicherheit führte oder in ihr Gegenteil – sie wusste es nicht.

Februar 1587
Cheapside

Dies Schmerzenslied will ich für dich nur singen,
Schmerzvollstes Lied, das je ein Mensch gehört;
Mög es dir tief ins mitleidsvolle Herz eindringen
Als Liebespfeil: Astrophel lebt nicht mehr.

Edmund Spenser, *Astrophel*
(Elegie auf Sir Philip Sidney)

Die Nachricht von der Hinrichtung Mary Stuarts verbreitete sich an dem Tag, an dem Sidney zu Grabe getragen wurde; die Trauer um den dichtenden Soldaten aber war so groß, dass der Tod einer entthronten Königin nicht viel Widerhall fand. Seit nunmehr über drei Jahren hatte Penelope durchschaut, welche Intrigen sich um Mary von Schottland rankten und auf welche Weise Burghley unsichtbar ihren Umweg zum Schafott bereitet hatte. Penelope hatte genau hingesehen und zugehört, hatte Informationen angehäuft, Wissen, das ihre Zukunft stützen könnte, während sie die Regierungsgeschäfte ebenso beobachtete wie die wankelmütigen Amüsements bei Hofe. Sie hatte allmählich begriffen, dass die Königin ihre schottische Cousine zum Wohle Englands opfern musste, dass die Politik ohne Skrupel war und manches Mal selbst ein grausamer Tod einen absoluten Sinn ergab.

Aber Sidneys Tod ergab keinen Sinn – verletzt im Kampf fern von zu Haus. Es war nicht einmal eine tödliche Wunde, auch wenn sie ihm den Tod gebracht hatte. Wenn Marys Tod Elizabeths Überlegenheit symbolisierte, dann war Sidneys Tod das Gegenteil davon: Durch ihn wurde kein Ziel erreicht, er stand für nichts, außer vielleicht für das Ende des Rittertums. Die Königin hatte ihn für Großes ausersehen, aber niemand hätte vorhersagen können, wie kurz seine Zeit unter der Sonne sein würde. Und Penelopes Herz war zersprungen.

Leicester hatte sie gebeten, Sidneys Gemahlin zur Beerdigung zu begleiten; sie standen nebeneinander in der Galerie von Cheapside, als das Trauergefolge an ihnen vorbeizog. Penelope war sehr dankbar für die beruhigende Anwesenheit ihrer Schwester eine Reihe hinter ihr, die ihr eine Hand auf die Schulter gelegt hatte. Sie war wie in Trance gewesen, als man sie nach Cheapside gebracht hatte, und zu sehr von Trauer überwältigt, als dass sie irgendetwas um sich umher wahrgenommen hätte. Jeanne hatte ihr beim Ankleiden geholfen – was schwierig war, ihr schwarzes Samtkleid passte ihr nicht, denn sie war erneut in anderen Umständen, sodass sie sich ein Gewand ihrer Mutter ausleihen musste; es war ihr völlig gleichgültig, was sie anhatte.

Sie spürte Frances' zarte Gestalt neben sich, sie war kaum da, als wäre sie ein Traumgespinst. Sie schaute auf ihr bleiches Profil und war überrascht, welch starkes Gefühl in ihr aufbrandete. Was war es: eine zersetzende Eifersucht auf das Mädchen, das Sidneys Hand gehalten hatte, als er starb; auf diejenige, die mit ihm das Bett geteilt hatte und nahezu vier Jahre seine Gemahlin gewesen war; die ihm ein Kind geboren hatte; die die Ewigkeit an seiner Seite verbringen würde? Es war ein hässliches Gefühl, aber es war unleugbar da. Sie konnte das Mädchen nicht wirklich hassen, obgleich sie es versucht hatte. Doch andererseits war Penelope merkwürdig froh über Frances' Gegenwart an diesem Tag, denn es forderte von ihr, Haltung zu zeigen, zumindest nach außen hin – innerlich fühlte sie sich bröckelig wie das Stuckwerk in einem verfallenen Haus.

Der Trauerzug schien kein Ende nehmen zu wollen, siebenhundert Trauernde und viele Tausende auf den Straßen, die schweigend zusahen – wie bei einem königlichen Begräbnis. Was hätte er wohl davon gehalten?, fragte sie sich… Es hätte ihm gefallen. Denn trotz all seines Rittertums war er nicht gefeit gegen Eitelkeit.

Die Menschenmenge auf der Straße unmittelbar vor ihnen war so dicht, dass der Zug nur mit Mühe passieren konnte. Wortlos sahen sie zu, als die Männer mit hohen Hüten, deren lange Mäntel im Dreck schleiften, in Zweierreihen vorbeischritten. Hinter zwei Wächtern mit gesenkten Hellebarden liefen zwei Trommler, die einen düsteren Takt schlugen. Menschen über Menschen gingen an ihnen vorbei: seine Waffenknechte, sein Haushalt, seine Freunde, seine entfernte Verwandtschaft, alle angekündigt durch das Schlagen dieser höllischen Trommeln, bis die Pferde in Sicht kamen – Sidneys Schlachtpferd, gefolgt von seinem geliebtem Barbary, beide trugen klirrendes Zaumzeug und wurden von seinen bevorzugten Pagen geritten. Als Penelope die zerbrochene Lanze sah, die einer der beiden trug, spürte sie einen steinharten Kloß im Hals, und Verse aus einem seiner Gedichte kamen ihr in den Sinn.

So finster wie mein Tag ist keine Nacht,
Kein Tag so ruhelos wie meine Nächte.

Sie wusste, was nun folgen sollte, und ertrug es kaum hinzusehen; und doch konnte sie nicht anders, als die Bahre in Sicht kam, schwarz drapiert, schwankend wie eine altertümliche Barke, da die Träger mit dem Gewicht kämpften. Frances stieß ein leises Stöhnen aus, und Penelope spürte, dass sich ein Tränenmeer in ihr sammelte. Ohne nachzudenken, nahm sie die Hand des Mädchens und drückte sie.

Wo fänden meine Seufzer Worte für die Qualen,
Wo gibt es Tinte, schwarz genug, mein Leid zu malen?

Frances lehnte sich leicht wie eine Wolke an sie, und Penelope legte einen Arm um ihre Schulter. Da war sein Bruder Robert Sidney, das Gesicht halb von seiner Kapuze verdeckt, er führte die Haupttrauernden an; und dann kamen Leicester und Huntingdon mit Essex und all die hohen Adligen – zu Pferde, klirrend, prächtig.

Essex hatte ihr die Nachricht überbracht. Alle bei Hofe waren äußerst angespannt gewesen, denn sie wussten, dass Sidney im Kampf gegen die Spanier in den Niederlanden – wo es galt, England gegen die katholische Bedrohung zu schützen – verletzt worden war. Alle sprachen über sein Heldentum und dass er seinen Beinschutz abgelegt habe, als Akt der Solidarität mit seinem Rittmeister, der seinen auf dem Feld hatte zurücklassen müssen; dass er sich in einen Kampf eingemischt habe, um einen Kameraden zu retten; dass eine Kugel in seinen Oberschenkel gedrungen sei und seinen Knochen zerschmettert habe; dass er seinen Trinkbecher einem sterbenden Mann angeboten habe, da er dessen Bedürfnis höher einschätzte. Welche dieser Geschichten entsprachen der Wahrheit, fragte sich Penelope – sie alle erzählten von Gesten, die er sehr wohl getan haben könnte. Nicht einen Augenblick war sie auf den Gedanken gekommen, er könnte nicht überleben; vielleicht würde er humpeln oder am Stock gehen müssen, vielleicht sogar das Bein verlieren; aber er würde doch nicht sterben. Er würde stets zurückkehren und sie weiterhin lieben.

Doch dann war Essex in ihre Gemächer gestürzt, ohne Ankündigung, schmutzig von der Reise, mit irrem Blick, wie ein Mann, der Unaussprechliches gesehen hat.

»Sidney ist tot.« Er hatte es geradeheraus gesagt. Solche Nachrichten kann man nicht abmildern.

»Nein. Du irrst.« Das Gemach verschwamm um sie herum, und sie dachte, sie falle; aber er packte sie am Arm und führte sie zu einem Stuhl.

»Ich war dabei«, sagte er. »Er schenkte mir sein bestes Schwert und bat mich, ich möge mich um seine Gemahlin kümmern.«

»Sein bestes Schwert ... seine Gemahlin ...« Sie war wie ein Papagei, der keine eigenen Worte zu sagen vermag.

»Er übergab mir dieses hier ... für dich.« Er drückte ihr ein zusammengefaltetes Blatt Papier in die Hand.

»Für mich ...«

In diesem Augenblick betrat Rich das Gemach. Als er Essex begrüßte, wirkte er erfreut, ihn zu sehen, und bemerkte nicht, dass seine Gemahlin sich in einem Schockzustand befand und ein Stück Papier umklammerte. Er stellte Essex Fragen zu dem Konflikt und sagte schließlich: »Ich habe gehört, dass Sidney gestorben ist.« Er sagte es leicht dahin, als spreche er über jemanden, den er nicht gekannt hatte. Aber er hatte Sidney *tatsächlich* nicht gekannt. Sie wollte ihn fragen, warum er, der den Papismus so verabscheute, nicht dort gewesen sei und für die Sache gekämpft habe. »Seid Ihr nicht wohlauf?« Endlich wandte er sich zu Penelope, die fürchtete, ihre Züge seien vor Kummer verzerrt. »Ihr verliert doch wohl nicht das Kind?«

Sie legte die Hände auf den Leib, atmete tief ein und antwortete: »Es geht mir ganz gut, ich danke Euch, mein Gemahl.« Sie ließ den Brief verschwinden.

Essex lief aufgeregt auf den Eichendielen hin und her. Die Schlacht hatte ihn verändert, und da wusste sie, dass sie nicht nur Sidney, sondern auch den kecken Knaben verloren hatte, der sie von Bord des Schiffes angegrinst hatte, als er in den Krieg aufgebrochen war. Sie entschuldigte sich – unter dem Vorwand, ihre Umstände erschöpften sie – und las schließlich in der Zurückgezogenheit ihres Schlafgemachs den Brief. Es war nur eine einzige Zeile, hingekritzelt mit unsicherer Hand: *Der Deine für ewig.*

Essex sah nun vom Trauerzug herauf, er suchte sie auf der Galerie. Ihre Blicke trafen sich; sein Kinn war starr wie zu Kinderzeiten, wenn er die Tränen zurückgehalten hatte. Frances flüsterte ihr etwas ins Ohr. »Euch hat er geliebt. Das habe ich immer gewusst. Er sagte mir, als wir übereinkamen zu heiraten, sein Herz gehöre einer anderen. Ich wusste, dass Ihr es seid, denn ich habe seine Gedichte gelesen, selbst die, welche er vor mir versteckte. Er fragte mich, ob ich das hinnehmen könne.«

Penelope wollte nachfragen, was sie geantwortet habe, brachte es aber nicht über sich und hielt das Mädchen noch fester im Arm, als die holländische Abordnung an ihnen vorbeiging, dann Soldaten mit gesenkten Waffen, wieder zwei Trommler und ein einsamer Dudelsackspieler – und und und.

»Ich habe es akzeptiert«, sagte Frances schließlich.

»Er war niemals mein in …« Penelope konnte es nicht aussprechen.

»In Gänze.« Frances beendete ihren Satz. Mit einem Mal wirkte das Mädchen so stark, so ruhig und stoisch neben ihr, kein Blatt im Wind. »Ich weiß.« Penelope war es, die sich brüchig wie welkes Laub fühlte.

Ihre Gedanken wanderten zurück zu ihrem allerletzten Abschied. Sidney war so stolz, dass die Königin ihn letztendlich mit einer bedeutsamen Aufgabe betraut hatte; sie hatte ihn zum Gouverneur von Vlissingen ernannt. Er hatte Penelope besucht, um ihr davon zu erzählen. Seit Monaten hatte sie ihn nicht gesehen – sie lag mit Essie, ihrer zweiten Tochter, im Wochenbett –, und dennoch hatte sie das alte Verlangen durchflutet. Er war anders gewesen, heiterer, und sie hatte gedacht, die Ehe oder die Vaterschaft hätte ihn verändert. Aber wahrscheinlich war es die lang ersehnte königliche Gunst. Er war kürzlich zum Ritter geschlagen worden – sie hatte ihn geneckt, ihn mit einem übertriebenen Hofknicks »Sir Philip« genannt; er hatte darüber gelacht und gesagt, es bedeute ihm nichts, und konnte dennoch nicht verbergen, dass es ihn freute. »Die Königin übernimmt die Patenschaft für meine Tochter«, hatte er ihr erzählt. Sie wünschte, er hätte es nicht getan; zu gerne hätte sie sich der Illusion hingegeben, er wäre nicht verheiratet, hätte keine Tochter und wäre noch immer ganz der Ihre.

Seit seiner Vermählung hatte er viele Male versucht, sie allein zu sehen, hatte sich in Briefen erklärt (er sei verpflichtet gewesen, sie zu heiraten, irgendein Versprechen gegenüber dem Vater des Mädchens, soweit sie verstand; das sei der Lauf der Dinge), aber sie hatte eine Kunst daraus gemacht, ihn zurückzuweisen. Und letztendlich waren sie ja beide nicht frei. Obgleich sie in ihrem Herzen die Möglichkeit erwog, dass vielleicht eines Tages … Als sie hier auf seiner Beerdigung daran dachte, überkam sie tiefe Trauer. Sie hatte sich nur ein einziges Mal erweichen lassen und ihn zu diesem letzten Abschied getroffen. Hätte Jeanne sie nicht gestört, hätte sie womöglich das Versprechen ihrem Gemahl gegenüber gebrochen – sie war kurz davor gewesen.

Nie hätte sie gedacht, dass es so lange dauern würde, ihm zwei Söhne zu gebären. Während die düstere Prozession weiter an ihr vorbeizog, wünschte sie sich aus tiefstem Herzen, sie *hätte* sich Sidney hingegeben; und sie empfand Wut gegen sich selbst, weil sie all diese Liebe vergeudet hatte. Sie spürte, dass ihr das Fundament ihres Glaubens an Gott entglitt. Wie oft hatte sie sich gefragt, wofür er sie mit einem Gemahl wie Rich bestrafe und warum er ihr den Sohn versage. Sie war zu dem Schluss gekommen, dass ihre Töchter Zeichen für Gottes Missfallen an ihrer Absicht seien, Ehebruch zu begehen, und Gott sie vor einer Sünde bewahre.

Aber Sidney in der Blüte seiner Jahre sterben zu lassen – es wäre ein unbarmherziger Gott, der beschlösse, Sidney zu töten und Rich am Leben zu lassen; der Gedanke entsetzte sie; sich womöglich den Tod ihres Gemahls gewünscht zu haben, war eine zu schwere Sünde, als dass sie über sie hätte nachsinnen können. Aber da war er, der Teufel hatte sich mit geschärften Krallen an sie gehängt. Unwillkürlich drängte sich ihr der Gedanke auf, dass ihr drittes Kind, das sich in ihrem Leib bewegte, als sie den Trauerzug vom Fenster aus betrachtete, sehr gut hätte von Sidney sein können, hätte sie nur den Mut aufgebracht, sich über ihre unangebrachte Treue zu Rich – und über ihren Glauben an Gottes Plan – hinwegzusetzen.

Wenn es der Plan Gottes war, dann war er ein gefühlloser Gott, denn dieses Kind sollte ihr erster Sohn werden. Sie mochte nicht Sidneys Kind geboren haben, aber ein Teil ihrer zerstörten Seele war mit Sidney beerdigt worden, und diesem Bruchstück entspross die Erkenntnis, dass ganz allein sie – und nicht Gott oder ihr Gemahl oder die Königin oder ihr unangebrachter Moralkodex – für ihr Glück zu sorgen habe; nur sie allein könne ihre Zukunft absichern. Sie würde machtvolle Allianzen schmieden, geheime Verbindungen aus Gefälligkeiten, um sicherzustellen, dass, was auch immer geschehe, die Devereux' auf der richtigen Seite stünden. Als die letzten Trauernden vorbeizogen und die Trommelschläge verhallten, fühlte sie sich gestärkt, als würde sich eine große Kraft in ihr sammeln. Niemals wieder würde sie ihr Schicksal allein Gott überlassen.

Teil II

DIE AUSTER

In ihrem Aug' glänzt nichts von Sonnenlust,
Korall ist röter als ihr Lippenpaar,
Wenn weiß der Schnee, ist bräunlich ihre Brust,
Wenn Haar Metall, ist schwarz Metall ihr Haar.
Oft sah ich Rosen rot und weiß erblühn,
Doch ihre Wangen sind kein Rosenstrauch,
Und Düfte gibt es, die berauschend glühn,
Weit süßer als der Herrin Atemhauch.
Hold ist die Stimme, doch ich muss gestehn,
Holde Musik tut größre Wonne kund,
Ich sah noch niemals eine Göttin gehn,
Doch meiner Herrin Fuß berührt den Grund.
Und doch kann keine sie an Reiz erreichen,
Von der man lügt in schwülstigen Vergleichen.

William Shakespeare, *Sonett 130*

Cecil verweilt einen Augenblick am Fenster. Ein Gärtner fegt Laub zusammen, und ein anderer sitzt hoch oben in einem Baum und sägt. Ein Ast fällt krachend zu Boden. Es beginnt zu nieseln, und Cecil schaudert. Die Feuchtigkeit dieser Jahreszeit bereitet seinem verkrümmten Rücken arge Schmerzen. Und wenn sie erst einmal hineingekrochen sind, verlassen sie ihn nicht mehr vor dem Frühjahr. Doch er denkt nicht an Feuchtigkeit und Kälte; er denkt mit einem Schauer der Erregung an Lady Rich und ihren Brief an König James. Er hat ein Auge auf Lady Rich gehabt, schon seit einigen Jahren hat sie still Allianzen geschaffen, die ihre Familie durch machtvolle Freunde stützt. Aber hat sie es mit den geheimen Briefen an König James, an einen fremden Monarchen, der einen starken Anspruch auf den englischen Thron hat, nicht zu weit getrieben? Um die Königin herum ist kein Raum für eine weitere Schaltstelle der Macht. Vor ihm tut sich die Aussicht auf, dass Essex und seine gesamte Familie untergehen. Wenn er doch bloß einen dieser Briefe – einen eindeutigen Beweis – in die Hände bekommen könnte.

Er sucht seinen Vater und findet ihn in der Bibliothek. Burghley ist mit offenem Mund am Feuer eingenickt; ein schweres Buch muss ihm vom Schoß geglitten sein, denn es liegt aufgeschlagen auf dem Boden. Seine Wangen sind hohl und die Augen eingesunken; gäbe er nicht dieses laute Schnarchen von sich, könnte man ihn für tot halten.

»Vater.« Sanft streicht er über Burghleys Arm, sodass der alte

Mann erwacht, die Augen aufreißt und verwirrt den Kopf dreht, bis er seinen Sohn erblickt.

»Du hast mich erschreckt. Bin ich etwa eingeschlafen?«

»Ja, Vater. Kann ich Euch etwas bringen? Einen Becher Wein?«

»Ich hätte gerne einen Schluck Süßwein. Da steht ein Krug auf dem Tisch.«

Cecil gießt ihnen beiden etwas ein und zieht einen Stuhl heran, um sich zu ihm zu setzen. Sie stoßen an, wobei sie sich in die Augen schauen und gleichzeitig sagen: »Auf uns Cecils.« Dieses kleine Ritual vollziehen sie schon seit Jahren. Der Wein ist dickflüssig, seine Süße wohltuend.

»Du weißt, dass die Königin die Absicht hat, die Lizenz für Süßweine, wenn sie im nächsten Jahr fällig wird, diesem Grünschnabel zuzusprechen«, sagt Burghley. Sie beide wissen genau, wen er mit »diesem Grünschnabel« meint. Das ist seit jeher ihre geheime Bezeichnung für Essex, seit er als Knabe, schon damals überheblich, in Burghleys Haushalt aufgenommen wurde.

»Süßweine, das ist ein Vermögen wert«, sagt Cecil.

»Ja, dann wäre er nicht mehr ›der ärmste Graf von ganz England‹.«

»Ein reicher Essex könnte sich für uns als eine zu große Bedrohung erweisen.«

Burghley sieht die eingesunkenen Schultern seines Sohns. »Grüble nicht darüber nach.« Cecil mag zwar die Kunst beherrschen, seine Gefühle zu verbergen, aber sein Vater kann geradezu in ihn hineinsehen. »Mit ein bisschen Glück gibt sie ihm ein ausreichend langes Seil, an dem er sich demnächst aufhängen kann.«

»Es gibt Neuigkeiten über Essex' Schwester«, sagt Cecil.

»Was für Neuigkeiten?«

»Von dem Mann, der mich über die Dinge am schottischen Hof auf dem Laufenden hält. Lady Rich hat König James Avancen gemacht. Sie hat ihm Briefe geschrieben, in denen sie ihm ihre Freundschaft anträgt.«

»Dann spielt die Familie Essex ihre Karten aber früh aus. Viel zu früh, fürchte ich.« Burghley lächelt. »Unsere geliebte Königin hat noch einige Jahre vor sich.« Cecil wundert sich, dass sein Vater sich da so sicher ist, denn schließlich hat es bereits viele Anschläge auf ihr Leben gegeben. In den fünfzehn Monaten, seit die Spanier mit ihrer Armada untergegangen sind, hat er ihre Rachegelüste gespürt; sein Informantennetz spricht ständig davon.

»Aber die gesamte katholische Welt wünscht ihr den Tod.«

»Es ist eben an uns, dafür zu sorgen, dass die Papisten ihr Ziel nicht erreichen.« Burghley tippt sich an die Nase. »König James wird ihren Thron noch nicht wärmen. Vielleicht niemals … es bleibt eine Tatsache, dass er nicht auf englischem Boden geboren ist … und es gibt andere …«

»Ich könnte Lady Rich für eine Befragung einbestellen.« Bei dem Gedanken durchläuft ihn wieder ein Schauer der Erregung. »Bestimmt steht Essex hinter diesen Briefen. Ich könnte sie dazu bringen, ihn hineinzuziehen. Es ist eindeutig, dass die beiden sich hinter James als Thronfolger stellen. Sie bauen Beziehungen auf.« Er spricht schnell, Aufregung brodelt in ihm.

»Natürlich bauen sie Beziehungen auf. Und sie werden behaupten, es sei alles zum Wohle Englands und der Königin. Handle nicht voreilig. Sie mögen vielleicht ihre Karten ausgespielt haben, aber dieses Spiel dauert lang. Unterschätze Lady Rich nicht. Du hast sie bei Hofe beobachtet. Du hast gesehen, wie sehr ihre Schönheit ihre Intelligenz verschleiert … *sie* lässt sich nicht so leicht manipulieren.«

»Aber wir haben die beiden.«

»Deine persönlichen Gefühle gehen mit dir durch. Glaube nicht, dass dies eine Vendetta ist. Vendettas enden nur in Verwüstung. Und wir müssen sicherstellen, dass wir Cecils überleben … überleben und gedeihen. Mit deinen sechsundzwanzig Jahren auf dieser Erde solltest du das wissen.«

Cecil nickt. Sein Vater hat recht – sein Vater hat immer recht.

Burghley spricht weiter, als denke er laut. »Unser langfristiges Überleben, ebenso wie ihres, bedeutet, auf den siegreichen Kandidaten bei der Thronfolge zu wetten: James von Schottland mag vielleicht die besten Aussichten haben, aber er ist nicht unbedingt der Beste für *uns*.« Er zählt die anderen an den Fingern ab. »Lord Beauchamp oder sein Bruder, die junge Stuart, selbst die spanische Infantin. Sie alle haben ein Anrecht. Und man weiß ja nie, auch Essex könnte seinen Hut in den Ring werfen, wenn sein Ruhm weiter wächst.«

»Bestimmt nicht, Vater. Essex hätte keine Aussicht auf Erfolg.«

»England liebt Soldaten, und Essex hat militärische Fähigkeiten, dazu reichlich Charme und einen Tropfen königliches Blut. Eine sehr mächtige Mischung, mein Sohn.« Cecil verspürt schmerzlichen Neid. »Ja, es wäre ein kühner Versuch, aber unterschätze ihn nicht. Den Engländern dürfte es gefallen, wenn er das Heer anführt. Die Spanier sind zwar gedemütigt worden, aber sie werden wiederkommen; dessen sind sich alle bewusst. Essex' Ruhm gründet auf seinem Verlangen, hinauszugehen und dem Feind entgegenzutreten. Das lässt die Engländer ruhiger schlafen. Würden sie doch nur verstehen, dass man durch Intelligenz und geheime Verhandlungen mehr erreichen kann als durch Tapferkeit, Degen und Schießpulver.« Burghley lächelt und reibt sich bedächtig die Hände.

»Im Übrigen ist ein Krieg kostspielig.« Wenn Cecil in all den Jahren, in denen er bei Ratssitzungen neben seinem Vater saß und Notizen machte, irgendetwas gelernt hat, dann, dass es der Königin missfällt, Geld für etwas auszugeben, dessen Ausgang unsicher ist.

»Beobachte sie und warte ab«, sagt Burghley. »Du hast wertvolle, bruchstückhafte Informationen, aber das ist auch alles zum gegenwärtigen Zeitpunkt. Beobachte die Dame. Beobachte sie und warte ab.« Cecil fühlt sich daran erinnert, wie er einmal von einem Kartenschwindler geschröpft wurde, der genau dasselbe gesagt hatte – *beobachtet die Dame*. Er verlor damals alle goldenen Knöpfe seines Wamses. Er hatte seine Lektion gelernt. »Essex ist jung und töricht, und vielleicht wird er seinen eigenen Niedergang bewerkstelligen und seine ganze Familie mit sich in den Abgrund reißen.« Burghley hält inne und reibt sich den Nacken. »Der Tropfen höhlt den Stein, nicht durch Kraft, sondern durch stetes Fallen.«

Als Cecils Aufregung sich nun legt, fühlt er sich matt. Er hat das

Gefühl, was immer er auch tue, er finde nie die volle Zustimmung seines Vaters. Ungeduld plagt ihn.

»Ich hatte mir Leicester zum Erzfeind gemacht«, spricht Burghley weiter. »Das war einer meiner größten Fehler. Ach, wie ich mich bemüht habe, ihn zu Fall zu bringen. Einmal war er nur eine Haaresbreite davon entfernt, die Königin zu ehelichen. Stell dir vor, er wäre so etwas wie ein König geworden. Ich habe mich beinahe verloren in dem Wunsch, seinen Untergang herbeizuführen. Doch dann habe ich irgendwann begriffen, dass die Königin sich niemals mit diesem Mann vermählen würde. Als ich das durchschaut hatte, versandete meine Ablehnung. Dann ist er ohnehin mit seinen eigenen Interessen kollidiert und hat diese Frau geheiratet.«

»Essex' Mutter.«

»Die Königin wird ihr nie verzeihen, dass sie ihren Günstling geehelicht hat. Im Übrigen ...«, er streckt die Hände, um sie am Feuer zu wärmen, »... ist Leicester gestorben, und der Grünschnabel hat seinen Platz als Favorit eingenommen. Am besten machst du dir nie Feinde, denn man kann niemals wissen, wie die Dinge ausgehen. Wir Cecils sind Diplomaten ... das ist unsere Stärke ... eher friedvolles Verhandeln als Krieg.« Er schweigt einen Moment. »Und natürlich immer Schritt halten mit den Entwicklungen. Diese Haltung ist uns immer zustattengekommen.«

»Sie behandelt ihn – und seine Schwester –, als wären sie ihre Kinder.« Cecil klingt verdrossen. Wie kommt es nur, dass sein Vater aus ihm immer wieder einen schmollenden Jungen macht? Innerlich lacht er über die Ironie, denn er, Robert Cecil, wird sehr gefürchtet – und dafür hat er hart gearbeitet. Und doch ist er in den Augen seines Vaters – er sucht nach dem richtigen Wort, um das Gefühl zu benennen, das ihn immer wieder vonseiten seines Vaters beschleicht – *unzulänglich*. Ja, er fühlt sich ihm gegenüber unzulänglich.

»Aber sie *sind nicht* ihre Kinder.« Burghley lächelt, und seine wässrigen Augen leuchten im Licht des Kaminfeuers auf. »Auf uns Cecils«, sagt er noch einmal, hebt seinen Becher und trinkt seinen Süßwein bis zur Neige.

Penelope spürt die zarten Bewegungen ihres Kindes in ihrem Leib. Ein Vogel zwitschert oben im Baum, ein Buchfink, glaubt sie; sie sieht, dass die Blätter sich bewegen, kann den Vogel selbst aber nicht entdecken. Sie betet im Stillen, dass dieses Kind wieder ein Knabe ist, und denkt an ihren ersten Sohn, den kleinen Hoby, der mit seinen Schwestern in der Kinderstube in Leighs ist; das zehrt an ihrem Mutterherz – ihre Mutter meint, sie behandle ihre Sprösslinge zu nachsichtig, aber sie kann nichts gegen diese überströmende Liebe tun. Und es stimmt, insbesondere für Lucy. Vielleicht verwöhnt sie ihre Älteste so sehr, um die anfängliche Ablehnung wiedergutzumachen. Doktor Lopez hatte recht, als er ihr sagte, sie werde in die Liebe zu ihrer Tochter hineinwachsen; aber noch immer empfindet sie Schuld, auch nach nunmehr acht Jahren. Sollte dieses Kind wirklich ein Junge sein, hätte sie ihre ehelichen Pflichten gegenüber Rich erfüllt. Sie denkt an den Handel, den sie mit ihrem Gemahl geschlossen hat, als sie sich von einem Mädchen wandelte in … ja, in was? Jemand hat sie kürzlich als Mannweib bezeichnet. Es war als Kritik gemeint, doch Penelope gefällt das Wort, weil etwas Standhaftes darin mitschwingt. Nie hätte sie sich vorstellen können, dass Gott sie so lange auf einen Sohn warten lässt.

Sie hört das Gezänk ihres Bruders mit ihrer Mutter, als die beiden Arm in Arm, Spero hinter ihnen, näher kommen. Lettice muss letzte Nacht von Drayton Bassett heimgekehrt sein, als Penelope sich bereits zurückgezogen hatte. Dieses Kind, das in ihr heranwächst, kostet sie so viel Kraft, dass sie sich in letzter Zeit nach dem Abendessen hinlegen muss, während sie doch sonst die Letzte war, die zu Bett ging, und die Erste, die zu abendlichen Unterhaltungen aufrief.

Spero zerrt an ihren Röcken, als sie aufsteht, um ihre Mutter zu umarmen; sie freut sich über ihren vertrauten Moschusduft, der sie zurück in die Kindheit katapultiert. Ihre Mutter war damals das Schönste, das sie je gesehen hatte, wenn sie in ihrem feinen Gewand, mit funkelnden Brillanten und über und über mit Perlen behangen, zum Hof ging. Wenn sie sich vorbeugte, um ihre Tochter zu küssen, waren die Schmuckstücke leise klingend aneinandergestoßen, wie Regentropfen an eine Fensterscheibe, und Penelope wurde von diesem Duft ganz eingehüllt. Das war zu der Zeit, als Lettice in der Gunst der Königin stand. Wie sehr sich die Dinge doch verändert haben. Der Glanz ihrer Schönheit ist heute nahezu zerronnen, er ist ihr durch den Tod ihres geliebten Leicester abhandengekommen. Penelope sieht den besorgten Blick ihrer Mutter; ihre Stirn ist in Falten gelegt.

»Was ist geschehen?«, fragt Penelope.

»Dein Bruder hat sich Frances Walsingham versprochen.«

»O nein, nicht ihr!«, sagt Penelope, ehe sie darüber nachdenken kann, wie es klingt. »Ich meine …« Unweigerlich muss sie an den Tag vor drei Jahren denken, als sie mit Frances Sidneys Trauerzug beiwohnte. Der Gedanke peinigt ihr Herz. Auf seinem Sterbebett hatte Sidney ihren Bruder gebeten, er möge sich um seine Frau kümmern – sie bezweifelt allerdings, dass er es *so* gemeint hatte.

»Du willst nicht, dass ich Sidneys Witwe eheliche?«, fragt Essex spitz.

»Nein, ich meine … ja, in gewisser Weise. Du heiratest, wen du willst, Robin, aber …« Sie kann Frances nicht hassen, obwohl sie es versucht hat. Das Mädchen ist zu sanft, zu demütig, als dass es ein so starkes Gefühl verdient hätte. »Du könntest so viel besser heiraten. Sie stammt nicht einmal aus einer Familie von Adel.«

»*Und* er hat nicht die Zustimmung der Königin«, klagt Lettice schmallippig. »Glaubst du nicht, dass diese Familie weiß Gott genug unter der Missgunst der Königin gelitten hat? Zuerst falle ich in Ungnade, dann Dorothy, und jetzt das. Ich … mir …« Sie schlägt sich mit geballter Hand an die Brust. »Nun, da Leicester tot ist, droht sie sogar, mir dieses Haus zu nehmen. Ich habe vor Monaten Briefe dieses Inhalts bekommen. Mein Verbleib hier hängt an einem Fädchen.«

»Warum habt Ihr denn nichts davon gesagt, Mutter?«, fragt Penelope.

»Ach, ich weiß es nicht. Ich bin des Ganzen so überdrüssig.«

Penelope tadelt sich im Stillen, dass sie zuerst an sich denkt: Der Verlust des Leicester-Hauses würde bedeuten, dass sie im finsteren Anwesen ihres Gemahls in Smithfield wohnen müsste, wenn sie in London, aber nicht bei Hofe ist.

»Ich will sehen, Mutter, was ich für Euch tun kann«, sagt Essex. »Und seid nicht beunruhigt wegen meiner Vermählung. Die Königin liebt mich wie einen Sohn.« Erst als er seine Mutter zusammenzucken sieht, wird ihm bewusst, wie schmerzlich diese Worte für sie sind.

»Die Königin ist ganz bezaubert von dir«, sagt sie barsch. »Denk an die Macht, die das für uns, für deine ganze Familie, bedeutet. Willst du das für ein Weibsbild wegwerfen?«

»Frances bringt Reichtum und das Netzwerk ihres Vaters mit in die Ehe. Das ist der Weg, um Macht zu gewinnen ... um zu wissen, was vor sich geht, und Cecil einen Schritt voraus zu sein.«

Penelope lächelt leise – er hat so recht. Walsinghams Geheimdienst den Klauen der Cecils zu entwinden wäre wahrhaftig ein Triumph.

»Das Netzwerk, das Netzwerk«, sagt Lettice, ohne ihre Ungeduld zu verbergen. »Wir haben doch bereits Leute an den richtigen Stellen.«

Penelope denkt sofort an ihre jüngste Korrespondenz mit dem schottischen Hof und an die verschwiegenen Informationswege, die sie kürzlich erst aufgebaut hat. »Aber das *ist* eine Gelegenheit. Gute europäische Verbindungen könnten uns sehr nützlich sein, wenn wir auf dem Laufenden sein wollen.«

»Habe ich nicht meinen neuen Gemahl genau aus diesem Grund geheiratet? Er stand doch im Zentrum von Walsinghams Agentennetz. Stattdessen hätte ich ein paar Jahre Witwenschaft genießen können. Ein paar Jahre Freiheit statt eines dritten Gemahls ...« Ihre Stimme verliert sich.

Wie alle anderen weiß Penelope, dass Lettice nicht ohne einen Mann an ihrer Seite – ebenso wenig wie ein Fisch ohne Wasser –

leben könnte. Aber sie hätte sich bestimmt nach einem anderen umgesehen als nach diesem Sir Christopher, einem zwölf Jahre jüngeren Mann, der weder Reichtum noch Status in die Ehe eingebracht hat.

»Unser neuer Stiefvater ist ein guter Mann«, sagt Penelope, woraufhin ihr ihre Mutter einen anklagenden Blick zuwirft, als schlage sie sich auf die falsche Seite. »Selbst mit diesem riesigen Bart, der an ein Vogelnest erinnert«, fügt sie rasch an, um die Stimmung aufzuheitern.

Aber Essex bleibt hartnäckig. »Walsinghams Finger reichen weiter … nach ganz Europa. Und wenn ich erst mit seiner Tochter vermählt bin …«

»Du Narr!«, platzt Lettice heraus. »Die Königin wird dich hinauswerfen. Lass dir das gesagt sein. Kein Netzwerk ist es wert, *ihre* Gunst zu verlieren.«

»Ihr habt keine Vorstellung, Mutter, wie es ist, immer um diese Frau herumtanzen zu müssen.« Essex schreit nahezu. »Und alle stellen Vermutungen an, ob ich mit ihr im Bett war oder nicht. Ihr denkt, sie habe Euch Demütigungen zugefügt. Was glaubt Ihr, wie demütigend es für mich ist, dass all diese kriecherischen Höflinge sich vorstellen, ich hätte sie gevögelt, diese … diese alte *Vettel*?« Er ist rot vor Zorn. »Ich habe meine Würde.« Essex will nicht zuhören, und in seinen Augen schimmert wilder, fiebriger Glanz, den Penelope nur zu gut kennt. Sie fragt sich, was schlimmer ist, dieses wahnsinnige Überschäumen oder das bleierne Elend, aus dem sie ihn vor wenigen Monaten mühsam herausholen musste. Einen Mittelweg gibt es für ihn nicht.

»Hör auf!« Lettice schlägt ihm auf die Hand. »Sollten die Diener dich hören und herumtratschen, wie du über die Königin sprichst, verlierst du mehr als deine Würde.«

»Sie hat Leicester verziehen, dass er Euch heiratete. Schon nach wenigen Monaten war *er* wieder in Gnade aufgenommen.«

»Aber *ich* nicht! Ich bin noch immer nicht wiederaufgenommen. Noch immer zeigt man auf der Straße auf mich als die Wölfin, die sich der Königin widersetzt hat.«

»Aber Frances Walsingham hat kein königliches Blut. Unsere Kinder würden keine Bedrohung darstellen.«

»Meine doch auch nicht«, faucht Lettice. »*Ihr* seid die mit königlichem Blut. Das habt ihr von eurem Vater, nicht von mir.«

»Das ist nicht ehrlich, Mutter. Wir alle wissen, woher wir unser Tudor-Blut haben.«

»Außerhalb des Ehestands zählt es nicht«, sagt Lettice mit finsterem Blick.

Wie hitzköpfige Kinder streiten sie weiter. Penelope ist froh, dass sie das gemäßigte Temperament ihres Vaters geerbt hat. Obgleich ihn manche einen skrupellosen Soldaten nannten, hatte sie diese Eigenschaft nie an ihm entdecken können. Vielleicht hat ja auch sie eine versteckte skrupellose Ader. Ein Starenschwarm pickt an einer Eibe, sie zwitschern und keckern in ihrem gesprenkelten, irisierenden Federkleid. Sie beobachtet ihre blitzschnellen Bewegungen. Wieder rührt sich ihr Kind, und wieder betet sie, es möge ein Junge sein.

»Penelope!« Ihr Bruder knufft ihren Arm. »Träumst du am helllichten Tag? Ich habe dich etwas gefragt.«

»Oh, tut mir leid. Ich war in Gedanken.« Sie streicht über ihren Bauch.

»Hast du etwas aus Schottland gehört?«

»Es gibt noch keine direkte Antwort, obwohl ich etliche Briefe geschickt habe. Ein ihm nahestehender Schreiber hat durchblicken lassen, der König sei unserer Verbindung nicht abgeneigt. Er sei aber nicht bereit, das Wagnis einzugehen, sich schriftlich zu äußern.«

»Ja, es würde sicherlich einen falschen Eindruck erwecken, sollte die Königin herausfinden, dass ihr schottischer Cousin so dreist ist, sich für ihre Thronfolge in Stellung zu bringen«, sagt Lettice. »Seht doch, was aus seiner Mutter geworden ist.« Grinsend schlägt sie sich mit der Handkante an den Hals. »Wichtig ist, dass wir ihm unsere Absichten erklärt haben.«

»Und dass *ich* nicht wegen Hochverrats verhaftet wurde.« Penelopes Worte klingen leichtfüßig, aber lange Monate hatte sie Sorge, ihre Briefe könnten in falsche Hände geraten sein. Sie schweigen einen Augenblick, während Penelope weiter die Stare beobachtet. In Wahrheit jedoch erkennt sie gerade, dass Gefahr eine dunkle Verlockung für sie ist; dass sie sich durch das Risiko sehr lebendig fühlt. Vielleicht, so sinniert sie, ist das auch der Grund, dass Männer trotz all des Schreckens immer wieder auf das Schlachtfeld zurückkehren.

»Ich *werde* mich mit Frances Walsingham vermählen«, sagt Essex mit einem Mal und nimmt den Streitpunkt mit seiner Mutter wieder auf. »*Ich* bin das Oberhaupt dieser Familie, und ich tue, was mir gefällt.«

»Du tätest gut daran, deine Überheblichkeit zu bremsen, mein Junge, ehe sie mit dir durchgeht. Hole die Zustimmung der Königin ein, und ich werde eurer Verbindung meinen Segen geben.«

»Sie trägt mein Kind. Den Erben der Essex'.«

»Um Gottes willen.« Lettice streicht sich über die Stirn. »Als wären die Dinge nicht bereits schwierig genug«, schnaubt sie; sie dreht sich auf dem Absatz um und geht ins Haus.

»Du bist ein harter Brocken, Robin«, tadelt ihn Penelope. »Versuch doch, nett zu ihr zu sein.«

Er lächelt – dieses unwiderstehliche Lächeln, als würde die Sonne Wolken durchstoßen und erstrahlen. Es erinnert sie daran, warum ihm so viele Frauen verfallen – die Königin inbegriffen. Sie fragt sich, wie die schüchterne Frances damit umgehen wird, wenn sie erst einmal mit ihm verheiratet ist, insbesondere da Penelope vermutet, dass er eine geheime Liebelei mit einer der Zofen der Königin hat.

»Sie ist in Sorgen wegen der Schulden, die Leicester ihr hinterlassen hat«, erklärt Penelope.

»Ich weiß, ich weiß. Ich habe versucht, wegen dieses Themas an die Königin heranzutreten, aber ...« Er spricht nicht weiter. Ihnen beiden ist schmerzlich bewusst, dass die Königin Lettice nicht das geringste Entgegenkommen zeigen wird – obgleich Leicester die meisten Schulden im Dienst der Königin angehäuft hat. »Ich habe die Absicht, ihr Wanstead abzukaufen.«

»Tatsächlich? Wie willst du das bezahlen? Ich möchte nicht, dass du mit Mutters beschränkten Verhältnissen Schindluder treibst.« Sie schaut ihn streng an.

»Wofür hältst du mich?« Er scheint gekränkt. »Erst kommt die Familie, immer.«

»Vermutlich *ist* es ein Weg, Wanstead für die Familie zu erhalten.« Wanstead ist ihr liebstes Haus, ein Ort des glücklichen Rückzugs mit ihrer Mutter, voll lieber Erinnerungen, und eine Zuflucht vor ihrem Gemahl. Sollte sie je wählen können, wo sie ihre letzten Tage verbringt, würde sie sich für dieses Haus entscheiden.

»Sonst wird es ihr weggenommen«, betont er.

»Hat die Königin darüber gesprochen?« Penelope kann sich das Gespräch vorstellen, bei dem die Königin Essex um den kleinen Finger wickelt.

»Sie meint, es sei ein passender Ort für mich, um dort ausländische Gäste zu empfangen.«

»Ach, tatsächlich?« In Gedanken wandert Penelope durch die lichterfüllten Räume von Wanstead. »Aber deshalb kannst du es dir noch immer nicht leisten.«

»Sie hat's genommen, sie hat's gegeben«, ist alles, was Essex – wieder mit entwaffnetem Lächeln – dazu sagt. Sie ist froh, ihn so zufrieden zu erleben, auch wenn sie an ihm noch immer Anzeichen für diese lauernde Melancholie sucht.

Sie gehen ein Stück und bleiben am Fluss stehen. Es ist ein ruhiger Tag, kaum ein Windhauch; sie hört Menschen am Bärengraben johlen und Männer auf einer Baustelle am Südufer sich etwas zurufen. Sie schaut ins Wasser, und als sie ihre Gedanken mit ihm strömen lässt, taucht ein Bild von Charles Blount vor ihr auf. In letzter Zeit geschieht es mit zunehmender Regelmäßigkeit. Neben seinen augenfälligen Qualitäten zeichnet sich dieser Mann durch absolute Zuverlässigkeit und eine Vertrauen einflößende Achtsamkeit aus, als denke er erst sorgsam nach, ehe er spricht; etwas, das sie unbestreitbar an Sidney erinnert. »Ich bin froh, dass du meinem Rat gefolgt bist und dich mit Blount angefreundet hast.«

»Ich hatte eine falsche Meinung von ihm. Er ist ein guter Mann.«

Essex blickt seiner Schwester ins Gesicht und entdeckt dort ein Lächeln, das sie nicht unterdrücken kann. »Du *magst* ihn.«

»Ich mag jeden Mann mit guten Manieren. Und übrigens, ich bin eine verheiratete Frau... *und* schwanger.« Sie bückt sich, um Spero ein Stöckchen zu werfen, aber ihre Gedanken sind bei dem Abend, als Blount sie besuchte. Sie hatten über die Bedeutsamkeit von Treue gesprochen. »Es gibt Gelegenheiten...«, hatte er in seiner ernsten Art gesagt, »... da fordert die Treue von uns, dass wir unsere moralischen Grundsätze verraten.« Diese Worte hatten sie berührt und ihr etwas von seiner Tiefe offenbart. Sie spürt die Wirkung, die er auf sie hat, dieses Ziehen in ihrem Inneren, über das sie keine Kontrolle hat. Erst einmal zuvor hat sie so etwas gespürt. Gedanken an ihre früheren Jahre kommen ihr, und unweigerlich erinnert sie sich, wie sehr sie zu jener Zeit mit Liebe erfüllt war, als gäbe es nichts Wichtigeres auf der Welt. Wie sehr sie sich doch heute von dem unerfahrenen Mädchen unterscheidet, das sich damals in Sidney verliebte.

September 1590
Schloss Windsor

Cecil hört Pferde in den Hof trappeln und eilt ins Privatgemach, von wo aus man auf den Torbogen zu den Stallungen blickt. Dringliches geht ihm durch den Kopf; er wartet schon eine Ewigkeit auf die Rückkehr der Königin von der Jagd, damit er sich entfernen und mit seinem Vater in Whitehall zusammentreffen kann. In Frankreich sind Probleme im Anzug, König Henri hat es geschafft, Katholiken und Protestanten gleichermaßen zu verprellen, was bedeutet, dass die Spanier in der Normandie leicht Fuß fassen könnten. Es gibt eine Vielzahl an wichtigen Themen mit Burghley zu besprechen. Cecil hat gegrübelt, auf welche Weise er Essex bremsen könne, der die Königin davon überzeugen will, zur Unterstützung der Protestanten eine Armee über den Kanal zu schicken. Unwillkürlich stellt er sich die ruhmreiche Rückkehr des Grafen vor, der an der Spitze seiner siegreichen Legion mit wehenden Fahnen unter lautem Jubel der Menschenmassen durch die Straßen Londons paradiert. Dieser Gedanke nagt gewaltig an ihm.

Cecil wartet noch immer darauf, zum Staatssekretär ernannt zu werden. Obwohl er die Pflichten dieses Amts seit über einem Jahr erfüllt, behandelt man ihn wie einen besseren Schreiber. Nach außen mag er den Eindruck abgeben, erfolgreich zu sein, aber in seinem Inneren brodelt das Gefühl des Scheiterns, das aus der Enttäuschung seines Vaters erwächst. Er spürt sie in dessen schrägen Blicken und den knappen ernüchternden Kommentaren, die harmlos scheinen, es aber keineswegs sind. Wie sehr er sich doch danach sehnt, seinen Vater zu beeindrucken. Er bleibt vor der Tür zum Privatgemach stehen, um seine Kleider glatt zu streichen. Seine Halskrause ist steif vor Stärke und scheuert an der Haut, aber sie zu lockern und damit zu riskieren, dass sie verrutscht, ist ausgeschlossen. Er hört Frauenstimmen, als er das Privatgemach betritt; ungesehen schlüpft er in den Schatten. Er will sie belauschen, da er meint, etwas Verschwörerisches wahrzunehmen.

»Man sieht es allmählich«, flüstert eine Stimme eindringlich. »Ihr müsst einen Weg finden, Euch vom Hof zurückzuziehen.«

»Sie wird mich nicht aus den Augen lassen. Ihr würdet nicht glauben, welche Lügen ich mir habe einfallen lassen müssen, um bei dieser Jagd entschuldigt zu sein.« Cecil erkennt die Stimme von Frances Walsingham; die andere Frau ist Lady Rich – ihre aufrechte Art und ihr melodiöser Tonfall sind unverkennbar.

Seine Neugier ist geweckt, weil er nie eine besondere Freundschaft zwischen diesen beiden Damen festgestellt hat und gewiss gar nichts, das nahelegt, sie zögen einander ins Vertrauen.

»Ihr müsst ihr sagen, dass Euch noch immer der Tod Eures Vaters bedrückt und Ihr etwas Abgeschiedenheit braucht, um ihn zu betrauern. Bittet darum, Euch ins Haus Eurer Mutter zurückziehen zu dürfen«, sagt Lady Rich. »Das kann sie Euch nicht abschlagen, schließlich ist Euer Vater erst kürzlich gestorben.«

»Aber es wäre eine Lüge«, wirft Frances ein. »Und ich will den Tod meines Vaters nicht für niedere Zwecke einsetzen.«

»Um Himmels willen. Ist es nicht eine viel größere Lüge, dass Ihr heimlich geheiratet habt?«

Cecil spürt, dass sich ihm die Nackenhaare aufstellen; er wartet nur darauf, dass das Gespräch seinen Lauf nimmt und ihm alles preisgibt.

»Wenn Ihr bei Eurer Mutter in Barn Elms seid, könnt Ihr in aller Stille das Kind zur Welt bringen. Wir können es so darstellen, dass Ihr Euch etwas zugezogen habt, vielleicht wegen einer Unausgewogenheit der Säfte. Nach ein paar Wochen kehrt Ihr an den Hof zurück, und die Königin wird nicht klüger sein als zuvor.«

Nicht zum ersten Mal stellt Cecil fest, dass er seinen Gegner darum beneidet, eine so großartige Schwester zu haben. Cecil denkt an die Frau, die er vor einem Jahr geheiratet hat, eine nützliche Gemahlin, die im Hintergrund seines Lebens wirkt und gute Verbindungen hat – sie bringt die Gunst ihres Vaters mit, Lord Cobham, eines Verbündeten im Kronrat der Königin. Aber sie kann nicht gänzlich verbergen, dass sie sich vor seiner Ungestalt ekelt und große Freude an dem Luxus hat, den er ihr bietet. Das ist ihm gleichgültig, solange sie ihm einen Sohn gebiert; aber was wäre er mit einer Frau wie Lady Rich an seiner Seite?

»Ich habe solche Angst«, sagt Frances. Ihre Stimme klingt erstickt, als würde sie gleich in Tränen ausbrechen. Cecil empfindet einen Anflug von Mitgefühl für das arme, sanftmütige Mädchen – die Königin wird sie für ihr Vergehen bei lebendigem Leibe verschlingen. Er erinnert sich, wie es Anne Vavasour vor langer Zeit erging, als sie von Oxford ein Kind bekam, beide landeten damals im Tower, und Anne war bei Weitem robuster als dieses zerbrechliche Wesen.

»Es ist jetzt nicht die Zeit für Angst, Frances.« Da ist sie wieder, diese nüchterne Art, Lady Richs ungeheurer Sinn für Zweckmäßigkeit. Er ist voll der Bewunderung. »Mein Bruder ist auf dem Weg zum Ruhm, und dies hier darf ihm nicht in die Quere kommen.«

Ah, Essex ist also der Gemahl. Er war der Meinung, er pirsche sich an einen Hasen heran, aber dies hier ist kein Hase, es ist sehr viel mehr, es ist mindestens ein Löwe. Vielleicht bietet sich ihm hier ein Mittel, seinen Gegner zu Fall zu bringen – Oxford war ganze fünf Jahre nach seinem Fehltritt mit Anne Vavasour in Ungnade. Überrascht fragt er sich, was um Gottes willen Essex in diesem Mädchen sieht und ob sich womöglich etwas anderes dahinter verbirgt; er nimmt sich vor, einige seiner Spitzel auf ihre Loyalität zu überprüfen; insbesondere diejenigen, die sich einst Frances' Vater angeschlossen haben. Seit Walsinghams Tod ist sein Netzwerk weit weniger verlässlich; Agenten haben den Dienst quittiert.

»Meine Damen«, sagt er und tritt ins Licht. »Ich hätte nicht gedacht, hier jemanden anzutreffen.«

Lady Rich dreht sich mit einem kleinen Lächeln zu ihm. »Guten Tag, Cecil. Wir reiten die Jagd nicht mit. Wenn Eure werte Gemahlin einmal ein Kind bekommt, werdet Ihr sicherlich verstehen, dass man erst ein, zwei Monate nach dem Wochenbett wieder in den Sattel steigt.«

Immer wieder überrascht ihn Lady Richs Schönheit, als sähe er sie zum ersten Mal. Sie hat ihre Haube abgelegt, und es scheint sie nicht zu kümmern, dass das blonde Haar ihr wirr über die Schultern fällt; ebenso wenig, dass sie ihre Halskrause geöffnet hat, sodass ihre blasse wogende Brust zu sehen ist; und auch stört es sie nicht, dass an ihrem dunklen Rock weiße Hundehaare haften. Doch ihre Hände sind vollkommen, sie könnten von einer Marmorstatue stammen; und ihre dunklen Augen betrachten ihn mit verunsichernder Stetigkeit.

»Glückwunsch zur Geburt Eures Kindes, my Lady«, sagt er. »Ein Sohn, nicht wahr?« Er fragt sich im selben Augenblick, ob in ihrer Bemerkung – »wenn Eure werte Gemahlin einmal ein Kind bekommt« – nicht die verschleierte Rüge steckt, dass seine Gemahlin noch nicht in anderen Umständen ist. Mehr als einmal hat er während der seltenen Ausübung seiner ehelichen Pflichten an Lady Rich gedacht. Er reißt sich von ihrem Anblick los, um die arme Frances anzuschauen, die trotz ihres recht hübschen Aussehens, mit durchscheinender Haut und auffallend runden grauen Augen, neben ihrer Begleiterin wie ein Mäuschen wirkt. Unbehaglich rutscht sie auf ihrem Stuhl hin und her und nestelt am Saum ihres Taschentuchs, bis es zerreißt und Fädchen auf ihrem Schoss liegen.

»Ein Knabe, ja«, sagt Lady Rich und reckt triumphierend den Kopf. »Wir haben ihn Henry genannt.«

»Zwei Knaben. Lord Rich wird nach all der Zeit hocherfreut sein.«

»Ja, das ist er«, entgegnet sie, wieder mit dem gereckten Kopf einer Siegerin. Auf seine Bemerkung, es habe Jahre gedauert, bis sie ihrem Gemahl zwei Söhne geboren habe, geht sie nicht ein. »Wollt Ihr einen Schluck Ale mit uns trinken?« Sie klopft auf den Stuhl neben sich. Ihre Kaltblütigkeit fasziniert ihn; sie zeigt nicht den Hauch einer Sorge, er könnte ihr Gespräch mit angehört haben, das bei seinem Auftauchen ein abruptes Ende fand.

Er setzt sich und wendet sich Frances zu. »Vermutlich seid Ihr hier geblieben, um Lady Rich Gesellschaft zu leisten.«

Frances' Augen verraten Entsetzen, als sie versucht, etwas zu erwidern.

»Sie befindet sich nicht wohl«, sagt Lady Rich, gießt Ale in einen Becher und reicht ihm ihn. »Frances, warum geht Ihr nicht und legt Euch hin? Geht in meine Gemächer, sie sind angenehmer als Eure.«

»Was fehlt Euch, meine Liebe?« Aus Cecils Mund klingt die gefühlsbetonte Anrede unecht.

Lady Rich sieht zu ihm und schüttelt kaum wahrnehmbar den Kopf, als wolle sie sagen, *fragt sie nicht*; sie hilft dem Mädchen zur Tür, streicht ihr mütterlich über die Stirn und flüstert ihr etwas zu. Als Frances aufstand und ihr Gewand vorne ein wenig aufsprang, hat Cecil eindeutig erkannt, in welchem Zustand sie sich befindet. Lady Rich hat recht; sie wird es nicht sehr viel länger verbergen können. Als er ihre Zerbrechlichkeit sieht, rührt sich für einen Moment sein Gewissen, während er überlegt, was er mit diesem kostbaren Wissen anfangen soll – aber nur für einen Moment. Wenn nicht er es ist, der die Neuigkeit bekannt macht, wird es ein anderer tun.

Lady Rich kehrt zu ihrem Platz zurück. »Sie kommen gleich. Ich habe die Jagdgesellschaft schon vor einer Weile zurückkehren hören.«

»Ja.« In Gedanken intrigiert Cecil gegen Lady Richs Plan, das Mädchen solle im Haus ihrer Mutter unterschlüpfen – wenn jemand eine solche List einfädeln kann, dann sie –, und er verspürt eine gewisse Dringlichkeit.

Schritte im äußeren Gemach künden vom Eintreffen der Königin. Sie tritt ein und hat Essex' Arm untergehakt. Sie lachen laut mit zurückgeworfenem Kopf und weit offenem Mund. Zwölf starke Männer folgen ihnen, darunter Blount; Cecil bemerkt, dass dieser Mann und Lady Rich sich einen Blick zuwerfen, und fragt sich, was das wohl zu bedeuten habe; er schreibt es auf seinen gedanklichen Merkzettel. Er hatte geglaubt, Blount sei *sein* Mann, oder zumindest hatte er sich besondere Mühe gegeben, ihn vor einigen Monaten anzuwerben, weil ihm klar war, dass Essex an der Seite der Königin keinen Nebenbuhler wie diesen hübschen Emporkömmling dulden werde. Aber nun ist er nicht so sicher, aus welcher Richtung bei Blount der Wind weht – er ist kein Mann, der sich bereitwillig mitteilt.

Sie alle tragen noch Reitkleider; die Rocksäume der Königin sind lehmbespritzt, Haarsträhnen haben sich aus ihrer Frisur gelöst, und ihr Hut baumelt an ihrer Hand wie der Schild eines Kriegers. Man sieht ihr ihre sechsundfünfzig Jahre nicht an, sie wirkt lebendiger als ihre gesamte Gefolgschaft, mit Ausnahme von Essex, der vor Begeisterung und Wichtigtuerei zu platzen scheint. Cecil ruft sich den Ratschlag seines Vaters ins Gedächtnis, der vor Jahren zu ihm sagte: »Nähere dich ihr nie mit Angst im Herzen. Du musst sie lieben und alles aus Liebe zu ihr tun.« Es wurde sein innerer Refrain, aber jetzt ist er nicht ängstlich, sondern hoffnungsfroh über sein geheimes Wissen; und der Gedanke, dass Essex fünf Jahre in der Wüste darben muss, erfüllt ihn mit Wonne.

»Ach, Zwerg«, sagt die Königin, als sie Cecil sieht. »Wisst Ihr, warum Essex gerade so glücklich ist?«

Cecil verabscheut den Kosenamen der Königin für ihn, meint, er gehöre dadurch eher zu den Tieren und den Kuriositäten des Hofes, er mache ihn zu einer Witzfigur, obgleich andere ihn ironischerweise um die Vertrautheit beneiden, die sich darin ausdrückt. »Ich bin sicher, Madam, der Graf ist entzückt über die Nähe zu Eurer hochgeschätzten Majestät.«

»Ihr seid ein Ausbund an Speichelleckerei, Zwerg. Aber nein, das ist es nicht. Ich fürchte, es wird nicht Euren Beifall finden, ebenso wenig wie den Eures lieben Herrn Vaters. Ich habe Essex die Lizenz für Süßwein geschenkt.« Sie kneift Essex in die Wange, als wäre er ihr geliebter Sohn.

Cecil hatte geglaubt, sie hätte ihre Meinung zu den Süßweinen geändert. Seit Monaten war keine Rede mehr davon. Während Essex sich mit seinem Bravourstück schmückt, als drapiere er eine Toga um sich, spürt Cecil, dass sein Hass sich zu einem schmerzhaften Knoten in seinem Bauch zusammenschnürt: Hass auf diese üppigen pechschwarzen Locken, auf die feinen, endlos langen Glieder – Cecil fühlt sich neben ihm ganz gedrungen und verabscheuenswert –, auf seine statuenhafte Gestalt, als gehörte er auf eine Stele. Er erinnert sich an Essex als Knaben in Theobalds; er war damals genauso, und obgleich er sich nie an den grausamen Spielchen von einigen Jungen aus dem Haushalt beteiligte – Cecils tägliche Demütigungen –, hatte er ein Gehabe, als stünde er über solchen Dingen, und sah einfach zu, ohne sich einzumischen. Essex' Verhalten war weit schlimmer gewesen als all die offenkundigen Grausamkeiten – Essex ignorierte ihn vollkommen; es war, als existierte er gar nicht im Haus seines eigenen Vaters.

»Glückwünsche, my Lord!« Cecil ringt sich ein schmallippiges Lächeln ab.

Lady Rich tritt nun zu ihnen, um sie zu begrüßen; sie stehen zwanglos beisammen, als wären sie eine Familie. Cecil sinnt darüber nach, dass die Königin diese beiden vollkommenen Prachtstücke ihrer Mutter entwendet hat und als ihr Eigen beansprucht. Diesen Gedanken hat er des Öfteren gehabt, schon als er Penelope Devereux vor etwa neun Jahren zum ersten Mal sah; die Königin hätte sie ebenso wie einen Edelstein in einen Ring fassen lassen und am Finger tragen können. Er deutet es als einen Racheakt, wie spitzfindig es auch sein mag; mit Sicherheit war es Rache an der Frau, die ihr den Liebsten genommen hat. Aber Cecil weiß etwas, das die Königin nicht zur Kenntnis nehmen will: Diese Devereux' hängen so eng zusammen wie die Farbe eines Kartenspiels; sie werden unanfechtbar stets ihrer Mutter in Liebe verbunden sein.

»Die Einnahmen, my Lord, werden Euch bestimmt sehr nützlich sein...«, Cecils Stimme klingt leicht, als würde er bloß alltägliche Höflichkeiten von sich geben; dabei spürt er bereits die Gänsehaut, noch ehe ihm die Worte über die Lippen gekommen sind, »...da Ihr ja nun verheiratet seid.«

Das Gesicht der Königin fällt auf der Stelle in sich zusammen, es verliert seine Spannung, doch im Handumdrehen sammelt sie sich und wendet sich an ihren Günstling, dessen giftiger Blick auf Cecil ruht.

»Vielleicht könnt Ihr mich aufklären, Essex«, sagt sie, wobei sie jede Silbe betont und dehnt, als müsse sie ihren Zorn zügeln. »Täuscht sich Cecil?« Totenstille senkt sich über das Gemach.

Lady Rich wirkt vollkommen ungerührt. »Ich halte es für das Beste, Madam, dass mein Bruder sich Euch unter vier Augen anvertraut.« Cecil ist erstaunt über ihren Mut. Noch nie hat er jemanden – seinen Vater vielleicht ein-, zweimal – eine unpassende Bemerkung machen hören, wenn die Königin zornig ist.

»Ja«, entgegnet die Königin und nickt ihren Wachen zu, die die Leute hinausschieben.

»Auch ich bitte darum, gehen zu dürfen«, sagt Lady Rich und sinkt in einen tiefen Hofknicks. »Dies geht nur Euer Majestät und meinen Bruder etwas an.«

Sehr schlau, denkt Cecil, sie geht und warnt vermutlich das Mäuschen – sie zaubert es nach Barn Elms. Ohne es zu wollen, wächst seine Bewunderung noch; und doch weiß er, sollte es zum Äußersten kommen, würde er Lady Rich opfern, um ihren Bruder zu erlegen – er würde es tun müssen, weil sie ihm eine viel zu starke Gegnerin ist. Er folgt Lady Rich zur Tür.

»Nicht Ihr, Zwerg. Kommt, setzt Euch zu mir.« Sie geht zu ihrem Polsterstuhl unter dem Staatsbaldachin und bedeutet Cecil, er möge sich direkt neben sie setzen. Essex steht allein mit Armesünderblick in der Mitte des Gemachs und wartet auf ihre Anweisung; er sieht aus wie ein vierjähriger Knabe und nicht wie der vierundzwanzigjährige Mann, der er ist.

Als Cecil den Platz neben der Königin einnimmt, fühlt er sich auf sonderbare Weise größer und von schönerer Gestalt. Sie deutet mit ausgestrecktem Zeigefinger auf den Boden vor sich, woraufhin Essex langsam zu dieser Stelle geht und sich niederkniet.

»Sagt mir, Zwerg, wer ist seine Braut?«

Essex knetet seine Handschuhe.

»Frances Walsingham, Madam. Sie ist in anderen Umständen.«

Die Nasenflügel der Königin beben, als hätte sie etwas Fauliges gerochen.

»Dieses fade Mädchen! Ist das wahr?« Sie streckt ein Bein und tritt Essex mitten auf das Wams. Ein Fleck bleibt zurück.

Leise nickend schaut er zu ihr auf. Cecil wundert sich, als er eine Träne in Essex' linkem Auge aufschimmern sieht.

Sie seufzt, wie es eine Kinderfrau angesichts eines Zöglings täte, der sich eine kleine Verfehlung geleistet hat. Cecil fühlt sich betrogen ... er wollte, sie hätte dem Grafen ihre ganze Wut entgegengeschleudert und er würde erniedrigt um Gnade winseln; doch ihr Gesichtsausdruck ist voller Zuneigung.

»Ihr wisst, was das bedeutet?«

Wieder nickt er.

»Ihr werdet gehen müssen. Das Mädchen ebenfalls. Wie weit ist sie?«

»Im sechsten Monat.«

Ihr Mund zieht sich zusammen wie ein Geldbeutel. »Ich will sie *nicht* sehen. Ihr werdet ihr mitteilen, dass sie hier nicht mehr willkommen ist ... auf ewig. Was Euch angeht ... na, das werden wir sehen. Verstanden?«

Ihre Wut ist noch immer zu gedämpft, als dass Cecil wirklich zufriedengestellt wäre.

Essex nickt erneut und murmelt dann erstickt: »Bitte, sagt mir, dass ich nicht Eure Liebe verloren habe. Meine Verehrung für Euch ist so groß, dass ich sie nicht in Worte fassen kann. Sie fesselt meine Zunge … lieber würde ich sterben, als …«

Er ist ja ein besserer Schauspieler als Mister Shakespeare persönlich, denkt Cecil.

Die Königin gibt darauf keine Antwort, sie sagt nur leise: »Geht jetzt.«

Cecil kann kaum glauben, dass sie diese Übertreibungen berührt haben, und fühlt schon wieder Neid in sich brodeln, nur zu gerne hätte er Essex' Gabe, sich auszudrücken. Aber Worte wie diese passen nicht zu einer Ungestalt wie ihm.

Essex erhebt sich mit gesenktem Kopf und geht langsam rückwärts aus dem Gemach. Cecils Triumph ist ernüchternd. Nachdem die Tür sich wieder geschlossen hat, lässt die Königin den Kopf in die Hände sinken und bleibt eine Weile reglos sitzen.

Als sie den Kopf wieder hebt, sagt sie: »Zwerg, seid so freundlich und gießt mir einen Becher Wein ein.« Als er zum Tisch geht, fügt sie rasch hinzu: »Mit Wasser, wie ich es mag. Ihr wisst doch, wie ich es mag, oder?«

»Ja, Madam. Drei Viertel Wasser.«

Er reicht ihr den Becher; sie nippt vorsichtig und murmelt vor sich hin: »Aus all den Mädchen hat mein prächtiger Knabe sich dieses fade kleine Ding ausgesucht.«

Dann richtet sie sich in ihrem Stuhl auf und nimmt die Schultern zurück. »Gut, Zwerg, wichtige Geschäfte warten auf uns. England regiert sich nicht von alleine.«

Es war, als wäre nichts geschehen.

November 1590
Whitehall

Penelope sitzt – im Gefolge der Königin – neben Cecil und sieht hinunter auf den Turnierplatz. Sie spürt seine verstohlenen Blicke. Sorgsam faltet er sein Taschentuch, Ecke auf Ecke, ehe er es in seinen Ärmel steckt, dann zupft er unsichtbare Stäubchen von seinem Wams. Sie hat einen Brief aus Schottland unter ihrem Gewand versteckt, und es versetzt ihr ein Prickeln, dass Cecil, der meint, alles zu wissen, nichts davon weiß. Die Tribünen sind bis auf den letzten Platz besetzt. Zwölftausend Menschen aus der ganzen Umgebung haben Eintritt bezahlt, um die besten Reiter gegeneinander antreten zu sehen. Das Turnier zum Jahrestag der Thronbesteigung scheint jedes Jahr größer zu werden. Penelope denkt zurück an die vielen Male, die sie schon hier oben saß, um den Trommeln, den Trompeten, dem Tosen der Menge, den donnernden Hufen und dem großen Applaus zu lauschen, wenn der eine oder andere Graf auftritt, um der Königin seine Sentenz vorzutragen. Sie lauscht dem Geplapper, wenn die Leute die Sinnsprüche der Turnierkämpfer wiederholen, Vermutungen über ihre versteckte Bedeutung anstellen und darüber, wessen Liebespfand sie wohl unter dem Brustharnisch tragen.

Sie hat in den letzten Wochen kaum etwas anderes im Leicester-Haus gehört, wo ihr Bruder immer verrücktere Pläne ausheckte, um zu erreichen, dass sein Auftritt in aller Munde sein würde. Es hat bereits Hinweise gegeben, dass die Königin bereit sei, ihm seine Eheschließung zu verzeihen; sie hatte ihm schließlich die Nachricht zukommen lassen, sie erwarte, dass er an dem Turnier teilnehme; und andere gute Anzeichen gab es auch noch. Essex hatte vorhergesagt, er würde nicht lange in der Wüste ausharren müssen, und offenbar hat er recht; aber für seine Gemahlin empfindet die Königin tiefste Abneigung. Penelope hat unterdessen eine Mutter, eine Schwester und eine Schwägerin in der Verbannung. Ihren eigenen Fall will sie sich gar nicht vorstellen, obwohl die Möglichkeit ständig droht: ein einziger Fehler, ein einziges unbedachtes Wort oder ein abgefangener Brief. Bei dem Gedanken durchfährt sie ein Schaudern.

»Seid Ihr warm genug gekleidet, my Lady?«, fragt Cecil und schaut sie an, als wollte er in sie hineinbeißen.

Die Bemühungen ihres Bruders, die Gunst der Königin zurückzugewinnen, hatten dazu geführt, dass das Haus sich wegen all der Vorbereitungen in einen reinen Bienenstock verwandelt hatte: Seitenweise wurden Gedichte geschrieben, auswendig gelernt, wieder zerpflückt, umgeschrieben und neu gelernt; der Waffenschmied hatte eine neue Turnierrüstung entworfen und zusammengeschweißt; Essex hatte Stunden um Stunden auf der Koppel zugebracht, um seine neue schwarze Stute auf Herz und Nieren zu prüfen. Lettice hatte alle Frauen des Haushalts zusammengerufen, damit sie Banner nähten und Schärpen bestickten; wochenlang hatten sie mit ihren Nadelarbeiten im großen Gemach gesessen.

Ein allgemeines Ächzen steigt von der Menschenmenge auf, als einer von Penelopes Knollys-Onkel von seinem Bruder beinahe aus dem Sattel geworfen wird. Untröstlich trabt er davon und wirft die zerbrochene Lanze zu Boden, woraufhin die Zuschauer ihn ausbuhen und »schlechter Verlierer« singen; sein Bruder hingegen reitet unter begeistertem Applaus eine Ehrenrunde.

»Unter den Kämpfern sind heute viele Eurer Verwandten, my Lady«, sagt Cecil. »Ich habe bereits vier Onkel und zwei Cousins gezählt.«

»Und mein Bruder ist der Nächste.«

»Ach ja?«, bemerkt er knapp.

»Die Königin persönlich hat ihn aufgefordert teilzunehmen.« Das dritte Wort dehnt sie genüsslich; auch wenn Cecil sicherlich davon weiß, freut es sie, ihn noch einmal daran zu erinnern.

Abrupt wechselt er das Thema. »Auf dem Turnierplatz sind meine Gedanken rasch bei Sidney.«

»Ich glaube, das gilt für uns alle.« Sie fragt sich, ob Cecil mit ihr ein ähnliches Spiel spielt: absichtlich über Sidney sprechen, um sie zu ärgern oder sie glauben zu lassen, er wisse mehr, als er vorgibt. Aber sie lächelt ihm nur höflich zu.

»Niemandem ist es seither voll und ganz gelungen, die ritterlichen Werte unseres dichtenden Feldherrn zu verkörpern.«

Penelope ist dankbar, dass die Fanfare erklingt, die die Zuschauer zum Schweigen bringt, denn sie will sich keinesfalls von Cecil in ein Gespräch über Sidney verwickeln lassen. Sidney lebt in ihr, er ist immer da – wie ein Geist. Sie würde Cecil gerne fragen, was einen

Mann wie ihn, einen Mann der Politik und des zwielichtigen Verhandelns, das Rittertum kümmert.

»Ah, seht, mein Bruder!«, ruft sie, als Essex wie ein römischer Imperator in einem Streitwagen auf den Turnierplatz kommt. Die Zuschauer applaudieren begeistert, sie johlen und stampfen mit den Füßen, bis die Tribüne ins Wanken gerät. Seine neue Rüstung ist geschwärzt und so geformt, dass sie seinen athletischen Körper zur Geltung bringt, auch der Streitwagen ist schwarz gestrichen; die Pferde sind kohlschwarz, rußig schwarze Straußenfedern wogen wie Rauchschwaden an den Zügeln. Die Männer, die hinter ihm auf den Kampfplatz reiten, tragen schwarze Schärpen und ihre Pferde Schabracken wie für eine Beerdigung. Wat ist unter ihnen; es ist sein erstes richtiges Turnier. Als er nahe an der Tribüne vorbeireitet, wirft ihm Penelope eine Kusshand zu; er muss sich große Mühe geben, nicht zu lächeln, um das Bild des Kriegers, den er abgeben will, nicht zu zerstören. Sie ist voller Stolz, als sie ihren kleinen Bruder, nun schon ein junger Mann von neunzehn und bereits verlobt, vor der Königin reiten sieht. Penelope hat ihm Dulcet für dieses Ereignis angeboten, da sie weiß, dass er auf der Stute eine gute Figur abgibt und dass sie nicht leicht scheut und ihn somit nicht in Schwierigkeiten bringt.

Essex reckt sich vor Stolz unter dem Applaus. Selbst das Wetter spielt mit, denn finstere Novemberwolken haben sich wie aus dem Nichts zusammengeballt. Der traurige Klang einer einzelnen Trompete bringt die Menschen zum Schweigen, als Essex vor der Königin anhält. Hinter ihm entrollen zwei Männer ein Banner, auf dem das Wort DOLEO aufgestickt ist. Auch Penelope hatte mitgeholfen, es anzufertigen.

»*Doleo*, ich leide Schmerz. Er trauert um Sidney«, ruft hinten jemand.

»Wie wir alle«, erwidert ein anderer.

»Ihr täuscht Euch«, sagt die Königin und wendet sich dem Rufer zu. »Essex trauert um *meine Gunst*.«

»Er wird wohl weiter trauern müssen«, flüstert Cecil.

Penelope sieht ganz klar, dass der Zwischenfall die Königin amüsiert und sie ihr Lächeln hinter einem Federfächer verbirgt, was Penelopes Hoffnung nährt, dass Essex schon bald wieder im Privatgemach willkommen sein wird. Wo wäre auch der Nutzen, weiter insgeheim nach Verbündeten zu suchen, wenn es in der Familie Devereux keine Galionsfigur gibt, die sie an sich binden könnte?

Essex verneigt sich tief, wobei er seinen Helm vom Kopf zieht, sodass seine dunklen Locken erst nach vorne fallen und dann nach hinten schwingen, als er sich wieder aufrichtet. Wenn er die Gunst der Königin nicht gewinnen sollte, so denkt Penelope, könnte er noch immer zum Theater gehen. Die Tribüne ächzt, als die Zuschauer sich vorbeugen, um Essex' Versen zu lauschen.

»Wir sind alle entzückt über die unendliche Großzügigkeit Ihrer Majestät«, wispert Penelope Cecil zu. Auf diesen Moment hat sie gewartet; und tatsächlich hat sie sich absichtlich neben Cecil gesetzt, insbesondere um ihm diese Neuigkeit zukommen zu lassen.

»Großzügigkeit? Welche Großzügigkeit?«, fragt Cecil nach.

Einige Leute mahnen sie zischelnd zur Ruhe.

»Das wisst Ihr nicht?«, flüstert sie und genießt den Augenblick, in dem er die Hände im Schoß zusammenpresst, als wollte er Wasser aus ihnen wringen.

»Ich bin ganz Ohr.«

»Hat die Königin Euch noch nicht erzählt, dass sie beabsichtigt, ihm das Leicester-Haus zu schenken?«

»Selbstverständlich, das wusste ich.«

Sie würde wetten, dass er lügt.

»›Essex-Haus‹, das klingt doch hübsch, findet Ihr nicht? Und wir werden alle Nachbarn. Euer Londoner Haus liegt auch ganz in der Nähe, nicht wahr?«

»Ja, doch.« Sein Kinn ist angespannt, seine Handknöchel sind weiß.

»Aber Ihr seid natürlich nicht am Fluss. Oder? Das ist ein Jammer, denn die Aussicht ist herrlich.« Sie dreht das Messer in der Wunde und kann gar nicht aufhören.

»Es war *mein* Vorschlag, dass der Graf das Leicester-Haus bekommen soll.« Er weicht ihrem Blick aus.

»Für jemanden, der so berühmt für Spionage ist, seid Ihr ein schlechter Lügner.« Sie sagt es mit einem Lächeln.

Es geschieht nur selten, dass Cecil etwas als Letzter erfährt; es ist sehr gut möglich, dass die Königin es ihm verheimlicht hat, um ihm einen Denkzettel zu verpassen, damit er nicht überheblich wird. Mit dieser Taktik verweist sie ihre Leute in die Schranken.

»Ich schlage vor, Ihr tadelt Eure Informanten für ihre Unkenntnis. Bezahlt Ihr sie nicht, damit sie Euch auf dem Laufenden halten?« Sie sieht, dass seine Ohrläppchen sich rot färben.

»Ich weiß mehr, als Ihr glaubt, my Lady.«

Sie presst die Lippen zusammen, um nicht zu grinsen. Er zappelt, und sie genießt diesen Augenblick mehr, als sie es sich hat vorstellen können, und erst recht, als sie die Königin etwas von der »Rückkehr des verlorenen Sohns« sagen hört.

»Der verlorene Sohn« wiederholte jemand in der Reihe hinter ihr. Cecil dreht sich um und straft ihn mit seinem giftigen Blick. Die Worte gehen von Mund zu Ohr, bis einer auf der öffentlichen Tribüne aufspringt, seine Mütze in die Luft wirft und herausschreit: »Der verlorene Sohn!« Wie eine Explosion setzt lauter Jubel ein.

Cecil steht auf, schiebt sich wie eine Krabbe im Seitwärtsgang an den Zuschauern in der Reihe vorbei und murmelt: »Dringende Geschäfte erwarten mich.«

Aber die Königin ruft: »Cecil, wo schleicht Ihr hin? Wollt Ihr nicht sehen, wie Essex Lanzen bricht? Um Himmels willen, setzt Euch wieder hin.« Und dann mit Blick zu Penelope: »Ist Euer Bruder nicht wunderbar?«

Cecil schiebt sich zurück und lässt sich geschlagen auf seinen Platz fallen; mürrisch beobachtet er, dass Essex jeden seiner Gegner besiegt, weil er sie verwegen angreift, als wäre er unsterblich. Penelope ist erleichtert, als er den Turnierplatz heil verlässt. Als die letzten beiden Reiter vom hinteren Ende auf das Feld traben, bleibt ihr das Herz stehen, denn da ist er, auf einem silbergrauen Pferd, das den Kopf vor Ungeduld in den Nacken wirft, die Rüstung auf Hochglanz poliert, in den Farben Blau und Gold.

»Sidney«, flüstert sie vor sich hin, als es plötzlich keine Zeit mehr gibt und sie in der Vergangenheit angekommen ist, an jenem Tag, als Sidney in denselben Farben auf den Platz ritt. Er hatte das Motto ~~SPERAVI~~ gewählt, es war durchgestrichen, um seine vereitelte Hoffnung auszudrücken. Es wurde heftig getratscht, auf was sich das wohl beziehen könnte: auf seine verhinderte Erbschaft; auf die nicht gewährte Ritterwürde; auf die unerreichbare Gunst der Königin. Doch Penelope allein wusste, was er wirklich mit diesem Motto ausdrücken wollte. Als sie sich daran erinnert, wird ihr das Herz schwer.

»Erspart uns eine weitere Huldigung Sidneys.« Das ist Cecil, der noch immer Gift und Galle spuckt.

Penelope wird in die Gegenwart zurückgeworfen. Die Reiter haben einen Kreis geritten und stehen nun vor der königlichen Tribüne. Aber Penelope hat keinen freien Blick und kann nicht erkennen, wer Sidneys Farben trägt, obschon das Banner, das seine Männer an zwei Stangen halten, eindeutig genug ist: DUM SPIRO, SPERO.

»Solange ich atme, hoffe ich«, sagt sie. Erst als ihr die Worte über die Lippen kommen, wird ihr bewusst, dass sie sie ausgesprochen hat.

»Sollte Blount auf irgendeine Beförderung hoffen, müsste er meines Erachtens feinsinniger vorgehen«, sagt Cecil. »Sidney Anerkennung zollen. Das ist nicht besonders originell. Sidneys übermäßige Beliebtheit war mir immer ein Gräuel. Natürlich, der Tod auf dem Schlachtfeld ist ein netter ritterlicher Tusch.«

Penelope muss sich zusammenreißen, um Cecil nicht ins Gesicht zu schlagen. Sie atmet einige Male tief durch und richtet ihre Aufmerksamkeit auf den Turnierplatz und auf die Begeisterung des Publikums. Und während sie Blount zusieht, kommt ihr süß und langsam der Gedanke wie Honig, der in die Kehle rinnt: *Dum spiro, spero*, das gilt ihr. Schon des Öfteren haben junge Männer sie verehrt; es gehört zum Ritual. Aber dies hier ist etwas anderes, viel vertraulicher.

Eine Begebenheit von vor zwei Tagen schießt ihr in den Kopf, ein überraschender Kuss. Es war im Haus ihres Bruders geschehen, in dem schmalen Gang, der den alten Teil mit dem neuen verbindet. Es war ihr zur Gewohnheit geworden, Blount hier anzutreffen, denn seine Freundschaft mit Essex gedieh; oft brachte er ihr höfliche Schmeicheleien entgegen, was, wie sie vermutete, mehr mit seinem gesellschaftlichen Rang als mit persönlichem Begehren zusammenhing. Gewiss hatte sie sich in stillen Momenten insgeheim vorgestellt – vielleicht sogar gehofft –, er hätte so ein persönliches Begehren. Sie konnte nicht leugnen, dass Blount ihr immer häufiger durch den Kopf ging, auf die angenehme Art, so wie hübsche Männer sich ab und zu in die Gedanken einer Frau schleichen. Aber erst als sie ihm zufällig in dem schmalen Durchgang begegnete, verschob sich die Fantasie ins Greifbare.

Was genau geschah, lässt sich nicht erklären. Es war ein Augenblick plötzlicher Vertrautheit – sie standen sich gegenüber, keiner rührte sich, und sie betrachteten sich mit einer Intensität, die sie ins Innerste traf. Ohne zu begreifen, wie es dazu kam, fand sie sich in seinen Armen wieder, seine rauen Kinnstoppeln kratzten sie, ihre Lippen drückten sich auf seine, ihre Zunge erforschte seinen Mund, ihr Körper schmolz dahin. Als sie vom Geistlichen gestört wurden, versteckte Blount sich rasch hinter einem Wandteppich, während Penelope – noch von der überraschenden Umarmung erhitzt – ihr plötzliches Lachen unterdrückte, um sich niederzubeugen und vorzugeben, sie suche nach einem herabgefallenen Schmuckstück, sodass der Geistliche auf allen vieren mit ihr suchte.

Als sie mit Blount wieder allein war, küssten sie sich erneut, dieses Mal ganz langsam.

»Ich falle«, sagte er.

»In Ungnade?«, neckte sie ihn.

»Euch zu Füßen.«

Sie fühlte sich wie eine lang verdörrte Pflanze, die mit einem Mal gewässert wird, sodass sie sich entfaltet, hoffnungsvolle Triebe ansetzt und wieder ganz kräftig grün wird.

Sie seufzt, ohne dass es ihr erst bewusst ist; rasch setzt sie sich aufrecht hin und sagt zu Cecil: »Das ist doch Blount. Ich habe ihn erst gar nicht erkannt. Ist er hinter einem Titel her oder einem Sitz im Kronrat?« Sie klingt reichlich sarkastisch.

Cecil zieht weiter ätzend über all die seichten Höflinge her, die mit gutem Aussehen gesegnet sind und sich bei der Königin einschmeicheln wollen; doch Penelope hört ihm nicht zu, denn ihr ist plötzlich etwas über ihr Leben klar geworden, als hätte ein Licht darauf geschienen, das ihr seine Konturen preisgibt. Als sie Blount auf dem Platz seinen Gegnern entgegengaloppieren sieht, ist ihr, als wäre die Zeit zurückgedreht und als sähe sie Sidney auf seinem silbergrauen Streitross; in ihren Gedanken sind diese beiden Männer unauflösbar miteinander verbunden. Mit einem Mal versteht sie: Das Schicksal bietet ihr eine zweite Chance, glücklich zu werden.

Als das Turnier beendet ist, macht sie sich auf den Weg zu den Stallungen. Dort findet sie ihren Bruder, noch in seinem Harnisch, mit Meyrick und einigen anderen Männern, die lauthals lachen und zu einem kreisenden Krug beseelte Toasts aussprechen.

»Ah! Meine schöne Schwester«, sagt er. »Was führt dich hernieder aus deinem goldenen Turm?« Er platzt nahezu vor Hochgefühl, und das ist ansteckend.

»Ich will dir zu deiner Darbietung gratulieren, Robin. Du warst faszinierend.«

»Und die Königin, war sie erfreut?«

Sie fühlt sich an den kleinen Jungen von früher erinnert, der ewig nach Anerkennung gierte.

»Kein Zweifel. Sie war entzückt.«

»Hier«, sagt Meyrick und hält ihr den Krug hin. »Wollt Ihr mit uns einen Toast aussprechen, my Lady?« Mit seiner massigen Gestalt wirkt er wie ein rechtes Scheusal, aber wenn er lächelt wie jetzt, verwandelt er sich. Es freut sie, dass ihr Bruder so treue Männer um sich hat.

Sie alle schauen sie an mit der Vermutung, dass sie ihn kurz abfertigen und sich nicht dazu herablassen würde, mit einer Schar wilder Männer aus einem irdenen Krug zu trinken. Aber sie nimmt ihn. »Worauf trinke ich? Auf das Ende der Ungnade!«

»Auf das Ende der Ungnade!« Wie aus einem Munde wiederholen die Männer ihre Worte, als sie den Krug an die Lippen hebt und trinkt. Sie jubeln ihr zu. Doch die Flüssigkeit brennt so sehr in ihrer Kehle, dass sie prusten, husten und dann lachen muss.

»Was zum Teufel ist das denn?« fragt sie, als sie wieder sprechen kann.

»Im Gemach der Zofen hast du bestimmt ein schlimmeres Gesöff getrunken«, entgegnet Essex.

»Und du *solltest* wissen, was bei den Zofen passiert, denn schließlich verbringst du viel Zeit in ihrer Gesellschaft.« Alle brechen in Gelächter aus.

Ein Karren rumpelt vorbei, auf dem sich geschlachtete Tiere türmen. Sie sind in Tücher gewickelt, aber das Blut ist hindurchgesickert, sodass man meinen könnte, es sei der Karren eines Scharfrichters.

»Für das Fest«, erklärt Meyrick. »Heute Abend werden wir köstlich speisen.«

»Wenn ihr nicht zu viel von diesem Gift trinkt.« Penelope deutet auf den Krug. »Sonst schlaft ihr unter dem Tisch ein und erwacht morgen mit einem Kater. Meine Herren, ich muss mich jetzt verabschieden.« Sie lächelt und will gehen.

»Wo willst du hin?«, fragt Essex. »Zum Privatgemach geht es in die andere Richtung.«

»Ich muss Spero abholen. Ich habe ihn bei einem Stallburschen gelassen.« Die Flunkerei kommt ihr glatt über die Lippen und wird fraglos akzeptiert.

Es dreht sich ihr ein wenig der Kopf von dem Trunk, als sie den westlichen Stalltrakt neben dem Obstgarten betritt und an ihr Zusammentreffen mit Sidney vor langer Zeit denken muss – dieses verdammte Frettchen –, an dem Tag, als sie von ihrer Verlobung erfuhr. Auch das war nach einem Turnier; welch eine merkwürdige Ironie des Schicksals, fällt ihr dazu ein, und wie sich doch Ereignisse in unterschiedlicher Weise innerhalb eines Musters wiederholen, denkt sie. Damals war es Frühjahr, und der Obstgarten stand in Blüte; jetzt liegen vergessene Äpfel auf der Erde, von denen ein berauschend fauliger Geruch aufsteigt. Das Gebäude ist nicht mehr dasselbe; erst nach einer Weile fällt ihr ein, dass das alte vor etwa fünf Jahren abgerissen und an selber Stelle das neue aufgebaut wurde. Innen herrscht jedoch derselbe alles umfangende Geruch nach Pferdedung, der sie in den Augenblick zurückversetzt, als er sagte: »Ich muss dich wiedersehen.« Sie war damals so grün wie ein Schössling – heute nicht mehr.

Ein Stallbursche geht an ihr vorbei.

»Kannst du mir sagen, wo ich Sir Charles Blount finden kann?«, fragt sie ihn.

Als sie ihn entdeckt, striegelt er mit dem Rücken zu ihr sein Pferd. Sie steht auf der Schwelle und beobachtet, wie seine Schultermuskeln sich bewegen und sein dunkles Haar sich im Nacken ringelt. Er pfeift ein Liedchen, das er immer wieder unterbricht, um seinem Pferd etwas zuzuwispern, das mit leisem Wiehern antwortet.

»Sollte nicht Euer Stallbursche diese Arbeit erledigen?«, fragt sie endlich.

Mit vor Überraschung aufgerissenen Augen dreht er sich um... und freut sich, so hofft sie.

Sie legt den Zeigefinger auf die Lippen, tritt ein und verriegelt hinter sich die Tür, ehe sie ihre Haube abstreift, die auf die Streu am Boden fällt.

Sie steht vor ihm, greift sein Hemd und zieht es ihm über den Kopf. Sie drückt ihr Gesicht an seine Brust und atmet seinen Duft ein. Er hat das erdige Aroma von Salbei, den man zwischen den Fingern zerreibt. Sie dreht sich um, damit er ihre Bänder lösen kann.

Schicht um Schicht fallen ihre steifen Gewänder, bis sie nur noch im Leibchen dasteht. Wie Blinde ertasten sie ihre Körper. Zwar hat sie sich viele Male vorgestellt, so einen Mann zu berühren, aber dennoch ist sie auf die Heftigkeit ihrer Empfindungen nicht vorbereitet. Ihr beider Atem geht schneller und passt sich im Rhythmus an. Die Zeit bleibt stehen, und die Außenwelt existiert nicht mehr.

Cecil fühlt sich unbehaglich in der Eremitentracht; die dicke Kutte ist zu schwer für die Hitze des Frühsommertags und zieht ihn zu Boden. Trotz Cecils Protest hat Burghley auf diesem Gewand bestanden. Cecil argwöhnt, es symbolisiere die Enttäuschung seines Vaters über ihn. Das lächerliche Kostüm gehört zum Unterhaltungsprogramm, das sein Vater für den Besuch der Königin geplant hat – der Einsiedler in seiner Höhle steht für Demut und soll ins Licht rücken, dass Burghley zu viel Zeit fern des Hofes verbringt und sich hier im fernen Theobalds versteckt; was die Königin oft genug beklagt. Sie hat gelacht, als sie Cecil sah – *über* ihn gelacht, nicht mit ihm –, als er am Rand der Höhle erschien und leicht stockend ein Gedicht aufsagte.

»O Zwerg. Ihr seid es nicht gewohnt aufzutreten, nicht wahr?«, hat sie gesagt und sich die Augen getrocknet, als hätte sie gerade Lord Stranges Schauspieler eine seiner besten Komödien aufführen sehen. Doch Cecils einziger Gedanke war, als er zustimmend kicherte, dass Essex sich niemals so erniedrigen und einen Eremiten spielen würde, einen komödiantischen obendrein. »Begleitet mich ein Stück, zeigt mir die Gärten Eures Vaters.«

Dies war der Kunstgriff: Cecil würde mit der Königin durch die Gärten wandeln in der Hoffnung – da jedes gärtnerische Symbol sich von selbst erklärt –, dass er sie mit seiner Pflichttreue beeindrucken und von seiner Eignung für ein hohes Amt überzeugen würde, eine Anerkennung, die ihm bisher verwehrt geblieben ist. Wie sehr er doch diese höfischen Spiele hasst. Sie bleiben vor einem mit Blumen bepflanzten Irrgarten stehen, wo der Gärtner sie darauf aufmerksam macht, dass jede der neun Blumen für eine der Musen stehe; und er zeigt auf eine Effigie der Königin in der Mitte des Irrgartens: Pflanzen haben sich um ein verborgenes Drahtgestell geschlungen und bilden eine pflanzliche Statue, die ganz von allein so gewachsen zu sein scheint.

»All das für mich?«, fragt sie, als hätte man für sie bislang höchstens ein Stiefmütterchen gepflanzt.

Da Cecil das Gefühl hat, in seiner heißen Kutte gleich ohnmächtig zu werden, muss er sich an den schlanken Stamm eines Kirschbaums stützen, ehe sie zur Laube weitergehen. Dort zeigt ihnen der Gärtner stolz die verschiedenen Heckenrosen, die bis in die Bäume hinaufgewachsen sind, und macht sie auf die leuchtenden Blüten aufmerksam, manche weiß, andere von blassestem Rosa und wieder andere tiefrot. Er pflückt eine mit scharlachroten äußeren Blütenblättern, deren Mitte weiß ist.

»Das ist eine Tudor-Rose«, sagt sie und dreht sie in der Hand.

»Es heißt, die Wurzeln der Heckenrose wachsen so tief in die Erde, dass selbst die grausame Hitze der spanischen Sonne sie nicht versengt«, sagt Cecil, wie es ihm sein Vater aufgetragen hat.

»Ihr spielt wohl auf unseren großen Triumph über die spanische Armada an.«

»Ja, so ist es, Madam.«

»Das gefällt mir sehr.« Sie lächelt ihn an und dankt dem Gärtner, der sich zurückzieht. Cecil und die Königin gehen nun auf den See zu, auf dem eine Flotte aus Miniaturgaleonen schwimmt.

»Ich schicke Essex in die Normandie«, sagt die Königin und zupft gedankenverloren an den Blütenblättern der Heckenrose, die zu Boden fallen.

Das wurmt ihn, denn es kommt ihm wie eine Beförderung vor: Seit Monaten schon tut Essex alles Mögliche, um eine Armee nach Frankreich zu führen. Aber womöglich, so überlegt Cecil, ist es gar nicht schlecht, wenn Essex eine Zeit lang aus dem Weg ist. Sollte er jedoch militärischen Ruhm ernten, dürfte seine Beliebtheit ins Unermessliche steigen. Und er ist bereits beliebter, als es Cecil je für möglich gehalten hat – es ist ihm unverständlich, wie sehr die Menschen Essex lieben. Und die Königin betont, dass sie ihm seine Wünsche abschlage; aber sie lässt sich jedes Mal erweichen. So hatte sie es mit dem Süßwein gehalten, mit dem Leicester-Haus und nun mit Frankreich. Essex hatte erbeten, dorthin gesandt zu werden; er hatte die

Gefahr dargelegt, dass das katholische Spanien Frankreich aufspalten könne. Seine Rede war wie üblich mit fantasiereichen Ausschmückungen geziert.

»Euer großer, glorreicher Sieg über die Armada, Madam, hat die Spanier zu wütenden Wespen gemacht«, sagte Essex auf den Knien wie ein Bittsteller, während er mit den Armen heftig gestikulierte. »Sie müssen in die Schranken gewiesen werden, denn sollten sie in Frankreich Fuß fassen, ist es nur noch ein Schritt, bis sie an unseren Küsten stehen.« Und er hatte all die alten Horrorgeschichten hervorgeholt, die im Vorfeld einer spanischen Invasion kursierten, zum Beispiel, was der Feind unseren englischen Mädchen antun würde, sollte er je unseren Boden betreten.

»Ich habe bereits eine Truppe losgeschickt, die Henri von Frankreich zu Hilfe kommen soll.«

»Aber die Katholiken gewinnen Boden. Ich flehe Euch an, lasst mich ziehen …«

Sie unterbrach den bettelnden Grafen. »Ich habe nicht die Mittel, um einen ausgereiften Krieg in Frankreich zu finanzieren. Meine Antwort lautet Nein.«

Cecil war dabei, er hatte es mit eigenen Ohren gehört, und es war nicht das einzige Mal. Essex' Reaktion darauf war, zum selbst auferlegten Landaufenthalt in Wanstead abzurauschen, bis die Königin ihre Meinung änderte. Cecil ist die Wirksamkeit eines so kindischen Verhaltens von einem erwachsenen Mann ein Rätsel – all dieses Maulen und Schmollen.

»Es wird sein erstes Oberkommando sein«, sagt die Königin und bleibt neben einer Reihe Fuchsien stehen. Bienen schwirren surrend in die purpurnen Glockenblüten hinein und wieder heraus.

Vielleicht findet er dort den Tod, überlegt Cecil. Er hatte gewusst, dass es so kommen würde. Ein Junge in Essex' Küche verkauft ihm für einen Shilling bruchstückhafte Informationen. Essex' Gemahlin ist wieder schwanger – ein Shilling. Lady Rich trifft sich noch immer mit diesem Blount – zwei Shilling; Lord Rich weiß davon und schweigt – drei Shilling; Essex hat dazu aufgefordert, Männer und

Pferde zu rekrutieren, um mit ihnen nach Frankreich zu ziehen – vier Shilling. Der Knabe dürfte schon bald reich genug sein, um sich eine Ritterschaft zu kaufen. Cecil hatte sich schon gefragt, ob der Junge sich das alles nur ausdenke, und darüber nachgedacht, einen Test zu ersinnen, mit dem er seine Ehrlichkeit überprüfen könne; aber nun hat die Königin diese letzte Neuigkeit bestätigt, und mit einem Mal erscheint auch alles Übrige glaubhaft.

»Ich hoffe, ihm stößt nichts zu, Madam. Denn seine Gemahlin ist schon wieder trächtig.«

»Gebt Euch keine Mühe, mich gegen ihn aufzubringen, Zwerg. Ich weiß, dass Frances wieder guter Hoffnung ist. Essex hat es mir selbst erzählt.«

Sie geht voraus zu einem Springbrunnen, greift nach einem der danebenstehenden Becher und füllt ihn. Aus dem Nichts tauchen zwei Wächter auf; einer nimmt ihr den Becher aus der Hand und nippt vorsichtig daran. Sie alle warten, als wäre die Zeit stehen geblieben, und beobachten, ob der Mann Zeichen einer Vergiftung zeigt. Cecil ist dankbar, dass er nicht aufgefordert war, diese Aufgabe zu übernehmen. Essex würde so etwas tun, er würde zum Becher greifen und ihn in einem Zug austrinken, was sie zu der Bemerkung hinreißen würde: *Ihr würdet Euer Leben für mich geben?* Schließlich nickt der Wächter und füllt für die Königin einen frischen Becher, ehe er mit seinem Kameraden entschwindet. Sie nimmt einen Schluck. »Wein? Ha! Welch ein Einfall.«

Cecil fragt sich, wie Essex ihr von der Schwangerschaft hat berichten können, wenn er doch nicht bei Hofe gewesen ist. Es muss einen Brief gegeben haben, der ihm entgangen ist. Sein Shilling-gieriger Knabe macht seine Arbeit nicht ordentlich. Er erinnert sich an die Worte seines Vaters: *Der Tropfen höhlt den Stein, nicht durch Kraft, sondern durch stetes Fallen.* Er sagt sich diesen Satz mehrere Male vor, um sich zu beruhigen. Er denkt an seinen eigenen Sohn in der heimischen Wiege, an den lang ersehnten Knaben; er ist zur Welt gekommen nach mehreren Fehlgeburten, die dazu geführt haben, dass er seine Gemahlin verabscheut. Essex' erstes Kind ist ein Knabe, ganz einfach, und nun ist ein zweiter unterwegs. Wie leicht doch alles für ihn ist. Manchmal fragt sich Cecil, ob nicht vielleicht ein Dämon in ihn gefahren ist, so groß ist sein Hass auf Essex. Er hört die Stimme seines Vaters: *Mache ihn dir nicht zum Feind.*

Dieser Gedanke muss ihm auf der Stirn stehen, denn die Königin fragt: »Seid Ihr niedergeschlagen, Zwerg?« Sie reicht ihm einen Becher und scheint sich über ihre Rolle als Dienerin zu amüsieren. Er leert ihn in einem Zug, um seinen Durst zu löschen; doch er bereut es sofort, denn der Wein ist herb, und sein Kopf dreht sich leicht. Er wischt sich mit der Hand den Schweiß von der Stirn.

»Nein, Madam. Mit Euch an meiner Seite könnte ich nie verzagt sein.«

»Das hoffe ich doch. Denn wenn Ihr griesgrämig sein solltet, werde ich meine Meinung über Euren festen Platz in meinem Kronrat ändern.«

»Im Kronrat, Madam?« Er fühlt ein Flattern in der Brust.

»Ihr müsst doch damit gerechnet haben.«

»Ich rechne nie mit etwas, Madam. Ich diene Euch allein aus Liebe.«

»Euer Vater wird nicht jünger, und ich brauche scharfsinnige Berater. Scharfsinnige junge Köpfe und Leute, denen ich vertraue. Ich vertraue niemandem mehr als Eurem Vater. Und ich erwarte, dass Ihr ihm gleich seid.«

Cecil denkt an diesen Wassertropfen, der stetig die Hindernisse zu seinem Erfolg aushöhlt, und stellt sich vor, seinem Vater alsbald die gute Neuigkeit zu unterbreiten – seine Enttäuschung wird schwinden. Nie hat ein jüngerer Mann als er – mit achtundzwanzig Jahren – dieses Amt bekleidet, wie Cecil herausgefunden hat. »Es ist meine Lebensaufgabe, Euch zu dienen, Madam, und so wird es immer sein, ebenso wie es für meinen Vater gewesen ist. Wir Cecils sind stolz darauf, der Krone treu zu dienen.«

»Und Ihr seid dafür nicht schlecht belohnt worden.« Mit weiter Armbewegung deutet sie auf die prachtvollen Gärten und das Haus in der Ferne, dessen Fenster in der Sonne glitzern.

»Madam, Eure Großzügigkeit ist außerordentlich.«

»Ihr werdet natürlich in den Ritterstand erhoben. Gefällt Euch die Anrede Sir Robert Cecil?«

»Madam, ich weiß gar nicht, was ich sagen soll.« Wärme erfüllt seine Brust, sodass er sich in diesem Augenblick groß und von schöner Gestalt fühlt. Sie lächelt ihn herzlich an und tätschelt ihm die Hand, eine liebevolle Geste, die ihn ermutigt, sein Thema ein weiteres Mal vorzubringen. »Ich frage mich, Madam, ob ich so kühn sein darf, Euch einen Vorschlag zu Frankreich zu unterbreiten?«

»Nur zu.« Milde steht ihr im Gesicht, als würde sie einem Lieblingstier erlauben, auf ihrem Schoß zu sitzen.

»Wir könnten erkunden, ob die Spanier für eine Art Übereinkunft offen sind… für einen Vertrag.«

»Ich weiß, dass Ihr die Diplomatie dem Krieg vorzieht, aber ich glaube, dieses Mal irrt Ihr. Was sollten die Spanier mit uns wollen? Sie halten mich für eine Ketzerin, die kein Anrecht auf den eigenen Thron hat. Solange ich mich erinnern kann, haben sie Mörder an meine Küsten geschickt – all das wisst Ihr, Cecil –, und vor gerade einmal drei Jahren haben sie durch mich eine bittere Niederlage hinnehmen müssen. Essex hat recht: Sie sind rachsüchtige Wespen, die uns stechen, statt mit uns verhandeln zu wollen. Für unsere Sicherheit ist es unerlässlich, dass Henri Frankreich beherrscht. Wir *müssen* unsere Macht demonstrieren.«

Schweigend setzen sie ihren Spaziergang fort; Cecil verbannt seine Gedanken an Essex und malt sich erneut aus, wie sein Vater die Nachricht von seiner Berufung in den Kronrat aufnehmen wird. Stolz bläht seine Brust.

Herbst 1591
Wanstead, Essex

Penelope rennt. Sie gluckst vor Lachen. Am Waldrand bleibt sie stehen und lehnt sich keuchend an einen Stamm, um Luft zu holen. Sie zupft Heu von ihren Kleidern. Als sie nun absolut still verharrt, hört sie im Unterholz etwas leise trippeln und die Blätter im Wind säuseln – die ganz besondere Musik der Natur; ein Specht hämmert über ihr am Stamm; als ihr Blick dem Geräusch folgt, späht sie durch das Blätterdach hinauf in das strahlende Blau des Himmels. Die Blätter sind kurz vorm Welken, und eine leichte Kühle liegt bereits in der Luft. Sie stellt sich vor, sie würde mit dem Baum verschmelzen, hätte Wurzeln tief in der Erde und Äste weit oben in der Höhe; bei dem Gedanken an ihre eigene Kleinheit wird ihr ganz leicht zumute.

Dieses Gefühl von Freiheit hat sie nicht mehr verspürt seit ihrer Kindheit in Chartley, seit dem Tod ihres Vaters, als sich ihr ganzes Leben wandelte. Doch ein Gedanke drängt sich in den Vordergrund: Freiheit ist eine Illusion; sogar der Baum ist gefangen, sein hölzerner Stamm still und reglos, nur äußere Kräfte bewegen ihn, selbst seine Musik rührt vom Wind. Ein braun-weißer Hund läuft hechelnd auf sie zu und drückt seine feuchte Schnauze an ihre Hand. Es ist Leicesters alter Hund, der noch immer matt durch das Gelände von Wanstead irrt und sein totes Herrchen sucht. Als sie sich bückt, um das Tier zu streicheln, schaut es sie mit traurumflorten Blick an, der ihr einen Stich versetzt – es ist dieses vertraute, durchdringende Gewahrwerden vom Vergehen der Zeit und Vergehen der Menschen. Es ist schon über drei Jahre her, dass ihr Stiefvater starb, und ihr Vater ist seit fünfzehn Jahren tot. Ein Gedanke schleicht sich an: In knapp zwei Jahren wird sie dreißig. Sie pflückt einen abgeblühten Löwenzahn, pustet und sieht die davonfliegenden Samen durch die Luft wirbeln. Erinnerungen an die Spiele mit ihren Geschwistern kommen ihr in den Sinn: Essex, der bis zur Schwelle der Gefahr verwegen war, die treue Dorothy und der kleine Wat, der verzweifelt mithalten wollte und wirklich zu klein war, um mit ihnen gemeinsam zu spielen. Alle schauten zu ihr, der Anführerin, die sie bremste, ehe es zu weit ging.

Mit einem Mal landet eine Handvoll Heu an ihrer Schläfe. »Ich hab dich!«, ruft Blount laut lachend.

Sie wirft es zurück mit den Worten: »Du willst wohl Krieg.« Sie ringen miteinander und schieben sich gegenseitig das kratzige Heu in die Kleider, bis sie vor Lachen atemlos sind, ausgleiten und zu Boden fallen.

»So viel zu deinem Ruf als stiller, nachdenklicher Beobachter«, sagt sie.

»Das liegt an *deinem* schlechten Einfluss.«

»Sag mir…«, fragt sie ihn scherzhaft, »…macht es dich nicht glücklich, manchmal schlecht zu sein?«

»›Glücklich‹ scheint mir das unpassende Wort.«

»Wenn Gott gewollt hätte, dass wir nicht glücklich sind, hätte er uns niemals zueinandergeführt. Es kümmert mich nicht, ob es falsch ist.« Sie will diese Liebe mit beiden Händen greifen, was auch immer da komme; sie will die Zeit anhalten und diesen vollkommenen Augenblick niemals vergehen lassen; aber etwas zehrt an ihr, etwas, das sie ihm sagen muss und kaum erträgt.

»Ihr seid bis ins Innerste verrucht, Lady Rich«, neckt er sie.

»Nenn mich nicht so. Ich möchte nicht an ihn erinnert werden.« Ihr wahres Leben drückt sie nieder, und mit einem Mal beschleicht sie die Angst, welche Konsequenzen ihr drohen, wenn die Königin davon erfährt. Sie will nicht daran denken, und doch spürt sie in Gedanken die Mauern des Towers sie eng umschließen. »Nicht jetzt. Ich möchte noch ein Weilchen so tun, als wäre ich frei.«

Er schließt sie in die Arme. »Ich weiß, ich weiß.«

Sie hört etwas in seinem Wams knistern. »Was ist das?« Ihre Hand zieht ein zusammengefaltetes Blatt Papier hervor, das eng beschrieben ist; sie ist froh, dass etwas sie von ihren finsteren Gedanken ablenkt. »Hat dir jemand einen Liebesbrief geschickt?« Sie neckt ihn. Denn nie war sie sich der Liebe eines Mannes so sicher; mit Sidney war es anders, erst als es zu spät war, hatte sie Gewissheit.

»Ach, so ein Geschreibsel von diesem Bacon… ganz interessant.«

»Bacon? Der scheint sehr begeistert von meinem Bruder.« Sie erinnert sich, dass Francis Bacon im Frühjahr hier in Wanstead zugegen war, als der französische Botschafter als Gast bei ihnen weilte. Der jugendlich frische Bacon saß mit ihnen beim Abendessen, gestikulierte mit seinen eleganten Händen, als spielte er Harfe, und diskutierte über die Feinheiten der französischen Außenpolitik mit einem Scharfsinn, der sein knabenhaftes Aussehen Lügen strafte. Doch derweil sah er immer wieder zu Essex. Penelope erkannte Begehren in diesen raschen Blicken und bedauerte den jungen Mann. So wie sie Essex kannte, würde er einen Weg finden, den klugen Bacon in seinen Bann zu ziehen, so wie er es mit allen tat, die sich in ihn verliebten – die Königin eingeschlossen.

»Genau der. Ich glaube, er wäre ein guter Verbündeter für deinen Bruder … für uns. Aber er ist Burghleys Neffe, darum frage ich mich, ob er wirklich vertrauenswürdig ist.«

»Ich habe gehört, er habe bei Burghley um eine Beförderung ersucht, was aber vergebens war. Er ist ein interessanter Mann. Du hast recht, er könnte uns nützlich sein«, entgegnet Penelope.

»Ja, vermutlich fürchtete Burghley, er könnte zum Rivalen seines Sohnes werden. Aber Bacon ist ein viel klügerer Kopf als Cecil, er hat viel mehr Scharfsinn.«

»Er hat einen älteren Bruder, Anthony«, sagt sie. »Es heißt, er habe die Gabe, intelligente Menschen um sich zu scharen.«

»Ja, und man erzählt sich, er sei zurzeit von Gicht geplagt. Glaubst du, die beiden kommen nur gemeinsam?«

»Das werden wir ja sehen. Ich werde beiden eine Einladung ins Essex-Haus zukommen lassen. Mein Bruder braucht unbedingt gute Ratgeber.«

»Obwohl *du* ihn lenkst?«

»Sei nicht albern.« Sie stupst ihn an. »Ich bin doch nur seine Schwester. Nun sag, worüber schreibt Bacon in seinem Brief?«

»Hauptsächlich über die Kirche. Er meint, von den Katholiken und Puritanern seien die Puritaner das kleinere Übel.«

»Ich weiß nicht, ob ich ihm da voll und ganz zustimme.« Penelope muss an die Zeit denken, die sie im Haushalt der Huntingdons verbrachte, an das strenge Leben, so ganz ohne Freude und Vergnügungen. Und ebenso hält es ihr Gemahl. »Puritaner haben so eine Art, alles Gute im Leben im Namen Gottes zu zerschmettern. Es ist etwas Grausames an dieser Glaubensrichtung.«

»Aber politisch gesprochen ...«

»Ah, aber ich spreche nicht politisch«, erwidert sie ihm.

»Ausnahmsweise mal nicht«, sagt er.

Sie schaut ihm in die Augen und versinkt in ihrer Tiefe. Da sie nicht an ihren puritanischen Gemahl denken will, wechselt sie das Thema. »Ich bin so unendlich froh, dass die Königin dir untersagt hat, nach Frankreich zu gehen.«

Seine Lippen berühren die ihren zart wie ein Schmetterling. »Möchtest du nicht, dass ich zu Ruhm komme?« Er lächelt.

»Nicht sonderlich ... oder zumindest nicht jetzt. Ich möchte dich lieber hier bei mir haben, als dass du Gefechte in der Normandie austrägst.« Einen Augenblick erlaubt sie sich die Fantasie, dieser Schmetterlingskuss wäre von Sidney; die Trauer um seinen Verlust durchflutet sie.

»Ich fürchte, dass es da drüben für deinen Bruder nicht nach Plan läuft.«

»Was hast du gehört?« Sie fühlt sich so sehr mit Blount verbunden, dass sie nicht einmal daran gedacht hat, ihn nach Neuigkeiten aus der Normandie zu befragen.

»Henri ist davongeritten und hat ihn in Rouen mit den Katholiken zurückgelassen, die ihm die Hölle heißmachen, und mit der Ruhr, die seine Männer peinigt.«

»Und die Königin ist wütend, nehme ich an.« Sie seufzt und wünscht, sie wäre in der Lage, ihrem Bruder etwas raten zu können.

»Und sie gibt ihm die Schuld, obgleich es nicht sein Fehler ist.«

»Armer Robin. Am liebsten würde ich Henri eigenhändig erdrosseln ...«

Sie liegen eine Weile still nebeneinander; Sorgen um ihren Bruder und sein gescheiterter Feldzug, der ihm doch Ruhm und Ehre einbringen sollte, gehen ihr durch den Kopf. Sie denkt auch an Cecil, der sich am Scheitern seines Gegners bestimmt ergötzt. Sie hat in Cecils Gesicht gesehen, in welchem Ausmaß er ihren Bruder verabscheut. Aber die andere Sache setzt ihr zu – etwas, das ihr näher ist, zarter, viel geheimer und möglicherweise viel gefährlicher. Bisher hat sie noch keinen Weg gefunden, es anzusprechen.

Sie setzt sich auf, schaut ins Unterholz und atmet tief ein, um sich zu wappnen. »Ich glaube, ich werde bald wieder niederkommen.« Mit noch immer abgewandtem Blick wartet sie auf seine Reaktion.

»Ein Kind?« Abrupt setzt auch er sich auf. »Von mir?«

»Natürlich von dir.« Ihr Kopf schnellt herum zu ihm.

»Meine Herzallerliebste.« Er streicht über ihren Leib. »Ein Kind. Unser Kind.« Strahlendes Staunen überzieht sein Gesicht, ein Ausdruck, der meilenweit entfernt ist vom nüchternen Nicken, mit dem Rich damals reagiert hatte, als sie ihm ihre erste Schwangerschaft verkündet hatte.

»Unser Bastard«, sagt sie bitter, weil die Erinnerung an Anne Vavasour sich in ihren Kopf geschlichen hat, die im Gemach der Zofen ihr Kind zur Welt brachte, über das nie mehr wieder gesprochen wurde.

»Sag das nicht. Dieses Kind entspringt unserer tiefen Liebe.«

»Dann hast du also nicht im Sinn, dir die Gunst der Königin zu bewahren und mich beschämt zurück in Richs Bett zu schicken?« Sie kann nicht verhindern, dass ihre Stimme vor Pessimismus rau klingt.

»Wenn du das glaubst, kennst du mich nicht.« Nun ist es an ihm, gereizt zu sein. Er steht auf und läuft in Richtung Haus.

»Du verlässt mich also nicht?« Mühsam erhebt sie sich und rennt hinter ihm her.

Er bleibt stehen, dreht sich zu ihr und nimmt ihre Hände. »In meiner Welt bist du das Allerwichtigste. Du stehst über allem.«

»Auch über Gott?«

»Ich sagte, ›in meiner Welt‹. Gott ist nicht von dieser Welt.«

Die Erkenntnis ihrer Lage trübt ihr Hochgefühl. »Die Königin wird mich nicht mehr sehen wollen. Sieh nur, was Dorothy, Frances, Mutter und der armen Anne Vavasour zugestoßen ist … es sind so viele.« Sie spürt, dass Mutlosigkeit sie überwältigt, sagt sich aber nur ganz ruhig: *Erst der Verstand, dann das Gefühl, Penelope, erst der Verstand, dann das Gefühl.*

»Anne Vavasour war eine Zofe der Königin, Oxford hat sie entjungfert. Frances Walsingham war eine junge Witwe. Deine Schwester … das ist etwas ganz anderes … du bist eine verheiratete Frau. Wenn wir uns diskret verhalten … wir sind nicht zwei Narren, die sich kopfüber in eine nicht gebilligte Ehe stürzen …« Er scheint laut zu denken und die möglichen Folgen abzuklopfen.

»Die Leute werden meinen, es sei das Kind meines Gemahls«, sagt sie. »Aber Rich wird es nicht gut aufnehmen, Hörner aufgesetzt zu bekommen.«

Blount wirkt plötzlich angespannt und öffnet den Mund, um etwas zu sagen, doch dann besinnt er sich anders und schaut in die Ferne. »Ist es … ist es möglich, dass Rich glaubt …«

»Es sei seines?« Sie begreift, was er wirklich fragen will. »Nein … er hat seinen Teil der Abmachung eingehalten. Wir teilen nicht mehr das Bett.«

Seine Spannung ist verflogen, nun plagt ihn Sorge; er legt ihr die Hände auf die Schultern und fragt: »Was wird er wohl tun? Wird er sich von dir scheiden lassen?«

»Nein«, antwortet sie. Nun hat sie ihre Gefühle wieder unter Kontrolle. »Die Vorstellung, zum Hahnrei geworden zu sein, dürfte ihm nicht gefallen. Aber er hat sein ganzes Geld in die Allianz mit meinem Bruder investiert. Er ist ein Niemand, wenn er nicht mehr Teil des Essex-Clans ist. Und mein Bruder wird ihn sich zum Feind machen, sollte er mich öffentlich demütigen – Rich weiß das.« Mit einem Mal schaut sie auf, atmet die kühle Luft ein und erinnert sich, dass die Macht, die sie über ihren Gemahl hat, sie vor dem Zorn der Königin retten kann, zumindest solange die Schwatzhaften nicht die Zungen wetzen. »Und er birgt ein Geheimnis, das, sollte es bekannt werden, seinen ganzen Ruf zerstören könnte.«

»Ach, was ist es?« Blounts Neugier ist geweckt.

»Das kann ich nicht sagen.« Zitternd schlingt sie die Arme um sich.

»Dir ist kalt. Im Haus brennt unterdessen sicherlich ein Feuer.«

Sie liebt ihn umso mehr, da er sie nicht drängt, das Geheimnis preiszugeben.

Hand in Hand gehen sie schweigend zurück, bis er sagt: »Ich werde dich nie verlassen. Meine Leben ist ohne Bedeutung, wenn du nicht ein Teil davon bist.«

»Aber eines Tages wünschst du dir vielleicht eine Gemahlin und Kinder, die du anerkennen kannst als …« Schmerzhaft bleiben ihr die Worte im Hals stecken, als hätte sie etwas zu Heißes hinuntergeschlungen.

»Nein. Ich will nur dich.« Sein Ton ist ernst, und sein Gesichtsausdruck lässt sie vergessen, dass alle Männer einen Erben wollen. Wortlos legt sie ihren Kopf an seine Schulter und genießt seine Liebe, ohne weiter daran zu denken, dass sie nach Leighs zurückkehren und ihrem Gemahl gegenübertreten muss.

Vor dem Haus sehen sie bereits durch das Fenster das Feuer, das behaglich im Kamin flackert. »Ich liebe diesen Ort«, sagt Penelope. »Mehr als irgendwo sonst fühle ich mich hier zu Hause.« Unweigerlich zählt sie die Stunden, die ihnen hier gemeinsam noch verbleiben, ehe der Alltag ihre Glückseligkeit wieder überschattet.

»Es ist unser Paradies.«

»Nein, nicht das Paradies. Das würde bedeuten, dass wir es verlieren, und meine Sünde wäre der Grund dafür.«

»Du bist nicht Eva.«

»Mancher sieht das anders.«

Als sie die Treppe erreichen, prescht ein Pferd in den Hof; als der Reiter sie erblickt, springt er aus dem Sattel und wirft einem Stallburschen die Zügel zu.

»Wer weiß, dass wir hier sind?«, fragt Blount.

»Niemand … außer den Dienern. Sie sind vertrauenswürdig. Und mein Bruder.« Als sie rasch ihr Haar unter die Haube steckt, findet sie einen Heuhalm und fragt sich, ob sie so zerzaust aussieht, wie sie sich fühlt.

»Ich bringe eine Nachricht von Graf Essex, my Lady.« Der Reiter überreicht ihr einen Brief.

»Nachrichten vom französischen Krieg«, sagt sie, als dächte sie laut, und vor Angst schnürt sich ihr die Kehle zu, weil sie sich nur schlechte Nachrichten vorstellen kann. Sie will nach ihrer Geldbörse greifen und stellt fest, dass sie sie nicht bei sich hat. »Habt Ihr einen Penny?«, fragt sie Blount in der inständigen Hoffnung, dass dieser Bote nicht verbreiten wird, Lady Rich sei allein zu Haus in Wanstead mit Heu im Haar und einem Gentleman, der nicht ihr Gemahl ist.

Blount gibt dem Mann zwei Penny und nimmt das Heft in die Hand, denn er schlägt vor, dass er in die Küche gehen solle, wo er etwas zu essen bekomme, und fragt ihn, ob er ein Bett für die Nacht brauche.

Als Penelope den Brief betrachtet, empfindet sie Erleichterung, weil sie die Schrift ihres Bruders erkennt; zumindest hatte er zum Zeitpunkt, als er schrieb, eine feste Hand; sie überschlägt, wie lange der Brief wohl von der Normandie unterwegs gewesen sein muss. Sie geht die Treppe hinauf in die Bibliothek, wo, wie sie überrascht feststellt, keine Kerze brennt und der Abend wie ein ungebetener Gast erscheint. Sie sucht in der Schachtel nach einer Anmachkerze, die sie im Kamin entzündet. Am Schreibtisch ihres Bruders zündet sie die Kerzen an, sammelt ihren ganzen Mut und fährt mit dem Finger über das vertraute Siegel der Devereux'. Sie hört, dass Blount leise in den Raum tritt, ohne etwas zu sagen oder sie zu drängen. Sie hört den Hund, der sich um sich selber dreht, ehe er sich vor dem Feuer niederlässt. Endlich findet sie die Kraft, das Siegel zu brechen und das Blatt zu entfalten. Sie liest, ohne die Worte wirklich aufzunehmen, sie liest noch einmal. Sie spürt, dass ihr Tränen in die Augen steigen, als würde ihr Innerstes langsam zerquetscht.

»Wat ist tot, eine Kugel im Kopf. Es ging rasch, er hat nicht gelitten.« Sie sackt in sich zusammen und muss an die Auseinandersetzung zwischen Lettice und Essex denken, ob ihr jüngerer Bruder mit nach Frankreich ziehen solle oder nicht. Der Gedanke ist Penelope unerträglich, schluchzend bricht sie in Tränen aus.

Blount zieht sie von dem Stuhl, als wäre sie eine Puppe, und hält sie eng umschlungen. Er flüstert: »Es tut mir so leid, so unendlich leid. Ich weiß, wie sehr du deinen kleinen Bruder geliebt hast.«

»Ich habe ihn als Säugling auf dem Schoß gewiegt. Ich habe ihn gefüttert, als er die Masern hatte.«

Es dauert eine Weile, bis sie sich ausgeweint hat.

»Armer Robin, er ist da drüben in einem verzweifelten Zustand. Er streift umher, außer sich vor Kummer. Hier … lies selbst.« Sie reicht Blount den zerknitterten, tränennassen Brief. Sie fürchtet, ihr Bruder könnte wieder in eine seiner finsteren Stimmungen verfallen sein.

Blount überfliegt den Text. »Er ist nicht ganz bei Verstand. Ich will die Königin ersuchen, ihn zurückzurufen.«

»Nein.« Sie greift nach seinem Arm und reißt sich zusammen. »Es wäre schlimmer für ihn zurückzukehren, ohne etwas erreicht zu haben. Ich kenne Robin … Er muss das Gefühl haben, Wat sei nicht vergebens gestorben. Wenn er dort bleibt, hat er zumindest die Chance, die Lage zum Guten zu wenden.«

Sie sitzen eine Weile am Feuer, und Penelope muss wie so oft an den ersten Hasen denken, den sie erlegt hat – ihr erstes Blut. Das war im Wald von Kenilworth; alle gratulierten ihr zu ihrem scharfen Auge, zu ihrem schnellen Reflex und dem geschickten Umgang mit dem Bogen in so zartem Alter; sie aber konnte nur an diese prächtige Kreatur denken, die durch ihre Hand das Leben verloren hatte: an die Zerstörung von etwas Wunderbarem.

Januar 1592
Whitehall

»Glückwunsch zu Eurem Sitz im Kronrat«, sagt Essex. Ein aalglattes Lächeln geht über sein Gesicht, und seine Stimme ist so weich wie Gänsefett; sie verrät nichts von dem Neid, den er bei der Beförderung seines Gegners empfindet. Die dunklen Locken umspielen sein Gesicht, und seine Augen mit dem intensiven Blick wirken durch den Lichteinfall besonders faszinierend. Auch er hat seine Knabenhaftigkeit abgestreift. Er ist als Jüngling nach Frankreich gezogen und als

Mann zurückgekehrt. Cecil hat ihn beobachtet, als er durch die Lange Galerie ging, und gesehen, welche Wirkung er auf die Höflinge hat, die sich wie hohes Gras im Wind biegen und krümmen und hinter seinem Rücken flüstern. Er ist prächtig; im Vergleich zu ihm fühlt Cecil sich trotz seines hohen Amtes, trotz seines Einflusses, trotz der eindeutigen Gunst der Königin wie eine Null. Wie kommt es nur, fragt er sich, dass Essex von dem Frankreichfeldzug zurückkehrt, der, wenn auch nicht gerade ein vollendetes Desaster, so doch bestenfalls bedeutungslos war, und umherstolziert wie ein siegreicher Held, wie ein Cäsar?

»Ja.« Cecil ringt sich ein Lächeln ab und schaut in diese leuchtenden Augen. »Es ist eine große Ehre.« In Cecil gärt es, dass man ihm die Gelegenheit genommen hat, als Erster Essex die Neuigkeit von seiner Beförderung kundzutun. Es hätte ihm gefallen, Essex' Reaktion zu sehen, diesen flüchtigen Augenblick von unverhohlener Enttäuschung. Aber jemand hatte sich angemaßt, ihm zuvorzukommen, und nun sind die Züge des Grafen undurchdringlich. Wer mag es ihm wohl gesagt haben?, fragt sich Cecil. Vermutlich seine Schwester, diese Lady Rich, sie hat ihm sicherlich eingeschärft, seine Gefühle zu verbergen. Jemand muss ihn beraten, denn er ist ein Mann, der sehr zu Ungestüm neigt.

Cecil hört geradezu ihre melodische Stimme: *Lass dir nicht das geringste Zucken anmerken, Bruder. Lächle, aber nicht zu breit, und tue so, als hättest du dringende Angelegenheiten im Kopf.* Er fühlt, dass bei dem Gedanken an Lady Rich sich etwas in ihm regt. Unterdessen hat sie den Hof verlassen, um ihr Kind zur Welt zu bringen. Sein junger Informant hat ihm berichtet, sie befinde sich im Haus ihres Bruders und nicht in dem ihres Gemahls. Entweder weiß der Gemahl nichts, oder er sagt nichts, denn Cecil hegt den starken Verdacht, dass Blount der Vater des Kindes ist, aber ihm fehlt der Beweis. Ach, wie würde ihm dieser Beweis gefallen, aber Lady Richs Damen sind stumm wie Austern. Was würde er auch mit dieser Information anfangen, denn die Königin geht offensichtlich davon aus, dass Lady Rich ebenso wie ihr Bruder nichts Falsches tun kann?

Essex hat eine Schar von Verbündeten um sich; der junge Graf von Southampton ist einer davon, er ist prachtvoll herausgeputzt und windet gedankenverloren eine lange Haarsträhne um den Finger. Auch Francis Bacon ist an Essex' Seite, er hält ein Schreibheft in seiner mädchenhaft schmalen Hand. »Wie ich sehe, habt Ihr eine Anstellung gefunden, Cousin Francis«, sagt Cecil zu ihm und muss insgeheim zugeben, dass er und sein Vater Bacons Nützlichkeit falsch beurteilt hatten, als sie ihm eine Stelle verweigerten – und nun dient er Essex seinen scharfen juristisch geschulten Geist an. Auch sein Bruder Anthony hat sich dem Essex-Lager angeschlossen. Cecils Kopf schwirrt: Anthony mag zwar heute ein halber Krüppel sein, aber in Walsinghams europäischem Spionageapparat war er ein wichtiges Zahnrad; er wird den Grafen mit Informationen füttern, die ihm seine Kontakte auf dem Kontinent zutragen. Cecil, der gedacht hatte, er habe mit seiner Beförderung Boden unter den Füßen gewonnen, fühlt sich überlistet.

Essex übertönt Bacons Antwort. »Wie schade, dass Ihre Majestät Euch nicht auch zum Staatssekretär ernannt hat, denn Ihr scheint dieses Amt auch ohne Bestallung auszufüllen. Der Posten ist seit geraumer Zeit unbesetzt. Wann ist Walsingham noch gestorben?«

Cecil gibt sich nicht die Mühe, darauf zu reagieren; sie alle wissen, dass der Posten seit fast zwei Jahren frei ist. Ist das ein höhnisches Grinsen oder ein Lächeln?, fragt sich Cecil. Essex dreht sich rasch zu Bacon und Southampton um. Zwinkert er ihnen zu? Southampton legt eine Hand vor den Mund und hüstelt, als wolle er ein Lachen überspielen.

»Die Aufgabe im Kronrat reicht mir – ich strebe nur danach, meiner Königin und meinem Land bestmöglich zu dienen.« Cecil wünscht, ihm würde eine leichtfüßige, geistreiche Erwiderung einfallen, aber er ist kein Mann der geschliffenen Rede.

»Ich habe eine Audienz. Ich darf die Königin nicht warten lassen. Kommt Ihr mit uns, Zwe...« Essex kann sich gerade noch bremsen. Niemand außer der Königin hat Cecil je »Zwerg« genannt. »Wollt Ihr mit uns gehen, Ratsherr?«

Cecil überlegt, welches Motiv wohl dahintersteckt. »Mit Vergnügen«, entgegnet er. Er sollte Nonchalance vortäuschen und ablehnen, aber er möchte es sehen; möchte sehen, was geschieht, wenn er die Königin daran erinnert, dass Essex nicht weniger als vierundzwanzig seiner Hauptmänner in den Ritterstand erhoben hat. Die Königin ist es nicht gewohnt, Ehren ohne Grund zu verteilen. Als die Nachricht eintraf, die sie über die Ritterschaften informierte, ist sie in der Ratssitzung in Wut geraten und hat ihren Pomander durch den Raum geschleudert. Cecil schließt sich also Essex und seinen Männern an; auf dem Weg ins Privatgemach spürt er Bacons prüfenden Blick auf sich.

Cecil taxiert die Anwesenden: Die Königin sitzt neben ihrem Leibarzt Lopez und spricht leise mit ihm. Er ist einer der wenigen, dem sie vertraut; und das erkennt man an ihrem Verhalten, sie ist entspannt und unbeschwert wie eine gewöhnliche Frau, die mit einem lieben Freund plaudert. Ralegh steht am anderen Ende des Gemachs im kühlen winterlichen Sonnenlicht, das durch das Fenster scheint, und betrachtet Essex mit verächtlichem Grinsen. Da steht der Mann, denkt Cecil, der nur zu gerne erleben möchte, dass dem Grafen ein Dämpfer versetzt wird; schließlich war es Essex, der ihn von der Seite der Königin verdrängt und ihm ihre Zuneigung genommen hat. Cecil erwägt den Plan, mit Ralegh zusammenzuarbeiten, um seinen Verlust der Brüder Bacon wettzumachen. Ralegh ist ein Mann mit Einfluss – er kann damit umgehen –, aber er ist unberechenbar; und es geht das Gerücht, er habe eine Zofe der Königin geschwängert und heimlich geheiratet. Die fragliche Zofe sitzt zu Füßen der Königin und näht, als könnte sie kein Wässerchen trüben. In absehbarer Zeit werden die beiden wohl im Tower landen.

Prüfend blickt Cecil sich um, ob sich womöglich noch andere Geheimnisse entdecken lassen; währenddessen stürzt Essex, als vergäße er sich, auf die Königin zu, nimmt ihre Hand und übersät sie mit Küssen. Stille senkt sich übers Gemach; alle erwarten eine Reaktion der Königin auf diesen Überfall. Doch sie scheint erfreut über seine Hemmungslosigkeit.

»Mein lieber Junge«, sagt sie. »Ich bin froh, dass Ihr wieder da seid. Es ist Eurer nicht würdig, für diesen treulosen französischen Laffen die Marionette spielen zu müssen. Ist es nicht gut, Zwerg, dass er wieder bei uns ist?«

»Die Freude ist unbeschreiblich, Madam.« Cecil fragt sich, ob er es vielleicht übertrieben hat, denn die Königin schnaubt und rollt die Augen.

Doktor Lopez ist beiseitegetreten und mischt ein Tonikum. Cecil bemerkt, dass eine andere Kammerzofe Essex mit unverhohlenem Verlangen ansieht. Das war eine Eroberung, ehe er nach Frankreich abreiste – eine von vielen –, wenn Cecils Spitzel recht haben. Das Mädchen ist füllig geworden und sieht recht hausbacken aus, sodass Cecil sich fragt, ob sie nicht vielleicht Essex' Bastard austrägt. Kein Wunder, dass man den Damen der Königin zunehmend lockere Sitten nachsagt. Cecil sammelt alle bruchstückhaften Informationen, die ihm zugetragen werden, und versucht, daraus ein Gesamtbild zusammenzusetzen.

»Nun sagt mir, Essex, was habt Ihr im Ausland erfahren, das uns hier in England dienlich sein könnte?«

Cecil beobachtet weiter das Gespräch, während Essex von der spanischen Bedrohung erzählt und wie gut ihre Küstenstädte befestigt seien, aus wie vielen Schiffen ihre Flotte besteht und welche im Exil lebenden katholischen Engländer womöglich einen Anschlag auf das Leben der Königin vorbereiten. Diese Information muss aus dem Netzwerk von Anthony Bacon stammen. Cecil sieht, dass Francis bestätigend nickt und Notizen in sein Heft schreibt. Jetzt sprechen sie über Irland und dass Essex befürchtet, die Spanier könnten womöglich die Absicht hegen, dort Fuß zu fassen. Ralegh tappt ungeduldig mit dem Fuß.

»Werden die Iren zum Problem?«, fragt die Königin Cecil; derweil nimmt sie von Doktor Lopez das Tonikum entgegen, riecht daran und schluckt es in einem Zug mit verzerrtem Gesicht hinunter. »Was habt Ihr nur hineingemischt, Lopez? Es schmeckt widerlich!« Sie lächelt den Doktor an und greift nach seiner Hand. »Ich weiß, Ihr seid nur auf meine Gesundheit bedacht.«

»Wie wahr, Euer Majestät«, entgegnet ihr der Leibarzt.

Plötzlich hat Cecil eine Eingebung zu diesem portugiesischen Arzt. Hatte er nicht einmal gehört, dass Lopez wichtige Kontakte am spanischen Hof habe, die Walsingham damals ergründen wollte? Er zweifelt an seiner eigenen Erinnerung – dieser freundliche alte Mann war sicherlich nie ein Spion; aber der Gedanke prickelt ihm unter der Haut, und er nimmt sich vor, der Sache nachzugehen, ehe Lopez und seine spanischen Verbindungen dem Essex-Lager auffallen.

Cecil wendet sich wieder dem Gespräch zu und wirft ein: »Ich denke, Irland ist bedrohlich nahe. Aber ich sehe keinen Beweis, dass die Spanier ein Bündnis mit Tyrone suchen.«

»Essex?« Die Königin dreht sich wieder zu Essex.

»Wenn wir die spanische Flotte im Hafen von Cádiz angreifen, beseitigen wir alle möglichen Gefahren.«

»Das halte ich für übereilt.« Sie macht eine Geste in Essex' Richtung, als wolle sie ihn wie ein lästiges Kind wegschicken. »Was denkt Euer Vater, Zwerg?« Sie wendet sich wieder zu Cecil, dessen Selbstvertrauen sofort wächst.

»Er meint, wir sollen die Situation sorgsam beobachten.«

»Burghley hat in diesen Dingen immer recht.«

»Ja, mein Vater hat eine Art von Weisheit, die man erst im Alter erlangt.«

»Beobachten und abwarten, beobachten und abwarten«, sagt die Königin und wiederholt damit die Worte, die Burghley so oft gesprochen hat.

Es herrscht Schweigen, bis Cecil schließlich sagt: »Ihre Majestät ist höchst interessiert, von den Ritterehren zu erfahren, my Lord, die Ihr in Frankreich vergeben habt.«

»Diese Männer haben tapfer gekämpft«, erwidert Essex. Ah, er ist in der Defensive, denkt sich Cecil. »Sie haben sich diese Anerkennung überaus verdient.«

Die Zofe himmelt Essex an; Cecil würde dem dummen Mädchen nur zu gerne ein bisschen Verstand einbläuen.

»Und Ihr habt entschieden, sie alle in den Ritterstand zu erheben, trotz meines ausdrücklichen Wunsches, dass Ihr keine Ehren nach Belieben verteilt.« Die Königin sieht ihren Günstling ernst an, der eingeschüchtert wirkt und gerade ein bisschen von seinem Glanz verliert – was Cecil mit Genugtuung erfüllt.

»Ich bitte Euch um Vergebung für meine Kühnheit, Euer Majestät.« Essex schaut die Königin mit seinen teuflisch schönen Augen an. Cecil wünscht sich dringlich, Essex möge ihr Weiteres entgegnen, möge seine Handlung rechtfertigen, denn das ist ein sicheres Mittel, um den Zorn der Königin heraufzubeschwören. Aber er sagt nichts und senkt nur den Blick ehrerbietig zu Boden.

Statt des Wutausbruchs, den Cecil sich insgeheim erhofft hat, seufzt die Königin theatralisch und sagt: »Was sollen Wir bloß mit Euch tun, Essex?«

»Solltet Ihr mich bestrafen wollen, Euer gnädigste Majestät, so bitte ich Euch, verwehrt mir nicht Eure Gegenwart. Das könnte ich nicht ertragen. Das wäre, als gäbe es keine Sonne mehr in meiner Welt. Ich würde verkümmern und sterben.«

Cecil blickt zum Fenster und fängt Raleghs Blick auf; seinem Gesichtsausdruck nach zu urteilen, denkt er dasselbe. Vielleicht wird die Königin nun zumindest die Übertreibungen des Grafen mit ein, zwei harschen Worten zurückweisen.

Doch sie lächelt nur. »Nein, Essex, ich verbanne Euch nicht. Ihr seid meine leuchtendste Blüte. Ich möchte Euch nicht verkümmern sehen.«

Als die Königin sie entlässt, hat Cecil das Gefühl, ein Taschendieb hätte ihm etwas Wertvolles entwendet und er bliebe verblüfft auf seine leeren Taschen klopfend zurück. Er verneigt sich und will gehen, aber die Königin bittet ihn zu bleiben, sie würde gerne noch »ein privates Wort« mit ihm wechseln. Sie verscheucht das Mädchen zu ihren Füßen und gibt Cecil zu verstehen, er solle dessen Platz einnehmen.

»Zwerg, Euer Neid ist Euch ins Gesicht geschrieben. Das schickt sich nicht.«

»Euer Majestät …«

»Nein.« Sie hebt die Hand, um ihm Einhalt zu gebieten. »Ich sehe, dass Ihr Essex nicht mögt. Und es verdrießt Euch, wenn ich ihm meine Gunst schenke. Aber bedenkt: Ihr seid unter dem Flügel Eures großartigen Vaters aufgewachsen, eines Mannes, dem ich mehr vertraut habe als irgendjemandem sonst – ich erkenne ihn in Euch.« Cecil erschauert vor Stolz. Würde er aber statt auf ihre Hände in ihr Gesicht blicken, sähe er darin den feinen Spott, als wäre er etwas Ekelhaftes, das sie wie Doktor Lopez' Heilmittel zu ihrem eigenen Besten tolerieren müsse. »Und Eure Mutter – Gott habe sie selig – war eine weise, ehrbare Frau, die Euch bis zu Eurem fünfundzwanzigsten Lebensjahr geleitet hat. Essex kann sich an seinen Vater kaum erinnern … und kaum an seine Mutter.« Das letzte Wort stößt sie aus, als beschmutze es ihren Mund. Sie kneift die Augen zusammen. »Diese Frau könnte nicht einmal einen Wurf Ferkel bemuttern.« Sie spricht nun leiser und senkt den Blick. »Sie hat mir meinen kostbarsten Schatz gestohlen.« Sicher spricht sie von Leicester. »Selbst seinen Stiefvater hat Essex im zarten Alter verloren.« Cecil denkt, dass zweiundzwanzig nicht unbedingt ein zartes Alter ist. »Seht, Zwerg, Euch mag es an Essex' Schönheit mangeln, aber ich sehe Eure Loyalität. Ihr strahlt sie aus.« Für Cecil sind diese Worte wie eine Läuterung. »Essex hat dringend Führung nötig. Und wer kann besser als ich ihm Mutter und Vater sein. Aber glaubt nicht, dass ich, weil ich ihn so besonders schätze, Euch weniger schätze.« Eine Woge des Gefühls brandet in ihm auf, wie in einem Mann, der sich daran erinnert, dass Gott ihn liebt.

»Ich weiß meine Dankbarkeit kaum in Worte zu fassen«, sagt er. »Ich lebe nur, um Euch zu dienen, Euch und England.« Nun versteht er, was sein Vater ihm begreiflich machen wollte: Ihr zu dienen ist genug – alles andere ist Ablenkung.

»Überwindet Euren Neid, denn er ist ein hässlicher Charakterzug.« Sie streckt ihm die Hand hin. Das ist der Wink, dass er gehen soll; als er nun ihren Ring küsst, spürt er, dass all seine Bosheit, der Neid, die Habgier, die Eifersucht von ihm abfallen, als wäre er neu geboren.

»Ich verstehe noch immer nicht, warum du hier und nicht im Hause deines Gemahls bist«, sagt Lettice, die mit Dorothy an ihrem Bett sitzt.

Penelope will jetzt nicht an ihren Gemahl denken; und dennoch erinnert sie sich an seine Reaktion, als sie ihm eröffnet hatte, sie sei mit dem Kind eines anderen schwanger.

»Eines Tages werdet Ihr für Eure Tat büßen müssen«, hatte er gesagt. Und sie hatte ihm entgegengehalten, dass er wohl kaum frei von Sünde sei. Er hatte ernüchtert und ergeben ausgesehen, zu niedergeschlagen, um wütend zu werden. Sie saßen eine Weile in dumpfem Schweigen da. Rich fragte nicht, wer der Vater sei; vielleicht wusste er es. Es fällt schwer herauszufinden, wie weit der Tratsch sich verbreitet hat, wenn man selbst sein Gegenstand ist. Sie hat aufmerksam die Königin beobachtet, hat nach Anzeichen gesucht, ob es schon an ihr Ohr gedrungen sei, hat aber keine Veränderung in ihrem Verhalten feststellen können. Entweder weiß sie nichts über Penelopes Ehebruch, oder aber sie hat sich entschlossen, ihn zu ignorieren. Rich sah so bekümmert aus, dass sie seine Hand berührte; er aber zog seine hastig zurück, als würde er durch sie besudelt. »Ihr habt Eure Seite des Handels eingehalten«, sagte er. »Obwohl es mir widerstrebt, bewundere ich das.«

»Danke.« Ihr war klar, dass er all seinen Großmut hat aufbringen müssen, um ihr dieses Kompliment zu machen.

»Und ich muss diesem Bastard meinen Namen geben, des Anscheins wegen.«

»Ja.«

»Dann soll es so sein.« Sein Gesichtsausdruck schmerzte sie. »Nun tragen wir beide schwer an einem Geheimnis.«

Sie hatte ihm sagen wollen, er solle seines mit mehr Leichtigkeit tragen, denn niemand sei vollkommen frei von Sünde, und die Meinung anderer sei nicht so wichtig. Aber ihm war sie wichtig, ebenso wie seine Meinung von sich selbst. Schließlich war es sein Entschluss, sein Leben im Ruch der Schande zu verbringen.

Ihre Mutter spricht noch immer, doch Penelope hört nicht zu. Sie schließt die Augen, schiebt alle Gedanken an Rich beiseite und greift nach Jeannes zierlicher Hand; sie atmet tief ein, um die nächste Schmerzwelle abzuwehren – die Wehen kommen jetzt heftig und schnell. Die Stimme ihrer Mutter klingt schrill. Sie drückt Jeannes Hand noch fester und stellt sich vor, wie Blount unten im Gemach auf und ab geht.

Jeanne flüstert: »Es ist fast da.«

»Und wo ist Rich? Warum wartet er nicht unten auf die Geburt seines Kindes?« Wieder Lettice.

»Schschsch«, macht Jeanne und legt Penelope ein kühles feuchtes Tuch auf die Stirn.

Sie keucht, als die nächste Welle sie zu verschlingen droht.

»Rich sollte wirklich ...«

»RICH IST NICHT DER VATER!« Penelope stößt diesen Schrei mit der Wucht eines Kanonenschusses aus.

Der Hebamme stockt der Atem, und Lettice starrt ihre Tochter mit offenem Mund an. Dorothy nimmt die Hand ihrer beider Mutter; eine Geste, die sagen will: *Lass es gut sein.*

Als der Schmerz abebbt, fragt sich Penelope, ob ihre Mutter mehr über die Tatsache entsetzt ist oder darüber, dass sie es ausgesprochen hat. Die Spannung fällt von ihrem Körper ab, sie sinkt zurück in die Kissen und nimmt einen Schluck vom Kaudel, den Jeanne ihr reicht. Schmallippige Empörung zeigt sich auf Lettices Gesicht; sie fragt sich, wie sie nur Kinder in die Welt setzen konnte, denen es so sehr an Moral mangelt: Essex hat mit einer der Zofen der Königin ein Kind gezeugt – davon weiß aber noch niemand –, Dorothy ist mit ihrem Geliebten durchgebrannt und hat ihn heimlich geheiratet, und nun bringt *sie* einen Bastard zur Welt. Penelope verspürt Ärger über das Entsetzen ihrer Mutter.

»Meine Güte«, sagt Dorothy. »Sie ist doch nicht die Erste, die das Kind eines anderen Mannes zur Welt bringt.«

»Was sollen nur die Leute denken?«

»Ihr solltet längst wissen, dass ich nichts auf die kleinlichen Urteile und Heucheleien der Leute gebe«, erwidert Penelope.

Lettice stößt einen wütenden Seufzer aus, doch Penelope spürt, dass die nächste Wehe sich in ihr zusammenballt und mit spitzen Krallen in ihren Leib greift. Sie begibt sich auf alle viere und brüllt wie eine Kuh; sie selbst ist überrascht, welche Töne ihr entfleuchen. Dorothy massiert ihr nun mit festen Fingern den Rücken, während Jeanne ihr wieder mit dem kühlen Tuch über die Stirn wischt – doch beides ist keine Erleichterung. Sie wiegt sich vor und zurück, bis der Schmerz wieder abflaut.

»Es dauert nicht mehr lang«, flüstert Jeanne ihr wieder zu.

Lettice wendet sich an die Hebamme. »Nichts verlässt dieses Gemach, verstanden?«

»Meine Lippen sind verschlossen, my Lady. Im Eifer der Geburt sagen Frauen Dinge, die sie nicht meinen. Eure Tochter ist durch den Schmerz verwirrt.«

Penelope hört dieses Gespräch, als befände sie sich unter Wasser. Jeanne hält sie mit ihren Blicken fest und macht kurze, schnelle Atemzüge, die sie nachmachen soll.

»Es kommt«, sagt die Hebamme. »Presst, my Lady. Pressen und hecheln.«

Ein Laut sammelt sich in ihrer Tiefe, ein schrecklich ungezähmter Ton, und mit ihm zieht ein neuer Schmerz lodernd durch ihren Körper. Sie heftet den Blick fest auf Jeanne. Und dann überkommt sie der unwiderstehliche Drang, das Kind herauszupressen. Es zerreißt sie. Wieder entfährt ihr ein gräulicher Schrei. Und es ist da.

»Ein Mädchen«, sagt Dorothy.

»Einerlei, du hast ja bereits zwei Söhne«, sagt ihre Mutter.

Mit viel Anstrengung hebt Penelope den Kopf aus dem Kissen, um einen Blick auf ihr Kind werfen zu können, aber sie sieht es nicht richtig. »Gebt sie mir.«

»Aber wir müssen sie erst säubern«, sagt die Hebamme. »Und sie soll saugen, damit die Milch der Amme fließt.«

»Gebt sie mir.« Penelopes Stimme klingt energisch.

»Liebling«, sagt Lettice. »Ich glaube nicht ...«

»Ich möchte mein Kind in den Armen halten.«

Jeanne ist es, die der Hebamme das noch blutige Kind abnimmt und es Penelope auf die Brust legt; sie deckt es mit einem warmen Tuch zu. Und es ist, als würde das ganze Gemach sich auflösen; alles löst sich auf – die Sorgen um ihren Bruder, um seine sprunghaften Stimmungen, die ständig an ihr nagen; Sorgen wegen Rich, wegen dieses delikaten Balanceakts, der ihre Ehe ausmacht; die Gefahr, die mit ihrer Korrespondenz mit dem schottischen König einhergeht, sollte sie aufgedeckt werden. Ganz langsam kommt sie voran, gewinnt König James' Vertrauen, Briefe gehen hin und her über die große North Road, doch es ist eine höchst heikle Angelegenheit; dann sind da die Verschwörungen der Katholiken; die spanische Bedrohung; die Pest, die in Teilen der Hauptstadt um sich greift; tausend Ängste, die ihr sonst zusetzen – alle aufgelöst, und sie schwebt in völligem Wohlgefühl mit ihrer Tochter, mit Blounts Tochter.

Liebe wallt in ihr auf und überschwemmt sie beide; sie nimmt ihr Kind in Augenschein: die winzigen Händchen, die wie unter Wasser winken, die dunklen feuchten Haare, das rosafarbene zerknautschte Gesichtchen. Penelope ist verzaubert von diesem vollkommenen Wesen, das in ihrem Leib herangewachsen ist, und staunt über das Wunder. Als mit einem Mal das Kind die Augen aufschlägt, versinkt Penelope in seinem Blick; Angst und Hochgefühl durchströmen sie, als seien die Geheimnisse, die diese Augen in sich bergen, so groß, dass sie niemals ausgesprochen werden können. Schwarze, tiefgründige Augen, in denen sie sich verliert. Eine Stimme drängt sich in ihren Kopf, ein leises Vortragen, Bruchstücke eines Gedichts, eine Beschwörung des Toten, sie nimmt Form an, wird zu einem Ganzen:

> *... wollte sie feinsten Schein, wie's weise Maler tun,*
> *Wo Licht mit Schatten spielt, schwarz-glänzend untermalen?*

Als sie ihr Kind anschaut, erfasst sie das überwältigende Gefühl, sie blicke in ihre eigenen Augen, als hätte Gott in diesem Kind einen Spiegel der Vergangenheit angelegt. Sie hört Blount sagen: »Wenn es ein Mädchen wird, werden wir es nach dir benennen.«

»Kleine Pea«, flüstert sie atemlos.

Damit, wenn schleierlos das schöne Auge flammt,
Der sonnengleiche Strahl nicht blendet statt entzückt?

Sidney ist bei ihnen; sie spürt es an diesem Beben, das sie erfasst. »Du bist in Liebe gezeugt«, raunt sie ihrem Kind zu.

Oder galt es, die eigne Wundermacht zu zeigen,
Und, da man meint, Schwarz sei der Schönheit Widerpart,
Grade in Schwärze alles Schöne zu vereinen?

Und wie ein Blatt, das kreiselnd zu Boden fällt, kehrt Penelope ganz langsam ins Geburtszimmer zurück und sieht am Fußende des Betts die lächelnden Gesichter ihrer Mutter, ihrer Schwester und der Hebamme; und Jeanne, die liebe Jeanne neben ihr, mit gerecktem Kopf, ganz entzückt. »Sie sieht ihrem Vater so ähnlich«, flüstert Jeanne so leise, dass die anderen es nicht hören.

Penelope lächelt. »Er wird sein Erstgeborenes sehen wollen.« Sie fühlt sich innig mit Klein Pea verbunden und mit ihren anderen Kindern in der Kinderstube von Leighs, und ihre Liebe zu Blount zieht auch ihn mitten hinein in ihre Welt.

April 1593
Theobalds, Hertfordshire

Cecil sitzt am See und erinnert sich an den Besuch der Königin vor knapp zwei Jahren, als Miniaturgaleonen ihr zu Ehren eine Seeschlacht darstellten. Nun ist er schon seit geraumer Zeit im Kronrat, aber noch immer fühlt er sich erfolglos, als beschränke sich seine Rolle allein darauf, der Stellvertreter seines Vaters zu sein. Er ist unterdessen fast dreißig Jahre alt und sollte auf der Höhe seiner Macht angelangt sein, aber er sieht keine Möglichkeit, Burghleys Schatten zu entkommen. Zu welchen Höhen Cecil sich auch aufschwingt, da ist ständig Burghleys bittere Unzufriedenheit über das Versagen seines Sohnes, der noch immer nicht zum Staatssekretär berufen wurde. Wie gerne würde er etwas Brillantes zuwege bringen, eine meisterhafte Politik, etwas, das die Cecils und ihr Vermächtnis unauslöschlich macht. Friede mit Spanien: Er stellt sich die Freude seines Vaters vor – sein greises Gesicht, das sich zu einem seltenen Lächeln verzieht –, wenn die Verträge unterzeichnet sind, der Name der Königin neben dem von König Felipe. Dann wird sein Vater seinen Wert erkennen. Noch während er darüber nachdenkt, meldet sich seine pragmatische Seite, welche die Unmöglichkeit einer solchen Vorstellung erkennt – aber große Werke vollbringen nur die, die träumen, ist es nicht so?

Auf dem See treibt Unrat, schmutziger Abschaum; ein Schwan hat sein Nest auf der Plattform gebaut, die früher einmal der Unterbau für prachtvolle Feuerwerksdarbietungen war. Auf dem Weg zum Ufer wählt er seine Schritte sorgsam durch die Binsen und den Matsch, wo, wie er sich erinnert, duftende Wildblumen so kunstvoll angelegt waren, dass sie aussahen, als hätten sie sich zufällig dort ausgesät.

Es ärgert ihn, den Garten so ungepflegt zu sehen; er empfindet dieses Chaos als nahezu unerträglich. Um sich aufzuheitern, denkt er an seinen Sohn und Erben William in der Kinderstube in Pymmes. Er beschwört vor seinem geistigen Auge ein Bild des Knaben herauf und verspürt Liebe und Stolz. Manchmal besteht er darauf, dass die Amme William nackt auszieht, sodass er die gerade Wirbelsäule des Knaben bestaunen kann; dann stellt er sich vor, den kleinen beweglichen Schulterblättern entwüchsen eines Tages Flügel, mit denen er fliegen könne. An seinen Sohn zu denken, der mit seinen perfekten Proportionen so ganz anders ist als er, gibt ihm Hoffnung.

Von dem Ort, wo er steht, sieht er die Schornsteine von Pymmes, aus denen grauer Rauch aufsteigt. Wieder schlägt eine Welle des Gefühls, unzulänglich zu sein, über ihm zusammen; in einem Haus zu leben, wie prachtvoll es auch sein mag, das auf dem Land seines Vaters gebaut ist, finanziert mit Geldern, die sein Vater durch clevere Geschäfte verdient hat, ist kein Merkmal für einen erfolgreichen Mann. Hätte er eine andere Veranlagung, eine andere Gestalt, hätte er vielleicht militärischen Ruhm geerntet und ihm wären eigene Ehren zuteilgeworden.

Er geht knöcheltief durch abgefallene Blüten auf das Haus zu und weigert sich, die wilde Schönheit der zerzausten Gärten zu sehen; ihn irritiert die mangelnde Ordnung. Essex hatte ihm den Gärtner seines Vaters abspenstig gemacht. Der Graf hatte nach etwas Spektakulärem gesucht, um die Königin zu beeindrucken, und es war ihm gelungen, indem er die Kirschbäume mit Sackleinen verhüllen ließ, um das Reifen der Früchte hinauszuzögern. Eine Woche vor dem Eintreffen der Königin wurden die Bäume wieder der Sonne ausgesetzt, und am Tag ihres Besuchs ächzten die Bäume vor Kirschen, einen Monat nachdem die übrige Ernte abgeschlossen war. Jeder bei Hofe sprach davon, dass Essex' Bäume wie durch einen Zauber im warmen Glanz der Königin Früchte hervorgebracht hätten. Cecil hätte diese verdammten Bäume fällen lassen, hätte er nur die Gelegenheit dazu gehabt.

Und nun sitzt Essex im Kronrat. Er hatte seinen Platz neben der Königin mit maßloser Selbstzufriedenheit eingenommen und schwafelte über verschiedene Vorkommnisse. Sie hörte ihm gespannt zu, als er von Unruhen in Irland berichtete und darauf beharrte, der Rat solle das irische Problem ernst nehmen. Dann drehte sich das Gespräch um Spanien und um die Bedrohung durch eine neue Armada. Einer von Cecils Hauptinformanten für spanische Angelegenheiten war in Deptford tot aufgefunden worden – ein Mord, vermutete er, getarnt als Rauferei; darum hatte er zu dem Thema nichts beizutragen. Essex schien die spanische Flotte genau zu kennen, die zum Auslaufen bereit war, ja, selbst die Namen der einzelnen Schiffe. Cecil nahm an, all das verdanke er Anthony Bacons Informationsnetz, aber er konnte sich dessen nicht völlig sicher sein, denn der Junge in Essex' Haus, der bei ihm im Lohn stand, war an der Pest gestorben.

Nun versteht Cecil, warum Essex so fest entschlossen war, sich mit Walsinghams blasser Tochter zu vermählen – dessen gesamtes Spitzelnetz hat sich auf seine Seite geschlagen. Sie alle stützen den Grafen – sie wissen, dass Burghley alt und schwach ist, und sehen den Einfluss, den Essex auf die Königin hat. Die Königin sah wie eine stolze Mutter aus, als ihr Günstling seine Neuigkeiten ausbreitete. Es war Burghley, der schließlich das Gespräch auf die Thronfolge brachte. Elizabeths Ärger flackerte auf – sein Vater ist der Einzige, der dieses Thema anschneiden darf.

»Ich weiß, dass ich in letzter Zeit nicht sonderlich wohlauf war, Burghley. Aber nun geht es mir wieder recht gut. Es besteht somit noch kein Anlass, meinen Nachfolger zu benennen.«

Sie war *tatsächlich* krank gewesen, die Höflinge huschten ängstlich umher und stellten Überlegungen an, auf wessen Seite sie sich schlagen sollten, wenn die Zeit käme. Eine ernsthafte Krankheit kann eine Sechzigjährige leicht dahinraffen, selbst eine Königin. Während Doktor Lopez sie umsorgte, wurden in den Ecken die Köpfe zusammengesteckt; Briefe mit Treueschwüren wurden hin und her geschickt, die nach dem Lesen verbrannt werden sollten; neue Freundschaften wurden wie aus dem Nichts geschlossen.

Zweifellos zieht der Graf Nutzen daraus, dass er die klugen Bacon-Brüder im Essex-Haus untergebracht hat, und auch aus dem Einfluss von Blount und Lady Rich, der sich am ganzen Hof wie ein Pesthauch verbreitet. Nur allzu gerne würde Cecil *diese* Beziehung ergründen; könnte er doch nur etwas entdecken, das gegen Lady Rich spricht, dann könnte er sie »umdrehen«. Das wäre ein Coup; aber die Wahrscheinlichkeit, dass sich die Schwester gegen den Bruder kehrt, ist ein vager Traum, und Lady Rich steht offenbar über jedem Skandal. Er hat den Verdacht, dass noch immer Briefe vom Essex-Haus zum schottischen Hof gesandt werden, aber es ist nur Intuition und wenig verlässliches Gemunkel.

Er spürt, dass die Macht des Grafen erblüht, während seine eigene schwindet. Wo immer er bei Hofe auftaucht, ist er sogleich von Verwandten der Devereux' umgeben, von all diesen Knollys-Onkeln, den Careys oder den Huntingdons; ganz zu schweigen von Lady Rich, die trotz ihres Ehebruchs noch immer Zugang zu den Gemächern der Königin hat; die Liste ist endlos, und alle sind Elizabeths Blutsverwandte. Er stellt sich sein eigenes Blut dünn und leicht säuerlich vor, unausgereift wie junger Rotwein, der am nächsten Morgen pochenden Kopfschmerz hinterlässt, während das Blut der Devereux' zähflüssig, dunkel und von Geschichte durchdrungen ist.

Eine Elster krächzt und macht fürchterlichen Radau. Am liebsten würde Cecil sie erlegen, aber er ist kein guter Bogenschütze. Er hatte einen Versuch gemacht, Doktor Lopez anzuwerben, aber der alte Mann hatte nicht reagiert – vielleicht sollte er weniger dezent vorgehen. Cecil tritt gegen einen Haufen aus Apfelblüten, sie fliegen auf und fallen wie Schneeflocken wieder zu Boden. Er bemüht sich, seine Mutlosigkeit abzuschütteln, und erinnert sich an seine Freunde in hohen Positionen: an seinen Schwiegervater Lord Cobham; an Lord Grey; und nicht zu vergessen an Ralegh, dessen Loyalität zwar unberechenbar ist und der abwechselnd in königlicher Gunst oder Ungunst steht, dessen Hass auf den Grafen aber seinem ebenbürtig ist.

Er bleibt am Brunnen stehen. Er ist nun trocken und von Efeu überwuchert. Als die Königin in Greenwich krank danieder lag, planten die Spanier, was sie im Falle ihres Todes tun würden, und brachten ihre Infantin in Stellung, die in direkter Linie von Edward III. abstammt. Es ist allgemein bekannt, dass viele insgeheim katholisch gesonnene Engländer so einen Plan unterstützen würden. Vielleicht kann er Doktor Lopez dazu bewegen, mehr über die Infantin herauszufinden. Seit der Genesung der Königin waren die Probleme nicht geringer geworden. Es hatte Gerüchte über eine neue Verschwörung gegeben – dieses Mal sollte es sich um einen vergifteten Degen gehandelt haben –, aber außer Gerede war nichts. Dennoch ist die Frage nach dem Thronfolger so dringlich, wie sie immer gewesen ist; aber die Königin bleibt aufreizend unnachgiebig, was dieses Thema betrifft.

Als Cecil den Blick hebt, sieht er die ganze Pracht von Theobalds – immer wieder überrascht ihn die Schönheit des Hauses: die blitzenden Fenster, die kunstvollen Steinmetzarbeiten, die gefällige Symmetrie der Proportionen.

Als er drinnen nach seinem Vater sucht, findet er ihn mit seinem Leibarzt.

»Ach, mein Sohn, ich bin froh, dich zu sehen. Meine Gicht peinigt mich. Doktor Henderson meint, er könne mir Erleichterung verschaffen.« Er klopft seinem Arzt liebevoll auf den Arm. Cecil kann sich nicht erinnern, dass Henderson mal nicht im Lohn seines Vaters stand, und wünscht, auch er könne jemanden zu einer derartigen Treue bewegen; aber seine eigenen Angestellten kommen und gehen, und keinem von ihnen kann er vertrauen. »Ich glaube, mir ist nicht mehr zu helfen.«

»Na, na, my Lord. Wer nicht wagt, der nicht gewinnt«, sagt Henderson und schüttelt das Fläschchen mit der Tinktur, von der er ein Maß abfüllt.

Burghley lehnt sich stöhnend zurück. »Heute in vierzehn Tagen an den Hof … Wenn Ihre Majestät mir doch nur erlauben würde, mich zurückzuziehen. Ich bin zu alt für das Ganze.« Er massiert sich die Hände. Sie sind verkrümmt und knotig, die Knöchel schmerzhaft geschwollen. »Ich bin erschöpft.«

Es erschüttert Cecil, seinen Vater in diesem Zustand des Verfalls zu sehen; und unwillkürlich fürchtet er sein unvermeidliches Hinscheiden, wobei er sich fragt, ob er, Cecil, das überleben wird. Er stellt sich vor, dass all die Macht und all der Reichtum, die sein Vater angehäuft hat, in seiner Obhut sich in Nichts auflösen; dann tadelt er sich für seinen mangelnden Mut und beschließt, sich mannhafter zu verhalten. Als Henderson gegangen ist, vertraut Cecil – trotz seiner Befürchtung, er könne in den Augen seines Vaters als schwach gelten – ihm seine Sorgen an.

»Was hat zu all dem geführt?«, will Burghley wissen.

»Ich weiß es nicht. Ich habe das Gefühl, die Dinge gleiten mir durch die Finger. Meine Informanten sind unzuverlässig geworden.

Essex steigt im Ansehen gegenüber uns. Seine Gefolgschaft hat immer größeren Einfluss auf die Königin.«

»Loyalitäten kommen und gehen, mein Sohn. Und vergiss nie, wir Cecils haben unseren Reichtum, und dieser Reichtum ist aus wahrer Loyalität entstanden.« Er hält inne und schaut seinen Sohn aus trüben Augen an. »All diese Familien von altem Adel buhlen um Gunst. Sie wollen einen Krieg anzetteln in der Hoffnung, ein kleines zusätzliches Stück Land zu erhaschen. Ihre Truhen sind leer, und dennoch müssen sie in feinstem Gewand umherstolzieren. Diese Männer besitzen keine wahre Loyalität. Männer wie wir sind die Zukunft – besonnene Männer. Vergiss das nie.«

Die Worte seines Vaters beleben ihn wie ein Tonikum; und Cecil fühlt, dass seine Befürchtungen von ihm abfallen.

»Aber denk dran, Essex ist nicht dein Feind. Ihr steht *beide* auf der Seite Englands. Ich habe dich schon vor langer Zeit gewarnt … du läufst Gefahr, die Kontrolle zu verlieren.« Sein Ton verrät Ungeduld, als müsste er es einem widerspenstigen Kind erklären. »Du musst ganz einfach neue Informationswege aufbauen.«

»Ich habe die Hoffnung, eine Verbindung zu Doktor Lopez herzustellen«, sagt Cecil, ohne zu erwähnen, dass er vor Kurzem damit gescheitert ist; er will sich erneut bemühen. »Ich glaube, er hat einen Kontakt, der mitten in den spanischen Hof führt.«

»Ja, ja«, entgegnet sein Vater. »Walsingham hat das damals eingefädelt, wenn ich mich recht entsinne. Ist nie etwas herausgekommen. Ich bin mir nicht ganz sicher, ob Lopez eine Neigung zur Spionage hat. Angenehmer Mensch, soweit ich mich erinnere.«

»Vielleicht kann ich ihn davon überzeugen, seine Verbindungen wiederzubeleben.«

Burghley nickt, als wolle er sagen: Das klingt schon besser. »Eines darfst du niemals vergessen«, fügt er hinzu. »Die Königin hat mich immer gebraucht, um die notwendigen Übel des Staates auszuführen. Mich kann man verteufeln, während ihre Beliebtheit unangetastet bleibt. Und alles im besten Interesse Englands und des Friedens. Nimm den Fall von Mary von Schottland. Elizabeth wollte nicht als diejenige angesehen werden, die den Tod einer gesalbten Königin zu verantworten hat, auch wenn sie dessen Notwendigkeit begriff. Ich nahm das Entsetzen und den Hass auf mich – ich übernahm die Schuld.«

Cecil erinnert sich gut an die Entschlossenheit, mit der sein Vater Mary Stuart verfolgte, und hatte sich damals gefragt, ob er ausschließlich ehrbare Methoden anwende. Innerlich muss er darüber lachen, denn letztendlich gibt es keine wahrhaft ehrbaren Methoden, wenn es um die Staatskunst geht. Burghley schaut ihm gerade in die Augen. »Solltest du nur eine einzige Lektion von mir lernen, dann die, dass die Menschen jemanden brauchen, den sie hassen können. Das ist Teil des Machtgefüges. Wenn du lernst, diese gehasste Person zu sein, wirst du unentbehrlich. Essex ... dieser launenhafte Grünschnabel kümmert sich viel zu sehr darum, geliebt zu werden, er sucht nach Popularität. Er erträgt es nicht, verunglimpft zu werden. Du und ich, mein Sohn, wir sind wesentlich, solange es uns glücklich macht, verleumdet zu werden.«

Es ist, als wäre ein Funke in Cecils Kopf entzündet worden. Die ganze Zeit hat er Anerkennung gesucht, wobei doch der Königin wirklich zu dienen, etwas anderes erfordert, etwas, von dem er wusste, dass er ein Talent dazu hat – das Talent, verabscheut zu werden.

»Achte weiterhin auf die Schwester«, sagt Burghley. »Die kümmert sich nicht ein Jota um die Meinung anderer, und das verleiht ihr eine ungeheure Macht. Man würde nicht wollen, dass sie den finsteren Zwilling ihres Bruders spielt – sie würde einen ernst zu nehmenden Gegner abgeben.«

»Lady Rich?«

»Genau die ... ich rate dir, die Lady für dich zu gewinnen.«

Die Schauspieler – noch immer in ihren Kostümen – haben sich im ganzen Gemach verteilt. Einer ist als alter König verkleidet, mit grässlich schwarzer Augenschminke im kalkweißen Gesicht und einer schief sitzenden Krone auf dem Schädel. Ein anderer lümmelt neben ihm in einem halb aufgeschnallten Brustharnisch eines Soldaten, der von roter Farbe besudelt ist. Daneben hockt ein hübscher Knabe mit rot geschminkten Lippen; er ist in mehrere Mieder geschnürt, aus denen oben feines goldenes Brusthaar sprießt. Er nimmt einen kräftigen Schluck aus seinem Becher, um dann laut zu rülpsen.

»Lass das«, sagt der falsche König und schlägt ihm auf die Schulter. »Hast du vergessen, dass wir uns in feiner Gesellschaft befinden?«

Penelope lacht. Schon seit langer Zeit hat sie einen Abend nicht so genossen wie diesen und will ihn voll auskosten. Die Pest geht um in der Stadt, und da die Theater wegen der Ansteckungsgefahr geschlossen sind, suchte diese Schauspieltruppe nach einer Beschäftigung. Sie hatte ihrem Bruder angeraten, sie nach Wanstead einzuladen. Rich hat sich in sein Zimmer zurückgezogen, aber zuvor noch gemurmelt: »Euer gottloser Zeitvertreib wird Euch noch in die Hölle bringen.« Sie ist froh, dass er gegangen ist, denn Blount ist zugegen, wenn auch in diskreter Entfernung am anderen Ende des Gemachs; sie fühlt sich immer unbehaglich, wenn ihr Gemahl und ihr Geliebter dieselbe Luft atmen.

Essex lümmelt in einem Sessel neben ihr; er zieht an seiner Pfeife und wechselt hin und wieder ein paar Worte mit Southampton, der auf seiner anderen Seite sitzt. Mit seinem bauschigen Hemd, das aus seinem offenen Wams quillt, und dem langen, sorgsam gekämmten Haar sieht er aus, als gehöre er eher zu den Schauspielern als zur Familie. Der Graf von Southampton ist mittlerweile so etwas wie ein Anhängsel ihres Bruders geworden. Essex scheint die Extravaganz des jüngeren Mannes ins Herz geschlossen zu haben. Da sieht sie, dass

Southampton einen tiefen Zug aus seiner Pfeife nimmt und wie ein Zauberer Rauchkringel ausstößt.

»Ich habe letzte Tage Klein Robert auf ein Pony gesetzt, Schwesterchen«, sagt er. »Mein Sohn ist ein Naturtalent im Sattel.«

»Er ist doch erst zweieinhalb«, entgegnet sie, da sie weiß, dass ihr Bruder zur Übertreibung neigt.

»Aber er hat keine Angst gezeigt.«

Sie freut sich, ihren Bruder so ausgeglichen zu erleben und kein Anzeichen des leeren Blicks eines Melancholikers an ihm zu entdecken.

»Ich werde Frances bitten, ihn nach Leighs zu bringen, wenn du an den Hof zurückkehrst. Es dürfte ihm gefallen, Zeit mit seinen Cousins zu verbringen«, sagt sie.

»Großartige Idee, liebe Schwester!« Er wirkt so normal, so gelassen, dass sie voller Zuversicht ist.

»Und was gedenkst du mit dem umtriebigen Spanier zu tun?« Sie spricht von Antonio Pérez, einem Spanier im Exil, der sich aus eigenen Stücken Essex' Kreis angeschlossen hat. Er war im Frühjahr mit einer französischen Delegation gekommen und steht nun auf der Lohnliste ihres Bruders.

»Er bleibt hier. Oder er kommt mit mir. Ich brauche unbedingt einen guten Sekretär.«

Pérez, der am anderen Ende des Raums sitzt – seine Augen sind durch sein langes, öliges, dunkles Haar halb verschattet –, scheint erraten zu haben, dass man über ihn spricht, da er mit einem wissenden Lächeln seinen Becher in ihre Richtung hebt und Francis Bacon, der neben ihm sitzt, etwas zuflüstert.

»Du hast bereits Anthony Bacon als Sekretär«, wendet sie ein.

»Aber Pérez hat ganz besondere Qualitäten.«

Welche mögen das wohl sein, fragt sie sich und stellt sich die schlimmsten vor. Sie ist nicht so arglos, als dass sie nicht wüsste, welch widerliche Wege Spionage manches Mal beschreitet. »Er beunruhigt mich ein wenig«, sagt sie, lächelt dem Mann zu und nickt. »Er scheint Dinge zu wissen, die er nicht wissen sollte.« Auch Francis Bacon beunruhigt sie, nur würde sie es nie äußern, denn Essex steht ihm sehr nahe. Sie kann nicht ausmachen, was es genau ist, aber er hat etwas ungeheuer Verschlagenes an sich – dieses Milchgesicht täuscht über einen beängstigend scharfen Intellekt hinweg. Er scheint Frauen nicht zu mögen. Vielleicht ist es das. Vielleicht gereicht ihm seine Klugheit manchmal zum Nachteil. Seinen Bruder, den armen Anthony, mag sie lieber; seine Gicht plagt ihn, und er leidet ständig unter Schmerzen, seine Treue wirkt echter – oder zumindest sagt das ihr Instinkt.

»Ich würde sagen, Dinge zu wissen, die man nicht wissen sollte, ist eine gute Eigenschaft für jemanden von Pérez' Beruf. Er hat mir Informationen zur Kenntnis gebracht …«, ihr Bruder flüstert nun, »… über Doktor Lopez.«

»Welche Art von Informationen? Erzähl mir nicht, Lopez führe Böses im Schilde. Das würde ich nicht glauben. Er hat uns beiden in vielen Krisen beigestanden.«

»Der Schein kann trügen, Schwesterchen.«

»So etwas will ich nicht glauben. Er hat Lucy das Leben gerettet … sie wäre beinahe in ihrer Wiege erstickt.« Sie flüstert nicht mehr, sondern zischt jetzt.

»Deine Tochter ist beinahe zehn Jahre alt. Ich weiß aus glaubwürdiger Quelle, dass der alte Fuchs beim spanischen König in Lohn steht – beim Feind Englands.« Seine Aufregung ist unverkennbar. »Es ist ein Giftkomplott im Gange, und Doktor Lopez steckt mittendrin. Ich muss nur die Beweise zusammentragen und …«

Sie unterbricht ihn barsch. »Das glaube ich einfach nicht. Doktor Lopez ist kein Fuchs, er ist harmlos wie ein Kätzchen.«

»Selbst ein Kätzchen hat Krallen, mit denen es dir ein Auge auskratzen könnte«, murmelt Essex. »Ich brauche tieferen Einblick, und Pérez wird mir dabei sehr nützlich sein. Er scheint mit allen Spaniern und Portugiesen in London gut zu stehen.«

»Du fantasierst, Robin. Zieh Doktor Lopez nicht in deine Ränke hinein. Er ist seit vielen Jahren ein treuer Freund unserer Familie, und noch viel länger dient er der Königin.« Penelope ahnt, dass sein Verdacht wie eine Geschwulst in ihm wächst. »Mach daraus keine persönliche Angelegenheit. Ich weigere mich zu glauben, dass Doktor Lopez einen Giftanschlag auf die Königin plant… das ist absurd.« Sie sieht diesen Mann vor sich mit seinem ordentlich geschnittenen Silberhaar, das seine freundlichen Augen umrahmt. Und doch hat sich der Hauch eines Zweifels in ihr eingenistet. In dieser heuchlerischen Welt ist es unmöglich, mit letzter Sicherheit zu wissen, wer der Feind ist.

Sie kennt genügend Männer, die sich Dichter nennen, aber eigentlich Spione sind; Henry Constable zum Beispiel, der gerade auf dem Kontinent Informationen sammelt. Und sie selbst ist auch nicht völlig unschuldig mit ihrer geheimen Korrespondenz. Der Briefwechsel hatte ein rasantes Tempo angenommen, als die Königin letztens krank daniederlag. Es waren nicht mehr freundschaftliche Sendschreiben, sondern Briefe, in denen es um die Thronfolge ging und die ihre Verfasser im Handumdrehen aufs Schafott gebracht hätten; sie waren mit Orangensaft geschrieben, sodass sie nur im Licht einer Flamme zu lesen waren. Alle warteten ab, auf welche Seite der Würfel fallen würde. Bei jedem Brief, den sie ins Feuer warf, stellte sie sich vor, dass die Flammen an ihrem Körper leckten und das Wort *Hochverrat* flüsterten.

Doch seit der Genesung der Königin schweigt Schottland. Ihre ganze sorgsame Diplomatie scheint nichts für die Sache der Devereux' ausrichten zu können. Sie fragt sich, ob es die Gefahr wert sei oder ob sie es nicht vielleicht ihrer Schwester gleichtun und sich für ein ruhiges Leben entscheiden solle. Sie lacht leise bei diesem Gedanken; doch es beschleicht sie auch Angst, als schwanke sie am Rande eines Abgrunds. Aber tief in ihr, unter der Angst, erwacht ein aufgeregtes Kribbeln, ein Hochgefühl, das man nur empfindet, wenn die Einsätze am höchsten sind.

»Siehst du nicht, dass ich politisches Kapital daraus schlagen kann?«, sagt Essex. »Wenn ich diesen Mord abwende…« Wieder hat sich in ihm dieser Funke entzündet, ein flackernder Wahn, der sie vergessen lässt, was sie gerade sagen wollte.

Einer der Schauspieler steht auf, klatscht in die Hände, um die

Aufmerksamkeit aller zu erlangen, und schafft es dabei, einen Becher umzustoßen und sich Ale über die Kleider zu schütten, was einige Hänseleien zur Folge hat.

»Einer von uns hält sich für einen Dichter.«

»Nur einer?«, ruft Southampton. »Kaum ein Mensch in ganz England versucht sich nicht darin, Verse zu schmieden.« Alle lachen, denn es ist etwas Wahres dran.

»Mein Gemahl tut es nicht«, sagt Penelope, was die nächste Lachsalve hervorruft. »Er verabscheut gottlose Vergnügungen.«

»Dann fürchte ich, dass my Lady an diesen Mann verschwendet ist«, sagt der Schauspieler.

Sie wirft Blount ein kurzes Lächeln zu. »Warum sagt Ihr das, Sir?«

»Weil jemand wie Ihr auf diese Erde gesandt wurde, um zu großer Dichtung zu inspirieren.« Wieder Gelächter. Es ist derweil allgemein bekannt, dass sie die Stella in Sidneys Sonetten ist. Wenn sie daran denkt, fühlt sie sich so weit von dem jungen Mädchen entfernt, dass sie kaum noch glauben kann, ein und dieselbe Person zu sein.

»Komm, William«, sagt der Schauspieler und zupft am Ärmel des verletzten Soldaten, um ihn auf die Füße zu ziehen. »Warum versuchst du nicht, etwas vorzutragen, das Lady Rich würdig ist?«

Der Schauspieler stellt sich hin, und die Leute rücken auseinander, um ihm Platz zu machen.

»Ich habe an etwas gearbeitet. Es ist aber leider nur halb fertig.« Er macht eine Verbeugung, und Ruhe tritt ein, während der Schauspieler seine ganze Aufmerksamkeit auf seine Schuhe richtet. Schließlich hebt er den Kopf, schaut geradewegs zu Penelope und setzt an: »In ihrem Aug' glänzt nichts von Sonnenlust …«

»Das hat Sidney schon vor einem Jahrzehnt geschrieben«, ruft Essex und neckt den Schauspieler, der in seiner eigenen Welt versunken und völlig gelassen scheint. »›Warum nur hüllte sie in Schwarz das helle Strahlen?‹ Hat denn nicht Sidney bereits Petrarcas blonde Dame für diese schwarzäugige Schönheit auf den Kopf gestellt?« Lachend stupst er seine Schwester an. »Bietet uns etwas, das wir bislang noch nicht gehört haben.«

Der Schauspieler dreht sich zu seinem jungen Freund im Mieder, reibt ihm mit dem Daumen über den Mund und hebt dann den Finger in die Luft, damit ein jeder die rote Farbe daran sieht. »Korall ist röter als ihr Lippenpaar…« Das ruft noch mehr Gelächter hervor; währenddessen geht der Schauspieler durch den Raum, als suche er nach Inspiration. Er bleibt vor einem dunkelhäutigen Mädchen stehen, das die Geliebte eines Mannes aus ihrer Truppe ist; sanft berührt er die weiche Haut ihres Halses zu den Worten: »Wenn weiß der Schnee, ist bräunlich ihre Brust.« Auch das Mädchen lacht, wickelt sich eine Strähne ihres dicken schwarzen Haars um den Finger und sagt: »Wenn Pferde Haare haben, dann sprießt auf ihrem Kopf Pferdehaar.« Applaus bricht los. Und wieder schreitet der Schauspieler durch das Gemach, sucht nach Worten und kehrt zu dem schwarzen Mädchen zurück. »Oft sah ich Rosen gestickt…« Er hält inne. »Nein. Oft sah ich Rosen rot und weiß erblühn,/Doch ihre Wangen sind kein Rosenstrauch.« Er geht zurück zu dem jungen Mann im Mieder und ruft: »Einen Reim auf ›Strauch‹.«

»Bauch«, sagt einer.

»Lauch«, sagt ein anderer.

»Nein. Meine Geliebte ist doch kein Gemüse«, entgegnet der Schauspieler. »Ich hab's!«

Er hebt die Hand, damit das Gelächter verstummt, beugt sich zu dem jungen Mann und schnüffelt an ihm mit fratzenhaftem Gesicht: »Und Düfte gibt es, die berauschend glühn,/Weit süßer als der Herrin Atemhauch.«

Das führt zu großer Heiterkeit. Doch der Dichter wartet nicht ab, bis sie sich gelegt hat, sondern fährt gleich fort: »Hold ist die Stimme, doch ich muss gestehn,/Holde Musik tut größre Wonnen kund,/Ich sah noch niemals eine Göttin gehen,/Doch meiner Herrin Fuß berührt den Grund.«

»Welche ist denn Eure Herrin?«, ruft Southampton.

»Wieso? Natürlich my Lady Rich. Ist sie denn nicht die Muse *aller* Dichter?« Und er tritt vor Penelope, sinkt leicht grinsend vor ihr in die Knie, zögert, als suche er in sich nach dem Reim und sagt: »Und doch kann keine sie an Reiz erreichen,/Von der man lügt in schwülstigen Vergleichen.«

Nun bricht kein Applaus los, es herrscht ersticktes Schweigen. Vielleicht fragen sich alle, ebenso wie Penelope, ob sie nicht gerade Zeuge von etwas völlig Neuem gewesen sind, etwas so Seltenem wie einer Gesteinsschicht aus reinem Diamant in einer indischen Mine.

Doch trotz ihres Entzückens brodelt in Penelope Unbehagen wegen Doktor Lopez. Was meinte ihr Bruder mit »politischem Kapital daraus schlagen«?

»Ihr habt ein seltenes Talent«, sagt sie. »Ihr lasst den Gegenstand der Liebe menschlich erscheinen, aus Fleisch und Blut. Es ist wirklich erfrischend, von etwas anderem zu hören als von diesen Nymphen, die sich in den meisten Versen tummeln.«

»Ihr habt Sidney genommen und ihn durchgeschüttelt«, sagt Southampton, der sich auf seinem Stuhl vorbeugt und dessen Stimme seine unverhohlene Begeisterung anzuhören ist. Penelope hätte nicht gedacht, dass er so ein Liebhaber von Poesie ist. »Habt Ihr mehr davon?«, fragt er.

»Hunderttausende«, antwortet der Schauspieler.

»Ihr müsst sie veröffentlichen.«

»Aber sie existieren doch nur hier.« Er legt den Finger an die Schläfe. »Und im Übrigen sind sie …«, er zögert, »… nicht für die Welt.«

Januar 1594
Burghley-Haus, The Strand

»Ihr hättet nicht hierherkommen sollen«, sagt Cecil, der sorgfältig alle Gegenstände auf seinem Schreibtisch ausrichtet, sodass das Tintenfässchen genau auf derselben Höhe steht wie der Behälter mit den Schreibfedern; dann nimmt er einen Stapel Papier zur Hand und stößt ihn mit einer Kante auf die Tischplatte, sodass alle Blätter gleichauf liegen. »Das gibt Euch den Anschein von Schuld.«

Doktor Lopez scheint entsetzt. Er steckt seine zitternden Hände unter die Arme. »Aber ich bin *nicht* schuldig. Das wisst Ihr nur zu gut. Ihr müsst etwas unternehmen, um mir zu helfen.« Seine Ausdrucksweise ist perfekt, aber seine Aussprache ist, selbst nach über dreißig Jahren in England, von einem starken portugiesischen Akzent geprägt.

»Macht Euch keine Sorgen.« Cecil klingt zwar ruhig, aber er ist es nicht. Er kämpft mit Gewissensbissen. Er würde sich besser fühlen, gäbe es zumindest Zweideutigkeiten, gäbe es zumindest die Möglichkeit, dass Doktor Lopez schuldig ist. Aber dieser Mann ist sauber wie eine frisch gestärkte Halskrause. Cecil steht auf und geht zum Fenster, sodass Doktor Lopez, der neben dem Schreibtisch sitzt, ihm nicht ins Gesicht sehen kann. »Ich versichere Euch, Euch wird nichts zustoßen.«

Dies ist eine Garantie, von der er weiß, dass er sie nicht erfüllen kann. Er sieht den Verkehr unten auf The Strand, hört die Rufe der Fuhrmänner und Straßenhändler und das jämmerliche Blöken einer Schafherde, die vorbeigetrieben wird. London erwacht nach der Pest wieder zum Leben, da nun das Schlimmste überstanden ist. Als er die Szenerie beobachtet, wächst der Ärger in ihm, dass das Burghley-Haus, so feudal und neu es auch ist – mit seinem Tennisplatz, der Kegelbahn und den Gärten voll exotischer Blumen –, auf der falschen Straßenseite und nicht wie das Essex-Haus am Flussufer liegt. Er sollte Ausblick haben auf hübsche Boote mit wehenden Fähnchen und auf die königliche Barke und nicht auf einen Bauern mit seinen Schafen, die eine Spur von Kötteln hinterlassen. Eine zeternde Taubenschar hockt auf dem Sims unter ihm. Sie haben das Mauerwerk verschmutzt. Er spürt nahezu, wie ihre Hälse unter seinen Fingern brechen.

»Aber Essex hat die Königin von meiner Schuld überzeugt.«

»Das bezweifle ich. Ihre Majestät lässt sich nicht so leicht beeinflussen.« Er dreht sich um und lächelt dem Mann nun zu. Es war ein guter Plan, aber er ist schiefgegangen. Die Spanier hatten den Köder geschluckt. Wie hätten sie auch widerstehen können, wenn einer von Elizabeths Leibärzten, der ihr ganzes Vertrauen genießt, an sie herantritt? Wer stünde an einem besseren Platz, um Ihrer Majestät eine Phiole oder Ähnliches zu verabreichen? Cecil spürte förmlich, dass ihre Zungen kurz davor waren, sich zu lösen; er spürte bereits, dass ihm alle spanischen Staatsgeheimnisse offenbart würden. Allein bei dem Gedanken juckte es ihm in den Fingern. Er hatte sich vorgestellt, wie strahlend er daraus hervorgehen – und wie dankbar ihm die Königin sein würde.

Doch letztendlich war Doktor Lopez für ein solches Unterfangen nicht geschaffen; er war nicht hartherzig, wie man es für die Spionage sein muss. Er hatte nicht die Nerven bewahrt, als es am meisten darauf ankam. Er war unnötig in Panik geraten und hatte zugelassen, dass ein nur schlecht verschlüsselter Brief in die falschen Hände fiel – der Mann hatte Antonio Pérez vertraut; das war ein Fehler, denn offenbar steht Pérez jetzt in Essex' Diensten. Essex nennt es Verrat, aber besser Lopez erfährt nichts davon. Es wäre nicht hilfreich, wenn er innerlich zerbricht und alles ausplaudert. Essex hat das Glück auf seiner Seite. Cecil denkt an den Wassertropfen, der stetig den Stein höhlt; er atmet tief durch und ermahnt sich, geduldig zu sein.

»Aber Ihr werdet es doch richtigstellen, nicht wahr, Cecil?« Doktor Lopez zuckt und wedelt immer wieder mit der Hand, als wollte er eine eingebildete Fliege von seinem Gesicht verscheuchen. Gib dem Mann, was ihm gebührt; er *war* doch bei seiner Geschichte geblieben und hatte diejenigen, die ihn bezahlten, nicht erwähnt – zumindest bislang nicht. Und so muss es bleiben, denn sollte die Königin Wind davon bekommen, dass Cecil ihren lieben, vertrauten, alten Leibarzt in Gefahr gebracht hat, würde ihre Vergeltung fürchterlich sein. Er kann jetzt nichts weiter tun, als den Schaden zu begrenzen.

»Ja, ich werde es richtigstellen«, sagt er. »Aber versucht nicht, meine Rolle in dem Ganzen zu erklären. Man wird es nur für den Versuch halten, die Schuld auf mich zu schieben. Und es dürfte Euch in ein schlechtes Licht rücken, wenn man glaubt, Ihr hättet es für Geld getan.« Cecil beruhigt sich damit, dass der Mann keinesfalls *völlig* unschuldig dasteht. Er ist für seine Dienste großzügig bezahlt worden. Er muss doch gewusst haben, dass eine große Summe mit großen Risiken einhergeht. »Sagt ihnen, dass Ihr die Gelegenheit gesehen habt, der Königin zu dienen, und aus eigenem Antrieb gehandelt habt. Sagt ihnen, die Spanier wären an *Euch* herangetreten.« Er hält kurz inne und überlegt, wie er aus diesem Chaos noch einen kleinen Vorteil ziehen könne. »Ihr könntet sagen, Pérez wäre in ihrem Namen an Euch herangetreten.« Pérez loszuwerden, wäre ein Bonus.

»Aber das wäre eine Lüge. Ich kann doch nicht einen unschuldigen Mann belasten.«

Cecils Ärger wächst – die Naivität dieses Mannes ist erstaunlich. »Unschuldig? Der Mann ist als verurteilter Mörder aus Spanien geflohen, er hat seine Gemahlin und seine Kinder als Geiseln zurückgelassen. Ich bin sicher, er hätte keine Skrupel, *Euch* ein Unrecht anzutun.«

»Ich muss mich mit Gott versöhnen können.« Bei diesen Worten erhebt sich Lopez von seinem Stuhl und scheint von neuem Leben erfüllt.

»Wenn Ihr der Königin dient, dient Ihr Gott.« Das sagt Cecil sich selbst mit Nachdruck, auch wenn er sich in letzter Zeit manches Mal gefragt hat, wie sehr er seine Moral im Dienste der Königin noch dehnen wolle. Er tröstet sich damit, dass er an seinen Vater denkt und an dessen Worte, einer müsse der Königin die Last der Unmoral von den Schultern nehmen; es sei eine entscheidende Funktion eines Staatsmannes: die Schuld auf sich zu nehmen.

»Aber wenn sie mich …« Lopez hält inne, alle Kraft weicht von ihm, er atmet bebend ein. »Wenn sie mich foltern?«

»Ich werde sicherstellen, dass das nicht geschieht.«

Die Augen des Mannes sind angsterfüllt wie die eines Tieres, das man in die Enge getrieben hat. Cecil kann ihn gar nicht ansehen. »Könnt Ihr mir nicht außer Landes helfen?«

»Das wird nicht nötig sein.« Er legt einen Arm um die Schultern des Doktors, schaut ihm endlich in die Augen und fühlt sich wie Judas. »Behaltet die Nerven, guter Mann.«

Er ruft seinen Diener herbei und bittet ihn, den Doktor diskret zurück in seine Wohnung zu begleiten. »Niemand soll wissen, dass er hier war«, sagt er. »Es ist zu Eurer Sicherheit, Doktor Lopez.« Cecil lächelt, fragt sich aber, wann die Wachen den armen Kerl abholen werden, sodass dessen Gedanken endlich ein Ende haben. Er kann sich Zweifel an seiner Loyalität nicht leisten. Lopez müht sich zurückzulächeln, aber es will ihm nicht gelingen.

»Kann ich auf Euch vertrauen?«, fragt er noch, als er zur Tür hinausgeschoben wird.

Cecil nickt. Selbst er bringt es nicht über sich, etwas zu sagen.

Als er wieder am Fenster steht, schaut er hinüber zum Essex-Haus, ein bisschen weiter östlich, auch wenn man es nicht sehen kann, da St. Mary-Le-Strand den Blick verstellt. Er malt sich aus, was sich im Inneren ereignet, und muss dem Grafen Respekt zollen: Er hat einen effektiven Spionagering aufgebaut. Unweigerlich kommt ihm Lady Rich in den Sinn, das geht einher mit dem ihm vertrauten Erschauern, das seiner Bewunderung für sie entspringt; und erinnert er sich an die Warnung seines Vaters, bewundert er sie noch viel mehr: *Die kümmert sich nicht ein Jota um die Meinung anderer.* Entspricht das wohl der Wahrheit, fragt sich Cecil, kümmert sich denn nicht jeder zumindest ein bisschen um die Meinung der anderen? Er genehmigt sich den Gedanken, Lady Rich und mit ihr die gesamte Essex-Fraktion zu Fall zu bringen.

Er schaut hinunter auf The Strand und sieht dort einen Mann lauern; er blickt hinauf zum Fenster, und kaum dreht Cecil ihm den Kopf zu, sieht er weg. Er ist sich sicher, dass genau derselbe Mann vorhin schon da war, als die Schafe vorbeigetrieben wurden. Unbehagen macht sich in ihm breit; was hat der Mann wohl beobachtet? Wie gut, dass er darauf bestanden hatte, dass Lopez zum Hinterausgang hinausging. Vermutlich ist es unvermeidlich, dass die Leute ihn beobachten. Er spürt, dass sein Kampfgeist wächst.

»Mein Bruder hält es für einen Sieg«, sagt Penelope leise, als sie das Kartendeck aufnimmt und Blount reicht. Sie schaut im Gemach umher und bittet den Wächter an der Tür, er möge hinausgehen. Sie glaubt durchaus, dass er vertrauenswürdig ist, aber je weniger Leute zuhören, desto geringer ist die Wahrscheinlichkeit, dass Dinge nach außen dringen. Als die Tür geschlossen ist, sagt sie: »Ich fürchte, Essex ist zu weit gegangen in seiner Absicht, Cecil zu übertrumpfen.«

»Selbst jetzt zweifelst du noch an Lopez' Schuld?«

»Ach, ich weiß nicht, Charles. Es ist alles so undurchsichtig… Du meinst, jemanden zu kennen. Er war eine sanfte Seele… und aufrichtig, zumindest habe ich ihn dafür gehalten. Ein aufrichtiger Mann ragt heraus aus all dieser Falschheit… ja, Lopez kam mir aufrichtig vor.« Blount mischt die Karten und teilt sie aus. »Ich nehme an, dass er unwissentlich in etwas hineingeraten ist. Aber ich bin mir sicher, dass er nicht so schuldig war, wie es mein Bruder behauptet.«

Essex hatte sich wie ein Hund mit einem toten Hasen verhalten, er hatte ihm die Zähne tief in den Hals geschlagen. Penelope empfindet Übelkeit bei dem Gedanken, dass Lopez auf dem Schafott den Tod gefunden hat – den Tod eines Verräters von der schlimmsten Art; ein grausames Spektakel des Leidens. Sie meint, in der Ferne die tosende Menschenmenge zu hören, die nach Blut verlangt; aber es ist nur in ihrer Fantasie; Doktor Lopez ist vor über einer Stunde gestorben.

Blount muss wohl ihre Pein erkennen, denn er beugt sich über den Tisch und fasst sie an den Armen. »Ich weiß, wie teuer er dir war.«

»Er hat Lucy das Leben gerettet.«

»Ich weiß. Aber der Beweis gegen ihn *war* überzeugend«, sagt Blount, der sich nun zurücklehnt. Ihr Spiel ist vergessen.

»Aber hätte es denn anders sein können? Ein Beweis ist bedeutungslos.« Penelopes Stimme bricht.

»Vor Jahren schon hatte es Gerüchte gegeben, er habe Gifte zusammengebraut. Es ist durchaus *möglich*, dass er die Königin beseitigen wollte.«

»Was? Derselbe Mann, der jahrelang für ihre Gesundheit gesorgt hat?« Sie schnappt nach Luft. »Ich weiß, ich weiß, Menschen sind vielschichtige Wesen, und nicht immer ergibt ihr Handeln einen Sinn.«

»Dein Bruder war von seiner Schuld absolut überzeugt«, sagt Blount. »Obgleich ich ihn gebeten hatte, die näheren Umstände herauszufinden. Ich war mir sicher, dass es einen Weg geben müsste, der nicht mit einer …« Er sprach das Wort »Hinrichtung« nicht aus, aber es schwebte im Raum.

»Ich weiß, du hast getan, was in deiner Macht stand, und ich ebenso.« Hätte sie vielleicht mehr tun können? Sie hatte versucht, mit der Königin zu sprechen, um sie zumindest davon zu überzeugen, die Hinrichtung zu verschieben; aber Elizabeth hatte jedes Gespräch in dieser Sache abgelehnt, sie hatte nur gesagt, die Gerechtigkeit müsse ihren Lauf nehmen. »Manchmal sehen Menschen nur, was sie sehen wollen.«

Penelope macht sich in letzter Zeit Sorgen um Essex, denn er legt einen beunruhigenden Eifer an den Tag. Und die Gunst, die ihm die Königin gewährt, kennt keine Grenzen, das steigt ihm zu Kopf. Zudem hat die Aufdeckung des Komplotts, wenn es denn eines war, seinen Einfluss weiter erhöht. Er ist vor Stolz unerträglich aufgebläht, und diese Blase wird platzen. In den letzten Jahren hat Penelope viele Male ihren Bruder wiederaufrichten müssen; sie kennt die Anzeichen.

»Ich zerbreche mir den Kopf über Cecil«, sagt Blount. »Wenn Doktor Lopez wirklich als Doppelspion gearbeitet hat, wie Cecil es behauptet, dann hätte Cecil doch *au courant* sein müssen. Aber er hat ausgesagt, er wisse von dieser ganzen Angelegenheit nichts.«

»Cecil kann man nicht trauen«, sagt sie und fragt sich, ob er es möglicherweise war, der Lopez den Wölfen zum Fraß vorgeworfen hat; sie versucht zu begreifen, welchen Vorteil es ihm eingebracht haben könnte, findet jedoch keinen. »Aber der Feuereifer meines Bruders war übertrieben.« Sie schüttelt den Kopf und hat mit einem Mal das Gefühl, alles sei zu zerbrechlich, auch sie könne jederzeit im Tower landen, wo man ihr wie Lopez ein Geständnis abpresse. Es bräuchte nur einen kleinen Fehltritt und eine falsche Person, die ihn in ein falsches Ohr flüstert. Wie aus dem Nichts steigt Panik in ihr auf.

»Würdest du ein Auge auf meinen Bruder haben?«, fragt sie.

»Aber natürlich. Dir zuliebe.« Wieder beugt er sich über den Tisch, dieses Mal küsst er sie auf den Mund und streichelt ihr über die Wange. »*Uns* zuliebe.«

»Manchmal stelle ich mir vor, wir beide könnten wie Mann und Frau zusammenleben.« Sie kann nicht recht in Worte fassen, was sie damit sagen will: ein Leben nicht am Rande des Abgrunds zu führen und ohne bedrückende Geheimnisse.

»Ich denke an nichts anderes.«

»Nun übertreibst du. Du denkst doch immerzu an Politik.«

»Und du etwa nicht?«

Er hat recht. Sie würde die Macht, die ihr ihre Geheimnisse verleihen, nicht aufgeben wollen und ebenso wenig das Gefühl, ein Rädchen im Regierungsapparat zu sein. Sie trägt zu den verdeckten Informationen bei, die Anthony Bacon sammelt, und zu den Geheimnissen, die großen Einfluss auf den Staat haben könnten. Sie stellt sich das Essex-Haus als Wurzel eines Weinstocks vor, dessen Ranken sich durch Europa im Süden, hinüber nach Irland im Westen und hinauf nach Schottland im Norden ausdehnen. »Ich habe kürzlich Post aus Schottland erhalten.« Es überfällt sie der Gedanke – und nicht zum ersten Mal –, dass diese Korrespondenz eines Tages sehr gut als Beweis dienen könne, wenn man *sie* des Hochverrats anklagen sollte, weil jemand sie beseitigen will. Dieser spezielle, lang erwartete Brief war ihr im Privatgemach aus dem Ärmel geglitten, ehe sie die Gelegenheit gefunden hatte, ihn zu verbrennen. Peg Carey hatte ihn flink wie eine Elster aufgehoben.

»Was ist das? Ein Liebesbrief?« Sie hatte ihn sich unter die Nase gehalten und an ihm geschnüffelt, als könnte sie seinen Inhalt riechen. »Was verbergt Ihr vor uns?« Es war bloß eine Neckerei, aber Penelope fürchtete, sie wisse etwas; und sie sah, dass Cecil den Wortwechsel aus dem Augenwinkel beobachtete. Es war nur ein kleiner Trost, dass Peg Carey eine Blutsverwandtc ist.

»Seid nicht töricht«, hatte Penelope mit gespielter Gelassenheit gesagt, obgleich ihr Herz pochte; und als sie die Hand nach dem Brief ausstreckte, wunderte sie sich, dass sie nicht zitterte.

Nach einer halben Ewigkeit ließ sich Peg erweichen und gab ihr den Brief mit einem unergründlichen Lächeln zurück.

»Danke.« Als sie ihn ins Feuer warf und in Flammen aufgehen sah, fasste sie den Entschluss, nie mehr wieder bei Hofe Derartiges zu lesen. »Nur schon wieder so eine Bittschrift.«

Sie atmet tief ein, um die Erinnerung auszulöschen.

»Von König James?«

»Nicht vom König persönlich, aber von einem seiner engen Vertrauten. Er meint, unsere Ergebenheit könne ihm womöglich willkommen sein. Sein Brief ist sehr diskret abgefasst, aber die Andeutung ist nicht zu verleugnen.« Sie sieht das sorgenvolle Gesicht ihres Geliebten. »Was ist?«

»Nichts.«

»Ich tue das schon lange Zeit. Es ist fünf Jahre her, dass ich die ersten Fühler in diese Richtung ausgestreckt habe. Ich weiß also, wie ich meine Spuren verwischen muss.« Noch immer erfüllt Sorge sein Gesicht. Erst seit Kurzem hat sie ausreichend Vertrauen zu Blount gefasst, um mit ihm Dinge dieser Art zu besprechen. Dem Geliebten mit dem Herzen zu vertrauen, ist das eine; Geheimnisse mit ihm zu teilen, die sie beide aufs Schafott bringen können, etwas völlig anderes. »Manchmal frage ich mich, ob Geduld nicht die wichtigste Eigenschaft für die Staatskunst ist. Ich wollte, mein Bruder würde das begreifen. Er ist so ungestüm.« Ihr läuft ein Schauer über den Rücken, und ihr kommt der Gedanke, dass sie sich eines Tages vielleicht von ihrem unbesonnenen Bruder distanzieren muss – es gibt so viele Geschichten über Menschen, die allzu hoch hinauswollten, und keine geht gut aus.

Sie schiebt den Gedanken beiseite und ruft sich ins Gedächtnis, dass die Familienbande felsenfest sind und die Liebe zu ihrem Bruder, trotz all seines Leichtsinns, unzerstörbar. Im Übrigen ist sie dazu da, ihn an die Kandare zu nehmen. So war es schon immer: Es war ihre Pflicht als Älteste, ihn davon abzuhalten, im Obstgarten von Chartley auf den höchsten Ast zu klettern oder die ungezähmten Ponys zu reiten oder die Stromschnellen mit einem Floß zu überwinden, das er aus Stämmen und Seil selbst gebaut hatte; all das tat er, um seinen Mut zu beweisen. Doch dieses Mal war sie damit gescheitert, ihn zu zügeln.

Es ist wahrhaftig eine Last, die Hoffnungen und Träume einer ganzen Familie zu tragen. Sie erinnert sich an seine matten, düster verschatteten Augen. Als ihre Mutter ihnen den Tod des Vaters mitteilte, sagte sie zu ihm: »Nun bist du der Graf von Essex.« Er hatte verunsichert und sehr klein gewirkt, viel zu klein für seine zehn Jahre. »Du hast nun die Verantwortung für die Devereux'. Du bist das Oberhaupt der Familie.« Innerhalb eines Augenblicks hatte man ihm die Kindheit gestohlen, und schon wenig später sah sie zum ersten Mal diesen leeren, versteinerten Blick an ihm.

»Wenn du ein Knabe gewesen wärest, hättest du einen guten Staatsmann abgegeben«, sagte Blount neckend. Er versucht, sie aufzuheitern, und dafür liebt sie ihn umso mehr.

»Und du als Frau wärest eine schreckliche Gemahlin, weil du deine Nase immer in Bücher steckst. Dein Gatte müsste fürchten, dass du durch das Lernen größenwahnsinnig wirst.« Er lacht und klappert mit den Wimpern wie ein Mädchen. Sie ist froh über die Leichtigkeit, selbst wenn sie ein bisschen gezwungen ist.

»Stell dir vor, wir würden zusammen in Wanstead leben«, sagt sie mit einem Mal ernst.

»Ich fürchte, du würdest so ein ruhiges Leben nicht ertragen.«

»Nicht jetzt, aber vielleicht eines Tages.«

»Eines Tages«, wiederholt er. »Warum liebst du Wanstead eigentlich so sehr?«

»Ich weiß es nicht genau. Es herrscht dort eine Atmosphäre der

Zufriedenheit. Zu Anfang meiner Ehe war es mir immer eine Zuflucht.« Sie erwähnt nicht, dass es ein Ort frei von Erinnerungen an Sidney ist, die sie ansonsten überall ereilen. Blount nimmt ihre Hand und verschränkt seine Finger mit ihren.

Die Tür geht auf, ihre Hände zucken zurück und greifen sofort nach den Spielkarten. »Ihr seid an der Reihe«, sagt Penelope, als Essex mit seinem Gefolge – darunter Rich – ins Gemach stürmt. Rich schaut kurz zu ihr. Erst kürzlich hatten sie eine Auseinandersetzung wegen Blount; Rich hatte sie an ihr Versprechen erinnert, sich diskret zu verhalten. »Glaubt Ihr, ich will Hörner aufgesetzt bekommen, sodass bei Hofe alle über mich hinter vorgehaltener Hand lachen? Reicht es denn nicht, dass ich Euch gestatte, seine Tochter mit meinen eigenen Kindern großzuziehen?« Sie hatte unerwähnt gelassen, dass sie vermute, wieder schwanger zu sein. Auch Blount hat sie nichts davon erzählt, denn als sie letztens eine Fehlgeburt hatte, war er unendlich niedergeschlagen.

»Ich habe meine Seite des Handels eingehalten«, hatte sie Rich entgegnet. »Ich habe Euch als Alibi gedient und darüber hinweggesehen, dass Ihr …« Sie wusste nicht so recht, wie sie seine Affären beschreiben sollte, nie hat sie ein passendes Wort dafür gefunden. »Ihr habt zwei Söhne in der Kinderstube«, erinnerte sie ihn. »Und es sind wunderbare Knaben.«

Penelope wird es immer schwer ums Herz, wenn sie an ihre Kinder denkt. Ihre Mutter versäumt es nie, ihr vorzuwerfen, sie sei viel zu nachsichtig mit ihnen. Aber sie kann nicht anders. Bei ihrem letzten Besuch in Leighs hatte sie ihnen zwei Meerschweinchen mitgebracht – eine Rarität, die ein Händler für viel Geld besorgt hatte. Wärme durchströmt sie, wenn sie sich an ihre Freude erinnert, als sie diese sonderbaren Kreaturen mit ihren Knopfaugen und den zuckenden, haarigen Nasen begrüßten.

Ihr Bruder und seine Männer haben einen beunruhigenden Zug von unterdrückter Begeisterung an sich, als hätten sie gezecht oder gekämpft.

»Regnet es noch?«, fragt sie, als sie Essex' nasses Haar sieht. In diesem Sommer hat es kaum aufgehört zu regnen; die Ernte wird sicher schlecht ausfallen.

»Du musst es doch gehört haben. Es war wie ein Sturzbach«, sagt Essex und schüttelt sich wie ein Hund. Rich zuckt zurück, als ihm Tropfen ins Gesicht fliegen, was Essex amüsiert. Rich lächelt ihn liebenswürdig an. In seinen Augen kann Essex gar nichts Falsches tun, und oft hat Penelope sich gefragt, ob es da vielleicht ein unerwidertes Verlangen gebe.

»Ihr habt einen Brief bekommen«, sagt Essex und hält Blount ein feuchtes gefaltetes Blatt Papier hin. »Euer Mann hat Euch überall gesucht.« Darauf folgt ein gehässiger Blick von Rich, der vermuten muss, sie hätten sich irgendwo aus schimpflichen Gründen versteckt.

»Wir waren die ganze Zeit hier«, sagt Penelope. »Wir haben Karten gespielt.«

Blount hat den Brief geöffnet und überflogen, nun sitzt er schockiert da.

»Was ist?«, fragt Penelope.

»Mein Bruder ist gestorben.« Er sieht plötzlich eingefallen aus. »Ganz überraschend.«

»Es tut mir so leid, Charles«, sagt sie und hat das dringende Verlangen, ihn zu trösten; aber nicht hier vor den Leuten und vor allem nicht vor ihrem Gemahl.

»Es ist Gottes Wille«, sagt Essex und klopft ihm auf den Rücken – in dieser ungeschickten Weise, die Männern eigen ist, wenn sie betroffen sind. »Ich nehme an, dass Ihr ab sofort Lord Mountjoy seid.«

Penelope tritt ihrem Bruder kräftig gegen den Knöchel, denn sie ärgert sich über seine Taktlosigkeit.

»Würdet Ihr mich freundlicherweise entschuldigen?« Blount verlässt das Gemach. Zu gerne würde Penelope ihm hinterhergehen, aber sie spürt, dass Richs Blick auf ihr ruht. Es wäre nicht schicklich. Sie sammelt die Karten ein und bindet sie mit einem ausgefransten Bändchen zusammen. Essex schält sich aus seinem nassen Wams und wirft es seinem Diener zu. Rich beobachtet ihn. Mit einem Mal begreift sie … und das Herz wird ihr schwer: Natürlich, sie kommen von Doktor Lopez' Hinrichtung. Das ist der Grund für die Kälte ihres Bruders. Wut regt sich in ihr; sie steht auf, nimmt ihren Bruder am Arm und zieht ihn in eine Ecke.

»In dieser Sache mit Lopez bist du zu weit gegangen«, zischt sie ihm zu. »Viel zu weit. Du hättest auf mich hören sollen. Ich bin entsetzt …«

»Um Gottes willen, Schwester«, fällt er ihr ins Wort. »Du kennst nicht die ganze Wahrheit. Der Mann war schuldig. Er hat geplant, die Königin zu vergiften. Er war ein Verräter. Ich habe Ihre Majestät vor diesem Anschlag gerettet.«

»Oder du hast es dir eingeredet.«

»Er war schuldig. Ich habe mit eigenen Ohren sein Geständnis gehört. Bevormunde mich nicht, Penelope. Ich bin nicht mehr dein kleiner Bruder. Und sieh doch, wie mein Stern am Himmel steigt, während Cecil … bleierne Stiefel an den Füßen hat.« Er greift unter ihr Kinn und dreht ihr Gesicht zu sich. »Verstehst du denn nicht, dass ich das für *uns* tue?«

»Ich weiß, ja, ich weiß«, entgegnet sie. Er ist gespannt wie eine Bogensehne.

»Du weißt nicht, wie es ist. So viele wollen meinen Untergang sehen: Cecil, Ralegh und all ihre Speichellecker.« Er stößt nun jedes Wort mit lebhaftem Ungestüm aus. »Nur weil es nicht so aussieht, heißt es noch lange nicht, dass nicht Krieg herrscht. Menschen sterben im Krieg.«

Die Welt ihres Bruders kennt nur Schwarz und Weiß: Es ist entweder Krieg oder Frieden, töte oder werde getötet, hoch oder tief. Dazwischen gibt es nichts.

»Es würde dir guttun, wenn du maßvoller wärest … und bejuble nicht den Tod des armen Mannes. Zeige Anstand.« Sie denkt an Doktor Lopez' Witwe; sie will ihr anonym ein Gehalt zukommen lassen; das ist zumindest eine kleine Entschädigung.

»Du hast recht. Ich werde maßvoller sein. Und ganz brav.« Er küsst sie auf die Wange und schaut sie mit Hundeaugen an. »Sei nicht wütend auf mich, Schwester. Das ertrage ich nicht. Ich habe dann das Gefühl, ich hätte deine Liebe verloren.«

Ihre Wut legt sich nach außen hin, kehrt sich aber in ihr Inneres; und plötzlich empfindet sie Scham, als hätte sie mit eigenen Händen dem Mann die Schlinge um den Hals gelegt. Sie kann nicht leugnen, dass ihr Ehrgeiz, die Zukunft der Familie Devereux sicherzustellen, ebenso groß ist wie der ihres Bruders; als würde in ihnen beiden ein Teufel stecken. Ohne diesen Ehrgeiz könnte sie friedlich leben. Sie hätte wie Dorothy weglaufen, unter ihrem Stand heiraten und ein ruhiges, unauffälliges Leben führen können. Aber in Wahrheit gibt es selbst für Dorothy dieses ruhige Leben nicht, denn unterdessen ist sie Witwe, und Essex sucht nach einer glanzvollen Partie für sie. Ist man in eine Familie wie ihre hineingeboren, gibt es nur eine Flucht auf Zeit; das gilt sogar für die liebe, unbekümmerte Dorothy, die sich nicht einen Deut für Politik interessiert.

Im Übrigen weiß Penelope nur zu gut, dass sie sich nicht mehr als ihr Bruder aus den Dingen heraushalten kann. Er hatte nie eine Wahl, sonst könnte er nicht einmal zwei Penny zusammenkratzen … der ärmste Graf Englands, so hieß es immer. Wenn Familien wie ihre nicht aufsteigen, gehen sie unter. Darum muss Essex wie ein Kätzchen der Königin um die Knöchel streichen und sich bereitwillig an den Bagatellen festkrallen, die sie vor ihm baumeln lässt; ständig muss er ihre Gunst suchen, um den Namen der Devereux' lebendig zu halten. Und Penelope muss ihm dabei helfen.

»Du hast meine Liebe nicht verloren, Robin.«

Gab es einen Moment, so fragt sie sich rückblickend, in dem das einfache Mädchen sich verwandelt hat, in dem das Ei zur Auster geworden ist? Es begann mit Rich. Sie erinnert sich an das herrliche Gefühl von Macht, als sie mit ihm den Handel geschlossen hatte. Als sie dann allmählich verstand, dass die Umstände nicht immer glücklich sind; selbst wenn man seine Pflicht erfüllt und sein Wort hält, kristallisierte sich ihre Veränderung heraus. Wahrlich verwandelt hat sie Sidneys Tod; sie empfindet heute keine Trauer mehr, aber tief in ihr ist ein stiller Quell des Zorns, der immer in Schach gehalten werden muss. Aber Zorn ist eine großartige Kraft, und eines Tages wird sie vielleicht daraus schöpfen wollen.

Sommer 1595
London

Ein lauter Knall und splitterndes Glas, dann ein dumpfer Schlag, als ein schwerer Gegenstand die Seite seiner Kutsche trifft. Sein erster Gedanke ist, dass er sie gerade erst für eine hohe Summe hat neu anmalen lassen; doch der Angstschrei eines seiner Kutscher – »Wir sind erledigt, wenn wir hierbleiben. Zum Fluss! Zum Fluss!« – gibt ihm zu verstehen, dass es sich hier nicht um einen Unfall handelt. »Haltet drauf. Wendet die Pferde.«

Die Kutsche bekommt Schlagseite beim Wenden, und wieder hört er Schläge. Cecil läuft kalter Schweiß über den Körper, als das Gefährt heftig zu schaukeln beginnt.

»Nimm deine dreckigen Hände weg!«, schreit der andere Kutscher. Eine Peitsche sirrt und schnalzt. Als Cecil ein wenig Mut aufbringt, schiebt er den Vorhang einen kleinen Spalt auf, voller Angst, was ihn außerhalb der schützenden Karosse erwartet. Ein Mann drückt sein Gesicht an die Scheibe, seine Finger krallen sich an den Rand der Tür. Sein Mund öffnet sich zu einer dunklen Höhle, als der knotige Strang der Kutscherpeitsche auf seinen Rücken niedersaust. Cecil zuckt zurück. Der Mann starrt ihn mit tiefem Ekel an. Er sagt etwas. »Na, seht Ihr unsereiner darben, Ihr in Eurer hübschen Kutsche, während ganz London hungert?« Dann spuckt er an die Scheibe.

Dumpf vor Entsetzen schreckt Cecil zurück und hört einen fernen Singsang: *Anständiges Tagwerk und anständigen Lohn; anständiges Tagwerk und anständigen Lohn;* und einen anderen: *Ihr Arbeiter alle kommt zu uns, England den Engländern.* Die Spucke rinnt in einem breiten Streifen die Scheibe hinunter; und der Mann, der Cecil noch immer anstarrt, beginnt am Türriegel zu ruckeln. Auf der anderen Seite der Kutsche wird gerauft; es müssen also mehrere sein. Cecils

Hände zittern wie die eines Säufers; und unweigerlich stellt er sich vor, dass man ihn aus der Kutsche zieht und das Leben aus ihm herausprügelt; er sieht sich im Dreck liegen, während Männer auf seine zusammengekauerte Gestalt eintreten.

Der plötzliche ohrenbetäubende Knall eines Pistolenschusses nimmt ihm den Atem. Er dröhnt ihm schmerzhaft in den Ohren. Der Mann springt ab; doch der Ausdruck seines Ekels prägt sich Cecil ein. Die Kutsche prescht so schnell in Richtung Fluss davon, dass Cecil in die Polster zurückfällt und sich den Nacken stößt. Nur Augenblicke später haben sie den Pier erreicht. Die Tür wird aufgerissen, und einer seiner Männer, der ihm beim Aussteigen hilft, erklärt, er habe in die Luft geschossen. »Es wurde niemand verletzt, Sir.« Ein Gedanke an das Schicksal seiner Angreifer ist ihm gar nicht durch den Kopf gegangen. »Es war knapp. Ich habe gefürchtet, wir könnten…«

»Ja«, unterbricht ihn Cecil, der endlich wieder bei Sinnen ist, als man ihn eilig zu der wartenden Barke bringt.

»Üble Probleme, Sir«, sagt der Bootsmann, als er ihm beim Einsteigen behilflich ist. »In der ganzen Stadt sind Aufstände. Es geht das Gerücht, junge Männer hätten den Laden eines Waffenschmieds geplündert und die Pranger in Cheapside niedergerissen. Lehrbuben, zu jung, um es besser zu wissen… Sie glauben, sie könnten die Welt verändern. Nun sind sie auf dem Weg zum Tower Hill.«

»Bringt mich hin.« In der relativ sicheren Barke verspürt Cecil neuen Mut, als hätte ihn sein knappes Entkommen stark gemacht und in ihm sogar Appetit auf Gefahr geweckt – es ist ein unvertrautes Gefühl, doch es hat ihn gepackt und macht ihn recht übermütig.

»Ich halte das für keine gute Idee, Sir.«

»*Ich* habe keine Angst.« Cecil kann sich selbst kaum glauben; Essex könnte so etwas zu einem Mann sagen, um ihn zu einer Torheit anzustacheln. »Flussabwärts zum Tower, sage ich.«

»Aber die Tide kippt gerade. Wir werden die Stromschnellen an der Brücke überwinden müssen.«

»Dann soll es so sein!« Cecil spürt die bewundernden Blicke der

Männer, die von seinem Eifer ganz beeindruckt sind. Stolz erfasst ihn.

Während die Ruderer ihren Rhythmus finden, ist Cecil noch ganz gefangen in ihm unbekanntem Wagemut. Wenn er es bedenkt, hätte er diese Aufstände kommen sehen müssen. Die Preise waren unkontrolliert in die Höhe geschnellt, eine Missernte hatte die Landbevölkerung in die Stadt getrieben, und alle suchten Arbeit. Aber London ist bereits zum Bersten voll mit Ausländern, die vor den Kriegen in den Niederlanden geflohen sind, und auch sie brauchen Arbeit. Letzte Tage hat er gesehen, wie eine Gruppe Jugendlicher einen Holländer überfiel. Obwohl der Mann bereits am Boden lag, traten sie auf ihn ein; einer der Angreifer öffnete seine Hose und pinkelte auf den armen Kerl, der um Gnade flehte. Cecil hatte zwei seiner Leute hingeschickt, aber bei einem einzigen Zwischenfall einzuschreiten ist nutzlos.

Vom sicheren Fluss aus sieht er eine Schar von etwa fünfzig Männern, die laut schreiend am nördlichen Ufer entlangrennen. Die Barke gleitet im Süden an den Mauern des halb erbauten Swan Theaters vorbei, ein wackliger Bau, der in den Himmel ragt und höher ist als alle umstehenden Gebäude – mit Ausnahme der Kirche. Es scheint, dass sich der Bau von Schauspielhäusern nicht aufhalten lässt. Cecil hatte einen halbherzigen Versuch unternommen, den Bau von diesem hier zu unterbinden, hatte es dann aber aufgegeben, aus Angst, die Königin zu verärgern, die das Theater liebt.

Cecil hält diese aufblühende Unterhaltungsform und ihre Macht, die Massen zu beeinflussen, für etwas von Natur aus Unheilvolles; er hat miterlebt, wie blutrünstig die Menschenmenge werden kann, wenn sie auf der Bühne eine politische Ungerechtigkeit sieht; und er fürchtet, das Theater stifte auf schleichendem Wege die Massen zur Rebellion an. Kürzlich gab es ein besonderes Stück, das die widerrechtliche Absetzung von König Richard II. zeigte. Cecil kann nicht ergründen, warum die Königin so eine Unterhaltung gutheißen sollte, auch wenn Szenen gestrichen wurden, die wahrscheinlich Anstoß erregt hätten. Doch selbst so ist er davon überzeugt, dass diese

Dinge die Leute zu zwangsläufig abweichenden Meinungen anstacheln. Genau das geschieht, so sein Gedanke, wenn die ungebildete Masse mit Derartigem in Berührung kommt.

Ein kleines Boot dreht bei, der daraufstehende Mann ruft ihnen zu: »Ein Mob von tausend Leuten in Tower Hill!«

Mit einem Mal überfällt Cecil die Vorstellung, all die fragilen Strukturen des Staates könnten zusammenstürzen, und nicht nur hier in London. Die Spanier lassen sich nicht auf dem Kontinent zurückhalten; es ist nur eine Frage der Zeit, bis sie im Süden an die Küsten Englands drängen. Aber die alarmierendste Entwicklung, eine Nachricht, über die neuerdings Cecils ganzes Spitzelnetz flüstert, ist die, dass die Spanier wahrhaftig beabsichtigen, ihre Truppen mit denen von Tyrone in Irland zusammenzuführen – gegen die Engländer; genau wie Essex es befürchtet hatte, ein ernüchternder Gedanke. Wie üblich rasselt Essex mit dem Säbel, weil er es kaum erwarten kann, sich mit Ruhm zu bedecken; Cecil fürchtet, dass die leeren Staatskassen einen Zweifrontenkrieg zu finanzieren haben. Ständig denkt er darüber nach und sucht nach einer diplomatischen Lösung. Es muss die Möglichkeit geben, ein Abkommen zu schließen – ohne Blutvergießen und ohne lähmende Kriegskosten. Cecil will es erreichen, weil er dabei an das Vermächtnis der Cecils denkt, das sich ruhmreich bis in die Zukunft hinein erstrecken soll.

Als er aufschaut, reißt ihn die riesig vor ihm aufragende Brücke aus den Gedanken, und der gerade erst in ihm erwachte Mut verlässt ihn. Welcher Irrsinn lässt ihn das hier tun? Er ist doch eben erst knapp der Vernichtung entronnen, und die Stromschnellen sind mindestens ebenso gefährlich wie der Mob. Wieder tritt ihm kalter Schweiß aus den Poren, und sein Atem geht flach und stoßweise.

Aber zum Umkehren ist es zu spät, das Gewässer hat sie bereits im Griff. Die Männer ziehen ihre Ruder ein, als die Kraft der Strömung das Boot schnell zum schmalen Brückenbogen treibt. Die Männer brüllen und johlen vor Aufregung. Mit dem wütenden Tosen des Wassers im Ohr schließt Cecil die Augen; er ist zu starr vor Angst, um mit anzusehen, wie sie ins Dunkel unter der Brücke gezogen werden. Er umkrallt seinen Sitz und hält die Luft an; er will sich darauf konzentrieren, über Wasser zu bleiben, als könnte er durch reine Willenskraft verhindern, dass das Boot kentert. Der Schmerz in seinem Nacken wird stärker, aber er wagt nicht, eine Hand vom Sitz zu lösen, um ihn sich zu reiben. In seiner Vorstellung wird er vom Boot in die reißenden Strudel geschleudert und unter Wasser gezogen, wo er zappelt und strampelt, bis ihm die Lungen platzen.

Die Barke schlingert, sodass Cecil sich der Magen dreht, dann hängt das Boot in der Luft, ehe es mit Schlagseite aufs Wasser zurückklatscht, sodass es von einer Welle überspült wird. Cecil stößt sich die Schulter an einem Pfosten. »Beugt euch vor«, brüllt einer der Männer, und sie alle legen sich auf ihre Bänke, damit das Boot sich von alleine ausrichtet. Cecils Füße stehen knöcheltief im Wasser – seine besten Schuhe aus italienischem Leder, von einem erstklassigen Handwerker gefertigt.

Dann haben sie es geschafft. Die Männer jubeln, lachen und necken einander, hasenherzig gewesen zu sein. Cecil stößt einen tiefen Seufzer aus und schickt ein stilles Dankgebet gen Himmel; er gibt sich den Anschein von Gelassenheit und versteckt seine zitternden Hände. Es wäre nicht gut, wenn sie seine Schwäche sähen; und er findet es unverständlich, wie jemand an einer so furchterregenden Erfahrung Freude haben kann, außer vielleicht der Freude, überlebt zu haben.

Einer der Männer macht sich daran, das Wasser aus dem Boot zu schöpfen, und Cecil inspiziert seine nassen Schuhe. Er sieht Menschen sich in den engen Gassen drängen, die vom Fluss wegführen. Alle tragen behelfsmäßige Waffen und schieben sich hinauf zum Tower Hill. Auf der Höhe der Zinnen bleibt die Barke hin und her schwankend stehen. Cecil klettert ohne Hilfe – die Hand des Schiffsjungen wehrt er ab – auf das Dach der Kajüte, um einen besseren Blick zu haben.

Da steht ein Mann auf dem Schafott, der den Leuten etwas zubrüllt und ein Gewehr über dem Kopf schwenkt. Cecil ist unwillkürlich an den Menschen erinnert, den er an diesem Ort hat sterben sehen – Doktor Lopez, vor einem Jahr; es überkommt ihn eine Schwere, was, wie er vermutet, Scham sein muss. Wie soll er sich nur mit Gott versöhnen, wenn seine Zeit gekommen ist? Er hätte Doktor Lopez retten können, aber dann hätte er Vorteile verloren. Er hat zugesehen, wie ein unschuldiger Mann starb; und die Folge davon war, dass sein Feind zu unvorstellbaren Höhen aufgestiegen ist. Es macht ihn wütend, dass Essex sich vor lauter Wichtigtuerei aufbläht; aber das ist das geringere von zwei Übeln – hätte er das Vertrauen der Königin verloren, hätte es das Ende der Cecils bedeutet. Manchmal machen ihn die Dinge, die er tut, regelrecht krank. Aber er tut sie für das Wohl Englands, ruft er sich in Erinnerung – für die Königin. Und er tröstet sich mit dem Gedanken, sollte der emporgekommene Essex stürzen, würde er in so viele Stücke zerschmettert, dass sie sich niemals wieder zusammensetzen ließen.

Der Mann auf dem Schafott schießt in die Luft, und die Menge brüllt. Leute werfen Steine auf Fenster; ein Mob in der Nähe der Docks hat die Türen eines Lagerhauses eingetreten und rennt mit Fässern voller Fisch davon. Cecil denkt angestrengt nach, welche Männer auf seiner Lohnliste er nach den Namen der Rädelsführer befragen könnte. Einer hat Kontakte zu Lehrbuben, der wird es wissen. Eine öffentliche Bestrafung sollte das Schlimmste aufhalten. Dieser Mann dort auf dem Schafott mit dem Gewehr wird sich schon bald ebendort wiederfinden und Gott um Vergebung anflehen, während er im Todeskampf zusieht, wie seine Eingeweide aus ihm herausquellen. Cecil will der Königin anraten, ein Ausgehverbot zu erlassen. Warum ist er hergekommen?, fragt er sich plötzlich. Von dieser schwimmenden Zuflucht aus kann er ohnehin nichts tun.

»Bringt mich zurück zum Palast«, sagt er zum Bootsführer.

In Whitehall trifft Cecil seinen Vater an, der Essex und der Königin beim Schachspielen zusieht. Essex protzt unterdessen mit einem mächtigen Bart, der männlich wirkt und wie die Mähne eines Löwen glänzt. Die Königin schaut den Grafen an, als wäre er ein von ihr erschaffenes Geschöpf und sie hocherfreut über ihr Werk. Cecil spürt, dass sein alter Neid wieder in ihm brodelt.

»Zwerg«, sagt sie und dreht sich zu ihm. »Ich habe gehört, Ihr wart am Schlachtfeld.« Er wollte, sie würde mehr dazu sagen, ihm vielleicht zu seiner Tapferkeit gratulieren; doch sie wirkt ganz beschwingt, und er weiß, würde er ihr jetzt seine Tortur schildern, sähe es so aus, als würde er um Anerkennung buhlen.

»Ich habe die Ereignisse mit angesehen.«

»Von Eurem sicheren Boot aus«, wirft Essex ein. Er grinst, als wolle er sagen, wäre er dort gewesen, hätte er sich mitten ins Getümmel gestürzt und die Menge mit eigener Hand auseinandergetrieben.

Cecil sieht hinunter zu seinen ruinierten Schuhen; an seinen schwarzen Strümpfen zeigt sich ein weißer Rand vom getrockneten Flusswasser. Essex würde vermutlich in den Stromschnellen jubeln und jauchzen. Wieso weiß er eigentlich, dass Cecil auf einem Boot war? Er, der dauernd beobachtet, fühlt sich beobachtet; kein angenehmes Gefühl. Cecil geht in Gedanken seine Leute durch, seine Ruderer; welchem kann er nicht trauen? Oder vielleicht war es jemand auf einem anderen Boot.

»Essex denkt ...« Die Königin verstummt, um ihr Pferd zu verrücken.

»Ich sehe genau, was Ihr vorhabt, Madam«, sagt der Graf heiter. »Ihr habt im Sinn, mir den Turm abzunehmen.«

Was *denkt* dieser Essex?, fragt sich Cecil und sieht rasch zu seinem Vater. Vor nicht allzu langer Zeit hat er sich die ehemalige Geliebte des Grafen vorgeknöpft, weil er hoffte, sie sei vielleicht dumm genug, unabsichtlich einige Geheimnisse des Grafen auszuplaudern – doch vergeblich. Trotz all seiner übellaunigen Prahlerei und Überheblichkeit scheint er selbst seinen abgelegten Schlampen große Loyalität einzuflößen.

»Vielleicht will ich ja gar nicht Euren Turm, sondern etwas ganz anderes.«

»Nein!«, schreit Essex auf und schlägt sich die Hand vor die Stirn.

»Ihr habt meine Königin im Blick. Wie konnte ich das nur übersehen? Ihr seid zu gewieft für mich. Ich habe nicht den Hauch einer Chance gegen Euch.«

Die Königin lächelt und schnaubt schadenfroh. Lässt Essex sie absichtlich gewinnen?, fragt sich Cecil. Wenn dem so ist, dann gibt er eine verdammt gute Vorstellung ab.

»Essex denkt, ich solle das Kriegsrecht ausrufen«, sagt die Königin. »Aber Euer Vater ist der Ansicht, dass es nur zu noch mehr Aufruhr führt. Nicht wahr, Burghley?«

»Ganz recht, Madam. Ich halte es für ratsam, erst andere Wege zu beschreiten, ehe wir uns der Macht bedienen. Wir wollen doch nicht, dass die Katholiken diese Lage für sich ausnutzen, sonst haben wir, ehe wir uns versehen, eine ausgewachsene Rebellion.«

»Was denkt Ihr, Zwerg?«

»Ich stimme meinem Vater zu. Eine vorsichtige Herangehensweise, Aushebung der Rädelsführer, ein Exempel statuieren... sie wachsam im Auge behalten...«

»Und zulassen, dass andere ihren Platz einnehmen. Wir müssen Stärke demonstrieren«, führt Essex an. »Ich habe große Lust, mich dorthin zu begeben.«

Cecil stellt ihn sich vor, auf seinem Pferd, mit glänzendem Brustharnisch und das Schwert schwingend – und mit diesem Bart... ein ganzer Mann. Es dürfte London gefallen, wenn sein Kriegsheld sich unter die Leute mischt – denn trotz all seines Adelsbluts hat er einen gewöhnlichen Zug an sich. Cecil fällt dieser Mann wieder ein, der seine gräuliche Fratze an die Tür seiner Kutsche gedrückt hat. Bei dieser Erinnerung zieht sich der Knoten in seinen Eingeweiden fester zusammen, und er ist froh, dass er innerhalb der dicken Mauern von Whitehall in Sicherheit ist.

»Wie es der Zufall will, habe ich bereits die Garde instruiert«, sagt die Königin.

Cecil kocht innerlich. Und Essex lächelt hinter vorgehaltener Hand.

»Aber ich will Namen«, setzt sie hinzu. »Ihr habt recht, Zwerg, wir müssen an den Rädelsführern ein Exempel statuieren. Es macht Euch doch nichts aus, Euch die Hände schmutzig zu machen?«

Er sieht zu seinem Vater, der unmerklich nickt. »Ich freue mich, das Notwendige zu tun, Madam.« Es wurmt ihn, dass sie seine Herangehensweise als die schmutzigere ansieht, er spürt, dass er bei diesem Schlagabtausch Boden verloren hat.

»Schach, Essex.« Schadenfroh hebt die Königin die Hände.

»Ihr haltet mich immer in Schach.« Essex klimpert ihr mit den Wimpern zu, und Cecil kann sich gerade noch bremsen, nicht aufzustöhnen, als die Königin nach der Hand ihres Günstlings greift.

»Mein lieber Junge«, sagt sie und dreht sich dann zu Burghley. »Seid Ihr nicht stolz, wie prächtig er sich entwickelt hat?«

»O ja«, erwidert er. »Alle jungen Männer, die unter meinem Dach aufgewachsen sind, haben sich …«

»Oxford hat sich nicht so gut gemacht. An ihm kleben die Skandale wie rohes Ei.« Der Gesichtsausdruck der Königin ist undurchdringlich.

»Southampton. Er ist ein prachtvoller Bursche«, sagt Essex.

Und dein Schoßhündchen, hätte Cecil beinahe gesagt.

»Southampton muss seine Qualitäten noch unter Beweis stellen. Er ist noch immer ein großer Junge, aber ich mag ihn.« Sie und Essex lächeln sich an – auf eine Weise, die alle anderen ausschließt.

Und was ist mit *mir*?, möchte Cecil am liebsten fragen und tadelt sich innerlich dafür, dass sein Neid mal wieder die Oberhand gewonnen hat. Aber Essex hat einen unüberwindlichen Wall an Vertrautheit um die Königin gezogen. Sein Vater zeigt kein Anzeichen von Ärger. *Nicht durch Kraft, sondern durch stetes Fallen.* Ich bin unentbehrlich, ruft er sich in Erinnerung, unentbehrlich.

»Ich habe eingewilligt, dass Essex' Schwester sich vermählen darf«, sagt jetzt die Königin.

Penelopes Bild saust Cecil durch den Kopf, aber es ist selbstverständlich die andere Schwester, Dorothy, die damals durchgebrannt war und letztes Jahr Witwe wurde. Das ist ein deutliches Zeichen für die königliche Gunst, denn vor nicht allzu langer Zeit hätte die

Königin nicht zugelassen, dass Dorothy Devereux unter demselben Dach hockt wie sie, und nun hat sie den königlichen Segen für ihre Hochzeit.

»Ach, eine Hochzeit! Welch eine Freude!«, sagt Burghley, obgleich Cecil weiß, dass sein Vater ebenso wie er interessiert ist, was diese Gunst zu bedeuten hat. »Darf ich fragen, wer der glückliche Freier ist?«

»Es gibt keine Rettung für mich«, klagt Essex und lässt seinen Turm über das Brett schweben. »Ich kann keinen Zug machen, der meine Vernichtung abwenden könnte.«

»Northumberland«, verkündet die Königin.

»Aaah«, macht Burghley. Er verstellt sich gut; Cecil hingegen starrt auf das Schachbrett, da er fürchtet, sein außerordentliches Missfallen preiszugeben. Northumberland ist einer der maßgebenden Grafen im Land. Essex' Einfluss auf die Königin ist unüberwindbar geworden. Das ist ein taktischer Kampf. Northumberland und Ralegh sind eng verbunden, und Cecil hatte geglaubt, beide würden eher seiner Seite zugeneigt sein. Selbst wenn Ralegh ein wenig schwer festzunageln ist, waren sie einander immer nützlich, hatten ein Einverständnis – sie beide hassen Essex. Ihm schwirrt der Kopf. Vielleicht gibt es eine Möglichkeit, einen Vorteil aus dem Ganzen zu ziehen.

»Zwerg, was ist nur mit Euren Schuhen geschehen?« Die Königin zeigt auf seine Füße. Selbst ihre Damen schauen vom anderen Ende des Gemachs herüber.

»Wir sind durch die Stromschnellen gefahren, um nach Tower Hill zu gelangen. Ich dachte, ich sollte so schnell wie möglich zu Euch kommen und Euch die Neuigkeiten überbringen. Ich hätte mich umkleiden sollen, aber ich dachte…« Er windet sich. Die Königin lächelt spöttisch. Freut sie sich an seinem Unbehagen?

»Ihr seid durch die Stromschnellen gefahren?«, fragt sie nach. »Um Gottes willen.«

Er wollte, er hätte einen anderen Grund genannt, denn er erträgt es nicht, sich gönnerhaft behandelt zu fühlen wie ein kleiner Junge, der zum ersten Mal auf einem Pony gesessen hat.

»Diese Strudel sind doch ein Spaß, nicht wahr?«, sagt Essex.

»Ein großer Spaß, ja«, entgegnet Cecil und bemüht sich, seinen schwelenden Groll nicht anklingen zu lassen.

Oktober 1595
Leighs, Essex

Penelope eilt in das Kinderzimmer, noch ehe sie die lehmbespritzte Reitkleidung abgelegt hat, und begrüßt Mistress Shilling, die Pea auf dem Schoß hat und mit dem Fuß eine Wiege schaukelt. Die Kinder umringen sie und reden alle auf einmal, außer Lucy, ihrer Ältesten, die – befangen in ihrer Schüchternheit, die sich zu Beginn des Erwachsenwerdens einstellt – hinten am Fenster steht. Penelope nimmt ihre Dreijährige auf den Arm und flüstert ihr zu: »Meine süße Pea«; voller Freude hört sie sie »Mama« stammeln, wobei sich Grübchen in ihren Wangen zeigen. Penelope drückt ihr auf die kleine Stupsnase, woraufhin sie gluckst. Ob Rich wohl bemerkt hat, dass Klein Pea die Himmelfahrtsnase ihres Vaters hat?, fragt sie sich. Sie nimmt ihr die kleine Leinenhaube vom Kopf, atmet ihren Duft ein und schaut in die Wiege, um ihr jüngstes Kind zu begrüßen, das eng gewickelt ist und schläft.

»Baby«, sagt Klein Pea und zeigt mit ihrem prallen Fingerchen auf das Kind.

»Seht euch nur an«, sagt sie und nimmt ihre Sprösslinge in Augenschein, die ihr zu Ehren ihre schönsten Kleider tragen und vor Aufregung, ihre Mutter zu sehen, beinahe platzen. Penelope geht das Herz auf. Einige ihrer Freundinnen beklagen, dass ihre Kinder sich verzweifelt an die Amme klammern, wenn sie sie besuchen. Die Lebensumstände halten Penelope zwar von ihren Kindern fern, aber sie hat immer darauf geachtet, dass die kostbare Zeit, die sie mit ihnen verbringt, ganz allein ihrem Vergnügen dient.

Ihr jüngster Sohn hält sein Meerschweinchen hoch. »Sieh doch, wie gut ich mich darum gekümmert habe.«

»Es gedeiht prächtig in deiner Obhut, Henry. Du bist gewachsen, junger Mann.« Penelope streichelt das ihr dargebotene Tier, hockt sich im Schneidersitz auf den Boden, nimmt Klein Pea auf den Schoß, und alle – mit Ausnahme von Lucy – setzen sich um sie herum. Ein Gedanke nagt an ihr – etwas, das ihr auf der Reise zu Ohren gekommen ist: ein Katholik, den man im Haus seines Nachbarn aus einem Loch gezerrt hat. Er hatte sich vier Tage lang ohne Essen und Trinken dort versteckt und war halb tot, als man ihn fand. Sie schaudert und wendet sich wieder ihren Kindern zu in der Hoffnung, dass die Welt besser sein wird, wenn sie einmal erwachsen sind.

Klein Pea umfasst die Halskette ihrer Mutter. »Schön«, lispelt sie.

»Habt Ihr uns etwas mitgebracht?«, fragt ihr ältester Sohn.

»Hoby!«, tadelt ihn Essie. »So begrüßt man seine Mutter nicht, wenn man sie einen Monat nicht gesehen hat.«

Sie streichelt Essies unwiderstehliche, milchig weiße Haut. »Wie es der Zufall will…«, sie dreht sich zu Hoby, der seinem Onkel Essex jeden Monat ähnlicher sieht, »…habe ich tatsächlich etwas für dich.« Sie schaut ihn an, ihren begierigen Sohn, ihre Elster, und sieht Begeisterung in seinen Augen aufblitzen. »Draußen.«

Er springt auf. »Darf ich es sehen?«

»Erst wenn ihr mir einen Kuss gegeben und mich umarmt habt.« Sie breitet die Arme aus, drückt sie alle an sich und lächelt über die Kinderschultern Lucy zu, die noch immer neben dem Fenster steht und sich scheinbar für irgendetwas, das draußen geschieht, interessiert; doch immer wieder wirft sie einen raschen Blick auf das Familienkuddelmuddel. Sie lächelt halbherzig zurück. Penelope nimmt an, dass sie sich zu groß fühlt für all das – sie ist schließlich dreizehn –, und erinnert sich, dass sie, als sie in diesem Alter ins Haus der Gräfin Huntingdon kam, sich auch für Kindliches zu alt fühlte und sich dennoch insgeheim danach gesehnt hatte.

Henry drückt ihr einen klebrigen Kuss auf die Wange.

»Lauft hinaus in die Stallungen und bittet Alfred, er solle es euch zeigen. Und du, Essie, passt auf deine Brüder auf.«

Die drei rennen hinaus; Henry umklammert mit der einen

Hand sein Meerschweinchen und hält sich mit der anderen an seiner Schwester fest. Penelope geht der Priester nicht so recht aus dem Kopf; er dürfte unterdessen wohl im Tower sein, wo man Informationen aus ihm herausfoltert. Bei dem Gedanken fühlt sie sich ganz elend; und sie muss an die vielen Namenlosen denken, die Informationen auf dem Kontinent sammeln und sich ungeheuren Gefahren aussetzen. Und dieser arme Mann, den man nur wenige Meilen von hier verhaftet hat, lässt diesen Ort, den sie stets als eine Zuflucht angesehen hat, mit einem Mal so brüchig erscheinen.

Sie steht auf und übergibt Klein Pea wieder der Amme. »Ich bin Euch so dankbar für die Fürsorge, die Ihr ihnen zukommen lasst.« Unweigerlich muss sie daran denken, wie sehr Mistress Shilling ihr an jenem Tag, vor Jahren, Mut gemacht hatte, als sie meinte, vor lauter Kummer verrückt zu werden. Der tröstende Geruch aus der Wäscherei weht sie aus der Vergangenheit an, als wäre es gestern gewesen und nicht vor beinahe vierzehn Jahren. Wie alt mag Mistress Shilling unterdessen sein?, überlegt Penelope; wenn sie Richs Säugamme war, muss sie inzwischen über fünfzig sein. Nun zählt Mistress Shilling alle Fertigkeiten der Kinder auf und berichtet Penelope, wie der neue Tutor sich eingelebt und was der Musiklehrer ihnen beigebracht hat. Penelope hat mit einem Mal die Vorstellung, dass einer dieser Männer insgeheim Katholik sei, tadelt sich aber sogleich wegen ihres Hangs zum Dramatischen. Sie selbst hatte sie vor ihrer Anstellung befragt, und sie waren mit wasserdichten Empfehlungen gekommen.

Penelope setzt sich neben Lucy ans Fenster. »Was liest du da?« Sie berührt das Buch, das ihre Tochter in Händen hält, doch Lucy zieht es gleich weg.

»Es tut mir leid. Ich habe es bei Euren Sachen gefunden.« Lucy will ihrer Mutter nicht in die Augen schauen, lässt aber nun zu, dass sie ihr das Buch abnimmt.

Sie erkennt es auf der Stelle: Es ist *Astrophil und Stella*.

»Was ist das hier?« Lucy zieht ein Blatt Papier hervor – *Meine Liebe für Euch ist so ewig wie die Sterne, mein Leitstern*. Ein Brief von Sidney mit seiner Unterschrift, den sie als Lesezeichen benutzt hatte.

»Lass es mich dir erklären.« Penelope schaut hinüber zu Mistress Shilling, die auf der Stelle versteht und mit Klein Pea den Raum verlässt.

Lucy stellt sie mit hartem Blick zur Rede. »Habt Ihr Sir Philip Sidney geliebt?«

»Ja, das habe ich.« Penelope will sich nicht in ein Netz aus Lügen und Vorwänden verstricken; sie ist bereits mit genügend Unwahrheiten befrachtet, sie reichen ihr für dieses und das nächste Leben. Selbst wenn sie es gewollt hätte, hätte sie nicht in Worte fassen können, was genau sie mit Sidney verbunden hat und wie sie in seinem Netz und er in ihrem unauflöslich gefangen war. Oft hat sie sich gefragt, ob vielleicht die Trennung ihre Gefühle füreinander befeuert habe. Sie wusste damals so wenig von der Liebe und wie sehr die erste Liebe einen Menschen formen kann. Nicht ein Tag vergeht, ohne dass sie an Sidney denkt. Manchmal hört sie einen Satz, den er gesagt hat, oder sie sieht seinen Bruder aus der Ferne und meint, er sei es, oder sie träumt lebhaft von ihm, oder ihr fällt unerwartet ein Vers aus einem seiner Gedichte ein.

»Und was ist mit Vater?«

»Mit deinem Vater hatte das nichts zu tun, Lucy.«

»Aber wenn Ihr einen anderen geliebt habt, habt Ihr ihn doch betrogen.«

»Es war eine vollkommen keusche Liebe.«

»Was soll das heißen?«

»Es heißt genau das, mein Schatz.« Sie will die Hand ihrer Tochter nehmen, aber Lucy lässt es nicht zu. »Es gibt vieles, das du von der Liebe noch nicht verstehst. Es ist kompliziert.«

»Ich habe die Romanzen gelesen«, erklärt Lucy, als wolle sie andeuten, sie kenne sich aus. »Ich weiß alles über die höfische Liebe. Wollt Ihr sagen, dass es so etwas war?« Drängend klopft sie mit dem Fingerknöchel auf den Umschlag.

»Nicht ganz.« Sie könnte mit Leichtigkeit abwiegeln, wenn sie denn sagte, das sei es gewesen; aber so war es nicht, es war mehr; und sie bringt es nicht fertig, diese Liebe als eine förmliche ferne Verehrung abzutun. »Eines Tages wirst du von jemandem hingerissen sein, und aller Wahrscheinlichkeit nach wird er nicht der Gemahl sein, den dein Vater und ich für dich aussuchen werden.«

»Ich will nicht heiraten, niemals.« Mit einem Mal fällt die Steifheit von ihr ab, und sie umschlingt ihre Mutter, klammert sich fest an sie, als wäre sie plötzlich wieder Kind.

»Zu heiraten bedeutet, Kinder zu haben. Und Kinder zu haben ist eine der größten Freuden, die Gott uns geschenkt hat.«

»Vater hat von einer guten Partie gesprochen.«

Das ist das Erste, was Penelope darüber hört; und sie kocht innerlich, dass er es nicht zuerst mit ihr besprochen hat. »Ich lasse es nicht zu, Lucy. Du bist erst dreizehn. Es besteht keine Eile.« Sie nimmt sich vor, Rich zur Rede zu stellen. In letzter Zeit sieht sie ihn selten allein, nur öffentlich, wenn sie sich bei Hofe gemeinsam als Paar zeigen oder wenn Rich sich an die Freundesschar ihres Bruders hängt – was etwas zu häufig geschieht. Er hat die ärgerliche Angewohnheit, im Essex-Haus aufzutauchen, wenn er nicht erwünscht ist.

»Ich wollte, ich könnte immer Kind bleiben«, sagt Lucy mit dünnem Stimmchen.

Sie hält ihre Tochter im Arm und verspürt überbordende Liebe für sie. Sie erinnert sich an ihre Enttäuschung, als dieses Kind zur Welt kam. Aber es war nicht die gewöhnliche Enttäuschung, die Eltern empfinden, wenn das Erstgeborene ein Mädchen ist. Es war ein Rückschlag wegen des Handels mit Rich, ein Rückschlag für ihren Weg in die Freiheit. Sidneys Geist ragt auf. Dann muss sie an Doktor Lopez denken, an seine freundlichen Worte und sein außergewöhnliches Mitgefühl. Trauer ergreift sie und außerdem Angst bei dem Gedanken, dass man die Wahrheit nie herausfinden wird. Noch immer weigert sie sich, an seine Schuld zu glauben – obwohl es einen unstrittigen Beweis für seine Beziehungen nach Spanien gab. Er wird immer der Mann sein, der Lucy das Leben gerettet hat.

»Du wirst nie aufhören, mein Kind zu sein«, murmelt sie, streift Lucy die Haube vom Kopf und streicht ihr über das dunkelbraune Haar.

»Ich fürchte mich, Mutter. Letztens haben die Diener geredet …«
O Gott, denkt Penelope und rüstet sich, denn sie hofft inständig,
dass Lucy nicht Wind bekommen hat von den sexuellen Neigun-
gen ihres Vaters. Sie ist ein Mädchen, das seine Neugier kaum beherrschen kann, das an Türen horcht, Dinge durchsucht, Briefe liest,
als hätte sie das dringende Bedürfnis, die Welt zu verstehen und sie
sicherer erscheinen zu lassen. Penelope hat sich immer für die Unsicherheit ihrer Tochter schuldig gefühlt, als habe sich ihre anfängliche Ablehnung unauslöschlich in ihre Seele gebrannt.

»Was ist, Liebes?«

»Werden die Spanier kommen?«

Penelope ist verwirrt. »Die Spanier?«

»Sie haben in Cornwall vier Städte niedergebrannt … das haben
die Diener gesagt.«

»Kein Grund, sich Sorgen zu machen, Lucy. Es war nur ein Über-
fall, keine richtige Armee … es waren Opportunisten … nicht einmal Städte, kaum mehr als Dörfer … es ist im Keim erstickt worden.
Und im Übrigen liegt Cornwall am äußersten Ende von England.«
Sanft wiegt sie ihre Tochter. Lucy ist nicht die Einzige, die über die
Angriffe in Cornwall beunruhigt ist; der ganze Süden Englands steht
unter Anspannung. Die Spanier nennen es einen Triumph – der erste
Schritt zur Invasion –, und die englischen Katholiken unterstützen
sie dabei. Ungebetene Gedanken über das Massaker in Frankreich
gehen Penelope durch den Kopf – und Jeannes Augen, die den ganzen Schrecken jener Nacht widerspiegelten, als sie damals davon erzählte, immer nur bruchstückhaft, als käme die Schilderung des Ganzen einem Schritt in die Hölle gleich.

»Aber was sie ihnen angetan haben …« Lucy hält inne, als wäre sie
nicht in der Lage, die Worte auszusprechen; was hat sie nur mit angehört, fragt sich Penelope, als sie die Diener belauscht hat – bestimmt
grausige Geschichten von offenen Feldschlachten und brennenden
Häusern. »Den Frauen«, stößt Lucy schließlich hervor. »Sie haben
den Frauen Entsetzliches angetan – sie haben sie sich zu Willen gemacht und dann in Stücke gerissen.«

»Das sind nur Geschichten, die bei jedem Weitererzählen über-spitzt werden, Liebes.« Aber es sind nicht nur Geschichten. Krieg ist brutal, für die Frauen ebenso wie für die Männer; und wenn Pene-lope ihren Gedanken freien Lauf ließe, würde sie verrückt. Der Über-fall ging von der Bretagne aus, die die Spanier besetzt haben. Das ist zu nah, um sich keine Sorgen zu machen.

»Feuer muss mit Feuer bekämpft werden«, hatte sie zu Essex ge-sagt, als sie mit ihm und den Bacon-Brüdern darüber sprach. »Burgh-leys Diplomatie ist für den Umgang mit den Spaniern kein geeigne-tes Mittel. Zieh mit einer Truppe nach Spanien, Robin. Zünde ihre Flotte an.«

»Ihr werdet dadurch zu Ruhm kommen«, sagte Anthony Bacon, der sich seinen von Gicht geplagten Oberschenkel rieb.

»Die Königin will noch überzeugt werden«, sagte Francis mit einer anmutigen Handbewegung und einem kleinen Schniefen. Penelope hat bemerkt, dass er oft seine Sätze mit Schniefern unterstreicht, und fragt sich, ob sie etwa irgendeine Bedeutung haben. »Cecil wird das nicht gefallen.«

»Ein Grund mehr«, warf Anthony ein.

»Ich werde die Königin sanft bearbeiten«, sagte Penelope. »Und du musst das auch tun, Robin. Aber Feingefühl ist vonnöten. Sie muss glauben, es sei ihre eigene Idee.«

Ihr Bruder hat ihr daraufhin sein betörendes Lächeln zugeworfen. »Das dürfte mir gelingen.«

»Aber nimm dich nicht …« Sie verkniff sich, ihm zu sagen, er solle sich nicht zu wichtig nehmen.

Der Blick der Königin ist eine gewaltige Kraft; ihr Bruder scheint in ihrer Gunst immer höher zu steigen, während die anderen Günst-linge neben ihm verblassen. Penelope fürchtet, er könne sich deswe-gen für unbesiegbar halten. Das bereitet ihr Unbehagen, denn hat man einmal den höchsten Gipfel erreicht, gibt es nur noch einen Weg. Viele würden Essex zu gerne stürzen sehen, was in Penelope das Bedürfnis weckt, ihn schützen und sicherstellen zu wollen, dass er sich maßvoll benimmt und im Kopf behält, was als Nächstes kommt;

Elizabeth wird nicht ewig leben, und sie *müssen* dafür sorgen, dass James ihr auf den Thron folgt, denn die Zukunft der Devereux' ist nun untrennbar mit den Stuarts verbunden. Sie hat hart dafür gearbeitet, das Vertrauen des schottischen Königs zu gewinnen. Diese geheime Korrespondenz – und all die Angst, dass sie eines Tages deswegen in Schwierigkeiten gerät – liegt ihr wie ein Mühlstein um den Hals.

»Ich wollte, ich wäre ein Knabe«, sagt Lucy nun mit Nachdruck, sodass Penelope sich wieder ihrer Tochter zuwendet. Sie entzieht sich den Armen ihrer Mutter und schaut ihr in die Augen. »Ich sollte kämpfen lernen wie Onkel Essex.«

»Dein Geist macht dich stark, nicht rohe Gewalt, mein Schatz.«

»Was nützt mein Geist gegen marodierende Truppen?« Lucy lacht bitter.

»Du wärest überrascht«, sagt Penelope, die sich freut, dass ihre Tochter wieder besser gestimmt ist. »Denk doch an die alte Herzogin von York.« Viele Male hat sie ihren Kindern die Geschichte der Rose von Raby – so nannte man sie – erzählt, die vor anderthalb Jahrhunderten mit einer blutrünstigen Armee verhandelte, um ihr Leben und das ihrer Kinder zu retten. »Komm, reich mir den Kamm.« Sie löst Lucys Zöpfe und zieht den Kamm vorsichtig durch ihr Haar; wie schön es ist, glänzend wie Melasse. Sie stellt sich vor, dass Lucy, sollte sie an den Hof gerufen werden, die anderen Zofen sehen und wie diese ihr Haar unter einer Perücke aus gefärbtem Kräuselhaar verstecken würde, das über und über mit echten oder falschen Perlen verziert ist – es wäre ein Jammer. Sie erinnert sich, wie deplaziert sie sich dort an ihrem ersten Tag in ihrem dunklen Samtkleid gefühlt und wie sehr sie sich nach diesen hauchdünnen Flügeln gesehnt hatte. Wie rasch war sie ihrer überdrüssig geworden, denn die Drähte hatten sich ihr unangenehm in den Nacken gebohrt.

»Wie war er, Euer Sir Philip?« Lucy hält seinen Gedichtband hoch. »Ich habe sie gelesen. Ich musste weinen.«

Penelope möchte ihn mit Blount vergleichen, aber Lucy kennt Blount nicht. Es macht sie traurig, dass ihr Leben sich in so scharf getrennten Bereichen abspielt. Vielleicht ändert sich das eines Tages – sie hegt den Gedanken, gemeinsam mit Blount und ihren Kindern in Wanstead zu leben. Sie denkt immer an Wanstead – an das Haus des Glücks. Aber in Wahrheit ist es ein vager Traum. »Er war ein Mann, der sich nicht fürchtete vor seiner eigenen...« Sie findet nicht das richtige Wort. »... vor seiner eigenen Empfindsamkeit.« Als sie es ausspricht, klingt es dumm, nicht angemessen, aber Sidneys ganze Wahrheit lässt sich unmöglich erfassen: sein grüblerisches Wesen; seine absolute Überzeugtheit von der Liebe; sein Hass auf sinnlose Gewalt; sein Streben nach der Wahrheit. Das alles hatte sie sagen wollen.

Aber Lucy bittet nicht um eine Erklärung. »Das habe ich aus seinen Gedichten herausgelesen. Seine Gefühle haben ihm arg zugesetzt.«

Penelope vergräbt das Gesicht im Haar ihrer Tochter. Es riecht nach Wildblumen, als hätte sie sich draußen auf den Wiesen herumgerollt, ein herrlich unerwachsener Duft; und sie denkt, auch sie wolle, dass Lucy immer Kind bleibe. Die Dinge, die sie ihr nicht anvertrauen kann – die Wahrheit über ihren Vater, ihre Liebe zu Blount –, beunruhigen sie und geben ihr das Gefühl, nicht aufrichtig zu ihr zu sein. »Uns allen setzen unsere Gefühle arg zu«, sagt sie. »Manchmal kann man der Liebe nur schwer widerstehen.«

»Handeln sie alle wirklich von Euch?«

»Die Gedichte? Ja, das *war* ich ... damals war ich eine andere.«

»Was meint Ihr damit?«

»Die Zeit und die Umstände können einen Menschen bis zur Unkenntlichkeit verändern.« Sie denkt an das Ei und die Auster.

»Wie alt seid Ihr, Mutter?«

»Ich bin zweiunddreißig ... mein Gott, wie rasch die Jahre vergehen.«

Lucy strahlt sie mit einem offenen Lächeln an; sie schweigen wieder; nur das leise Geräusch vom Kamm, der durch Lucys Haar gleitet, ist zu hören. Dann vernehmen sie Getrappel auf der Treppe. Aufgeregt plappernd stürmen die Kinder herein, und Spero, der die Fahrt im Gepäckkarren gemacht hat, tollt hinter ihnen her. Sie stürzen sich auf ihre Mutter, ersticken sie mit Küssen und danken ihr für die beiden gescheckten Ponys, die sie ihnen aus Essex' Stall mitgebracht hat.

»Dürfen wir mit ihnen hinaus?«, fragt Hoby.

»Der Stallbursche meint, sie seien zu müde von der Reise«, sagt Essie.

»Er hat recht. Es ist ein ziemlich langer Weg von Wanstead bis hierher.« Penelope muss unweigerlich an die Nacht zuvor denken, die sie mit Blount in Wanstead verbracht hat, und an die Wehmut, die sie bei ihrem Abschied überfiel. Nur der Gedanke, mit ihren Kindern zusammenzutreffen, milderte ihren Schmerz. »Ihr könnt sie morgen ausführen.«

»Mutter, warum hat Spero ein graues Maul bekommen? Es war doch mal schwarz?«, fragt Henry, der den Hund am Halsband festhält, damit er sich nicht über das Meerschweinchen hermacht.

»Er ist alt. Hunde werden grau wie wir«, sagt sie und legt einen Arm um die Schulter ihres jüngsten Sohns.

»Wie Großmutter! Ich habe sie einmal ohne ihre Perücke gesehen«, sagt Hoby.

»Du solltest nie eine Dame genauer ansehen, wenn sie nicht zurechtgemacht ist, Hoby«, sagt Lucy spröde.

»Ich wollte es ja auch nicht. Sie war nur gerade …«

»Ich will nicht, dass Spero alt wird«, unterbricht ihn Henry. Penelope sieht ihm an, dass er über die Endlichkeit nachgrübelt. Sie denkt an all die Jahre, in denen sie sich wünschte, die Zeit möge schneller vergehen, damit sie bald frei wäre, sich aber ebenso wünschte, die Zeit möge stillstehen. Ihr Abkommen mit ihrem Gemahl – der Gedanke kommt ihr erst jetzt – ähnelt in etwa dem Pakt des Doktor Faustus mit dem Teufel in Christopher Marlowes Theaterstück. Nicht dass Rich ein Teufel wäre, nur ein Mann, der für diese Welt nicht richtig veranlagt ist, der nicht richtig in diese Welt passt. Er ist wirklich eine gutmütige Seele im Gegensatz zu manch anderen, die bedrohlich sind.

November 1595
Burghley-Haus, The Strand

Cecils Diener stellt eine Kiste auf den Boden des Arbeitsgemachs. »Soll ich sie für Euch öffnen, Sir?« Er zückt ein Stemmeisen.

»Nicht nötig«, entgegnet Cecil.

»Es ist im Handumdrehen erledigt.«

»Ich sagte, nicht nötig.« Cecil fällt es schwer, seinem Ton die Schärfe zu nehmen. Er weiß, er darf keine Aufmerksamkeit auf die Kiste lenken. Schon lange hat er auf ihre Lieferung gewartet. »Das hat Zeit bis später. Es sind nur spanische Bücher über Gartengestaltung. Ich muss mich hier gerade wichtigen Unterlagen zuwenden.«

»Wie Ihr wünscht, Sir.« Der Mann will gehen.

»Lasst das Werkzeug hier«, sagt Cecil.

Der Mann legt das Stemmeisen auf die Kiste, ehe er den Raum verlässt.

Cecil bleibt einen Moment sitzen und betrachtet seine lang erwartete Büchersendung. Vor einigen Wochen hatte ihn ein Brief von einer Vertrauensperson aus Spanien erreicht, in dem ihm die Ankunft dieser Kiste angekündigt wurde. Trotz der Verschlüsselung war der Brief eindeutig. Der Kernpunkt war, dass das Paket die Mittel enthalten solle, mit denen er seinen »größten Gegner« zu Fall bringen könne. Dafür kam nur eine einzige Person infrage. Nun steht die erwartete Lieferung vor ihm, seine Vorfreude ist auf dem Höhepunkt. Er spürt die Intensität seiner Gefühle in den Eingeweiden; es ist fast schmerzhaft, wie eine Kolik.

Er öffnet die Tür, wirft Blicke in alle Richtungen, um sicherzugehen, dass ihn niemand stört, und nimmt das Stemmeisen zur Hand. Er setzt es an die Nahtstelle, wo der Deckel angenagelt ist. Das Holz gibt ein sattes Knacken von sich, als der Deckel sich löst. Cecil kniet sich hin und zieht händeweise Stroh heraus, das sich auf dem Boden anhäuft; das Durcheinander, das er anrichtet, kümmert ihn nicht. Er hebt die Bücher heraus, eines nach dem anderen – mehrere große Bände –, und blättert ein, zwei durch, um zu sehen, ob sich darin etwas verbirgt. Er findet die erhofften Zeichnungen von Pflanzen und Gartenplänen, einem Brunnen hier und da, einigen Schmiedeeisenarbeiten, aber sonst nichts.

Weitere Bücher kommen zum Vorschein, noch immer nichts, und er fragt sich, ob sich vielleicht etwas Codiertes auf den Seiten befindet; er sucht nach Anhaltspunkten, während er gleichzeitig mit den Händen das Stroh durchstöbert. Da zieht er noch ein Buch heraus; es ist kleiner als die anderen und hübsch in rotes Leder eingebunden. Er schlägt es auf und liest das Frontispiz: *Konferenz zu der Nachfolge der Krone von England*. Das ist es! Die bloße Existenz eines solchen Bandes ist Verrat; jede Diskussion zu diesem Thema ist innerhalb der englischen Grenzen verboten.

Mit bebendem Atem liest er: *Für den Sehr Ehrenwerten Grafen von Essex*. Also Verrat im Namen von Essex. Der Verfasser ist ein Doleman, sicher ein Pseudonym; aber es ist diese Widmung, die seinen ganzen Körper in Aufregung versetzt. Ein Blatt Papier fällt zu Boden. Es stehen einige Zahlen darauf. Er blättert zu den genannten Seiten, überfliegt den dicht gedrängten Text und findet eine Passage – wobei ihm die Schauer über den Rücken laufen, sodass er meint, er sei gerader, weniger verkrümmt –, die so vor Verrat trieft, dass er sie zweimal lesen muss, um seinen Augen zu trauen. Es geht darin um die Rechtmäßigkeit des Anspruchs der spanischen Infantin auf den englischen Thron, deren Linie bis zu Edward III. zurückzuverfolgen sei. Das riecht nach katholischem Verrat, und dieser katholische Verrat ist Essex gewidmet. Es verschlägt Cecil den Atem.

Er hockt sich auf die Fersen, streicht über das weiche Leder und hat einen Augenblick die schauerliche Fantasie, es wäre die Haut des Grafen. Er hat Geschichten aus der Neuen Welt von Wilden gehört, die den Skalp ihrer getöteten Feinde als Trophäe aufbewahren. Noch immer hätschelt er die zarte Oberfläche, als seine Gedanken sich unvermeidlich der Schwester zuwenden – ihrer blassen, weichen Haut, der verborgenen Haut ihres Körpers, die er sich immer nur vorgestellt hat. Wie hatte Sidney sie in seinen Gedichten beschrieben: *von reinem Alabaster*? Nicht zum ersten Mal fragt er sich, ob die Liebe zwischen Lady Rich und Sir Philip Sidney keusch gewesen ist – ob seine Hände ihre geheimsten Stellen berührt haben. Die Wahrscheinlichkeit besteht, sieht man ihr schamloses Verhalten mit Blount. Die Vorstellung entfacht seinen Abscheu, aber auch dieses andere Gefühl, das er bestmöglich unterdrückt.

Er denkt nun wieder an den Grafen; er stellt ihn sich auf dem Schafott vor. Dort stünde er in seinem schönen Gewand – zum letzten Mal. Er würde sprechen, bäte Gott und die Königin in der üblichen Weise um Vergebung. Sein Diener würde ihm das Obergewand ausziehen, sodass er nur in seinem feinen Hemd dastünde, unter dem seine Gestalt zu erkennen wäre: ein Prachtexemplar an Männlichkeit. Die Zuschauer wären still, bis eine einsame Stimme »Verräter!« riefe, dann würde die Menschenmenge mit einem Mal höhnend und kreischend nach Blut verlangen.

Dann würde ihm die Augenbinde angelegt, und er kniete nieder. Der Scharfrichter würde das Zeichen geben, und mit blitzendem Stahl würde es geschehen. Sein Kopf würde mit dumpfem Schlag auf den Boden fallen; Blut würde aus dem Hals spritzen, Blut, überall Blut, auf dem schneeweißen Hemd, auf den Gesichtern der Menschen in der ersten Reihe. Cecil spürt es geradezu – einen warmen Spritzer auf seiner Wange. Dann würde der Scharfrichter in diese prachtvollen dunklen Locken greifen, den Kopf der heiser jubelnden Menge zeigen, und diese strahlenden Augen wären erloschen.

Teil III

IKARUS

Der Sonne Scheiden, und Musik am Schluss,
Bleibt, wie der letzte Schmack von Süßigkeiten,
Mehr im Gedächtnis als die frühern Zeiten.

William Shakespeare, *Richard II.*, II. Akt, 1. Szene

Juni 1598
Greenwich Palast

Cecil knüllt ein Flugblatt zusammen und wirft es mit aller Kraft in die Ecke, wobei er erzürnt aufstöhnt. Wieder einmal eine Lobeshymne auf Essex.

»Englands große Hoffnung«, murmelt er vor sich hin, als er seine Gemächer verlässt, um sich in das Ratszimmer zu begeben. Zorn wallt in ihm auf. Er war wütend gewesen, als beschlossen wurde, dass Essex die Armee nach Cádiz führen solle, und noch wütender, als der Mann ruhmreich die spanische Flotte zerstörte und die Stadt besetzte. Cecil hatte jeden, bis hin zu dem Knaben, der seine Kaminfeuer entzündet, von »Essex' Sternstunde« schwärmen hören. Von seinem Fenster im Burghley-Haus hatte er beobachtet, wie die Menschen auf die Straßen drängten, um die Heimkehr des siegreichen Helden zu bejubeln – seit Sidneys Beerdigung vor etwa einem Jahrzehnt hatte er nicht mehr eine so große Menschenmenge gesehen. Die Rufe *Ess-ex*, *Ess-ex* dröhnen noch in seinem Kopf. In den Bierhäusern erzählt man sich noch viele Geschichten über den großen Triumph des Grafen, wie er eine zweite Armada auseinandertrieb und England aus den spanischen Klauen rettete. Das ist nun zwei Jahre her, doch mit schöner Regelmäßigkeit erscheinen noch immer Flugblätter, und Essex' Beliebtheit wächst immerzu.

Cecil hatte geglaubt, das Buch würde den Grafen zu Fall bringen, er war davon zutiefst überzeugt; er hatte sich die Anklage wegen Hochverrats vorgestellt und das Todesurteil, das die Königin unterzeichnet mit einer Feder, die er, Cecil, ihr reichen würde, dann diesen von den Schultern geschlagenen, makellosen Kopf, der, auf eine Pike gespießt, von den Möwen angepickt würde. Doch es war nur eine Frage von wenigen Monaten, bis die Königin sich hatte erweichen lassen. Wie üblich fiel er auf die Knie, hob dieses hübsche Gesicht und sah sie mit geneigtem Kopf an; so überzeugte er sie von seiner Unschuld. »Euer geliebte Majestät, jemand trachtet danach, mich anzuschwärzen. Ich hatte keine Kenntnis von…«, er klopft auf das Buch, »…von diesem monströsen Verrat, von diesem dreckigen katholischen Komplott.« Vielleicht sprach er sogar die Wahrheit, musste Cecil missmutig einräumen.

Cecil hatte den Auftrag bekommen, den Verfasser aufzuspüren, und der Graf war für ein Weilchen fortgeschickt worden, um in York den Northern Council anzuführen; das erinnerte mehr an ein Privileg als an eine Strafe, auch wenn Essex jammerte, »ich werde von meiner glorreichen Königin fortgerissen«, und sich wegen grenzenlosen Schmollens hänseln lassen musste. Ihm wurde vergeben, wie ihm immer vergeben wurde. Cecil wurde von seiner Enttäuschung förmlich zerfressen. Er hatte gedacht, er würde Essex in ein Blutbad gehen sehen. Sein Vater hatte wie immer recht gehabt: Geduld, Geduld, tropf, tropf.

Cecil hat im Laufe der letzten Monate bemerkt, dass die Vernarrtheit der Königin in ihren Günstling ganz allmählich abnimmt. Die Auswirkungen sind schleichend, aber dennoch sichtbar. Ihr Verhältnis ist nicht mehr so innig wie vor dem Auftauchen des Buches, und im Übrigen ist die Königin der Kriegshetzerei Essex' gegen Spanien müde, da keine unmittelbare Gefahr mehr besteht. Krieg ist kostspielig, und ihr steht der Sinn nach Frieden. Und noch etwas völlig Unerwartetes ereignet sich gerade: Statt dass Essex' öffentliches Ansehen sich zu seinen Gunsten auswirkt, gefällt es der Königin nicht, zumindest meint Cecil dies zu spüren; es ist schließlich *ihr* Volk, und es ist nicht richtig, dass es dem Grafen lauter zujubelt als seiner Königin. Die Beliebtheit des Mannes ist Gift für die königliche Gunst.

Cecil hat unterdessen begriffen, dass die Königin *ihn* mag, gerade weil man ihn allgemein ablehnt – tropf, tropf, tropf –, und seine lang erwartete Ernennung zum Staatssekretär ist ihm Beweis dafür.

»Ihr kommt spät, Sekretär«, begrüßt ihn die Königin, als er in das Ratszimmer eilt. »Ich hoffe, Ihr habt eine gute Entschuldigung.«

»Ja, Euer Majestät.« Er kniet nieder und richtet den Blick zu Boden. Es ist nicht sauber gewischt worden, denn er entdeckt Staub in den Ecken. Er muss sich beherrschen, nicht den Saum seines Gewands abzuklopfen.

»Nun?«, sagt sie.

»Ich glaube, Euer Majestät würde es vorziehen, darüber vertraulich in Kenntnis gesetzt zu werden.«

Essex, der neben ihr auf seinem Stuhl lümmelt, schnaubt verstimmt. Er hat etwas fragwürdig Schlampiges an sich, das von mangelndem Respekt zeugt, als gälten für ihn die üblichen Formalitäten nicht. Cecil nimmt seinen Platz zwischen seinem Vater und George Carew ein, der ihm lächelnd zunickt – Carew erweist sich als ein nützlicher Verbündeter.

»Lasst uns zumindest wissen, worum es geht«, mault Essex.

»Ja, in der Tat«, pflichtet die Königin ihm bei.

»Es betrifft Lord Southampton.« Nun sieht er sie an. Die Schminke in ihrem Gesicht lässt sie eher älter als jünger wirken, und er hat in Erinnerung, wie kräftig, voller Schwung und Spannkraft sie früher war; all das ist einer entwaffnenden Zerbrechlichkeit gewichen. Er rechnet ihr Alter nach und kommt auf vierundsechzig; bei dem Gedanken, was wohl geschehen wird, wenn sie mal stirbt, verspürt er Dringlichkeit. Im Kampf um ihren Thron wird es Blutvergießen geben; daran ist nicht zu zweifeln. Er fragt sich, ob er genügend Unterstützer um sich geschart hat, um diese Ereignisse zu überleben.

»Ich habe ihn weggeschickt«, sagt die Königin. »Er wird doch wohl nicht so dumm gewesen sein, dass er sich hat töten lassen, oder? Das würde mir nicht gefallen. Trotz seiner Fehltritte mag ich den Knaben.« Essex sieht beunruhigt aus und trommelt auf die Tischplatte. Am Gesicht der Königin lässt sich ablesen, dass ihr etwas dämmert. »Ich hoffe aufrichtig, dass er nicht meine Zofe geehelicht hat…« Sie wirft Essex einen bösen Blick zu. »…Eure Cousine Lizzie Vernon. Das wäre wirklich töricht.«

Cecil nickt. »Ich fürchte, so ist es, Euer Majestät.« Er hütet sich zu erwähnen, dass das Paar im Essex-Haus geheiratet hat, mithilfe des Grafen und dessen Schwester, und dass die Braut bereits hoch in anderen Umständen ist. Die Königin wird es in absehbarer Zeit selbst entdecken; aber Cecil erfreut sich an Essex' Unbehagen. Essex ist jedoch klug genug, seinen Freund nicht zu verteidigen.

»Ihr scheint immer schlechte Nachrichten zu überbringen, Zwerg.« Cecil zuckt zusammen, als er seinen Spitznamen wieder hört. Seit seiner Ernennung zum Staatssekretär hatte sie ihn nicht mehr so genannt, damit fühlt er sich eher wie eine Witzfigur und nicht wie ein Staatsmann. »Nun gut.« Nicht der Anflug eines Gefühls zeichnet sich auf ihrem Gesicht ab. »Es gibt dringlichere Angelegenheiten.« Sie wischt mit der Hand von links nach rechts, als wolle sie unterstreichen, dass sie über das Thema hinweggeht. »Irland! Wir stehen vor der Frage, wen Wir zum königlichen Stellvertreter berufen. Wir denken an Unseren Neffen Sir William Knollys.«

Cecil beobachtet Essex, der einen raschen Blick mit Knollys wechselt und fast unmerklich den Kopf schüttelt. Knollys Gesichtsausdruck ist undurchdringlich. Cecil hatte vor einigen Wochen der Königin diese Idee in den Kopf gesetzt und freut sich, dass sie herangereift ist. Essex' einflussreicher Onkel fern vom Hof: tropf, tropf, tropf. Er sieht zu Burghley; doch statt des verhaltenen Lächelns, das sonst, wenn Dinge ihren bevorzugten Gang nehmen, sein Gesicht ziert, sieht er, dass seine Stirn schweißnass ist und er nur mühsam atmet. Er deutet einem der Pagen an, er möge ein Glas Wasser eingießen, und drückt es seinem Vater in die Hand. Burghley leert es mit verzerrtem Gesicht, als wäre er im Todeskampf, und die Königin legt ihm ihre lange, schlanke Hand auf den Ärmel – eine Geste der Zuneigung. Es kann ihr nicht entgehen, wie grausam es ist, dass sie auf seine fortwährende Anwesenheit bei Hofe pocht; er nähert sich den Achtzig und sollte sich seines Lebensabends erfreuen. Sie streichelt seinen Arm, wie man ein liebes Schoßhündchen streichelt.

Essex scheint diese subtile, stille Kommunikation zu entgehen. »Knollys wäre hier von größerem Nutzen, Euer Majestät«, sagt er.

»Wir halten ihn für diesen Posten in Irland für sehr geeignet.« Die Entgegnung der Königin ist gebieterisch, und Cecil fällt auf, dass sie nicht in der für ihren Günstling üblichen Ich-Form spricht. Noch immer liegt ihre Hand auf Burghleys Arm.

»Spanien wird rasch nach Irland vordringen. Darum brauchen wir dort eine strenge Hand. Knollys hat doch eher diplomatisches als kriegerisches Geschick«, tönt Essex.

»Ich glaube nicht, dass die spanische Gefahr an der irischen Front so groß ist, wie sie der geschätzte Graf darstellt«, erklärt Cecil in einem Ton, der gelassen und frei von Sarkasmus klingen soll. Er fühlt sich ermutigt, als die Königin ihn nach Bestätigung suchend ansieht. »Es beruht wahrscheinlich nur auf Gerüchten, Madam. Keine meiner Quellen hat irgendetwas Greifbares zu berichten gewusst.« Er bemerkt, dass die Schultern der Königin sich unter ihrer Halskrause etwas entspannen.

»Vielleicht sind Eure Quellen die Bezahlung nicht wert, my Lord«, spöttelt der Graf.

»Ihr denkt zu sehr an Blut und Gemetzel, my Lord«, sagt Burghley seelenruhig. Cecil hört den pfeifenden Atem seines Vaters. »Ihr seid doch hoffentlich mit Psalm fünfundfünfzig vertraut? *Die Blutgierigen und Falschen werden es nicht bis zur Hälfte ihrer Tage bringen.*«

»Was genau wollt Ihr damit sagen?«, schnauzt Essex.

Die Ratsherren schauen von einem zum anderen, als verfolgten sie ein Tennisspiel.

»Mein Vater meint …«, sagt Cecil, »… das Leben sei kurz für den, der erst kämpft und später spricht.«

Essex wirft ihm einen kalten Blick zu, unterdrückt aber offenbar eine Entgegnung und lässt einen Augenblick verstreichen, bis er sagt: »Das klingt nach einer Drohung.«

»Genug«, ruft die Königin energisch.

Doch Essex ist empört. »Ich schlage George Carew für den Posten in Irland vor. Wer stimmt mir zu?« Der Mund der Königin wird zu einem schmalen Strich. Cecil spürt, dass Carew neben ihm nervös hin und her rutscht.

»Wir sind uns nicht bewusst, dass Wir Euch nach Eurer Meinung gefragt haben, Essex.« Die Stimme der Königin klingt machtvoll, herrisch und würde jedem Einhalt gebieten – jedem außer offenbar Essex.

»Carew hat Erfahrung als Feldherr. Ihr habt mir doch gut in Cádiz gedient, nicht wahr?« Carew nickt dem Grafen verlegen zu. »So gut, dass ich ihn in den Ritterstand erhoben habe.« Essex hat sich wieder der Königin zugewandt, deren Gesicht zu einer Maske erstarrt ist.

Es ist wohl nicht sonderlich klug vom Grafen, denkt Cecil, sie an seine eigenmächtige Verleihung der Ritterwürde zu erinnern. Doch Essex verliert die Fassung. Cecil schaut in die Runde, um festzustellen, auf wen er zählen kann – sicherlich auf seinen Schwiegervater Lord Cobham; er versucht, die anderen einzuschätzen. Was ist mit Ralegh, der ihm gegenübersitzt und sich den Bart streicht – der Mann ist aufreizend undurchsichtig.

»Carew ist jetzt *Euer* Mann, nicht wahr, Essex?« Der Sarkasmus der Königin ist schneidend; denn der ganze Rat weiß, dass Carew Cecils Mann ist.

»Carew ist vertrauenswürdig«, erklärt Essex mit gerecktem Kinn.

»Wollt Ihr damit sagen, Knollys sei es nicht?« Nun spielt die Königin mit ihm wie eine Katze mit einem Wollknäuel – und Essex löst sich förmlich auf.

»Beide haben viele gute Eigenschaften.« Das sagt Nottingham, der Großadmiral, der wie üblich einen Fuß in jedem Lager hat.

»Knollys ist für die Aufgabe in Irland besser geeignet.« Die Königin schlägt mit der Hand auf den Tisch, als wolle sie sagen, damit sei die Angelegenheit entschieden.

Ralegh grinst.

»Ihr *irrt*«, platzt der Graf heraus, er schreit beinahe.

Alle schnappen nach Luft, die ganze Gesellschaft erwartet erstarrt die Antwort der Königin.

»Man sollte Eure Unverschämtheit aus Euch herausprügeln.« Sie hat sich Essex zugewandt und ballt die Hand zur Faust. Ein rosiger

Farbton, der selbst durch die weiße Schminke schimmert, steigt ihr ins blasse Gesicht und verrät ihren Zorn.

Er schaut ihr gerade in die Augen. »Ich bin nicht so ein Knabe, dem die Mutter den Kopf zurechtrücken muss.« Er springt auf, wobei sein Stuhl laut über den Holzboden schrabbt, und kehrt ihr den Rücken zu.

Im Nu erhebt sich die Königin, und ihre Faust trifft Essex' Schläfe. »Ihr seid allzu dreist!«

Mit dem raschen Reflex eines Soldaten greift Essex nach dem Heft seines Schwerts. Alle halten die Luft an. Der Großadmiral springt auf, packt den Grafen und zieht ihn weg. Die Königin setzt sich gelassen, als wäre nichts geschehen. »Hinaus mit ihm!«

Sie alle lauern einen Augenblick; denn sie erwarten, dass die Königin hinzufügt: »Sperrt ihn ein!« Denn wenn die Drohung, das Schwert gegen die Königin zu richten, nicht Hochverrat ist, dann weiß Cecil nicht, was das ist. Doch sie sagt nichts; und der Admiral macht sich daran, Essex' Schwertgürtel zu lösen.

Der Graf sträubt sich und beklagt sich wütend über den Angriff auf seine Würde und dass er sich dies nicht gefallen lasse.

Das anstößige Schwert fällt so nah neben Cecil zu Boden, dass er Sidneys Insignien auf dem Knauf erkennt. Er hatte vergessen, dass Sidney Essex sein bestes Schwert vermacht hat, als habe er ihm die Rolle des heldenhaften Ritters übertragen wollen – so viel dazu. Dem Admiral gelingt es, den Grafen zur Tür zu drängen. »Um Gottes willen, Mann, reißt Euch zusammen.«

Cecil blättert in seinen Akten und wagt nicht aufzusehen, da er fürchtet, sein Triumph stehe ihm ins Gesicht geschrieben. Als man Essex über die Türschwelle schiebt, dreht er sich noch einmal um und schreit der Königin entgegen: »Euer Wesen ist so krumm wie Euer Gerippe.« Dann schlägt die Tür hinter ihm zu. Die Ratsherren schauen sich an. Die Königin verkörpert irdische und himmlische Macht, und es entsetzt jeden Einzelnen, dass Essex sie wie eine streitsüchtige Fischfrau behandelt hat. Cecil wagt einen Blick zu seinem Vater und erkennt den Hauch eines Lächelns auf seinem Gesicht. Tropf, tropf, tropf.

Stille wabert durch das Gemach, als sie auf eine Reaktion der Königin warten. Der Admiral setzt sich räuspernd hin.

Sie sagt nichts weiter als: »Welche anderen Themen stehen an?«

Juli 1598
Drayton Bassett, Derbyshire

»Kannst du ihn nicht zur Besinnung bringen, Bruder?«, sagt Lettice zu Onkel Knollys. Sie sitzen in der hinteren Ecke des Gemachs – mit Dorothy, die Penelope seit Monaten nicht gesehen hat. »Ich habe meinen Gemahl gebeten, nach Wanstead zu reiten und ihm Vernunft beizubringen. Doch vergeblich. Er weigert sich schlicht und einfach, sich zu entschuldigen.«

Penelope hört nicht richtig zu; anderes beschäftigt sie. Ihre Cousine Lizzie Vernon sitzt wegen ihrer nicht gebilligten Vermählung mit Southampton im Fleet-Gefängnis. Das ist ein Ratten verseuchtes Drecksloch und kein Ort für eine hochschwangere junge Frau. Sie hat eindringlich versucht, dies der Königin verständlich zu machen; doch vergebens. Penelope, die ihre lebhafte Cousine Lizzie liebgewonnen hat, befürchtet, dass man ihr an diesem verwahrlosten Ort die Aufgewecktheit aus dem Leib prügelt. »Was ist, wenn sie dort ihr Leben lässt?«, hatte Penelope gesagt. »Die kleine Hure bekommt, was sie verdient«, lautete die Antwort der Königin. Penelope hatte mitgeholfen, diese Hochzeit zu arrangieren, und fragt sich, ob die Königin davon wisse, ob sie vielleicht eine Liste aufstelle mit den Verfehlungen von Lady Rich, um sie zu einem späteren Zeitpunkt gegen sie zu verwenden. Die Königin scheint kein Mitleid mehr zu empfinden, und das verheißt nichts Gutes für Essex. Er ist ihr ein ständiger Quell der Sorge, mit seiner Weigerung, sich zu entschuldigen, mit seinen immensen Schulden, seiner Gemütsverfassung und seinen erloschenen Augen.

»Er denkt, die *Königin* müsse sich bei *ihm* entschuldigen.« Lettice stöhnt auf und schüttelt den Kopf. »Wie konnte ich nur eine so deplazierte Arroganz in die Welt setzen?«

Gerade hat es geregnet, ein plötzliches Unwetter, das ebenso rasch verging, wie es gekommen war; das Wasser steht noch in den Regenrinnen. Penelope hört es leise gurgeln. Eine andere heimliche Angst beherrscht sie: Ein Bote, der ihr letztes Sendschreiben an König James überbringen sollte, ist verschwunden. Sie bemüht sich, es mit nüchternen Erklärungen wie Krankheit und Verzögerung abzutun, aber Cecils Gespenst lauert ständig überall – er hält den Bogen Papier über eine Flamme, um den Text sichtbar zu machen, seine Augen leuchten auf, er gibt den Brief der Königin, er unterzeichnet ihren Haftbefehl. Es ist, als zöge sich eine Schlinge immer enger um ihren Hals. Wäre doch Blount nur hier bei ihr in Derbyshire statt bei Hofe.

»Ich werde ihm schreiben«, sagt Onkel Knollys. »Er segelt hart am Wind. Die Königin hatte genug von seinen Launen. Er ist zu alt für solche Mätzchen, ein Mann in den Dreißigern ... Früher mag das ja einen gewissen Charme gehabt haben, aber heute nicht mehr.« Penelope unternimmt nicht den Versuch, erklären zu wollen, dass die sogenannten Launen ihres Bruders etwas sehr viel Dunkleres sind und sich vollkommen seiner Kontrolle entziehen. Sie ist es leid, über die Verstöße ihres Bruders zu reden; lieber läge sie in Wanstead im Bett, spräche über Philosophie und tränke mit Blount guten französischen Wein. Die Briefe, die sie sich schreiben, gehen hin und her durchs Land, ein Austausch zärtlicher Worte; aber viel lieber möchte sie die Freude auf seinem Gesicht sehen, wenn sie ihm erzählt, dass ihr gemeinsames Kind St. John gerade einen Zahn bekommt und sein älterer Bruder, der kleine Montjoy, letztens sein erstes richtiges Wort gesprochen hat.

Ihre Mutter hatte sich gegen die Namenswahl gesträubt. »Um Himmels willen, da weiß doch jeder gleich, wessen Sohn er ist, wenn du ihn Montjoy nennst«, hatte sie gesagt.

»Was die Leute denken, interessiert mich nicht«, hatte Penelope erwidert.

»Diese Haltung wird dein Untergang sein«, hatte ihre Mutter nicht zum ersten Mal geunkt. »Und ich kann noch immer nicht begreifen, dass dein Gemahl zulässt, als Hahnrei dazustehen.«

Darauf kann Penelope nicht antworten. Das Geheimnis ihres Gemahls lastet im Laufe der sechzehn Jahre, die sie es schon trägt, immer schwerer auf ihr. Sie behält es für sich, erzählt nicht einmal ihrem geliebten Blount davon – dem Mann, der ihr Leben mit Freude erfüllt.

Rich toleriert ihre Affäre aus eigenen Gründen, und sie spielt die ergebene Gemahlin. Es gelingt ihnen, sich in gewisser Weise gegenseitig zu respektieren. Manches Mal hat sie sich gefragt, warum keiner der Knaben, mit denen er ins Bett geht, ihn bloßstellt, aber vermutlich bezahlt er sie gut. Er hat nie mit ihr darüber gesprochen. Sie hat unterdessen verstanden, dass ein Geheimnis ähnlich wie eine Lüge alles untergräbt, was damit in Berührung kommt.

»Wie kann er nur so töricht sein, *sie* sich zur Feindin zu machen?« Mit verzweifeltem Seufzen schlägt Lettice die Hände vors Gesicht. »Hat es ihm nicht gereicht, erleben zu müssen, dass *ich* verbannt wurde? Dasselbe Schicksal erwartet ihn, und er bürdet es sich selber auf.«

Penelope erinnert sich, wie die Demütigung ihrer Mutter vor einigen Monaten noch verschlimmert wurde, zu einer Zeit, als die Königin Essex noch nichts abschlagen konnte. Er hatte sie letztendlich davon überzeugt, sie solle Lettice bei Hofe empfangen. Es war wie ein Triumph, als würde all das Ungemach der Vergangenheit begraben. Die hoffnungsfrohe Stimmung im Essex-Haus war geradezu mit Händen zu greifen, so wie die Sonne nach einem Gewitter wieder scheint und alles zum Glänzen bringt. Lettice hatte vor Vorfreude gesprüht, sie hatte die Näherin neue Garderobe für diverse Aufwartungen bei Hofe schneidern und sich drei neue Perücken knüpfen lassen, dazu ein Dutzend Perlenstränge; außerdem hatte sie ein Schmuckstück in Auftrag gegeben, das sie der Königin schenken wollte.

»Es muss eine ganz besonders prachtvolle Kreation sein«, hatte Lettice dem Goldschmied gesagt. »Etwas, das bei Weitem schöner ist als diese vulgären Kleinigkeiten, die sie von ausländischen Gesandten geschenkt bekommt.«

Der Goldschmied rieb sich beinahe die Hände, als er sagte: »Ich habe kürzlich einen Rubin in Herzform gekauft, von ganz seltener Schönheit und groß … so groß wie eine Hagebutte.«

Er berechnete ihr dreihundert Pfund, die Lettice kaum aufbringen konnte. Essex hatte die Rechnung mit schwungvoller Geste an sich genommen und gesagt: »Ich kümmere mich darum.« Aber später hatte er Penelope gestanden, dass er dreißigtausend Pfund Schulden habe. Sie war schockiert über die Summe, denn es war ihr nicht bewusst gewesen, welches Ausmaß die Schulden ihres Bruders erreicht hatten, und letztendlich hatte sie Rich überreden müssen, die Rechnung zu begleichen. »Ich werde die Königin davon überzeugen, dass sie mir eine weitere Lizenz gewährt«, hatte Essex gesagt, als sie ihn fragte, wie er seinen finanziellen Verpflichtungen nachkommen wolle. Das Ganze lastete schwer auf ihr, doch ihre Sorge wurde bestens aufgefangen durch die Aufregung über Lettices anstehende Audienz und die Hoffnungen, die sich damit verknüpften.

Selbst Penelope, die nicht zu optimistischen Höhenflügen neigt, war es vorgekommen, als hätten für ihre Mutter die Jahre in der Einöde ein Ende. Und als der Tag gekommen war, war es ein bisschen wie bei einer Hochzeit. Sie half Lettice beim Anziehen des zitronengelben, über und über mit Perlen bestickten Seidengewands, und eine der neuen Perücken, rostbraune Locken mit Edelsteinen verziert, saß ihr auf dem Kopf. Sie sah aus wie eine junge Frau, nicht wie eine Vierundfünfzigjährige, die das Leben schon fast hinter sich hat; und Penelope hatte eine Vorstellung davon, welch eine prächtige Figur sie als Mädchen bei Hofe abgegeben haben musste; sie erahnte etwas von dem schicksalhaften Zauber, der Leicester dazu bewogen hatte, sich von der Königin abzuwenden.

Penelope konnte sie nicht begleiten, denn sie hatte vor nicht allzu langer Zeit St. John geboren und hatte noch nicht den kirchlichen Muttersegen empfangen. Mit Wohlgefühl erwartete sie die Rückkehr ihrer Mutter, als wären all die alten Rechnungen endlich beglichen. Aber Lettice kehrte erst spätabends heim, sie war erschöpft und hatte die Perücke bereits in der Kutsche abgesetzt; ihr Haar war wirr und gab ihr das Aussehen einer Irren. »Sie hat schrecklich gezwickt«, sagte sie auf Penelopes bestürzten Blick hin.

»Was ist geschehen?«, fragte sie.

Ihr Mutter schüttelte bloß den Kopf und sagte: »Vielleicht morgen. Dein Bruder hat gesagt, ich solle morgen wiederkommen.«

Obgleich Lettice den Kopf rasch weggedreht hatte, sah Penelope ihre Tränen. Sie hatte sie nie zuvor weinen sehen, sie hatte immer gedacht, sie sei dazu nicht fähig. Als sie ihre schluchzende Mutter im Arm hielt, spürte sie, dass sich in ihr eine neue Wut zusammenbraute, deren Heftigkeit ihr nicht vertraut war. Sie fühlte sich an ein Theaterstück erinnert, das sie gesehen hatte, in dem eine tragische Begebenheit, die durch einen einfachen Akt der Vergebung hätte beigelegt werden können, sich bis zu ihrem unvermeidlichen Ende unbarmherzig fortentwickelt hatte. Das Empfinden war körperlich, es hatte sie beinahe bis zum Schmerz gepackt; und Penelope wusste, so wie die Königin Lettice nicht vergeben würde, würde sie der Königin nicht vergeben.

Ihre Mutter wartete drei Tage in den öffentlichen Sälen, um vorgelassen zu werden, und schließlich sah die Königin sie in der Galerie; sie nahm das Schmuckstück entgegen, bot ihr die Wange zum Kuss und ging nach wenigen Worten weiter. Lettice wurde nicht mehr an den Hof eingeladen. Jedes Mal, wenn Penelope diesen herzförmigen Rubin am Kleid der Königin sieht, verspürt sie dieselbe Enge in der Brust und denkt an die anderen Ereignisse: an den Tod ihres Vaters; an die Verbannung ihrer Mutter und ihrer Schwester; an ihre vereitelte Vermählung mit Sidney; sie alle tragen den Stempel der Königin.

»Er hält sich für unsterblich.« Lettice spricht noch immer über Essex.

»Ich will sehen, was ich tun kann, Schwester«, sagt Knollys. »Er macht es sich nur noch schwerer, wenn er so lange fortbleibt. Andere nehmen mit Freuden seinen Platz ein. Zwei Monate sind bei Hofe eine halbe Ewigkeit.«

»Ich habe ihn schon viele Male in dieser Verfassung erlebt«, sagt

Penelope. »Sie bringt ihn an einen finsteren Ort.« Es dämmert plötzlich im Gemach, und wieder klopfen Regentropfen an die Scheiben, als hätten ihre Worte Einfluss auf das Wetter. Gedankenverloren greift sie nach unten, um Speros gewölbten Kopf zu streicheln, doch sie greift ins Leere; entsetzt erinnert sie sich, dass sie seinen kleinen leblosen Körper vor einigen Wochen am Fußende ihres Bettes gefunden hatte. Trotz seines hohen Alters und seines sanften Todes trauert sie schrecklich um ihn, um diesen Hund, dem Sidney seinen Namen gab. Das Gefühl der Vergänglichkeit holt sie mit einem Mal ein, das Gefühl, dass alle, die ihr teuer sind, von ihr gehen. Selbst Jeanne ist fort – sie lebt nun mit ihrem Gemahl in Frankreich.

»Ob finsterer Ort oder nicht, er muss sich zusammenreißen«, sagt Lettice. Penelope fragt sich, ob ihre Mutter etwas von den immensen Schulden weiß, die Essex angehäuft hat. Wenn er nicht nach der Pfeife der Königin tanzt, hat er keine Chance, sie zu vermindern.

»Sei nicht beunruhigt, Lettice, meine Liebe.« Knollys tätschelt ihre Hand. »Ich bringe ihn schon zur Vernunft.« Er hält inne, weil er sich an etwas zu erinnern scheint. »Solange man mich nicht nach Irland schickt.«

»Und wird das geschehen?«, fragt Dorothy. »Jedenfalls dürfte es nicht unmittelbar bevorstehen. Gelder müssen aufgetrieben und Männer rekrutiert werden.«

»Ja, all das braucht Zeit, und im Übrigen schwankt sie.« Mit »sie« meint er eindeutig die Königin. »Es kommen auch andere in Betracht.«

»Wer könnte das sein?«, fragt Lettice.

»Lord Mountjoy ist ihr Favorit.«

»Blount?« Penelopes Überraschung schlägt ihr auf die Stimme, und ihre Schwester wirft ihr einen mitfühlenden Blick zu. »Sie kann doch nicht Blount entsenden.«

»Mit so einer Position als Stellvertreter der Krone in Irland wäre er ein gemachter Mann. Er hätte die Gelegenheit, sich in einem hohen Amt zu bewähren.« Nun spricht Knollys direkt zu Penelope. »Da er ja offenbar nicht die Absicht hat, seinen gesellschaftlichen Stand durch eine Ehe zu verbessern.« Scharf sieht er seine Nichte an, als wolle er sie fragen, welche Art von Macht sie möglicherweise über ihn habe, dass er sein Anrecht auf eine reiche Gemahlin nicht wahrnehme und auf legitime Kinder, denen er seinen Titel vererben könne. »Irland wäre das ideale Amt für ihn.«

Penelope erträgt es kaum, ihrem Onkel zuzuhören. »Ich weiß, ich weiß …«, murmelt sie. »Aber …« Sie kann es nicht aussprechen. Ihr Onkel Knollys hat recht. Blount muss jede Gelegenheit nutzen, die sich ihm bietet. Und doch kann sie nicht umhin, an das Schicksal zu denken, das ihren Vater an jenem schrecklichen Ort ereilte. Unerwartete Bitterkeit entlädt sich plötzlich in ihr. »Ich wollte, sie würde Rich entsenden.«

Onkel Knollys lacht auf. »Was, ihn, den die Seekrankheit beim letzten Feldzug so sehr übermannte, dass man ihn, kaum hatte das Schiff den Hafen verlassen, zurückbringen musste?« Auch Dorothy lacht, aber Penelope findet das nicht lustig.

»Ja, dein Gemahl ist nicht gerade der Inbegriff an Mut«, sagt Lettice, die in das Gelächter einfällt. Seit ihrer missglückten Rückkehr an den Hof hat Penelope ihre Mutter nicht mehr lachen sehen; aber sie freut sich nicht darüber, denn sie kann nur daran denken, dass sie all diese Jahre mit Sidney, einem Helden, hätte verheiratet sein können, statt mit einem Mann, über den ihre Familie sich kranklacht. Plötzlich hören sie Stimmengewirr aus dem Hof nach oben dringen.

»Was ist das für ein Radau?«, fragt Knollys und geht zum Fenster. »Mein Gott, da unten stehen eine Menge Leute.«

»Sie kommen jeden Tag«, erklärt Lettice. »Wegen der Küchenabfälle.«

»So viele?«

»Sie hungern, die armen Leute«, sagt Lettice. »Die Äcker sind unfruchtbar. Nach vier Jahren Missernte müssen sie Brot aus zerstoßenen Eicheln backen. Ich tue, was ich kann.«

»Solche Leute werden irgendwann zum wütenden Mob«, sagt Knollys. »Würden Männer wie Burghley und sein Sohn nicht so viel aus den öffentlichen Kassen abschöpfen, bliebe mehr Geld übrig, und sie kämen besser über die Runden.«

Penelope steht neben ihrem Onkel und ihrer Schwester am Fenster und schaut hinunter auf die zerlumpten Menschen. Es hat wieder aufgehört zu regnen, doch die Pflastersteine sind noch glitschig. Die Leute scheinen nur von ihrer durchnässten Kleidung zusammengehalten zu werden, spindeldürre Gestalten, die sich Fetzen um den Leib gebunden haben. Penelope hat Scharen von Landarbeitern auf der Suche nach Arbeit nach London kommen sehen, bis die Stadt nun schier aus den Nähten platzt. Aber diese Menschen hier sind anders: Sie sind kaum noch am Leben. Eine Frau mit einem kleinen Kind auf dem Arm schaut herauf, schaut ihnen direkt in die Augen, und Penelope schämt sich ihrer gesunden Rundungen, ihres feinen Gewands mit Saatperlenschnüren und ihrer mit Ringen geschmückten Finger. Sie denkt an ihre eigenen prallen Kinder. Sie stellt sich vor, was diese Frau hinter dem Fenster sieht: zwei Ladys in feiner Seide, ohne ein Zeichen von Elend in ihren glatten Gesichtern. Der schonungslose Blick dieser Frau lässt sie sich ganz klein fühlen.

August 1598
Burghley-Haus, The Strand

Cecil denkt an seinen Vater. Der Arzt sagt, ihm verbleibe nur noch etwa ein Monat. Als Cecils Gemahlin vor zwei Jahren starb, hat er Traurigkeit verspürt – aber mehr für seinen Sohn, der die Mutter verliert. Seine Gemahlin hatte ihn bestenfalls toleriert, und er sie, wenn er aufrichtig ist. Er kann ihren von Ekel erfüllten Blick nicht vergessen, wann immer er die ehelichen Handlungen vollzog; und er erinnert sich, dass er bei ihrem Tod dachte, diesen Blick müsse er nun nie wieder ertragen. Doch er hat sie dafür geliebt, dass sie ihm einen Sohn geschenkt hat. Wenn er Klein Williams Gesicht betrachtet, sieht er darin etwas von Burghley durchschimmern.

Da Burghleys Kräfte schwinden, drängt es Cecil mehr denn je, ihn stolz zu machen. In seiner Fantasie hat er sich ausgemalt, wie er ihm mitteilt, es sei ihm gelungen, Frieden mit Spanien zu schließen. Er sieht das Lächeln, das dem Vater übers Gesicht gehen wird, und hört seine Worte. »Dies ist das wahre Vermächtnis von uns Cecils – eine im Frieden geschlossene Übereinkunft mit Spanien, das hat England seit vierzig Jahren nicht erlebt.« Cecil schließt die Augen und lässt den Traum von der Freude seines Vaters auf sich wirken; nun stellt er sich vor, dass ihm auch die Königin zu seinem großen Triumph gratuliert.

Seine Entschlossenheit wird durch diese Traumbilder beflügelt. Erst kürzlich hatte er ein Zusammentreffen mit dem spanischen Botschafter, bei dem sie um das Thema herumschlichen, bis Cecil schließlich begriff, was dem spanischen König das Abkommen schmackhaft machen würde. Man zahlt einen hohen Preis für den Frieden mit einem alten Feind. Mit dem Bild seines sterbenden Vaters im Kopf zieht er einen Bogen Papier hervor. Als er den Federkiel eintaucht, erfüllt Angst seine Brust. Er schreibt, ohne nachzudenken: *Ich bin sicher, dass in Hinsicht auf den Anspruch der Infantin ein gewisses Übereinkommen erreicht werden kann.* Er kann selbst kaum glauben, dass er so etwas denkt, geschweige denn es unbekümmert zu Papier bringt. Aber das ist die Voraussetzung für den Frieden, und wenn er sie erst einmal alle am Tisch sitzen hat, kann er noch immer eine Ausflucht finden. Schließlich gibt er kein Versprechen ab.

Als sein Diener an der Tür erscheint, versteckt er den Bogen zwischen den Seiten seines Wirtschaftsbuchs. Er will ihn später versiegeln und abschicken. Es prickelt ihm in den Fingern. Ist es Angst oder etwas anderes? Er weiß es nicht, aber sein Herz rast in seiner Brust.

»Lord Mountjoy ist hier«, sagt sein Diener.

»Schickt ihn herein.« Seine Stimme klingt merkwürdig hoch … schuldbewusst.

»Ich bin höchst beunruhigt über das, was ich über Euren Vater höre«, sagt Blount zur Begrüßung.

Cecil verschließt das Tintenfässchen, steht auf und geht ihm entgegen. Er bemerkt, mit wie viel Sorgfalt der Mann zurechtgemacht, wie dezent er gekleidet ist, sein Haar ein ordentlicher schwarzer Kranz unter einem modisch hohen Hut, sein Schnauzbart sauber gestutzt, alles an seinem Platz; nur eine einzelne Perle in seinem Ohr verrät etwas von seiner gezügelten Extravaganz. »Lord Burghley ist ein alter Mann. Und doch ist man nie darauf vorbereitet.«

Cecil will jetzt nicht an den traurigen Gesundheitszustand seines Vaters denken. Er fürchtet, das könne ihn unachtsam machen. Ein Diener nimmt Blounts Umhang und Hut entgegen.

»Setzen wir uns.« Cecil, der den Blick zu seinem Wirtschaftsbuch vermeidet, um keinen Verdacht zu wecken, deutet auf die Plätze am Fenster. Sie sind von der Augustsonne überflutet, die ein Schattengitter auf die Polster wirft. Er will sich unbedingt auf das anstehende Thema konzentrieren; er möchte, dass Blount sich wohlfühlt, als wäre diese Einladung eher eine freundschaftliche Geste als nur eine geschäftsmäßige Zusammenkunft. Blount setzt sich mit einem Lächeln und gibt nichts von seiner Neugierde preis, die er empfinden muss, wenn Cecil ihn einlädt, denn der ist zwar nicht ein richtiger Feind, aber doch ein Anhänger des anderen Lagers.

»Befindet er sich in Theobalds?«, will Blount wissen und lehnt den Wein ab, den ihm der Diener anbietet.

»Nein, er ist hier. Wir haben sein Bett so aufgestellt, dass er einen Blick auf die Gärten hat. Sie sind prächtig zu dieser Jahreszeit.«

»Ja, man hat mir erzählt, sie seien fabelhaft. Ich hoffe, es bietet sich mir eines Tages die Gelegenheit, sie zu sehen.« Als Blount die gefalteten Hände in den Schoß legt, bemerkt Cecil die perfekt geschnittenen und sauberen Nägel, wie seine eigenen; das freut ihn und stimmt ihn hoffnungsfroh. An diesem Mann ist nichts von der dekadenten Verwahrlosung, die sein Freund Essex pflegt. »Ich hoffe, eines Tages selbst einen hübschen Garten zu haben.«

Cecil ist erstaunt über Blounts Geplauder; es scheint ihn nicht zu drängen, auf den Grund seines Hierseins zu sprechen zu kommen. »Ich hatte das Glück, kürzlich Sonnenblumen zu sehen – ein höchst außergewöhnlicher Anblick.« Cecil weiß, dass Essex diese seltenen

Blumen für seinen Garten ergattert hat, und fragt sich, ob Blount, indem er sie erwähnt, subtil auf seine Verbindung zu ihm anspielt. »Riesig groß und von lebhafter Farbe.« Er deutet ihre Form mit den Händen an; und Cecil muss unwillkürlich daran denken, dass diese sauberen Finger Lady Richs Körper streicheln. »Ich weiß nicht, ob sie mir gefallen.«

»Ich persönlich mag sie nicht besonders. Ich finde sie recht vulgär.« Cecil hofft, dass er nicht in ein Gespräch über die ästhetischen oder anderen Tugenden der Sonnenblume verwickelt wird, sonst würde rasch offenbar, dass er nie eine gesehen hat, außer auf einer Zeichnung. »Ich führe Euch gerne durch unsere Gärten, wenn es Euch Freude macht.«

»O ja, sehr gerne. Ich glaube, Ihr habt einige sehr hübsche Fischteiche.« Cecil überlegt, ob er ihn gleich hinausführen soll, doch er zögert. Er kann nicht sicher sein, dass man sie in den Gärten nicht belauscht – bei all den Gelegenheitsarbeitern, die zu dieser Jahreszeit das Unkraut zupfen. Es wäre unmöglich, jeden Einzelnen zu überprüfen.

Die beiden Männer schauen sich an; Cecil bemerkt das anziehende Braun in Blounts Augen und meint zu erkennen, was die Königin so sehr an diesem Mann mag. Sie strahlen nicht nur Tüchtigkeit aus, sondern auch Wärme und Vertrauen – Intelligenz ohne Arglist. Daraufhin bemüht er sich, seinen eigenen Ausdruck weicher erscheinen zu lassen, und fragt sich, ob die jahrelangen Intrigen Spuren auf seinem Gesicht hinterlassen haben. »Männer wie Euch würde ich gerne im Kronrat sehen.« Er führt den Gedanken nicht aus, wartet auf Blounts Reaktion. Doch Blount schweigt, er nickt nur und wartet darauf, dass Cecil fortfährt. Das Schweigen scheint nicht im Mindesten unbehaglich auf ihm zu lasten. In Cecil verdichtet sich der Gedanke, er hätte gerne diesen Mann an seiner Seite. Er stellt es sich bildlich vor – er würde dadurch die Essex-Fraktion spalten und seine Klauen in Lady Richs Geliebten schlagen. Der Gedanke erregt ihn.

Schließlich bricht Cecil das Schweigen. »Ich könnte Ihrer Majestät einen entsprechenden Vorschlag unterbreiten.«

»Ich habe den Eindruck, dass man mich für Irland in Betracht zieht«, sagt Blount und streicht über seinen Schnauzbart, erst über die eine, dann über die andere Seite. »Ich wäre dort dem Rat nicht von großem Nutzen.« Er lächelt breit, als hätte er gerade ein Kompliment gemacht.

Cecil ist sich nicht gewiss, ob er den irischen Posten will oder nicht. »Stellvertreter der Königin in Irland zu sein, ist eine große Ehre, aber Irland ist sehr weit weg.«

»Ja, eine große Ehre«, erwidert Blount. »Sehr weit weg ... und gefährlich ...« Nach kurzem Zögern fährt er fort: »Ich bin mir nicht ganz sicher, ob ich die erforderlichen militärischen Erfahrungen für so eine Aufgabe mitbringe.«

Endlich gibt er etwas von sich preis, denkt Cecil. »Ihr wart höchst erfolgreich, als es im letzten Herbst darauf ankam, an der Küste die spanische Gefahr in Schach zu halten.«

Wieder zeigt er sein charmantes Lächeln. »Ich habe nur meine Pflicht erfüllt.«

»Und Ihr habt den Ruf, ein exzellenter Gelehrter zu sein.«

»Ich habe ein bescheidenes Interesse daran, in Büchern zu stöbern. Das stimmt.« Er wählt seine Worte äußerst behutsam.

»Ich werde der Königin Eure Verdienste vortragen.«

»Wenn Ihr es wünscht.« Cecil findet ihn ziemlich eigenartig. Er hatte zumindest gehofft, Blount zeige Begeisterung bei der Idee, seinen Hintern auf einen Ratsherrenstuhl zu setzen. Aber für so etwas ist er ganz eindeutig zu scharfsinnig. »Was ich am allerliebsten täte ...« Er hält inne.

»Das wäre ...?«, drängt Cecil, der allmählich die Geduld verliert und erwartet, dass Blount ihm genau sagt, was er will.

»... Eure Gärten sehen.«

Cecil kann sich gerade noch bremsen, nicht mit der Faust auf das Fenstersims zu schlagen. »Selbstverständlich.« Sein Lächeln ist sicherlich gezwungen – dieser Mann muss umworben werden, aber Cecil ist überzeugt, dass sich die Mühe lohnen wird.

Als sie aufstehen, überlegt Cecil, wie er es am besten anstellt, noch das Wirtschaftsbuch mit dem darin verborgenen Brief vor jedem neugierigen Blick sicher zu verstecken, bis er ihn versiegeln kann – obgleich seine Diener wissen, dass er ihnen die Hände abschlagen ließe, sollten sie dabei erwischt werden, dass sie seine privaten Unterlagen durchstöbern.

Als sie an der Tür angelangt sind, trifft ein Bote ein. »Nicht jetzt«, weist Cecil ihn schroff zurück und lässt seiner Ungeduld freien Lauf, da er sie nun auf einen anderen als Blount richten kann. »Seht Ihr nicht, dass ich beschäftigt bin?«

»Ich glaube, Ihr müsst diese Nachricht sehr dringend hören…« Der Mann nuschelt nervös in seine Halskrause.

»Habt Ihr die Güte, mich einen Augenblick zu entschuldigen, my Lord?«, sagt Cecil zu Blount, der sich taktvoll ins äußere Gemach begibt. Cecil schließt die Tür und wendet sich dem Boten zu.

»Es gab eine höchst grausame Niederlage in Ulster.«

»Sprecht weiter.« Cecil bemüht sich, sein verworrenes Wissen über den Irlandkonflikt zu ordnen.

»Ein Massaker an Engländern.« Entsetzen steht dem Mann im Gesicht.

»Wie viele?«

»Annähernd zweitausend.«

»Mein Gott!«

»Unsere Männer haben versucht, das belagerte Fort am Fluss Blackwater zu befreien.«

Cecil stellt sich die irische Landkarte vor. »Das liegt doch an der Grenze zu Tyrones Gebiet, oder?«

»Ja. Tyrone hat sich mit einem anderen Rebellenführer zusammengeschlossen. Darum waren sie uns zahlenmäßig weit überlegen. Es war ein Hinterhalt.«

»Zweitausend Tote… das ist wohl kaum ein normaler Hinterhalt.« Cecil verliert den sicheren Boden unter den Füßen, denn die Kriegssprache ist ihm nicht geläufig.

»Die irischen Methoden sind anders.«

Cecil nickt. »Ja, anders.« Dabei weiß er nicht einmal genau, was der Mann damit sagen will.

»Ihre Taktik beruht auf Überraschung.«

Überraschung scheint ihm ein völlig unangemessenes Wort, es passt besser zu einem Geburtstagsgeschenk als zu einem Massaker. Cecil friert es bis in die Knochen bei dem Gedanken, dass eines Tages vielleicht sein teurer Sohn dieser irischen Armee mit ihren »anderen Methoden« gegenüberstehen könnte. Er muss sich an der Wand abstützen. »Welche Informationen hat unser Mann dort gesammelt?«

»Tyrones großer Plan ist, wenn die Engländer erst einmal vertrieben sind, Spanien als irischen Herrscher anzuerkennen.«

»Welchen Beweis habt Ihr für dieses Komplott?« Cecil versucht, sich zusammenzunehmen. Es ist genauso, wie Essex es vorausgesagt hatte. Es war so lange darüber geraunt worden, dass er dachte, es würde nie geschehen; plötzlich fühlt er sich – wie so oft – verloren und fragt sich, ob Blount bereits von diesem Vorfall weiß. Vielleicht lachen alle über ihn wegen seiner Unwissenheit.

»Ein Brief aus Spanien ist abgefangen worden.«

»Seht zu, dass ich diesen Brief bekomme. Ich will ihn in eigenen Händen halten.«

»Ich glaube, das wird nicht möglich sein. Er ist abgefangen und gelesen, aber nicht abgeschrieben worden. Es hieß, dafür habe die Zeit gefehlt.«

»Haben noch andere Leute diesen Brief gesehen?«

»Das kann ich nicht beantworten.«

Als der Bote gegangen ist, bleibt Cecil einen Moment allein; seine Gedanken überschlagen sich; er fragt sich, ob diesem Mann zu trauen ist. Vielleicht arbeitet er ja auch für Essex und füttert ihn ebenfalls mit Leckerbissen, wenn es sich anbietet. Er, Cecil, könnte vielleicht die Marionette sein und nicht einmal davon wissen. Er wünscht, er könnte seinen Vater um Rat fragen. Sein Vater würde ihn beruhigen und ihm den tieferen Sinn dahinter erklären. Aber er ist kaum bei Bewusstsein, und es bleiben ihm nur noch wenige Wochen. Bei diesem Gedanken erfasst ihn Panik, echte Angst, als würde das Innere seines Körpers wie ein abgelegtes Wams nach außen gewendet. Reiß dich zusammen, Mann, ermahnt er sich still, ehe er das Wirtschaftsbuch vom Schreibpult nimmt und es in einer Schublade versteckt.

Als Cecil ins äußere Gemach tritt, sieht Blount auf. Er hat ein Buch auf dem Schoß, das er sogleich zuschlägt, nur den Daumen lässt er als Platzhalter zwischen den Seiten. Cecil mustert den Bücherschrank, um zu sehen, welches fehlt. Es scheint Platon zu sein – recht harmlos.

Cecil erwartet, dass Blount ihn zu den dringlichen Neuigkeiten befragt; aber er klopft auf das Buch und sagt: »Gute Taten inspirieren zu weiteren guten Taten. Christliche Grundsätze lassen sich schon bei den Klassikern der Antike finden, meint Ihr nicht?«

»Ich … ich …« Cecil weiß nicht, was er dazu meint, denn andere Themen kreisen in seinem Hirn. »Es hat ein Massaker an unseren Männern in Irland gegeben. Zweitausend Tote.« Prüfend sieht er den Mann an, um festzustellen, ob er davon bereits wusste.

»Um Gottes willen«, sagt Blount offenbar aufrichtig entsetzt. »Mein Mitgefühl gilt den Müttern.«

»Ich fürchte, unser Rundgang durch die Gärten muss warten. Ich muss nach Whitehall.«

»Aber ja doch«, entgegnet Blount, erhebt sich und stellt das Buch zurück. »Gebt mir Nachricht, wenn ich Euch von Nutzen sein kann.«

Während Cecil darauf wartet, dass seine Kutsche vorbereitet wird, fragt er sich, was genau Blount damit sagen wollte, ob es eine Geste war, die auf ein mögliches Einverständnis schließen lässt, oder ob es ein ernsthaftes Hilfsangebot war. Der Mann erscheint ihm äußerst undurchsichtig. Die Zeit wird es weisen, aber im Augenblick formt sich in ihm ein neuer Gedanke, wie er diese Situation bestmöglich für sich nutzen kann. Er will der Königin klarmachen, dass der einzige Mensch, der mit einer Lage, wie sie sich in Irland darstellt, umgehen könne, der Graf von Essex sei.

Wie soll er diese Anregung in Worte fassen? *Es gibt keinen größeren Feldherrn in England*, überlegt er. *Der hochgeschätzte Graf ist der einzige Mann mit den Fähigkeiten, die Rebellen erfolgreich zu bezwingen.*

Nein, er muss es so wenden, dass sie glaubt, es sei ihre eigene Idee. *Ein großer Menschenführer ist vonnöten, um solch wütende Kräfte zu bändigen, Euer Majestät. Es ist eine Rolle von außerordentlicher Wichtigkeit, die dem, der sie erfüllt, zur Ehre gereicht – es braucht einen Menschen mit großem Mut.*

Wer ist dieser Mann?, wird sie ihn fragen.

Sie dürfte die Antwort schon halb im Kopf haben, wenn er den Kopf schütteln und sagen wird: *Wir müssen sorgfältig überlegen. Solche Männer sind selten.*

Er könnte einige unpassende Möglichkeiten aufzählen, all seine Verbündeten, als unternehme er den Versuch, einen seiner eigenen Männer zu befördern. Was sie mit einer Bemerkung abtun würde wie: *Zwerg, Euch fehlt das Verständnis für Militärisches.*

Es wird Zeit brauchen, Monate vielleicht, aber Cecil ist zurzeit äußerst geduldig. Und wenn es dazu kommt, wird es wie eine Flamme im Kopf der Königin auflodern: *Unser Mann ist Essex. Er ist der Einzige.*

Ich bin mir sicher, Euer Majestät hat recht, aber ich war der Meinung, dass er . . . – er wird sie mit einem Blick ansehen, der ihr zu verstehen gibt, er täusche sich vielleicht – *. . . dass der Graf in Ungnade sei.*

Nun, nun, Zwerg, ich will nicht, dass Ihr schmollt, weil ich Essex für so ein hohes Amt vorziehe, wird sie sagen. *Ihr werdet meine Entscheidung zu dieser Angelegenheit akzeptieren, ob Ihr damit einverstanden seid oder nicht.*

Man hilft ihm in seine Kutsche, während ihm der Gedanke durch den Kopf geht, welch ein Glück es ist, dass der Graf sich nach Wanstead zurückgezogen hat und nicht bei Hofe für seine Sache kämpft.

Als Penelope ihre Töchter vor der Königin knien sieht, sieht sie Elizabeth, wie sie sie sehen müssen: eine furchteinflößende, harte, alte
Frau, deren Gesicht mit dicker, kalkig weißer Schminke bedeckt
ist. An manchen Stellen ist sie verwischt, sodass die fahle Haut darunter zum Vorschein kommt. Ihr Mund ist zu einem schmalen Lächeln verzerrt, bei dem sie ihre Zähne nicht zeigt; Penelope weiß,
dass sie zur Bestürzung der Königin recht faulig sind. Ihre Perücke –
mit Edelsteinen geschmückte Locken – hat die Farbe von Orangen-
marmelade; an ihrem reichbestickten Gewand hängen dicke Perlenstränge. Das Kleid ist mädchenhaft tief ausgeschnitten, sodass sie viel
Busen zeigt, der auch mit weißer Paste bedeckt ist; und weil die sich
in den Kuhlen und Falten abgesetzt hat, betont sie diese eher, als sie
zu verdecken. Sie trägt den herzförmigen Rubin, den Lettice ihr geschenkt hat. Penelope versucht, nicht hinzusehen.

»Kommt näher!« Die Königin wirft einen argwöhnischen Blick auf
die beiden Mädchen, als sie auf den Knien vorwärts rutschen. »So ist
es besser. Jetzt sehe ich euch.«

Penelope muss an den Tag denken, als *sie* der Königin vorgestellt wurde, und das Bild Elizabeths, wie sie damals war, erscheint
vor ihrem geistigen Auge: diese kraftvolle, hochmütige Kreatur, deren Augen blitzten, deren langgliedrigen Hände in der Luft tanzten,
wenn sie sprach, und deren Stimme den Klang einer gut gestimmten
Leier in der Hand eines kundigen Spielers hatte. Sie war faszinierend
mit siebenundvierzig; aber heute, mit fünfundsechzig, tanzen ihre
Hände nicht mehr, und ihre Augen sind hart wie Granit.

Sie hatte ihre Töchter gewarnt, dass die Königin ihnen bedrohlich
erscheinen würde und dass sie nur einfach auf ihre Fragen antworten sollten, als hätten sie keine Angst. Aber insbesondere Lucy sieht
verschreckt aus und ist in ihrer lähmenden Schüchternheit gefangen;
Essie, die erst dreizehn ist, behauptet sich gut: Sie beantwortet ihre
Fragen sehr selbstbewusst.

»Und wie ist dein Vorname?«, fragt die Königin und nimmt mit spitzen Fingern Konfekt von einem Teller, der neben ihr steht.

»Essex«, erwidert Essie, deren Blicke zwischen der Königin und dem Zuckerwerk hin und her wandern. »Ich bin nach meinem Onkel benannt.«

»Ah, dein hübscher Onkel! Du ähnelst ihm ein bisschen.« Sie schmatzt, während sie spricht.

»Er ist mein liebster Verwandter.« Essie hat ein entwaffnendes Strahlen, und Penelope sieht, dass die Königin ihrem Charme erliegt. Wieder ist sie an ihre erste Begegnung erinnert: wie sehr solch illustre Anerkennung guttat und wie verzweifelt sie einen Platz bei Hofe haben wollte, um dem finsteren Haushalt der Huntingdons zu entkommen. Genau in diesem Gemach ließ sie auf der Suche nach Sidney die Blicke schweifen, ohne kaum zu wissen, wie er aussah. Nun ist sein Bild in ihr Gedächtnis eingebrannt; wie würde er wohl heute im mittleren Alter aussehen? Er ist nun schon zwölf Jahre tot. Die Zeit ist abscheulich schnell vergangen.

Penelope ist froh, dass es im Augenblick keinen freien Platz im Gemach der Zofen gibt, denn sollte die Königin einer ihrer Töchter so eine Stellung anbieten, gäbe es keine Möglichkeit, diese Ehre abzulehnen. Penelope möchte nicht, dass ihre Töchter von diesem Hof verschlungen werden – dem Hof einer ältlichen, erbarmungslosen Königin, der jeder über die Schulter sieht, um nach ihrem Nachfolger Ausschau zu halten.

»Aber *ich* bin doch deine Verwandte«, neckt sie die Königin.

»Ihr seid zweifellos meine höchstgeschätzte Verwandte«, entgegnet Essie. »Da ich aber Euer Majestät bisher persönlich nicht kannte, war es nicht möglich, Euch als meine liebste Verwandte zu bezeichnen. Nun aber …«, sie lächelt, wobei sich wie bei ihrem Onkel ein Grübchen in ihrer Wange zeigt, »… soll er mein liebster Onkel sein, und ich hoffe, Euer Majestät gewährt mir die Ehre, an Euch als meine allerliebste Cousine zu denken.«

Penelope möchte jubeln; genau diese geistreichen Antworten liebt die Königin.

»Du magst deinem Onkel im Aussehen ähneln, aber den Esprit hast du von deiner Mutter.« Die Königin lächelt Essie an und reicht ihr den Teller mit den Naschereien. Essie nimmt eine und steckt sie sich gleich in den Mund. »Und du?«, wendet sich die Königin an Lucy, deren Hände zittern, wie Penelope sieht. »Wie ist dein Vorname? Lucy ist ja wohl ein Kosename.«

Penelope atmet tief ein. Sie hatte gehofft, dieses vermeiden zu können, und darum den Türwächter gebeten, sie ganz einfach als »Lady Rich und ihre beiden ältesten Töchter« anzukündigen. Sie hatte Lucy eingeschärft, ihren Vornamen nicht zu erwähnen, es sei denn, man frage sie danach; sie sieht nun ganz kraftlos vor Angst aus.

»Mein Name ist…« Ihre Stimme ist kaum zu hören.

»Lauter, mein Kind«, sagt die Königin.

»Lettice.«

»Lettice?« Die Königin wirft Penelope einen vernichtenden Blick zu. Der Rubin scheint ihr spöttisch zuzuzwinkern. »Das habe ich mir schon gedacht. Eigentlich kein Name, auf den man stolz sein kann, oder?« Lucys Gesicht wird feuerrot, und sie schüttelt den Kopf. Penelope möchte sie am liebsten an die Hand nehmen und aus dem Gemach laufen. »Nun geht, Mädchen. Macht Euch da drüben mit den Zofen bekannt.« Die Königin weist auf die schnatternde Schar junger Frauen, die am Fenster sitzt und näht. Penelope erkennt Bess Brydges, die erst kürzlich das Objekt der heimlichen Aufmerksamkeiten ihres Bruders war, so hatte er es ihr erzählt. Bess lächelt ihr zu; sie nickt zurück.

»Zumindest sehen die beiden Rich ähnlich genug, sodass keine Gerüchte entstehen. Manche hatten Sidney in Verdacht.«

Penelope schluckt eine wütende Entgegnung hinunter und holt tief Luft, um sich zu beruhigen. »Meine Freundschaft mit Sidney war ganz und gar schicklich, Madam.«

Die Königin zwinkert – eine abstoßende, laszive Geste, die Penelopes Zorn noch weiter anfacht. Aber sie hält sich zurück und verteidigt sich nicht, weil es nur ihre angebliche Schuld unterstreichen würde. Die Königin nimmt sich noch ein Konfekt und kaut es mit geschlossenen Augen. Dann mischt sie trotz ihrer geschwollenen Fingerknöchel die Karten wie ein Taschenspieler. Zum Glück kommt ein Page, um das Feuer zu schüren, denn es ist bitterkalt im Gemach. Er legt mehrere Holzscheite nach und pustet mit dem Blasebalg, bis die Flammen, knackend und zischend, auflodern. Ein Geruch nach Apfelbaumholz verströmt sich im Raum.

»Ich nehme an, Eure schändliche Cousine hat ihr Kind bekommen«, sagt die Königin, nachdem sie fertig gekaut hat. Sie spricht von Lizzie Vernon, und Penelope ist in höchster Alarmbereitschaft, da die Königin ganz eindeutig zu einem Katz-und-Maus-Spiel aufgelegt ist.

»Ja. Ein Mädchen. Ich bin ihre Patin.«

»Also eine weitere kleine Penelope.« Sie mischt noch immer die abgenutzten Spielkarten. Sie teilt das Päckchen, lässt beide Stapel ineinandergleiten und stößt sie auf der Tischplatte auf. »Ich mag Southampton, aber ich kann beim besten Willen nicht verstehen, was sie in ihm sieht. Er ist so mädchenhaft exzentrisch ... dieses üppige Haar, seine Haltung.« Sie setzt sich auf, eine Schulter nach vorne geneigt, das Kinn gesenkt, und schaut unter ihren Wimpern auf, eine perfekte Nachahmung von Southampton.

»Anziehung kann man sich nicht immer erklären«, entgegnet Penelope.

»Und es mangelt ihm nicht an Reichtum.« Die Königin lacht laut auf. »Wenn ich ehrlich bin, vermisse ich die beiden hier. Er sah sehr gut aus, und Lizzie war ein munteres, spritziges Wesen.« Nun ganz ohne Heiterkeit in der Stimme fügt sie hinzu: »Aber werde ich nachgiebiger, gehorchen sie mir alle nicht mehr.« Sie wirft einen Blick zu den Mädchen, die in der Ecke des Gemachs tuscheln.

Penelope zieht ihren Schal enger um die Schultern; sie ist froh, das pelzgefütterte Gewand gewählt zu haben; aber ihre Schuhe und Strümpfe sind noch feucht von dem kurzen morgendlichen Weg durch den Schnee zu den Stallungen.

»Es war ein Akt großer Freundlichkeit, Lizzie die Freiheit zu schenken.« Penelope denkt, dass der Verlust der Königin ihr Gewinn ist, denn ihre vom Hof verbannte Cousine Lizzie wohnt nun auf ihre

Einladung hin im Essex-Haus und ist ihr eine wunderbare Gefährtin. Sie füllt in gewisser Weise die schmerzliche Lücke, die Jeanne hinterlassen hat.

»Ich bin nicht vollkommen aus Stein, wie es manche gerne verbreiten«, erwidert die Königin.

»Nur wenigen könnte es bewusster sein als mir.« Ein Gespräch mit der Königin ist wie ein Schachspiel: Worte werden vorsichtig zum bestmöglichen Vorteil platziert; doch Penelope ist nach vielen Jahren sehr geübt darin. Als Blount sie einmal gefragt hatte, was sie ehrlich über die Königin denke, hatte sie nicht gewusst, was sie antworten sollte, bis sie schließlich mit einer Gegenfrage reagiert hatte: »Muss man, wenn man jemanden respektiert, ihm auch Bewunderung zollen?« Erst wenige Wochen zuvor war mal wieder ein katholisches Komplott aufgedeckt worden. Ein Fanatiker namens Squire hatte den Plan, Gift auf ihren Sattelknauf zu streichen. Es hieß, mit Essex habe er das Gleiche vorgehabt. Die Königin mustert eingehend Penelopes Haltung, als wolle sie ihre Gedanken lesen. »Ihr wart mir gegenüber stets sehr nachsichtig«, sagt Penelope.

»Ihr wollt wohl sagen, ich war auf einem Auge blind und...«, sie hält inne, »...ich habe Euer unkonventionelles Arrangement mit Eurem Gemahl übersehen. Das geht wohl schon seit einigen Jahren so, oder?«

Penelope nickt. »Ich habe mich oft gefragt, warum...«

»Warum ich Euch diese Nachsicht entgegenbringe...«, unterbricht sie die Königin, »...während ich doch mit anderen so barsch bin? Es ist alles eine Frage des Scheins. Und Ihr habt Euch nicht ohne meine Billigung vermählt. Das ist eine Sache, die ich den meisten am heftigsten vorwerfe... dieser freimütige Ungehorsam, der es so aussehen lässt, als hätte ich keine Kontrolle über meine Ladys. Das gibt einen falschen Eindruck wider, und der Eindruck ist von allerhöchster Bedeutung in meiner Position.« Die Königin gibt die Karten aus.

»Das verstehe ich.« Penelope nimmt ihr Blatt auf. Die Karten sind ganz weich vom ständigen Gebrauch. »Und ich verstehe, dass Vertrauen von besonderem Wert ist, wenn man die Krone trägt.«

»Ach, Vertrauen!« Die Königin stößt ein leises, bitteres Lachen aus.

Sie spielen eine Weile schweigend, nehmen Karten auf, legen andere ab, sortieren sie neu und planen ihre Strategie. Sie haben so oft gegeneinander gespielt, dass sie die jeweiligen Ticks der anderen kennen: das unabsichtliche Blinzeln der Königin, wenn sie eine Trumpfkarte aufgenommen hat; oder Penelopes leichtes Zusammenbeißen der Zähne, wenn sie weiß, das sie verloren hat.

»Nun ja«, bricht die Königin das Schweigen. »Ich finde die Vorstellung, dass eine Frau sich wie ein Mann verhält, recht reizvoll. Schließlich gibt es reichlich Männer, die ihren Samen auf andere Frauen, die nicht ihre Gemahlin sind, verteilen.« Penelope betrachtet sie prüfend, ob sich hinter ihren Worten womöglich eine Kritik an ihrem unverbesserlichen Bruder verbirgt. Aber die Königin denkt offenbar gar nicht an Essex. »Weiß der Himmel, wie Ihr es angestellt habt, dass Euer Gemahl sich dem all die Jahre fügt.«

Ein Gedanke überrascht sie, der so niederträchtig ist, dass er ihr die Schamesröte ins Gesicht treibt: Sollte sie Richs Neigung zur Sodomie verraten, könnte er dafür hängen, und sie wäre frei. Sie mag zwar sündhafte Gedanken haben, aber danach handeln würde sie nie.

»Ich muss zugeben …«, sagt die Königin, »… dass ich in der Vergangenheit Eure Vermählung mit Rich *bedauert* habe. Damals schien sie mir so vorteilhaft. Ich wollte Euch nicht verarmt sehen. Euer Bruder würde niemals reich genug sein, um Euch zu unterhalten. Unterdessen hat er so hohe Schulden bei mir angehäuft, dass er hundert Leben bräuchte, um sie mir zurückzuzahlen.«

Penelope nickt. Ihr fällt keine angemessene Erwiderung ein. Die Königin hätte mit Leichtigkeit seine Schulden streichen oder ihm ein Monopol gewähren können. Aber wie soll sie ihn kontrollieren, wenn er nicht in ihrer Schuld steht?

»Ich verstehe jetzt, dass Eure Verbindung nicht sonderlich erfüllt ist. Mit Sidney wäret Ihr vielleicht glücklicher geworden.« Sie blickt in ihre Karten, zieht eine hervor und ersetzt sie durch eine andere. »Er hat damals um Euch gebettelt. Ich habe ihn fortgeschickt.«

Penelope kann kaum glauben, was sie da hört. Es ähnelt so sehr einem Ausdruck des Bedauerns, wie sie ihn nie zuvor von der Königin vernommen hat. Doch der Groll, der sich zu einem engen Knoten in ihr schnürt, erinnert sie daran, dass sie ihr Leben gemäß den Wünschen von anderen gelebt hat. Sie empfindet kein Mitgefühl, wenn die Königin wehmütig über Dinge nachsinnt, die sie in der Vergangenheit getan hat – von ihr wird sie keine Absolution erteilt bekommen. »Und Blount hat etwas von Sidney. Das denke ich schon lang«, fügt die Königin an.

Penelope spürt, dass die Wahrheit mit solchem Druck in ihr emporquillt, dass sie zu explodieren droht. *Blount war kein Trostpreis, den Ihr mir verliehen habt, um Eure Schuld abzutragen. Blount gehörte nie Euch, sodass Ihr ihn mir hättet geben können. Es war meine eigene Wahl, Ihr habt damit nichts zu tun. Ich bin nicht eine Schauspielerin in Eurem Theaterstück, die Eure Zeilen spricht und die Rolle spielt, die Ihr mir zugewiesen habt.* Sie denkt es, aber sie spricht es nicht aus. Tatsächlich sagt sie: »Ihr seid äußerst milde mit mir, dafür bin ich Euch aufrichtig dankbar.« Sie nimmt ihre Karten auf, ordnet sie zu einem Fächer und sortiert sie nach Farben.

»Auch mit Eurem Bruder war ich immer höchst nachsichtig.«

»Ja, tatsächlich.« Penelope hört aus dem Ton der Königin Niedergeschlagenheit heraus; ganz eindeutig, sie hat Essex noch nicht vollends vergeben.

»Es ist nur richtig, ihm eine letzte Chance zu geben. Er ist schließlich fast so etwas wie ein Sohn für mich.«

Schon früher hat die Königin derlei Äußerungen getan, und wie vorherzusehen, stachelt sie Penelopes Wut an. Sie möchte betonen, dass ihr Bruder bereits eine Mutter habe – aber natürlich tut sie es nicht.

»Übrigens brauche ich ihn in Irland. Seit dem Massaker ist es zwingend nötig, dass ich dort einen starken Arm habe.«

»Ah«, macht Penelope. Sie überlegt, ob das eine gute Sache ist. »Als Euer Stellvertreter?«

Die Königin nickt und lächelt; ihr Mund öffnet sich kurz und gibt den Blick auf ihre schlechten Zähne frei. »Es ist eine Gelegenheit für ihn, einiges gutzumachen.«

Penelope erlaubt sich nicht, ihre widerstrebenden Gefühle zu zeigen. Einerseits ist sie erleichtert, weil diese Nachricht bedeutet, dass es nicht Blount ist, der in die irische Wildnis geschickt wird; andererseits fürchtet sie, der Auftrag könne sich als Giftbecher für ihren Bruder erweisen, so wie er es für ihren Vater gewesen war. Sollte es ihm jedoch gelingen, so überlegt sie still, die Rebellen zu bezwingen, erobert er sich dadurch eine starke Position, die mehr bedeutet als Ländereien und Ehre.

Sie hat darüber ausführlich mit Blount gesprochen; wer auch immer den Befehl in Irland führe, werde eine riesige Truppe zur Verfügung haben, was womöglich die Nachteile einer Abwesenheit vom Hofe aufwiege. Die Königin werde nicht jünger, und noch immer habe sie keinen Thronfolger benannt; darum sei es sehr wohl möglich, dass jemand bald versuchen werde, eine Entscheidung zu erzwingen.

»Ich bin mir sicher, dass er diese Aufgabe ausgezeichnet erfüllen wird. Er ist ein guter Anführer.« Sie kann den Knoten in ihrer Kehle nicht hinunterschlucken.

Dann fixiert die Königin Penelope. »Ich mag mit Euch und Eurem Bruder duldsam gewesen sein, aber glaubt nicht, dass meine Nachsicht unendlich ist.« Ihre Stimme ist so kalt und hart wie ein Diamant, dass Penelope ein Schauer des Entsetzens durch den Leib fährt. Sie erinnert sich, dass es diese Frau ist, die das Todesurteil ihrer eigenen Cousine, Mary von Schottland, unterzeichnet hat.

Penelope winkt ihren Töchtern zum Abschied, als sie mit dem Stallburschen zum Tor hinausreiten; sie schaut erst weg, als sie um die Ecke gebogen und außer Sicht sind. Ein dickes Schneebrett rutscht vom Stalldach und fällt mit Getöse zu Boden, sodass sich ihr Pferd erschreckt. Sie reitet es langsam im Kreis über den Hof und summt eine Melodie, um es zu beruhigen, während sie auf Blount wartet. Gambit ist ein junger Wallach, der zur Nervosität neigt; sie spürt, dass bei jedem ungewohnten Geräusch Angst durch seinen Körper zuckt. Sie summt weiter, beugt sich vor und streichelt die weiche

Stelle hinter seinen Ohren. »Ganz ruhig. Brav.« Sie fragt sich, ob er womöglich durch ihr Beben verunsichert ist, das sie seit dem Kartenspiel mit der Königin in sich hat.

Blount erscheint mit vor Kälte roten Wangen. Selbst nach acht Jahren verspürt sie bei seinem Anblick eine Spur Aufregung. Er winkt, und sie will ihm schon die Neuigkeit entgegenschreien, dass er nicht nach Irland geschickt wird, dass ihr Bruder dorthin geht, aber sie widersteht dem Drang. Es wäre nicht gut, wenn es schon allgemein bekannt würde. Im Laufe der Jahre hat sie die Macht des Schweigens kennengelernt.

»Ich glaube, ich habe ein Hündchen für dich gefunden«, sagt er grinsend. »In den Inns of Court hat gestern eine Spanielhündin Junge bekommen.« Sie muss daran denken, wie sie Spero zum ersten Mal gesehen hat, und unwillkürlich gehen ihr Erinnerungen an Sidney durch den Kopf. Sidneys geisterhaftes Erscheinen lässt sie Blounts feste Statur umso mehr wertschätzen.

Auf der Straße von Whitehall herrscht geschäftiges Treiben: Frauen schlurfen durch den dreckigen Schneematsch und tragen schwere Körbe, in denen sich Ware türmt; Karren rumpeln vorbei und lassen eisiges Wasser hochspritzen; Männer hieven zu zweit Kartons; sie alle liefern Waren in die Palastküchen für das weihnachtliche Festmahl. Nach den langen Fastenwochen des Advents wird es eine Freude sein, wieder Fleisch zu essen und unverdünnten Wein zu trinken. Sie hört im Geiste bereits die Musik dazu. Als sie das Gedränge hinter sich haben und auf dem offenen Land hinter The Strand sind, fallen sie in den Kanter und genießen das Gefühl der Freiheit, ehe sie die dicht gedrängte Stadt erreichen.

Als sie im langsamen Tempo am hinteren Tor des Burghley-Hauses vorbeireiten, sehen sie, dass die Fensterläden noch immer aus Trauer geschlossen sind. Vier Monate sind vergangen, seit Lord Burghley starb und sein Sohn nahtlos seinen Platz eingenommen hat. Sie beschließen, einen großen Bogen zu reiten und die Zeit für ein Gespräch unter vier Augen zu nutzen.

»Ich habe Neuigkeiten«, sagt er. »Ausgezeichnete Neuigkeiten.«

»Erzähl mir davon.«

»Essex hat einen Brief von König James bekommen, von seiner Hand geschrieben, in dem er unsere Unterstützung seines Thronanspruchs dankbar annimmt. Und …«

»Und was?« Penelope ist flatterig, als erwartete sie Nachricht von einem Liebhaber; sie erinnert sich, dass sie diese Korrespondenz vor etwa einem Jahrzehnt begonnen hat und selbst damals schon eine gewisse Dringlichkeit bestand, als wären die Tage der Königin gezählt.

»Er schreibt, dass er im Gegenzug deinen Bruder unterstützt, ›sollte es ihm je vonnöten sein‹. Genau das sind seine Worte.«

»Was will er damit sagen?« Sie ist mit einem Mal misstrauisch. Es klingt so, als wäre damit ein Drama verbunden, das Unheil über sie bringen könnte. »Hat das nicht einen Beigeschmack von Gefahr, Charles?«

»Ich glaube nicht. Mir scheint, er sagt, sollten sich die Dinge ändern …« Er flüstert nur noch, obwohl sich nicht einmal ein Baum in ihrer Nähe befindet, hinter dem sich jemand verstecken könnte; im Übrigen würden Fußspuren im Schnee jeden verraten. »Sollte die Königin sterben, verbürgt er sich für Essex' Beförderung. James weiß, dass er in England mächtige Verbündete braucht, wenn er ohne Malheur den Thron besteigen will.«

»Natürlich«, sagt sie. Und doch fragt sie sich, ob ihr Bruder nicht eine andere, noch verräterischere Geschichte plant und dem schottischen König ein wenig davon offenbart hat. Essex hatte sich nach seiner letzten Verbannung vom Hof so völlig entmachtet gefühlt, dass es einleuchten würde, wenn er woanders Unterstützung gesucht hätte. Nein, er hätte es mir gesagt, denkt sie sich, und im Übrigen steht er wieder in der königlichen Gunst. »Wer sonst noch, was glaubst du, wird einen ernsthaften Anspruch erheben, wenn es so weit ist?«

»James' Cousine, die junge Stuart, Arbella. Es heißt, sie könnte die Sache der Katholiken vertreten«, erklärt Blount.

»Sie ist doch im neuen Glauben erzogen worden, soweit ich weiß.«

»Ja, aber sie hat Katholiken in ihrer Familie, die womöglich die Fäden ziehen. Dann ist da die Linie der Seymours: Lord Beauchamp.

Sein Anspruch wäre sehr berechtigt. Lady Katherine Grey war seine Mutter. Das heißt, es fließt viel Tudor-Blut in seinen Adern. Aber es gibt Probleme wegen seiner womöglich unehelichen Geburt.«

»Katherine Grey war eine liebe Freundin meiner Mutter.«

Penelope erinnert sich, dass Lettice ihr von Kitty Grey erzählt hat, von der Urenkelin von Henry VII., die heimlich heiratete und als Gefangene starb. Noch eine Frau, die mit der rachsüchtigen Königin in Konflikt geraten war.

»Dann ist da noch die spanische Infantin«, zählt Blount weiter auf.

»Es bräuchte eine katholische Volkserhebung ungeheuren Ausmaßes, um sie durchzusetzen«, sagt sie.

»Oder eine spanische Invasion«, ergänzt er. »Und sollten die Rebellen in Irland nicht erfolgreich niedergeschlagen werden, wäre das ihr Einfallstor.«

Penelope schaudert. »Und mein Bruder hat die Aufgabe, das nicht geschehen zu lassen. Die Königin schickt Essex an deiner statt.«

»Gott steh ihm bei!«, sagt Blount. »Ich will nicht lügen. Ich bin froh, dass nicht ich es bin.«

Penelope schweigt. Auch sie ist froh, will es aber nicht in Worte fassen, da sie sonst ihren Bruder verraten würde. Schweigend reiten sie weiter, bis sie sagt: »Wir müssen sicherstellen, dass König James gekrönt wird, ob die Königin ihn nun benennt oder nicht. Dann wären wir alle in Sicherheit. Schließlich ist sein Thronanspruch der einzig gradlinige.« Schweigend reiten sie weiter durch den Schnee.

»Cecil ist erneut auf mich zugekommen«, erzählt Blount mit einem Mal. »Ich glaube, er will mich auf seine Seite ziehen.«

»Was hat er gesagt?«

»Nicht sehr viel. Es war wohl mehr eine freundschaftliche Geste als sonst etwas. Wie schon einmal hat er davon gesprochen, dass der Kronrat einen wie mich gut brauchen könne.«

»Und was hast *du* gesagt?«

»Oh, ich war zurückhaltend. Es könnte nützlich sein, wenn ich mich einverstanden erklärte.«

»Sei achtsam.« Sie hat das Gefühl, dass die Angelegenheiten gefährlich und zu vielschichtig geworden sind, um sie fest im Griff zu haben; und plötzlich muss sie an den harten, kalten Blick der Königin denken.

»Du kennst mich, ich bin der Meister der Achtsamkeit.« Er drückt ihren Arm, und sie ist ein bisschen beruhigt. Es stimmt, er ist die Vorsicht in Person.

»Ich bin so dankbar, dass wir uns haben«, sagt sie.

»Zusammen sind wir eine Kraft, mit der man rechnen muss.«

»Wo reiten wir eigentlich hin?«, fragt sie ihn. Er hatte ihr zuvor gesagt, er wolle ihr etwas zeigen.

»Zum Tower.«

»Zum Tower? Willst du mich in Ketten legen lassen?« Sie lächelt.

»Ich möchte dich überraschen.«

»Warum nehmen wir nicht die Barke?«

»Der Fluss ist in der Nähe der Brücke beinahe zugefroren. Heute Morgen haben Knaben auf dem Eis gespielt. Einer ist eingebrochen.«

»O nein!« Sie fühlt sich mit einem Mal ganz elend bei dem Gedanken an den armen Jungen, der in der kalten, einsamen Welt unter dem Eis sein Ende fand.

»Man hat ihn herausgefischt. Ihm ist nicht viel passiert.«

Dennoch kann sie die Vorstellung von den eisigen Tiefen nicht abschütteln, als sie bei Ludgate in die Stadt hineinreiten und dann nach Cheapside, wo von den Schildern der Goldschmiede lange tropfende Eiszapfen hängen. Bald haben sie St. Paul erreicht, wo sich ihnen ein Blick auf den Tower bietet: ein Anblick, der in ihr stets Besorgnis weckt.

»Mein Bruder sagt, er müsse vielleicht Wanstead verkaufen, um einen Teil seiner Schulden begleichen zu können«, sagt Penelope. »Die Vorstellung, dass dieses Haus jemand anderem gehört ... und ich nie mehr dorthin kann, ist mir unerträglich.« Sie weiß, es ist nur ein Haus, und nicht einmal ihres, aber für sie verkörpert es alles Glück und alles Gute.

»Ich habe deinem Bruder ein Angebot für Wanstead gemacht.«

»Was? Du würdest Wanstead kaufen?«

»Ich brauche ein Haus, das meiner Position gemäß ist. Da ich ja in dieser Welt aufsteige …«Er reckt die Nase in die Luft, zieht dazu ein hochmütiges Gesicht und lacht. Es ist ein Scherz zwischen ihnen seit Jahren, dass er wohl Hefe im Blut haben müsse angesichts der Leichtigkeit, mit der er bei Hofe aufsteigt.

Sie freut sich. »Wie ein Brotteig, der aufgeht.« Sie streckt die Hand nach ihm aus. »Eines Tages vielleicht …«Sie spricht nicht weiter.

Ihre Pferde gleiten aus und kämpfen um einen festen Tritt auf der Eisfläche, die die Brücke über den Graben bedeckt. Sie ist völlig zugefroren, und ihre Ränder sind dick verschneit. Es ist viele Jahre her, dass Penelope hier war. Damals saß hinter diesen Mauern der arme Lopez in einer elenden Zelle. Sie hatte versucht zu vergessen, was zwischen ihrem Bruder und Lopez geschehen war – sie hatte sich für Essex geschämt: für seine hinterhältige Grausamkeit –, und doch muss sie oft an den Vorfall denken, immer wieder findet er seinen Weg in ihre Gedanken und kreist und kreist, wie eine Melodie, die man im Kopf hat und nicht vertreiben kann. Sie hatte dem armen Mann Lebensmittel gebracht, um ihm in seiner misslichen Lage zu helfen, aber man ließ sie nicht zu ihm. Es war Sommer, und der faulige Geruch vom Wassergraben war fast unerträglich. Nur Gott weiß, was unter dieser weichen, weißen Oberfläche lauert. Ein Wächter in scharlachroter Uniform grüßt sie; sie steigen aus dem Sattel und übergeben die Pferde einem Burschen.

Sie hakt sich bei Blount unter, als sie hinter dem Wächter über einen geräumten Pfad gehen, der quer über den Hof und um den White Tower herumführt. Sie bleiben am anderen Ende vor einer großen Tür stehen, wo der Wächter zu dem dicken Schlüsselbund greift, der an seinem Gürtel hängt. Er öffnet ihnen die Tür mit den Worten: »Die Menagerie.«

Sie hört ein wirres Durcheinander von merkwürdigen Lauten, und als sie durch eine weitere Tür gegangen sind, stehen sie mit einem Mal vor einem Gehege, in dem etwa Dutzend große Affen leben; sie schwingen an den Ästen eines toten Baums und brüllen in rauer Ausgelassenheit ihre Besucher an. Ein mutiges Tier nähert sich der Gittertür. Sein Gesicht scheint einerseits hündisch und andererseits auch seltsam menschlich, und als es gähnt, offenbart es zwei teuflische Eckzähne, lang und spitz, die einen Kadaver in Stücke reißen können. Penelope hält die Luft an, und der Affe kreischt; liebevoll streichelt er sein Geschlechtsteil, als ein Weibchen mit einem Jungen auf dem Rücken zu ihm kommt. Das Männchen wendet sich um und zeigt sein purpurnes Hinterteil. Penelope streckt den Arm, weil sie das weiche wirre Fell auf dem Köpfchen des Affenkinds streicheln möchte; doch der Wächter packt sie, sodass sie japst, und sagt: »Das wäre nicht klug, my Lady. Die Mutter würde Euch den Arm abreißen.«

Sie lacht, um ihren Aufruhr zu verbergen. »Es kommt mir vor wie bei Hofe. Sieh doch, dieser da hat Ähnlichkeit mit Cecil.« Sie zeigt auf einen Affen mit dunklem, glänzendem Fell, der sich sorgsam Flöhe vom Kopf pickt.

»Und da drüben sind dein Bruder und Bess Brydges.« Blount deutet auf zwei, die sich, halb versteckt hinter dem Baum, paaren. Sie muss kichern und fragt sich, ob der Wächter wohl schockiert ist, dass sie nicht entsetzt den Blick abwendet. »Und dieser da ist ...«, Penelope folgt Blounts Blick zu einer riesigen Äffin mit hängenden Brüsten, die alleine dasitzt und ein Blatt mustert, als wäre es ein Philosophiebuch; wütend fletscht sie die Zähne, wenn ihr einer zu nahe kommt.

»Pst.« Sie legt die Hand vor den Mund, um nicht auszusprechen, was auch er mit Sicherheit denkt: dass an diesem merkwürdigen, auf den Kopf gestellten Hof der Affen dieses streitsüchtige, einsame Pavianweibchen die Königin ist.

März 1599
Curtain-Theater/Essex-Haus

»Noch *einmal* stürmt, liebe Freunde ...« Einer der Schauspieler steht in der Mitte der Bühne. Er hat keine Stiefel an, trägt aber eine Kettenpanzerweste über seinem Hemd und schwingt ein breites Schwert, das er in die Luft stößt.

»Ich finde, die Betonung sollte auf ›Freunde‹ liegen und nicht auf ›einmal‹«, sagt der Dramatiker. »Und wiederhole das ›noch einmal‹. ›Noch einmal stürmt, noch einmal, liebe Freunde‹, und dann reckst du das Schwert.« Er sticht mit der Hand in die Luft. »Und dann geht es weiter mit ›Sonst füllt mit toten Englischen die Mauer‹.«

Penelope, die mit ihrem Bruder und Freunden auf dem Balkon sitzt, kann den Wortwechsel nicht hören.

»Nimmst du an, er soll mich darstellen?«, fragt Essex.

»Aber natürlich«, entgegnet Meyrick, der sich eine Welt ohne Essex im Mittelpunkt gar nicht vorstellen kann. »Ansonsten wüsste ich nicht, warum die Theaterleute so erpicht darauf waren, dass Ihr bei der Probe anwesend seid.«

»Das liegt daran, dass wir alle fort sein werden, wenn das Stück zum ersten Mal aufgeführt wird«, erklärt Southampton. »Ihr glaubt, sie alle seien Ihr – die Helden allemal!« Lachend klopft er seinem Freund auf die Schulter. »Natürlich seid Ihr das! Der große Eroberer Henry V., der Sieger der Schlacht von Azincourt.«

»Wir kämpfen unseren Kampf gegen die Iren«, sagt Essex. Meyrick und Southampton lassen einen gedämpften Jubel los, sodass die probenden Schauspieler ihr Gespräch unterbrechen und zu dem dunklen Balkon hinaufsehen. Penelope bemerkt, dass ihr Bruder nervös mit dem Bein wippt. Sie fürchtet, es könne ihm Ärger einbringen, wenn er öffentlich mit einem König verglichen wird. Southampton legt eine Hand fest auf Essex' wackelndes Bein. Sie denkt an das Gerücht, das ihr zugetragen wurde, dass irgendein Gelehrter eine Abhandlung über den Thronraub durch Henry IV. an Richard II. geschrieben und sie ihrem Bruder gewidmet habe. Sie hat versucht herauszufinden, wer dieser Gelehrte ist, hatte Anthony Bacon auf die Spur gesetzt mit dem Ziel, diese Abhandlung zu unterdrücken, denn sie will keinesfalls eine Wiederholung all der Schwierigkeiten wie mit diesem teuflischen Buch vor einigen Jahren. Dass der Name ihres Bruders in einem Traktat zu lesen ist, das die Absetzung eines Monarchen preist – die Folgen könnten verheerend sein.

Der Schauspieler setzt erneut zu seinem Monolog an: »Noch einmal stürmt, *noch einmal,* liebe Freunde, Sonst füllt mit toten Englischen die Mauer.«

Sie blickt nicht zur Bühne. Sie schaut auf das Profil ihres Bruders und sieht im fahlen Kerzenlicht Schweißperlen auf seiner Stirn, die wie kleine Diamanten glitzern, und seinen malmenden Kiefer. Er hat einen mürrischen Gesichtsausdruck, was – wie sie seit Kindesbeinen weiß – seine Unruhe verbergen soll.

Als die Schauspieler die Probe beendet haben, geht Penelope die schmale Treppe hinunter, durch das leere Parkett und hinauf auf die Bühne.

»Darf ich das anprobieren?« Sie deutet auf die Kettenpanzerweste, die nachlässig über einem Stuhl hängt, daneben lehnt das breite Schwert. Nachdem sie ihre Halskrause abgelegt hat, hilft ihr ein Schauspieler in die Hülle. Es klingelt, als er sie ihr vorsichtig über den Kopf zieht, das Geläut von tausend winzigen Glöckchen; aber kaum liegt sie auf ihren Schultern, ist ihr die Last so schwer, dass sie sich kaum mehr bewegen kann. Man reicht ihr das Schwert, sie kann es nur mit beiden Händen ein Stück über dem Boden halten. Es ist riesig, ein Kampfschwert, kein Vergleich zu den eleganten Waffen, die Kavaliere bei Hofe an ihrem Gürtel tragen. Sie hatte sich vorgestellt, sie würde umhertänzeln, die Waffe führen und den Theaterleuten ein Lachen entlocken; aber sie ist wie festgenagelt, wie gelähmt. »Wie um Himmels willen schaffen sie es nur zu kämpfen?«

»Das ist gar nichts im Vergleich zu den Panzerungen, die wir heutzutage anlegen … Ihr solltet mal eine ganze Rüstung anprobieren«, sagt Southampton lachend, der mit seiner weichen Haut und den mädchenhaften Zügen zu zart aussieht, um irgendetwas anderes als feinste Seide zu tragen. Er nimmt ihr das Schwert aus der Hand und zeichnet mit einer Bewegung aus dem Handgelenk eine Acht in die Luft. Da sieht sie die kraftvollen Muskeln an seinen Unterarmen; und sie erinnert sich an Lizzys Beschreibung seines Körpers am Tag, nachdem sie sich ihm zum ersten Mal hingegeben hatte. Sie hatte von seiner Stärke gesprochen und wie er sie niedergedrückt habe, sodass sie sich nicht mehr habe rühren können, und ihn mit Samson verglichen. Penelope hatte geglaubt, sie übertreibe, aber nun – da sie ihn im spielerischen Kampf mit ihrem Bruder sieht, der sich eine andere Waffe gegriffen hat, eine Pike, die so spitz ist, dass man damit Augen ausstechen kann, wenn man nicht aufpasst – erkennt sie, dass Southampton viel männlicher ist, als sie dachte.

Im Kettenpanzerhemd fällt das Atmen schwer, und die Vorstellung, dass all diese Männer auf dem Schlachtfeld knietief im irischen Schlamm um ihr Leben kämpfen, bestürzt sie. Ihr wird übel. Sie hört Schlachtrufe und Schreie, einen Trompetenstoß und das verängstigte Wiehern der Pferde, deren Hufe im dringlichen Takt der Trommelschläge donnern: rat-tat-tat-tat-ta; sirrende Pfeile, klirrender Stahl; Kanonenfeuer, das so laut ist, dass man fürchtet, hineinzugeraten und niemals gefunden zu werden; Bleikugeln prallen auf den Boden, durchbrechen Knochen – ein Crescendo aus Dissonanzen, das sich ständig steigert, bis es zusammenbricht und nur noch das bebende Wimmern und das letzte Ausatmen von Männern zu hören ist. Sie zerrt an den Rändern des Kettenhemds und will es von ihrem Körper heben.

»Lasst mich Euch heraushelfen.« Meyrick eilt herbei, dessen rohes Gebaren sein freundliches Wesen verbirgt. Er hebt die klingelnde Hülle von ihr. »Ich habe schon gefürchtet, Ihr würdet ohnmächtig«, sagt er. »Möchtet Ihr etwas trinken, my Lady?« In diesem Augenblick ist sie zutiefst dankbar, dass ihr Bruder in Irland den treuen Meyrick an seiner Seite haben wird.

»Werdet Ihr dort drüben für seine Sicherheit sorgen?«

Er sieht sie mit seinen wimpernlosen Augen an und sagt: »Sorgt Euch nicht. Gott wird mit uns sein.«

»Ja«, entgegnet sie leise. Sie weiß, wann sie begann, an Gottes Plan zu zweifeln – als Sydney starb.

Später, im Essex-Haus, verabschiedet Penelope sich von der Gesellschaft und bittet um ein paar Minuten alleine mit ihrem Bruder; sie setzt sich im großen Gemach ans Virginal und beginnt zu spielen.

Sie schaut hinüber zu dem Hündchen, Fides, das sich am Kamin zusammengerollt hat. Er ähnelt so sehr Spero, ist aber nicht Spero. Sie denkt an ihren alten Gefährten; und als könnte er ihre Gedanken lesen, schaut Fides auf, hält den Kopf schräg und sieht sie an, als wollte er sie herausfordern, ihn zu lieben.

Sie blättert durch die Noten, sieht aber kaum etwas in dem schwachen Licht, sodass sie auf eine vertraute Melodie zurückgreift, die sie sehr mag. »Du hast dazu am Dreikönigsabend getanzt«, sagt sie zu ihrem Bruder und beginnt zu summen; die Klänge umschwirren sie, die Hammer treffen auf die straffen Saiten und entlocken ihnen präzise Schwingungen.

»Ich habe mit ihr getanzt!« Er meint natürlich die Königin. Er stopft Tabak in seine Pfeife, den er mit dem Daumen hineindrückt.

»Das war das erste Mal seit Monaten, dass sie wieder getanzt hat. Hast du Cecil gesehen?«, fragt sie. Nun entzündet er die Pfeife mit der einzigen brennenden Kerze im Gemach. Sein Gesicht wirft scharfe Schatten.

»Sein Mund war so angespannt wie der Schließmuskel eines Köters.« Er zieht an der Pfeife und lacht, wobei Rauch ins Gemach quillt.

»Robin!« Sie tut so, als wäre sie entsetzt, muss aber selber lachen; sie denkt an Cecil, der Essex verschlagen beobachtet, ein unsichtbares Stäubchen von seinem Wams zupft, seine Halskrause peinlich genau richtet und seine Amtskette zurechtrückt. »Es ist gut, dass du die Gelegenheit hattest, allen zu zeigen, dass du wieder in ihrer Gunst stehst.«

»Das mögen alle denken, aber so ist es nicht, Schwester.« Er stöhnt. Der schwarze Lederbeutel, in dem er seine Korrespondenz mit König James aufbewahrt, liegt auf seinem Schoß und ist im Dämmerlicht kaum zu sehen.

»Was willst du damit sagen?« Penelope erinnert sich, wie entzückt die Königin schien, als sie ihm erlaubte, sie durch die Schritte zu führen, und wie sehr sie sich im freudigen Lächeln ihrer Ladys sonnte. Penelope stand am Rand und zählte die sauren Gesichter, lauter Scheusale: Ralegh, Cobham, Carew, Cecil – sie wären glücklich, wenn die Deveureux' ins Straucheln gerieten. Fällt einer, fallen alle. So geht das.

»Es ist nicht dasselbe. Sie vertraut mir nicht mehr. Ich habe sie kürzlich gefragt, ob sie eine Entscheidung getroffen habe zum Court of Wards. Sie weiß genau, hätte ich die Aufsicht über die Kronlehen, lägen meine Geldsorgen hinter mir. Ich habe ihr erklärt, auf diese Weise könne ich ihr besser dienen und ihr die Schulden zurückzahlen. Sie ködert mich damit, seit Burghley starb und das Amt unbesetzt ist. *Ihn* hat die Verwaltung der Kronlehen unermesslich reich gemacht.« Penelopes Zweifel müssen sich in ihrem Gesicht abzeichnen, denn er fügt hinzu: »Ich habe sie freundlich gefragt … nicht als hätte ich ein Anrecht darauf. Genauso wie du es mir immer eingeschärft hast. Demütig, aber nicht schmeichlerisch.«

»Und was hat sie gesagt?«

»Sie hat das Thema gewechselt.« Er sackt in sich zusammen.

»Aber sie hat dich doch nur geneckt, ganz bestimmt. Hat sie nicht immer so mit dir gespielt?«

»Nein, dieses Mal war es anders. Ich kann es nicht genau beschreiben, aber …« Er hält inne, schlägt die Hand vor den Mund und spricht zwischen den Fingern hindurch: »Ich fürchte mich, Schwester.«

»Wovor? Vor den Kämpfen?«

»Vor dem Scheitern.«

Sie setzt sich neben ihn, und wie ein Kind legt er seinen Kopf an ihre Brust. »Du hast viele Freunde. Sie geben dir Sicherheit. Du magst Feinde am Hof haben, aber das englische Volk liebt dich.« Sie streicht durch seine dicken dunklen Locken. »Du wirst es sehen, morgen, wenn ihr loszieht. Die Menschen werden die Straßen säumen, in Massen. Ich weiß es. Sie haben in den letzten Jahren nur Elend erlebt, mit der Pest, der Hungersnot und der ständigen Angst vor einer Invasion.« Sie drückt ihre Faust an seine Brust. »Sie *brauchen* dich. Du bringst ihnen den Sieg … du bringst ihnen die Hoffnung auf eine bessere Zukunft, auf Sicherheit und Fülle. Und du schaffst es. Ich weiß es.« In ihrem Hinterkopf hört sie die grauenvolle Kakophonie des Schlachtfelds, aber sie verweigert sich ihr.

»Den Sieg«, wiederholt er.

»Und ich werde hier sein, mit Blount, und dafür sorgen, dass niemand sich Freiheiten in deiner Abwesenheit herausnimmt. Und dann gibt es das da.« Sie hebt den schwarzen Lederbeutel hoch. »Das sichert uns ab.« Sie zögert. »Das sichert *dich* gegen das Scheitern ab.« Ihre Blicke treffen sich, und sie meint, ein schwaches Leuchten in seinen Augen zu erkennen. »Und es ist die Chance, etwas zu Ende zu bringen, das unser Vater begonnen hat.« Sie bedauert auf der Stelle, den armseligen Tod des Vaters erwähnt zu haben, denn nun schwebt er wie ein Gifthauch im Gemach.

»Glaubst du, Vaters Tod hätte abgewendet werden können, wenn die Königin ihm genügend Geldmittel geschickt hätte, wie es Mutter immer behauptet?«

Er zieht einige Male kräftig an seiner Pfeife.

»Ich weiß es nicht.« Sie knetet ihm die Schultern und spürt, wie verspannt sie sind.

»Was wir wissen, ist, dass Vater den letzten Penny des Vermögens der Devereux' ausgegeben hat, um die Rebellen in Schach zu halten.« Er bewegt seine Schultern unter ihren Händen. »Für England. Er hat unser gesamtes Vermögen für England ausgegeben.«

Sie sagt nichts und will nicht an die Folgen dieses Verlusts denken: an ihre vereitelte Ehe, an seine Verbindlichkeiten bei der Königin. Als sie still weiter seine verspannten Muskeln massiert, treffen ihre Finger auf eine Schwellung am Rand seines Schulterblatts. »Was ist das?« Sie hebt sein Hemd. »Da ist etwas …«

»Was? Was siehst du?«

»Ich weiß es nicht. Da sprießt etwas.« Sie setzt sich anders hin, damit das Kerzenlicht darauf fällt.

»Zieh es heraus, was immer es ist.« Er klingt entsetzt, seine Stimme höher als eine Viola. »Mach es weg!«

Es ist wie ein kleines Stück Faden, das aus einer Hautwölbung hervorsteht. Sie nimmt es zwischen die Fingernägel und zieht daran.

Es gleitet leicht heraus. Sie hält es ans Licht. Eine winzige weiße Feder, wie die aus dem Unterkleid einer Gans, liegt gekrümmt auf ihrer Hand.

»Der Beweis, dass du ein Engel bist.« Sie lächelt und küsst ihn auf die Stirn, aber er sieht entsetzt aus.

»Oder Ikarus!« Er stößt den Namen hervor, als hätte er einen bitteren Geschmack im Mund.

Ein Scharren kommt mit einem Mal vom anderen Ende des dunklen Gemachs, vielleicht ein Stuhl, den man verrückt hat. Fides knurrt leise mit gespitzten Ohren.

»Wer ist da?«, fragt Penelope, der sich die Nackenhaare aufstellen. Sie hatte geglaubt, sie seien allein, aber das Gemach ist groß, und nur der Kamin und die einzelne Kerze neben ihr geben Licht. Hastig geht sie im Kopf ihr Gespräch durch: Welche Themen genau haben sie angesprochen – den Court of Wards, die privaten Aussprachen ihres Bruders mit der Königin, seine Befürchtungen, die Finanzen der Devereux' … Hat einer von ihnen beiden den schottischen König beim Namen genannt oder, Gott behüte, die Briefe erwähnt?

»Ich bin es.« Eine Gestalt taucht aus dem Dunkel auf; es ist Francis Bacon, der sich die Augen mit seinen schlanken Händen reibt und schnieft. »Es ist kalt.« Sein Gesicht ist gespenstisch weiß, und er schlingt die Arme um sich.

»Bacon, was lauert Ihr hier im Dunkeln wie ein Dieb?« Essex klingt heiter, offenbar ohne jedes Misstrauen, das aber Penelope befällt. Aber das ist doch Francis Bacon, Essex' lieber Freund, der ihm seine Treue schon tausendmal durch all seine geheimen Informationen bewiesen hat. Sie bemüht sich, ihre Abneigung gegen ihn außer Acht zu lassen.

»Ich muss hier über meinen Akten eingeschlafen sein.« Er schnieft noch einmal.

»Kommt, setzt Euch ans Feuer.« Essex klopft auf den Platz neben sich. »Wärmt Euch auf.«

Bacon lässt sich neben ihrem Bruder nieder, nimmt wortlos die Pfeife und zieht fest daran; diese Vertrautheit überrascht Penelope.

»Woran arbeitet Ihr?«, fragt sie.

»Jemand hat eine Abhandlung über Henry IV. und die Absetzung von König Richard geschrieben. Er hat sie Euch gewidmet.« Er richtet seine Antwort an Essex, als hätte er ihm die Frage gestellt. »Es ist mir gelungen, ein Exemplar zu bekommen. Ich dachte, ich sollte sehen, ob darin etwas Ruchloses steht.«

»Nicht noch so eine unerwünschte Widmung«, sagt Essex. Penelope sieht, dass er sich wieder verspannt, und ärgert sich über Bacon, der ihm am Vorabend seiner Abreise einen Anlass zur Sorge gibt. Sie selbst hatte genau aus diesem Grund ihr Wissen über diese Abhandlung für sich behalten.

»Und steht etwas darin, das Essex schaden könnte?«, fragt sie. Sie würde ihn gerne fragen, wo er auf dieses Traktat gestoßen ist, will aber um ihres Bruders willen nicht zu viel Aufhebens davon machen.

»Ich glaube, es wird eher dem Verfasser Schwierigkeiten einbringen.« Wieder antwortet er Essex und ignoriert Penelope. »Vieles davon ist von Tacitus abgeschrieben.«

»Wir werden dafür sorgen, dass die Sache erledigt ist, nicht wahr, Bacon?«

Selbst jetzt, wo sie ihn direkt anspricht und ihn beim Namen nennt, sieht er sie nicht an. »Ja, ja, nichts, was Anlass zur Sorge geben könnte.« Er hat nun angefangen, Essex' Schultern zu massieren, so wie sie es gerade eben noch getan hat. Sie will ihn wegstoßen, ihm sagen, er solle sie allein lassen, und fragt sich, ob es Eifersucht oder Misstrauen ist, das in ihr brodelt. Sie sieht, dass er auf den schwarzen Lederbeutel schielt, der in den Falten von Essex' Hemd liegt. »Was habt Ihr darin? Bilder Eurer Geliebten?«

»So was in der Art«, entgegnet Essex.

Als Penelope den Blick senkt, bemerkt sie, dass die gebogene weiße Feder zu Boden gefallen ist.

Im großen Hof haben orangefarben gekleidete Reiter Reihe um Reihe Haltung angenommen. Dem Grafen ist es gelungen, ein riesiges Heer auszuheben, und es heißt, dies hier sei nur ein Teil davon. Tausende würden noch auf dem Weg nach Holyhead in Wales dazustoßen. Sie sind heute Morgen von der Seething Lane aufgebrochen, wo eine große Menschenmenge am Straßenrand zusammengekommen war, um zu winken und zu jubeln. Cecil hatte Mühe, sich seinen Weg zum Palast zu bahnen; und nun sieht er, dass die Menschen sich an die Tore drücken und einander auf die Schultern steigen, um sich auf die Mauern zu hocken, damit sie einen Blick auf ihren Helden erhaschen.

Selbst Cecil ist beeindruckt von den ordentlichen Reihen, von den Pferden, die auf Hochglanz gestriegelt sind, mit geölten Hufen und glänzendem Zaumzeug, und von den Männern, die mit gestrecktem Rücken im Einklang die Waffen heben, als die Königin auf den Balkon hinaustritt. Vielleicht schafft Essex mit dieser Truppe etwas, was noch niemandem vor ihm gelungen ist, und bezwingt die Rebellen. Cecil fragt sich, ob er einen falschen Schritt getan habe, als er in geheimen Verhandlungen dafür sorgte, dass der Graf den Posten in Irland bekommt. Aber wer weiß, vielleicht scheitert Essex – so wie einst sein Vater. Cecil hat geraume Zeit über all das nachgedacht: ob ein Sieg in Irland es wert sei, dass Essex aus seinem Einflussbereich entschwinde; er kann doch nun nicht mehr zu Burghley gehen, wenn ihm der Mut abhanden kommt, seinen Überzeugungen gemäß zu handeln.

Als er tief durchatmet, um zu verhindern, dass ihn die Erinnerungen an seinen Vater überwältigen, taucht ungebeten ein Bild in seinem Kopf auf: Der Graf liegt blutüberströmt auf dem Schlachtfeld, sein ganzer prächtiger Putz ist mit Schlamm und geronnenem Blut besudelt. Kläglich zerrt er an dem Pfeil, der tief in seiner Brust steckt. Nein, das Bild verändert sich: Nun steht er allein in trostloser

Einöde, von seinen Männern verlassen, ohne Rüstung, nur seine verdreckte, zerrissene, orangefarbene Schärpe flattert im Wind. Ein Schuss kommt aus dem Nichts und trifft ihn in die Brust, er stürzt mit einem Aufschrei hin und umklammert etwas, das einmal sein Herz war. Seine Hände werden dunkelrot. Cecil spürt das Gewicht der Muskete in den eigenen Händen und riecht das Schießpulver. Es ist der Geruch von Feierlichkeiten, von Feuerwerksdarbietungen. Mit einem Mal fühlt er sich verdorben; seine Gedanken ekeln ihn an; er wollte, er könnte die guten Seiten in sich heraufbeschwören.

Essex schwingt sich vom Pferd und wirft Southampton – ein weiterer schillernder Protegé von Burghley – die Zügel zu. Er ist zwar zu jung, um einer der Peiniger in seiner Jugend gewesen zu sein, aber er ist genauso wie sie. Und Southampton steht neben dem Grafen in dieser trostlosen Heidelandschaft. Cecil gebietet seinen Gedanken Einhalt. Er darf nicht seine hässlichen Seiten stärken. Wieder holt er tief Luft und streckt sich zu voller Größe; zufrieden registriert er, dass sein verkrümmtes Rückgrat knackt. Vergleiche dich nicht mit anderen, sagt er sich, wir alle sind Gottes Kreaturen. Er zwingt sich ein Lächeln ins Gesicht und schickt ein Gebet für den Sieg gen Himmel. Aber selbst Gott gegenüber ist er unaufrichtig.

Essex ist die Stufen hinaufgegangen. Er kniet vor der Königin nieder und küsst ihre Hand; und sie schärft ihm ein weiteres Mal ein, dass er »unter keinen Umständen ... keinen Umständen« – sie wiederholt es und schaut ihm dabei in die Augen – »Ihr dürft unter keinen Umständen vor dem Grafen von Tyrone kapitulieren. Er ist unser Feind. Er muss ganz und gar vernichtet werden.«

»Ich kenne meinen Auftrag«, sagt der Graf und erhebt sich; ein Jubel geht durch die Menge, der sich zu den Rändern hin wie Kreise in einem Teich ausbreitet.

Cecil schaut hinüber zu Blount, der in der Nähe zwischen Lady Rich und Francis Bacon steht. Blount jubelt nicht, ebenso wenig Lady Rich. Auf Bacons knabenhaftem Gesicht zeigt sich so etwas wie ein Lächeln. Aber Cecil weiß es nicht zu deuten. Francis Bacon ist heute Morgen an ihn herangetreten und hat um eine private Unterredung gebeten, was seine Neugier geweckt hat. Zwischen ihm und seinem Cousin herrscht keine große Zuneigung, seit Francis für die Stelle als Kronanwalt zugunsten eines Kandidaten von Cecil übergangen wurde. Aber das ist viele Jahre her, und vielleicht ist Cousin Francis ja bereit, wieder in den Schoß der Familie zu schlüpfen, es sei denn, er treibt ein falsches Spiel. Das gilt es herauszufinden.

Lady Rich ist nach vorne getreten, um ihren Bruder zu küssen. Sie umarmt ihn fest. Sofort sieht sich Cecil an seiner statt, was ihn erstaunt, denn er hat seit geraumer Zeit keine schlüpfrigen Vorstellungen mehr mit Lady Rich gehabt, er hatte geglaubt, das sei vorbei. Zum Zeichen, dass sie sich von ihren Ehemännern und Brüdern verabschieden dürfen, nickt die Königin ihren Hofdamen zu. Und Cecil fällt auf, dass weder Lady Southampton noch Lady Essex zugegen sind – ah, die unsichtbare Lady Essex, sie sei in anderen Umständen, heißt es. Sie ist für immer in Ungnade gefallen, ebenso wie es der Mutter des Grafen zugestoßen ist. Die Königin scheint ihren in Ungnade gefallenen Männern stets zuzugestehen, dass sie sich wieder in ihr Herz schleichen, aber niemals den Frauen. Vielleicht hat sie recht, den Frauen gegenüber misstrauisch zu sein. Cecil nimmt sich vor, nun nicht nur Informationen über die Männer, sondern auch über die Frauen zusammenzutragen, denn es scheint, dass auch sie sich heutzutage die Hände an der Politik schmutzig machen.

Er streicht seinen Samtumhang glatt – wobei er darauf achtet, dass er gerade von seiner Schulter fällt – und tritt vor, als Lady Rich sich aus der Umarmung ihres Bruders löst. Er nimmt die Hand des Grafen und wünscht ihm alles Gute, was die Königin wohlgefällig beobachtet, wie eine Mutter, die sich über die Versöhnung ihrer streitenden Kinder freut.

»Viel Erfolg, my Lord«, sagt Cecil. »Wenn jemand Tyrone überlisten kann, dann Ihr.«

Essex überrascht ihn mit einem ungekünstelten Lächeln, sodass ihn eine Anwandlung von Schuld überkommt und er sich als Betrüger empfindet. »Ich gebe mein Bestes, um England und unserer Königin zu dienen.« Die Hofdamen, die sich um ihn geschart haben, klatschen daraufhin, wobei ihre weißen Hände wie Schmetterlinge flattern.

»Lasst Euch nicht umbringen. Ich möchte Euch zurück«, ruft die Königin so laut, dass sie den Applaus übertönt.

Die Augen des Grafen huschen wie die eines ungezähmten Pferds hin und her; Cecil entdeckt darin einen Anflug von Angst, was ihn überrascht, hatte er doch gedacht, Essex' Mut sei unerschütterlich. »Ich komme zurück, zweifelt nicht daran, Euer Majestät«, erwidert er, wobei er scheinbar nichts als Zuversicht ausstrahlt. Er dreht sich um, geht die Stufen hinab und steigt wieder auf sein Pferd.

Ein Trompetenstoß erklingt, und Essex und seine Männer ziehen los. Als sie durch das Tor hinausreiten, brandet ein Tosen durch die Menschenmenge: *Ess-ex, Ess-ex, Ess-ex.* Die königliche Gesellschaft schaut zu, als der Graf sich vornüberbeugt, um mit einigen Leuten im Gedränge zu sprechen; er nimmt die Hand einer Frau und küsst sie, dann hebt er unter großem Jubel einen entzückten Knaben zu sich in den Sattel und lässt ihn sein Schwert anschauen. Die Königin blickt finster drein. Cecil erinnert sich, dass sein Vater ihm erzählt hatte, sie liebe es, bei Staatsakten stehen zu bleiben und mit ihrem Volk zu reden. »Die Menschen sind es, die mich hierhin gebracht haben«, pflegte sie zu sagen. Cecil hat so etwas nie erlebt, sie wird unterdessen zu scharf bewacht, denn man fürchtet das Messer des Mörders.

»Ich habe genug gesehen.« Die Königin dreht sich um und bietet Cecil ihren Arm, damit er sie ins Innere des Palasts zurückgeleite. »Sie lieben ihn«, sagt sie leise und kann ihren Unmut nicht verhehlen. »Die Menschen fühlen sich zu Jugend und Schönheit hingezogen … immer.«

»Aber Ihr seid doch das Bild der …«

»Beleidigt mich nicht mit dem üblichen Unsinn. Ich habe Augen im Kopf. Ihr vor allen anderen müsstet das verstehen.«

»Ja, my Lady. Schönheit ist eine Eigenschaft, an der es mir mangelt.«

»Aber Ihr habt andere Vorzüge.« Er fragt sich, welche Vorzüge sie ihm wohl zuspricht – Treue vielleicht, Beständigkeit, Skrupellosigkeit. Da lehnt sie sich an ihn und flüstert: »Ich habe die Absicht, Euch den Court of Wards zu übergeben, aber pst, erzähl es niemandem.«

»Euer Majestät, ich bin äußerst überrascht. Eine außerordentliche Ehre.« Im Geist gibt er das Geld bereits aus, das ihm dieser Posten einbringen wird: Er will die Gärten von Theobalds neu gestalten lassen; zum Beispiel kann er sich Eiben vorstellen, die in Form von klassischen Statuen geschnitten sind und zu beiden Seiten des Eingangs stehen sollen.

»Ich hatte es Eurem Vater versprochen. Das war meine letzte Wohltat ihm gegenüber. Aber denkt daran, Ihr schweigt darüber.«

Im Kopf entwirft er einen Brunnen: mit einer Nymphe, die so schön ist wie Lady Rich und Wasser aus einer Amphore gießt. Aber er muss auch daran denken, dass die Königin Essex monatelang mit dem Court of Wards hingehalten und genarrt hat; und er fragt sich mit einer plötzlichen Eingebung, ob sein Hass, seine große Rivalität mit dem Grafen nicht von außen geschürt wird. War es nicht die Königin, die das Saatkorn der Abneigung in der Kindheit der beiden bemerkt hat, die es, damit es keime und sprieße, hegte und pflegte? Und hat sie sie nicht immer wieder gegeneinander gehetzt mit ihren spitzfindig liebevollen Gunstbezeugungen, einen Leckerbissen hier, einen Leckerbissen da, mit dem Ziel, beide in der Hand zu haben?

»Freut Ihr Euch nicht? Ihr macht nicht den Anschein.«

»Ich gebe mir lediglich Mühe, meine Freude zu verbergen, Madam, denn ich fürchte, sie könnte Neugier wecken.« Essex geht ihm durch den Kopf, denn dies ist sowohl ein Triumph über seinen Gegner als auch ein Triumph für seine politische Karriere; doch der Gedanke an die Niederlage des Grafen freut ihn nicht so sehr, wie er es sich vorgestellt hat – er fühlt sich eher leer.

Juli 1599
Leighs, Essex

Henry jagt Schmetterlinge mit Essex' Sohn, dem kleinen Robert; beide schwingen ihr Netz wie eine Waffe und lachen, als sie mit Fides, der aufgeregt neben ihnen herspringt, hin und her rennen. Penelope sitzt still neben Lizzie Vernon, die über ihrer Nadelarbeit eingenickt ist und in deren Armbeuge ihr kleines weißes Hündchen ruht. Auch sie schließt die Augen, legt sich zurück ins hohe Gras und lauscht dem Sommer: dem Gluckern eines Bachs, dem fernen Gequake einer Ente und noch weiter entfernt dem »Hoho« eines Kuhhirten und dem sanften dumpfen Geläut von Kuhglocken. Sie ist so lange in der Stadt gewesen, dass sie die Töne der Natur beinahe vergessen hatte. Ihre Schwägerin Frances sitzt mit Dorothy zusammen, die beiden lesen sich gegenseitig vor, doch Frances ruft immer wieder: »Sei vorsichtig, Robert«, oder: »Renn nicht so schnell, du könntest hinfallen.«

Penelope lacht innerlich über die Warnungen ihrer Schwägerin, denn Robert ist so robust und leichtsinnig wie sein Vater, immer mit aufgeschlagenen Knien und Rissen an den Händen, er wirkt vollkommen angstfrei. Selbst ihr Henry, der ein Jahr älter ist, hat Mühe mitzuhalten. Aber Frances war schon immer ein nervöses Wesen, eine kleine, ruhige Frau, die man leicht übersieht. Selbst heute fällt es schwer, sich vorzustellen, dass sie einst mit Sidney vermählt war. Penelope erinnert sich, dass Frances am Tag der Trauerfeierlichkeiten zu ihr sagte: »Euch hat er geliebt.« Diese Frau hat ihre ganz eigene Art von Mut.

Trotz der Vergangenheit hat Penelope sie im Laufe der Zeit zu schätzen gelernt, auch wenn sie nicht vieles gemeinsam haben. Frances hat kein Ohr für Musik und lässt sich nie eine Meinung zu Politischem entlocken, aber sie ist durch und durch redlich. Sie hat nie Aufhebens davon gemacht, die Gräfin Essex zu sein – andere hätten diese Stellung weidlich ausgenutzt, nicht aber Frances; zu sehr schätzt sie ihre Zurückgezogenheit. Heute erscheint Frances gereizter als sonst, ständig macht sie sich Sorgen um das Kind in ihrem Bauch; sie hat Angst, sie könne es verlieren bei all den Höllenqualen, die sie wegen ihres Gemahls aussteht. Sie ist nicht die Einzige, die sich um Essex sorgt; auch Penelope, wenn sie es sich denn erlaubt, daran zu denken, wie es in Irland wohl ist. Sie ist dankbar, dass Blount sich in London bei Hofe aufhält. »Alles im Auge behalten«, wie er es ausdrückt.

Es geht das Gerücht, eine neue spanische Armada sei auf dem Weg zu Englands Küsten, und dank Anthony Bacons Geheimdienstnetz wird Blount als Erster darüber im Bilde sein, ehe andere überhaupt auch nur daran denken. *Sie hat mich zum stellvertretenden General des Heeres ernannt,* schrieb er letztens in einem Brief. *Du steigst gut auf mit all deiner Hefe,* hat sie ihm geantwortet. Ihr ist sehr wohl die Ironie bewusst: Sollte Blount sich in seinem Amt bewähren, könnte er ihren Bruder entbehrlich machen; aber diesen Gedanken schiebt sie rasch beiseite, denn die Vorstellung, womöglich eines Tages dem einen oder dem anderen ihre Gefolgschaft aufkündigen zu müssen, ist ihr unerträglich.

Für Essex läuft es nicht sonderlich gut in Irland. Er hatte sich dem Befehl der Königin, nach Norden zu marschieren und Tyrone zu stellen, widersetzt; stattdessen war er nach Süden gezogen, um seine Männer vorzubereiten und auf Proviant zu warten. Er hat ihr von seinem dringlichen Bedarf an Versorgung geschrieben, wenn die Mission erfolgreich sein soll. Penelope hatte persönlich die Königin angefleht, sie möge finanzielle Mittel schicken; aber seinem Brief nach zu urteilen, den sie gestern erhielt, hat sie nichts bewirkt.

Ich fürchte sehr, ich habe gänzlich ihre Gunst verloren. Ich erfahre keine Unterstützung von Whitehall, und ich kann mein Heer kaum verpflegen. Sie ist wütend, dass ich ihr die Stirn geboten habe, als ich Southampton zu meinem Oberstallmeister ernannte, aber sie hat keine Ahnung von der ausschlaggebenden Bedeutung von Vertrauen im Feld. Die Spanier bewaffnen die Rebellen, und es ist nur eine Frage der Zeit, bis sie selbst ein Heer schicken. Du musst weiter mein

Anliegen vor ihr vertreten, denn ich habe die Nachricht bekommen,
Cecil profitiere von diesem Krieg und dass Gelder, die den Nachschub
finanzieren sollten, in seine Tasche umgeleitet werden.

Sie hatte den Brief verbrannt, aus Sorge, Frances könnte ihn lesen und noch tiefer in Angst versinken. Eine Stunde nach Essex' Aufbruch hatte es ein heftiges Unwetter gegeben, und Frances war darüber nahezu hysterisch geworden, weil sie darin ein Zeichen zu erkennen glaubte, dass der Feldzug scheitere.

»Nein, nicht auf den Baum!«, schreit Frances nun und springt mit angsterfüllten Augen auf.

Robert vollführt einen Balanceakt am knorrigen Stamm eines alten Apfelbaums, seine Füße stehen auf einer Vorwölbung, den einen Arm hat er über einen niedrigen Ast gelegt und den anderen streckt er mit seinem Netz in die Luft. Er sieht seinem Vater so unglaublich ähnlich, dass Penelope sich in die Vergangenheit zurückversetzt fühlt.

»Sei unbesorgt, Frances«, sagt Dorothy und nimmt ihre Hand.

»Meine Kinder sind schon als kleine Knirpse auf diesen Baum geklettert«, ruft Penelope. »Und es ist nie etwas passiert.«

Robert springt herunter und läuft seinem Schmetterling hinterher; die Sorgen seiner Mutter scheinen ihm völlig unverständlich. Frances setzt sich wieder mit ihrem Buch ins Gras.

Lizzie wacht auf und streckt sich gähnend. »Bin ich eingenickt?«

»Wenn Mutter hier wäre, würde sie uns alle rügen, dass wir so faul sind. Sie würde uns in der Molkerei sehen wollen beim Buttern oder Käsemachen. Oder wir sollten beaufsichtigen, wie Fleischstücke gepökelt, Kräuter zermahlen oder Tinkturen destilliert werden.« Penelope lacht bei dem Gedanken an ihre Mutter. »›Du träge Hausfrau‹, würde sie schimpfen. ›Wie kannst du sicher sein, dass deine Diener dich nicht bestehlen, wenn du ihnen nicht auf die Finger guckst?‹«

»Ich habe von Southampton geträumt«, sagt Lizzie, die gedankenverloren ihr Hündchen streichelt.

»Es war doch hoffentlich kein schlechter Traum.«

»Nein, das nicht.« Lizzie setzt sich auf und sieht ihre Cousine an.

»Doch es gibt etwas, das mich an meinem Gemahl verwirrt.« Sie pflückt ein Gänseblümchen und zupft die Blütenblätter ab.

»Machst du dir Sorgen, dass der Krieg ihn verändert?«

»Daran habe ich noch gar nicht gedacht«, entgegnet Lizzie. »Nein.«

Penelope hat erlebt, dass ihr Bruder, als er aus dem Krieg heimkehrte, kaum wiederzuerkennen war – das Grauen wirkt nach. Er war in seiner Gedankenwelt gefangen und völlig undurchdringlich, als wäre er aus Stein gemeißelt. Und dann schlug er plötzlich wild um sich und offenbarte eine ungeheuerliche Grausamkeit – wie ein Knabe, der Katzen am Schwanz durch die Luft wirbelt, um das Ausmaß ihres Schreiens zu vergleichen. Davon sagt sie nichts, denn sie will Lizzie nicht aufregen, die bereits jetzt nicht ganz auf der Höhe ist.

»Erzähle mir, was dich bedrückt.«

»Ich liebe Southampton, mehr vielleicht als die meisten Frauen ihren Gemahl lieben.«

»Aber das ist doch gut, Lizzie.« Penelope lächelt ihre junge Cousine an und fragt sich, welchen Unsinn die Kinderfrau ihr über die Liebe und die Ehe erzählt hat: dass Liebe ein Irrsinn sei, dass es in der Ehe keinen Platz gebe für Leidenschaft?

»Aber ...« Lizzie zögert, anscheinend weiß sie nicht recht, wie sie es sagen soll, und wirft Blicke hinüber zu Frances und Dorothy.

»Sie hören uns nicht, wenn wir leise reden«, beruhigt Penelope sie.

»Ich habe ihn jemanden küssen sehen.«

»Ach, Lizzie.« Sie nimmt die Hand ihrer Cousine. »Ich würde dem nicht zu viel Bedeutung beimessen. Er muss sich noch immer die Hörner abstoßen. Er wird ruhiger werden, da bin ich mir sicher. Ich weiß, dass er dich liebt. Das hat er mir viele Male gesagt.«

»Nein, du verstehst mich nicht.«

»Erkläre es mir. Was ist geschehen?«

»Es ist schon eine Weile her, ich war noch schwanger, darum konnten wir nicht ...« Sie errötet leicht. »Du weißt.« Penelope nickt. »Und ich habe ihn in den Gärten des Essex-Hauses überrascht ... mit jemandem vom Personal ...«

»Mit jemandem vom Personal?« Penelope fühlt sich an die unablässigen Seitensprünge ihres Bruders erinnert. Es gibt sicher keine einzige Dienerin im Essex-Haus, die er nicht verführt hat.

»Sozusagen.« Ihre Röcke sind übersät mit Blütenblättern. »Mit einem der Küchenburschen.« Das sagt sie sehr leise, und ihr rollt eine Träne über die Wange. Penelope legt den Arm um sie und erinnert sich genau, wie sie sich gefühlt hatte, als sie ihren Gemahl in einer ähnlichen Situation überraschte, und auch an Mistress Shillings pragmatische Worte. Sie hatte bei Southampton schon immer so einen Verdacht; er ist seltsam zweideutig; und sie hat beobachtet, wie er sich mit den Schauspielern verhält und wie sehr es ihn zu dieser Welt hinzieht, in der Männer in Frauenkleidern auftreten. Das alles macht gewissermaßen seinen Reiz aus.

»Das Begehren der Männer ist anders als unseres, Lizzie. Es bedeutet nicht, dass er dich weniger liebt.«

»Aber es ist eine Todsünde.«

»Das glaube ich nicht.« Sie wollte, sie könnte Lizzie von ihrer eigenen Erfahrung erzählen und dass sie sich in einem Dickicht aus Ansichten über die Sünde verloren hatte, als sie versuchte, das Verhalten ihres Mannes zu verstehen. Unterdessen haben sie zu einer gegenseitigen, distanzierten Toleranz gefunden; er weilt die meiste Zeit hier in Leighs – wenn er nicht an den Rockzipfeln ihres Bruders hängt –, während sie sich in London oder bei Hofe aufhält. »Nur ein Kuss … das ist ganz einfach Teil dessen, was ihn zu dem einzigartigen Menschen macht. Und genau *das* liebst du.« Sie beobachtet die Knaben über die Schulter ihrer Cousine hinweg; sie betrachten irgendetwas im Gras. »Wünsche dir nicht, er wäre anders.«

Lizzie löst sich aus Penelopes Umarmung und trocknet sich die Tränen an ihrem Ärmel. »Ich dachte, du wärst schockiert. Ich hatte so sehr Angst, jemandem davon zu erzählen.«

»Da muss schon Gewaltigeres passieren, dass ich schockiert bin. Ich habe mehr gesehen, als du dir vorstellen kannst. Aber bürde dir nie die Last eines Geheimnisses auf. Geheimnisse nagen an dir …« Sie verstummt.

»Aber ich fürchte, er könnte meiner überdrüssig werden.«

»Niemand von uns kann das Begehren des anderen lenken. Aber du musst wissen: Er ist dir liebevoll zugetan, und du bist seine Gemahlin und die Mutter seiner Tochter. *Das* kann ihm kein Knabe der Welt geben.«

»Ich bin unendlich erleichtert …«, sagt Lizzie und legt sich zurück ins Gras, »… dass ich dir mein Geheimnis anvertraut habe.«

»Aber sprich nicht weiter darüber. Diskretion ist die Hauptsache … und um Himmels willen, erwähne es nicht Frances gegenüber. Sie würde am Schock sterben.«

Lizzie unterdrückt ein Lachen, sie verspürt wieder ihren alten Lebensschwung. »Unsere süße Frances, grundanständig.«

Robert läuft auf sie zu. Er hat die gleichen braunen Rehaugen wie seine Mutter, aber während in ihrem Blick Angst aufflackert, ist seiner strahlend und offen. Er hält etwas in der Hand, das wie eine Schlange aussieht; er hat ihren Kopf zwischen Daumen und Zeigefinger geklemmt, der Rest windet sich um sein anderes Handgelenk. Penelope schnappt nach Luft, ruft aber nichts, aus Sorge, Frances könnte von ihrem Buch aufblicken und in Panik geraten.

Sie steht auf und geht auf den Knaben zu; zu ihrer Beruhigung sieht sie, dass das Tier mattgrün und keine gemusterte Natter ist, wie sie es befürchtet hatte. Da ertönt hinter ihr ein Schreckensschrei; als Penelope sich umdreht, sieht sie die kreidebleiche Frances auf sie zurennen, und Dorothy hinterher.

»Es ist nur eine Grasnatter. Völlig harmlos«, ruft sie. Dorothy versucht, Frances zu beruhigen, aber mit ihren fuchtelnden Armen scheint sie zu Tode erschrocken.

»Ich weiß, wie ich mit Schlangen umgehen muss, Tante Penelope«, sagt der Knabe. »Die Gärtner haben es mir gezeigt. Wenn man sie am Kopf festhält, können sie nicht beißen.«

»Es ist gescheiter, Robert, wenn man Schlangen in Ruhe lässt, denn man weiß nie. Lass das arme Tier los. Es muss ja starr vor Angst sein.« Wieder fällt Penelope auf, wie sehr er seinem Vater ähnelt, offenbar frei von Angst, aber ebenso ohne Vorstellung von der Angst der anderen; und wieder muss sie an Essex in Irland denken, der Gott weiß welchem Feind gegenübersteht. Ihr Neffe schaut sie mit überraschendem Trotz an und macht den Eindruck, als wolle er das Tier nicht hergeben; doch als sie ihn streng anguckt, bleibt ihm keine Wahl. Er setzt die Schlange ins Gras und sieht zu, wie sie im Unterholz verschwindet, ehe er schmollend zu Henry trottet.

Trotz des strahlend schönen Tags ist es in Richs Arbeitsgemach, das sich im alten Teil des Hauses befindet, dunkel und kalt. Rich sieht abgespannt aus.

»Geht es Euch gut?«, fragt sie ihn.

»Kümmert es Euch?«

»Durchaus. Ihr *seid* schließlich mein Gemahl. Und der Vater meiner Kinder.«

»Nicht der Vater *aller* Eurer Kinder.« Diese Worte erstaunen sie, denn über dieses Thema reden sie nur höchst selten.

»Nein.« Seine Augen liegen tief in den Höhlen. Zum ersten Mal fällt ihr auf, dass er nicht mehr so gut aussieht; auch wenn sie ihn immer wenig anziehend fand, so war er doch einst ein hübscher Mann. Überrascht fragt sie sich, ob es für ihn unterdessen schwieriger ist, Knaben in sein Bett zu locken. »Ich habe Euch nie etwas vormachen wollen. Ihr habt, was Ihr wollt – und ich ebenso.«

»Aber Ihr habt mich zu einer lächerlichen Figur gemacht.«

Er klingt so pathetisch. Ihr kommt nicht einmal in den Sinn, ihn darauf aufmerksam zu machen, dass er ebenso verantwortlich ist für ihre Situation wie sie. Aber ein Mann kann keine Hörner aufgesetzt bekommen, ohne dass er zur Zielscheibe des Gespötts wird. »Zur Hölle mit den Spöttern – letztendlich kennen sie die Wahrheit nicht. Denn dann wäret Ihr für Eure Puritaner mehr als nur eine lächerliche Figur.«

Sein Kopf scheint zwischen seinen Schultern zu verschwinden, und sie empfindet aufrichtiges Mitleid mit ihm. »Ich beneide Euch, Penelope. Ich beneide Euch um Eure Unbekümmertheit, es scheint Euch nicht zu kümmern, wie die Leute Euch beurteilen, und um

Euer Selbstvertrauen, dass Ihr stets nach Rosen duftet, während wir anderen nach Gosse stinken. Das kommt aus der Kinderstube. Ich dachte, durch die Ehe mit Euch färbe etwas davon auf mich ab.« Er lacht voller Groll. »Aber heute ist mir klar, dass man dafür geboren sein muss.«

»Was soll das alles?«

»Ich *brauche* Euch«, murmelt er in seinen Kragen.

»Ihr braucht mich?«

»Ich fechte einen Streit über ein großes Stück Land aus. Ich laufe Gefahr, den größten Teil meines ganzen Besitzes zu verlieren.« Er dreht einen Ring an seinem Finger. »Aber wenn man uns vereint sähe, wenn man sähe, dass ich Eure Familie hinter mir habe … dann …« Er spricht nicht weiter, sondern stöhnt nur auf. »Man hält mich nicht für seriös.«

Sie sieht, was es ihn gekostet hat, sie um Hilfe zu bitten. Sein letzter Funken Stolz ist dahin. »Selbstverständlich! Ich tue alles, was erforderlich ist. Arrangiert eine Begegnung. Wir sind Gemahl und Gemahlin, und sollte jemand darüber hinwegsehen wollen, bekommt er es mit der ganzen Macht der Devereux' zu tun.«

Es mag Zeiten gegeben haben, wo es sie erfreut hätte – zu wissen, dass er sie braucht. Sie hätte dieses Druckmittel womöglich geschätzt. Aber nicht jetzt, nicht jetzt, wo sie annähernd alles hat, was sie sich wünscht. Im Übrigen stellt sie sich die Frage, wie lange noch der Name der Devereux' etwas bewirken kann, wenn ihr Bruder doch immer wieder die Gunst der Königin verliert. Sie will seine Hand nehmen, doch er zieht sie rasch zurück, als hätte sie die Lepra; stattdessen streicht er sich durch das grau gewordene Haar.

»Vermutlich habt Ihr mir des Öfteren den Tod gewünscht.«

»Was wollt Ihr damit sagen?« Sie ist entsetzt, nicht weil es unwahr wäre, sondern weil es stimmt. Es hat wahrhaftig solche Momente gegeben, aber als sie ihn das nun aussprechen hört, spürt sie, dass sich in ihrem Inneren Schuld emporwindet wie giftiger Efeu.

»Ich an Eurer Stelle hätte ihn mir gewünscht.«

Erst jetzt begreift sie, dass sie in ihrer Beziehung die eindeutig bessere Position hat, denn er ist seit jeher in dem Wissen gefangen, ein Heuchler zu sein. Sein Glaube hat ihn auf eine niedrigere Stufe des Lebens gedrückt. »Glaubt Ihr noch so fest wie einst?«

»Mein Glaube war höchsten Herausforderungen ausgesetzt. Aber ja, trotz alledem habe ich Gott nicht verloren.«

»Ich habe nie geglaubt, dass Gott Euch verdammt für ...« Sie weiß nicht, wie sie es sagen soll. »... für das, wohin Euer Begehren Euch treibt.«

Er lacht bitter auf. »Wollt Ihr mir sagen, es sei keine Sünde?«

»Wir alle sind Sünder. Ich will sagen, es gibt Schlimmeres. Wenn Ihr vielleicht ...«

»Ich brauche keine Vorschläge von Euch«, faucht er. »Wie wollt Ihr wissen, was es bedeutet, wie ich zu sein?«

»Das kann ich nicht wissen. Aber ich weiß, dass Gott einen Weg findet, Euch zu vergeben.« Sie fühlt sich töricht bei diesen Worten. Was weiß sie schon von seinem Gott?

»Ich fürchte mich eher vor den Leuten als vor Gott.«

»Sagt ihnen, sie sollen den Balken in ihrem eigenen Auge sehen.«

Sie sitzen eine Weile stumm da, und das gelegentliche Knarren eines alten Balkens unterstreicht ihr Schweigen. Ihr fällt auf, wie dunkel es geworden ist. Die Nacht ist hereingebrochen, ohne dass sie beide es gemerkt haben. Sie macht sich Gedanken über Blount. Sie hatten auf gemeinsame Tage in Wanstead gehofft, um ihn als neuen Besitzer des Hauses zu feiern. Doch es hat den Anschein, dass Richs Geschäfte sie hier länger aufhalten, als sie es vermutet hat; dann wird sie zum Hof zurückkehren und vor der Königin auf die Knie fallen müssen, um erneut das Anliegen ihres Bruders vorzubringen.

»Würdet Ihr das lesen? Und ich werde das Zusammentreffen vorbereiten.« Rich reicht ihr ein dickes Bündel Papier.

»Je schneller, desto besser«, sagt sie. »Man verlangt nach mir bei Hofe.« Er schaut sie misstrauisch an, doch sie spricht rasch weiter, ehe er Gelegenheit findet, etwas zu erwidern. »Es ist zu unser aller Wohl. Schließlich kommen Euch meine Verbindungen in gleichem Maße zustatten wie mir.« Sie erwähnt nicht die Schwierigkeiten, die ihr Bruder mit der Königin hat, ebenso wenig, dass es ihm an Geld für das Heer mangelt. Rich könnte ohnehin nichts daran ändern, auch wenn er davon wüsste.

September 1599
Nonsuch, Surrey

Das erste Morgenlicht weckt Cecil. Die Bettvorhänge sind offen, und er ist noch angekleidet. Verwirrt setzt er sich auf und spürt einen schmerzhaften Krampf, der sich vom Genick bis zu den Schultern zieht. Er reibt sich den Nacken – es ist eine Ewigkeit her, dass ihn die Hand eines anderen berührt hat. Selbst seine Gemahlin ließ in ihren intimsten Momenten die Hände bei sich. Manches Mal hat er junge Frauen bezahlt, aber wie seine Gemahlin konnten sie ihren Abscheu nicht ganz verbergen. Und obwohl diese Frauen äußerlich sauber wirkten, hatte er im Anschluss an diese wenigen Episoden wochenlang unter der Angst gelitten, sie könnten ihn mit etwas Unaussprechlichem angesteckt haben, sodass er eingehend seine Körperausscheidungen musterte und wiederholt seinen Arzt aufsuchte.

Sein Diener klopft leise an und kommt herein, um das Feuer zu schüren. Da sieht Cecil neben sich auf dem Bett den leicht knittrigen Bogen Papier liegen und erinnert sich, was ihn in der Nacht wach gehalten hat. Er liest ihn noch einmal, wobei er das Gekritzel mühsam entziffern muss, vermutlich weil sein Mann ihn in aller Eile abgeschrieben hat.

Doch warum rede ich über Sieg oder Erfolg? Ist es nicht allseits bekannt, dass ich von England nichts bekomme außer Verdruss und seelische Wunden? Wird im Heer nicht darüber gesprochen, dass Eure Majestät sich mit Eurer Gunst von mir abgewendet hat und Ihr bereits Schlimmes für mich und meine Männer erahnen lasst? Glauben denn die Rebellen nicht, dass die, die Ihr am meisten begünstigt, mich aus Zwietracht mehr hassen als sie, die Rebellen, aus Pflicht und Gewissen?

336

Die Wahrheit beschämt ihn, da steht es schwarz auf weiß: Er, Cecil, hasst Essex mehr als die Feinde.

Er lässt das Blatt auf den Schoß sinken und murmelt: »Was ist nur aus mir geworden?« Dass er seinen Gedanken ausgesprochen hat, bemerkt er erst, als der Diener ihn fragt, wie er ihm zu Diensten sein könne. Er schickt den Knaben fort. Er kann keinen Zeugen seiner Schuldgefühle brauchen. Es reicht schon, sich Gottes allwissenden Auges bewusst zu sein. Seit wann, so überlegt er, dient er der Königin und somit England nicht mehr? Seit wann dient er ausschließlich seinem Hass?

Falls Essex in Irland scheitert, ist ganz allein Cecil dafür verantwortlich. Er hat schließlich dafür gesorgt, dass der halbe Kronrat das Vertrauen in Essex verloren hat; dass ihm kein Nachschub gesendet wurde; er hat entscheidende Informationen zurückgehalten, die dem Grafen bei seiner Aufgabe geholfen hätten; er hat die Haltung zu Essex' engsten Verbündeten vergiftet. Einige von Essex' Getreuen wurden abberufen, und er, Cecil, hat den direkten königlichen Befehl, Southampton aus seiner Stellung als Oberstallmeister zu entlassen: alles Cecils Werk auf die eine oder andere Art. Und dann ist da Francis Bacon … Er kratzt an Wachsspritzern auf dem Tisch neben seinem Bett und richtet die Gegenstände in Linie aus, einen Kerzenleuchter, einige Bücher, einen kleinen Zeitmesser, dessen komplizierter Mechanismus ihm mal große Freude bereitet hat, aber nun nicht mehr. Er hat die Lunte zur Zerstörung seines Gegners entfacht, eine Zerstörung, die womöglich England an die Spanier ausliefert, und nun will sich die Flamme nicht mehr löschen lassen.

Er denkt an seinen verpfuschten diplomatischen Versuch im letzten Sommer mit dem neuen spanischen König; seine Hoffnungen, einen Friedensvertrag aushandeln zu können, waren enorm groß. Doch das Ganze, das mit mehreren vorsichtigen Gesprächen und einem Briefwechsel mit dem Gesandten begann, war zu einem Debakel geworden. Eine irrige Auslegung von Informationen oder ein falsches Spiel hatte ihn veranlasst zu glauben, an der Küste vor Brest würde sich eine spanische Flotte zusammenfinden und die Invasion stünde unmittelbar bevor. Er hatte angeordnet, dass Blount wegen des Ernstfalls die Truppen mobilisiere, und das ganze Land stand am Rande der Panik, weil es in jedem Augenblick mit der Invasion rechnete. Er fühlt sich wie ein unendlicher Narr, wenn er sich daran erinnert.

»Ah, Zwerg«, hatte die Königin gesagt, als er den großen Empfangssaal in der Absicht betrat, ihr die Nachricht, die ihm gerade übermittelt worden war, diskret kundzutun. »Eure große spanische Armada war eine Flotte von Fischerbooten.« Sie verfiel in ein brüllendes Gelächter, und alle Umstehenden stimmten ein, höhnische Augen sahen ihn an, und grinsende Münder spotteten über ihn. Nur mit Mühe konnte er sich davon abhalten, nicht aus dem Saal zu stürmen. Er zwang sich ein schmallippiges, halb entschuldigendes Lächeln ins Gesicht, aber die Königin amüsierte sich köstlich und scherzte weiter. »Und vermutlich haltet Ihr diese Glasperle…«, sie zeigte auf eine Verzierung an der Haube eines Dieners, »…für einen Diamanten!« Unbändiges Kichern brach los. »Und dieses Tier…«, sie deutete auf ein Schoßhündchen einer ihrer Hofdamen, »…ist ein Wolf!«

Er sah Ralegh inmitten der Gesellschaft, dessen Schultern bebten, und Carew, der sich die Hand vor den Mund hielt, und Knollys, der sich mit einem Taschentuch die Augen trocknete. Nur Francis Bacon lachte nicht… Er beobachtete die Szene – seine schmalen Hände waren gefaltet – mit einem Ausdruck von undurchdringlichem Gleichmut, als überlege er noch, auf welche Seite er sich stellen solle.

»Und dieses hier…«, eine Hofdame mischte sich ein und zeigte auf eine gestickte Rose an ihrem Kleid, »…ist ein Rosenstrauch.«

Cecil hatte sich gewünscht, dass der Boden sich auftue und ihn verschlucke, wie eine Falltür auf der Bühne, durch die Schauspieler in einer Rauchwolke entschwinden. Er hatte sich kleingemacht gefühlt, zu einem schwachsinnigen Narren erniedrigt, der allein für die grausame Belustigung des Hofes da war. Ich bin der Staatssekretär, hatte er sich in Erinnerung gerufen. Ich bin unangreifbar. Doch nichts erreichte ihn in seiner Demütigung, die ihn zu den unbarmherzigen Hänseleien der Knaben im Haushalt seines Vaters zurückkatapultierte.

»Und *mich* haltet Ihr vermutlich ...«, sagte die Zwergin Ippolyta, »... für die leibhaftige Königin.«

»Der war gut«, rief Ralegh. Und so ging es in einem fort; selbst Tage später warteten noch Höflinge mit immer spitzfindigeren Beispielen für seine angebliche Dummheit auf: Tauben, die er für Pfauen halte, Eichhörnchen für Hengste und Nadeln für Messer.

Und nun ist sein Traum von einem Friedensvertrag mit Spanien geplatzt. Vielleicht straft ihn Gott für seinen Abscheu gegen Essex – er weiß sehr gut, dass es eine Sünde ist, so abgrundtief zu hassen. Er faltet die Hände zum Gebet, aber weiß nicht, wie er demütige Bitten formulieren soll; stattdessen versucht er, sich vorzustellen, was ihm sein Vater geraten hätte. Er hätte vielleicht gesagt: *Manchmal muss man, um seine Ziele zu erreichen, zu Taten schreiten, die nicht ganz moralisch sind; dienen sie aber dem Wohle der Königin und Englands, sind sie gerechtfertigt.* Er empfindet tiefe Scham, als er sich das Ausmaß der Enttäuschung seines Vaters vorstellt.

Als die Tür aufgestoßen wird, erwacht er aus seiner Erstarrung; wieder tritt sein Diener ein, mit rotem Gesicht und atemlos.

»Ich dachte, ich hätte Euch angewiesen, mich nicht zu stören«, schnauzt Cecil.

»Nein, aber ...« Nervös ringt der Knabe die Hände. »Hier ist jemand, der Euch sprechen möchte. Er sagt, es sei dringend.«

»Wer ist es?« Und schon tritt ein Mann auf die Türschwelle, ein großer Kerl. Cecil kann ihn nicht richtig einordnen, und nichts an seiner Kleidung lässt erkennen, wer er ist.

»Sir Thomas Grey«, sagt der Mann, zieht seinen Hut und macht die Andeutung einer Verbeugung.

Cecil versucht, sich zu entsinnen, ob Grey ein wichtiger Mann ist. »Ich nehme an, Ihr habt Neuigkeiten für mich.« Nun hält er ihn für einen Mann der Garde, die ausgeschickt wurde, um die Südküste vor einem spanischen Angriff zu schützen.

»Es geht um Graf Essex«, erwidert Grey.

»Was ist mit ihm?« Cecil gerät in Aufregung. Warum kommt dieser Mann mit Neuigkeiten über Essex zu ihm? Vielleicht ist der Graf tot. Er erlaubt diesem Gedanken, sich in seinem Kopf auszubreiten, und verspürt einen Anflug von Frohsinn.

»Er ist mit einigen seiner Männer auf dem Weg hierher. Southampton ist auch dabei. Vielleicht sind sie bereits eingetroffen. Sie waren mir dicht auf den Fersen.«

»Unsinn! Der Graf ist in Irland.« Seine freudige Erregung ist nun der Ungeduld gewichen.

»Ich bin ihm mit seinen Gefährten zufällig unterwegs begegnet. Und ich habe mich beeilt, Euch zu informieren, ehe er ankommt.«

»Ihr müsst Euch irren. Selbst der Graf besitzt nicht die Dreistigkeit, seinen Posten ohne Erlaubnis der Königin zu verlassen.« Er ist verwundert, dass so etwas vor sich geht, ohne dass er davon weiß, wo er doch so viele Leute für Informationen bezahlt – und dennoch tappt er im Dunkeln.

»Ich höre sie«, sagt Grey und geht zum Fenster. »Sie sind bereits unten im Hof.«

Cecil stellt sich neben ihn. Er sieht Stallburschen mit Satteln und Halftern auf dem Arm und schweißbedeckte Pferde an der Tränke; ganz eindeutig, es ist gerade eine Reitgesellschaft eingetroffen, aber vom Grafen keine Spur. Cecil will sich schon umdrehen und Grey gehörig anherrschen, weil er seine Zeit vergeude, als er den unverkennbaren Kopf mit dem langen kastanienbraunen Haar sieht. Es ist Southampton, der durch den Torbogen im Stall verschwindet.

»Seid Ihr sicher, dass Ihr Essex gesehen habt und nicht nur seine Männer?«

»Aber ja, Sir, mit eigenen Augen.«

Nun überlegt er rasch; sein schlechtes Gewissen hat er schon zur Seite geschoben. Sollte Essex wirklich seinen Posten verlassen haben, wäre es Verrat. Eine Erinnerung schießt ihm durch den Kopf, an seinen Vater, der ihn zur Geduld mahnte: *Der Graf wird noch seinen eigenen Niedergang herbeiführen.* Das hatte er mehr als einmal gesagt. Doch plötzlich senkt sich eine Glocke des Grauens über ihn, als ihn der Gedanke ereilt, der Graf könne sich so sehr in die Enge gedrängt fühlen, dass er die Königin bedrohe. Der Zwischenfall im Ratszimmer, als Essex kurz davor war, sein Schwert gegen sie zu ziehen, ist Cecil noch in lebhafter Erinnerung.

Den Gedanken, dass *er* den Grafen womöglich so weit getrieben habe und *er* die Schuld daran trage, klammert Cecil lieber aus. Essex hat das riesige Heer in Irland bis zum letzten Mann in der Tasche – Cecil erinnert sich an die Stimmung, als der Graf in London aufbrach, als wäre er so etwas wie ein Gott. Er sieht hinaus zu den Hügeln in der Ferne und erwartet schon fast, am Horizont die aufwirbelnde Staubwolke einer heranpreschenden Truppe und Männer zu Pferde zu sehen. Darauf ist er nicht vorbereitet.

Barsch fordert er von seinem Diener seinen Umhang, den er eilig über seine knittrigen Kleider wirft. Die Königin wird mit ihren Damen im Schlafgemach sein; er muss sie warnen. »Wie spät ist es?«

»Die Sonne ist gerade erst aufgegangen«, antwortet Grey.

»Alarmiert die Wachen. Sagt ihnen, Graf Essex habe seiner Pflicht gegenüber der Königin entsagt und *müsse*, koste es, was es wolle, festgenommen werden.«

Cecils Kopf schwirrt, als er durch den Palast zu den Gemächern der Königin eilt; da fällt ihm auf, dass sein Haupt nicht bedeckt ist; rasch glättet er sein wirres Haar mit den Händen. Er strauchelt beinahe auf der Treppe, denn der Saum des Umhangs verheddert sich zwischen seinen Füßen; doch er fängt sich und rennt über den Gang, wobei er die Enden des hinderlichen Umhangs festhält. Gereizt spekuliert er, ob Essex nun endgültig den Verstand verloren habe und ob nun tatsächlich eine Truppe auf dem Weg sei, um Nonsuch zu belagern.

Keuchend erreicht er die Tür und ist kaum in der Lage, die Türwächter zu bitten, ihn hineinzulassen.

»Die Königin ist nicht allein«, sagt der eine.

Selbstverständlich ist sie nicht allein, sie ist nie allein, denkt er und sagt: »Lasst mich vor!«

»Wir haben Befehl, niemanden vorzulassen, Sir.«

Er hört einen leisen Tumult durch die Tür.

»Wer ist bei ihr?«

»Graf Essex, Sir.«

»Sagt ihr, ich sei es, der sie zu sehen wünscht.«

»Unser Befehl lautet ausdrücklich: ›Niemanden, ohne Ausnahme.‹ Es tut mir leid, Sir.«

Geschlagen lehnt Cecil sich an die Wand.

»Ist er bewaffnet?«, fragt er.

»Er hat seine Waffe abgelegt, ehe er das Gemach betrat.« Der Wächter deutet auf eine Bank am Fenster, wo das Schwert des Grafen liegt. Cecil ist sehr erleichtert, aber nun überlegt er, auf welch andere Weise der Graf ihr Böses antun könne, zum Beispiel mit einem scharfen Dolch, den er in den Falten seines Hemds verborgen haben könnte, oder mit einer Giftphiole. Wieder schaut er zum Fenster hinaus und sucht die Landschaft nach einer sich nähernden Truppe ab. Nein, es ist nichts zu sehen.

Er schaut zu den Türwächtern, will darauf beharren, dass sie ihm Einlass gewähren; doch sie meiden seinen Blick, starr stehen sie da mit festem Kinn. Doch dann besinnt er sich, die Königin wird ohnehin in Gesellschaft ihrer Hofdamen sein.

Schließlich erscheint Essex an der Türschwelle. Seine Kleider sind dreckig von der Reise, und sein Gesicht ist von Staub überzogen, der sich zu dunklen Linien um seine Augen sammelt – er muss unmittelbar zur Königin geeilt sein, ohne sich vorher das Gesicht abgespült zu haben. Er lächelt und sagt: »Guten Morgen, Cecil«, als wäre es ein ganz normaler Tag. »Ihr seht ungewöhnlich zerzaust aus.«

»Uh … uh.« Cecil hat es die Sprache verschlagen; töricht steht er da und starrt den Grafen an, als wäre er eine Erscheinung; er versucht, seine Kleider glatt zu streichen; es macht ihn wütend, dass dieser ungeratene Graf ihn, Englands wichtigsten Politiker, dazu bringt, sich unbedeutend zu fühlen.

»Seid Ihr überrascht, mich hier zu sehen? Eure Spione haben Euch doch sicher über meinen Verbleib in Kenntnis gesetzt. Nein? Ihr verliert die Kontrolle.« Er lacht, nimmt sein Schwert, wirft sich den Gürtel über die Schulter und geht pfeifend davon. Am Ende des Gangs dreht er sich noch einmal um und sagt grinsend: »Man wird

Euch nicht einlassen. Sie ist noch nicht gekleidet«, als erhöbe er Anspruch auf den Körper der Königin.

Cecil spürt den Hass wieder in sich aufwallen, als er zu seinen Räumen zurückeilt, um sich korrekt anzuziehen und den Befehl auszugeben, Späher müssten ausgesandt werden; sie sollen erkunden, ob der Graf eine Verstärkung in der näheren Umgebung habe.

Anschließend setzt er sich, damit sein Diener seine Schuhe auf Hochglanz poliere, während er auf den Ruf der Königin wartet. Nun ist er tadellos in schwarzen Samt gehüllt. Er bittet den Knaben, noch einmal seine Schultern abzubürsten, ehe er sich wieder zu ihren Gemächern begibt. Die beiden Türwächter, die sein aufgeregtes Beben und seinen erniedrigenden Wortwechsel mit Essex miterlebt haben, sind nirgends zu sehen.

Die Königin befindet sich in Begleitung von drei Hofdamen, die letzte Hand an ihr Äußeres legen: Die eine steckt ihr einen großen Edelstein ans Kleid, die andere hilft ihr in ihr Obergewand, und die Dritte schlingt ihr eine dicke Perlenkette um den Hals, die ihr bis zum Bauch reicht.

»Ich bin froh, Euch zu sehen«, sagt sie mit angespanntem Lächeln und schickt ihre Damen mit einer barschen Handbewegung in die hintere Ecke des Gemachs. »Kommt näher.« Er tritt heran und setzt sich auf einen Stuhl neben sie. »Ich nehme an, Euch hat die Nachricht erreicht, dass Essex...«, sie räuspert sich, »...zurückgekehrt ist.«

Cecil nickt. »Man hat mich auf die Situation aufmerksam gemacht, Madam. Und ich habe mir die Freiheit genommen sicherzustellen, dass er gekommen ist ohne...«

»Ohne Truppe«, unterbricht sie ihn. »Ja. Er hat mir berichtet, er sei nur in Begleitung einiger Vertrauter gekommen. ›Genügend, um seine Person zu schützen‹, so hat er es, glaube ich, ausgedrückt. Aber ich bin froh, dass Ihr das Nötige veranlasst habt, um herauszufinden, ob wir womöglich belagert werden. Wir würden es hier nicht lange aushalten, nicht wahr?« Sie lacht schnaubend. Nun ja, Nonsuch ist zur Freude erbaut worden und nicht, um einer Armee standzuhalten.

Sie wirkt erstaunlich ruhig, und Cecil spürt, dass seine alte Bewunderung für sie wieder aufblüht.

»Warum ist er hier?«

Die Königin stemmt den Ellbogen auf die Stuhllehne und schmiegt das Kinn in die Hand. »Er hat einen Waffenstillstand mit Tyrone geschlossen.« Ihr Blick verfinstert sich und verrät ihren Zorn. »Mit meinem *Feind* Tyrone.«

»Das Einzige, was Ihr ihm befohlen habt, keinesfalls zu tun.«

Sie nickt bedächtig. »Ich bin hintergangen worden, Zwerg. Es sieht aus, als hätte ich aufgegeben.« Er ist merkwürdig froh, seinen alten Spitznamen wieder zu hören. Dadurch fühlt er sich ihr näher. »Alle werden denken, die Engländer hätten kapituliert.« Mit »alle« meint sie, wie Cecil vermutet, ganz Europa. »Ich habe den Rat zusammengerufen.« Sie macht eine Kopfbewegung in Richtung der Tür, die zum inneren Gemach führt. »Ich wollte Euch ins Bild setzen, ehe wir hineingehen.«

»Wenn ich kühn sein darf, würde ich vorschlagen, dass der Graf hinter Schloss und Riegel kommt. Ihr dürft nicht angesehen werden als ...«

»Ja, ja, meine Nachsicht ist über die Maßen strapaziert. Wir stellen eine Liste mit Anklagepunkten auf.« Sie seufzt und schließt niedergeschlagen die Augen. »Ich werde sie selbst unterzeichnen.«

»Es tut mir außerordentlich leid, Madam.« Sein schlechtes Gewissen dämpft die Verzückung, gesiegt zu haben. »Es ist doppelt niederschmetternd, wenn man von denen verraten wird, die man liebt.«

»Ich habe ihn geliebt, als wäre er mein eigener Sohn.« Cecil meint zu sehen, dass sie sich verhärtet. »Aber er ist nicht mein Sohn. Er ist der Sohn meiner Feindin.«

Im abgedunkelten Raum herrscht Stille, mit Ausnahme eines leisen Raschelns. Die Hebamme legt in der Ecke Wäsche zusammen, und Frances' Atem bebt. Penelope hatte die Uhr weggeräumt, als Frances sagte, das Ticken mache sie unruhig. Frances liegt auf der Seite zusammengerollt auf dem Bett und umarmt ein Kissen, als wäre es ihr Geliebter. »Gott schütze mich«, murmelt sie und greift nach Penelopes Hand. »Ich fürchte, dieses Kind bringt mich um.«

»So etwas darfst du nicht denken. Dieses Kind wird wie all deine anderen geboren werden.« Penelope erträgt es kaum, in ihre großen traurigen Augen zu blicken. Sie erinnert sich an das Grauen, das sie selbst in den Tagen vor der Geburt ihrer Kinder empfunden hatte, und an die Überlegung, ob Gott sie wohl zu sich nehmen werde. »Ich singe dir zur Beruhigung etwas vor.« Penelope zögert einen Augenblick, da ihr plötzlich nur eine unpassende Ballade über eine Frau von lockerer Moral einfällt, die sie neulich im Curtain-Theater gehört hat. Darum nimmt sie ihre Laute zur Hand und spielt auf ihr, ohne zu singen. Die Hebamme summt mit. Sie warten bereits anderthalb Tage, seit die ersten Wehen eingesetzt haben.

»Versprich mir, dass du mich nicht alleine lässt«, sagt Frances und umklammert Penelopes Handgelenk. Ihr Gesicht ist verzerrt, als gebe sie sich alle Mühe, nicht zu weinen.

»Ich bleibe, solange ich gebraucht werde.« Penelope ist von der Vorstellung, bei der Geburt dabei zu sein, nicht begeistert – das Blut, die Schreie und die vielen Stunden des angespannten Wartens, während stets – wenn auch munter bestritten – die Möglichkeit des Todes lauert. »Ich werde die Tante des Kleinen sein. Natürlich will ich ihn auf dieser Welt begrüßen.« Sie hatten Frances' Ehering an ein langes Haar gehängt und es wie ein Pendel über ihren Bauch gehalten, so wie sie es immer zum Spaß an den langen Tagen des Wartens auf eine Geburt tun. Der Ring hat sich ganz eindeutig vor und zurück bewegt, das Zeichen für einen Knaben, und sie hatten ihr gratuliert, obgleich sie alle wissen, dass es genauso gut ein Mädchen werden kann.

Lizzie Vernon steht mit einem Mal im Türrahmen und winkt Penelope zu sich. Sie schleicht hinaus in den Flur. Lizzie sieht entsetzt aus und ringt die Hände so fest, dass ihre Knöchel ganz weiß sind. »Was ist los?« Penelope überfliegt die möglichen Gründe für die Sorge ihrer Cousine: ein Fall von Pest im Haushalt; jemand, den sie kennen, ist in den Tower gebracht worden; ein Toter in Irland. Sie schluckt.

»Dein Bruder steht unter Arrest.«

»Was willst du damit sagen? Hat man ihn gefangen genommen?« Sie will nicht an die Geschichten denken, die ihr über die brutalen Methoden, wie die Iren mit ihren Gefangenen umgehen, zu Ohren gekommen sind; sie tröstet sich mit dem Gedanken, dass Essex für sie ein politisches Druckmittel sein würde; es wäre nicht in ihrem Interesse, so einem Juwel etwas anzutun.

»Nein. Ich fürchte, es ist schlimmer.«

»Schlimmer? Was könnte schlimmer sein, wenn er nicht tot ist? Was verheimlichst du mir, Lizzie?«

»Er ist in Nonsuch.«

»Ich verstehe nicht. Woher nimmst du diese absurde Vorstellung?«

»Ich habe Nachricht von Southampton. Sie sind zusammen. Essex hat mit Tyrone eine Waffenruhe geschlossen. Dann sind sie in aller Eile von Irland hergeritten…« Lizzie spricht so schnell, dass sie fast atemlos ist. »…weil er sich selbst der Königin erklären wollte, ehe seine Feinde bei Hofe Wind davon bekämen und die Auffassung der Königin zu seinem Nachteil beeinflussen.«

Die Information sinkt in sie ein wie ein schwerer Stein ins Wasser. »Und die Königin…«

»Anfangs hat sie ihn sich erklären lassen, und er war der Meinung, sie habe ihn verstanden. Doch dann hat sie eine Ratssitzung einberufen und später den Befehl erteilt, ihn zu verhaften. Nun sieht sie es…«, Lizzie zieht einen Brief aus dem Ärmel und liest vor, »…als Verrat. Sie sagt, er habe sich entgegen ihrem ausdrücklichen Befehl den Iren ergeben. Er wird in den Räumen von Nonsuch festgehalten.« Noch immer sieht sie auf den Brief. »Sie nennen es Hochverrat.«

Penelope sinkt auf die Bank neben der Tür, die kalten Finger der Panik greifen nach ihr.

»Southampton sagt, du musst zu ihm kommen. Er wartet auf dich am Schlüsselzeichen in Ewell und wird dafür sorgen, dass du deinen Bruder unbemerkt besuchen kannst.«

Penelope kramt in der Schublade eines nahe stehenden Schreibtischs und findet Papier, Feder und Tinte. Rasch schreibt sie eine Nachricht für Alfred, den Stallmeister im Essex-Haus, er solle in aller Eile Pferde herbeibringen. Sie versiegelt den Brief und ruft einen Pagen, damit er ihre Nachricht überbringe.

»Ich bin mir sicher, dass ich einen Ausweg finde.« Ihre Stimme klingt forsch und verrät nichts von ihren niederdrückenden Vorahnungen. Sie fürchtet, ihr Bruder könnte dieses Mal zu weit gegangen sein und die letzten Fragmente an königlichem Wohlwollen überstrapaziert haben, und damit würden all die sorgsam geschmiedeten Pläne der Familie Devereux in Flammen aufgehen. Was sagte die Königin noch über ihre Nachsicht? Dass sie nicht unendlich sei. Das ist ein schlimmer Gedanke. »Würdest du Dorothy informieren?«, sagt sie zu Lizzie. »Bitte sie, Mutter zu benachrichtigen. Und könntest du bei Frances bleiben? Sie ist in einem schrecklichen Zustand, und ich habe ihr versprochen, bei ihr zu bleiben, aber …«

»Natürlich, alles, was du willst.«

»Nenne ihr nicht den wahren Grund für meine Abwesenheit. Wir dürfen ihr keinen weiteren Anlass zur Besorgnis geben. Denk dir eine Notlüge aus.«

Alfred trifft in Begleitung zweier Fackeln tragender Wächter des Essex-Hauses ein. Er stellt keine Fragen, obgleich er sich bestimmt wundert, was es mit diesem nächtlichen Ausflug auf sich hat, zumal Penelope nicht entsprechend gekleidet ist, sondern nur einen schweren Umhang über ihre Röcke geworfen hat. Als sie in die Nacht hineinreiten, zwingt Penelope sich, nicht an die Diebe und Straßenräuber zu denken, die ihnen womöglich im Dunkeln begegnen könnten. Sie rüstet sich mit einem kräftigen Schluck aus Alfreds Feldflasche und der Tatsache, dass sie drei kräftige Männer zu ihrem Schutz bei sich hat; doch schaut man einen der Wächter genauer an, erkennt man, dass er kaum den Kinderschuhen entwachsen ist.

»Wie lange wird unsere Reise dauern?«, fragt sie.

»Es sind knapp zwanzig Meilen. Beeilen wir uns, wenn wir erst einmal auf dem offenen Land sind, sollten wir vor dem Morgengrauen dort sein.«

Sie reiten schweigend dahin, froh über das milde Wetter und den fast vollen Mond. Penelope lässt sich vom gleichmäßigen Takt des Hufgetrappels beruhigen sowie von ihrem eigenen Atem, der sich dem Rhythmus anpasst, und von dem Säuselwind, der wie eine summende Saite die Hintergrundmelodie macht. Sie reitet hinter Alfred her und fühlt sich sicher unter seinem Schutz; er kennt diese Strecke sehr gut, da er die Familie viele Male von und nach Nonsuch begleitet hat. Er steht länger in den Diensten der Devereux' als alle übrigen Bediensteten und ist ihnen zutiefst treu ergeben. Wohingegen es andere im Essex-Haus gab, die – da ist sich Penelope sicher – Geheimnisse gegen Geld verkauft haben; vor langer Zeit hatte ein Junge in den Küchen gearbeitet, der, wie sie entdeckte, auf Cecils Lohnliste stand. Sie hatte ihn davon überzeugt, sich gegen seinen Zahlmeister zu stellen, doch er starb an der Pest, ehe er ihr von Nutzen sein konnte.

Plötzlich entdeckt sie die scharfen Umrisse von Häusern vor sich. »Ist das Ewell?«

»Ja, my Lady.«

Sie reiten über die Grasnarbe in der Mitte der Straße, um weniger Geräusche zu machen – je weniger Menschen bemerken, dass Reiter in der Nacht ankommen, desto besser. Sie sieht das Schlüsselzeichen, dessen Vergoldung im Mondlicht schimmert, und darunter zwei Gestalten. Sie ist erleichtert, als sie Southamptons charakteristische Silhouette sieht, sein langes Haar, sein schmal geschnittenes Wams; erst jetzt erkennt sie den Mann neben ihm, es ist Blount. Ihr Herz macht einen Satz. Am liebsten würde sie vom Pferd springen und sich in seine Arme stürzen. Leise steigen sie ab; sie spürt, dass Blount ihre Hand nimmt, und schon fühlt sie sich durch seine Gegenwart ruhiger. Sie weiß, dass sie auf seine Unterstützung zählen kann, was immer auch sie erwartet. Er flüstert ihr ins Ohr: »Meine Allerliebste.«

Sie lassen die Pferde in Alfreds Obhut und gehen zu Fuß weiter. Der Palast ragt bedrohlich auf, eine dunkle Kontur über dem Dorf, dessen Türmchen sich finster vor dem ersten Morgenlicht am Himmel abzeichnen. Während sie sich nah an die Hecken drücken, um nicht gesehen zu werden, erklärt ihr Southampton die Lage. Die Vögel haben zu singen begonnen und zwitschern ihre unangemessen hübschen Morgenlieder. »Wie geht es ihm?«, fragt sie.

»Das ist schwer zu sagen«, antwortet Southampton.

»Wie wollt Ihr mich ungesehen hineinschmuggeln?«

»Die Nachtwächter haben unter mir gedient«, sagt Blount. »Eine volle Geldbörse wirkt Wunder.«

»Es wird ihn aufheitern, Euch zu sehen«, sagt Southampton.

»Seine Gemahlin liegt in den Wehen. Ich halte es für das Beste, wenn er es nicht jetzt erfährt – es wäre nur eine weitere Sorge für ihn.«

»Wie geht es ihr?«, fragt Blount.

»Sie ist ängstlich. Ihr kennt sie ja.«

Leise betreten sie den hinteren Hof, schleichen an den Mauern entlang und schlüpfen durch eine Tür zur Dienstbotentreppe. Als sie um die Ecke kommen, hören sie Schritte und sehen den Schein einer Kerze. Blount schiebt Penelope ins Dunkel und stellt sich vor sie, damit man sie nicht sieht. Sie setzt ihre Kapuze auf und zieht den schwarzen Umhang fest um sich.

»So früh auf, my Lords.« Es ist einer der Türhüter, der sich den Schlaf aus den Augen reibt.

Ihr Herz klopft so laut, dass sie fürchtet, man könne es hören.

»Eigentlich waren wir noch gar nicht im Bett«, erwidert Southampton mit einem verschwörerischen Anstupser.

»In unserer Gegend kann man nicht gut zechen. Alles mausetot hier«, sagt der Türhüter.

»Ihr wäret überrascht, was sich in so einem Dorf alles auftun lässt.« Southampton zwinkert. Die Augen des Türhüters leuchten auf, denn seine Neugier ist geweckt.

»Besser, wir gehen zu Bett«, sagt Blount, täuscht ein Gähnen vor und streckt die Arme. Der Türhüter wünscht ihnen einen guten Morgen und geht die Treppe hinunter.

»Das ist einer von Cecils Männern«, raunt Blount. »Aber offenbar hat er uns die Geschichte mit den Ausschweifungen abgenommen.«

»Ja, sehr überzeugend. Man könnte meinen, Ihr macht so etwas öfter«, neckt sie ihn. Ihre Angst hat sich zwar in seiner Gegenwart ein bisschen gelegt, aber als sie zu der Tür kommen, wo zwei Männer stehen, deren Hellebarden neben ihnen an der holzgetäfelten Wand lehnen, wird ihre Kehle ganz trocken. Blount zieht eine Geldbörse aus seinem Wams und reicht sie einem der beiden. Der Mann schätzt ihr Gewicht mit der Hand, öffnet den Beutel und lugt im Schein einer Kerze hinein, um zu prüfen, dass man ihn nicht betrügt – als wären diese beiden Männer vor ihm nicht zwei der höchsten Adligen des Landes, sondern einfache Straßenhändler. Schließlich nickt er und öffnet den Türriegel, sodass Penelope hineinschlüpfen kann. Ob die Türwächter sie wohl erkannt haben, fragt sie sich, so verhüllt wie sie ist mit ihrem durch die Kapuze verschatteten Gesicht und ohne ihre üblichen feinen Kleider? Oder halten sie sie womöglich für eine von Essex' Mätressen von niedriger Geburt, die ihn in den Stunden seines Unglücks trösten möchte?

Essex sitzt zusammengekauert auf dem Boden in einer Ecke des finsteren Gemachs und macht keine Anstalten aufzustehen, als sie eintritt. Das fahle Licht des Morgengrauens dringt kaum durch das Fenster, und im Kamin befindet sich nur ein Aschehaufen. Sie greift zum Schürhaken und stochert darin herum, bis eine lebhafte Flamme auflodert; daran entzündet sie Anmachholz und legt Kohlen aus dem danebenstehenden Eimer darauf. Rasch fangen sie Feuer und flackern in Blau und Orange. Sie wischt sich die schwarz verschmierten

Hände an ihrem Umhang ab, nimmt eine Kerze aus dem Kerzenhalter, entzündet sie am Feuer und macht damit alle anderen Kerzen im Gemach an. Die Dochte zischen, als sie aufflammen. »Es kann nicht so schlecht um dich stehen, Robin, wenn sie dir Kohlen und Bienenwachskerzen gestattet.« Sie versucht, heiter zu klingen, um ihn aus seiner Erstarrung zu locken.

Er lacht bitter auf. Sie setzt sich neben ihn. Die Kälte der Steine dringt durch ihre Kleider, und seine Hand unter ihrer ist eiskalt und reagiert nicht auf ihre Berührung. Nach einer Weile des Schweigens überredet sie ihn, näher an den Kamin zu rücken, in dem nun ein prächtiges Feuer lodert und Licht und Wärme spendet. Sein Gesicht ist bleich und ausgemergelt, als hätte er seit Tagen nichts gegessen; sein gehetzter Blick rührt sie zutiefst.

»Ich hätte besser den Heldentod in Irland sterben sollen«, murmelt er und schaut sie nun endlich aus seinen hohlen Augen an.

»Nein, nein!« Sie drückt ihn an sich, und er lässt sie gewähren. »Wo ist dein Kampfgeist, Robin?«

»Sie sagt, ich sei ein Bündnis mit einem Feind Englands eingegangen. Das stimmt nicht.« Seine Stimme klingt kläglich. »Es war doch nur ein zeitlich begrenzter Waffenstillstand. All diese Salonlöwen um den Ratstisch herum senden Befehle, tu dies, tu das. Aber sie haben keine Ahnung, wie es da draußen zugeht. Es ist brutal, liebe Schwester, und ich habe zu viel riskiert. Meine Männer wären abgeschlachtet worden. Ich habe aufrichtig geglaubt, für England das Beste getan zu haben. Und nun nennt man das Hochverrat.« Er schaut ihr gerade in die Augen. Und sie ist froh, Zorn in seinem Blick aufflackern zu sehen. Zorn ist besser als Erstarrung. »Ich möchte zu gerne sehen, wie Cecil sich unter dem irischen Ansturm verhalten hätte, mit diesen Hinterhalten, wenn man nie weiß, wann und von wo wir angegriffen werden, der Schlamm, die Nässe, die Angst, das Elend, der Hunger, der mangelnde Nachschub. Unser Nachschub ist nie eingetroffen. Ich kann mir nur denken, dass das bucklige Nagetier dahintersteckt.«

»Mein armer, armer Junge«, sagt sie und streicht ihm übers Haar.

Er rutscht von ihr ab und setzt sich auf. »Ich habe da draußen Dinge entdeckt, Schwester, Dinge über unseren Vater, die ich lieber nicht wüsste. Er hat Schreckliches getan, Unmenschliches, das vom Ehrenkodex des Rittertums meilenweit entfernt ist…« Er schlägt die Hände vor den Kopf. »Dieser Ort treibt einen zur Brutalität. Aber ich wollte mich nicht… ich wollte mich nicht…« Er kann es nicht aussprechen.

»Ich weiß.«

»Nichts weißt du. Ich wollte mich nicht zu solcher Grausamkeit hinreißen lassen. Darum habe ich den Waffenstillstand geschlossen. Ich habe nicht Sidneys Schwert geerbt, um in die Barbarei zu verfallen.«

»Du hast das Recht auf deiner Seite, Robin. Gott wird das anerkennen.«

»Ich möchte ihm meinen Fall lieber noch nicht vortragen.«

»Wir bekommen dich hier raus. Du bist nicht allein.« Sie spürt, dass seine Stimmung sich etwas hebt. »Ich bin bei dir, und viele werden dir zur Seite stehen – das ganze Heer, daran habe ich keinen Zweifel. Und denk daran, der schottische König steht hinter uns.« Es schaudert ihr bei ihren Worten, denn schließlich bedeutet die Beteiligung der Armee und Schottlands Beteiligung… was bedeutet es? Sie kann nicht einmal daran denken. Es muss einen anderen Weg geben, die Freiheit ihres Bruders zu erreichen.

»Du musst das hier an dich nehmen.« Er greift unter sein Hemd und zieht den schwarzen Lederbeutel mit James' Briefen hervor. »Man wird mich unter Bewachung in die Obhut des Lordsiegelbewahrers im York-Haus bringen. Die Briefe dürfen nicht bei mir gefunden werden.«

»Hat er kürzlich noch einmal geschrieben?«

Ihr Bruder nickt. »Wir sind im besten Einvernehmen.«

»Sollte es also zum Ärgsten kommen, können wir ihn ein wenig eher als erwartet auf den englischen Thron setzen.« Sie schlägt die Hand vor den Mund, weil sie kaum glauben kann, was sie soeben ausgesprochen hat; aber sie alle haben es gedacht: sie, Essex, ihre

Mutter, Blount, Southampton ... die Liste lässt sich fortsetzen. Es geht ums Überleben. »Aber *noch* sind wir nicht so weit. Wenn sie doch einfach König James zu ihrem Thronfolger ernennen würde, würde das ganze Land erleichtert aufatmen. Es ist diese Unsicherheit, die Schaden anrichtet.«

»*Noch* sind wir nicht so weit«, wiederholt er.

»Du musst sie mit deinem ganzen Charme bezaubern, und ich tue alles, was in meiner Macht steht, um deine Freilassung zu erreichen.« Sie schaut ihn mit einem zaghaften Lächeln an. »Wenn du erst frei bist, können wir über unsere Alternativen nachdenken. Ich halte es nicht für ausgeschlossen, dass sie dir verzeiht ... es hat schon Merkwürdigeres gegeben. Alles hängt davon ab, wer in ihr Ohr flüstert.« Sie muss Cecil nicht mit Namen nennen. »Ich muss gehen, ehe der Palast aufwacht. Vertraue mir, Robin.« Sie steht auf und zieht ihn hoch.

»Ich habe Angst«, sagt er mit kleinem Stimmchen. Das hat er schon einmal gesagt, und sie vermutet, dass sie die Einzige ist, der er seine Schwäche eingestehen kann. Sie muss an Frances denken, die in Barn Elms angstgeschüttelt ihr Kind zur Welt bringt, und fragt sich, wie es dazu gekommen ist, dass sie alle Ängste der Familie auffängt – sie, die sich nie fürchten darf.

Sie küsst ihn auf beide Wangen. »Ich stehe dir bei.« Und schon huscht sie aus dem Gemach, wo Blount sie erwartet, um sie zurück nach Ewell zu bringen.

Kaum haben sie die Tore des Palasts hinter sich gelassen, drängt sie ihn an einen Baum und küsst ihn mit verzweifelter Dringlichkeit, als finde sie dadurch zu neuer Kraft. Sie schließt die Augen und verliert sich einen Moment lang in seiner festen Umarmung; sie spürt seinen schnellen Herzschlag an ihrer Brust und ist umhüllt von seinem sanft säuselnden Atem. Plötzlich überraschen sie die Tränen, mit tiefen Schluchzern. Blount sagt nichts, hält sie nur fest, bis sie sich beruhigt. Dann flüstert er: »Was auch immer geschieht, ich bin dein.«

Gelassenen Schrittes nähern sich Lady Rich und ihre Schwester Cecil in der Langen Galerie. Er sitzt in einer der Nischen und wartet auf den Ruf der Königin. Da nun Essex' Stern sinkt – seit drei Monaten schon ist er eingesperrt, und es gibt keinerlei Anzeichen, dass ihm vergeben wird –, muss der Minister von England aufsteigen und sich profilieren.

Beide Frauen nicken und sagen wie aus einem Mund: »Guten Morgen, Minister«, und können ihre Unaufrichtigkeit nicht ganz verbergen. Beide tragen Trauerkleidung, obgleich niemand in der Familie gestorben ist. Es ist eine Geste des Beistands für ihren Bruder, der im York-Haus darbt und von dem es heißt, er sei schwer krank. Das hat viel Tratsch ausgelöst, und zahlreiche andere Ladys haben ebenfalls angefangen, schwarze Federn zu tragen. Die Königin hat diese falsche Trauer beharrlich ignoriert, doch als die Glocke von St. Clement Danes irrtümlich schlug, um das Ableben des Grafen zu verkünden, fragte sie eine ihrer Hofdamen, wer gestorben sei. Cecil sah, dass ihr die Farbe aus dem Gesicht wich, als die Lady antwortete. Selbst die dicke weiße Schminke konnte ihren Schmerz nicht verbergen. Sie musste sich an der Stuhllehne festhalten und gab vor, ihr sei schwindelig, weil sie nichts gegessen habe.

Während Schwarz die meisten Frauen blass macht, steht es diesen beiden, die sich so ähnlich sehen, besonders gut, vor allem Lady Rich. Ihre Schwester, die auch unbestreitbar schön ist, wirkt wie die Kopie eines großen Gemäldes: herrlich, und doch fehlt es ihr an der Perfektion und der Tiefe des Originals. Lady Rich scheint es nicht zu kümmern, wie sie aussieht: Ihre Kleidung ist bei genauerem Hinsehen achtlos zusammengestellt, mit staubigen Säumen und gezogenen Fäden; sie ist ungeschminkt, die Halskrause schlaff und die Nägel eingerissen; alles ist ein bisschen durcheinander; und all das wirkt zusammen, um einen Mann wie Cecil, der nach Ordnung lechzt, zu verwirren.

Unerklärlicherweise fasziniert sie ihn noch immer wie einst, als er sie zum ersten Mal sah. Cecil fällt wieder ein, dass sie das gleiche Alter haben; aber sie trägt ihre sechsunddreißig Jahre bestens und könnte gut ein Jahrzehnt jünger sein; während sein erschöpftes Abbild heute Morgen im Spiegel Zeugnis von jedem einzelnen seiner Jahre ablegte. Lady Richs Zauber ist ein Rätsel. Schönheit allein hat keine Bedeutung an einem Ort, wo Lieblichkeit allgegenwärtig ist; und ihr Alter kann nicht mithalten mit dem jugendlichen Fleisch, das das Privatgemach ziert; auch ihre kalte Intelligenz sollte ihren Charme vergiften; aber irgendwie wirken all diese Dinge zusammen und stellen das Herkömmliche auf den Kopf. Dennoch hat es Cecil lange Rätsel aufgegeben, in welchem Ausmaß Blount ihr verfallen ist. Er könnte eine gute Partie machen mit einer reichen Erbin von hohem Stand, aber er bleibt der Frau treu, die er nicht heiraten kann, und akzeptiert, dass seine Kinder Bastarde sind. Cecil würde nie *so* weit gehen.

Er lächelt die beiden an und neigt höflich den Kopf. »Euch auch, Lady Rich, Lady Northumberland.« Zu seiner Überraschung bleiben sie stehen und beugen sich zu ihm; aus Höflichkeit will er aufstehen.

»Nicht nötig, dass Ihr Euch erhebt, *my Lord*«, sagt Lady Rich mit einem verdächtig herzlichen Lächeln; und ihre Betonung auf »my Lord« scheint ihm sagen zu wollen, dass er den Titel allein des Amtes wegen trägt und nicht, weil er ihn geerbt hätte. Das lässt seine erst kürzlich erworbene Stellung als oberster Minister irgendwie billig erscheinen.

Er zupft ein Stäubchen von seinem Ärmel und fühlt sich nun im Sitzen ein bisschen im Nachteil, da die beiden ihn weit überragen. »Ihr müsst hocherfreut sein, Lady Rich, über Lord Mountjoys Ernennung auf den irischen Posten.« Er kann nicht anders. Blount hat alles in seiner Macht Stehende getan, um die Königin davon zu überzeugen, dass er für dieses Amt nicht geeignet sei, und ein kleines Vögelchen aus dem Essex-Haus hat ihm gezwitschert, dass Lady Rich über diese Ernennung sehr niedergeschlagen sei.

»Ja, überglücklich«, sagt sie ohne Zögern. »Es ist eine unübertreffliche Gelegenheit für ihn. Man freut sich doch immer über den Erfolg eines lieben Freundes. Wir alle sind entzückt, nicht wahr, Dorothy?« Die Schwester nickt. Noch immer steht Lady Rich dieses Lächeln im Gesicht. »Ihr seht müde aus, Cecil«, sagt sie und bückt sich, um das Hündchen hochzuheben, das zu ihren Füßen kauert. »Ihr habt ein herrliches Anwesen in Theobalds. Ihr solltet Euch dort ein wenig erholen.«

»Die Staatsangelegenheiten lassen es nicht zu, dass sich ein Mann ausruht.«

»Dann solltet Ihr Euch vielleicht ein Hündchen zulegen«, sagt sie und streicht über den Hundekopf. »Ein kleiner pelziger Gefährte ist höchst beruhigend für eine bekümmerte Seele.«

Er fragt sich, ob man ihm seine bekümmerte Seele ansieht, und zwingt sich zu einem milden Lächeln in der Hoffnung, sie zu überspielen. Mit einem Mal setzt Lady Rich ihm das Hündchen auf den Schoß. Voll Entsetzen stößt er das dreckige Tier von sich. Ihre Schwester schlägt die Hand vor den Mund und täuscht einen Hustenanfall vor, der aber sicher ein Lachen ist.

»Armer Fides«, gurrt Lady Rich, nimmt den Hund auf den Arm und lässt sich von ihm das Gesicht ablecken. Cecil dreht sich der Magen um, und er streift die weißen Haare ab, die der Hund auf seiner pechschwarzen Hose hinterlassen hat. »An Zurückweisung dieser Art ist er nicht gewöhnt.«

»Euer Bruder ebenso wenig, wie mir scheint. Er schmollt schon seit Monaten.« Als ihm die Worte über die Lippen kommen, bedauert er schon, dass er sich von ihr hat dazu provozieren lassen; aber er konnte sie nicht zurückhalten.

Lady Rich überrascht ihn mit einem weiteren Lächeln, das überhaupt nicht zum Inhalt ihrer Worte passt. »Mein Bruder ist schwer krank, er ist hinter Schloss und Riegel, der Tod klopft an seine Tür, und ihm ist nicht einmal erlaubt, den Besuch seiner liebenden Schwester zu empfangen noch den seiner Gemahlin, die ihm kürzlich erst eine Tochter geboren hat. Ich bin mir sicher, Ihr mit Eurem Einfluss…«, sie berührt seine Schulter und lässt ihre Hand einen

Augenblick verweilen, »…könnt Ihre Majestät davon überzeugen, mir endlich die Erlaubnis zu gewähren, ihn zu sehen.« Erst jetzt erlischt ihr Lächeln. »Ich fürchte ernsthaft um sein Leben.«

»Mein Einfluss ist in dieser Angelegenheit nicht so groß, wie man denken könnte. Es würde mich ebenso freuen wie Euch, den Grafen in einer angenehmeren Umgebung zu wissen, wo er genesen kann. Aber die Königin ist unerbittlich.« Das stimmt nur zum Teil. Sein Gewissen hat ihm zwar zugesetzt, doch letztendlich hat er die Oberhand behalten. In diesem Machtkampf mit dem Grafen kann es nur einen einzigen Sieger geben; und Cecil hat entdeckt, dass seine moralische Lauterkeit kein wahrer Gegner für seinen Siegeswillen ist.

Nun beugt sie sich zu ihm hinunter und zischelt in sein Ohr: »Ich durchschaue Euer Spiel, Cecil.«

Er verspannt sich, und ein Hitzeschwall steigt ihm von den Lenden bis zum Kopf hinauf. Sosehr er sich auch bemüht, er kann den Blick nicht von Lady Richs weichen weißen Rundungen wenden. Er zwingt sich, auf den reizlosen Binsenläufer am Boden zu sehen, konzentriert sich auf das Geflecht, zählt die Reihen und atmet mehrere Male kräftig durch.

»Ich an Eurer Stelle…«, sagt er, als er sich gefasst hat, »…nähme mich in Acht.«

»Vor was genau?« Das sagt Lady Northumberland, die die Hände in die Hüften stemmt.

»Die Anwesenheit Eurer Schwester im Essex-Haus scheint für Unterstützer, die mit der Lage des Grafen hadern, ein Magnet geworden zu sein.« Lady Rich scheint ihm nicht zuzuhören, sie kost den Hund auf ihrem Arm, als wäre er ein Säugling. »Offenbar glauben sie, sie würde den Part ihres Bruders während seiner Haftzeit übernehmen. Die Königin vernimmt wohl das Gerede von der Revolution. Das gefällt ihr nicht.«

»Es treffen sich dort lediglich einige Heimatlose«, sagt Lady Rich, die nun aufschaut und nicht im Mindesten verdutzt scheint. »Ob sie nun treu zu meinem Bruder stehen, ist ohne Belang. Und die Leute täuschen sich, wenn sie glauben, ich würde mir seine Sache zu eigen machen. Aber sie sind willkommen im Essex-Haus. Hat uns nicht schon Petrus aufgefordert, gastfreundlich zu sein?«

Wieder streicht er über seine Hose und zupft ein weiteres Hundehaar ab, während er nach einer passenden Entgegnung sucht. »Wie könnt Ihr gewiss sein, dass sich nicht ein Judas unter ihnen verbirgt?« Er denkt an Francis Bacon, der sich in seinem, in Cecils, Auftrag über das vor knapp einem Jahr erschienene Traktat beugte, in dem Essex mit Henry IV. verglichen wird; er überprüfte es auf den leisesten Hauch von Verrat, mit dem Ziel, Essex aufs Schafott zu schicken. Bacon, der schlaue Fuchs, war mit dem Traktat an Cecil herangetreten, als Essex nach Irland aufbrach; seither hat Cecil alles in seiner Macht Stehende getan, um die Veröffentlichung zu verhindern; das Letzte, was er brauchen kann, sind Menschenmassen, die sich den Grafen als eine heldenhafte Henry-IV.-Gestalt vorstellen. Als Nächstes würden sie ihn auf dem Thron sehen wollen. Es sind schon eigentümlichere Dinge geschehen, und Essex hat ein gerüttelt Maß an königlichem Blut. Zum Glück war es Cecil gelungen, dieses Traktat von der Öffentlichkeit fernzuhalten. Doch nun könnte es ihm zu Nutzen sein, wenn es darum geht, den Grafen als Verräter darzustellen.

Als Bacon Cecil diese Schrift übergab, schien es, als hätte er diese Geste aufs Geratewohl gemacht; doch Cecil spürte, dass sein Cousin bereit war, die Gefolgschaft zu wechseln. Er dürfte jetzt froh sein, dass er auf den Sieger gesetzt hat. Cecil fragt sich, ob Anthony von dem Seitenwechsel seines Bruders weiß. Francis verneint dies, aber er könnte auch ein doppeltes Spiel spielen – zweifellos wäre er klug genug dafür.

Lady Rich unterbricht seine Gedankengänge. »Ein Judas! Man kann sich nie ganz sicher sein. Übrigens werde ich demnächst für die Weihnachtstage in Richmond sein. Da werden sich die Bewunderer meines Bruders woanders versammeln müssen.« So wie sie den Begriff »Bewunderer« benutzt, könnte man meinen, diese Abweichler wären ein Kreis von Dichtern. Sie nimmt ihre Schwester Dorothy am Ellbogen, sie drehen sich um und gehen zu den Gemächern der

Königin. Zurück bleibt Cecil, der seinen Kragen glatt zieht, die Bänder an seinem Wams richtet und das dumpfe Gefühl hat, die beiden hätten sich über ihn lustig gemacht.

Dezember 1599
Richmond-Palast

Die Weihnachtsfeierlichkeiten, die in Erwartung eines neuen Jahrhunderts stattfinden, haben etwas fiebrig Aufgeregtes, viel mehr als üblich. Es ist so, als müsste die Königin sich mit Vergnügungen Kraft geben. Festmahle gigantischen Ausmaßes finden statt, bei jedem Essen wird ein Gang Geflügel gereicht; jede Art von Federvieh, von der Penelope gehört oder auch nicht gehört hat, gegrillt oder am Spieß gebraten oder gekocht oder gebacken oder das eine mit dem anderen gefüllt und geschmort. Und dann das Fleisch: ganze Hälften vom Wildbret, große Schenkel vom Hammel, Schinken so üppig wie Oberschenkel eines Soldaten, Spanferkel, dicke Scheiben vom Rind, serviert mit unverdaulichem Gemüse aus der Neuen Welt, und dazu Salate und Pasteten und Torten und Eiercreme und kandierte Früchte und Käse, bis es den Anschein hat, dass kein einziger Vogel oder kein einziges Tier oder keine einzige Pflanze im Land noch lebt.

Das Audienzgemach ist über und über mit Girlanden geschmückt; und jeden Abend sitzt hier die Königin und lässt sich nicht überreden, sich zurückzuziehen, ehe nicht der letzte Tanz getanzt, das letzte Lied gesungen und der letzte Becher Wein bis zur Neige ausgetrunken ist. Ihre älteren Hofdamen sitzen gemeinsam auf Polstern, sie gähnen und können kaum noch die Augen offen halten, während die jüngeren auf den Holzdielen hüpfen, bis sie Löcher in den Sohlen haben, und noch immer schreit die Königin nach mehr.

Penelope steht mit ihrer Schwester in der Galerie und betrachtet all den Trubel unter sich, während ihr das Ganze Übelkeit bereitet, weil sie an ihren im York-Haus weggeschlossenen Bruder denkt. Er leidet und kann weder schlafen noch essen. Penelope fürchtet, er werde die Woche nicht überleben; und noch immer hat sie ihn nicht besuchen dürfen, obwohl sie nichts unversucht gelassen hat. Sie hat sogar einem seiner Wächter einen Smaragd angeboten, der an einer Perlenkette hängt – ein Geschenk von Blount. Beinahe hätte ihn der Schmuck überzeugt, er hatte ihn in der Hand und betrachtete ihn mit glänzenden Augen; doch gerade als der Handel perfekt schien, änderte er seine Meinung. Sie vermutet, ihm sei mit harten Konsequenzen gedroht worden. Sie hat Gott angefleht, bis ihre Knie blau waren, aber in ihrem Inneren weiß sie, es bedarf mehr als Gebete, um ihren Bruder zu retten.

Die Sorge nagt an ihr. Sie trägt die ganze Last der Verantwortung, doch sie fürchtet, alleine nicht die Kraft zu haben, die Familie Devereux hochzuhalten. Dorothy gibt ihr ein wenig moralische Unterstützung, aber wie zu Kinderzeiten erwartet man von Penelope, dass sie eine wundersame Lösung einfädelt. Lettice hat nun ein Haus in Richmond in der Nähe des Palasts bezogen und Penelope gedrängt, mehr zur Hilfe ihres Bruders zu unternehmen. »Du weißt, wie du mit Elizabeth umgehen musst. Schließlich hast *du* viele Jahre ihre Gunst genossen«, hatte sie gesagt. »Finde einen Weg.«

Penelope hatte Bitterkeit aus den Worten ihrer Mutter herausgehört, als suche sie jemanden, dem sie die Schuld zuschieben könne. »Ich tue alles, was ich kann«, hatte Penelope geantwortet.

»Man könnte glauben, dein Bruder sei dir gleichgültig.«

Getroffen hielt ihr Penelope entgegen: »Wir dürfen uns davon nicht entzweien lassen. Ich liebe meinen Bruder ebenso sehr wie Ihr.«

»Du hast recht.« Lettice sank verzweifelt in sich zusammen. »Diese Frau hegt die Absicht, mir jeden Menschen zu nehmen, den ich liebe.«

Penelope entdeckt unten im Getümmel Moll Hastings am Rand sitzen; Erinnerungen an das Gemach der Zofen, an den Tratsch und die Liebesaffären überfluten sie. Wie geradlinig das Leben einst doch war, auch wenn es ihr damals nicht so vorkam. Die wilde Moll hatte sie alle vom rechten Weg abgebracht, die übellaunige Cousine Peg – sie starb im Kindbett – und Martha, was ist nur aus Martha geworden? Da Moll nie geheiratet hat, ist sie gezwungen, ihr ganzes Leben bei Hofe zu verbringen. Sie erinnert sich, dass alle wie Sonnenblumen die Köpfe drehten, wenn Sidney an ihnen vorbeiging; Gedichtverse fallen ihr ein: *Lass mein Flüstern erhalten/Süßen Lohn für schlimmste Qualen.*

Wenn sie nun darüber nachdenkt, begreift sie, dass Sidney sie in seiner Dichtung neu erschaffen hat; er hat aus Teilen von ihr eine Frau geformt, die nicht existierte, und doch eine, die noch immer in seinen Worten überdauert – und es auch noch tun wird, wenn sie, Penelope, längst tot ist. Oft wird sie irrtümlich für diese Frau gehalten, aber nicht von Blount. Für Blount ist sie aus Fleisch und Blut. Doch selbst jetzt empfindet sie Trauer über Sidneys Verlust, selbst nachdem so viel anderes geschehen ist. Sie will nicht auch noch ihren Bruder verlieren.

Penelope hat die Königin unzählige Male angefleht, ihr einen einzigen Besuch bei ihrem kranken Bruder zu gewähren, doch vergeblich. Und nun an Weihnachten genießt Elizabeth den Taumel der Vergnügungen und will nicht mehr mit Bitten bedrängt werden. Penelope denkt über die Exzesse der Feierlichkeiten nach, überlegt, was wohl Gott, der Mäßigung in allem anmahnt, von so einem Gelage halten muss. Als sie hinuntersieht, entdeckt sie Blount, der neben der Königin steht. Sie lacht und wirft den Kopf in den Nacken. Penelope beobachtet, dass ihr Geliebter eine Ballade aufsagt, die die Königin so herrlich amüsiert hat, dass sie sie immer wieder hören möchte. Penelope hält sich fern. Ihre letzte Begegnung mit der Königin war äußerst frostig; sie fürchtet, es könne nicht mehr lange dauern, bis man auch sie auffordert, den Hof zu verlassen – oder Schlimmeres.

Eine Drehorgel beginnt eine unbarmherzig muntere Weihnachtsmelodie zu spielen, und die Leute stellen sich in Reihen zum Tanz auf. Die Königin klatscht dazu. Trotz ihrer heiteren Maske – des kunstvollen, obszön tief ausgeschnittenen Gewands, des geschminkten Gesichts, der Perlenstränge – sieht sie alt aus. Ihr zunehmend schlechtes Augenlicht lässt sie verwirrt wirken, da sie eine Person für eine andere hält, und ihr Starrsinn ist noch schlimmer geworden, wie das bei älteren Menschen so ist. Da wundert es nicht, dass ihre Untertanen – die normalen Leute, die außerhalb des Hofes leben – besorgt sind; da wundert es nicht, dass es zu Unruhen gekommen ist. Die Leute haben die Angst, auch wenn es niemand auszusprechen wagt, sie könne sterben, ehe sie einen Thronfolger benannt hat, und Chaos könne ausbrechen – diese Angst herrscht schon lang, aber da sie nun über sechzig ist, ist sie noch gewachsen. Die Königin lebt noch immer in glorreichen Zeiten, aber das Volk hungert, und es droht der Schrecken spanischer Angriffe. Die Unsicherheit ist wie ein Gift, das in jeden Spalt des Königreichs sickert. Da wundert es nicht, dass Männer sich ihrem Bruder zugewendet haben. Er wurde zu einer Hoffnungsgestalt, aber jetzt … Es nimmt ihr die Kraft, wenn sie an ihn in seinem einsamen Gefängnis denkt.

»Sieh doch«, sagt Dorothy. Sie macht eine Kopfbewegung in Blounts Richtung, der die Königin aufs Parkett führt, als die Musiker einen neuen Tanz anstimmen. Penelope muss unweigerlich an das Weihnachtsfest im letzten Jahr denken, als ihr Bruder Hand in Hand mit der Königin tanzte. Sie waren voller Hoffnung damals – der Favorit stand wieder hoch in ihrer Gunst. Nun tanzt Blount mit ihr – und schon bald wird *er* im irischen Schlamm kämpfen.

»Wie sehr Geschichte sich doch wiederholt«, flüstert sie. Sie fühlt sich unbehaglich.

Auch ihren Gemahl entdeckt sie unten, er wandert umher und versucht, sich bei einigen Ratsherrn einzuschmeicheln – er hat sich als äußerst nutzlos erwiesen, was Essex' Sache angeht; aber selbst er tut sein Bestes. Letztendlich sind seine Geldtruhen voll geblieben, denn dank ihrer Vermittlung hat er diesen Streit um seine Ländereien nicht verloren. Cecil steht bei seinen alten Freunden und lauert; er schaut herauf, sieht ihr in die Augen – sie lächelt nicht, er ebenso wenig –, bis er sich abrupt abwendet. Mit Schaudern erinnert sie sich an die Begegnung mit ihm vor wenigen Tagen in Whitehall; wenn er sie so anguckt, als wäre sie eines dieser Hühnchen am Spieß auf der weihnachtlichen Tafel, verspürt sie Ekel. Da er auf dem Glücksrad nach oben schwingt,

sinken die Devereux' nach unten. Der Einfluss dieses Mannes ist unangreifbar geworden. Ohne Ende sinnt sie darüber nach, wie man das
Glücksrad wieder zu ihren Gunsten drehen könnte.

Sie ist sich ganz sicher, dass Cecil hinter Blounts baldigem Einsatz
in Irland steckt. Er hatte mit solcher Sorglosigkeit darüber gesprochen, als wären sie alle Marionetten, die sein Theaterstück aufführ-
ren, während er unsichtbar die Fäden zieht. Aber sie tröstet sich mit
dem Gedanken, dass Cecil es vielleicht noch bedauern wird, Blount
den Befehl über die größte Armee gegeben zu haben, die je ausgehoben wurde. Gedankenverloren berührt sie die Schnur an ihrem Hals,
an der verborgen unter ihren Kleidern der Lederbeutel hängt. Cecil
meint, er wisse alles; aber womöglich gibt es Dinge, die er nicht erfährt, bis es dann zu spät ist.

Sie sieht, dass er Francis Bacon etwas zuraunt, der seine zarten
Hände ringt. Sie weiß, Francis Bacon kann man nicht trauen; er hat
etwas Hinterhältiges an sich, das in ihr stets böse Ahnungen weckt –
und unterdessen hat sie den Beweis. Anthony, sein Bruder, hat als
Erster entdeckt, dass Francis in Cecils Lager übergewechselt ist. »Tut
nichts, my Lady«, hatte er ihr geraten. »Wir sehen einfach zu. Vielleicht können wir unser Wissen zu unserem Vorteil nutzen.« Da erkannte sie, wie groß Anthonys Loyalität zu den Devereux' ist und
dass er Essex' Sache über die brüderliche Liebe stellt.

Die Drehorgel plärrt noch immer, ihr beharrliches Brummen
dringt tief in ihren Schädel. Kopfschmerz befällt sie, das leichte Flackern an den Rändern von allen Gegenständen kündigt qualvolle
Stunden im abgedunkelten Raum an.

»Penelope!« Ihre Schwester reißt sie aus den Gedanken. »Ich
glaube, Blount will dich auf sich aufmerksam machen.« Als sie hinuntersieht, ist er den Klauen der Königin entronnen und sieht zu ihr
hinauf.

»Komm zu mir«, formt sie mit den Lippen. Und schon entschlüpft
er ihrem Blickfeld und begibt sich zur Treppe.

»Glaubst du, dass Northumberland, wenn es zum Schlimmsten
kommt, auf unserer Seite steht?«, fragt sie Dorothy.

»Wenn es zum Schlimmsten kommt?« Dorothy wird bleich. Die liebe Dorothy glaubt immer, die Dinge würden sich zum Guten wenden.

»Am besten bereiten wir uns darauf vor. Mehr will ich damit nicht sagen«, sagt Penelope leichthin, doch ihre Schwester bleibt bedrückt.

»Mein Gemahl spricht kaum mit mir«, gesteht sie. »Er sagt, er wolle mit meinen ›Familienproblemen‹ nichts zu tun haben. Zumindest hat er es so ausgedrückt.«

»Glaubst du, er hält zu Cecil?«

»Um ehrlich zu sein, ich glaube, er hält zu keiner Seite. Und im Übrigen wird es nicht dazu kommen. Die Königin wird unserem Robin verzeihen ... so wie immer.«

Penelope würde ihr am liebsten erklären, dass es sich diesmal anders verhält; aber dann fragt sie sich, warum sie überhaupt daran denkt, wo doch Essex an der Schwelle des Todes steht. Vielleicht weil sie sich eine Welt ohne ihn nicht vorstellen kann. Ihr ganzes Leben ist durch ihre Familie bestimmt, mit ihrem Bruder an der Spitze. Wenn sie ihn doch nur freibekäme, um ihn gesund pflegen zu können. Ungebetene Gefühle schnüren ihr die Kehle zu.

»Ja, selbstverständlich wird sie ihm verzeihen.« Sie gibt ihr Bestes, um Dorothy hoffnungsfroh anzulächeln, während sie darüber nachdenkt, was sie tatsächlich mit dem »Schlimmsten« meint. Es gibt verschiedene Möglichkeiten, und keine ist gut: Essex könnte allein hinter Schloss und Riegel sterben; man könnte ihn in den Tower schicken, wo er verrottet; es könnte zu einer Verhandlung kommen, und er würde wegen Hochverrats hingerichtet. Sie muss an die Feder denken, die sie ihm aus der Schulter gezogen hatte, nur eine Daune aus einem Kissen, die sich wie ein Splitter unter seine Haut geschoben hatte und zu Boden gefallen war, nachdem sie sie entfernt hatte. Doch nun hat Essex' eigener langsamer Fall eingesetzt; sie kann nicht anders, als es als ein Zeichen zu deuten.

Schmerzhaft lodert das Kopfweh auf. Sie spürt, dass Cecil die Fäden zieht; und die Königin, auch wenn sie völlig ahnungslos ist, *tanzt* zu seiner Melodie. Solange sie sich weigert, ihren Nachfolger zu benennen, kann Cecil jeden potenziellen Thronerben gegen die anderen ausspielen und sich selbst in die beste Ausgangsstellung bringen. Würde sie diesen Mann nicht so sehr hassen, würde sie ihn womöglich für seine geschickte Arglist bewundern. Mit einem Mal fühlt sie sich gewappnet und ist entschlossen, ihre Anstrengungen wiederaufzunehmen, um sicherzustellen, dass der schottische König benannt wird – zum Wohl Englands ebenso wie zu dem ihrer Familie; aber sie hat nun keinen Einfluss mehr. Und am dringlichsten ist, für die Freilassung ihres Bruders zu sorgen.

Jemand greift nach ihrer Hand; es ist Blount; sie treten zurück in den Schatten, wo sie von unten nicht zu sehen sind.

»Ich habe die Königin davon überzeugt, dass es besser ist, wenn ich noch einen Monat hierbleibe, bis zum Februar«, sagt er.

»Ich sollte auch für kleine Gnaden dankbar sein.« Sie mag nicht an seine Abreise denken, mag sich ihn nicht an diesem höllischen Ort vorstellen, den ihr Bruder beschrieben hat – sonst entgleitet ihr noch alles.

»Ich will dich«, raunt er mit von Begehren rauer Stimme, als könnte er nur in ihren Armen den Tod und die Grausamkeit vergessen, die ihm bevorstehen.

»Wenn doch nur Rich nicht hier wäre …« Sie beide wissen, dass sie sich zumindest den Anschein einer tugendhaften Gemahlin geben muss. Es würde zu weit gehen, wenn sie die Nacht mit ihrem Geliebten verbrächte, während Rich bei Hofe weilt. Beide haben sich unterdessen an ihre wenigen dem Alltag abgejagten Glücksmomente gewöhnt – schließlich sind es schon neun Jahre, dass sie ihre Liebe zurechtbiegen, damit sie zu ihrem Leben und dem anderer Leute passt.

»Wir werden uns ein paar Tage in Wanstead gönnen, ehe ich abreise.«

Sie legt ihren Kopf kurz an seine Schulter. »Ich hoffe …« Sie unterbricht sich. Sie wollte sagen, sie hoffe, dass die Umstände, die ihren Bruder betreffen, nicht eskalieren und sie womöglich an gemeinsamen Tagen hindern. Überflüssig zu erwähnen, dass sie alle für Essex'

Freilassung und seine Genesung beten. »Ich weiß nicht, was ich sonst noch tun kann, um ihm zu helfen.«

Die Drehorgel wird von einem Dudelsack und einer Fiedel abgelöst, was ihren Kopfschmerzen zugutekommt. Sie hört die Schmuckstücke der Damen klimpern und das Aufstampfen beim Tanz.

»Kein Zweifel, die Königin handelt nach dem Ratschlag der Feinde deines Bruders«, sagt Blount.

»Cecil.«

»Ja, in erster Linie.«

»Was ist, wenn ich der Königin schreibe und herausstreiche, dass ihre Nächsten von geheimer Rache und persönlichem Ehrgeiz getrieben sind und nicht in *ihrem* besten Interesse handeln? Männer, denen mehr daran gelegen ist, meinen Bruder zu Fall zu bringen, als für England das Richtige zu tun? Ich könnte sie daran erinnern, dass Essex bisher nicht die Möglichkeit hatte, sich zu verteidigen.«

»Du würdest viel riskieren. Die Königin könnte es falsch auffassen, und was Cecil angeht…«

»Es könnte ihn so sehr verunsichern, dass er einen Fehler macht«, sagt sie. »Und ich habe eine Idee, wie er diesen Brief in die Hände bekommt.« Sie sieht es klar vor sich.

»Wie das?«

»Ich werde dafür sorgen, dass Francis Bacon ihn zugespielt bekommt. Er ist die undichte Stelle in unserem Lager.«

»Bacon hat die Seite gewechselt?«

Sie nickt. »Wahrscheinlich meint er, die Chancen seien auf der anderen Seite größer. Aber er könnte uns unwissentlich sehr nützlich sein.« Sie denkt an den Mann mit seinem Knabengesicht, dem Inbegriff der Unschuld, und an sein Schniefen, mit dem er seine Worte unterstreicht – ein Tick, der ihn verrät.

Lächelnd umfasst Blount ihre Taille. »Mein Gott, Penelope, Cecil hat in dir eine mächtige Gegnerin.«

»Ich handele nur im Interesse meines Bruders. Das weißt du, Charles.«

Er beugt sich nah zu ihr. »Ich habe dem schottischen König die

Nachricht zukommen lassen, dass ich, wenn ich erst – mit der Armee hinter mir – in Irland bin, für die Freilassung deines Bruders sorgen könnte, indem ich nach England einmarschiere und die Königin *zwinge*, James als ihren Thronfolger zu akzeptieren. Ich habe ihm nahegelegt, dass seine Unterstützung den Erfolg garantieren würde.«

Ihr dreht sich der Kopf. Die Spieleinsätze haben sich in unvorstellbare Höhen geschraubt; doch sie empfindet mehr Aufregung als Angst. »Hast du schon etwas von ihm gehört?«

»Ich erwarte seine Antwort. Ohne seine Zustimmung wäre so ein Plan reiner Selbstmord.«

Lange schon steht sie am Rande eines Abgrunds; und nun muss sie springen; entweder wird sie fliegen oder fallen. »Lass uns hoffen, dass mein Brief an die Königin seinen Zweck erfüllt und es gar nicht so weit kommt.« Sie schaut ihn an. »Wir haben uns in höchste Gefahr begeben.«

»Vergiss nicht, dass ich dein bin, was auch immer geschieht, und dass ich dreizehntausend Mann unter Waffen hinter mir habe, die das tun, was ich ihnen befehle.«

Er zieht sie an sich und drückt ihr einen Kuss auf die Lippen, ehe er zur Treppe entschwindet, um wieder hinunterzugehen. Sie kehrt zu Dorothy an die Balustrade zurück, hakt sie unter und lässt ihre Blicke schweifen. Die Tänzer sehen mitgenommen aus, und die Musiker sind aus dem Takt. »Wir Devereux' müssen in den nächsten Monaten stark sein«, sagt sie leise. Im Kopf formuliert sie bereits ihren Brief.

März 1600
Whitehall

»Dieser Brief…« Cecil sieht Francis Bacon an. Sein Bart ist sorgsam gekämmt und gestutzt, seine Halskrause strahlend weiß und bestens gestärkt – er hat wohl eine holländische Wäscherin, vermutet Cecil. Francis Bacon blinzelt bedächtig wie eine Echse, und Cecil fragt sich – nicht zum ersten Mal –, ob er dem Mann vertrauen kann. »Lady Rich äußert darin allerlei verschleierte Anschuldigungen. Die Königin war darüber überhaupt nicht erfreut. Aber seine Wirkung ist anscheinend verpufft. Ich dachte, wir könnten größere Vorteile aus dem Missfallen der Königin schlagen.«

Cecil geht zur Tür, streckt den Kopf hinaus und schaut in beide Richtungen den Gang entlang. Es ist niemand da. Zurück im Gemach streicht er über die Vorhänge, nur um sicher zu sein, dass sich niemand dahinter verbirgt. Er hört unten im Garten Mädchen kichern und kreischen. Es ist noch einmal Schnee gefallen, mehrere Zentimeter in einer Stunde, und die Mädchen bewerfen sich damit. Er erinnert sich an die Schneeballschlachten in seiner Kindheit, als viele Mündel seines Vaters in Theobalds lebten, unter ihnen auch Essex. Das waren hitzige Kämpfe; er erinnert sich daran, als wäre es gestern gewesen, wenn er die Mädchen schreien hört; der kalte, beißende Schmerz von hartem Schnee, der ihn mitten ins Gesicht traf, und wie er vorgab zu lachen, wenn er niedergedrückt wurde und man ihm Schnee in die Kleider stopfte.

»*Sie* wurde dazu befragt, aber es kam nichts dabei heraus. Die Königin sträubt sich wohl, die Dinge weiterzuverfolgen. Sie scheint Lady Rich noch immer sehr zu mögen, trotz …«

»Ich weiß.« Cecil ist sich sehr wohl bewusst, dass er in dieser Sache mit dem Brief viel schlechter dasteht als Lady Rich.

Die Königin hatte ihn ihm gezeigt, ohne zu wissen, dass er ihn dank Cousin Francis bereits sorgfältig gelesen hatte. Es war ein leidenschaftliches Gesuch mit all den üblichen Metaphern von der Sonne, die hinter Wolken verschwindet, und göttlichen Orakeln und so weiter. Aber an diesem Brief war mehr. Lady Rich deutete darin an, dass Essex' Feinde die Königin ausnützten. Mit Essex' Feinden meinte sie sicherlich ihn, Cecil. Wenn sie erst einmal den Grafen beiseitegeschafft hätten, so schrieb sie, würden sie »Krieg gegen den Himmel« führen, mit anderen Worten, die Königin zugunsten eines anderen vom Thron stoßen. Die Botschaft war eindeutig, und obgleich sie recht vage formuliert war, um ihn nicht direkt zu beschuldigen, war sie ihm doch reichlich unter die Haut gegangen und hatte gebrannt wie Juckpulver.

Ihm fällt auf, dass er kein Glück mehr hat, seit der Brief eingetroffen ist. Die Königin ist seit Wochen ihm gegenüber kühl und kurz angebunden und hat eine Reihe von spitzen Kommentaren über Vertrauen abgegeben. Sie hat ihre Leibärzte zum kranken Grafen geschickt und ihn in sein eigenes Zuhause bringen lassen; dort steht er unter Bewachung und hat nicht das Recht, das Haus zu verlassen, nur genehmigte Besuche sind erlaubt, und alle Damen sind woandershin verfrachtet worden, aber immerhin. Cecil hat von einer der Hofdamen gehört, dass die Königin oft Tränen vergossen habe, weil sie, wie sie es nannte, »ihre engste Familie verloren« habe; womit sie, wie er nur vermuten kann, Essex und seine Schwester meint. Cecil fürchtet, er habe falsch gehandelt. Essex' Verhandlung war für Februar in der Star Chamber angesetzt gewesen – die Anklage lautete Hochverrat. Aber Cecil hatte die vorherrschende Stimmung gespürt und es nicht für politisch opportun gehalten, als derjenige angesehen zu werden, der den Grafen bis in den Tod hinein verfolgt, und am Ende hätte sich die Königin gegen *ihn* wenden können. Darum hatte er am Vorabend der Verhandlung dem Grafen einen diskreten Besuch abgestattet.

Cecil fand Essex über seinen Schreibtisch gebeugt, mit dem Rücken zur Tür; er war sich offenbar Cecils Anwesenheit nicht bewusst, obwohl er angekündigt worden war. Als Essex sich umdrehte, erschrak Cecil, denn die Haut spannte sich straff über sein Gesicht, als wäre kein Fleisch darunter, sein Blick war leer. Seine lange Krankheit hatte ihn so sehr verändert, dass er kaum wiederzuerkennen war. Er stützte sich schwer auf den Schreibtisch, als er aufstand, und krächzte, nachdem er sich geräuspert hatte: »Ah, Cecil. Ihr kommt aus Schadenfreude, nicht wahr?« Er lächelte, und Cecil erhaschte einen Funken des alten Essex', überheblich, unverschämt und unglaublich charismatisch – aber eben nur einen Funken.

Scham überkam ihn. »Ich weiß, dass wir nicht immer einer Meinung waren.«

Essex lachte, ein dünnes, feindseliges Lachen, was Cecils Scham weiter anfachte.

Cecil schluckte. »Ihr habt keinerlei Grund, mir zu vertrauen, aber ich möchte Euch morgen nicht vor Gericht sehen. Ich glaube, ich kann die ganze Sache hinausschieben lassen. Ich weiß, Ihrer Majestät war nie daran gelegen.«

»Warum?«, fragte er. »Warum solltet Ihr mir helfen?«

Er hatte gewusst, dass der Graf ihm diese Frage stellen würde. »Weil ich das Beste für England und die Königin möchte, und ich fürchte, Euer…«, er suchte nach dem richtigen Wort, »… Euer Ableben… nun, es würde niemandem von uns nutzen, am wenigsten ihr.«

»Was also schlagt Ihr vor?« Essex setzte sich wieder auf seinen Stuhl, seine hochgezogenen Augenbrauen verrieten Ungläubigkeit.

»Schreibt ein Gesuch. Setzt all Euren Charme ein. Zeigt Euch zutiefst demütig.«

»Ich habe schon Dutzende unterwürfige Gesuche gestellt.« Er sank matt in sich zusammen, sodass sein Hemd am Hals aufklaffte und Cecil seine vorspringenden Schlüsselbeine sah. Er ertrug diesen Anblick nicht.

»Wenn *ich* Euer Gesuch Ihrer Majestät persönlich überreiche, wird sie, so glaube ich, sich erweichen lassen. Wenn sie alleine handelt, wird man sie für schwach halten. Geschieht es aber auf *meinen* Rat hin… dann hält man sie vielleicht für barmherzig.«

»Ihr seid ein scharfsinniger Kopf, Cecil. Das weiß ich seit unserer Kindheit.« Essex zog einen Bogen Papier aus einer Schreibmappe und spitzte einen Federkiel mit einem kleinen Taschenmesser. Cecil verspürte einander widerstrebende Gefühle. Einerseits empfand er aufrichtiges Mitleid für den Mann und Schuldgefühle, weil Essex so geschwächt war. Anderseits kam er sich hinterhältig vor, denn diese noble Geste diente allein ihm, nicht dem Grafen, nicht der Königin – mit diesem zur Schau gestellten Edelmut stützte er seine eigene Position. Es fiel ihm ein, dass sein Vater ihm erzählt hatte, wie sehr die Königin nach der Hinrichtung von Mary von Schottland, die Burghley eingefädelt hatte, gegen ihn wetterte – *Ich tat es für die Sicherheit ihres Thrones, aber sie sah es nicht so. Ich fürchtete, ihre Gunst unwiederbringlich verloren zu haben* –, so hatte er es erzählt. Und Cecils Stand bei ihr ist erbärmlicher, als der seines Vaters jemals war. Aber er hegte auch ein Gefühl von Triumph über seine Gerissenheit. Eine ungestüme Mischung von Gefühlen wirbelte ihm durch den Kopf.

Essex streute Sand auf seinen Brief, um die Tinte zu trocknen, schüttelte ihn ab, faltete den Bogen und erwärmte das Wachs an einer Kerze. »Ich nehme nicht an, dass Ihr die Frechheit besitzt, mich zu bitten, ich solle ihn Euch zeigen, ehe ich ihn versiegele.« Er ließ das Wachs auf das Papier tropfen und drückte seinen Ring hinein, ohne ihn vom Finger zu streifen.

Der Kunstgriff gelang – die Verhandlung wurde verschoben, und all die Leute und seine Anhänger, die sich am Ort des Gerichts eingefunden hatten, wurden weggeschickt; und nun lebt der Graf in diesem Schwebezustand in seinem Haus und kratzt sein letztes Geld zusammen, denn er wurde aller seiner Ämter enthoben und hat keine nennenswerte Einkünfte. Es ist wie ein langes Schachspiel, und Cecil kann seinen nächsten Zug noch nicht aushecken. Er hat sich wahrhaftig gewünscht, Essex würde sich nicht von seiner Krankheit erholen. Das wäre das sauberste Ende gewesen. Und nun gibt es das Problem mit Lady Rich.

»Was haltet *Ihr* von ihrem Brief?«, fragt er seinen Cousin.

Bacon scheint sich erst sammeln zu müssen, ehe er spricht. »Ich wundere mich, was sie alles weiß. Als hätte sie etwas gegen Euch in der Hand.«

»Gegen mich?« Cecil hebt unabsichtlich die Stimme, was seine Angst verrät. Er überlegt, welche Informationen Lady Rich wohl in ihrem Arsenal haben könnte. Hat sie auf irgendeine Art Wind bekommen von seiner Korrespondenz mit dem spanischen Hof? Er geht alle Möglichkeiten durch, wie sie es entdeckt haben könnte. Da gibt es zum einen diesen Pérez, der an den verschiedensten Orten auftaucht, wenn es um spanische Angelegenheiten geht. Cecil weiß, dass er viele Jahre die Essex-Fraktion mit Nachrichtenmaterial versorgt hat. Und zum anderen ist da natürlich Francis Bacons Bruder Anthony, der seine Fühler in ganz Europa ausgestreckt hat.

Grauen überkommt ihn, als es ihm mit einem Mal einfällt: Er hatte eigenhändig einen speziellen Brief über die Infantin an den spanischen Gesandten geschrieben. So vieles war danach geschehen – das Massaker in Irland, Cecils Demütigung bei Hofe, erneute Feindseligkeiten mit Spanien, die ereignisreiche Heimkehr des Grafen –, dass er nicht mehr an diesen Sendbrief, eilig versiegelt und losgeschickt, gedacht hatte. Er hatte angenommen, er wäre vor einem Jahr vom Empfänger verbrannt worden. Aber Lady Richs Brief mit den subtilen Andeutungen hat seine Erinnerung geweckt; sein Brief könnte vielleicht über einen dieser geheimen Kontakte auf Anthony Bacons Schreibtisch gelandet sein. Welch ein Narr war er doch, dass er so einen Verrat schriftlich geäußert hatte; denn in den falschen Händen wird selbst Zweideutiges – und er ist sich sehr sicher, den Vorschlag ausreichend zweideutig formuliert zu haben – so manipuliert, dass es zu etwas wird, was es nicht ist. Er war so überaus beschäftigt gewesen mit seinem Friedensvertrag mit Spanien, dass er nicht genügend Vorsicht hatte walten lassen.

»Ich habe nie verstanden, was Lady Rich an sich hat, dass Skandale von ihr abtropfen wie Wasser von Regenkleidung«, sagt Francis.

»Ja.« Cecil spürt, dass ihm die Situation entgleitet. Er versucht sich zu entsinnen, was genau er dem spanischen Gesandten geschrieben hatte – in welche Worte hatte er es gefasst? –, in der Hoffnung, dass der Mann genügend Verstand besitzen würde, ihren Briefwechsel zu verbrennen und nicht nach Spanien weiterzuleiten. Er, Cecil, hatte zweifellos niemals zugestimmt, für die Infantin einzutreten; es war bloß eine versteckte Andeutung gewesen. Aber nicht allein, was er geschrieben hatte, zählt, sondern auch, wie es wirkt. Er atmet tief durch und geht zum Fenster, er schaut hinaus und versucht sich zusammenzureißen. Die Mädchen unten haben mittlerweile gerötete Gesichter und werfen immer noch voller Begeisterung Schneebälle. Wenn man nicht wüsste, dass es ein Spiel ist, könnte man es für etwas Unheilvolles halten. »Sagt mir, hat Euer Bruder in letzter Zeit viele Neuigkeiten vom spanischen Hof bekommen, Cousin?«

»Anthony lässt sich nicht in die Karten gucken.«

Er mustert Bacon auf der Suche nach einem Anzeichen, dass er doch etwas weiß; er spürt, wie ihn das ganze Gewicht seiner Angst in die Tiefe zieht. »Ihr müsst mir beweisen, Cousin, dass Ihr vertrauenswürdig seid.« Diese Worte überraschen ihn selbst, und ihm wird rasch klar, dass es unter diesen Umständen genau der richtige Weg ist, das Gespräch zu führen.

»Und wie wollt Ihr, dass ich das tue?« Wieder blinzelt Bacon bedächtig und sieht Cecil ruhig an. Und noch ehe Cecil antworten kann, sagt er: »Ich habe eine Idee, wie wir Lady Rich wegen ihres Briefs Schwierigkeiten bereiten können.« Nun verzieht Francis Bacon das Gesicht zu einem kleinen Lächeln und legt seine eleganten Hände vor dem Mund aneinander, als wollte er beten. Cecil spürt Hoffnung in sich aufkeimen und zügelt seine Begierde, diese Idee zu hören. Er wartet, bis Bacon spricht. »Sollte der Brief veröffentlicht werden, sähe es so aus, als versuchte Lady Rich, die Unterstützung der *Bevölkerung* für ihren Bruder aufzubieten ...«

»Dann würde man es für Propaganda halten und nicht für einen privaten Brief.« Cecil läuft Gänsehaut über die Arme und Schultern. Das ist tatsächlich eine verschlagene Idee. Auf der Stelle fragt er sich, ob Francis Bacon in seiner Kindheit ebenso gepiesackt wurde wie er. »Das würde Lady Rich gewiss Schwierigkeiten einbringen.« Er sieht sich schon persönlich die Königin davon in Kenntnis setzen.

»Schaltet die Dame aus, und der Bube wird sein Herzblut verlieren«, sagt Bacon. »Sie ist der Herzschlag der Devereux'.«

Cecils Gedanken richten sich auf Lady Rich, und sein Körper reagiert – mit seiner Erlaubnis. Er zwingt seine Gedanken zurück zur Königin. »Wie wollt Ihr sicherstellen, dass nichts von dieser Angelegenheit sich bis zu mir zurückverfolgen lässt?«

»Das überlasst mir. Je weniger Ihr wisst, desto besser.«

»Ich muss sagen, Cousin, ich bin beeindruckt. Ich werde sehen, dass sich das Ganze für Euch lohnt.«

»Ich weiß«, erwidert Bacon mit verschwörerischem Lächeln und ohne den Versuch, seine Schnodderigkeit zu verbergen. Cecil kann seine Dreistigkeit nur bewundern.

Juni 1600
Essex-Haus, The Strand

»Ich bin noch nie so sehr zu Kreuze gekrochen«, sagt Essex, der mit Knollys und Southampton das Gemach betritt. Er lacht laut auf, als wäre diese Tortur eine Kleinigkeit gewesen. Penelope weidet sich an seinem Anblick, ergötzt sich an seinem Lachen und freut sich, dass er seelisch wieder zu Kräften gekommen ist. Viele Verwandte und Freunde haben darauf gewartet, dass er aus dem York-Haus zurückkehrt, wo er ganze zwölf Stunden von einem Kronanwalt und dessen Kommission in die Mangel genommen wurde. Er ist hager, sein Bart ist nicht gekämmt und seine Haut ebenso weiß wie sein Satinwams, das ihm um die Knochen schlackert. Hinter seiner gespielten Tapferkeit zeigt sich noch eine Spur dieses wilden, angstvollen Blicks, den Penelope an ihm in Nonsuch beobachtet hatte. »Ich war volle zwei Stunden auf den Knien.« Und wieder lacht er laut.

»Es ist geglückt«, sagt Lettice. »Denn hier sind wir, wir alle zusammen!« Sie legt eine Hand an die Brust. Von draußen, wo auf The Strand viele Menschen zusammengekommen sind, um einen Blick auf Essex zu erhaschen, erschallt Jubel.

»Aber noch ist er nicht ganz frei«, sagt Penelope und deutet mit dem Kopf auf die zwei Wächter, die an der Türschwelle stehen und dieses Familientreffen scheinbar ignorieren. Penelope winkt den beiden zu. Keiner zuckt auch nur, obgleich ihre Augen sich leicht bewegen. »Werdet Ihr abgezogen?«

Der Ältere – mit dem Bart – entgegnet: »Diesbezüglich haben wir keinen Befehl, my Lady.«

»Es ist nur eine Frage der Zeit«, meint Lettice und geht auf ihren Sohn zu. »Du musst die Königin weiterhin um Verzeihung bitten.

Wenn sie dir erst einmal Gehör schenkt …«, sie nimmt sein Gesicht zwischen ihre Hände, als wäre er ihr Geliebter, »… ach, wer könnte dir widerstehen.« Sie ist kurz davor, ihm in die Wange zu zwicken; er schiebt sie sanft, aber bestimmt beiseite. »Im Handumdrehen wirst du wieder bei Hofe sein, mein geliebter Sohn.«

»Ich sollte mich besser aufs Land zurückziehen«, sagt Essex. Aber alle wissen, dass das unmöglich ist. Seine Schulden sind zu groß. »Lasst uns mein neues Töchterchen ansehen.« Er nimmt das Kind vom Arm seiner Gemahlin und wirft es in die Luft, bis es entweder vor Vergnügen oder aus Angst schrill aufschreit. Frances wird bleich und kann nicht hinsehen, sagt aber nichts; Dorothy legt beruhigend den Arm um ihre Schwägerin.

Penelope bremst ihn schließlich. »Sieh doch, sie ist doch noch so klein, du brichst ihr noch den Hals.« Er reicht das Töchterchen an seine Schwester weiter, hockt sich hin und öffnet die Arme, um seinen Sohn an sich zu drücken. Klein Robert schleicht steif wie eine Holzpuppe mit zusammengepressten Lippen auf ihn zu, als wolle er seinem Vater sagen, er müsse sich seine Liebe zurückerobern.

»Robert, mein Sohn, wie groß du geworden bist. Acht Jahre alt. Sieh dich nur an. Kaum habe ich mich einmal umgedreht, bist du zum Mann geworden.«

Das Kind zieht seine Kappe und verbeugt sich förmlich. »Ich bin neun, my Lord.« Penelope erkennt, dass er nicht weiß, wie er sich seinem Vater gegenüber verhalten soll. Vielleicht hatte er gedacht, er sähe Essex nie wieder und würde zum Oberhaupt der Familie. Sie erinnert sich noch genau, wie damals ihre Mutter dem nicht einmal elfjährigen Essex einschärfte – ihr Vater war gerade gestorben –, dass er nun der Graf und das Oberhaupt der Devereux' sei. Die Bestürzung in seinem kleinen Gesicht war herzzerreißend. Aber der Erbe ihres Bruders wirkt nicht bestürzt; er scheint voller Groll, als hätte Essex ihm einen Tort angetan mit seiner Flucht aus Irland, seiner Verhaftung und dem Verlust der königlichen Gnade. Oder vielleicht will er nur seine Angst verbergen – ebenso wie alle anderen. Penelope legt ihm zur Beruhigung die Hand auf die schmale Schulter; er schaut zu ihr hoch, lächelt und ist mit einem Mal entspannt; sie sieht ihn wieder, wie er ohne Angst die Grasnatter hält. Seit der Verhaftung ihres Bruders empfindet sie eine besondere Nähe zu ihrem Neffen.

Ein Page reicht ihnen Getränke, und verschiedene Toasts werden ausgebracht. Penelope steht ein wenig abseits, betrachtet ihre Familie und wünschte, Blount wäre bei ihnen. Briefe gehen zwischen ihnen hin und her; er schreibt vom Leben in der Garnison und lässt all das aus, da ist sie sich sicher, was ihr Kummer bereiten könnte. Sie hatte ihm erst kürzlich geschrieben und ihm von der Kommission berichtet, die einberufen wurde, um über ihren Bruder zu Gericht zu sitzen. Und wie erleichtert sie alle gewesen seien, dass es nicht die Star Chamber sein würde, wie sie befürchtet hätten. Und dass der Kronanwalt vom Vertreter der Anklage unterstützt werde, eine Rolle, die ausgerechnet Francis Bacon übernehme.

Sie hatte den schlauen Francis darauf angesprochen.

»Ihr, der Ihr unter unserem Dach im Schoß unserer Familie gelebt und vom Beistand meines Bruders profitiert habt – wie könnt Ihr es mit Eurem Gewissen vereinbaren?«

»Es ist meine Pflicht als Ratsherr der Königin. *Schnief.* Ich bin nicht in der Position, diese Aufgabe ablehnen zu können.« Zumindest hatte er sich merklich gewunden, wie ein Schulbub, der in den Küchen beim Stibitzen ertappt wird. »Ich werde mein Bestes tun, damit das Urteil milde ausfällt. *Schnief.* Meine Anwesenheit könnte sich als dienlich erweisen. Ich habe diese Rolle nicht gesucht, *schnief,* habe aber die Absicht, *schnief,* sie zu Essex' Vorteil zu nutzen.«

Die Entschuldigungen sprudelten nur so aus ihm heraus, mit diesem verräterischen Schniefen, das Penelope davon überzeugte, er gelobe zu viel. Sie weiß, Cecil würde Francis Bacon niemals bei Gericht zulassen, wenn er sich nicht seiner Loyalität gewiss wäre. Bacon sollte nicht davon ausgehen, dass sie so töricht sei, seine Rechtfertigungen wie ein Schwamm aufzusaugen. Und zudem hat er sie stets für ihr Frausein herabgewürdigt, als wäre sie nicht in der Lage, Dinge zu begreifen, wie es ein Mann tut. Sie fragt sich, ob Bacon auch die Königin insgeheim wegen ihres Geschlechts verachtet.

Erst heute Vormittag hat sie wieder einen Brief an Blount geschrieben. Ihr Finger ist noch tintenverschmiert. Ein rasches Schreiben, das sie sofort verfasste, als klar wurde, dass Essex freigelassen würde – zwar weiterhin vom Hof verbannt und aller seiner Ämter enthoben, aber dennoch frei. Es ist nun überflüssig, dass Blount mit seinen Truppen in London einmarschiert, ihren Bruder in die Freiheit sprengt und mit seinen Feinden kämpfen muss; all das ist sehr gut, denn so viel sie weiß, hat Blount noch keine verlässlichen Nachrichten über die volle Unterstützung des schottischen Königs. Ohne diese wäre es zu gefährlich gewesen. Und Blount neigt nicht zu Torheit; er besitzt nicht den Leichtsinn ihres Bruders. Sie hatten mit höchster Behutsamkeit König James zu verstehen gegeben, dass es nicht ihre Absicht sei, Elizabeth vom Thron zu stoßen, sondern nur die üblen Einflüsse auf sie beseitigen wollten. Gedankenverloren berührt sie die schwarze Lederschnur, die sie um den Hals trägt, und stellt sich vor, dass der Bote wie der Blitz zu Blount eilt.

»Schwester!« Essex rüttelt sie aus ihren Gedanken auf. »Du bist meilenweit von uns entfernt. Möchtest du uns etwas vorsingen?« Jemand drückt ihr eine Laute in die Hand; sie setzt sich auf die steinerne Einfassung des Kamins und bittet Lizzie Vernon, mit ihr gemeinsam ein Lied für zwei Stimmen zu singen. Es ist eine heitere Melodie, sodass alle mitklatschen und summen, doch trotz all der Fröhlichkeit muss Penelope an Blount da draußen in der Wildnis denken. Das Leben kann doch nicht so grausam sein und beide Männer, die sie geliebt hat und liebt, im Kampf sterben lassen – oder doch?

Anthony Bacon hinkt mit seinen Gichtgelenken herein und lässt sich mit einem tiefen Seufzen in einen Sessel fallen; jemand bringt ihm einen Hocker für seine Füße. Er winkt Essex zu sich heran und spricht mit ihm so leise, dass über die Musik hinweg seine Worte nicht zu verstehen sind. Er zieht ein Flugblatt aus der Tasche, das Essex rasch liest, ehe er verkündet, er brauche ein wenig Ruhe. Knollys und Southampton nickt er zu, sie sollen bleiben.

Als alle hinausgehen, berührt er Penelopes Ellbogen. »Nicht du, Schwester. Ich brauche dich hier.«

Lettice nimmt Frances und Dorothy am Arm und protestiert wutschnaubend, dass man auf sie zugunsten ihrer Tochter verzichte. Aufgebracht rauscht sie zur Tür. »Du schätzt den Rat deiner Mutter wohl nicht mehr.«

Als die anderen das Gemach verlassen haben, scharen sie sich um Anthony Bacon; die Wächter sind nicht nah genug, um sie zu belauschen, wenn sie leise sprechen. Dennoch zupft Penelope wieder die Laute, um jedes Wort zu übertönen, das zu ihnen dringen könnte.

»Also, was ist das?«, fragt Knollys.

»Dies hier wurde veröffentlicht und in Umlauf gebracht.« Er streicht das Papier glatt.

Worte springen Penelope entgegen – »Feinde, die sich zusammengeschlossen haben«, »üble Handlanger«, »diensteifrige Gerissenheit« –, ihre eigenen Worte. Das ist ihr Brief, den sie vor wenigen Monaten an die Königin geschrieben hat, in gedruckter Fassung.

»Weiß die Königin davon?«, fragt sie und muss ihre Finger zwingen, den Saiten weiter Klänge zu entlocken, während ihr Herz außer Takt gerät.

»Ich fürchte, ja. Mein Bruder ist damit zu mir gekommen«, erklärt Anthony.

»Eurem Bruder können wir nicht mehr vertrauen, nicht seit er sich entschieden hat, über Essex Gericht zu sitzen«, sagt sie streng und schaut Anthony an. Nur sie beide kennen die ganze Wahrheit über Francis' Treubruch. Wie können Geschwister nur so unterschiedlich sein?, fragt sie sich. Anthony ist loyal bis in die Knochen und sein Bruder glitschig wie der Moder am Grunde eines Teichs. Sie greift die falschen Töne, die Melodie klingt unharmonisch. Sie lässt die Laute sinken.

»Hurensohn«, braust Southampton laut auf, sodass die Wächter zu ihnen hinsehen.

»Ich habe ihn kürzlich vor Cecils Gemach bei Hofe umherschleichen sehen«, sagt Onkel Knollys.

»Nein! Frances Bacon ist loyal«, sagt Essex. »Davon bin ich überzeugt. Er *muss* Dinge mit Cecil aushandeln. Das ist seine Pflicht als Ratsherr der Königin.«

»Ich fürchte, es verhält sich anders, my Lord«, sagt Anthony. »Mein Bruder hat die Seite gewechselt. Aber vielleicht können wir seine Untreue für unsere Zwecke nutzen.«

Niedergeschlagen murmelt Essex etwas vor sich hin. Von draußen schallen Rufe herein: *Ess-ex*, *Ess-ex*.

»Doch ehe wir über meinen Bruder reden, muss ich Euch warnen, my Lady. Cecil hat Lord Buckhurst ausgesandt, um Euch hierzu zu befragen.« Er klopft auf das Flugblatt. »Und dann habe ich noch dieses hier für Euch.« Er zieht einen Brief mit dem königlichen Siegel aus seinem Gewand. Penelope reißt ihn so hastig auf, dass Bruchstücke des roten Wachses zu Boden fallen.

Ess-ex, *Ess-ex*, ESS-EX.

»Ich bin verpflichtet, mich bis auf Weiteres nur in meinem Haus aufzuhalten.« Fröhlich zerreißt sie den Brief, und Schnipsel fallen wie Apfelblüten zu Boden. »Zum Glück habe ich eine ganze Reihe von Häusern.« Ihr Lachen zerreißt die Stille, ein einsamer glockenheller Ton, und sie schaut den Männern ins Gesicht. Southampton hat die Hand vor den Mund geschlagen; Anthony hat eine tiefe Steilfalte auf der Stirn; Knollys starrt auf seine gefalteten Hände; und ihr Bruder kann ihr nicht in die Augen sehen. »Nur Mut! Buckhurst ist kein Gegner für mich. Ich habe seine Fragen zu meinem Brief bereits im Frühjahr beantwortet. Er nannte ihn ›eine unverschämte, dreiste, freche Tat‹, und ich habe ihm gesagt, er irre sich. Es sei ein tief empfundener Herzenserguss und ein Liebesbeweis für meine geliebte Monarchin.« Nun klingt ihr Lachen hohl. »Am Ende musste er mir zustimmen. Buckhurst hat nicht den Mumm, mich in die Knie zu zwingen.«

»Aber hiermit verhält es sich anders, meine Liebe«, erklärt Knollys. »Man wird versuchen, Euch nachzuweisen, dass Ihr dies veröffentlicht habt, um eine Rebellion anzuzetteln. Es könnte dazu führen, dass …« Er legt die Hand an die Stirn. »Es könnte dazu führen, dass … es könnte zu einer schwerwiegenderen Anklage führen.« Man erkennt, dass er das Wort »Verrat« nicht aussprechen will.

ESS-EX, ESS-EX, ESS-EX.

»Aber nicht *ich* habe diesen Brief veröffentlicht. Man kann mich nicht vor Gericht stellen für etwas, das ich nicht getan habe.« Und schon wird ihr klar, dass sie sich irrt, denn immerzu werden Menschen für Dinge verurteilt, die sie nicht getan haben; und dass sich Cecil, falls er sie loswerden will, nun eine günstige Gelegenheit bietet. Die Erinnerung an Doktor Lopez schießt ihr durch den Kopf. »Ich werde das bis zum bitteren Ende ausfechten.« Die Luft im Gemach scheint dünn, sie kann nicht richtig atmen. Sie nimmt ihren Fächer zur Hand, schließt die Augen und ist dankbar für die kühle Luft.

»O Gott!«, stöhnt Essex verzweifelt. »Das ist zu viel.« Sie möchte ihn schütteln und seinen Kampfgeist wecken.

Sie steht auf, nimmt ihren Bruder an die Hand und führt ihn zum Fenster, das sie aufstößt. Ein Tosen erhebt sich draußen unter den Menschen, als sie ihren Helden entdecken, den einzigen Mann, dem sie zutrauen, sie von der spanischen Bedrohung zu befreien. »Sieh, wie sie dich lieben.« Als sie winkt, erhebt sich weiterer Jubel, der die ganze Straße erfüllt. Die Wächter treten von einem Fuß auf den anderen, vermutlich weil sie überlegen, ob sie dem Ganzen Einhalt gebieten sollen. Penelope schließt das Fenster.

»Wir können versuchen herauszufinden, wer ihn veröffentlicht hat«, sagt Anthony leise, als die beiden sich wieder gesetzt haben.

»Das wäre ein Anfang«, sagt Knollys.

Penelope, die wieder Laute spielt, sagt zu ihrem Bruder: »Unterdessen *musst* du die Königin ersuchen, deine Lizenz für Süßwein zu erneuern. Deine Rechte laufen doch am Michaelistag aus, nicht wahr?« Er nickt so langsam, als befände er sich unter Wasser. »Da du all deiner Ämter enthoben bist, würdest du ohne diese Lizenz gar nichts haben, und deine Schulden sind …«

Ehe sie das Wort »unüberwindlich« aussprechen kann, unterbricht er sie barsch. »Meinst du, ich wüsste das nicht?«

»Sie will Euch in die Schranken weisen«, sagt Anthony. Er spricht von der Königin, die sehr wohl weiß, dass Essex ohne Geldmittel gar nichts ist.

»Das kommt einer Belagerung gleich. Sie meint, sie könne Euch durch Hunger zum Aufgeben zwingen«, sagt Southampton im Flüsterton. Er läuft hin und her.

Essex hat den Kopf in die Hände gestützt. Draußen rufen die Menschen noch immer nach ihm.

»Ich sehe Cecil hinter all dem. Er ist eine Schlange«, sagt Penelope. »Diese angebliche Freundlichkeit, diese verschobene Verhandlung. Das hat damals schon merkwürdig gerochen, und jetzt stinkt es zum Himmel. Schreib an die Königin.« Penelope sagt es wie einen Befehl und sieht ihren Bruder an. »Überzeuge sie von deiner Unschuld. Du *bist* unschuldig.« Sie erinnert sich an seine Klagen in jener Nacht in Nonsuch. »Du hast nur das getan, was du für das Beste für England hieltst… einen Waffenstillstand mit Tyrone lediglich für sechs Wochen… bis deine Truppen wieder zu Kräften gekommen wären…«

»Darum habe ich auch bei der Vernehmung abgelehnt, die Gehorsamsverweigerung einzugestehen«, sagt er, ohne den Kopf zu heben. »Ich will nicht lügen. Ich will mir nicht unehrenhaftes Verhalten vorwerfen lassen.«

»Eure Schwester hat recht. *Cecil* lenkt das Ganze. Wir alle wissen das«, sagt Southampton. »Er hat das Denken der Königin vergiftet.«

»Genau das wollte ich in meinem Brief ausdrücken«, sagt Penelope. »Und seht, wohin uns das geführt hat. Wir müssen Feuer mit Feuer bekämpfen. Findet etwas gegen Cecil, Anthony… etwas, das ihn wirklich mit Schuld belastet.« Nun flüstert sie: »Er kann nicht völlig frei von Fehltritten sein. Er muss *irgendwo* seine Spuren hinterlassen haben.« Sie sieht zu Anthony und meint, ein Schimmern in seinen Augen zu entdecken.

»Erinnert Ihr Euch an Pérez?«, fragt er mit einer gehobenen Augenbraue. Sie verspürt einen Hoffnungsfunken, und die Stimmung im Raum hebt sich merklich. Ihnen allen ist klar, dass Pérez die innersten Geheimnisse des spanischen Hofes kennt; und sollte Cecil seine Befugnisse bei den Verhandlungen mit Spanien überschritten haben, dann weiß Pérez davon. »Es ist nichts Bestimmtes, nur ein möglicher Anhaltspunkt.«

Beide Wächter wenden sich ihnen nun zu, als hätten sie etwas von einer Intrige gerochen, und gehen langsam durch das Gemach unter dem Vorwand, aus dem Fenster zu sehen. »Wie wäre es mit einer Partie Primero?«, schlägt Southampton vor und zieht aus irgendeiner Tasche ein Kartenspiel hervor. »Wollt Ihr mit uns spielen?«, ruft er den Wächtern zu, die ganz offensichtlich nicht wissen, wie sie darauf reagieren sollen. »Eine kleine Aufheiterung kann doch nicht schaden.«

»Warum eigentlich nicht«, entgegnet der mit dem Bart, während im selben Augenblick der andere antwortet: »Nein, kommt nicht infrage.«

»Lassen wir eine Münze für Euch entscheiden«, schlägt Penelope vor. Southampton zieht eine aus der Tasche und reicht sie ihr grinsend. »Nun sagt an, Kopf oder Zahl«, fordert sie den Zugänglicheren auf.

»Kopf«, sagt er zögerlich.

Sie wirft die Münze in die Luft, fängt sie auf und klatscht sie sich auf den Handrücken. »Kopf.«

Anthony mischt bereits die Karten. Southampton zieht ein Tischchen herbei, und sie stellen Stühle drum herum. Essex kann eine Zeit lang kein Wort sagen, und sein finster verzweifelter Blick ist noch finsterer geworden. Penelope setzt sich neben ihn, nimmt seine Hand, küsst sie, ehe sie sie mit ihren beiden umschließt und sich auf den Schoß legt. »Bekommst du gerade Kopfschmerzen?«

Er tut, als hätte er sie nicht gehört.

»Ich mische dir sofort eine Tinktur zusammen.«

Anthony schaut die Karten genauer an. »Was sind das denn für Karten? Solche habe ich noch nie gesehen. Seht Euch mal die Dame an.« Er gibt Penelope eine Karte. Es ist die Pikdame. »Ist sie nicht der spanischen Infantin wie aus dem Gesicht geschnitten?« Er lacht, und auch die Wächter lachen; doch Penelope versteht, was sich hinter diesem kleinen Scherz verbirgt. Die Hoffnung ist, dass Pérez etwas über Cecil und die spanische Infantin ausgegraben hat – das könnte sein »möglicher Anhaltspunkt« sein.

»Jetzt, da Ihr es sagt«, entgegnet sie.

Lachend zeigt Southampton die Karte den Wächtern. »Seht nur, sie hat sogar einen Schnauzbart.«

Onkel Knollys gluckst in sich hinein.

Anthony Bacon teilt nun die Karten aus, und sie legen ihre Einsätze, nur kleine Münzen; aber Penelope denkt gar nicht an das Spiel, in ihrem Kopf reift eine Idee.

August 1600
Whitehall

»Ich hoffe, Ihr könnt mir berichten, dass Ihr endlich Lady Rich befragt habt, my Lord.« Cecil steht auf, als Lord Buckhurst das Gemach betritt. Er ist äußerst aufgebracht gegen den Mann, und es ärgert ihn, dass er ihm den Respekt entgegenbringen muss, den sein Titel verlangt. Die fragliche Dame weicht Buckhurst nun schon seit über zwei Monaten aus, da sie ständig von einem Haus zum anderen zieht. Solch eine Unfähigkeit wurmt ihn. Das Gemälde seiner verstorbenen Gemahlin an der gegenüberliegenden Wand hängt nicht ganz gerade, was seine Gereiztheit noch erhöht.

»Ja, das habe ich, my Lord.« Sein Gesicht ist gerötet, und er schnauft; er trocknet sich seine feuchte Stirn mit einem Tuch. »Es ist warm heute. Stört es Euch, wenn ich mein Wams ein wenig öffne?«

»Ihr könnt Euch nackt ausziehen. Mir geht es allein darum, dass Ihr mir sagt, Ihr habt die Lady befragt.«

Buckhurst bricht in schallendes Gelächter aus. »Ich sehe, Ihr seid bester Stimmung, Cecil.«

Zwei von Cecils Dienern stehen an der Türschwelle. Er schickt sie weg; doch als sie fort sind, wünscht er sich, er hätte sie gebeten, das Bild gerade zu rücken, dessen Anblick er zu vermeiden sucht.

»Bitte, nehmt Platz«, sagt er zu Buckhurst, der seinen fülligen Körper in einen Sessel fallen lässt und dabei stöhnt wie ein Blasebalg. »Also?«

»Ich habe Lady Rich befragt.« Er spricht ihren Namen mit mildem Blick aus, und Cecil beschleicht ein schlechtes Gefühl; er hatte gedacht, der muffige alte Buckhurst sei immun gegen ihre Reize, aber anscheinend ist das nicht der Fall. »Ich hatte herausgefunden, sie sei im Haus ihres Gemahls in Essex, wo sie ihn pflege. Eine unbekannte Krankheit habe ihn niedergestreckt. Doch ehe ich dort eintraf, war sie bereits abgereist nach …«

Cecil möchte den Mann am liebsten auffordern, er solle zur Sache kommen, er habe schließlich nicht den ganzen Tag Zeit, sich diese Geschichte vom Herummäandern auf dem Lande anzuhören. »Und als Ihr sie befragt habt, zu welchen Erkenntnissen seid Ihr gekommen, my Lord?« Er bemüht sich, freundlich auszusehen.

»Ich bin völlig überzeugt von Ihrer Unschuld.«

»Wie das?« Cecil stöhnt wütend auf. Lady Rich hat offenbar die Eigenart, sich noch aus der engsten Ecke herauszuwinden. Ungebeten hat er ein Bild von ihr vor seinem geistigen Auge, das er mit einem scharfen Einatmen verbannt. Er hätte Bacon für diese Unterredung zu ihr schicken sollen; *er* wäre weniger empfänglich für ihre Reize gewesen. Aber natürlich konnte er das nicht, denn Bacon ist zu sehr in den ganzen Plan verstrickt. Immerhin weilt Lady Rich nicht mehr bei Hofe und hat keinen Zugang mehr zur Königin. Also ist zumindest etwas erreicht. Zudem ist die Wache des Grafen abgezogen worden, und er ist aufs Land entschwunden, was bedeutet, dass seine aufwieglerischen Anhänger sich nicht mehr vor den Toren des Essex-Hauses versammeln.

Es hat zahlreiche Briefe des Grafen an die Königin gegeben, die Cecil alle abgefangen hat, pathetische Schreiben, in denen er sie um ihre Gunst anfleht: *… bis ich in Eurer huldvollen Gegenwart erscheinen und die lieblich zurechtweisende Hand Euer Majestät küssen darf …* lieblich zurechtweisende Hand, tatsächlich – *die Zeit ist eine fortwährende Nacht …* All das tausendfach als einleitende Worte, um sie davon zu überzeugen, sie solle seine Lizenz für Süßwein erneuern. Cecil war zugegen, als die Königin sein jüngstes Schreiben las. Sie hatte es zu Boden flattern lassen mit den Worten: »Er kann mich nicht für eine so große Närrin halten, dass ich all diesen Unsinn glaube. Es geht ihm allein um die Mittel, seine Schulden zurückzahlen zu können.«

Cecil kommt der Gedanke, er könne vielleicht schon gewonnen haben. *Der Tropfen höhlt den Stein, nicht durch Kraft, sondern durch stetes Fallen.* Wie recht sein Vater doch hatte.

Buckhurst schwätzt. »Sie gesteht ihre Torheiten und Fehler ein … ihren Schrecken, als sie entdecken musste, dass ihr Brief, ein privater Brief – sie schien höchst erzürnt darüber – öffentlich gemacht worden ist … versichert, dass sie niemals wieder Dinge dieser Art zu Papier bringen werde, die so ausgeschlachtet werden können … bat um Vergebung für ihre Anmaßung … sagte, sie würde nie auch nur einen Augenblick Behaglichkeit genießen können, solange ihr nicht das Glück gewährt werde, Ihre Majestät wiederzusehen …«

Cecil hört kaum zu. Er denkt über die Gärten in Theobalds nach und wie vernachlässigt sie sind, seit er von dieser Angelegenheit mit dem Grafen so beansprucht ist. In Gedanken macht er Pläne für neue Knotengärten, jeder soll einen englischen Herrscher symbolisieren. In der Mitte wird der sein, der Elizabeth gewidmet ist. Er stellt sich die Blumen vor, die er pflanzen wird, rote und weiße Rosen, die sich ineinanderschlingen, und exotische Pflanzen aus der Neuen Welt und diese Lilien, deren flammende Farbe an ihr Haar erinnert.

»… und sie gab mir einen Brief für Ihre Majestät. Sie nahm mir das Versprechen ab, dass ich ihn persönlich überbringe.«

Cecil schreckt aus seinen Gartenträumen auf.

»Einen Brief?« Welch weitere Verunglimpfungen mag Lady Rich wohl gegen ihn losgelassen haben? Wieder wird in ihm die Angst wach, sein vermaledeites Sendschreiben könnte in Lady Richs Hände geraten sein. Seine alten Befürchtungen sind wieder gegenwärtig, als hätten sie ihn nie verlassen. Warum sonst sollte sie an die Königin schreiben, wenn nicht um das Werk zu vollenden, das sie mit ihrem früheren Brief begonnen hatte, und um ihn als Verräter zu denunzieren? Er fühlt sich ausgedörrt, als hätte ihm jemand eine Handvoll Sand in die Kehle gestreut. Er muss sichergehen, dass dieser Brief die

Königin nicht erreicht. Ehe dieser Gedanke sich in Gänze ausgebildet hat, erkennt er schon seinen wesentlichen Mangel. Er kann den Brief nicht unterdrücken, denn das würde Buckhurst bestimmt erwähnen. Lady Rich ist wirklich eine durchtriebene Person. Ihm kommt eine neue Idee; er will ihn abschreiben und alles Kompromittierende ausmerzen lassen, so wie ein Chirurg ein Eitergeschwür reinigt. Genau das wird er tun. »Lasst ihn mich sehen.«

»Ich fürchte, das ist nicht möglich ...«

»Wieso?« Sein Lächeln ist eine Maske.

»Ich habe ihn auf dem Weg zu Euch der Königin übergeben ...«

Cecil fällt das Atmen schwer.

»Sie ging gerade mit ihren Damen in die Kapelle. Eine meiner Nichten ist Zofe bei ihr. Sie ist stehen geblieben. Ich fühlte mich höchst geehrt ...«

Mit einem Mal ist das Gemach zu eng, und nun ist *Cecils* Stirn schweißnass.

»Ich hielt es für eine exzellente Gelegenheit, ihr den Brief persönlich auszuhändigen, wie ich es Lady Rich versprochen hatte«, erklärt Buckhurst.

Es schwirrt maßlos in Cecils Kopf, als er sich wieder einmal zu erinnern versucht, was genau er in diesem Brief an den spanischen Gesandten geschrieben hatte. Seine Gemahlin schaut ihn aus ihrem schief hängenden Rahmen mit hellen, anklagenden Augen an. Er war doch sicherlich nicht so unbesonnen, es klar auszudrücken, oder hatte sein Eifer, einen Vertrag zustande zu bringen, die Oberhand gewonnen? Er ringt nach Luft.

»Geht es Euch nicht gut, my Lord?«, fragt Lord Buckhurst. »Braucht Ihr einen Arzt?«

Er reißt sich so weit zusammen, dass er zumindest sagen kann: »Es ist ein bisschen warm hier drin. Das ist alles.«

»Ich rufe einen Pagen. Er soll Euch etwas zu trinken bringen.« Buckhurst geht zur Tür.

Cecil ist in Aufruhr. Er gräbt und gräbt in seinem Inneren, bis ihm schließlich bewusst wird, dass er dieses spanische Mädchen auf dem englischen Thron befürwortet *hätte*, wären die Umstände für ihn die richtigen gewesen und hätten sich am Ende beste Vorteile für ihn ergeben. Aber hat er das auch gesagt? Schlimmer noch: Hat er es niedergeschrieben? Er weiß es ganz einfach nicht mehr. Wie ist es nur möglich, dass jemand wie er, der sich rühmt, peinlich ordentlich zu sein, der jeden Stein umdreht, kein Fädchen übersieht, so völlig und äußerst fehlerhaft unter der Oberfläche ist?

Cecil erhebt sich. Ihm dreht sich der Kopf, ihm wird schwarz vor Augen. Er klammert sich an den Rand seines Schreibtischs, um nicht umzufallen, und als er das Gleichgewicht wiedererlangt hat, geht er ruhig hinüber zur anderen Wand und rückt das Gemälde seiner Gemahlin gerade. Buckhurst rät ihm besorgt, er solle sich besser wieder setzen, und fragt aufgeregt, wo denn der Diener mit dem Getränk bleibe, als plötzlich ein Knabe in der Livree der Königin auftaucht und Cecil übermittelt, Ihre Majestät wünsche ihn nach ihrem Abendgebet zu sehen.

Cecil mustert den Knaben in der vergeblichen Hoffnung, sein Gesichtsausdruck könne etwas über die Stimmung verraten, in der ihm die Aufforderung aufgetragen wurde; doch seine Miene ist so nichtssagend wie eine Steckrübe. Von unten dringt gedämpftes Stimmengewirr der Leute herauf, die gerade die Kapelle verlassen, und schon spürt Cecil seinen rasenden Puls am Hals – genau dort, wo man mit gezieltem Druck, wie ihm mal einer seiner Handlanger erklärte, einen Mann töten kann.

Er wendet sich Buckhurst zu. »Ich muss mich verabschieden, my Lord. Ich darf Ihre Majestät nicht warten lassen.« Es überrascht ihn, dass seine Stimme nicht bebt. Er nimmt einen Stapel Unterlagen von seinem Schreibtisch und verlässt das Gemach, nicht ohne seine beiden Diener anzuweisen, sie sollen ihn begleiten.

Sie machen sich auf den Weg zu den Gemächern der Königin. Es ist dunkel und kühl in den hinteren Fluren, wo die Fenster klein und hoch oben sind. Darum dauert es einen Moment, als sie die Lange Galerie erreichen, bis Cecil sich an die Helligkeit gewöhnt, die durch die riesigen Flügelfenster hereinströmt und den Raum aufheizt, als wäre er ein Backofen. Gerade erst sind frischer Lavendel und Rosmarin auf den Boden gestreut worden, und der Duft, den die sich drängenden Menschen durch ihre Schritte verbreiten, zusammen mit der großen Hitze und dem grellen Licht bestürmen seine Sinne. Er wird ohne Verzögerung eingelassen, wobei ihm eine kleine Weile, um seine Gedanken zu sammeln, sehr willkommen gewesen wäre.

Die Königin sitzt auf einem Stuhl und ist von mehreren Hofdamen umgeben; eine andere Gruppe hockt am Fenster und betrachtet so etwas wie ein Bilderbuch, und einige Höflinge flanieren umher. Trotz der sommerlichen Hitze brennt ein Feuer im großen Kamin, ja, diese Gemächer gehen im Gegensatz zur Langen Galerie nach Norden. Sie lächelt breit und sagt: »Zwerg, Ihr seht aus, als hättet Ihr schlechte Nachrichten. Ich hoffe aufrichtig, dass dem nicht so ist.«

Erst jetzt wird Cecil klar, dass sein Gesicht ein Spiegel seiner Befürchtungen sein muss. Er ringt sich ein Lächeln ab, verbeugt sich und streckt sich, so gut es geht, um dann in voller Größe vor ihr zu stehen. »Nein, nein, Euer Majestät. Ich habe nur gute Nachrichten. Lord Mountjoy ist äußerst erfolgreich bei der Niederschlagung der irischen Rebellen.« Er zieht ein Blatt aus seinen Unterlagen: einen Brief von Blount, in dem er von seinen Fortschritten berichtet. »Er hat Festungen in Derry und in Newry im Norden errichtet, und Munster ist nun unter Kontrolle.«

»Vielleicht hätte ich von Anfang an *ihn* entsenden sollen.« Sie nimmt das Schreiben entgegen, hält ihre Lupe darüber und überfliegt den Text. »Er scheint bestens zu wissen, was er tut.« Sie wendet sich an eine ihrer Damen. »Da wir gerade von Briefen sprechen, habt Ihr den von Lady Rich… den Buckhurst mir vor der Kapelle gegeben hat?«

Cecil meint, die Beine würden unter ihm nachgeben. Sie hat ihn rufen lassen, damit er sich hier vor jedermann erkläre. Es ist ihm eng in der Brust, als die Dame den Brief hervorzieht. Er erkennt Lady Richs Handschrift; er hat im Laufe der Jahre genügend ihrer Briefe abgefangen, um mit ihrem unordentlichen Gekritzel vertraut zu sein. Aber er bemerkt auch, dass er noch nicht geöffnet ist. Somit waren das Lächeln der Königin und ihre freundliche Begrüßung echt. Seine Gedanken sind in Aufruhr, als wäre er ein todgeweihter Kapaun. Vielleicht könnte er ihr anbieten, ihr den Brief aus den Händen zu nehmen: *Euer Majestät müssen sich nicht mit so etwas abgeben. Ich erledige das für Euch.* Doch er weiß, sie würde seinen Vorsatz dahinter durchschauen; warum sollte er ihr einen privaten Brief ihrer Patentochter abnehmen wollen? Er fürchtet, er werde gleich auf den glänzenden Eichenboden speien, auf die sorgfältig geflochtenen Schilfmatten und auf die bestickten Wildlederpantöffelchen der Königin. Das Lächeln auf seinem Gesicht fühlt sich an wie in Granit gemeißelt, und um seinen schwankenden Blick zu festigen, richtet er ihn auf diese hübschen Schuhe.

»Welche anderen Themen beschäftigen Uns?«, fragt sie.

Der Brief ruht in ihrer Hand, während er die Staatsangelegenheiten durchgeht – die schlechte Ernte, der Mangel an Weizen, der Gefangene (der Verfasser der Geschichte Henrys IV.), der noch immer im Tower darbt – und darüber staunt, dass er dazu in der Lage ist.

»Und dann besteht da noch die Frage der Lizenz für Süßweine, Euer Majestät.«

»Oh, das!« Sie stützt das Kinn in die Hand. »Das möchte ich im Augenblick lieber beiseite lassen.«

Sie hebt Lady Richs Brief in die Luft und sieht einen Moment verwirrt aus, als hätte sie ihn derweil vergessen. Cecil kann kaum hinsehen, aber ebenso wenig kann er den Blick abwenden. Das Siegel bricht mit einem leisen Knacken, sie faltet den Bogen auseinander und greift wieder nach ihrer Lupe. Er mustert sie eingehend, während sie liest, um einen Hinweis auf den Inhalt zu erhaschen, aber ihre Züge sind eine vollkommen undurchdringliche Maske. Als sie fertig gelesen hat, wirft sie ihm einen so eisigen Blick zu, dass es ihn schaudert, obwohl ihm der Schweiß aus den Achselhöhlen quillt. Er überlegt, wie er in Erfahrung bringen könne, was da geschrieben steht, damit er sich zumindest für eventuelle Folgen wappnen kann, an die er möglichst nicht denken will. Es gibt zwei Hofdamen, die als Gegenleistung für einen Gefallen alles tun, was er will.

»Teilt Lady Rich mit, dass sie gehen kann, wohin es ihr beliebt, und an den Hof zurückkehren darf, wenn sie es wünscht.« Ihre Stimme kling eisig, und sie knüllt das Blatt zu einer Kugel zusammen, die sie mit geschicktem Wurf in den Kamin befördert, wo sie in den Flammen hell auflodert, bis nichts mehr von ihr übrig ist.

Januar 1601
Chartley, Staffordshire

Chartley erscheint düster und unbewohnt auf dem Hügel, umgeben von kahlen Bäumen und mit leeren Fenstern, die an die Augen eines Blinden erinnern. Ein Bauer geleitet eine große Gänseschar über den Weg, und Penelope, die mit Alfred vorausreitet, muss warten, bis sie in behäbigem Trott vorbeigewatschelt sind. Die armen Tiere wissen nicht, dass sie für das Dreikönigsmahl vorgesehen sind. Sie streift ihre Handschuhe ab und reibt sich die Hände, um sie ein bisschen aufzuwärmen, aber die Kälte ist ihr schmerzhaft bis unter die Nägel gekrochen. Sie versucht sich vorzustellen, sie sitze vor einem lodernden Kamin im großen Gemach.

Alfred ruft dem Bauern zu, er möge sich beeilen. Sie müssen eine ganze Weile gewartet haben, dass dieser Trupp von Verurteilten den Weg freigibt, denn sie hört bereits den rumpelnden Gepäckkarren, der vom Kommen der ganzen Gesellschaft kündet. Lizzie Vernon lacht über etwas, über die Gänse vielleicht, aber Penelope will nicht ausharren, um mehr über den Scherz zu erfahren. Sie treibt ihr Pferd Gambit in den Kanter und dann, als sie das weite Weideland vor sich haben, fällt sie in den Galopp, bis sie nichts anderes mehr wahrnimmt als den Wind und das rhythmische Trommeln der Hufe auf dem harten Januarboden. Die Last der Sorge, die sie seit Monaten bedrückt, ist vor der Abreise nach Chartley, wo ihr Bruder sich verkrochen hat, noch größer geworden. Sie hat noch nie einen Straußenvogel gesehen – in der Menagerie des Towers gibt es keinen –, aber sie hat seine Federn getragen und kennt ihn von Zeichnungen.

Es heißt, er sei groß wie ein Pferd und ebenso schnell und verberge bei Gefahr den Kopf, statt sich ihr zu stellen. Sie würde sagen, Essex ähnelt so einem Wesen.

Als sie näher kommen, sieht sie den Hund ihrer Mutter im Knotengarten umhertollen und hört Klein Robert ihn vom Hof aus rufen. Lettice muss gestern von Drayton Bassett eingetroffen sein. Sie alle haben sich hier verabredet, um Essex aus seiner Erstarrung zu reißen; doch als Penelope sich dem Haus nähert, graut es ihr vor dieser Aufgabe. Liebend gerne würde sie ihrem Bruder das Landleben gönnen, aber in Wahrheit kann er es sich gar nicht leisten, sich aufs Land zurückzuziehen. Seine Gläubiger klopfen bereits Tag und Nacht an die Tür des Essex-Hauses, und Penelope fürchtet, dass sie sich nicht mehr lange gedulden. Sie hat ihrem Gemahl eine Summe entlockt, doch selbst Richs Reichtum würde nicht ausreichen, um dieses Defizit auszugleichen. Im Übrigen scheint Rich ihrem Bruder weniger gut gesonnen, seit er in Ungnade gefallen ist.

Robert winkt und ruft ihnen einen Gruß entgegen. Er sieht größer aus und schlaksig, als wären seine Glieder für seinen Rumpf zu schnell gewachsen. Sie denkt an ihre eigenen zwei Söhne in Leighs. Hoby ist unterdessen dreizehn und auf dem Sprung zum Erwachsenwerden, schon bald wird er an die Universität gehen. Und schmerzlich fällt ihr ein, dass ihre Töchter in absehbarer Zeit heiraten werden. Sie selbst ist gerade achtunddreißig geworden und fühlt sich alt; wo sind sie geblieben, all diese Jahre? Verronnen im Fluss der Zeit. Sie winkt zurück; als er nun auf sie zurennt, verwandelt er sich plötzlich in ihren toten Bruder Wat, und die Zeit ist aufgehoben. Sidney ist hier und erwartet sie im Obstgarten, der hinter den kahlen Bäumen zu sehen ist, und sie ist bei ihm, sie liegt als junge Frau unter dem sommerlichen Baum in seinen Armen, während er ihr herzzerreißend schöne Gedichte ins Ohr flüstert. Da ihr diese Erinnerung unerträglich ist, verjagt sie sie und reitet in den Hof bei den Stallungen, wo die Stallburschen sich zu ihrer Begrüßung eilig in einer Reihe aufstellen.

Als sie mit ihrem Pferd beim Aufsitzbock stehen bleibt, hilft ihr einer aus dem Sattel. »Um Gottes willen, my Lady, Eure Hände sind eiskalt.«

Sie muss oben auf dem Hügel vergessen haben, ihre Handschuhe wieder anzuziehen. Womöglich liegen sie im kalten Matsch und werden hoffentlich dem, der sie findet, ein wenig Wärme spenden. Viele Menschen sind in Not: Sie sind unterwegs unzählig vielen armen Seelen begegnet, die um einen Penny oder eine Brotkruste betteln. Noch eine schlechte Ernte, dann weiß nur der Himmel, was aus ihnen wird. Zumindest wird es Reste von diesen Dreikönigsgänsen geben.

Ein Diener ihres Bruders nähert sich und überreicht ihr einen Brief. Er ist aus Irland. Blount schildert darin die wilde Schönheit der winterlichen Landschaften und die Qualitäten des Viehs; die blutigen Details seines Feldzugs spart er aus; er schreibt nur, sie gewännen Boden. Aber sie kennt die Gefahren so eines Unterfangens nur zu genau, den ständig drohenden Tod und Schrecken. Er spürt seine Geliebte nah bei sich, denn er schreibt: *Ich bin die umherwandernde Nadel eines Kompasses, und du bist ihr Ruhepol.* Ihr ist ganz elend vor Sehnsucht nach ihm. *Victor ist gutmütig,* sagt er versteckt in einem Absatz, in dem er seine liebsten Pferde beschreibt. Victor ist ihr Deckname für James von Schottland und, zwischen den Zeilen lesend, folgert sie, dass James die Absicht habe, den Grafen von Mar an den Hof zu entsenden, um über die Zukunft zu diskutieren. Sie verspürt plötzlich Hoffnung – er wird Partei für ihren Bruder ergreifen; noch ein Grund mehr, Essex zurück in die Hauptstadt zu bringen.

Sie steckt den Brief in ihr Gewand und formuliert im Kopf bereits die Antwort, als sie das Haus betritt. Wie will sie Blount erzählen, dass ihr Bruder unterdessen so tief im Sumpf der Verzweiflung steckt, dass er, so fürchtet sie, nie mehr wieder herausfindet? Und wie soll sie ihm den dringlichen Druck seiner unzufriedenen Anhänger beschreiben, die im Geheimen nur darauf warten, dass ihr Held erscheint und seine Feinde niederzwingt? Sie muss ihm auch berichten, dass es ihnen nicht gelungen ist, einen einschlägigen Beweis zu finden, um Cecil zu stürzen – wie sehr hatten sie darauf gehofft, dass Anthony Bacon irgendetwas Greifbares aus seinem »möglichen Anhaltspunkt« zu Tage fördert. Aber alles hatte sich nur als Gerücht und Vermutung entpuppt.

Sie grübelt über die verschiedenen Möglichkeiten nach, wie sie diese Informationen kodieren soll, wie sie sie in einer einfachen Bekundung von Zuneigung versteckt, als sie vor dem Porträt ihres Vaters stehen bleibt. Darauf ist er, selbst unter der Staubschicht, jung und voller Kraft, als wäre er nie in Irland gestorben. Das ist ein verfluchtes Land. Es hat ihr den Vater geraubt und vielleicht noch einen Bruder; der Gedanke, was es Blount antun könnte, ist ihr unerträglich. Eigentlich will sie nichts anderes, als in ihrem Brief aufrichtig ihre Gefühle für ihn ausdrücken, will ihn fühlen lassen, dass er geliebt wird, und die Machenschaften der Politik ein Stück in den Hintergrund rücken.

Lettice befindet sich im großen Gemach. Sie sieht alt und ängstlich aus. Penelope hat ihre Mutter niemals zuvor ängstlich erlebt.

»Du bist keine Augenweide«, sagt Lettice anstelle einer Begrüßung. »Sieh doch, dein Reitgewand ist zerrissen, und du bist von oben bis unten mit Dreck bespritzt. Ich weiß gar nicht, warum du nicht die Kutsche genommen hast.«

Penelope gibt sich nicht die Mühe, ihrer Mutter zu erklären, wie sehr es ihr gefällt, das Pferd unter sich zu spüren und den Wind in den Haaren, dass sie sich dabei lebendig fühlt. »Auch ich freue mich, Euch zu sehen, Mutter.«

»Oh, es tut mir leid, Liebes!«, sagt Lettice nun. »Ich bin ganz außer mir vor Sorge. Es tut mir leid.« Sie nimmt Penelopes Hände und reibt sie. »Du bist ganz kalt. Komm, in meinem Privatgemach brennt ein Feuer.« Lettice geht voraus.

»Wo ist Robin?«

»Im Bett. Er ist seit drei Tagen nicht mehr aufgestanden. Er will mich nicht einmal ansehen, geschweige denn mit mir reden. Ich bin mir unsicher, ob es eine gute Idee war, Klein Robert mit hierher zu bringen. Ich hätte ihn in Eton lassen sollen. Ich dachte, es würde deinen Bruder aufheitern, seinen Sohn so wohlauf zu sehen.« Die Worte sprudeln nur so aus ihr heraus.

»Mir war nicht klar, dass es ihm so schlecht geht. Seit wann ist er so?«

»Meyrick sagt, er befinde sich mal mehr, mal weniger in diesem Zustand, seit ihm endgültig die Lizenz für Süßweine verweigert wurde.«

»Seit Oktober! Das macht fast drei Monate. Warum um Gottes willen hat Meyrick uns nichts davon gesagt?«

»Dein Bruder hat es ihm untersagt … er wollte nicht in dieser Verfassung gesehen werden.«

Penelope wendet sich zur Tür. »Ich gehe zu ihm.«

»Warte einen Augenblick. Wärme dich erst auf, Penelope. Es ist für niemanden gut, wenn du dich erkältest.« Ihre Mutter zerrt am Ärmel ihres Reitgewands. »Zieh zumindest das hier aus und streife etwas von mir über, bis dein Gepäck eintrifft.« Doch Penelope entwindet sich dem Zugriff ihrer Mutter und geht rasch ans andere Ende des Hauses.

Im äußeren Gemach spielt Meyrick Karten mit zwei Gefährten, die sie meint, schon ein-, zweimal im Essex-Haus gesehen zu haben. Lächelnd erhebt er seinen massigen Körper; sein sommersprossiges Gesicht ist faltig und sein rostroter Bart von Grau durchzogen. Er stellt ihr die beiden Männer vor – Henry Cuffe und Ferdinando Gorges –, beide begrüßen sie mit Handschlag. Cuffes Gesicht ist unauffällig, mit Ausnahme des leichten Unterbisses und seiner schlechten Zähne; Gorges hingegen muss die Mädchenherzen mit seinem kastanienbraunen Haar und dem durchdringenden Blick höher schlagen lassen; seine Augen stehen ein bisschen nah, was aber die Eindringlichkeit seines Blicks nur steigert.

»Habt Ihr Essex in Irland gedient?«, fragt sie.

Meyrick unterbricht sie. »Ich fürchte, dem Grafen geht es nicht gut. Er braucht Ruhe und hat mir eingeschärft, keine Besucher zu ihm vorzulassen.«

»Mich meint er damit nicht«, sagt sie, geht forsch an ihm vorbei und tritt in das Schlafgemach.

Die schweren Vorhänge sind so fest zugezogen, dass kaum ein

dünner Lichtstrahl in das Dunkel dringt. Doch im Kamin lodert ein kräftiges Feuer, das die Luft stickig macht. Essex' Hund steht auf und kommt mit halbherzig wedelndem Schwanz auf sie zu. Dann steht er mit traurigem Blick vor ihr, reibt seinen Kopf an ihren Röcken und drückt seine feuchte Nase an ihre Hand, als schmachte er nach Zuneigung.

Sie zieht die Vorhänge auf, und fahles Winterlicht strömt herein. Als sie eine Weile auf die baufälligen Festungsmauern der alten Burg schaut, muss sie an die Spiele ihrer Kindheit denken. Sie wischt das Kondenswasser an der Scheibe mit ihrem Ärmel weg, um besser hinaussehen zu können. Robert rennt durch ihr Blickfeld, und sie hört Lettice rufen, er solle hereinkommen, ehe es zu regnen anfange. Drohende dunkle Wolken hängen am Himmel, und sie hofft, dass der Gepäckkarren eintrifft, ehe sich die Schleusen öffnen.

»Geht weg ... lasst mich allein.« Die Stimme ihres Bruders erhebt sich hinter den zugezogenen Bettvorhängen.

»Ich bin es, Robin.«

»Schwester?«

Sie zieht den Vorhang beiseite und findet ihn halb auf einen Ellbogen gestützt; er blinzelt wie ein Maulwurf und schützt seine Augen mit dem Unterarm. Er sieht bleich aus und hat so dunkle Ränder um die Augen, dass man glauben könnte, er hätte Prügel bezogen. Sie klettert aufs Bett und setzt sich neben ihn.

»Ich danke Gott, dass du es bist. Ich dachte schon, es wäre der Pöbel von da draußen, der mich zu irgendwelchen Taten drängen will. Liebste Schwester.« Er sieht sie aus leblosen Augen an. »Du musst mir helfen.«

»Aus dem Grund bin ich hier.«

»Ich kann nicht schlafen wegen der schrecklichen Träume, und ich bin ausgeliefert diesen ...« Er hält inne. Sein Atem keucht leicht. Sie sieht den schwarzen Lederbeutel, den sie ihm nach seiner Entlassung zurückgegeben hat, achtlos zwischen den Decken liegen und greift danach. »Ich fürchte, ich verliere den Verstand.«

»Wie ich höre, hat die Königin keinen deiner Briefe beantwortet.«

»Ich bin ein Verstoßener, Schwester.« Er sagt das mit all dem Pathos eines Schauspielers in einer großen Tragödie.

»Komm schon, Robin. Du musst dich zusammenreißen.«

»Nein, nicht du auch noch ... Du bist genauso übel wie diese verdammten drei Unholde da draußen.« Er wedelt mit schlapper Hand in Richtung der Tür. »Mach schon, tu dies, tu das, Pläne aushecken für meine Rückkehr. Henry Cuffe würde mich auf den Thron setzen, wenn es nach ihm ginge.«

»Nun, es wird aber nicht nach Cuffe gehen«, sagt sie im rechthaberischen Ton der älteren Schwester.

»Sie tun es für sich selbst, nicht für mich. Ich bin müde, Schwester. Ich glaube, ich habe keine Kraft mehr. Nichts ist übrig, ich bin so leer wie mein Geldbeutel. Und wie dieses hier.« Er nimmt ihr den Lederbeutel aus der Hand. »Ich hatte so große Hoffnungen, dass König James als Thronfolger benannt und Englands Zukunft gesichert sein würde. Ich habe ehrlich geglaubt, es sei das Beste für uns alle. Ich habe es ganz klar vor mir gesehen. Und jetzt sehe ich nichts mehr. Wenn ich doch nur schlafen könnte.«

»Ich bin nicht hergekommen, um dich zu irgendetwas zu drängen. Ich bin hergekommen, um dir zu helfen.«

»Mir ist nicht mehr zu helfen ... Ich will nur schlafen.«

Sie möchte am liebsten dieses Selbstmitleid aus ihm herausschütteln, aber es ist mehr als das – sein Elend ist unauslöschlich. »Du kannst dich hier nicht bis in alle Ewigkeit verstecken. Du musst dich deinen Dämonen stellen. Und im Übrigen trägst du Verantwortung, du hast Pflichten – eine Gemahlin, Kinder. Du bist nicht irgendwer, der sich nach Gutdünken verhalten kann. Du bist ein Graf, und das hat seinen Preis. Denk an den kleinen Robert ... deinen Erben. Denk daran, wir *alle* sind nichts weiter als die Hüter des Namens der Devereux'.« Doch sie fragt sich, ob er nicht endgültig gebrochen ist, ob nicht etwas in ihm zerschmettert ist.

»Der bemitleidenswerte, arme, kleine Robert Devereux mit mir als Vater.« Sein Zynismus zerschneidet die Luft wie ein Schwert das Fleisch. Sie kann sich gerade noch zügeln, ihm nicht in aller Schärfe etwas zu entgegnen, damit er seine pathetische Ichbezogenheit aufgibt.

»Was ich mit Gewissheit weiß, ist, dass dieses hier vorbeigehen wird«, sagt sie.

»Ja, es mag vorbeigehen, aber ich werde noch immer so blank sein wie die Bettler, die durch die Straßen streifen. Ein Graf als Bettler.« Er schnaubt ein höhnisches Lachen hervor. »Haben meine Gläubiger das Essex-Haus zerschlagen und es Ziegelstein für Ziegelstein verkauft?«

»Genug.« Penelope kann ihre Ungeduld nicht länger verbergen.

Sie hört Stimmen aus dem äußeren Gemach; schon tritt Lettice ein und lässt hinter sich die Tür laut ins Schloss fallen. Sie baut sich am Fußende des Bettes auf. »Was höre ich da von Lizzie Vernon über Anthony Bacon? Sie sagt, es sei ihm nicht gelungen, einen wasserfesten Beweis für Cecils Kungelei mit den Spaniern zu finden.« Sie wirkt verärgert und richtet ihre Worte an ihre Tochter. Penelope hatte dieses Thema jetzt noch nicht ansprechen wollen; sie hatte zuerst einen Weg bahnen wollen für die schlechten Nachrichten, damit Essex zumindest einen Funken Hoffnung behält.

»Was wollt Ihr damit sagen?«, fragt Essex abgehackt.

»Sie will damit sagen …«, Penelope nimmt die Hand ihres Bruders und bemüht sich, besänftigend zu klingen, »… dass Pérez nur mit fragwürdigen Beweisen für Cecils Einmischung in die Frage der Thronfolge aufwarten konnte. Wir haben keinen schlagenden Beweis.«

Sie spürt, dass Essex neben ihr die Luft ausgeht, als hätte man ihn angestochen.

»Das ist doch einfach nicht wahr«, wirft Lettice ein. »Ich habe einen wasserfesten Beweis aus einer anderen Quelle.«

»Welchen Beweis, Mutter?« Essex reckt sich wie ein Hund, der die Witterung eines Hasen aufnimmt.

»Mein Bruder hat einst miterlebt, dass Cecil über die Eignung der Infantin als Thronfolgerin sprach. Er sah es mit eigenen Augen und hörte es mit eigenen Ohren. Er hat mir erst kürzlich davon erzählt. Wenn das kein Beweis ist, dann weiß ich es nicht.«

»Onkel Knollys?«, hakt Penelope nach. »Euer Bruder hat Euch erzählt, er habe gehört, dass Cec…«

»Genau das habe ich gesagt.«

»Wann fand dieses mit angehörte Gespräch statt? Warum hat er es nicht früher erwähnt?«, fragt Penelope.

»Vor einiger Zeit, glaube ich.« Lettice spielt mit einer Quaste an ihrem Gewand. »Vielleicht weil er dachte, Pérez würde mit etwas Handfesterem dienen können.«

»Das ist zwar kein schriftlicher Beweis, aber vermutlich besser als keiner«, sagt Penelope. »Würde er dafür einstehen?«

»Das kann ich nur annehmen«, sagt Lettice.

Essex lässt sich zurück in die Kissen fallen.

»Sieh doch«, erklärt Penelope ihrem Bruder. »Es gibt nicht nur schlechte Nachrichten. Onkel Knollys ist eine vertrauenswürdige Quelle. Seine Zeugenschaft hätte Gewicht.« Sie bemüht sich, alles weniger dürftig erscheinen zu lassen. »Blount hat einen starken Kontakt zu Schottland hergestellt. König James beabsichtigt, den Grafen von Mar nach London zu entsenden. Auch er wird wohlgesinnt *deine* Position vertreten. Das ist eine *gute* Nachricht, Robin. Bald ernten wir die Früchte unserer Arbeit.« Sie versucht, viel Überzeugung in ihre Stimme zu legen, und begreift mit einem Mal, was getan werden muss, um ihre Ziele zu erreichen. »Ich denke, du solltest Mar schreiben und ihn von Cecils heimlichen Verhandlungen in Kenntnis setzen. Wenn Mar – ein Gesandter des Königs, eine neutrale Person gewissermaßen – einen Schatten auf Cecil wirft, könnte das die Königin dazu bewegen, die Dinge anders zu sehen.«

»Du meinst, sie könnte mir wohlwollender gesonnen sein?« Er setzt sich etwas munterer auf, greift nach dem schwarzen Lederbeutel und legt sich die Schnur um den Hals.

»Genau das meine ich«, sagt sie.

»Wie habe ich es nur geschafft, ein Wesen wie dich in die Welt zu setzen, Penelope? Du wärest ein hervorragender Ratsherr«, wirft Lettice ein.

»Ist das ein Kompliment oder eine Kritik?«

»Oh, natürlich ein Kompliment.«

Essex ist aufgestanden und streckt sich. »Wenn Ihr Damen mir ein wenig Privatheit gönnt, kleide ich mich an, und wir sehen uns zum Abendessen. Und ich glaube, wir sollten meine Rückkehr nach London planen.«

Lettice nickt ihrer Tochter lächelnd zu, als wolle sie ihr zu dieser Verwandlung gratulieren. »Ich werde eine Nachricht ans Essex-Haus schicken, damit zu deiner Ankunft alles vorbereitet ist.«

Penelope packt ihren Bruder an den Schultern. »Achte darauf, dass deine Männer nicht zu ehrgeizig werden.« Sie macht eine Kopfbewegung in Richtung des äußeren Gemachs. »Sie könnten in Verzückung geraten, und das täte dir nicht gut. Halte sie unter Kontrolle, denn ihre Bestrebungen könnten uns alle in Schwierigkeiten bringen.«

Februar 1601
Whitehall

Cecil weist seinen Kutscher an, einen Umweg über das Essex-Haus zu machen. Er möchte sich selbst davon überzeugen, ob die Gerüchte über die Rückkehr des Grafen wahr sind. Der ganze Hof flüstert so etwas, und Cecil spürt, wie Gefolgschaften in Bewegung geraten; als warte jeder auf einen Schritt, ehe er seine Karten aufdeckt.

Sein Sekretär, der neben ihm sitzt, schnäuzt sich prustend in ein schmutziges Taschentuch. Cecil erschaudert, rutscht von ihm ab und lehnt sich hinaus, um die Tore in Augenschein zu nehmen. Er bewundert einen Augenblick die vier glänzenden Rappen vor seiner Kutsche, deren weiße Fesseln perfekt zueinanderpassen. Die Leute drehen sich um, wenn die Kutsche vorbeifährt – genau das ist die Absicht.

Die Tore des Essex-Hauses öffnen sich und lassen einige Reiter hinaus; Cecil sieht im Hof vielfältige Betriebsamkeit. Diener eilen hin und her, Männer stehen um Kohlenpfannen herum, rauchen, reden, lachen; andere putzen ihre Muskete, manche üben sich im

Fechten und rufen laut, wenn sie einen Punkt gemacht haben. Kein Zweifel, der Graf ist anwesend. Cecil lässt seine Blicke über die Fassade schweifen und entdeckt an einem Fenster eine Frau. Das ist entweder Lady Rich oder ihre Schwester – aus dieser Entfernung unmöglich zu sagen. Sie winkt ihm zu. Das überrascht ihn so sehr, dass er rasch den Kopf zurückzieht, woraufhin er sich töricht fühlt. Er hätte zurückwinken sollen oder zumindest ihrem Blick standhalten.

Der Sekretär niest heftig; Cecil legt sich schützend die Hand vor Mund und Nase und murmelt: »Um Himmels willen!«

Der Mann entschuldigt sich hinter seinem dreckigen Taschentuch.

»Findet heraus, wer genau sich im Essex-Haus aufhält«, fordert Cecil ihn auf. »Ich will die Anzahl der Diener wissen, der Anhänger, alles. Setzt alle Mittel ein, die Ihr braucht.« Der Mann sieht ihn unbedarft an. »Los. Raus mit Euch.« Der Sekretär rafft seinen Umhang und springt auf die Straße. Cecil klopft auf das Dach der Kutsche, um die Aufmerksamkeit des Kutschers auf sich zu lenken. »Nach Whitehall!« Er ist sich sicher, dass der verschleimte Mann für diese Aufgabe völlig ungeeignet ist; aber zumindest sitzt er nicht mehr mit ihm in der engen Kutsche und bedroht seine Gesundheit.

Er denkt an die Frau am Fenster. Nichts ist geschehen seit Lady Richs Brief. Keine seiner Befürchtungen hat sich bewahrheitet, aber das bedeutet nicht, dass nichts vor sich geht. Er hatte einen Monat des Schreckens verbracht; wann immer jemand kam, war er aufgesprungen und sah sich schon vor Gericht und im Tower, und viele Monate mit weniger heftiger Angst, die ihm bis heute geblieben ist, folgten. In seinen finstersten Momenten hatte er bereits über seine Rede auf dem Schafott nachgegrübelt; er hatte versucht, den unvermeidlichen Gedanken auszuweichen: wie es sich wohl anfühlt, wenn sich die Schlinge um den Hals zuzieht – keine flinke Axt für einen wie ihn, eine weitere Erinnerung daran, dass er nicht von Adel ist –, wenn man um Atem ringt, und schlimmer noch das Nichts danach, das Nicht-mehr-Existieren oder die ewige Verdammnis, denn die steht ihm ganz gewiss bevor. Er hat mit neuerlichem Eifer begonnen zu beten und seine Sünden aufgezählt in der Hoffnung, dass es für Vergebung nicht zu spät sei.

Am Palast angekommen, trifft er zufällig auf Knollys, der ihn beiseite nimmt. »Ich freue mich, Euch zu sehen.« Da er ängstlich die Hände ringt, fragt sich Cecil, was mit ihm nicht stimme. »Ich mache mir Sorgen um meinen Neffen. Ich fürchte, er sammelt einen eigenen Hof um sich – in Rivalität zu der Königin. Und sie ist darüber nicht glücklich, um es milde auszudrücken.«

»Ich bin gerade am Essex-Haus vorbeigekommen ... es stimmt, da sind viele Leute.« Cecil sieht die gereizte Königin bereits vor sich, ein erschreckender Gedanke.

»Ich habe versucht, ihn vor der Torheit zu warnen, und ihm gesagt, er dürfe den Leuten nicht gestatten, sich in dieser Weise um ihn zu scharen.« Knollys bearbeitet noch immer seine Hände, als wären sie Brotteig. »Doch er ist voller Zorn, sodass es unmöglich ist, ihm Vernunft beizubringen.«

»Voller Zorn?«, fragt Cecil nach, da er damit nichts anzufangen weiß. Die beiden Männer gehen auf die Treppe zu, die in die große Halle führt.

»Sein Gram hat sich in bittere Wut verwandelt. Er tobt. Meiner Meinung nach ist er nicht ganz bei Sinnen. Er glaubt, er habe überall Feinde.«

»Wann habt Ihr ihn gesehen?« Cecil kann sich gerade noch verkneifen zu bestätigen, dass der Graf *tatsächlich* überall Feinde hat.

»Ich war heute Morgen bei ihm und habe versucht, ihm gut zuzureden.«

Cecil möchte am liebsten äußern, der Graf müsse wieder auf Linie gebracht werden, doch stattdessen sagt er: »Der arme Kerl braucht zweifellos unsere Hilfe. Ich werde mich bemühen, Ihre Majestät darum zu ersuchen.« Knollys schaut sichtlich erleichtert, lässt die Hände sinken. »Und wer ist bei ihm?«

»Viele ... zu viele. Und ich fürchte, darunter sind einige, die ihn aufstacheln. Männer, die ihm in Irland gedient haben ... Henry Cuffe und Ferdinando Gorges scheinen sich seinen Anhängern angeschlossen zu haben, ebenso zahlreiche unzufriedene Adlige. Und der übliche Kreis: Meyrick, Anthony Bacon, Southampton. Ihr kennt sie.«

»Ist Gorges nicht ein Verwandter von Ralegh?«

»Ich glaube, ja«, erwidert Knollys. »Er soll eine wilde Ader haben.«

»Ralegh dürfte es nicht gefallen, dass einer seiner Cousins sich auf Essex' Seite stellt.«

»Ja, wahrhaftig«, sagt Knollys. »Ralegh und mein Neffe hatten nie viel füreinander übrig.« Er knetet wieder seine Hände. »Ich bin in seinem Hof praktisch einer ganzen Armee von einfachen Soldaten begegnet, die sich dort sammeln.«

»Ihr habt Grund zur Sorge.« Cecil streicht Knollys beruhigend über die Schulter. »Ich tue mein Bestes, um die Königin versöhnlich zu stimmen.«

In der Großen Halle proben Schauspieler. Einer in Frauenkleidern trägt gerade in höchsten Tönen mit übertriebener Mimik und Gestik eine Rede vor. Knollys will unbedingt stehen bleiben; ganze fünf Minuten schaut er zu, bis der Kerl mit einem Schrei zusammenbricht und scheinbar tot liegen bleibt. Cecil findet das Ganze lächerlich und fragt sich, wie man sich durch so eine groteske Darbietung rühren lassen kann, und will es gerade aussprechen, als am anderen Ende des Saals ein langsames Klatschen einsetzt. Es ist die Königin, umgeben von ihren Damen.

»Euer Majestät«, sagt er, streift die Kappe vom Kopf und sinkt in eine tiefe Verbeugung.

»Los, los«, befiehlt sie, als wäre er einer ihrer Hunde. »Was haltet Ihr von ihm?« Ihr Arm deutet auf den Schauspieler.

Cecil betrachtet das Gesicht der Königin, als fände er dort einen Hinweis, wie seine Antwort ausfallen muss. »Außerordentlich, Euer Majestät.« Es ist ihm zur Gewohnheit geworden, in ihren Zügen eindringlich nach Anzeichen des Missfallens zu suchen. Ja, sie war sehr reserviert in den letzten Monaten, aber es ist schwer zu sagen, ob sich diese Kühle gezielt gegen ihn kehrt oder ob es eine eher allgemeine Distanz ist.

»Ihr seid nicht so geschickt darin, Eure wahren Gedanken zu verbergen, wie Ihr vielleicht denkt, Cecil.«

Er glaubt – es ist eigentlich eher eine Hoffnung –, den Anflug eines Lächelns auszumachen. »Ich bin in vielen Dingen nicht so gut, Euer Majestät. Ach, meine Schwächen sind unüberwindlich. Vieles vom Theater entzieht sich den engen Grenzen meines Verständnisses.«

»Falsche Bescheidenheit steht Euch nicht.« Bei ihrem Blick schrumpft er innerlich. »Glaubt Ihr wirklich, ich hätte Euch mit einem so hohen Amt betraut, wenn ich annähme, dass Euch die Auffassungsgabe fehlte? Es überrascht mich nicht, dass jemand mit Eurem Pragmatismus so etwas …« – sie nickt zur Schauspieltruppe – »… ein wenig wunderlich findet.« Ihm wirft sie wieder einen harten Blick zu. »Wie stets lobe ich mir Aufrichtigkeit.« Noch immer schaut sie ihn streng an, sodass er unbehaglich von einem Fuß auf den anderen tritt, während er ein Fädchen an ihrem Gewand entdeckt, das er am liebsten abzupfen würde. »Das wisst Ihr doch sehr genau.«

»Ja, das weiß ich, Euer Majestät. Ehrlich gesagt, ich finde, dass das Theater Leute zur Lasterhaftigkeit verführen kann.«

»Ha!«, ruft sie belustigt. »Ihr müsst es ja wissen.« Wieder hat er das Gefühl zu schrumpfen.

»Und es hat die Macht, zum Aufstand aufzuwiegeln.«

»In dieser Hinsicht habt Ihr recht. Aber das ist doch kein Grund, es nicht zu mögen. Es ist eher ein Grund, ihm Respekt zu zollen.«

»Da kann ich nicht widersprechen, Euer Majestät.«

»Und da wir gerade vom Theater sprechen, gibt es Neuigkeiten von meinem liebsten Grafen?« Bei diesen Worten ziehen sich ihre Mundwinkel nach unten; ob aus Verachtung oder Trauer, vermag Cecil nicht zu sagen. »Wie ich höre, ist er nach London zurückgekehrt.«

»Ja, Euer Majestät. So ist es«, sagt Knollys, der noch immer seine Hände knetet.

»Ich fürchte, wir müssen dringende Angelegenheiten miteinander besprechen.« Cecil sieht sich um und zählt mindestens ein Dutzend

Leute, die den Hals recken, um ihnen zuzuhören. »Hinter verschlossenen Türen.«

»Einverstanden«, sagt sie und streckt ihm ihre handschuhlose Hand hin, damit er sie geleite.

Er sieht sie an, die Hand, gekrümmt und mit vielen Leberflecken wie ein altes Stück Holz, von einem Gewirr blauer Adern durchzogen und mit schmerzhaft geschwollenen Gelenken. Sie hatte immer so schöne, schlanke, seidig weiche Hände gehabt. Verstohlen schaut er sie an und sieht die welke Haut an ihrem Hals und der Brust, die Kuhlen an ihrer Kehle, die tiefen Falten in ihrem Gesicht; und ihre Augen sind trübe – die Augen einer alten Frau, deren Zeit fast abgelaufen ist. Er hatte geglaubt, er hätte Zeit; Zeit, seine Allianzen zu schmieden, Zeit, sich den Weg in die nächste Regierung zu ebnen. Nein, er hat sie nicht. Rasch zieht sie ihre Hand zurück, ehe er sie ergreifen kann.

Langsam gehen sie ins Privatgemach, wobei die Königin sich schwer auf Knollys stützt; und kaum angekommen, sinkt sie in einen Sessel und bittet um ein Kissen für ihren Rücken, das Cecil sofort herbeibringt. Die beiden Männer stehen und warten auf die Aufforderung, sich hinzusetzen, aber sie kommt nicht.

»Also?«, fragt sie.

Cecil schluckt. »Ich fürchte, der Graf hat schlechte Ratgeber um sich geschart.«

»Genau das sagt seine Schwester über mich. Es gebe Männer in meiner Umgebung, die ...« Sie unterbricht sich und hat Cecil fest im Blick. Sein Magen hebt sich. »Ach, vergessen wir das.«

»Eine große Anzahl ...«, Knollys scheint nach dem richtigen Wort zu suchen, »... unzufriedener Männer hat sich im Essex-Haus eingefunden. Und ich befürchte, sie wollen den Grafen in eine Art Rebellion hetzen.«

»Vielleicht haben sie alle zu viel Theater gesehen«, sagt die Königin mit gehobenen Augenbrauen. »Glaubt Ihr nicht auch, Zwerg?«

Als er seinen Spitznamen hört, fällt die Anspannung augenblicklich von ihm ab. Er kann sich nur vorstellen, dass dieses Gefühl ähnlich ist wie bei der Freilassung nach einer Stunde auf dem Streckbett. Sie lacht schallend über ihren Witz. Cecil lacht mit. »Ja, zu viel Theater.«

Knollys lacht nicht; er ist angespannt wie eine Bogensehne, sicher macht er sich Sorgen um seinen fehlgeleiteten Neffen. »Wenn … wenn ich … einen … einen Vorschlag machen dürfte, Euer Majestät.«

Die Königin schaut ihn mit bebenden Schultern an und wischt sich mit der Hand über die Augen, wobei sie sie dick mit der weißen Schminke beschmiert, die rasch auf ihrem dunklen Kleid landet. »Ihr habt recht. Es ist nicht zum Lachen. Wie viele sind es?«

»Gut zweihundert Mann.«

»Herrje«, sagt sie, und die Heiterkeit fällt auf der Stelle von ihr ab. Aber nicht Wut zeigt sich jetzt in ihrem Gesicht, wie Cecil erwartet hat, sondern Kummer. »Und wie lautet Eurer Vorschlag, Knollys?«

»Es könnte klug sein, den Grafen einzubestellen … erlaubt ihm, zu kommen und sich persönlich Euer Majestät zu erklären. Vielleicht könnten ich und ein, zwei andere zugegen sein und ihn zur Vernunft bringen.«

Sie wendet sich Cecil zu, um seine Meinung einzuholen. Er nickt. »Ich glaube, das ist die beste Vorgehensweise.« Es ist ihm so zur Gewohnheit geworden, vorzugeben, sich für den Grafen einzusetzen – aber nur zum Zwecke seiner eigenen Reputation –, dass ihn die Heftigkeit des aufrichtigen Gefühls überrascht, das ihn bei dem Gedanken ereilt, Essex eine Chance zu geben. Es wäre sein Recht gewesen, sich dem Vorschlag zu widersetzen; schließlich können die Horden, die sich im Essex-Haus eingefunden haben, eine ernsthafte Gefahr für die Sicherheit der Königin und Englands darstellen. Er muss immerzu auf den weißen Fleck am Kleid der Königin starren und würde ihn am liebsten mit einem feuchten Tuch abreiben. Das ist seine Chance, seinen großen Widersacher zu erledigen, und er nutzt sie nicht. »Es könnte die Lage entschärfen.« Er denkt nun an das hohe Alter der Königin und an seine eigene ungewisse Zukunft.

Er hegt schon lange den Verdacht, dass seit Jahren freundschaftliche Briefe zwischen Schottland und dem Essex-Haus hin und her gehen. Doch trotz größter Anstrengungen ist es ihm nie gelungen, einen abzufangen. Alle anderen Möglichkeiten – die Infantin, die Stuart-Tochter, Lord Beauchamp oder sein Bruder – sind problembeladen. König James hat nun alle Trümpfe in der Hand: Er ist der engste Blutsverwandte, er hat zwei Söhne und eine fruchtbare Frau, und – am wichtigsten – er ist männlich; England ist es leid, eine Frau an der Spitze zu haben; das geringfügige Problem, dass James nicht auf englischem Boden geboren ist, erscheint im Licht all seiner Vorteile als ein Punkt von rein theoretischem Interesse. Wenn James Essex begünstigt, dann muss er, Cecil, es auch tun, wenn er sich die Hoffnung auf ein Amt in der nächsten Regierung sichern will. »Ich bin der festen Überzeugung, Madam, dass der Graf Euch nicht schaden will.«

»Ich hoffe aufrichtig, dass Ihr recht habt.« Sie atmet tief durch. »Und Lady Rich? Ist *sie* auch da?«

»Ja, Madam«, erwidert Knollys. »Mit einigen Damen, ihrer Schwester, Lady Southampton und Lady Essex.«

Die Königin schlägt die Hände vors Gesicht, als wäre sie völlig entkräftet. »Penelope und ihr Bruder waren mir am nächsten … wie eigene Kinder.« Cecil ist erstaunt, sie so wehmütig zu sehen. Das ist ungewöhnlich. »Aber sie sind die Brut einer Wölfin, das darf man nie vergessen.« Das entspricht ihr schon eher, denkt Cecil.

»Ich weiß, dass die beiden Euch lieben«, sagt Knollys. »Nie würden Sie Euch etwas antun.«

»Ruft die Ratsherren zusammen«, sagt die Königin und legt sich ihre Amtsgewalt um wie einen Schal. »Wir werden sehen, was *sie* dazu meinen.«

Im Essex-Haus wimmelt es von Menschen. Penelopes einziger Rückzugsort vor den ungebärdigen Männern ist ihr Privatgemach; aber selbst in diesem kleinen Refugium, wo sie mit Dorothy und Lizzie Vernon zusammensitzt, spürt sie die Atmosphäre von drohender Gewalt, und Meinungsverschiedenheiten drängen bis zu ihr herein. Die Unterstützer ihres Bruders – die Soldaten, die sich im Hof aufhalten, die Männer, die in dem großen Saal umherstolzieren, die nahen Freunde, die in seinem Privatgemach hinter verschlossenen Türen hitzig diskutieren –, sie alle befinden sich in höchster Alarmbereitschaft, wie eine Armee am Vorabend einer Schlacht.

»Bei Gott, ich wünschte, er wäre gestern der Einbestellung der Königin gefolgt«, sagt Penelope. »Ich habe ein ganz schlechtes Gefühl.«

»Mein Gemahl hat gesagt, Essex habe nicht gewagt, in den Palast zu gehen.« Lizzie hat ihre übliche Überschwänglichkeit verloren. »Er habe wohl geglaubt, es sei eine List und er würde verhaftet.«

»Ja, richtig, er hatte Angst«, bestätigt Dorothy. »Das hat er mir eingestanden.« Sie sieht erschöpft aus, und zum ersten Mal entdeckt Penelope Spuren des Alters im Gesicht ihrer Schwester, eine gewisse Hagerkeit hinter ihrer augenfälligen Schönheit, und fragt sich, ob man auch ihr unterdessen das Alter ansieht.

»Ich habe versucht, ihn umzustimmen«, sagt Penelope. »Ich habe ihm den Brief von Onkel Knollys gezeigt, in dem er zusichert, die Königin werde ihm erlauben, für sich selbst zu sprechen. Selbst Cecil möchte dieses Problem gelöst wissen ...« Beinahe hätte sie »friedlich gelöst wissen« gesagt, kann aber die Anspielung auf eine andere Lösung nicht ertragen. »Zumindest hat es unser Onkel so geschrieben. Aber Essex ist von Misstrauen getrieben ...« Sie schaut in die dunklen Augen ihrer Schwester. »Ich fürchte, er ist nicht recht bei Sinnen. Es gibt Leute, die ihm Dinge einreden.«

»Welche Leute?«, fragt Lizzie.

»Welche Dinge?«, fragt Dorothy gleichzeitig.

»Schändliches.« Penelope wünschte, Blount wäre zugegen, nicht nur weil sie um seine Sicherheit bangt, sondern auch weil sie seinen Rat dringend braucht. Er würde wissen, was jetzt am besten zu tun sei. »Ich habe Gorges und Cuffe miteinander reden hören ...«

»Wer sind diese Männer?«, unterbricht sie Dorothy. »Dauernd lungern sie bei Robin herum. Sogar Meyrick scheint ihnen hörig.« Sie schnaubt wütend. »Worüber haben sie gesprochen?«

»Darüber, dass Essex' Thronanspruch größer sei als der der Infantin.« Penelope hatte nicht die Absicht, dieses Thema preiszugeben, weil sie fürchtete, es noch anzuheizen, aber es nagt bereits seit Stunden an ihr.

Ihre Schwester schnappt nach Luft und schlägt die Hände vor den Mund.

»Du meinst, sie wollen euren Bruder auf dem englischen Thron sehen?« Lizzies Stimme klingt schrill vor Entsetzen. »Aber das ist *Hochverrat*.«

»Ach, Lizzie.« Penelope stützt die Stirn in die Hand. Sie ist voller Verzweiflung. »Das Ganze ist Verrat, wenn man es so aussehen lassen will; aber *der* hier wäre unbestreitbar.« Sie schaut zu ihrer Schwester, die mit ihrem flachen Atem und den zuckenden Augen wie eine Ertrinkende aussieht. »Ein Griff nach dem Thron ist doch etwas völlig anderes als der Wunsch, die üblen Einflüsse im Kronrat der Königin beseitigen zu wollen und darauf zu beharren, dass ein Thronfolger benannt wird.« Ihr ist bewusst, dass sie klingt, als läse sie von einem Blatt ab. »Wir haben nie etwas anderes gewollt als die Sicherheit der Königin und Englands.« Sie weiß, dass sie nicht ganz aufrichtig ist, denn was sie vor allem wollen, ist die Sicherheit der Devereux'.

»Aber wenn diese Menschen hier erfahren ...«, Lizzie weist hinaus auf den bevölkerten Hof, »... dass die engsten Vertrauten des Grafen derlei besprechen, dann wird es ...« Jegliche Farbe ist aus ihrem Gesicht gewichen. Lizzies kleiner Hund, der offenbar die Stimmung spürt, beginnt zu jaulen und kratzt an ihren Röcken.

»Es wird sie anstacheln, und dann beginnt etwas, das sich nicht aufhalten lässt«, sagt Dorothy, deren Hände leicht zittern.

»Vielleicht ist es sogar schon zu spät.« Penelope schließt die Augen und denkt an Blount; sie schickt ihm eine stille Liebesbotschaft. Bei seiner Abreise hat sie um *sein* Leben gefürchtet; und nun ist sie sich nicht so sicher, ob nicht ihres am seidenen Fädchen hängt, ehe die Woche zu Ende ist. »Aber dennoch werde ich versuchen, mit ihnen zu reden« – sie denkt an Gorges mit seinen eng beieinanderstehenden Augen, an Cuffe mit dem sanften Gesicht und an Meyrick, der an deren Lippen hängt wie ein liebeskrankes Mädchen. »Ich werde ihnen klarmachen, in welch große Gefahr sie Essex mit ihrem aufrührerischen Gerede bringen.« Sie wollte, sie hätte sie gleich zur Rede gestellt und ihnen Vernunft beigebracht. »Es ist unwahrscheinlich, dass nur die beiden so denken. Aber ich kann nicht hier sitzen und nichts tun.«

»Cuffe und Gorges sind nicht hier«, sagt Dorothy.

»Wo sind sie?«

»Ich weiß es nicht. Sie haben irgendetwas von einem Schriftsteller erzählt, den sie mit Meyrick und einigen anderen treffen wollen. Sie möchten, dass er heute Abend ein Stück aufführt. Alles ganz harmlos.«

»Wer ist dieser Schriftsteller?«, fragt Penelope. Ihr stellen sich die Nackenhaare auf.

»Ich glaube nicht, dass sie seinen Namen erwähnt haben.«

Grauen überkommt sie. »Haben sie ein bestimmtes Stück genannt?«

»Ja, haben sie.« Dorothy überlegt. »Das Leben und Sterben von irgendeinem König.«

»Um Gottes willen, Dorothy, geht es nicht genauer?«, fragt Penelope und bedauert sogleich ihre Ungeduld, denn ihre Schwester sieht sie an, als hätte sie sie geschlagen.

»Du kennst mich. Ich kann mir so etwas nicht merken. Warum ist das so wichtig?«

»Könnte es Richard II. gewesen sein?« Penelope klingt nun milder.

»Ja, ich glaube, das war es. Wer war noch Richard II.? Ist er nicht vom Thron gestoßen worden?« Sie schaut zu Penelope. »Was ist? Stimmt was nicht?« In ihren Augen steht blanke Angst.

409

»Hört zu. Ich denke, Ihr solltet gehen … alle beide. Geht nach Hause zu euren Kindern. Ich sage deinem Gemahl Bescheid, Lizzie.«

»Was ist?« Diesmal stellt Lizzie ihr die Frage. »Du machst mir Angst. Worum geht es in dem Stück, dass es dich so sehr aus der Fassung bringt?«

»Es handelt von einem schwachen König ohne Erben, der von einem starken, vom Volk geliebten Thronanwärter gestürzt wird.«

»Oh!« Penelope sieht, dass ihre Cousine und ihre Schwester jetzt begreifen. Dorothy nimmt Lizzies Hand und drückt sie so fest, dass die Sehnen an ihrem Handgelenk hervortreten.

»Seid unbesorgt. Ich denke nur, es wäre …«, beinahe hätte Penelope »sicherer« gesagt, »… es wäre besser, wenn ihr zu Hause seid.«

»Aber solltest nicht auch *du* nach Hause gehen?«, fragt Dorothy.

Penelope denkt an ihre Kinder in der Grafschaft Essex. Auch Rich ist dort. Plötzlich versteht sie, dass Rich gestern nicht wegen eines Streits um ein Pachtverhältnis abgereist ist, wie er es behauptet hat; er ist die Ratte, die das sinkende Schiff verlässt. Er hat nicht einmal versucht, sie zu überzeugen, sie solle mit ihm gehen. Sie fragt sich, warum sie das bestürzt.

»Ich kann Robin nicht allein lassen. Er braucht mich in dieser Stunde, und wenn ich den Schaden begrenzen kann …«

»Aber auch *ich* bin seine Schwester …«, beharrt Dorothy.

»Überlass das mir, Dot. Geh du zu Mutter. Sie wird außer sich sein.«

Dorothy schnaubt. »Wenn du es so wünschst.«

Lizzies Gesicht verzieht sich, Tränen kullern ihr aus den Augen. Dorothy umarmt sie fest und wiegt sie sanft hin und her. Penelope betrachtet die beiden; ihr schwirrt der Kopf, als sie plant, was getan werden muss.

»Geht, ehe es zu spät ist«, sagt sie, als Lizzies Tränen versiegt sind.

»Was ist mit Frances?«, fragt Dorothy.

»Sie wird bestimmt bei Robin bleiben wollen.« Frances hat sie in letzter Zeit überrascht. Diese schüchterne Maus hat ihren Mut entdeckt. Sie muss an ihre Worte bei Sidneys Trauerfeier denken: *Euch hat er geliebt.* Das waren nicht die Worte einer zaghaften Frau; dieser Gleichmut ist ihr seit jeher eigen; vielleicht ist es das, was Sidney an ihr bewunderte. Penelope hat nie zuvor richtig darüber nachgedacht; sie hatte immer geglaubt, er habe Frances aus Loyalität zu ihrem Vater geheiratet. Ihre Eifersucht muss ihre Wahrnehmung getrübt haben.

Schweigend sammeln die beiden Frauen ihre Sachen zusammen. Lizzie nimmt ihr Hündchen auf den Arm, eilt zur Tür, dreht sich um und streckt die Hand nach Dorothy aus. Penelope wirft ihnen lächelnd eine Kusshand zu, sie will es ihnen leichtmachen. Dann steht sie eine Weile am Fenster und ist froh, dass die beiden fort sind, auch wenn sie sich wünscht, sie würde sich nicht so alleine fühlen; selbst Fides ist mit den Kindern auf dem Land. Sie sieht hinunter in den Hof, wo einer auf einer Kiste steht und zu den versammelten Männern spricht. Sie kann nicht hören, was er sagt, aber den geballten Fäusten, die sich in die Luft recken, nach zu urteilen, hält er eine mitreißende Rede. Sie sinniert wieder und wieder, was sie nur tun kann, um deren irregeleitete Begeisterung aufzuhalten.

Ohne sich die Mühe zu machen, ein Obergewand überzustreifen, verlässt sie rasch ihre Gemächer und sucht ihren Bruder; allerdings trifft sie lediglich Anthony Bacon in dessen Privatgemächern an. Er ist gelbsüchtig – seine Augen sind von lebhaftem Gelb –, und er scheint schreckliche Schmerzen zu haben, denn er stöhnt auf, wenn er sich bewegt.

»Es geht Euch nicht gut, Anthony«, sagt sie unnötigerweise.

»Meine Gesundheit ist das Letzte, worüber ich mir Sorgen mache.«

»Habt Ihr bereits Nachricht vom Grafen von Mar? Vielleicht können wir die Männer davon überzeugen, dass es sinnvoll ist, die Dinge bis zu Mars Eintreffen hinauszuschieben. Wenn er sich erst einmal bei der Königin zugunsten meines Bruders geäußert hat, sehen die Dinge vielleicht schon anders aus. Schließlich spricht Mar im Namen von König James.«

»Es heißt, er sei unterwegs, aber ich fürchte, er hat noch nicht die

Grenze überquert. Er reist sehr langsam. Es wird noch gut zehn Tage dauern …« Er schaut sie an, als hätte sie eine Lösung für diese Lage. »Ich fürchte, uns bleibt nicht viel Zeit.«

»Ja, diese Menschenmenge wird sich nicht mehr lange in Schach halten lassen.« Schaudernd bemerkt sie, dass ihr kalt ist ohne ihr Obergewand, und setzt sich auf einen Stuhl am Feuer. »Was wisst Ihr über dieses Theaterstück?«

»O Gott!«, seufzt er. »Die Pferde sind mit ihnen durchgegangen. Es war Cuffes Idee, der sich viele angeschlossen haben, Meyrick … auch dieser Gorges. Euer Bruder hat nichts unternommen, um sie davon abzuhalten. Er scheint in eine Art …« Wieder schaut Antony sie an und presst die Lippen zusammen, als hätte er kein Vertrauen in das, was ihnen entfleuchen könnte.

»… in eine Art Wahn verfallen zu sein«, ergänzt sie. »Ihr dürft es aussprechen, Anthony. Alle denken es.«

»Es *ist* wie eine Manie.«

»Ja … eine Manie. Er pendelt zwischen Manie und vollkommener Erstarrung hin und her. Weder in dem einen noch in dem anderen Zustand kann man mit ihm vernünftig reden.«

»Ich wollte, Blount wäre hier«, sagt er. »Essex hört auf Blount.«

»Mit diesem Wunsch steht Ihr nicht allein.« Sie kann ihre Niedergeschlagenheit nicht verhehlen; die Entfernung zu ihrem Geliebten erscheint ihr so groß, als wäre er bis zu den Sternen gereist. Sie versucht, an seine Metapher mit dem Kompass zu denken, aber das tröstet sie nicht. »Also … das Theaterstück?«

»Sie wollen der Schauspielertruppe vierzig Shilling bezahlen, damit sie es heute Abend aufführt. Ich habe versucht, sie davon abzubringen.«

»Vierzig Shilling, du meine Güte! Das sind die Einnahmen einer ganzen Woche.«

»Vermutlich ist der Handel unterdessen beschlossen, und es spricht sich bereits herum. Sie hoffen, weitere Anhänger für Euren Bruder zu mobilisieren. London soll in Bereitschaft stehen.«

Beide müssen nicht aussprechen, wozu es in Bereitschaft stehen soll. In all den Jahren, in denen Penelope diskret die Zukunft der Devereux' verhandelt hat, hat sie sich nie vorstellen können, dass es zu so etwas kommen könnte.

»Glaubt Ihr, dass Cecil ernsthaft versucht hat, die Infantin als Thronanwärterin zu favorisieren, wie es Knollys gehört haben will?«

»Es erscheint mir töricht, eine Katholikin auf den Thron heben zu wollen«, sagt er. »Aber Cecil wird darin wohl einen politischen Vorteil gesehen haben. Ja, es ist möglich.«

Von der Treppe schallen Rufe herein; Essex und Southampton stürmen ins Gemach. Beide schreiten mit gerötetem Gesicht und überaus aufgeregt durch den Raum. Essex geifert über Cecil und zieht immer wieder heftig an seiner erloschenen Pfeife. »Wir werden ihn und all die anderen absetzen, wenn es sein muss, mit Gewalt. Diesen Mann kümmert es offenbar überhaupt nicht, dass die Leute auf den Straßen verhungern. Er hält an seiner üblen Politik fest. Ich werde sie vor ihm retten.« Seine Augen verdrehen sich. »Alle wollen meinen Tod: Cecil, Ralegh ... alle anderen ...«

»Robin«, sagt Penelope. Sie steht auf und will den Arm um ihn legen.

Doch er schüttelt sie ab. »Du verstehst es nicht.« Spucketröpfchen landen in ihrem Gesicht. »Du hast niemals ein Schwert schwingen oder um dein Leben kämpfen müssen. Du meinst, du habest auf alles eine Antwort, aber du bist nur eine *Frau*.«

Sie beherrscht sich und verzichtet auf eine scharfe Entgegnung. In gemäßigtem Ton sagt sie zu ihm: »Es gibt friedvolle Mittel, um das zu erreichen, was du willst.«

»Jetzt klingst du wie *Cecil*.« Er schleudert die Pfeife durch das Gemach. »Selbst dieses blöde Ding verschafft mir keine Befriedigung.«

»Das ist töricht, Robin. Kannst du dich nicht zurückhalten, zumindest bis der Graf von Mar eintrifft?«

»Sie hat recht«, sagt Anthony.

»Es stimmt, sie hat nicht ganz unrecht«, sagt Southampton, woraufhin Essex ihn an den Schultern packt, die Zähne fletscht und seine Stirn an die von Southampton legt.

»Nicht auch du! Fürchtest du dich?«

Southampton schüttelt den Freund ab. »Nein, ich fürchte mich nicht! Ich stehe an deiner Seite, und ich falle mit dir. Aber deine Schwester ist überaus klug.«

»Ach, meine schlaue Schwester …« Wieder geifert er, seine Worte ergeben kaum einen Sinn. Southampton versucht, ihn zu beruhigen, bis er ihn schließlich mit dem Versprechen auf Tabak in sein Schlafgemach fortlockt. Ihr Bruder scheint in die Kindheit zurückgefallen zu sein und völlig die Kontrolle über sich verloren zu haben.

Nach einer Weile des Schweigens ändert Anthony ächzend seine Sitzposition. »Ich glaube, wir haben einen Punkt erreicht, wo wir so viel Unterstützung wie nur möglich von zuverlässigen Adligen brauchen.«

»Ich werde tun, was ich kann. Cecil hat genügend Feinde, um eine Armee aufzustellen.« Sie lacht sarkastisch auf. »Überlasst das mir.«

Februar 1601
Whitehall

»Es ist doch nur ein Theaterstück«, sagt eine Hofdame der Königin. »Kein Grund zur Sorge.«

Die Königin kratzt mit gestrecktem Finger unter ihrem Kopfschmuck. »Seht Ihr denn nicht, dass ich der zweite Richard bin?« Sie wendet sich zu Cecil. »Seid Ihr sicher, dass die Szene mit der Absetzung dringeblieben ist?«

»Absolut sicher, Madam«, erwidert er. Er wägt ab, wie er es ihr am besten sagt. Er weiß aus zuverlässiger Quelle, dass die Aufführung von einem aus dem Essex-Lager bezahlt wurde.

Der Königin kommt ein enttäuschtes »Ach!« über die Lippen, und sie reißt sich die Kopfbedeckung herunter – »Blödes Ding!« –, schleudert sie zu Boden und kratzt sich mit beiden Händen den Schädel. Nadeln fallen herab, das lauteste Geräusch im Gemach, und Perlen kullern über den Boden. Es herrscht absolute Erstarrung. Niemand weiß, wie er reagieren soll, bis eine der Damen in die Knie geht und die Perlen aufklaubt. Eine Zofe folgt ihrem Beispiel und hebt die Haube und die Nadeln auf, die sie sorgsam in ein Nadelkissen steckt. Beim Kopfschmuck zögert sie und wartet auf Anweisung. Die Königin schaut auf. Cecil hat noch nie ihr unbedecktes Haar gesehen, das zu seinem Erstaunen fast weiß ist; aber sie ist schließlich knapp siebzig. »Holt mir eine schlichte Haube. Ich habe diese Unbequemlichkeit satt«, sagt sie zu dem abwartenden Mädchen.

Als die Zofe das Gemach verlassen hat, winkt sie Cecil heran und flüstert: »Ich weiß nicht, was ich tun soll.« Er ist bestürzt, sie so ratlos zu sehen. »Wenn doch nur Euer Vater hier wäre.«

Er deutet es als eine Erniedrigung; die Schlussfolgerung daraus ist, dass er seiner Aufgabe nicht gewachsen ist. »Ja, mir fehlt er auch«, sagt er und ist selbst überrascht über seine Offenheit. Sie blickt ihn an in der Erwartung, dass sie ihr etwas vorschlägt.

»Schickt Knollys zu ihm. Er soll den Grafen in aller Freundlichkeit davon überzeugen, zu Euch zu kommen.« Er denkt an den schottischen König. Ohne den Grafen wird es ihm nicht gelingen, die Verbindung zu ihm aufzubauen.

»Essex ist zweimal meiner Aufforderung nicht gefolgt«, murmelt sie. »Meint Ihr, dass er wirklich so leidend ist, wie er sagt?«

»Ich glaube nicht, Madam. Ich glaube, er hat Angst.«

Diese Äußerung verwirrt sie offenbar; sie setzt sich mit einem seltsamen Gesichtsausdruck gerade auf. Vielleicht kann sie sich nicht vorstellen, dass ihr kriegerischer Graf Angst hat, und schon gar nicht vor ihr. Vielleicht sieht sie nicht, dass hier jeder Einzelne Angst vor ihr hat. Er versucht, sich in sie hineinzuversetzen. Wie muss es sein, wenn jeder um einen herum aus Angst wie auf rohen Eiern geht – und man selbst nichts davon ahnt. Das führt Cecil zu der Überlegung, wie unbeugsam Leute im Alter in ihrem Urteil über andere werden. Als habe sie eine feste Vorstellung von Essex im Kopf und könne alles, was von dieser abweicht, nicht erkennen.

»Kümmert Euch darum, Cecil. Schickt Knollys zu ihm, aber nicht allein. Essex soll zu mir gebracht werden, damit er sich persönlich verteidigen kann.«

Als er gerade gehen will, ruft sie ihn zurück. »Ihr bleibt bei mir, Zwerg.« Ganz leise fügt sie an: »Ich brauche Euch.«

Höchste Zufriedenheit breitet sich in ihm aus, und er spürt einen Augenblick lang, dass er der ist, für den die Leute ihn halten: der mächtigste Mann Englands. Doch das gute Gefühl wird sogleich getrübt durch die Erkenntnis, dass diese Worte der Königin, Worte, auf die er zwei Jahrzehnte gewartet hat, zu spät kommen: Alle schauen in die Zukunft, und sie ist die Vergangenheit.

Februar 1601
Essex-Haus, The Strand

Als der Morgen dämmert, hört Penelope in ihrem Bett die Männer unten im Hof schreien, ein rohes Brüllen, das ihr Grauen einflößt. Die Lage hat sich rasch zugespitzt, Essex und seine Männer wollen nicht darauf warten, dass der Graf von Mar aus Schottland eintrifft; dafür ist es viel zu spät. Sie war dabei, als am Vorabend die Abstimmung der Waffen und Truppen besprochen wurde. Der engste Kreis ihres Bruders saß am Tisch im großen Gemach, dank Penelopes behutsamer Überzeugungsarbeit hatten sich einige Adlige ihrem Lager angeschlossen. Sie waren aufgebracht, hitzig, und Penelope gelang es nicht, sie von ihrer Kriegshetzerei abzubringen. Niemand wollte ihre Argumente hören. Southampton hatte laut gelacht bei ihrem Vorschlag, Essex solle der Aufforderung der Königin, an den Hof zu kommen, Folge leisten; nur Anthony Bacon war mit ihr einer Meinung, obgleich er die meiste Zeit mit dem Kopf in die Hände gestützt dasaß.

»Das ist eine Falle, man wird ihn umbringen oder zumindest verhaften, wenn er sich dem Hof nähert«, hatte Southampton zu ihr gesagt und es so formuliert, als wäre sie ein Kind, dem man griechische Vokabeln erklären müsse.

Es hatte eine Auseinandersetzung gegeben, was als Erstes zu tun sei: zum Hof marschieren, Unterstützer in der Stadt mobilisieren oder den Tower mit seinem Waffenarsenal und der Münzpräge einnehmen. Southampton und Gorges hätten sich beinahe geprügelt. Essex sagte so gut wie nichts; er saß nur starr und mit leerem Gesichtsausdruck am Tischende, murmelte etwas von Vertrauen und sprang bei jedem kleinsten Geräusch auf. Sie schlug ihm leise vor, er solle sich zurückziehen.

»Damit man mich im Bett umbringt?«, entgegnete er ungestüm; da begriff sie – eher aufgrund seines wilden Gebarens als wegen seiner Worte –, dass er am äußersten Rand seiner geistigen Gesundheit angekommen war.

Sie hatte ihm zur Flucht geraten, weil sie dachte, der einzige Weg, diese Rebellion zu verhindern – denn zu diesem Monster hatte sich das, was sich so langsam herangeschlichen hatte, entwickelt –, sei, ihn außer Landes zu bringen. Man hatte sie niedergebrüllt. Sie hatten zu keiner Einigung gefunden, und die Stimmung wurde immer gereizter. Als ein weiterer Bote vom Palast mit der nächsten Aufforderung eintraf und man ihn mit der Ausrede fortschickte, die Gesundheit des Grafen lasse sein Kommen nicht zu, hatte sie sich erneut bemüht, ihrem Bruder begreiflich zu machen, wie vernünftig es sei, seine Sache persönlich im Palast zu vertreten.

»Sie wollen mich doch gar nicht anhören ... diese Schurken von Ratsherren. Sie wollen mich ein für alle Mal zum Schweigen bringen«, hatte er ihr entgegnet.

Als sie später im Bett lag, kam ihr der Gedanke, dass keine Aktion erfolgen würde, solange die Männer sich nicht über die Vorgehensweise einig seien. Das hatte sie nur ein wenig beruhigt. Sie hatte kaum geschlafen, weil sie Blount so schrecklich vermisste. Zum Trost hatte sie sich vorgestellt, sie wäre mit ihm und den Kindern in Wanstead; es wäre ein ganz normaler Tag ohne irgendwelche Besonderheiten; sie würden ausreiten, die früh geborenen Lämmer betrachten und die Krokusse zählen, die als Vorboten des Frühlings ihre Köpfe aus der Erde reckten. Nach ihrer Rückkehr würden sie Karten spielen und sich zum Musizieren zusammenfinden; sie sänge, und die Kinder begleiteten sie auf ihren Instrumenten. Dann würden sie zu Bett gehen, wo sie sich in den Armen ihres Geliebten verlöre – ein ganz gewöhnliches Leben.

Sie versuchte, sich ins Gedächtnis zu rufen, wie sie in Blounts Armen liegt, seinen Geruch – wie zwischen den Fingern zerriebener Salbei –, wie er sie berührt, wie sich seine Haut auf ihrer anfühlt; aber da es ihr nicht gelang, ihn heraufzubeschwören, fragte sie sich, ob er nicht vielleicht nur in ihrer Vorstellung existiere.

Sosehr sie sich auch bemühte, ihre Gedanken wollten nicht bei den glücklicheren Momenten verweilen, weil sie die lärmenden Männer unten im Hof hörte, die sprachen und Ränke schmiedeten, mit ihrem Bruder mittendrin. Sie zündete eine Kerze an und las noch einmal Blounts Briefe, obwohl sie sie alle auswendig kannte, um im Anblick seiner Handschrift Trost zu finden. Als der Schlaf endlich über sie kam, war er zu unruhig und zu leicht, um erholsam zu sein.

Am frühen Morgen versammeln sich alle wieder im großen Gemach, um die hitzigen Debatten fortzusetzen, ob nun durch List der Hof eingenommen oder Männer in London angeworben werden sollen – in der Stadt gebe es einen Mann namens Smyth, der tausend Mann für ihre Sache mobilisieren könne, so behauptet es zumindest Gorges. Gorges mit seinen verstörenden Augen scheint so viele von ihnen in seinen Bann geschlagen zu haben.

Aber was *ihr* Beweggrund sei, möchte Penelope sie am liebsten fragen, denn manche wollen lediglich die üblen Ratsherren der Königin loswerden, aber andere… Sie kann nicht einmal den Gedanken zu Ende denken. Gorges' Feuereifer für einen Kampf und seine auffallende Ungeduld geben Anlass zur größten Sorge.

Sie nimmt Meyrick beiseite. »Können wir Gorges voll und ganz vertrauen?«

»Darüber würde ich mir keine Gedanken machen. Er hat neben Eurem Bruder in Frankreich gekämpft… sehr unerschrocken zudem.«

»Ihr seid Euch seiner gewiss?«

Meyrick legt ihr beruhigend die Hand auf den Arm. »Absolut.« Da sie Meyricks jahrelange Treue zu den Devereux' kennt und seine unglaubliche Fähigkeit, Verleumdung aufzuspüren, legt sie ihr Misstrauen gegen Gorges ab. Still beobachten sie, wie Gorges und Southampton wieder in lauten Streit ausbrechen.

Southampton beschimpft den anderen, er sei ein feiger Hund. Er wirft seine Mähne zurück und fügt hinzu: »Wir marschieren zum Hof und nehmen ihn im Handstreich ein.«

»Dafür sind wir zu wenige. Ganze tausend Mann warten auf uns in der Stadt. Wenn Ihr diese Möglichkeit ungenutzt lasst, seid Ihr törichter, als ich dachte.« Southampton greift nach seinem Schwert, woraufhin Gorges die Brust bläht und einen Schritt nach vorne macht, sodass er unmittelbar vor seinem Gegner steht. Penelope bemerkt zum ersten Mal, dass Gorges' Wams an den Ellbogen fadenscheinig ist, ganz im Gegensatz zu Southamptons prächtigem Damast. Meyrick will Gorges wegzerren, aber Southampton geht ihm an die Gurgel, wobei das abgetragene Wams am Kragen reißt.

»Nennt mich einen Toren, Ihr Schurke!«, stößt Southampton hervor. »Ihr glaubt, eine Truppe von tausend Mann aus dem Nichts hervorzuzaubern ... Ihr *Null*, Ihr ...!«

Essex rührt sich nicht, er beobachtet sie nur wie versteinert.

Penelope verlässt das Gemach und geht zur Treppe, während sie sich das Hirn zermartert, an wen sie sich wenden könne: an ihre Mutter, vielleicht hört Essex auf sie. Sie verwirft den Gedanken sofort, weil ihr klar ist, dass Lettice seit Jahren auf einen Moment wie diesen gewartet und ihre Kinder entsprechend erzogen hat. Lettice wird in dem einen oder anderen Sinne persönlich Rache nehmen, wenn Essex seinen Staatsstreich durchführt. Noch nie hat sie schlecht von ihrer Mutter gedacht und hofft, es liege am mangelnden Schlaf und an der beständigen Sorge und nicht an einem verfinsterten Herzen, das ihren Verstand mit Treulosigkeit infiziert hat.

Sie sucht nach Frances und findet sie in ihrer Kammer im Gebet; still steht sie im Türrahmen und schaut sie an. Frances' Augen sind geschlossen, ihre Lippen bewegen sich, und ihr Kopf pendelt sacht von einer Seite zur anderen, als wäre sie in Trance. Neid erfasst sie auf Frances' inständiges Beten. Ihr eigener Glaube ist fadenscheinig geworden, wie Gorges' Wams. Sie weiß nicht, wie sie zu Gott sprechen soll, abgesehen von den Dankesformeln für die Gesundheit ihrer Kinder. Auch ihre Dankbarkeit ist fadenscheinig.

Frances schlägt die Augen auf und erhebt sich, um sich ihrer Schwägerin zuzuwenden. »Hat er mit dir gesprochen? Ich bekomme kein vernünftiges Wort aus ihm heraus.«

Penelope weiß nicht, was sie entgegnen soll; sie schüttelt nur den Kopf und zuckt mit den Schultern.

»Ich weiß«, sagt Frances. »Irgendetwas hat ihn in der Gewalt.«

»Hast du nicht vor, uns zu verlassen und zu deiner Mutter und den Kindern nach Barn Elms zu reisen? Du könntest die Barke nehmen.«

Penelope tritt ans Fenster, wo sie einen guten Ausblick auf The Strand hat. London scheint seiner normalen Geschäftigkeit nachzugehen: Zwei Frauen mit hohen Hüten ziehen einen Handkarren, ein Knabe schießt unermüdlich einen Ball gegen eine Mauer, Kirchenglocken läuten zur Frühmesse. Der Himmel ist von klarem, hellem Blau – ein Tag, viel zu strahlend und schön für eine Rebellion.

»Ich bleibe hier«, erwidert Frances. »Er weiß es nicht, aber er braucht mich… er braucht uns… dich und mich.« Penelope erkennt Frances' tiefen Stoizismus und dass ihre ängstliche Wesensart nur eine Hülle für ihre beständige, starke, fest verwurzelte Treue ist.

»Du liebst ihn wirklich, nicht wahr?«

Sie nickt lächelnd.

»Bist du auf den Tod vorbereitet?« Penelope weiß nicht, warum sie das fragt, aber nun, da es ausgesprochen ist, spürt sie, dass etwas Dunkles im Raum schwebt. Jede nur mögliche Konsequenz aus diesem Tag, die ihr durch den Kopf geht, ist peinigend.

»Ja, das bin ich.« Frances hebt den Blick zum Himmel, als erflehe sie Gottes Beistand.

Penelopes Aufmerksamkeit richtet sich nun auf einige Reiter und eine Kutsche, die von Whitehall The Strand entlangkommen. Sie beobachtet, dass sie unten vor den Toren haltmachen. Ein Page in der Livree des Palasts springt von seinem Pferd, und einen Augenblick glaubt Penelope, es sei die Königin, die Essex besuchen wolle; doch sogleich wird ihr die Torheit dieses Gedankens bewusst. Die Königin würde einen in Ungnade gefallenen Grafen nicht besuchen, obgleich sie es einmal tat, wie Penelope sich erinnert. Sie kam damals, als Essex krank war, mit Arzneimitteln, die sie ihm selbst verabreichte. Das war zu der Zeit, als Essex nichts verkehrt machen konnte und ihre Ungnade nur hauchdünn war.

Frances, die zu Penelope ans Fenster getreten ist, sagt: »Ist das nicht dein Onkel?«

Penelope beugt sich vor, sodass sie den kalten Luftzug von der Scheibe in ihrem Gesicht spürt. Onkel Knollys wird aus der Kutsche geholfen, gefolgt von drei anderen: dem Lordsiegelbewahrer, dem Lordoberrichter und Worcester, der ein Freund der Familie ist. Beim Anblick dieser gedeihlichen Abordnung hebt sich Penelopes Stimmung ein bisschen.

Es handelt sich hier sicher nicht um eine Verhaftung – sie werden von Dienern begleitet, nicht von Wächtern. Die beiden Frauen lächeln sich hoffnungsfroh an und beobachten die Männer, als sie auf das Tor zugehen. Das Haupttor ist verbarrikadiert, und innen stehen mehrere Männer mit Musketen davor. Sie rufen, dass niemand ohne die Erlaubnis des Grafen eingelassen werde – Penelope hört es ganz deutlich oben am Fenster –, und da Knollys das Haus gut kennt, führt er die kleine Delegation zum Osteingang. Penelope und Frances eilen ins Nachbargemach, um einen Blick auf das Gittertor an der Seite zu haben.

Dort befindet sich keine Barrikade, lediglich ein Hauptmann ihres Bruders, der eine Gruppe von Männern drillt, von denen offensichtlich keiner bewaffnet ist. Mit einem Hauch Hoffnung öffnet Penelope das Fenster und ruft hinunter: »Lasst sie hinein. Es sind Freunde ... Familie.« Der Hauptmann gewährt der Abordnung Zutritt, aber nicht den Dienern, mit Ausnahme von einem einzigen Pagen; er wirft das Tor ins Schloss, die Diener bleiben mit den Pferden draußen. Essex' Lurcherhündin springt herbei und begrüßt Knollys überschwänglich. Schon kommen einige von Essex' Männern und scharen sich als feindliche Traube um die Delegierten, immer mehr gesellen sich hinzu. Sie fangen an zu johlen und zu grölen. Penelope reißt wieder das Fenster auf, um zu hören, was ihr Onkel sagt, doch sie versteht nichts bei diesem Geschrei.

Als die kleine Abordnung auf die Seitentür zugeht, eilen die beiden Frauen zum Treppenabsatz. Sie sehen, dass die Herren zum großen Gemach geführt und angekündigt werden. Sekunden später erscheinen Essex und Southampton mit einigen anderen und führen die Besucher hinauf ins erste Stockwerk und durch die Galerie.

»Ins Arbeitsgemach?«, fragt Frances.

»Ja, vermutlich«, entgegnet Penelope. Hoffnung macht sich in ihr breit. »Ich gehe hinunter.« Sie nimmt zwei Stufen auf einmal und biegt in die Galerie, wo das strahlende Tageslicht helle Rechtecke auf den Boden wirft. Als sie sich dem Arbeitszimmer nähert, überrascht sie eine plötzliche Erinnerung; vor Jahren war sie genau diesen Weg im Dunkeln gegangen, damals in jener Nacht, als Sidney sie im selben Gemach erwartete – es diente damals als Musikzimmer, und das Haus gehörte Leicester. Wenn sie in jener Nacht zu ihm gegangen wäre – wäre ihr Leben anders verlaufen, hätte es eine andere Wendung genommen?, fragt sie sich.

Ihr Bruder und Southampton erscheinen an der Türschwelle, nehmen sie kaum wahr. Meyrick und ein weiterer Mann, beide mit Musketen, die sie so zwanglos über der Schulter tragen, als wären es Taschen, folgen ihnen hinaus; kräftig ziehen sie die Tür zu. Sie stellen sich zu beiden Seiten der Tür auf; Meyrick nimmt seine Waffe nun in beide Hände. Southampton dreht den Schlüssel im Schloss und reicht ihn Essex, der ihn Meyrick aushändigt. Sie will Meyrick in die Augen sehen, doch er weicht ihrem Blick aus. Ihre Hoffnung zerplatzt wie eine Seifenblase. Das ist nicht richtig. Sie hört ihren Onkel innen rufen: »Um Gottes willen, Essex, tut nicht etwas, das Ihr bedauern werdet!«

Sie dreht sich zu ihrem Bruder, der festen Schrittes auf sie zukommt. »Was hast du getan?«

Wieder dringt Knollys verzweifelte Stimme durch die Tür. »So werde ich Euch nicht helfen können.«

Auch Essex kann ihr nicht in die Augen sehen und will an ihr vorbeigehen, als sie ihn am Ärmel packt und gegen die Wand drückt – ihre Stärke überrascht sie. »Ich hoffe, du weißt, was du da tust.«

»Sie glauben, ich folge ihnen wie ein Hündchen zum Palast …«, wie mit einem Dolch deutet er mit dem Zeigefinger auf die verschlossene Tür, »… wo Cecil und seine Kumpanen und dieser Unhold von Ralegh nur darauf warten, mich zu töten. Nicht fünf Minuten würde ich da überleben.« Er ist aufs Äußerste angespannt, er zittert unter Penelopes Händen, und seine Augen verdrehen sich, sodass er wie ein Wahnsinniger aussieht.

»Da drin ist Onkel Knollys. *Er* würde darüber wachen, dass dir nichts angetan wird. Und auch Worcester, er ist ein Freund. Sie versuchen, dir zu helfen …«

»Du scheinst zu vergessen …«, sein Gesicht ist ganz nah vor ihrem, doch noch immer sieht er ihr nicht in die Augen, »… dass der Lordsiegelbewahrer da drinnen all diese Monate im York-Haus mein Kerkermeister war, und was Popham angeht …«

Penelope gesteht sich ein, dass der Lordoberrichter nie ein Freund der Devereux' war.

Mit fragendem Gesicht wendet sie sich an Southampton, der neben ihnen steht; doch er zuckt nur leise mit den Schultern. »Ich folge dem Beispiel des Grafen.«

»Wäret Ihr sein wahrer Freund, würdet Ihr verstehen, dass er nicht …« Sie spricht nicht weiter, denn die beiden hören ihr ohnehin nicht zu. Sie sagt nur noch zu ihrem Bruder: »Es ist zu weit gegangen. Du kannst nicht mehr umkehren. Mein einziger Rat an dich ist nun, nimm deinen Mut zusammen und bring es auf anständige Weise hinter dich.« Sie erkennt sich kaum wieder.

Er schiebt sie beiseite und pfeift schrill auf zwei Fingern. Seine andere Hand liegt am Knauf seines Schwerts. Eilige Schritte auf der Treppe sind zu hören, und ein Page erscheint.

»Hol unsere Brustharnische«, ruft Essex ihm zu. »Und meinen

zweischneidigen Dolch, den scharfen, und die kurze Muskete, du weißt schon, welche. Und nimm dir selber auch eine Waffe.« Seine Stimme klingt sanft und ruhig, als würde er Fleisch für ein Bankett bestellen. Der Knabe wird bleich. Vielleicht sieht er sich schon in offener Schlacht mit erwachsenen Männern.

Essex streicht über das Heft seines Schwerts, als wäre es die Hand einer Frau. »Nicht dieses da«, ruft Penelope. »Lass Sidneys Schwert da raus.«

Essex lacht auf – er wirkt nun vollkommen selbstgewiss und überhaupt nicht verrückt. »Ihr Frauen könnt so schrecklich sentimental sein.« Er schnallt den Schwertgürtel ab und reicht ihr das Ganze – den Gürtel, das Schwert und die Scheide. Es wiegt weniger schwer, als sie es erwartet hat, nicht wie dieses Breitschwert, das sie damals im Theater schwingen wollte. Nein, diese Waffe ist schlank und geschmeidig und von großer Schönheit. »Wir nehmen alle Männer mit … wie viele haben wir … zwei-, dreihundert?«

Southampton nickt. »Die Waliser Truppe ist noch nicht hier. Sollen wir nicht abwarten, bis sie eintrifft?«

»Dafür bleibt uns keine Zeit. Sagt den Männern, sie sollen sich augenblicklich für unseren Marsch nach London bereit machen. Dort werden wir auf die von Gorges versprochenen tausend Mann treffen und auf andere, die sich uns anschließen wollen.«

»Endlich triffst du eine Entscheidung«, sagt Penelope, weil sie den Mund nicht halten kann. »Wie traurig, dass es die falsche ist. Hättest du nur einen Funken Verstand, würdest du zum Hof gehen, wenn der Rat tagt. Du könntest sie überrumpeln, ehe sie vorbereitet sind – Cecil, Grey, Cobham, Ralegh –, alle auf einen Schlag.« Nach Unterstützung heischend sieht sie zu Southampton; doch er wendet den Kopf ab.

Essex wirft ihr einen vernichtenden Blick zu. »Was weißt du schon von solchen Dingen?«

Sie bleibt in der langen Galerie mit dem Schwert in der Hand zurück; ohne Nachzudenken schnallt sie es sich um die Taille und fühlt sich wie Athene oder wie eine andere kriegerische Königin aus dem

Mythos. Als ihre Finger über das Heft streichen, ertastet sie die erhabenen Initialen PS; dann zieht sie das Schwert und freut sich am metallischen Sirren, als sie es gegen einen eingebildeten Gegner schwingt und in Kreisen durch die Luft zieht. Es wispert ihr eine Warnung zu.

Februar 1601
Whitehall

»Die Abordnung wird im Essex-Haus festgehalten«, liest Cecil die Nachricht vor, die ihm gerade von einem seiner Männer übergeben wurde.

»Unter Bewachung?«, fragt die Königin. »Sind sie als Geiseln genommen?«

»Ich glaube, ja. Essex führt seine Männer in die Stadt, um Truppen auszuheben.« Cecil hat Angst – er verspürt einen stechenden Schmerz im Bauch, als hätte er eine Glasscherbe verschluckt, die ihm den Magen aufschlitzt. Er versucht, alle Gedanken an Essex und seine Männer zu verbannen – wie sie ihn durch die Gänge des Palasts jagen, in eine Ecke drängen und brutal verprügeln. Er spürt ihre Stiefel an seinem Kopf; er spürt den rauen Boden unten sich, als sie ihn an den Füßen wegzerren; und er hört seine Knochen krachen, als man ihn in ein Boot wirft, um ihn flussabwärts in den Tower zu bringen.

Wildes Stimmengewirr wird laut, als die Ratsmitglieder sich alle gleichzeitig Gehör verschaffen wollen und einander übertönen, bis die Königin mit dem Wirtschaftsbuch des Sekretärs fest auf den Tisch schlägt. Alle drehen sich zu ihr. Nichts von dem, was sie innerlich in Aufruhr versetzen muss, dringt an ihre Oberfläche.

Sie deutet auf Cobham. »Ihr zuerst. Was wisst Ihr?«

»Ich habe die Nachricht erhalten, dem Grafen stünden in der Stadt tausend Mann zur Verfügung.«

»Ich bezweifle, dass er eine so hohe Anzahl um sich versammeln kann«, sagt Ralegh, der nicht beunruhigt wirkt und sich mit einem Zahnstocher die Fingernägel reinigt.

»Er ist beim Volk beliebter als …«, setzt Cobham an.

»Beliebter als Wir?«, unterbricht ihn die Königin schneidend. »Wolltet Ihr das gerade sagen?« Die Angst um ihr Leben scheint sie weniger zu bedrücken als die Schmach, nicht so beliebt zu sein wie der Graf.

Cobham murmelt mit hochrotem Gesicht, selbstverständlich werde niemand mehr geliebt als sie.

»Dennoch müssen wir für die Sicherheit Euer Majestät sorgen«, sagt Cecil. Er bekommt diese tausend Mann nicht aus dem Kopf. Vielleicht marschieren sie bereits blutrünstig und mit gezückten Waffen zum Palast. »Whitehall ist keine Festung.« Die Königin schaut ihn an, als wäre er ein Idiot, dass er so etwas Banales äußert. Er setzt sich auf seine Hände, damit sie aufhören zu zittern.

Der Großadmiral macht den Vorschlag, die Königin solle unter dem Geleit von Wachen per Boot in das sichere Schloss Windsor gebracht werden. »In so kurzer Zeit schaffen wir es einfach nicht, ebenso viele Männer auszuheben wie der Graf.«

Ein anderer hält Hampton Court für besser, »denn sie werden nicht auf die Idee kommen, dort nach der Königin zu suchen«. Es erhebt sich ein allgemeines Gezänk, an welchem Ort sie am besten geschützt sei. Cecil kann sich gerade noch davon abhalten, den Vorschlag zu unterbreiten, dass er sie begleite; er hofft, dass sie ihn ohnehin an ihrer Seite haben will.

»Genug!«, ruft die Königin. »Wir werden uns weder nach Windsor noch sonst wohin begeben. Wir bleiben hier, wo Wir hingehören. Wir haben schon Schlimmeres erlebt.«

Es herrscht ein Moment Stille. Cecil fragt sich, ob wohl alle dasselbe denken wie er, nämlich, dass sie nichts Schlimmeres als dieses hier je erlebt habe. Es hatte Mordversuche gegeben, manche waren sehr knapp ausgegangen, aber eine umstürzlerische Armee, die gegen sie marschiert, gab es noch nie. Er bemüht sich nach Kräften, nicht an sich selbst zu denken und Bruchstücke seines Muts zusammenzureißen, um sich dem zu stellen, was da auch immer auf dem Weg sein mag.

»Schickt Cumberland mit einem Trupp aus, mit den härtesten Männern, die Wir haben«, sagt sie direkt zu Ralegh. »Nehmt den Grafen innerhalb der Stadtmauern gefangen. Und sendet jemanden nach London, der den Männern verspricht, dass denen, die sich ergeben, verziehen werde.« Sie sinkt auf ihrem Stuhl zusammen. »Stellt sicher, dass die Palastwache in höchste Gefechtsbereitschaft versetzt wird.« Gelassen schaut sie in die Runde der versammelten Ratsherren. »Wir werden in einer Stunde wieder zusammentreten.«

Ralegh ist der Erste, der aufspringt und seinem Verwalter, der draußen in der Galerie wartet, Befehle zuruft. Die anderen folgen seinem Beispiel, hetzen umher, suchen nach ihren Pagen und wollen ihre Waffen und ihre Rüstung gebracht bekommen. Cecil ertappt sich beim stillen Gebet.

»Karten, Zwerg?«, fragt die Königin. Er muss sie mit offenem Mund anstarren, denn sie setzt hinzu: »Fangt Ihr Fliegen?«

»Karten?«

»Ja. Ich dachte, Euch um Eure Geldbörse zu erleichtern, die ich da in Eurem Wams sehe. Das könnte eine passende Zerstreuung sein vor …« Cecil vermutet, sie suche nach dem angemessenen Wort. Dann sagt sie: »… vor dem Sturm.« Sie winkt einen Pagen herbei, er solle ein Kartendeck bringen.

Cecil rügt sich insgeheim für seine fehlende Begeisterung, denn angesichts der großen Gefahr unterscheidet sich seine Verfassung erheblich von der scheinbaren Nonchalance der Königin. Sosehr er sich auch bemüht, die dunklen Gedanken beiseitezuschieben, spielt sein eigensinniger Kopf doch alle möglichen unheilvollen Folgen dieser Lage durch; und die alte Angst wegen seines Briefs an den spanischen Gesandten meldet sich zurück. Wenn die Königin davon wüsste, so überlegt er, wäre ich jetzt nicht an ihrer Seite und ich würde sie nicht meinen Münzbeutel gewinnen lassen.

»Gott hat mich gegen alle Widrigkeiten auf diesen Thron gesetzt und wird dafür sorgen, dass ich ihn behalte, wenn es denn sein Wunsch ist.« Sie dreht die Augen zur Decke. Dann schnippt sie mit den Fingern, bittet den Pagen um Zuckerwerk und wendet sich wieder ihren Karten zu, als verdiente allein das Spiel ihre Aufmerksamkeit.

Der Page bringt einen Teller mit Süßigkeiten; die Königin steckt sich eine in den Mund und leckt sich mit schnellender Zunge den Zucker von den Lippen. »Nehmt, Zwerg. Sie sind köstlich.« Sie schiebt ihm den Teller zu. Aus purer Höflichkeit bedient er sich. Das Zuckerzeug klebt an seinem Gaumen, und die extreme Süße verschlimmert sein Zahnweh, das ihn schon eine ganze Weile quält.

Er legt seine Karten ab: eine Sammlung von nicht zueinanderpassenden Dreiern und Vierern. Sie hingegen enthüllt eine Folge von Herzen – die Zehn, den Buben, die Dame, den König. »Ich hoffe, Ihr lasst mich nicht gewinnen. Das würde mir missfallen.«

Er schüttelt den Kopf und murmelt etwas, denn sein Mund ist zu voll mit dem klebrigen Konfekt, um gesittet zu sprechen. Sie greift nach der Herzdame und hält sie Cecil vors Gesicht. »Wo ist Lady Rich? Befindet sie sich noch im Essex-Haus?«

»Ich glaube, ja, Madam.«

Sie zuckt fast unmerklich zusammen, als hätte sie eine Wespe gestochen; sie will ihren Schmerz nicht zeigen.

Februar 1601
Essex-Haus, The Strand

Penelope hört noch den Widerhall der Rufe ihres Bruders, als er über The Strand der Stadt entgegenmarschierte. »Zur Königin! Zur Königin! Eine Verschwörung trachtet mir nach dem Leben!« Als Antwort darauf erklang nur mattes Gejohle, nicht zu vergleichen mit dem großen Jubel seiner Anhänger, den Penelope in der Vergangenheit gehört hatte; und sie horchte auf die *Ess-ex-Ess-ex*-Rufe, aber sie blieben aus. Sie schickt ein stilles Dankgebet gen Himmel für Gorges' tausend Mann. In ihrem Kopf stellt sich diese Menge unterdessen wie ein biblisches Wunder dar – eine Horde aus dem Nichts. Sie hofft, Gott steht ihnen bei, und wünscht, sie könnte sich dessen sicher sein.

Da Penelope nichts mit sich anzufangen weiß, geht sie in die Kapelle, wo sie Frances im Gebetsstuhl vorfindet. Sie schaut auf, als Penelope eintritt; ihre Blicke treffen sich, und wie Trauernde bei einer Beerdigung nicken sie sich ernst zu. Penelope kniet sich neben ihre Schwägerin, faltet die Hände, schüttet ihr Herz aus und fleht zu Gott, er möge ihren Bruder retten und alle anderen auch. Sie bittet um ein Zeichen, aber vergebens; kein Lichtstrahl fällt durchs Fenster, kein Donnerschlag, nichts, nur einer der Wächter ihres Bruders, der zu ihnen schleicht, sich hinter sie stellt und sich räuspert, um ihre Aufmerksamkeit zu wecken.

Als sie sich umdreht, staunt sie über seine Jugend – wie alt mag er sein? Dreizehn, vierzehn vielleicht? Er trägt eine Muskete, die ihn klein erscheinen lässt; unweigerlich muss sie an ihre Söhne und an Klein Robert denken, die diesen Konflikt erben werden, und ist dankbar, dass sie in der Ferne sind. Aber wer wird *diesem* Knaben helfen, wenn es zum Ärgsten kommt? Sie spürt Tränen in sich aufsteigen für diesen Jungen, den sie niemals zuvor gesehen hat.

»Euer Onkel wünscht Euch zu sehen, my Lady.« Er errötet, als er spricht – vermutlich weil er es nicht gewohnt ist, mit hochgestellten Damen zu reden.

Die beiden Frauen erheben sich und gehen hinter dem Knaben hinaus. Sie hakt Frances unter. Ihr Körper ist starr. Die Schritte des Jungen hört man kaum auf den Holzdielen der langen Galerie – er trägt nicht einmal richtige Stiefel –, und ihre Pantoletten klackern im falschen Rhythmus dazu, während Frances wohl Schuhe mit harten Sohlen anhat, vielleicht um auf die Flucht vorbereitet zu sein, sie dröhnen wie eine kleine Trommel.

Meyrick steht vor der Tür des Arbeitsgemachs und scheint erleichtert, sie zu sehen. »Vielleicht könnt Ihr sie beruhigen, my Lady«, sagt er und schließt für einen Moment bedächtig die Augen mit den farblosen Wimpern – eine kleine Geste der Hoffnungslosigkeit. »Unterdessen sind sie in höchster Aufregung.«

»Warum ist mein Bruder noch nicht zurückgekehrt?«, fragt sie. »Es sind nun schon fast drei Stunden vergangen.«

»Ich habe keine Nachricht«, ist alles, was Meyrick sagt, ehe er die Tür aufschließt. Vermutlich hofft er, sie würde sie alle mit ihrem Verhandlungsgeschick aus dieser Situation herausreden; doch sie fürchtet, dafür seien die Männer zu weit gegangen. Sie schickt den Knaben in die Küchen. »Unser Koch soll nur vom Besten auftischen. Diese Herren sind ehrenwerte Gäste und sollen auch als solche behandelt werden.«

»Wie reizend«, sagt ihr Onkel, als sie das Gemach betreten hatte, als wäre es ein gesellschaftliches Zusammentreffen. Er breitet die Arme aus und macht lächelnd einen Schritt auf sie zu – was aber seine tiefe Sorgenfalte auf der Stirn nicht zum Verschwinden bringt. Er nimmt ihre Hände und küsst sie auf beide Wangen. Die anderen Herren begrüßt sie förmlich. Lordoberrichter Popham durchbohrt die beiden Frauen mit harten Blicken und rückt von ihnen ab, als könnten sie ihn mit Pocken anstecken. Sein Mund ist schmal, sein Gesicht lang, jede Fläche und jeder Winkel scharf.

»Ihr seid bewaffnet, my Lady«, sagt er und schielt auf ihre Taille mit einem Gesichtsausdruck, als stünde die Welt Kopf. Seine Stimme klingt schleimig, was gar nicht zu seinem kantigen Gesicht passen will.

»Ach, dies da!« Sie berührt das Schwert, das sie vollkommen vergessen hat. »Ich trage es, weil man es mir zur sicheren Aufbewahrung übergeben hat. Es ist nur eine zeremonielle Waffe ... völlig ungeeignet für den Kampf.« Der Ekel auf seinem Gesicht ist unübersehbar, und wäre es ein anderer Tag, hätte sie ihn vielleicht angelacht und ihm einen sanften Stups versetzt.

Sie hört unten im Hof die wenigen Männer, die zur Bewachung des Hauses zurückgeblieben sind, reden und lachen – was gibt es zu lachen, fragt sie sich, vermutet aber, dass diese Männer durch die Feldzüge ihres Bruders abgehärtet sind und keinerlei Angst vor Gewalt kennen. Sie sind die Unzufriedenen, die ihre ganze Hoffnung auf Essex gesetzt haben, und heute bietet sich ihnen die Chance auf Erfüllung. Kein Wunder also, dass sie lachen.

Knollys beginnt zu reden, aber Popham übertönt ihn. »Was sagt Ihr zum Verrat Eures Bruders, my Lady?«

»Ich glaube nicht, Lordoberrichter, dass er einen Umsturz im Sinn hat. Er hat lediglich die Absicht, die Männer abzusetzen, die Ihre Majestät zu eigenen Zwecken schlecht beeinflussen.«

Der Mann antwortet mit einem Lachen. »Das werden wir ja sehen.«

Onkel Knollys setzt sich nun durch und sagt: »Wir müssen *alles* tun, was in unserer Macht steht, dass er hierher zurückkehrt und entwaffnet wird. Aber ich fürchte, dieses Mal ist er zu weit gegangen.«

Sie sagt nichts. Es gibt nichts zu sagen. Essex kann nicht mehr umkehren; er muss diese Sache jetzt durchfechten, was auch immer dabei herauskommt.

»Abgesehen von dem, was Essex in der Stadt im Schilde führt, müsst Ihr Euch darüber im Klaren sein, my Lady …«, Popham spricht »my Lady« aus, als wäre es spöttisch gemeint, »… dass Ihr eine Straftat schlimmster Art begeht, da Ihr die Abordnung der Königin in Geiselhaft nehmt. Wir tragen das königliche Siegel mit uns.« Er deutet auf einen Pagen, der eine Pergamentrolle so vorsichtig hält, als wäre sie lebendig. Zwei große Siegel hängen daran. Die Hände des Knaben sind rissig, und er zittert leicht; sie lächelt ihm zu. Er senkt den Blick.

»Geiselhaft?«, sagt sie, als wäre allein der Gedanke völlig abwegig. »Ihr seid unsere *Gäste*. Der Graf hat lediglich darum gebeten, dass Ihr hier auf seine Rückkehr wartet.« Ihre Stimme klingt fest, als ihr diese Lüge über die Lippen kommt.

»Mein Gemahl muss dringende Angelegenheit in der Stadt erledigen«, fügt Frances hinzu.

Popham zieht die Augenbrauen hoch, als wäre er überrascht, dass sie eine Stimme hat.

»Dann stehen die Musketiere nur zur Dekoration vor der Tür? Vielleicht sind sie sogar aus bemaltem Gips?« Ihm entkommt ein Gurgeln, das vielleicht ein Lachen sein soll, aber da seine Mundwinkel nach unten zeigen, weiß man es nicht genau. »Und die Tür habt Ihr nur zu unserer Sicherheit verriegelt.«

»Ich halte es für klug, my Lady, die Wachen abzuziehen und uns gehen zu lassen«, sagt der Lordsiegelbewahrer mit gequältem Gesichtsausdruck. Obgleich es Februar ist und kein Feuer im Gemach brennt, ist seine Stirn schweißnass. Worcester nickt dazu. »Ich persönlich werde bezeugen, dass wir aus eigenem Entschluss hier im Essex-Haus geblieben sind. Das würde ein Anklagepunkt weniger für ihn bedeuten.«

»*Ihr* könnt das aussagen, ich werde es nicht tun«, ereifert sich Popham. »Essex verdient, welch Schicksal auch immer ihn erwartet. Es ist nur die Frage, wie tief er sein eigenes Grab schaufeln will und wen er mit sich in die Tiefe zieht.« Penelope ballt die Hände und stellt sich vor, ihre Faust würde seinen spitzen Wangenknochen treffen. »Es heißt, Ihr seid die Autorität hier im Hause, my Lady.«

Sie hält seinem Blick stand und schweigt.

Er zischelt weiter: »Nur ein Narr würde einer Frau so viel Macht geben … und dann noch einer von so lockerer Moral.«

Am liebsten würde sie ihn wegen seines Gemurmels zur Rede stellen und ihn zwingen, er solle sich erklären. Aber es ist Frances, die ruhig neben ihr steht und alle überrascht, als sie mit fester Stimme sagt: »So spricht man nicht mit Lady Rich.«

Auch Onkel Knollys äußert sich. »Achtet auf Eure Zunge, Sir. Ihr sprecht schließlich von meiner Nichte.«

Popham ignoriert die Einwürfe. »Tut, was Euer Onkel sagt. Dann wird man *Eure* Rolle vielleicht geflissentlich übersehen.«

»Ich habe die Erfahrung gemacht, dass Männer des Gesetzes weniger loyal sind als die meisten anderen«, sagt nun Penelope an alle gerichtet. Sie denkt dabei nicht allein an den Lordoberrichter, sondern auch an den unbeständigen Francis Bacon.

Popham hüstelt spitz, als halte er ihre Worte einer Antwort unwürdig. Sie ist froh, als sich nun die Türen öffnen und drei Diener mit dem von ihr georderten Essen eintreten. Sie schweigen, als der Tisch gedeckt wird. Der Koch bewirtet sie bestens; es ist ein fürstliches Mahl. Frances spricht die Kälte im Gemach an, fragt, ob jemand friere, und beharrt darauf, dass ein Küchenjunge heraufgeschickt wird, um ein Feuer zu entzünden. Auch bittet sie um Musik zur Unterhaltung. Es ist ein aussichtsloser Versuch, die Gefangennahme der Abordnung als etwas Harmloses erscheinen zu lassen.

Onkel Knollys nimmt Penelope beiseite. »Lasst uns frei. Es ist zu töricht. Ich kann das hier nicht mit ansehen …« Seine Stimme versiegt.

Sie überlegt, aber nur einen Augenblick. Die Vorstellung, die eigene Haut zu retten, ist zwar verlockend, doch sie reißt sich zusammen. »Onkel, mir sind die Hände gebunden. Ich kann nichts ohne die Erlaubnis meines Bruders veranlassen.« Da er niedergeschlagen aussieht, fügt sie hinzu: »Doch ich werde mich bemühen, Kontakt zu ihm aufzunehmen.« Das wird sie nicht tun, denn sie weiß, dass diese Geiseln dem Kampf ihres Bruders Nachdruck verleihen. Und sie ist nicht gewillt, seine Sache wegen einer sentimentalen Anwandlung für den geliebten Onkel zu schwächen. In absehbarer Zeit werden sie freigelassen, und derweil werden sie entsprechend ihrem Rang bestens versorgt.

Nach einer qualvollen Stunde angespannten Gesprächs und gezwungener Fröhlichkeit eines musikalischen Zwischenspiels verabschieden sich die beiden Frauen schließlich. Schweigend gehen sie durch die lange Galerie, bis Frances Penelopes Hand drückt und zur Kapelle abbiegt. Penelope bleibt einen Augenblick stehen und schaut hinaus auf den Fluss, da sie nichts mit sich anzufangen weiß. Sie sieht Schwäne nach Osten schwimmen und eine dickbauchige Jolle langsam auf das südliche Ufer zusteuern. Andere kleine Boote schaukeln auf den Wellen und transportieren Leute hin und her, die von den bedeutsamen Geschehnissen, die sich ganz in ihrer Nähe abspielen, nichts ahnen.

Sie fragt sich, warum ihr Bruder noch nicht mit seiner großen Armee aufgetaucht ist, und wünscht sich, sie höre zweitausend Füße über The Strand gen Whitehall marschieren. Aber ihre Hoffnung erfüllt sich nicht. Sie vermutet, dass es seine Zeit dauert, bis eine so große Anzahl von Männern ausgehoben ist. Einem plötzlichen Impuls folgend geht sie die Treppe zum Hof hinunter, wo die zurückgebliebenen Wachen sie begrüßen, als wäre sie königlich; das missfällt ihr, denn vielleicht ist es deren verwegener Wunsch, dass sie am Ende dieses Tages die Schwester des Königs sein wird. Ihr Bruder hat nie nach dem Thron gestrebt; aber unterdessen hat sie verstanden, dass man die Ambitionen der Männer um ihn herum nicht unterschätzen darf. Oder hat Essex vielleicht *doch* davon geträumt?, fragt sie sich nun. Hybris kann schließlich eine große Triebkraft sein; rasch verwirft sie den Gedanken.

»Wir stehen Euch zur Verfügung, my Lady. Wie können wir Euch dienen?«, fragt einer der Wächter, der mit stampfendem Fuß Habtachtstellung einnimmt.

»Wenn Ihr mir wirklich dienen wollt«, sagt sie laut hinauf zum Fenster des Arbeitsgemachs, »dann hätte ich gerne den Kopf des Lordoberrichters auf einem Tablett.«

Die Männer lachen und scherzen, dass sie mit »Pophams Birne« Fußball spielen wollen, sodass Penelope ihre Worte gleich bedauert, auch weil sie sich fragt, ob letzten Endes Popham über sie und ihren Bruder zu Gericht sitzen wird. Dieser Gedanke ist ernüchternd.

Jemand ruft über das Eingangstor am Flussufer: »Ich bin es. Gorges! Macht mir auf!«

Gorges ist allein, obgleich Penelope durch das geöffnete Tor sieht, dass ein Boot mit einem Mann an den Rudern und zwei weiteren, die im Heck sitzen und bewaffnet sind, auf ihn wartet.

»Was gibt es Neues?«, fragt sie und versucht von seinem Gesicht abzulesen, ob in der Stadt alles nach Plan läuft.

»Essex hat mich geschickt. Ich soll die Geiseln zum Kronrat begleiten und in seinem Sinne verhandeln.« Er lächelt, und sie fühlt sich töricht, weil sie ihn nach der Stellung seiner Augen beurteilt hatte, als würde das irgendetwas über den Menschen aussagen.

»Gott sei Dank.« Erleichterung durchströmt sie – er muss nun seine Armee hinter sich haben. »Am besten sprecht Ihr von ihnen als Gäste.« Er nickt, da er auf der Stelle versteht, was sie ihm damit sagen will. »Und mein Bruder ...? Sind die Männer mobilisiert?«

»Einige, einige.« Er will wohl einer klaren Antwort ausweichen.

»Einige?«

»Es dauert länger, als wir erwartet haben, my Lady.« Er geht auf die Treppe zu.

Sie eilt hinter ihm her, um ihn einzuholen.

An der Tür zum Arbeitsgemach angelangt, ist sie außer Atem. Meyrick, der mit der Waffe auf dem Schoß auf einem Stuhl fläzt, springt auf. »Was gibt es Neues, Gorges?«

»Ich bringe die Herren auf Essex' Befehl nach Whitehall.«

Meyrick nickt, rückt beiseite und klopft Gorges auf die Schulter. »Guter Mann!«

Gorges will schon den Riegel öffnen, als Penelope ihn am Arm packt und sich zur ganzen Größe aufrichtet, damit er einhält und ihr zuhört. »Überlasst das mir.« Sie fixiert ihn mit entschlossenem Blick, als sie sich daran erinnert, wie kräftig er gegen Southampton vorgegangen war. »Das hier verlangt größte Umsicht.« Was sieht sie in seinem Gesicht aufblitzen? Ist es Bestürzung? Sie kann es nicht sagen, aber es beunruhigt sie; und sie fragt sich, was in ihren Bruder gefahren ist, dass er gerade diesen Mann für eine so delikate Aufgabe ausgewählt hat.

Sie treten ein, Meyrick folgt ihnen. »Meine lieben Gäste«, sagt sie. »Gorges hier ist gerade aus der Stadt mit Nachrichten von meinem Bruder eingetroffen. Offensichtlich verspätet er sich und schlägt darum vor, dass Ihr zu einem anderen Zeitpunkt wieder zusammenfindet. Es tut ihm überaus leid, Euch Unannehmlichkeiten bereitet zu haben. Gorges wird Euch über den Fluss nach Whitehall und zum Kronrat geleiten.«

Popham lacht wütend auf. »Unannehmlichkeiten!«

Nachdem sie das Gemach verlassen haben, beobachtet Penelope vom Fenster der Galerie, wie sie unten im Hof erscheinen. Da entdeckt sie mit einem Mal eine Abteilung von berittenen Wachen in der königlichen Livree, die vom Palast über The Strand auf das Essex-Haus zureiten. Ihr schnürt sich die Kehle zu. Von den Fenstern, die nach Süden gehen, sieht sie die Abordnung mit Gorges die Stufen zum Pier hinuntergehen. Er hilft den Herren in das wartende Boot, das unter ihrem Gewicht bedenklich schaukelt. Der Ruderer stößt sich vom Ufer ab und lenkt das Boot auf den Fluss, wo er es dreht, um es flussaufwärts nach Whitehall zu bringen. Penelope schaudert es. Meyrick stellt sich neben sie. Sie sehen sich nicht an.

»Ich habe ein ungutes Gefühl«, sagt sie und deutet mit dem Kopf zum Boot, das sich nun recht schnell weg bewegt.

»Warum, my Lady?«

»Ist Gorges loyal?«

Sie weiß, dass sie Meyrick diese Frage schon einmal gestellt hat, doch dieses Mal fällt seine Antwort weniger bestimmt aus. »Ich hoffe es.«

Die königliche Truppe nähert sich über The Strand, das Hufgetrappel wird lauter. Ein mitreitender Trommler schlägt im Takt ihres Herzens.

»Ihr solltet gehen, my Lady. Es bleibt nicht mehr viel Zeit.« Noch immer schaut Meyrick sie nicht an. »Gemeinsam mit Lady Essex. Nehmt eines der Boote, ehe es zu spät ist. Ich fürchte…« Er hält inne, streicht sich durchs Haar. »…ich fürchte um Eure Sicherheit.«

»Meyrick, für wen haltet Ihr mich?« Ihre Stimme klingt unbekümmert, als scherze sie. »Ihr kennt mich seit Jahren. Ich bin eine Devereux.« Nun wendet er ihr seinen Blick zu, und sie strahlt ihn an. »Sorgt Euch nicht um mich. Und Lady Essex ist mutiger, als Ihr glaubt.«

Die Truppe beginnt nun, das Haus einzukreisen und Posten an allen Toren aufzustellen.

»Seht doch!«, ruft er und zeigt nach Osten zur Biegung des Flusses. »Ich glaube, da ist Euer Bruder mit Southampton. Seht Ihr ihn?« Er öffnet das Fenster und lehnt sich hinaus. »Seht Ihr den scharlachroten Umhang?« Er zeigt auf eine Flottille kleiner Boote; sie sind ärmlich wie die Fährboote, die Leute hinüber nach Southwark zur Bärengrube bringen.

»Aber wo ist seine Barke?«

»Ich bin sicher, sie sind es. Ja, sie sind es.«

Wenn er nicht in seiner eigenen Barke kommt, so überlegt sie, und darauf angewiesen ist, ein Fährboot von der Größe eines Bierfasses zu nehmen, dann liegt etwas im Argen. Aber Meyrick hat recht; ihr Bruder *ist* an Bord; sie erkennt ihn nun schon recht deutlich und auch Southampton mit seinem roten Umhang. Alle, selbst die Grafen, rudern mit voller Kraft.

»Etwas stimmt nicht. Sie sind auf dem Rückzug«, sagt Meyrick.

Sie schaut nach Westen, zum Palast, und sieht das Unvermeidliche: Barken mit den königlichen Farben nähern sich. Sie sind noch weit weg, aber sie haben die Strömung im Rücken.

Sie will die seltsame kleine Armada durch ihren Willen herbeizwingen, da sie in unerträglich langsamer Geschwindigkeit auf sie zukommt. Die Flotte von Whitehall hingegen kommt rasch näher. Meyrick und sie hören ein verhängnisvolles Getöse, und als sie zum Eingang an The Strand schauen, sehen sie, dass, während sie auf den Fluss geblickt haben, ein Sturmbock in Stellung gebracht wurde, um die Tore niederzureißen. Wieder donnert er mit mächtigem Krachen gegen die Tore, aber sie halten stand.

Ein entsetzliches Frauengeschrei erhebt sich irgendwo, und Penelope erwägt, welche Wirkung das auf die Truppen da draußen haben muss, nun zu wissen, dass sich Frauen im Haus befinden. Vielleicht gibt ihr das eine Spur Verhandlungsstärke; Gott weiß, die braucht sie. Die Männer im Hof bereiten sich auf den Kampf vor. Es sind erbärmlich wenige, und einer ist dieser Knabe, der vorhin in die Kapelle kam. Ein qualvoller Stich geht ihr durchs Herz, als ihr mit einem Mal klar wird, dass ihre Kinder heute ihre Mutter verlieren könnten.

Am Fenster stehend beordert sie die Männer ins Haus. »Nehmt alle Möbel, alles Schwere, das Ihr tragen könnt, und verbarrikadiert das Haus.« Es ist nur eine Frage von Minuten, bis die Tore nachgeben, und die Wenigen im Hof sind keine Gegner für die Truppen. Sie wendet sich an Meyrick. »Ihr kümmert Euch unten um alles. Stellt sicher, dass Essex hereinkann, und anschließend verbarrikadiert ihr das Haus.« Leise spornt sie ihren Bruder an. »Findet heraus, welche Waffen uns zur Verfügung stehen, und sorgt dafür, dass alle Eingänge mit so vielen Männern wie möglich gut bewacht werden.«

Meyrick rennt durch die lange Galerie und steht bereits am Treppenabsatz. »Schickt alle Frauen zu mir herauf.« Die Möglichkeit, dass Essex sie in seinem Bierfass nicht erreicht, weigert sie sich, ins Auge zu fassen. Wieder schaut sie hinaus, um abzuschätzen, wie weit er unterdessen vorangekommen ist, und wünscht ihm eine versteckte Gegenströmung, die ihn geschwind herbeiträgt, ehe die bedrohlichen Barken mit je sechs Ruderern – inzwischen sieht sie sie ganz deutlich – eintreffen.

Unten hört sie Möbel knarren, die über die Steinplatten gezogen werden, und Meyrick laut Befehle ausgeben. Nur widerwillig verlässt sie das Fenster und eilt in die Kapelle, um Frances aus ihren Gebeten zu reißen.

»Sammle alle Unterlagen zusammen, alles, was da ist, Briefe, Dokumente, Bücher… alles, was ihn belasten könnte. Wir müssen jeden Schnipsel verbrennen. Du nimmst dir das Schlafgemach vor und ich mir das Arbeitszimmer. Bringe alles dorthin, denn dort brennt ein Feuer im Kamin.« Sie bemüht sich, ruhig zu bleiben und sich darauf zu konzentrieren, was sie jetzt in diesem Augenblick tun muss, und nicht auf das, was in naher Zukunft geschehen könnte. Doch ihr sitzt die Angst im Nacken.

Frances nickt und rennt schon zur Tür. »Die schottischen Briefe trägt er am Leib.«

Penelope schaut ihre Schwägerin erstaunt an: Wenn er seiner Gemahlin von diesen Briefen erzählt hat, dann vielleicht noch anderen. »Bist du sicher?«

»Ja. Absolut sicher.«

»Dann hoffe ich bei Gott, dass er so klug ist, sie fortzuwerfen, wenn man ihn gefangen nimmt.«

»Dazu wird es nicht kommen.«

Penelope erwähnt die kleinen Boote und die königlichen Barken nicht. Es ist nicht sinnvoll, jetzt Frances' Optimismus zu erschüttern; das Ganze wird schon schnell genug seinen Weg nehmen.

Als sie in Essex' Arbeitszimmer steht, wird ihr die Ungeheuerlichkeit ihrer Aufgabe bewusst, Unterlagen aus über einem Jahrzehnt Geheimdiplomatie – nur Gott weiß, welche dieser Papiere gegen ihn verwendet werden können. Abgesehen von den beiden berstend vollen Truhen, die eine mit Korrespondenz, die andere mit juristischen Schriftsätzen, gibt es eine Wand voller Bücher. Viele sind mit Notizen versehen, oder Zettel stecken zwischen den Seiten, von denen jeder Einzelne belastend sein könnte. Sie beginnt mit den Truhen, zerrt gebündelte Briefe heraus und wirft sie ins Feuer; erst nachdem sie richtig entflammt sind, wirft sie die nächsten hinterher.

Vier Frauen kommen die Treppe herauf. Eine ist ein dralles junges Mädchen, das sich von der Situation anscheinend nicht beeindrucken lässt; eine ist älter und gespenstisch dünn, ihre Angst offenbart sich in ihren entsetzt aufgerissenen Augen; die anderen beiden sind sehr jung und klammern sich ängstlich aneinander. Zwei schickt sie hinüber zu Frances, um im ganzen Haus nach Papieren zu suchen; die anderen beiden bleiben bei ihr und sollen die Truhen leeren, während sie selbst die Bücher aus den Regalen zerrt und jedes einzelne durchblättert, um nachzusehen, was sich darin versteckt. Die Arbeit geht nur langsam voran; da manche Dokumente aus Velinpapier nicht gut brennen, muss sie ganz besonders achtsam sein, dass keine Reste zurückbleiben.

Frances kommt mit vielen Briefen in den Händen zurück und füttert das Feuer damit. »Weiß Gott, was das alles ist«, sagt sie mit schmalen Lippen. »Auf den ersten Blick hauptsächlich Briefe von seiner Mätresse.«

»Am besten verbrennen wir alles«, sagt Penelope.

Als sie rasch aus dem Fenster schaut, sieht sie, dass die Barken von Whitehall an den Stufen zum Fluss festgemacht haben und eine lange Reihe bilden; jetzt sind sie also völlig eingekesselt. Zu ihrer Erleichterung entdeckt sie auch einige der kleinen Boote, die unbemannt den Fluss hinab davontreiben. Sie sagt nichts, für den Fall, dass sie sich irrt, und bittet Frances, mit den Büchern weiterzumachen, damit sie Nachforschungen anstellen kann. Sie läuft hinaus in die Galerie, ruft nach Essex und findet ihn schließlich im großen Gemach mit dem verstört dreinblickenden Southampton und einigen versprengten Männern. Sie hört, dass Meyrick am Haupteingang alles im Griff hat.

»O Gott! Danke, Gott!«, ruft sie und eilt zu ihrem Bruder, der trotz des Drecks und des triefenden Schweißes überraschend selbstsicher wirkt. »Was ist mit all den anderen geschehen?«

»Die Hälfte ist bei den ersten Anzeichen von Schwierigkeiten davongerannt«, erklärt Southampton. »Euer Stiefvater ist ernstlich verletzt. Einige sind bei ihm geblieben und behandeln ihn.«

»Wird er überleben?«, fragt sie mit hohlem Gefühl im Magen bei dem Gedanken, dass ihre Mutter zum dritten Mal Witwe werden könnte.

»Schwer zu sagen«, erwidert Essex. »Wir konnten nicht alle mit herbringen.« Sie sieht seine Augen wütend aufblitzen, als er hinzufügt: »Andere suchen Smyth und seine tausend Mann. Wir haben ihn nicht finden können. Irgendetwas muss geschehen sein. Aber ist die Truppe erst einmal ausgehoben, haben die Männer den Befehl, sich schleunigst hierher zu uns zu begeben.«

»Dann steht uns eine echte Schlacht bevor.« Bei diesen Worten Southamptons erhebt sich allgemeine laute Zustimmung im Gemach. Aber Penelope denkt an all die Männer, die sonst zu Essex' Unterstützung angetreten waren, die sich auf den Straßen drängten und seine Farben schwenkten, und an die Knaben, die hölzerne Schwerter reckten und an Brüstungen hingen, um ihren Helden besser sehen zu können. Wo sind sie alle? Vor Stunden ist er in die Stadt aufgebrochen, und nun kehren weniger Männer zurück, als mit ihm losgezogen sind. Sie hegt den Verdacht, dass Essex unter Verblendung leidet. Die Zeiten haben sich geändert, ohne dass er es wahrgenommen hat.

Sie will gerade von ihm wissen, ob er einen Notfallplan habe, als er fragt: »Wie geht es unseren *Gästen*?«

Sie wappnet sich. »Sie sind fort.«

Er schaut sie an, als wisse er nicht, was sie damit sagen wolle. »Fort?«

»Gorges war hier und hat gesagt, du habest ihn beauftragt, die Abordnung zum Kronrat zu begleiten und sich für dich einzusetzen.«

Essex stößt einen animalischen Schrei aus.

Southampton jault fluchend auf und hämmert mit der Faust gegen die Wand. »Er hatte diesen Befehl nicht.«

Stille senkt sich über das Gemach; Penelope vermutet, dass nun alle – wie sie selbst – begreifen, dass Gorges sie hintergangen hat, nicht nur, indem er die Abordnung freigelassen hat, sondern auch mit dieser Geschichte von den tausend Mann. Ohne diesen Köder wäre Essex sofort zum Palast marschiert und nicht nach London hinein, und die triste Zukunft, die sich nun vor ihnen ausbreitet, sähe sicherlich vollkommen anders aus.

»Das lässt sich nun nicht mehr ändern«, sagt sie und übernimmt das Kommando. »Wir haben damit begonnen, all deine Unterlagen zu verbrennen. Gib mir die schottischen Briefe.« Essex ist nun wie in Trance und starrt mit leerem Blick vor sich hin. »Robin!«, herrscht sie ihn an, bekommt aber keine Antwort. »Um Himmels willen, Robin.«

Ohne nachzudenken, schlägt sie ihm hart ins Gesicht. Einer der Männer keucht auf. Essex schaut sie schockiert an. »Die schottischen Briefe!« Sie streckt die Hand aus, und wie ein gehorsamer Knabe hebt er die Schnur über den Kopf und reicht ihr wortlos den Beutel. »Reiß dich zusammen. Übernimm Verantwortung. Deine Männer brauchen Befehle.« Alle im Gemach beobachten sie mit angespanntem Schweigen. »Was glotzt Ihr alle so?« Nun schreit sie. »Stellt sicher, dass das Haus geschützt ist. Wir müssen uns auf eine Belagerung vorbereiten, zumindest bis alle Papiere vernichtet sind.« Sie wirft den schwarzen Lederbeutel in den brennenden Kamin: Fünfzehn Jahre vorsichtiger Verhandlungen gehen in Flammen auf. Doch die Allianz zwischen König James und den Devereux' ist unterdessen fest geknüpft, ob nun schriftlich nachweisbar oder nicht. Der ätzende Geruch von brennendem Leder erfüllt den Raum.

Draußen ertönt ein gewaltiges Dröhnen. Es muss das berstende Tor sein, und wieder werden grauenhafte Schreie einer Frau laut. Erst jetzt kommt Essex offenbar wieder zu Sinnen; er geht zum Fenster und sagt bitter lächelnd: »Sie hat sie alle geschickt: Nottingham, Cumberland, Lincoln, Howard. Sie hat sie alle zusammengetrommelt. Und seht doch...«, er klopft Southampton auf die Schulter, »...da ist dein lieber Freund Grey!« Seine Stimme brodelt vor Sarkasmus. »Seht, all meine alten Kameraden... Da ist Robert Sidney...« Seine Stimme versagt.

Die Frau will nicht aufhören zu schreien.

»Irgendjemand muss die Frau finden und sie zum Schweigen bringen«, faucht Essex.

»Lass sie«, entgegnet Penelope. »Die Schreie der Frau werden das Gewissen der Truppe da draußen aufrütteln. Wenn sie einen Sinn dafür haben, was richtig ist, werden sie ein Haus voller Frauen nicht beschießen.«

»Ich bitte Euch, Essex, ergebt Euch!«, ruft Robert Sidney vom Hof zum Fenster hinauf.

»Ich gehe hinaus. Ich rede mit ihm«, sagt Southampton.

»Das ist viel zu gefährlich. Ihr werdet erschossen, ehe man Euch anhört«, sagt Essex, der ein Stück weit seine Entschlossenheit wiedergefunden hat. »Geht hinauf aufs Dach: Dort seid Ihr außer Schussweite.« Er packt seinen Freund am Oberarm und spricht ruhig und eindringlich. »Erkauft mir Zeit. Penelope hat recht. Alle Unterlagen müssen vernichtet werden. Einige habe ich versteckt.« Sein Gesichtsausdruck ist beinhart. Er rattert Befehle für die anderen im Gemach herunter und drückt dann seiner Schwester einen flüchtigen Kuss auf die Wange. »Danke«, murmelt er und verlässt mit den anderen den Raum.

Kurz darauf hört sie Southampton vom Dach direkt über ihr Robert Sidney etwas zurufen.

»Um Himmels willen«, erwidert Robert Sidney, der in Verzweiflung die Hände hebt. »Ergebt Euch. Nottingham wird sich nicht zurückhalten. Dieses Geschütz wird das Haus mit allem, was darin ist, zerstören.« Er deutet auf das schwarze Doppelrohr der Kanone, die in der Abenddämmerung erbarmungslos auf das Essex-Haus gerichtet ist; da kommt Penelope das Bruchstück einer Erinnerung. Sie spürt raues Pergament unter ihren Fingern, als hätte die Zeit sich aufgelöst und sie wäre wieder diese junge Frau. Ihr Blick fällt auf die erinnerten Zeilen in Tintenschrift. Die Worte sind in ihre Seele eingraviert: *Als die Natur ihr Hauptwerk, Stellas Augen, schuf,/Warum nur hüllte sie in Schwarz das helle Strahlen*? Sie spürt die Wärme von Philip Sidney neben sich.

Dann hört sie diese Verse von Blount gesprochen. Die Zeit spielt ihr Streiche, denn nun sieht sie sich bei ihrer ersten Begegnung – als er Essex bei diesem unbesonnenen Duell verletzt hatte –, genau in diesem Gemach vor über elf Jahren. Sie spürt Blounts Kuss auf ihrem Handrücken; sie lächelt; ihr Herz bebt, und schon ist sie wieder in der Gegenwart mit dieser Doppelrohrkanone, die ungerührt auf sie zielt.

Southampton sagt wieder etwas, doch der Wind trägt seine Worte davon, und auch die Schreie der Frau gellen lauter.

Robert Sidney ruft hinauf: »Lasst zumindest die Damen gehen, ehe wir das Haus unter Beschuss nehmen.«

Penelope zwingt sich, ihn anzusehen, nur um festzustellen, worin er seinem Bruder nicht gleicht: Sein Haar ist dunkler, seine Glieder sind nicht so lang, und er ist älter, als sein Bruder je war. Dieser Gedanke trifft sie mitten ins Herz, aber sie darf sich nicht von alten Gefühlen überwältigen lassen. Sie ist heute nicht mehr dieselbe Frau wie damals. Sie öffnet das Fenster. »Ich stehe und falle mit Essex!« Robert Sidney sieht erschüttert aus; und sie weigert sich zu überlegen, ob sie Angst hat. »Vielleicht kann ich die anderen Damen überreden, sich in Sicherheit zu begeben. Es ist nur eine Handvoll. Aber ich bezweifle, dass Lady Essex von der Seite meines Bruders weicht.«

Sie wendet sich zu dem Mann, der zu ihrem Schutz abgestellt ist und dessen Namen sie nicht kennt, und bittet ihn, Robert Sidneys Botschaft den Frauen zu übermitteln. »Sagt ihnen, dass sie niemand geringer schätzt, wenn sie sich entscheiden sollten, das Haus zu verlassen.«

Als sie sich wieder aus dem Fenster lehnt, hört sie Southampton deutlicher; der Wind muss gedreht haben. Seine Stimme hat einen verzweifelten Unterton. »Schickt eine Abordnung hinein, und wir handeln eine Vereinbarung aus.« Er spricht wie ein Mann, der etwas zum Feilschen hat. Dabei muss er doch wissen, dass ihre Lage aussichtslos ist; es gibt kein Entrinnen. Sie wünscht, er würde dieses dämliche Gespräch beenden. Sie schaut hinunter auf die versammelten Männer.

Sie haben das Haus vollkommen umstellt. Dunkelheit senkt sich nieder, und Fackeln werden angezündet, die wie riesige Glühwürmchen auf und ab tanzen. Auf der einen Seite erkennt sie eine dunkle Reihe von Hellebardieren, und weiter hinten, im Knotengarten, knien Männer, die Musketen auf ihren Schultern halten. Männer reiten über The Strand, sie hört das Hufgetrappel auf den Pflastersteinen; mehrere Fackeln erhellen die schwarze Doppelmündung der Kanone, die noch immer in ihre Richtung zielt – sie nimmt an, dass die Zündschnüre mit den Fackeln entzündet werden. Die Luft ist zum Schneiden vor Anspannung. Sie weiß, ist der Befehl zum Feuern erst erteilt, lässt sich das Blutbad nicht aufhalten. Sie darf nicht daran denken.

»Sir Robert«, ruft sie und übertönt Southampton. »Übermittelt an Nottingham: Wir brauchen Zeit, um die Barrikaden vor den Türen abzubauen. Bittet ihn um zwei Stunden Gnadenfrist, um den Eingang frei zugänglich zu machen; erlaubt den Damen, die es wünschen, das Haus zu verlassen; und nehmt dann die Blockade wieder auf. Darüber hinaus sei es ein fairer Kampf.« Sie hofft bei Gott, dass diese zwei Stunden ausreichen, und denkt an die Frauen im Arbeitsgemach, die das Feuermaul mit Unterlagen füttern – in ihrer Vorstellung ist es das Maul der Hölle.

Jemand hat Robert Sidney eine Fackel gereicht, deren rötliches Licht seine Konturen erleuchtet und sich in den Vergoldungen seines Brustharnisches spiegelt, als er zu seinem Vorgesetzten geht, um ihm die Nachricht zu überbringen. Penelope sieht Nottingham nicht; bestimmt hält er sich in sicherer Entfernung. Obgleich er ein Verwandter ist – er ist der Gemahl ihrer Cousine Kate – und auf mehreren Feldzügen an Essex' Seite gekämpft hat, mag er ihren Bruder nicht sonderlich. Vor Jahren schon hat sie ihn als jemanden eingeschätzt, der sorgfältig darauf achtet, niemals auf der falschen Seite zu stehen.

Während sie auf eine Antwort wartet, denkt sie an Cecil im Palast, der sich vermutlich die Hände reibt und sich an seinem unmittelbar bevorstehenden Sieg ergötzt, denn so ist es nun mal.

Jahrelang haben sie Karten aufgenommen und abgelegt, doch nun, wo das Ende des Spiels naht, hält Cecil alle Trümpfe in der Hand. Doch es gibt eine Karte, die er bisher noch nicht hat an sich nehmen können, und das ist der schottische König. König James traut Cecil nicht. Doch welchen Vorteil, so überlegt sie, kann James' Gunst ihnen in diesem Augenblick einbringen? Sie will nicht daran denken, was gewesen wäre, wenn Graf Mar mit James' Unterstützung für Essex eingetroffen wäre. Dann hätte Cecil vermutlich nur schlechte Karten in der Hand.

Sie kann draußen nicht mehr viel erkennen, mit Ausnahme der Fackeln, deren Schein sich hin und her bewegt; und sie ist froh, diese beiden schwarzen Löcher nicht mehr zu sehen, die sicher noch immer auf sie zielen. Und noch immer hängt die Anspannung verhängnisvoll in der Luft. Im Angesicht des Todes flattert ihr Magen – er täte es ebenso, wenn sie einen Geliebten erwartete. Ihre eiskalten Hände ruhen auf dem Fenstersims, und sie stellt sich vor, sie wäre schon tot. Von unten dringt ein Ruf zu ihr hinauf. »Euch werden die zwei Stunden Gnadenfrist gewährt, my Lady. Ihr habt Nottinghams Wort.«

»Ich stehe für immer in Eurer Schuld, Sir Robert.« Haben ihre Worte noch Bedeutung, so fragt sie sich; ihr »für immer« umfasst womöglich nur eine kurze Zeitspanne.

»Ihr seid ein guter Mann, Sidney. Ihr wart immer ein Mann von Ehre«, schallt Southamptons Stimme von oben.

Sie schließt das Fenster, wärmt sich am Feuer und greift zum Schreibzeug. Ihre Finger sind zu kalt, um die Feder richtig zu halten, und dennoch gelingt es ihr, im Schein des Feuers einen Liebesbrief an Blount zu schreiben. Sie weigert sich, inniger an ihn zu denken, aus Angst, sie könnte darüber ihren Mut verlieren; doch nicht verhindern kann sie die Vorstellung, dass ihr Brief in der Morgendämmerung des nächsten Tages im Steinschutt gefunden wird. *Sei gewiss, für unsere*

Kinder ist gesorgt, mein Liebster, kritzelt sie, *und vergiss mich. Finde eine neue Liebe. Es ist mir unerträglich, dich allein zu wissen.* Obschon sie sich seit Monaten danach gesehnt hat, ihn an ihrer Seite zu haben, und verzweifelt seinen Rat gebraucht hätte, ist sie nun froh, dass er in sicherer Entfernung zu diesem Chaos weilt und kein Ruß der Devereux' an ihm haften wird. Als eine Träne auf ihre Worte fällt, ist sie erstaunt, denn sie hat gedacht, sie habe ihre Gefühle unter Kontrolle. Sie atmet tief durch, faltet den Briefbogen, versiegelt ihn und schreibt darauf: *Allein für Charles Blount, Lord Mountjoy.* Sie steckt ihn in den Rahmen des großen Porträts von Leicester, wo man ihn nicht übersehen wird. Als ihr Blick kurz auf dem hochmütig dreinblickenden Leicester ruht, fragt sie sich, als sie das Gemach bereits verlässt, was ihr Stiefvater von all dem wohl hielte, sollte er sich aus dem Grab äußern können.

Im Arbeitszimmer herrscht hektisches Treiben. Eine Wäscherin und eine Näherin nähren nun gemeinsam mit Frances das Feuer und schauen die Bücher durch, und die jüngeren Frauen versuchen in der Ecke, die ältere zu beruhigen, die nun nicht mehr schreit, aber stöhnt und bebt wie ein verängstigtes Tier. »Wo ist Essex?«, fragt sie.

»Er durchstöbert jeden kleinsten Winkel des Hauses nach allem, was ihn belasten könnte. Wir sind fast fertig. Ich kann mir nicht vorstellen, dass noch ein Fitzel beschriebenes Papier im Haus übrig ist.« Frances nimmt Penelopes Hand und drückt sie fest, als benötige sie eine menschliche Berührung zur Beruhigung. Doch sie ist gefasst, sie zittert nicht. Schweigend blicken sie ins Feuer, als Penelope die Sinnlosigkeit des Ganzen überkommt. Nichts kann ihren Bruder noch retten. Er hat eine Truppe gegen die Macht der Königin angeführt, da braucht es keine belastenden Briefe, um ihn aufs Schafott zu schicken.

»Ich habe uns ein bisschen Zeit herausgeschlagen. Und wir sollten sie dazu nutzen, Essex davon zu überzeugen, er solle sich lieber ergeben als …« Sie spricht nicht weiter und denkt insbesondere an den Knaben von vorhin. Irgendwie symbolisiert er für sie das sinnlose Gemetzel, das aus dieser hoffnungslosen Situation entstehen könnte.

»…als bis zum Tod zu kämpfen und viele Dutzende Seelen mit sich zu nehmen?«, fragt Frances. »Ist es so weit gekommen?«

»Ich fürchte, ja.«

Frances nickt nur. Sie alle haben gewusst, wie hoch der Einsatz ist.

Februar 1601
Whitehall/Westminster

»Der Graf hat sich ergeben, Madam«, sagt Cecil zur Königin. »Ohne Blutvergießen.«

»Wo ist er?«

»Im Lambert Palace… beim ersten Tageslicht wird er hinüber in den Tower gebracht.« Er sagt es ruhig und macht sich auf einen Ausbruch des Bedauerns der Königin gefasst, aber sie reagiert gar nicht, nicht das leiseste Zucken. Ohne Anzeichen von Müdigkeit sitzt sie aufrecht da, obwohl es bereits nach neun Uhr abends ist und sie seit den frühen Morgenstunden an Ratssitzungen teilgenommen hat – und der ganze Palast auf die Folter gespannt war. Cecil hingegen kämpft mit Erschöpfung, sein Rücken schmerzt, und er sehnt sich danach, sich eine halbe Stunde hinzulegen und die Augen zu schließen. Er rüstet sich gegen die Verleumdungen, die der Graf ihm sicherlich an den Kopf werfen wird.

»Und Lady Rich?«

»Ich habe angeordnet, dass man sie in das Haus von Sackford bringt und festhält. Als man sie verhaftete, trug sie ein Schwert.«

»O Gott! Ein Schwert! Sie war bewaffnet.« Die Königin wirkt erfreut über dieses Detail; Cecil vermag nicht zu entscheiden, ob ihre Freude darauf gründet, dass die Vorstellung einer waffenschwingenden Lady Rich sie beeindruckt, oder ob sie dankbar ist für die sich dadurch bietende Möglichkeit, ihre Patentochter als eine wahrhaftige Bedrohung zu verurteilen. »Henry Sackford, er ist doch Euer Freund, oder?«

»Ja. Und in seinem Haus wird Lady Rich niemanden in ihren Bann schlagen.«

»Dass sie Leute mit Leichtigkeit um ihren reizenden Finger wickelt, ist mir sehr wohl bewusst.«

»Übrigens habe ich unbedingtes Vertrauen in Sackford«, fügt Cecil an.

»Vertrauen ist eine höchst unzuverlässige Eigenschaft, finde ich. Euch kann ich doch vertrauen, Zwerg?«

»Selbstverständlich könnt Ihr das, Madam.« Er fragt sich, ob ihre Frage einen Zweifel ausdrückt.

»Und was ist mit Southampton und den anderen?«

Cecil zählt die Namen der Gefangenen und ihre Aufenthaltsorte auf. »Ich habe eine Liste für Euch erstellt, Madam.« Er reicht ihr ein Blatt Papier.

Aus den Augenwinkeln sieht er, dass Ralegh mit seinem Verwandten Ferdinando Gorges scherzt, der vor Lachen herausprustet: »Ganz und gar reingefallen.« Ralegh hebt seinen Becher, berührt damit die Lippen seines Cousins, und beide nehmen einen kräftigen Schluck. Gorges wischt sich den Mund mit dem Ärmel ab, sodass ein dunkler Weinfleck auf dem Stoff zurückbleibt. Sein Wams ist am Kragen zerrissen und an den Ellbogen fast durchgescheuert. Cecil weiß, dass Gorges seit geraumer Zeit zu Essex' innerstem Kreis gehört. Er spürt Ärger in sich aufsteigen, denn offenbar hat sich Folgenschweres zugetragen, von dem er nichts weiß. Er rückt seine Manschetten zurecht, damit sie auf gleicher Höhe sind, und zieht die Rüschen gerade; er bewundert die samtige Oberfläche seiner besten Schuhe, seine glatten schwarzen Strümpfe und das diskrete Schimmern seiner schwarzen Satinhose; der Anblick derartiger Ordnung beruhigt ihn.

»Und Lady Essex? Wo befindet *sie* sich?«, will die Königin wissen.

»Sie ist bei ihrer Mutter in Barn Elms. Sie hat all die anderen Frauen mit sich genommen.«

»Mit Ausnahme von Lady Rich.« Die Königin klopft auf das Papier in ihrer Hand. »Ich wünsche, dass Ihr sie persönlich befragt, Zwerg. Zumindest *Ihr* solltet gefeit sein gegen ihren berühmten Charme.«

»Wie Ihr wünscht, Madam.« Cecil schwirrt der Kopf, da er überlegt, ob für ihn bei einer solchen Befragung irgendetwas zu gewinnen sei – etwas, das ihm zum Vorteil gereicht.

»Ich möchte nicht, dass Ihr milde mit ihr umgeht.« Die Königin klingt entschlossen und schneidend. »Sollte sie sich inmitten der Verschwörung befunden haben, muss sie wie ihr Bruder aufs Schafott.« Sie schnaubt und schüttelt leicht den Kopf, als wolle sie sich von einer Erinnerung befreien. »Ich wünsche, dass das noch vor Monatsende erledigt ist.«

Es ist düster in diesem Gemach mit der dunklen unbemalten Holztäfelung; nichts bedeckt die alten Eichendielen, die unter seinen Füßen knarren. Und in dem kleinen Kamin brennt ein winziges Feuer, das die eisige Februarkälte nicht mildert. Cecil sieht Staubflocken in den Ecken liegen, und eine dünne Schicht bedeckt jede waagerechte Oberfläche. Was dazu führt, dass er gedankenverloren über seine Kleider streicht, obgleich er noch nichts berührt hat.

Lady Rich sitzt vor dem kleinen Fenster, sodass Cecil im Gegenlicht ihre Züge nicht erkennen kann – ein alter Trick, den er von seinem Vater kennt und der darauf abzielt, den Gesprächspartner zu verunsichern –, doch zu seiner Überraschung steht sie auf, kommt in die Mitte des Gemachs und streckt ihm lächelnd die Hand entgegen. Cecil zieht den Hut und nimmt ihre Hand. Sie ist kalt wie Marmor und ebenso glatt. Gerne würde er sie länger halten; er kann sich nicht erinnern, wann er zum letzten Mal eine nackte Hand berührt hat, ohne Handschuh, eine Frau, Haut auf Haut.

»Ich würde Euch gerne etwas zu trinken anbieten, aber die Diener hier …« Sie schaut ihn mit amüsierter Entrüstung aus ihren dunklen Augen an. »Tja, sie sind nicht gerade zuvorkommend. Wenn *Ihr* vielleicht um Wein bitten könntet, sind sie womöglich gewillter, uns zu bedienen.« Erst jetzt löst sie ihre Hand aus seinem Zugriff und geht zu dem Tisch, an dem zwei ungleiche Stühle stehen. »Geh in die Küchen«, sagt sie zu Cecils Pagen, der neben der Tür steht. »Sag ihnen, dass dein Herr Getränke wünscht.« Der Gedanke, mit ihm allein zurückzubleiben, scheint sie nicht im Mindesten zu stören – wohingegen er es recht erregend findet; er war noch nie mit Lady Rich allein. In all den Jahren bei Hofe hat sich diese Gelegenheit nie ergeben.

Cecil, der noch immer steht, betrachtet den Staub auf dem Stuhl und sieht sich nach etwas um, mit dem er ihn säubern könnte; da er nichts Passendes findet, zieht er schließlich sein seidenes Taschentuch hervor und wischt den Stuhl ab, ehe er sich setzt. Er bemerkt, dass Lady Richs Manschetten und ihr Kragen Schmutzränder haben – natürlich, sie wird in diesen Kleidern verhaftet worden sein, und niemand hat den Anstand besessen, ihr in den drei Tagen, die sie hier ist, Kleidung zum Wechseln anzubieten – aber selbst so ist sie von strahlender Schönheit. So ist es seit jeher. Sein Blick ruht auf ihrer Brust; sie ertappt ihn dabei mit dem Anflug eines Lächelns und bedeckt ihre nackte Haut mit ihrem Schal. Hitze wallt in seinen Lenden auf. »Ich werde dafür sorgen, dass Euer Gemahl Euch alles sendet, was Ihr an Kleidung und Nahrung braucht.«

»Gut«, sagt sie. »Aber wir beide wissen, dass die Königin ihren höchsten Ratsherrn nicht zu mir schickt, damit er sich um mein Wohlergehen kümmert.« Jetzt lächelt sie übers ganze Gesicht; ihre Zähne sind ebenmäßig und gesund.

Cecil wirft einen prüfenden Blick auf seine Fingernägel, als wäre er völlig unempfindlich für die entwaffnenden Eigenschaften dieses Lächelns, während er darauf wartet, dass sie etwas sagt, und darauf hofft, sein Schweigen möge sie verunsichern; aber ihr Selbstvertrauen bleibt unangefochten.

»Ist das hier eine stumme Befragung?«, spöttelt sie. »Vielleicht ist das am besten, denn ich wäre überaus überrascht, solltet Ihr einen Grund finden, mich zu verurteilen.«

»Dazu bedarf es nicht viel. Eure Unterschrift unter einem Brief an …«, er macht der Wirkung wegen eine Pause, »… sagen wir mal … an den König von Schottland.«

»Ihr werdet nicht einen einzigen Brief finden. Alle Unterlagen des Grafen sind verbrannt.«

»Was, alle?« Sie lächelt. Warum lächelt sie denn noch immer? »Jeder kleinste Zettel?«

Cecil muss an seinen Brief an den spanischen Gesandten denken, der zu seiner großen Befürchtung womöglich im Essex-Haus gelandet war – der größte Fehler in seinem Spiel – und jetzt in Flammen aufgegangen ist. Große Erleichterung macht sich in ihm breit. Ihm ist nicht bewusst gewesen, in welchem Maße dieser Brief in seinem Hinterkopf herumpestete. Bei Essex' Verhandlung mag die Rede auf ihn kommen – der Graf wird sicherlich mit Dreck um sich werfen –, aber ohne handfesten Beweis dürfte er damit kaum durchkommen.

»Es sind nicht unbedingt schriftliche Beweise vonnöten, um Euch zu verurteilen, my Lady. Ihr wart bei Eurer Verhaftung bewaffnet. Viele werden das bezeugen können.«

»Ach, das! Sidneys Galaschwert? Ihr macht Euch lächerlich.«

»Ein Galaschwert ist ebenso scharf wie ein Kampfschwert«, erwidert er und verschränkt die Finger. In dem Augenblick begreift er, dass ihr Bruder eben dieses Schwert beinahe gegen die Königin erhoben hätte. »Ihr wisst ebenso gut wie ich, wenn die Königin sich Eurer entledigen will, dann wird es geschehen.«

»Natürlich«, sagt sie. »Ich verstehe, wie die Dinge liegen.« Er ist beeindruckt von ihrem Mut; ihre Haltung bleibt unerschütterlich. »Habt Ihr Angst vor dem Sterben, Cecil?«

Er weiß nicht, was er darauf antworten soll, und ist etwas weniger auf der Hut. »Äh ... äh ... das hat doch damit nichts zu tun.«

»Ich glaube, jeder hat Angst zu sterben, selbst die wenigen, die aufrichtig glauben und ohne Sünde sind. Und was die Übrigen angeht ...« Sie spricht nicht weiter.

Angst regt sich in seinem Inneren. Ihre List ist aufgegangen, denn dieses Gespräch über den Tod verunsichert ihn.

»Ich habe einen Vorschlag«, sagt sie und betrachtet ihn mit diesen dunklen Augen.

»Einen Vorschlag? Seid Ihr wirklich der Auffassung, Eure Lage böte die Chance auf einen Handel?« Er fasst sich, so gut er kann. Er stellt sich vor, dass sie aus ihrem Gewand einen Brief in seiner Handschrift hervorzieht. Er ist an den spanischen Gesandten adressiert. Er versucht, sich zu beruhigen: Wenn sie die Wahrheit gesagt hat, dann ist dieser Brief nur noch ein Häufchen Asche.

Sie antwortet nicht, sieht ihn nur weiterhin an, und allmählich meint er zu verstehen – einen Vorschlag. Er darf nicht vergessen, diese Frau hat alle Gesetze des Anstands mit ihrem Geliebten verletzt und scheint sich nicht um ihren Ruf zu kümmern. Er streckt den Arm, seine Fingerspitze berührt ihren weichen Hals.

Sie zuckt zusammen, als hätte er sie verbrannt, und rückt abrupt zurück, wobei die Stuhlbeine über den Boden schrammen.

Ein Diener stört sie, er kommt mit einer Reihe von Tellern, gefolgt von einem Pagen, der einen goldenen Krug trägt.

»Wie ich sehe, wird Euch zu Ehren richtig aufgetischt.« Sie riecht an dem Krug. »Guter Rotwein. Seit ich hier bin, habe ich nur wässriges Ale aus einem Lederbecher getrunken.« Sie zieht ein übertrieben finsteres Gesicht. Als sie ein Stück Pastete von einem Tablett nimmt, beißt sie ohne jedes Zeremoniell herzhaft hinein. Ein Teigkrümel bleibt an ihrer Lippe hängen. Am liebsten würde er ihn mit seiner Zunge ablecken.

Der Diener wartet. »Wünscht Ihr …?«

»Lasst uns allein«, sagt er und weist auch seinen Pagen an, er möge vor der Tür warten.

Als der Riegel laut ins Schloss gefallen ist, steht er auf und macht einen Schritt auf sie zu. Sein Mund ist trocken, er bringt kein Wort heraus. Er greift nach einem Zipfel ihres Schals und reißt ihn ihr vom Leib. Doch sie zieht ihn geschickt wieder an sich.

»Nicht das! Habt Ihr geglaubt, *das* sei mein Vorschlag?«

Er ist starr vor Scham und entsetzt, wie sehr ihn sein Begehren gepackt und aus der Fassung gebracht hat.

Sie lacht ihn aus. »Ich habe etwas sehr viel Besseres für Euch als meinen Körper.« Sie lacht noch immer. Cecils Gesicht pulsiert vor Hitze.

»Ach, was denn?«, fragt er, als er schließlich die Sprache wiedergefunden hat und seine Gedanken sich erneut um den verfluchten Brief drehen. »Habt Ihr ihn?«

»Ihn?« Sie hat sich halb von ihm abgewendet und scheint durch etwas jenseits des Fensters abgelenkt.

»Den Brief?«

Sie wirbelt herum und nimmt ihn scharf ins Visier. »Einen Brief? Nein. Ich rede von …« Sie hält inne. »Setzt Euch, um Gottes willen.« Er folgt wie ein gehorsamer Hund. »Ich glaube, es gibt immer Möglichkeiten, eine Vereinbarung zu treffen, wenn sie beiden Seiten zum Vorteil gereicht.«

Er sammelt sich und begreift erst jetzt, dass es hier nicht um etwas geht, das er geschrieben hat; seine Gefühle zeigen auf seinem inneren Kompass wieder nach Norden. »Ich bin ganz Ohr.«

»Ich möchte mit Euch über die Thronfolge sprechen«, sagt sie. »Es muss Euch klar sein, dass einzig der schottische König ein wirklich geeigneter Anwärter ist.«

Ihm läuft ein Schauer über den Rücken, denn er hat den Verdacht, dass er etwas hören werde, von dem er glaubte, es sei mit der Niederlage ihres Bruders untergegangen. Sie könnte ihm womöglich genau denselben Vorschlag machen wollen, den er ihr gemacht hätte, wäre es ihm zuerst eingefallen.

»Vielleicht«, sagt er nur.

»Da gibt es kein Vielleicht. Die Infantin war die ganze Zeit ein Hirngespinst. Kein Mensch auf unserer Insel würde eine Spanierin akzeptieren und obendrein eine Frau. Wir alle wissen das. Und diese junge Stuart, die Cousine des schottischen Königs, die für den Thron erzogen wurde – sie ist halb verrückt, wie ich höre. Und der Anspruch von Beauchamp – der hat sich erledigt. James von Schottland ist von der Blutsverwandtschaft am nächsten, er hat einen Sohn und eine fruchtbare Gemahlin. Glaubt Ihr, England würde sich so eine Chance entgehen lassen?«

»Und worauf wollt Ihr hinaus?« Um seinen Eifer nicht preiszugeben, spricht er mit gelassener Stimme. Sie hat recht, selbstverständlich, aber er will ihr nicht die Genugtuung seiner Zustimmung gönnen.

»Achtet auf meine Worte: James von Schottland wird Thronfolger. Ich habe keinen Zweifel.«

»Ich verstehe noch immer nicht, warum das von Belang sein sollte.«

»James von Schottland ist ein teurer Freund der Devereux', insbesondere von mir und Lord Mountjoy.« Sie hält inne, der Wirkung wegen, wie er annimmt. »Aber ich weiß, dass er von Euch nicht angetan ist. In der Tat hält er Euch für ... wie war das Wort in seinem letzten Brief?« Wieder hält sie inne und leckt sich die Lippen, wobei sie den Teigkrümel mit der Zunge aufleckt. »Ach ja, für ›verschlagen‹, das hat er geschrieben. ›*Verschlagene* Männer wie diesen Cecil würde ich nicht als Ratgeber wollen. Er wäre der Erste, den ich entlassen würde.‹«

Wieder schaut sie ihn eindringlich an und scheint ihn mit ihrem Blick herauszufordern; sie muss sich im Klaren sein, dass sie hier und jetzt eingesteht, mit dem schottischen König über die Thronfolge verhandelt zu haben. Das allein ist Grund genug, sie aufs Schafott zu schicken. Aber sie vertraut auf ihr Wissen, dass Cecil seine Schäfchen rechtzeitig ins Trockene bringen will – er fühlt sich, als hätte sie seine Seele freigelegt und einen tiefen Blick hineingeworfen.

»König James wird wissen, dass Ihr der Anstifter zum Untergang meines Bruders seid. Ist er erst an der Macht, wird er Rache nehmen.« Sie schweigt, bis ihr Argument gezündet hat. Cecil wird immer unbehaglicher zumute. »Aber ich könnte ihm sagen, dass er Euch missverstanden habe, Cecil. Und Eure Gnade mir gegenüber könnte als Beweis dafür dienen. Rettet mich vor dem Schafott, und ich empfehle Euch James von Schottland. Ich werde ihn davon überzeugen, dass er einen Mann wie Euch an seiner Seite braucht. Ihr könnt Euch doch sicher vorstellen, oberster Minister der neuen Regierung zu sein.«

Es schwirrt in seinem Kopf. Wenn er dem zustimmt, würde es bedeuten, dass er durch diese gemeinsame Treulosigkeit für immer an Lady Rich gebunden wäre. Aber er sieht schon seine Zukunft vor sich: eine nicht enden wollende Aneinanderreihung von Ehren, von Reichtümern, etwas, worauf sein Vater stolz gewesen wäre, und ein Vermächtnis, das er an seinen Sohn weitergeben kann. Entweder das oder seine Vernichtung.

Als er gerade überlegt, wie er dies der Königin am besten schmackhaft machen könne, erklärt sie wie eine Gedankenleserin: »Sagt der Königin, Ihr seid von meiner Unschuld überzeugt. Oder falls das nicht genügt, erinnert sie daran, dass Lord Mountjoy ein Heer von dreizehntausend Mann befehligt, das seinen Anordnungen folgt, und dass es das Risiko nicht wert sei, seinen Zorn heraufzubeschwören, indem man seine Gemahlin beseitigt.« Sie spricht das Wort »Gemahlin« mit Trotz aus, als wolle sie ihn zum Widerspruch herausfordern. »Im Übrigen hat Lord Mountjoy in Irland innerhalb von wenigen Monaten erreicht, was vielen anderen in drei Jahrzehnten nicht gelungen ist. Die Königin braucht ihn. Und sollte mir nur ein Haar gekrümmt werden, würde Mountjoy sicherlich …« Sie spricht nicht weiter, lehnt sich nur auf ihrem Stuhl zurück und streckt die Arme mit einem leisen zufriedenen Stöhnen über den Kopf. »Ihr werdet darüber nachdenken, Cecil, ein Mann von Eurer Brillanz.«

»Man wird Euch vor den Kronrat bringen für Euren Part bei der Torheit Eures Bruders.«

»Der Kronrat … ich glaube, mit dem komme ich zurecht. Das ist mir früher schon gelungen.« Sie neigt den Kopf zur Seite und hebt die Stimme zu exaltierter Künstlichkeit. »Ich war der blinden Liebe zu meinem Bruder verfallen.« Sie streckt Cecil die Hand hin. »Haben wir eine Übereinkunft?«

Er blickt auf ihre Hand, dann in ihr Gesicht; ihre Züge geben nicht preis, ob es sich hier um einen Bluff allerhöchsten Ranges handelt. Vielleicht hat der schottische König gar nichts dergleichen gesagt … *verschlagen* … pah! Vielleicht ist diese große Freundschaft zwischen ihm und den Devereux' nur ein Märchen.

Noch immer streckt sich ihm die Marmorhand entgegen.

Cecil späht durch einen Spalt zwischen den Vorhängen. Oben von der Galerie aus hat er freien Blick über die Westminster Hall. Unten sitzen Essex und Southampton. Ihre Gesichter sieht er nicht, nur ihre Oberköpfe. Sie sitzen vor den Gesetzeshütern: Der Lordoberrichter in seiner scharlachroten Robe mit seinen acht Richtern und Lord

Buckhurst als deren Vorsitzender. Zu jeder Seite zählt Cecil neun Grafen und sechzehn Barone – die Peers, die das Urteil sprechen werden; darunter auch Lord Rich. Den Richtern gegenüber sitzen die Ratsherren der Königin mit Francis Bacon mitten unter ihnen. Es muss das Innerste des Grafen in Aufruhr bringen, einen Mann, der so viele seiner Geheimnisse kennt, unter seinen Anklägern zu sehen.

Cecil kommt Doktor Lopez in den Sinn, dieser bedauernswerte Mann, den man vor vielen Jahren aufs Schafott zerrte; seinen eigenen Part am Verhängnis des Doktors hat er aus seinem Gedächtnis gestrichen und es in Gänze Essex zugeschrieben. Bacon war damals einer der Ankläger, auf Essex' Geheiß, wenn Cecil sich recht erinnert. Cecil schiebt die Gedanken an Lopez beiseite, ehe ihn wieder Gewissensbisse plagen. Es ist ihm nicht gelungen, Lady Richs Frage abzuschütteln: *Habt Ihr Angst vor dem Sterben, Cecil?* Er hat Angst vor dem Jüngsten Gericht. Doch manches Mal empfängt er Zeichen für Gottes Gnade, Fingerzeige, dass Gott einen skrupellosen Mann vielleicht versteht, wenn dessen Taten einem höheren Ziel dienen; und was hat Cecil anderes getan, als seiner Königin und seinem Land zu dienen?

Erst an diesem Vormittag hat er so ein Zeichen empfangen, eine glückliche Entdeckung, mit der er eine zwei Jahre andauernde unheilvolle Ahnung endgültig zu Grabe tragen konnte. Als Folge davon hockt er leicht wie eine Feder hinter diesem gewirkten Vorhang. Er hatte in einem alten Wirtschaftsbuch etwas nachschauen müssen, und als er es durchblätterte, stieß er auf einen gefalteten Briefbogen und erkannte unmittelbar seine eigene reinliche Handschrift; eine besondere Zeile sprang ihm gleich ins Auge: *Ich bin sicher, dass in Hinsicht auf den Anspruch der Infantin ein gewisses Übereinkommen erreicht werden kann...* Eine Welle der Begeisterung ließ ihn so laut »Gott sei Dank!« ausrufen, dass sein Sekretär hereinkam und sich erkundigte, ob alles beim Rechten sei. »O ja. Und wie!«, antwortete er und zerriss den Brief in Stücke, die er in seiner Faust zerknüllte. Wie die Erinnerung einem doch Streiche spielen kann! Er war sich so sicher gewesen, dieses anstößige Schreiben versiegelt und versandt

zu haben, dass er nie auf die Idee gekommen war, in seinem Arbeitsgemach danach zu suchen. »Das ganze Universum steht in Reih und
Glied.« Sein Schreiber hatte ihn fragend angesehen und ihm einen
letzten verstörten Blick zugeworfen, als er das Gemach verließ. Cecil
sprang durch den Raum, warf die Papierschnipsel ins Feuer und sah
zu, als die Flammen seine Worte für immer verschlangen. Er hat die
Vorstellung, Gott erteile ihm mit diesem Brief eine Lektion.

Nun spricht Bacon und nimmt den Grafen mit seinem messer-
scharfen Verstand auseinander. Cecil gefällt sein günstiger Platz, von
dem aus er alles überblicken kann, und insbesondere, dass niemand
etwas von seiner Anwesenheit ahnt. Da er weder ein Peer noch ein
Mann des Gesetzes ist, hat man ihn nicht aufgefordert, an dem Pro-
zess teilzunehmen, und zu dem Pöbel hätte er sich nie gesetzt. Wenn
er den Hals reckt, sieht er die öffentliche Galerie. Vermutlich säße
Lady Rich dort, wäre sie nicht weiterhin in diesem finsteren Zimmer
im Hause von Henry Sackford eingesperrt.

Noch immer spürt er die marmorkalte Hand in seiner und seine
Bestürzung, die mit diesem Handschlag einherging. Er beeinflusst
gerade die Königin hinsichtlich dieses Geschäfts – dieses Hand-
schlags, dieses geschlossenen Handels –, sie lenkt ein; er sieht in ihren
Augen Vergebung aufschimmern, wenn er Lady Rich erwähnt. Denselben Blick, den er so oft an ihr beobachtet hatte, wenn vom Grafen die Rede war. Aber nicht dieses Mal. Der Graf ist so gut wie erledigt, aber Lady Richs schlanker Hals wird unversehrt bleiben. Und
er, Cecil, hat behutsam angefangen, Samen für die Thronfolge James'
von Schottland auszusäen. Feingefühl ist gefordert, und davon hat er
reichlich. Doch in tiefster Nacht hat er überlegt, ob er nicht einen
Pakt mit dunklen Mächten geschlossen habe; schließlich verrate er
seine Königin. Er gebietet seinen Gedanken Einhalt, ehe sie wieder
in der Frage münden, ob er damit auch Gott verrate.

Unter der Befragung seines einstigen Verbündeten Bacon gerät
Essex heute zum ersten Mal aus der Fassung. Während der Aussagen
von Popham, Ralegh und einem sich windenden Ferdinando Gorges
war er ruhig geblieben. Nicht ein einziges Mal verlor der Graf seine

Gelassenheit. Aber nun zuckt er beim Zuhören sichtlich zusammen. Bacon ist mit tiefgründigem Wissen ausgestattet, denn er und Cecil hatten alle Hauptbeteiligten der Rebellion befragt. Die meisten hatten wie Papisten gebeichtet. Nur Essex' Stiefvater Sir Christopher, der aufgrund einer Stichverletzung im Gesicht halb tot war, hatte sich geweigert zu sprechen. Er hatte auf den dreckigen Boden des Newgate-Gefängnisses gespuckt und gesagt: »Aus mir bekommt Ihr nichts heraus.« Er wurde am nächsten Tag mit Meyrick und Cuffe gehängt. Die Frauen der Familie Devereux hatten wirklich keine glückliche Hand bei der Wahl ihrer Ehemänner.

Bacon fährt mit der Anklage fort und unterstreicht wie ein Chorleiter jeden Punkt mit einer Geste seiner anmutigen Hände.

Essex springt auf und brüllt: »Ihr wollt etwas über rebellische Absichten und Verrat hören? Na, da habe ich Euch die Geschichte zu bieten, wie die englische Krone beinahe an die Spanier verkauft wurde. Eine loyale Quelle hat mir erzählt, was einer meiner Mitratsherren mit eigenen Ohren gehört hat. *Mit eigenen Ohren*«, wiederholt er so laut, dass seine Stimme die gespannt lauschende Halle erfüllt. »Robert Cecil, Mitglied des Kronrats, hat man sagen hören, der Thronanspruch der Infantin sei ebenso gerechtfertigt wie der der anderen.«

Cecil atmet scharf ein und martert sich das Hirn, ob er es und, wenn ja, zu wem gesagt hat. Er mag vielleicht eine leise Andeutung am Rande eines geheimen Treffens mit dem spanischen Gesandten gemacht haben, als Mittel, um diesen dann schließlich nicht zustande gekommenen Friedensvertrag voranzutreiben, aber gegenüber einem Mitglied des Kronrats, niemals!

Essex brüllt noch immer. »Wenn das kein einleuchtender Grund ist, dass ich diesen üblen Einfluss aus dem Orbit Ihrer Majestät entfernt sehen wollte, dann weiß ich nicht, was einer sein sollte.« Der Graf fällt zurück auf seinen Stuhl, und Stille senkt sich über den Saal. Cecil nimmt seinen ganzen Mut zusammen, und an seinen in Flammen aufgegangenen Brief denkend steht er auf und zieht mit einer einzigen raschen Handbewegung den Vorhang zurück. Das laute metallische Geräusch klingt, als zöge jemand ein Schwert, und ein Schnaufen geht durch den Saal. Cecil richtet sich auf und meint einen Augenblick, als alle Gesichter sich zu ihm drehen, er spiele eine Rolle in einem Theaterstück. Langsam geht er die Holztreppe hinunter; sein humpelnder Schritt hallt in der Stille. Auf seinem Weg durch den riesigen Saal auf Buckhurst zu spürt er den Zorn in sich brodeln, als wäre er ein Topf, dessen Deckel gleich hochfliegt. Aber er konzentriert sich auf den verbrannten Brief und auf Lady Richs marmornen Handschlag und ruft sich in Erinnerung, dass er das Spiel vollkommen unter Kontrolle hat.

Vor Buckhurst sinkt er zu Boden, was er zuvor nur für die Königin getan hat, aber diese schwülstige Geste scheint ihm der Situation angemessen. »Ich bitte um Erlaubnis, auf diese falsche Anschuldigung antworten zu dürfen, my Lord.«

»Der Bitte wird stattgegeben.« Selbst Buckhurst, der sich auf seinem Stuhl vorbeugt, kann die Neugier auf seinem schwammigen Gesicht nicht verhehlen.

Cecil spricht seinen Gegner klar und deutlich an. »My Lord Essex, der Unterschied zwischen Euch und mir ist beträchtlich. Ihr übertrefft mich an Esprit, an Rang und an Fechtkunst, daran besteht kein Zweifel.« Er fixiert den Grafen, dessen Augen nicht so verführerisch strahlen wie die seiner Schwester; und trotz seines absolut selbstsicheren Auftretens entdeckt Cecil etwas in seinem Gesicht, das einem Zweifel ähnelt. Den hat er oft genug im Spiegel gesehen. »Aber ich habe Unschuld, Gewissen, Aufrichtigkeit und Ehrbarkeit, mit denen ich mich hier gegen diesen Skandal verwehre. Und vor diesem Gericht stehe ich als rechtschaffener Mann und Ihr, my Lord, als Übeltäter. Hätte ich nicht miterlebt, wie Euer Ehrgeiz sich dem Thronraub zuneigte, wäre ich vor Ihrer Majestät auf die Knie gegangen, um Euch Güte widerfahren zu lassen. Aber Ihr seid ein Wolf im Schafspelz…«

Essex hat ein Lächeln im Gesicht. Als er mit hochmütig geneigtem Kopf antwortet, bemüht er sich nicht, seinen Sarkasmus zu verbergen. »Ich danke Gott für meine Demütigung, die Euch veranlasst, mit Euren Trümpfen hier zu erscheinen, um Eure Rede gegen mich zu halten.«

Cecil lässt sich nicht einschüchtern. »Ich bitte Euch, klärt dieses Gericht darüber auf, welcher Ratsherr mich solche Intrigen hat aussprechen hören. Nennt ihn beim Namen, wenn Ihr es wagt.«

»Es ist keine falsche Anschuldigung«, entgegnet Essex. »Southampton hat es ebenso gehört wie ich.«

Southampton, grün im Gesicht vor Angst, murmelt, er habe es aus glaubwürdiger Quelle, dass Sir William Knollys dieses gesagt habe.

»Bringt Sir William Knollys herbei«, sagt Buckhurst.

Ein Türwächter wird beauftragt, Knollys zu finden, der sich bisher von der Verhandlung ferngehalten hat. Schließlich riskiert er viel, sollte er seinen Neffen retten wollen. Man holt für Cecil einen Stuhl, und sie warten. Er streicht seine gefältelten Manschetten glatt, obwohl sie bereits vollendet ausgerichtet sind, während er im Kopf hektisch alle Möglichkeiten durchspielt, was nun geschehen könnte; seine alten Ängste erwachen. Hat Essex mit seinem Onkel falsche Anschuldigungen ausgeheckt? Werden sie, um ihre Worte zu beweisen, gefälschte Dokumente vorlegen? Hat Essex beschlossen, wenn er fallen muss, Cecil mit in die Tiefe zu reißen?

Nach einer gefühlten halben Ewigkeit erscheint Knollys und wird vereidigt. Er sieht zu Cecil und dann zu seinem Neffen, ehe er zu einer langen Präambel ansetzt. Cecil muss sich beherrschen, um ihn nicht zu unterbrechen und eindringlich zu bitten, zum Kern zu kommen. Und dann: »Ich habe wahrhaftig den Staatssekretär so etwas äußern hören.« Cecil spürt, dass sein Inneres kocht. »Aber es war im Rahmen einer Diskussion mit einigen Ratsmitgliedern über ein Traktat mit dem Titel *Konferenz zu der Nachfolge der Krone von England*, das wir uns alle ansehen sollten.« Cecil atmet langsam aus, als ihn zum zweiten Mal an diesem Tag Erleichterung durchströmt. »Der Staatssekretär hat bemerkt: ›Ist es nicht eine befremdliche Unverschämtheit, dass der Verfasser der Infantin von Spanien dieselben Thronfolgerechte zuspricht wie den anderen?‹ Daran ist nichts Verwerfliches, finde ich.« Knollys wirft seinem Neffen einen wehmütigen Blick zu, blinzelt bedächtig mit aufeinandergepressten Lippen und zuckt leise mit den Schultern, als wolle er sagen, er habe keine Möglichkeit, ihn vor dem unvermeidlichen Tod zu bewahren.

»Mir ist die Bemerkung anders zugetragen worden«, sagt Essex matt und völlig ernüchtert. Die letzten Züge sind gemacht, die Figuren werden vom Spielbrett geräumt.

Die Urteile werden gesprochen: ein Peer nach dem anderen. »Schuldig des Hochverrats, my Lord, bei meiner Ehre.« Lord Rich verdreht die Augen zum Himmel, als er es ausspricht. Cecil fragt sich rasch, was wohl in *dessen* erbärmlichem Kopf vorgeht. Essex, der Haltung bewahrt, bittet, Southampton möge verschont werden; eine Geste, die die versammelte Gesellschaft an seine noble Denkungsart erinnert. Southamptons Beine geben nach, er muss gestützt werden, als er Buckhurst mit zitternder Stimme um Gnade anfleht.

Als Buckhurst den Urteilsspruch verkündet, vernimmt Cecil nur die Stimme seines Vaters: *Der Tropfen höhlt den Stein, nicht durch Kraft, sondern durch stetes Fallen.*

DAS SCHWERT

Süßes, das schlecht ward, schmeckt am herbsten immer,
Verweste Lilie, ach, kein Sumpf riecht schlimmer.

William Shakespeare, *Sonett 94*

Sommer 1603
Wanstead, Essex

W arum?«, fragt Penelope.
Essex sieht sie an, mit einem Blick, der ihr durch das Gemach folgt. Er ist ganz in Weiß gewandet, ein enges Wams aus besticktem Satin in der Farbe von Frühlingswolken, Strümpfe wie Schwanendaunen und eine schneeweiße Halskrause, die sein sanft lächelndes Gesicht umrahmt; ein Lächeln, das die Müdigkeit um seine Augen herum nicht ganz verbergen kann. Er trägt Sidneys Schwert, von dem nur das Heft zu sehen ist.

Sie denkt an den jungen Robert, ihren furchtlosen Neffen, der nun zum Grafen geworden ist und vor einem Monat vor dem frisch gekrönten König James als sein Schwertträger nach London hineinritt – wie sehr er doch seinem Vater ähnelt. Doch er trug nicht König James' Schwert. Vor der Prozession hatte Penelope im allgemeinen Chaos, als alle ihre Insignien anlegten, Sidneys Schwert in die Scheide des Königs gesteckt und einen Finger an die Lippen gelegt, als ihr Neffe sie mit offenem Mund anstarrte.

Für sie symbolisiert dieses Schwert den Geist von etwas Unantastbarem, dem schwer zu erreichenden Ideal, für das Sidney gestanden hat: Tugend, Geradlinigkeit und Ritterlichkeit. Als Robert auf das Lieblingspferd seines Vaters gestiegen war und das Schwert zog, um es senkrecht vor sich zu halten, sah niemand, dass sich unter der Hand des Knaben die ineinander verschlungenen Initialen PS verbargen. Alle Blicke ruhten auf dem neuen König. Als Penelope all die Pracht sah und die hoffnungsfrohen Menschen, musste sie an die alte

Königin denken; in ihren letzten beiden Lebensjahren schien sie nur noch aus Stroh zu sein.

Penelope ritt mit Lizzie und dem kürzlich begnadeten Southampton hinterher; seine Anmut hatte in den zwei Jahren im Tower gelitten, doch nun nach seiner Freilassung lebte sie wieder auf. Er erwähnte ihren Bruder nicht – ebenso wenig wie sie. Als sie um eine Kurve ritten, schaute Robert herüber und grinste seiner Tante zu. Penelope war von Stolz erfüllt, dass wieder ein Devereux vorne mitspielte – die Zukunft ist gesichert.

»Warum?«, fragt sie wieder ihren Bruder.

Sein gemaltes Gesicht mit dem versteckten Lächeln und den müden Augen ist stumm.

»*Warum*?« Nun schreit sie; Wut wallt in ihr auf, dass sie am liebsten mit den Fingernägeln Splitter aus dieser Holztafel, auf die sein Porträt gemalt ist, herauskratzen möchte. Doch ihre Stimme hallt ziellos durch die Galerie von Wanstead.

Cecil hatte ihr am Tag der Hinrichtung ihres Bruders einen erneuten Besuch abgestattet. Er war der Einzige. Sie nahm an, dass niemand anderem Einlass in Sackfords düsteres Haus gewährt wurde. Sie hatte gehofft, einen Brief ihrer Mutter zu bekommen; aber Lettice betrauerte den Verlust ihres Gemahls und gleichzeitig den ihres Sohnes.

Doch Cecil besuchte sie und war freundlich. »Ich bedaure, dass es so weit gekommen ist«, hatte er gesagt. Seine spindeldürren Beine und sein buckliger Oberkörper, in schimmerndes Schwarz gekleidet, ließen ihn wie eine Krähe aussehen. Er hatte seinen Hut gezogen; selbst die Diener in diesem Sackford-Haus gaben sich nicht die Mühe, ihr Haupt für sie zu entblößen – nicht dass sie das sonderlich störte.

»Ihr bedauert?«, sagte sie. »Aber es ist doch das Ergebnis Eures lebenslangen Trachtens.« Sein Gesicht verzog sich, dass sie befremdet meinte, er fange an zu weinen.

»Ich hatte geglaubt, es sei das, was ich wollte«, gab er zur Antwort. »Ich habe mich geirrt.«

Cecil hatte sich verändert; nie zuvor hatte er einen Fehler zugegeben. Und sein Blick, sein lüsternes Schielen, das ihr das Gefühl gegeben hatte, sie sei eine süße Leckerei, war verschwunden; nun sah er sie anders an – voller Respekt, als wäre sie gar keine Frau.

»Habt Ihr ihn sterben sehen?«, fragte sie leise und vor unterdrücktem Kummer stammelnd.

Er nickte. »Er ist gut ... er ist tapfer gestorben.«

Sie erinnert sich, dass tiefe Trauer sie wie eine Kugel ins Herz traf. Sie hatte sich bis zu diesem Augenblick geweigert, den Gedanken an ihren geliebten Bruder, der seinem Tod ins Auge sieht, zu erwägen. Er war ihr immer so zerbrechlich und zugleich unbesiegbar erschienen, und tief in ihrem Innersten hatte sie sich die Überzeugung bewahrt, ihm würde vergeben. Wieder schaut sie zu dem Gemälde und stellt sich eine andere Welt vor, eine Welt, in der die Hinrichtung ihres schneeweißen Bruders aufgeschoben wäre, in der er einige Jahre im Tower schmorte, bis König James ihn freigelassen hätte. Dann hätte er – und nicht sein Sohn Robert – das Schwert des Königs getragen. Sie wird sich nie daran gewöhnen, dass er nicht mehr lebt.

Sie hatte Cecil nach seinen letzten Worten gefragt.

»Er hat um Vergebung gebeten und gesagt, es sei nie seine Absicht gewesen, Ihrer Majestät Schaden zuzufügen. Und als er sich hinkniete, war nicht das leiseste Zittern in seinen Händen.« Dabei streckte Cecil die Hände aus, um es vorzumachen; doch sie zitterten so entsetzlich wie die eines Trinkers, sodass er sie unter seinem Gewand versteckte. »Er rief, ›Scharfrichter, schlagt zu!‹ Dann war es geschehen.«

Sie meinte innerlich zusammenzubrechen, als sie diese Situation ihres bis zum letzten Augenblick mutigen Bruders in sich heraufbeschwor. Cecil erzählte ihr nicht, dass drei Axtschläge notwendig waren, um seinen Kopf abzutrennen. Das erfuhr sie später. Die Königin, die bestürzt schien über das, was sie getan hatte, und keinen Trost für ihren Kummer finden konnte, berichtete ihr davon. Die Königin hatte nie wieder zu ihrer strengen Haltung zurückgefunden, als hätte ihr Bedauern einen Spalt in ihr aufgerissen, durch den ihr Leben allmählich versickerte. In ihren letzten beiden Jahren war sie wie ein Gespenst. Penelope fragte sich, ob die Königin auf dem Totenbett wohl an Essex gedacht hatte. Es ist die Reue, die einen letztlich umbringt.

Ihr gemalter Bruder betrachtet sie still. »Warum?«, fragt sie ihn dieses Mal flüsternd; aber es sind keine Antworten zu erwarten.

Sie befindet sich wieder mit Cecil in diesem düsteren Zimmer und erfährt vom Tod ihres Bruders. Cecil schien sich unbehaglich zu fühlen, denn er rang die Hände und war nicht in der Lage, ihr in die Augen zu sehen.

»Und die Königin?«, fragte sie. »Wie hat sie reagiert, nachdem er...«, sie kann es nicht in Worte fassen, »...nachdem es geschehen war?«

»Sie kann darüber nicht sprechen. Sie hat sich in ihrem Schlafgemach eingeschlossen. Sie hat geweint, und es hat sie nicht gekümmert, wer es sah.«

Penelope versuchte, es sich vorzustellen – dass die Königin weint –, doch es gelang ihr nicht.

»Da ist noch etwas«, sagte sie zu Cecil. »Etwas, das Ihr mir nicht erzählt.« Sie erkannte es an seiner Haltung, an den vor der Brust verschränkten Armen.

Er schüttelte leicht den Kopf, und sie schwiegen eine Weile.

Doch dann sagte Cecil: »Ich sollte Euch sagen, dass er Euch denunziert hat.«

»Was meint Ihr? Wer hat mich denunziert?«

»Euer Bruder. Er hat ausgesagt, dass Ihr es wart, die ihn zur Rebellion angetrieben habt, dass Ihr der Ursprung des ganzen Ereignisses gewesen seid. Ihr hättet ihm erzählt, alle seine Freunde hielten ihn für einen Feigling, und es sei Eure Idee gewesen, dass er zum Hof marschieren solle – ›bring es auf anständige Weise hinter dich‹, so hättet Ihr es ausgedrückt.« Nachdem Cecil sich entschieden hatte zu sprechen, konnte er seine Worte gar nicht rasch genug hervorbringen.

»Mein Bruder soll so etwas gesagt haben?« Sie fühlte sich mit einem Mal hohl. Der Bruder, für den sie gesorgt und den sie in seinen Zeiten der Melancholie gepflegt hatte, unterstützt, geliebt – und wie sie ihn geliebt hatte –, hatte sie denunziert in einem aussichtslosen Versuch, seine eigene Haut zu retten. Es fiel ihr schwer zu atmen, als gäbe es nicht genügend Luft auf der ganzen Welt, um sie am Leben zu halten; und sie hatte das Bild von seinem Kopf vor ihrem geistigen Auge, der wieder und immer wieder von seinem Körper abgeschlagen wurde.

Ihr Blick ruht wieder auf dem Gemälde, und sein Gesicht ist das eines Fremden. »War es leicht?«, fragt sie dieses Gesicht. »Hättest du lieber mich auf dem Schafott gesehen? Die Schuldgefühle hätten dich aufgefressen, Robin.« Ihre Kehle schnürt sich zu, und ihre Augen brennen, aber sie schüttelt die Gefühle ab.

Sie wollte Cecil noch zu jedem einzelnen Detail der vernichtenden Äußerung ihres Bruders befragen, aber sie tat es nicht, denn sie ertrug es nicht, mehr darüber zu hören. Erst als sie auf ihre Hände sah, bemerkte sie, dass sie sie so fest zu Fäusten geballt hatte, dass sich ihre Nägel bis aufs Blut in die weichen Polster unter den Daumen gegraben hatten. Rasch legte sie die Hände aneinander, damit Cecil nicht das Ausmaß ihrer Angst sah. »Warum erzählt Ihr mir das?«

»Aus Aufrichtigkeit«, gab er zur Antwort.

Ihr war ein ungläubiges Schnauben entkommen. »Aufrichtigkeit?« Sie klammerte sich an die letzten Bruchstücke ihrer Selbstbeherrschung.

»Ja. Da wir ja nun eine Übereinkunft haben, scheint es mir nur recht, von Anfang an Wahrhaftigkeit walten zu lassen.«

»Ich frage mich, ob ich nicht einen Pakt mit dem Teufel geschlossen habe«, sagte sie und ließ es wie einen Scherz klingen, da es ihr gelang, die tiefgründige Abscheu in ihrer Stimme zu verbergen.

»Das frage ich mich auch«, erwiderte er lächelnd. »Ihr werdet sehen, ich bin ein Mann, der sein Wort hält.«

Das hat sich als wahr herausgestellt – sie hat ihr Leben, ihre Freiheit, einen hoch angesehenen Rang bei Hofe, und er ist der oberste Ratgeber des Königs. Beide haben sie ihre Versprechen gehalten.

Nachdem Cecil gegangen war, überkam sie ein Welle der Wut; sie nahm Besitz von ihrem Körper mit einer Kraft, die sie nicht beherrschen konnte; sie griff zu einem Stuhl und schmetterte ihn an die Wand, dann zu dem anderen Stuhl, dann zum Tisch – schreckliche Laute kamen aus ihr heraus, Laute, die Tote zum Leben hätten erwecken können; und immer noch blieb dieses Bild: scharlachrotes Blut, das aus seinem abgetrennten Kopf floss, ein Fluss aus Blut. Sie zertrümmerte jeden einzelnen Gegenstand in diesem Raum von Henry Sackford und brach völlig erschöpft auf dem Boden zusammen.

Sie wendet sich vom Porträt ihres Bruders ab und wandert mit Fides, der hinter ihr her trottet, durch das Haus. Wanstead steckt voller Erinnerungen; selbst die Wände scheinen ihr etwas über Blount und ihre Stelldichein zuzuraunen. Die Gärten sind so zugewuchert, als hätten sie sich der unterwürfigen Beschneidung verweigert; und die Sommerblumen bilden bunte Farbkleckse, die Bienen umsummen. Sie beugt sich zu einer Rose, spürt ihre samtigen Blütenblätter an den Lippen und atmet ihren herrlichen Duft tief ein. Sie wirft den Kopf in den Nacken, breitet die Arme aus und dreht sich um sich selbst wie ein Kind; zum ersten Mal in ihren vierzig Lebensjahren verspürt sie wahre Freiheit – oder zumindest deren Möglichkeit.

Rich hat in einem Brief, den sie kürzlich erhielt, angekündigt, er beabsichtige, da »unsere Kinder nun groß sind, aufzulösen, was Gott zusammengefügt hat«. So hat er es ausgedrückt, als bringe er es nicht über sich, seine Feder mit dem Wort »Scheidung« zu besudeln. Ganz kurz nur hat sie sich gefragt, wie er ihre Trennung mit seinem gestrengen Gott vereinbart. Er wird einen Weg finden. Sie hat Rich in den letzten Jahren kaum gesehen. Nach dem Tod ihres Bruders war sie für ihn nicht mehr von Nutzen. Ihre Wege haben sich einmal nur gekreuzt, in Leighs, als sie ankam und er aufbrach. Sie war froh darüber, denn sie wollte ihm sagen, sie hege keinen Groll gegen ihn.

»Warum hasst Ihr mich nicht?«, fragte er.

»Ihr wart ein guter Vater ...«, setzte sie an und hielt gleich wieder inne, da sie nicht darüber reden wollte, dass drei der Kinder, wie er wusste, nicht von ihm waren. »Aber wichtiger noch, Hass schwächt.«

Sie hatte nie darüber nachgedacht, bis ihr dieser Satz über die Lippen kam, und er war richtig. Sie hatte beobachtet, dass der Hass der Königin auf ihre Mutter und auf all diese ungehorsamen Zofen, die sich ihren Zorn zugezogen hatten, sie aufgezehrt und leer zurückgelassen hatte. Auch der Hass ihres Bruders auf Cecil hatte ihn zugrunde gerichtet. Sie hatte genug Hass gesehen und brauchte keinen mehr.

Sie schaut zurück auf die golden schimmernde Fassade des Hauses, das bald, endlich, ihr wahres Zuhause sein wird; sie hört schon die Kinder darin herumtoben; Musik dringt aus den Fenstern, und Gelächter erschallt im Garten, als sie sich vorstellt, wie sie Fangen spielen und auf der Wiese nach Schmetterlingen haschen.

Als sie Hufgetrappel in der Ferne hört, rafft sie ihre Röcke und rennt zur Auffahrt. Da ist er. Entspannt sitzt er mit langen Zügeln auf seinem Pferd, als wäre es ein Stuhl; ein breites Lächeln im Gesicht. Sie fühlt sich sonderbar scheu. Drei ganze Jahre sind vergangen seit ihrem letzten Mal. Er schwingt sich aus dem Sattel, und sie stehen voreinander und betrachten sich aufmerksam. Sein Haar ist frisch geschnitten, sein Bart gestutzt, und sein Ohrring fehlt. Da ist ein kleiner Riss, wo man ihn ihm vom Ohrläppchen gerissen haben muss; sie jault innerlich auf, und Zärtlichkeit durchströmt sie.

»Dein armes Ohr.«

Er legt die Hand darauf und zuckt mit den Schultern. »Ach, das.«

Sie stellt eine Härte an ihm fest, die sie nicht kannte. Der Krieg verändert die Männer – das weiß sie nur allzu gut.

Um ihre Schüchternheit zu überwinden, nimmt sie Zuflucht zum Humor. Grinsend sinkt sie in den Hofknicks und sagt: »Meine Güte, wenn das nicht der Graf von Devonshire ist, der große Held, der die irischen Rebellen bezwungen hat.«

Als er auflacht, sieht sie, dass er hinten im Mund einen Zahn verloren hat. »Wenn das nicht die Lieblingshofdame Seiner Majestät ist, die Muse der Dichter, mit dem klügsten Kopf der ganzen Christenheit, mit der engelsgleichen Stimme, sie, der mein Herz gehört.« Nun lacht auch sie. Sie stürzen aufeinander zu und halten sich in den Armen, als wären sie nie getrennt gewesen.

Bemerkung der Autorin

Beim Erzählen der Geschichte der bemerkenswerten Penelope Devereux bin ich nahe an den historischen Fakten geblieben. Ich habe, wenn möglich, Primärquellen herangezogen; aber man darf nicht vergessen, dass dies ein Roman ist; und darum ist meine Penelope Devereux mit ihrer vielschichtigen Innenwelt eine Figur meiner Schöpfung. Penelope war eine faszinierende Frau, die ihr Leben zu selbstgewählten Bedingungen gelebt hat, und zwar zu einer Zeit, als es den Frauen so gut wie unmöglich war, sich derartige Freiheiten zu nehmen.

Viele gut dokumentierte Fakten bilden die Basis dieses Romans. Tatsache ist, dass Penelope Sidneys Muse und das Vorbild für »Stella« war; und obwohl wir nicht wissen, ob ihre Beziehung im traditionellen Sinne vollzogen wurde, ist es bei der Lektüre von Sidneys Sonetten eindeutig, dass er tiefe Gefühle für sie hegte. Ebenso ist dokumentiert, dass Penelope von ihrem Bruder, nachdem er verurteilt war, verraten wurde. Essex' Motive dafür können wir nicht wissen; aber wir wissen, dass Penelope nicht die einzige Frau auf der Liste der Rebellen war, die der Königin überreicht wurde; zudem ist sie die einzige Person, deren Name auf dieser Liste aufgeführt war, die nicht vor Gericht kam. Dies hat mich zu der Frage geführt, ob sie womöglich ihre Freiheit ausgehandelt hat, denn sie war ohne jeden Zweifel tief in den Aufstand ihres Bruders verwickelt und hatte viele Jahre Kontakt zu König James.

Wir wissen ebenso, dass sie mindestens drei Kinder von Blount hatte, obwohl sie noch mit Rich verheiratet war. Ihr Ehebruch war wohl ein offenes Geheimnis, und angesichts der Moral jener Zeit und der besonderen Abneigung der Königin gegen Dinge dieser Art ist es bemerkenswert, dass sie so lange damit durchgekommen ist. Meines Erachtens beweist dies die Stärke ihres Charakters. Ihre Ehe mit Rich ist interessant, weil er offenbar von ihrem Verhalten wusste und nichts tat. Wir wissen, dass er ein recht unbeliebter und nicht sehr mutiger Mann war. Er musste wahrhaftig wegen Seekrankheit zurück zur Küste gebracht werden, als er Essex bei einem seiner Feldzüge begleiten sollte. Was von ihm bekannt ist, hat mich zu dem Gedanken geführt, dass er ein anstößiges Geheimnis hatte, das seiner Frau Macht über ihn gab. In diesem Roman ist dieses Geheimnis seine Zuneigung zu jungen Männern, aber das ist reine Spekulation.

Für manche Aspekte in Penelopes Geschichte fehlte mir der Platz in diesem Roman, um ihnen weiter nachzugehen, doch sie sind faszinierend und ein wenig pikant. Penelope wurde schließlich von Rich geschieden, aber eine Bedingung, die König James festsetzte, war, dass sie sich zu Richs Lebzeiten nicht wieder verheiraten dürfe. Sie und Blount (unterdessen Graf von Devonshire) heirateten dennoch – vielleicht weil sie glaubten, der König schätze sie so sehr, dass sie seinem Zorn entgehen würden. Doch die Folge war, dass Penelope in Ungnade fiel; wie ihre Mutter vor ihr wurde sie vom Hof verbannt und öffentlich geschmäht; und König James tat den berühmten Ausspruch, sie sei »eine schöne Frau mit einer schwarzen Seele«. Als Penelope die königliche Gnade verlor, stieg Cecil auf und wurde der wichtigste Ratgeber des Stuart-Königs.

Durch eine tragische Fügung des Schicksals blieb dem Paar, das bereits etwa zwei Jahre in Wanstead »in Sünde« zusammengelebt hatte, nur eine kurze Zeitspanne, da Blount krank wurde und in ihren Armen starb. Als dem großen Sieger über Irland wurde ihm ein triumphales Staatsbegräbnis zugebilligt, und man trug ihn in Westminster Abbey zu Grabe. In der Zeit danach musste Penelope um die legale Anerkennung ihrer Ehe kämpfen, denn Blounts Verwandte legten Widerspruch gegen sein Testament ein, das er sorgfältig abgefasst hatte, um Penelope und die gemeinsamen Kinder abzusichern. Blounts großer Reichtum wurde beschlagnahmt, und Penelope lebte in Armut während der sich in die Länge ziehenden juristischen Auseinandersetzungen, bei denen man sie des Ehebruchs, des Betrugs und der Urkundenfälschung anklagte. Am Ende gewann sie, aber sie hat dafür mit ihrem vernichteten Ruf bezahlt. Und sie sollte nur kurz von ihrem Sieg profitieren, denn sie erkrankte und starb nur wenige Monate später im Alter von vierundvierzig Jahren.

Schreibt man über das sechzehnte Jahrhundert, begegnet man stets kuriosen Herausforderungen, nicht zuletzt der der Namensgebung der Figuren. Es war üblich, die Kinder nach ihren Eltern zu benennen oder nach den Paten, sodass sie oft nicht nur denselben Nachnamen, sondern auch denselben Vornamen trugen, was für die Leser höchst verwirrend sein kann. In diesem Roman gibt es nicht weniger als sechs Roberts, und alle sind wichtig für die Geschichte; Essex, Cecil, Rich, alle heißen sie Robert, und darum habe ich für Essex auf Robin zurückgegriffen (und wo es nötig war, auf Klein Robert für seinen Sohn); und Penelopes ältester Sohn wurde zu Hoby, was ein wenig gebräuchliches, frühes Diminutiv des Namens ist. Die Vielzahl der Mädchen, die nach Penelope und Lettice benannt wurden, erwähne ich gar nicht.

Ich bekenne mich zu extremer poetischer Zügellosigkeit in der Szene, in der der junge Schauspieler/Dichter ein Sonett spricht. Ich habe mich spielerisch Ideen über Shakespeares geheimnisvoller *dark Lady* hingegeben, über deren Identität viele Jahre lang spekuliert wurde. Manche meinten, sie sei Penelope Rich, andere die Dichterin Aemilia Lanier, und es gibt noch einige weitere Kandidatinnen, aber die Wahrheit lässt sich nicht ergründen. Doch es ist nahezu gesichert, dass Shakespeare ein Vertrauter des Essex-Kreises war. Es heißt, dass seine Komödie *Verlorene Liebesmüh* sich weitestgehend am Vorbild dieses Kreises orientiert; und es ist bekannt, dass sein *Richard II.* auf Bitte von Essex' Männern am Vorabend der schicksalhaften Rebellion aufgeführt wurde, um Unterstützung für den Grafen zu mobilisieren.

Den Lesern, die sich für weiterführende Lektüre zu Penelope Devereux interessieren, empfehle ich Sally Varlow, *The Lady Pene-*

lope: The Lost Tale of Love and Politics in the Court of Elizabeth I, eine gründliche und faszinierende Biografie einer Frau, deren Geschichte bisher kaum Beachtung fand (leider nicht auf Deutsch). Varlow erklärt Penelopes Verschwinden aus der Geschichte mit einer protestantischen Propagandamaschinerie, die nach »untadeligen Helden des reformierten Glaubens« suchte, um die Namen von Sir Philip Sidney und des Grafen von Devonshire (Charles Blount) reinzuwaschen, indem alle Erinnerungen an ihre Beziehung mit einer Frau ausgelöscht wurden, die zu dem Takt ihrer eigenen Trommel marschierte.

Bei meiner Recherche habe ich viele Werke konsultiert; es sind zu viele, um sie hier aufzuführen, doch möchte ich einige empfehlen: Philip Sidneys Sonette (auf Deutsch nicht vorhanden; die englische Ausgabe, herausgegeben von Peter C. Herman, hat eine gute Einleitung), wenn sie Sie nicht zu Tränen rühren, haben Sie ein Herz aus Stein; Katherine Duncan-Jones *Sir Philip Sidney: Courtier Poet* (nicht ins Deutsche übersetzt) ist eine weitere exzellente Informationsquelle über einen der besten Elisabethanischen Dichter. Was die Shakespeare-Sonette angeht, mag ich die Arden-Edition wegen ihrer ausführlichen Einleitung. Robert Laceys Buch *Robert Earl of Essex: An Elizabethan Icarus* (nicht auf Deutsch) ist gut, um in die Geschichte des Grafen einzusteigen; und David Loades *The Cecils: Privilege and Power Behind the Throne* (ebenfalls nicht auf Deutsch) bietet viel Information über Vater und Sohn, die über ein halbes Jahrhundert die Zügel des Königreichs in der Hand hatten. Über Elizabeth gibt es eine Vielzahl an Büchern, aber eine besonders reiche Quelle für Hintergrundinformationen zu ihrem Privatleben ist *Elizabeth's Bedfellows: An Intimate History of the Queen's Court* von Anna Whitelock (nicht auf Deutsch); und für umfassende Details zu Elizabeths Leben bietet Ian Mortimers *The Time Traveller's Guide to Elizabethan England* (nicht auf Deutsch) reichlich Information.

Dank

Über diesem Roman mag mein Name stehen, aber viele Menschen haben zu seiner Entstehung beigetragen, denen ich danken möchte. Mein aufrichtiger Dank gilt meiner Agentin Jane Gregory, deren Unterstützung und Zuversicht ein Segen sind, und Stephanie Glencross, deren Fähigkeit, mit einer chaotischen ersten Fassung umzugehen, unschätzbar ist; dem Team bei Michael Joseph – Louise Moore, Maxine Hitchcock, Liz Smith, Hana Osman, Clare Parker, Francesca Russell und Francesca Pearce, um nur einige zu nennen –, dessen Begeisterung und Ansporn keine Grenze kennt; ebenso der unendlich geduldigen Emma Brown und Trevor Horwood, der der feinfühligste und scharfsinnigste Korrektor auf Erden ist; und immer wieder Catherine Eccles, auf deren Freundschaft und Rat ich nicht verzichten könnte.

Ihr Aufstieg: vorherbestimmt.
Ihre Liebe: stark wie ein Felsen.
Ihre Geschichte: eine Legende.

Genua im 13. Jahrhundert: Raniero, der Erbe der
reichen Familie Grimaldi, verliebt sich unsterblich in die
schöne Babetje. Als die Grimaldi nach einem blutigen
Umsturz aus der Stadt verbannt werden, opfert er sein
Glück für die Zukunft seiner Familie und heiratet die
Tochter eines Verbündeten. Mit Erfolg: Die Grimaldi
erobern den Felsen von Monaco – ihre neue Heimat.
Doch um die Macht zu wahren, begeht Raniero eine
grausame Tat. Wie durch einen Fluch brechen fortan
brutale Schlachten, perfide Intrigen und gnadenlose
Schicksalsschläge über die Grimaldi herein. Der Kampf
um das Fürstentum beginnt. Und um die Liebe.

PENGUIN VERLAG

Der Weltbestseller 2018 als große Serie bei Netflix!

Spanien im 14. Jahrhundert: Die Landbevölkerung
stöhnt unter dem Joch der Feudalherren. Barcelona
jedoch ist frei. Und Barcelona ist reich. Hier macht
der junge Arnau seinen Weg vom mittellosen Stein-
träger zu einem der angesehensten Bürger der Stadt.
Er ist Teil eines unerhörten Plans: die Errichtung
einer Kathedrale, die den Himmel stürmen soll.

Jetzt reinlesen auf www.penguin-verlag.de